U0523090

中國文學

明清卷

四川大學中文系古代文學教研室 編寫
謝謙 主編

第三版

四川人民出版社

圖書在版編目（CIP）數據

中國文學. 明清卷／四川大學中文系古代文學教研室編寫；謝謙主編. — 3 版. — 成都：四川人民出版社，2023.9
 ISBN 978-7-220-13378-7

Ⅰ. ①中… Ⅱ. ①四… ②謝… Ⅲ. ①中國文學-古代文學史-明清時代-教材 Ⅳ. ①I209.2

中國國家版本館 CIP 數據核字（2023）第 140827 號

ZHONGGUO WENXUE · MING-QING JUAN
中國文學·明清卷
四川大學中文系古代文學教研室編寫
謝 謙 主編

出 版 人	黃立新
選題策劃	江 澄
責任編輯	蔣科蘭　張新偉
版式設計	李其飛
封面設計	張 科
特約校對	丁 偉
責任印製	周 奇

出版發行	四川人民出版社（成都三色路238號）
網　　址	http://www.scpph.cn
E-mail	scrmcbs@sina.com
新浪微博	@四川人民出版社
微信公衆號	四川人民出版社
發行部業務電話	（028）86361653　86361656
防盜版舉報電話	（028）86361653
照　　排	四川勝翔數碼印務設計有限公司
印　　刷	成都東江印務有限公司
成品尺寸	170mm×240mm
印　　張	33
字　　數	550 千
版　　次	2023 年 9 月第 1 版
印　　次	2023 年 9 月第 1 次印刷
書　　號	ISBN 978-7-220-13378-7
定　　價	59.80 元

■版權所有·侵權必究
本書若出現印裝質量問題，請與我社發行部聯繫調換
電話：（028）86361656

第三版前言

　　《中國文學》是我們爲本科生編寫的古代文學教材，初版於1999年，2006年經過修訂，出第二版，即"修訂版"。本書的編寫宗旨及我們的教學理念，見《第一版前言》和《修訂版前言》，茲不贅述。至2020年，修訂版已第10次印刷，證明此書經得起時間的檢驗，謂之"傳世之書"，當不爲過。最近，出版社擬重新設計版式，我們借此機會，在第二版的基礎上再次進行修訂，主要是校正文字錯誤、更新參考書目等，是爲第三版。這應該是此書最後一次修訂，可稱爲"珍藏版"。

　　本書是四川大學中文系古代文學教研室的集體項目，被列入四川大學"211"和"985"建設計劃，是四川大學新世紀教學改革的標誌性成果之一，曾榮獲教育部"全國普通高校優秀教材"二等獎。2010年，四川大學文學與新聞學院各專業基於"原典閱讀"而推出的本科系列教材，就是以此書爲範式而編寫的。參加此書編寫的諸位同人，畢業於不同大學，研究方向也不同，性格各異，但在教學科研以及日常生活工作中，通力合作，互相幫助，互相支持，互相欣賞，留下了許多美好的回憶。

　　此書編寫伊始的1997年，大家正值盛年，最年長者周嘯天不過知天命，金諍46歲，周裕鍇43歲，劉黎明41歲，謝謙41歲，王紅38歲，最年少者呂肖奐32歲，皆年富力强，意氣飛揚。每憶望江文科樓時代，間周一次的學院大會結束後，大家餘興未盡，相邀至紅瓦樓或工會小茶館，清茶一杯，相交如水，暢論天下，笑談古今，互相調侃，解構神聖，亦莊亦諧，雅俗共存，濟濟一堂，其樂融融。嘗相與戲謂曰：中國高校最快樂之教研室，非我川大古代文學莫屬耶？而今芳華零落，風流雲散，七位分卷主編，兩位病逝，三位退休，一位延聘，一位在崗，此書也就成爲我們人生曾經輝煌的共同紀念。

全書修訂統籌分工：謝謙：先秦兩漢卷；王紅：魏晉南北朝隋唐五代卷；呂肖奐：宋金元卷；謝謙：明清卷。謝謙負責全書修訂的統籌工作。

四川大學中文系古代文學教研室
2023 年 3 月 12 日

修訂版前言

《中國文學》講授的是先秦至近代之傳統文學，照學界通行的說法，即所謂"中國古代文學"是也。我們之所以去"古代"二字，是基於這樣的觀念：五四新文學之前的傳統文學，神話傳說時代勿計，自孔子刪定"六經"始，至少也有兩千多年歷史，我華夏歷代先哲之智慧與文心，以聲韻優美、字體形象的語言符號作爲載體，流傳至今，播在人口，並非完全死去的文本，怎能輕易以"古代"二字，將其推向遙遠的時空，而在今日華夏子孫心中形成一種疏離感？何況所謂"古代"去今未遠，百年文運，比之上下兩千餘年，不過彈指之間。即使文學有古今之別，但中國傳統文學非歐洲古典文學可比，今日之歐洲讀者翻閱古希臘語、拉丁語古典文學，也許如睹"天書"，即或是五百年前的英語、法語、德語、西班牙語、斯拉夫語詩文，今人睹之，也可能是"匪夷所思"。而華夏子孫因有表意而非拼音的方塊字，卻能超越千年時空去涵詠玩味充滿先哲魅力的不朽篇章。唐詩宋詞元曲明清小說勿論，即使是兩三千年前的經典，稍具文言常識，也能通其大意，啓我性靈，潤我文心。這是漢語言文字獨具的魅力，也是世界文學史上的奇跡。

中國高校文科學生應該知道這樣的常識：我們今日之語言文學與傳統

語言文學之間，若超越政體結構與意識形態的因素，僅以書寫語言而論，並沒有人們通常所想象的那樣分明的"隔代"界綫。華夏古人的書寫語言，有文言文與白話文之分。文言文是一種雅致的書面語言，也可以說是知識精英體面的書寫語言，必須熟讀經典且經專門訓練纔能運用自如。這在古人那裏，不僅是語言藝術的競技，更是教養與身份的體現，這很類似拉丁文之於歐洲學人。所以"五四"白話文學運動前後，文壇宿儒學界名流不遺餘力捍衛這一書寫語言的正統性與權威性，就不難理解。蘇曼殊以古雅甚至古奥的文言譯歌德、雪萊、拜倫之詩，林紓以桐城古文雅潔的風格譯西洋小說，嚴復以秦漢諸子語言譯西洋學術名著，無疑是投知識精英之雅趣。"五四"之後，陳寅恪、錢穆、錢鍾書等國學大師博雅君子堅持以文言寫學術論著，是否也出自不願從俗不願趨同的文化貴族心理，茲不必論。但文言文並非古人的"死語言"，而是貴族化的雅語，卻是不言而喻的。白話文更接近口語而並非口語，也是古人的書寫語言，祇不過是世俗化平民化的書面語言，明人馮夢龍謂其"諧於里耳"，便於在民間廣泛傳播。樂府民歌、禪宗燈錄、道學家語錄、詞曲、戲劇、小說等通俗文學，以及一些比較另類的文人創作，皆以白話文出之，形成了中國文學的另一書寫傳統，"五四"以後白話文即取代文言文而成爲通行的書寫語言。這當然是歷史的進步，是文化包括文學非貴族化的必然趨勢。我們無意去爭論文言書寫與白話書寫孰優孰劣的問題，這完全取決於作者與讀者個人的審美趣味以及所處的語境。但是，無論何種書寫形式書寫傳統，由於漢字表意而非拼音的特點，尤其是它超越時空的歷史延續性，注定了中國文學古今的不可分割性。我們這裏說的是廣義的文學，即以語言文字的藝術性爲前提的書面表達。這種表達也許是"純文學"的，也許是非"純文學"甚至實用性的，如新聞、公文等應用文寫作，但"文采"二字是不可或缺的。尤其是對於今日文科學生而言，掌握這樣的書面表達，可能就是他們將來安身立命的看家本領。

基於這樣的認識，我們在《中國文學》的編寫與教學實踐過程中，盡可能淡化"古代"與"現代"的分界，以培養學生對博大精深源遠流長的傳統文學的親切感，在體悟中國文化與文學深厚底蘊的同時，虛心學習前人的語言藝術與藝術表達，並化爲自己的一種書寫能力。所以，我們力求以"讀"與"寫"貫穿"中國文學"的整個教學過程。"寫"不僅是寫作家評論或詩詞賞析之類的文字，而且包括各種文體的摹寫與訓練，嘗試文言寫作，自然也是題中應有之義。簡而言之，即不僅化先哲之智慧文心爲今日文科學生之人文素質，也變先哲之語言文采爲今日文科學生之書寫能力。這是改革新中國成立以來高校文科教學理念與人才培養模式的一種嘗試。我們曾以"原典閱讀與中文學科人才培養"爲題申報國家教育部"新世紀高等教育與教學改革重點項目"並獲准立項，謝謙、劉黎明、王紅、金諍、周裕鍇、呂肖奐、周嘯天等教師爲此付出了辛勤的勞動。金諍青年才俊，爲人儒雅，治學嚴謹，有古學者之遺風，卻不幸英年早逝，先我們而去。當《中國文學》榮獲國家教育部"全國普通高校優秀教材"二等獎，而後被評爲四川大學校級精品課程、四川省精品課程，並申報國家級優秀教學成果獎之際，緬懷逝者，誦"我思古人"之章，怎能不爲之愴然？

本次修訂，廣泛聽取了專家和學生的建議，但主要還是總結本書初版以來的教學經驗，力求完善教學的各個環節。其間謝謙、周裕鍇先後訪學美國與日本，親歷世界名校的文學教學，獲益匪淺，爲本教材的修訂建議良多。我們認爲，文學教材不是學術論著，它不應該太"個性化"，而應該爲課堂內外的教與學提供適合的選文與闡釋空間。所以我們的工作，主要是根據教學需要，增刪篇目，更換"輯錄""思考題"等相關內容，也更正了初版中的一些文字錯誤。至於有讀者建議，是否應該考慮廣大自學者的理解水平，深入淺出，化繁爲簡，則非我們所能。因爲，《中國文學》作爲中國百年名校精品課程的教材，乃爲培養高級專門人才而編寫，自有其品位與追求，不敢爲擴大讀者面而改絃易轍也。謂其爲"陽春白雪"似有自譽之嫌，但絕非"家傳戶誦"的自學讀本或普及讀物，特爲讀者提醒。

　　全書修訂統籌分工：劉黎明：先秦兩漢卷；王紅：魏晉南北朝隋唐五代卷；呂肖奐：宋金元卷；謝謙：明清卷。參與此工作的教師與研究生，各卷編後記皆一一提及，茲不贅述。四川大學教務處爲本書的編寫修訂以及課程建設鼎力相助，而榮譽則歸我輩，曰："此吾四川大學之光榮也！"爲此感愧不已。先哲孟子人生之樂，其一曰："得天下英才而教育之。"質諸同仁，於心皆有戚戚焉。

四川大學中文系古代文學教研室
2005 年 1 月 20 日

第一版前言

　　本書係我們爲高校中文系學生編寫的教學用書。

　　我國高校中文系本科的文學課程，均以五四新文學運動以前的中國文學即中國古代（包括近代）文學爲主，學習時間多爲兩年。這門課程的重要性是不言而喻的。新中國成立以來流行的教學模式，是"文學史"加上"作品選"，而以"史"爲主，許多院校甚至將這門課程徑稱爲"中國文學史"。既然是"史"，所講就多是諸如作家地位、藝術成就、時代思潮、發展規律之類的宏觀問題。這種教學模式自有其優點，不僅高屋建瓴，而且理論性強；但其局限與流弊也是顯而易見的：易走入以論代史而忽略中國文學多元化特質的誤區。學生甚至教師本人，無須多讀和細讀文學經典，祇須死記硬背文學史上歸納的條條款款，即可應付教學，應付考試，即可高談闊論，甚至不讀《紅樓夢》，也能大談《紅樓夢》的藝術特色或中國古典小說發展規律之類。這樣培養出來的學生，不僅難以成爲高層次的學術人才，而且也難以適應當今社會對文科人才的要求。

　　我們認爲，中國文學這門課程不應當成"史"或"論"來教學，而應當着重講授中國各體文學本身，應該引導學生多讀和細讀經典文學原著。通過多讀與細讀，去感受中國文學的藝術魅力，從而培養學生典雅的氣質與高貴的情趣，並進一步體悟中國文化的深厚底蘊；再輔以背誦與模擬訓練，將古典名篇的語言藝術化爲己有，從而轉化爲一種實用的技能，即能以優美雅致的文筆撰寫各類文章，包括應用文、學術文以及美文等。至於文學發展史一類見仁見智的理論問題，作初步瞭解即可。這又涉及對中文系學生培養目標的認識。事實上，中外高等學校母語系的培養目標，主要是社會各行業包括國家各級機關廣泛需要的高級文職人員，而不可能是作家、詩人或文學批評家。衆所周知，作家或詩人無法由高校批量生產，而文學批評家則社會所需有限。這不是貶低中外高校母語系的功能，而是給予其準確的定位。簡言之，我國高校的中文系，正如世界各國高校的母語系一樣，主要培養的是社會各界需要的高級文才，所以中國文學的教學，應該既務虛又務實，以培養學生氣質、情趣、談吐與文筆爲主要目標。即使培養高層次的學術人才，也需要扎實的文獻基礎。

　　基於這樣一種認識，我們在本系被定爲國家基礎學科人才培養與科學研究基地以及國家"211工程"重點投資建設學科後，即着手對我系中國文學的教學進行改革，初步成果就是這部集體編寫的中國文學教材。與通行的教材有所不同，我們淡化了"史"與"論"的色彩，而更注重講授中國各體文學的特點，注重解讀文本與閱讀文獻資料。在作品選目和講授內容上也與通行教材有所不同，如"先秦兩漢卷"以"五經"開篇，略去中國文學的起源與神話傳說；"魏晉南北朝隋唐五代卷"有玄言詩、宮體詩等內容和"白話詩人與詩僧"專節；"宋金元卷"有"宋駢文""四六文"與"宋筆記文"專節，並注意選錄白體、晚唐體、西崑體、永嘉四靈等流派的代表作品；"明清卷"則有"八股文""翻譯文學"專節，而減少了明清通俗文學的比重。作家傳略多據正史原文縮寫，關於作家與作品附錄資料也多爲原文節錄。道理非常簡單：外文系的學生理應多讀和細讀外文原著，中文系的學生也應多讀和細讀古文原著。全書各卷的編寫體例，基本上按照時代分爲上下編，每編按照文體分爲若干章，每章分若干節，即一個教學單元。每節的主要內容爲"作家傳略"與"作品選讀",後附"輯錄"（權威評論或有關資料）與"參考書目",並設計了一些"思考題",但沒有統一的標準答案。我們提倡開放式的教學,注重引導學生多讀和細讀文學原著,鼓勵學生根據所學知識與閱讀經驗自己去思考分析,展開討論,言之成理、持之有據即可,不必拘於現成的結論。主講教師在組織討論時,可給予學生適當的引導或啓發。

全書編寫分工如下:先秦兩漢文學,劉黎明;魏晉南北朝文學,周嘯天;隋唐五代文學,王紅;宋金元文學宋文部分,呂肖奐,通論及宋詩,周裕鍇,宋詞及元代文學,金諍;明清文學,謝謙。謝謙負責全書的組織工作。

四川大學中文系古代文學教研室
1999 年 5 月

目　錄

上編　明代文學

通　論 …………………………………………………（003）

第一章　明　詩
　概　說 …………………………………………………（006）
　第一節　由元入明之詩人 ……………………………（008）
　　　　劉基：○玉階怨　○長門怨　袁凱：○白燕　○京師得家書
　　　　○題李陵泣別圖　高啓：○悲歌　登金陵雨花臺望大江
　　　　○岳王墓　○題宮女圖
　　　　【附】楊基：○岳陽樓　○春草　張羽：○燕山春暮
　　　　徐賁：○柳短短　高棅：○嶠嶼春潮　○夏谷雲泉
　第二節　臺閣體與李東陽 ……………………………（019）
　　　　楊士奇：○滕王閣送別　楊榮：○賜遊萬歲山詩（附：
　　　　○平安南頌［節錄］）　楊溥：○送鄒侍講仲熙扈駕北行
　　　　李東陽：○題清明上河圖　○寄彭民望　○九日渡江

001

第三節　前七子 …………………………………………（028）

　　李夢陽：○秋望　○朱仙鎮　○林良畫兩角鷹歌　何景明：○秋江詞　○登五丈原謁武侯墓　○明月篇

　　【附】邊貢：○重贈吳國賓　○嫦娥　徐禎卿：○在武昌作　○春思　○偶見

第四節　王守仁與楊慎 ……………………………………（037）

　　王守仁：○龍潭夜坐　○山中示諸生　楊慎：○三岔驛　○柳　○竹枝詞　○武侯廟

第五節　唐寅、文徵明與徐渭 ……………………………（042）

　　唐寅：○悵悵詞　○桃花庵歌（附：○達摩贊　○伯虎自贊）

　　文徵明：○石湖　○感懷　徐渭：○楊妃春睡圖　○恭謁孝陵　○葡萄　○桃葉渡

第六節　後七子 ……………………………………………（048）

　　李攀龍：○歲杪放歌　○塞上曲送王元美　○於郡城送明卿之江西　○送子相歸廣陵　○和聶儀部明妃曲

　　王世貞：○戰城南　○過長平作長平行　○登太白樓

　　【附】謝榛：○搗衣曲　○漠北詞　○遠別曲　宗臣：○聞張山人在蕪湖懷之　○湖上幽樓

第七節　公安派與竟陵派 …………………………………（057）

　　袁宏道：○橫塘渡　○宋帝六陵　○經下邳　鍾惺：○無字碑　○鄴中歌　○三月三日雨中登雨花臺　○舟晚

　　【附】袁中道：○題王弘釣魚　○春遊　○夜泉　譚元春：○遊九峰山　○舟聞　○落花

第二章　明　文

　概　說 ………………………………………………………（065）

第一節　明前期文 ···（067）

　　宋濂：○閱江樓記　○送天台陳庭學序　劉基：○松風閣記　○東陵侯　方孝孺：○蚊對

第二節　前後七子 ···（074）

　　李夢陽：○禹廟碑　王世貞：○藺相如完璧歸趙論　○徽宗《三馬圖》　宗臣：○報劉一丈書

第三節　唐宋派與歸有光 ···（080）

　　王慎中：○送程龍峰郡博致仕序　唐順之：《秦風·蒹葭》三章後　歸有光：○滄浪亭記　○項脊軒志　○先妣事略

第四節　公安派 ···（089）

　　袁宏道：○識張幼于惠泉詩後　○龔惟長先生　○拙效傳　○題陳山人山水卷　袁中道：○碧雲寺　○一瓢道士傳

　　【附】李贄：○自贊　○題孔子像於芝佛院

第五節　竟陵派與張岱 ···（099）

　　鍾惺：○浣花溪記　○自題像　譚元春：○初遊烏龍潭記　《秋尋草》自序　劉侗：○三聖庵　○英國公新園　○水盡頭　張岱：○報恩塔　○鬬雞社　○湖心亭看雪　○《西湖夢尋》序（附：○自爲墓誌銘）

第六節　張溥與史可法 ···（110）

　　張溥：○五人墓碑記　史可法：○復多爾袞書（附：○多爾袞致史可法書）

第七節　八股文 ···（117）

　　黃子澄：○天下有道則禮樂征伐自天子出　董其昌：○知者樂水

　　【附】尤侗：○怎當他臨去秋波那一轉

003

第三章　明　曲

　　概　說 ·· （124）

　　第一節　散　曲 ··· （127）
　　　　　　陳鐸：○【北雙調新水令】漁隱　王磐：○【滿庭芳】失雞　○【朝天子】瓶杏為鼠所齧　○【朝天子】詠喇叭　王九思：○【駐雲飛】春遊　○【慶宣和】漫書　康海：○【水仙子】酌酒　○【滿庭芳】賞花　馮惟敏：○【玉江引】閱世　○【蟾宮曲】四景閨詞　○【南鎖南枝】盹妓　薛論道：○【桂枝香】慳客　○【朝天子】嘲馬生病　施紹莘：○【南仙宮入雙調夜行船】金陵懷古

　　第二節　雜　劇 ··· （134）
　　　　　　徐渭：○雌木蘭（第一齣）　馮惟敏：○僧尼共犯（第一折）

　　第三節　傳　奇 ··· （142）
　　　　　　湯顯祖：○牡丹亭（第十齣）　阮大鋮：○燕子箋（第十一齣）

第四章　小　說

　　概　說 ·· （153）

　　第一節　講史小說 ··· （156）
　　　　　　羅貫中：○三國演義（存目）　施耐庵：○水滸傳（存目）

　　第二節　神魔小說 ··· （162）
　　　　　　吳承恩：○西遊記（存目）

　　第三節　世情小說 ··· （166）
　　　　　　蘭陵笑笑生：○金瓶梅（節選）

　　第四節　白話短篇小說 ······································ （175）

馮夢龍：○蔣興哥重會珍珠衫　凌濛初：○轉運漢遇巧洞庭紅

下編　清代文學

通　論 ……………………………………………………（221）

第一章　清　詩
概　說 ……………………………………………………（224）

第一節　由明入清之詩人 ………………………………（227）

錢謙益：○和東坡《西臺》詩韻　○後觀棋絕句　○留題秦淮丁家水閣　吳偉業：○鴛湖曲　○圓圓曲

第二節　遺民詩人 ………………………………………（235）

顧炎武：○塞下曲　○又酬傅處士次韻　吳嘉紀：○過史公墓　○一錢行贈林茂之　屈大均：○奈何帝　○魯連臺　○花前

【附】陳恭尹：○鄴中　○虎丘題壁　○讀秦紀

第三節　清前期詩人 ……………………………………（241）

施閏章：○浮萍兔絲篇　○燕子磯　○錢塘觀潮　宋琬：○九日登慧光閣　○初秋即事　○春日田家　朱彝尊：○鴛鴦湖棹歌　○玉帶生歌　王士禛：○秋柳　○高郵雨泊　○江上望青山憶舊　○秦淮雜詩　○真州絕句　○蠔磯靈澤夫人祠　○謁文忠烈公祠

【附】尤侗：○胡藍獄　○思陵痛

第四節　乾隆三大家 ……………………………………（254）

袁枚：○書懷　○湖上雜詩　○桃源行　蔣士銓：○南池

杜少陵祠堂 ○烏江項王廟 ○響屧廊　趙翼：○十不全歌 ○漂母祠 ○題元遺山集

第五節　龔自珍與魏源 ························· （261）

龔自珍：○琴歌 ○漫感 ○秋心 ○己亥雜詩(選六首)

魏源：○泗源泉林寺 ○西洞庭石公歌

第六節　王闓運與樊增祥 ························· （267）

王闓運：○寄懷辛眉 ○梅花 ○人日立春對新月憶故情

樊增祥：○後彩雲曲（附：○彩雲曲）

第七節　宋詩派 ····································· （274）

鄭珍：○自毛口宿花垌 ○桐岡　曾國藩：○早發武連驛憶弟 ○送梅伯言歸金陵　沈曾植：○舟發廣陵 ○寄上虞山相國師　陳三立：○月江舟行 ○曉抵九江　陳衍：○用蘇勘韻送子培

第八節　詩界革命派 ······························· （281）

康有爲：○遊羅馬京 ○倫敦觀劇　黃遵憲○倫敦大霧行 ○今別離　丘逢甲：○新樂府

【附】譚嗣同：○金陵聽說法　夏曾佑：○無題

第九節　章炳麟與蘇曼殊 ························· （289）

章炳麟：○獄中贈鄒容 ○獄中聞沈禹希見殺　蘇曼殊：○花朝 ○櫻花落 ○過蒲田 ○題《拜倫集》

第二章　清　文

概　說 ··· （294）

第一節　金聖嘆、李漁與張潮 ···················· （296）

金聖嘆：○不亦快哉　李漁：○閒情偶寄(節選)　張潮：○幽夢影(節選)

第二節　袁枚、沈復與蔣坦 …………………………………（310）

　　　　　袁枚：○隨園記 ○祭妹文　沈復：○浮生六記(節選)

　　　　　蔣坦：○秋燈瑣憶(節選)

第三節　桐城古文 ………………………………………………（319）

　　　　　方苞：○左忠毅公逸事 ○遊雁蕩山記　劉大櫆：○樵髯傳 ○寶祠記　姚鼐：○遊媚筆泉記 ○登泰山記　管同：○餓鄉記　梅曾亮：○觀漁 ○缽山餘霞閣記

第四節　桐城別派：陽湖派與湘鄉派 …………………………（332）

　　　　　張惠言：○先妣事略　曾國藩：○討粵匪檄（附：洪秀全：○討滿清詔）　薛福成：○觀巴黎油畫記 ○白雷登海口避暑記

第五節　康有爲與梁啓超 ………………………………………（340）

　　　　　康有爲：○《遊滑鐵盧》序　梁啓超：○少年中國說

第六節　駢文 ……………………………………………………（348）

　　　　　趙翼：○戲控袁簡齋太史於卞拙堂太守　汪中：○經舊苑弔馬守眞文 ○漢上琴臺之銘　洪亮吉：○出關與畢侍郎牋

第三章　清詞

概說 …………………………………………………………………（355）

第一節　陽羨詞派與浙西詞派 …………………………………（357）

　　　　　陳維崧：○醉落魄 ○水龍吟 ○賀新郎 ○賀新郎　朱彝尊：○桂殿秋 ○賣花聲 ○解珮令 ○水龍吟 ○長亭怨慢　厲鶚：○百字令 ○憶舊遊

第二節　納蘭性德、項鴻祚與蔣春霖 …………………………（367）

　　　　　納蘭性德：○長相思 ○蝶戀花 ○金縷曲（附：顧貞觀：

007

○金縷曲）　項鴻祚：○百字令　○水龍吟　蔣春霖：○卜算子　○木蘭花慢

　　第三節　常州詞派 ································· （374）
　　　　　張惠言：○木蘭花慢　○木蘭花慢　○水調歌頭　周濟：○渡江雲　○蝶戀花

　　第四節　晚清詞人 ································· （378）
　　　　　王鵬運：○浪淘沙　○滿江紅　鄭文焯：○謁金門　朱孝臧：○烏夜啼　○聲聲慢　況周頤：○蘇武慢　○摸魚兒

第四章　清　曲

　　概　說 ··· （386）
　　第一節　雜　劇 ··································· （389）
　　　　　楊潮觀：○翠微亭卸甲閒遊
　　第二節　傳　奇 ··································· （391）
　　　　　洪昇：○長生殿(第二十五齣)　孔尚任：○桃花扇(第七齣)

第五章　小　說

　　概　說 ··· （403）
　　第一節　文言小說 ································· （406）
　　　　　蒲松齡：○聊齋志異(節選)（○畫壁　○促織　○嬰寧　○青鳳　○狐夢）
　　第二節　世情小說 ································· （418）
　　　　　曹雪芹：○紅樓夢(存目)
　　第三節　俠義小說 ································· （426）
　　　　　文康：○兒女英雄傳(節選)　石玉崑：○三俠五義(存目)
　　第四節　諷刺小說與譴責小說 ······················· （442）

吳敬梓：○儒林外史（節選） 　李寶嘉：○官場現形記（節選）

吳沃堯：○二十年目睹之怪現狀（節選） 　劉鶚：○老殘

遊記（節選） 　曾樸：○孽海花（節選）

第六章　翻譯文學

概　說 ……………………………………………………（487）

第一節　詩　歌 …………………………………………（489）

　　蘇曼殊：○題《沙恭達羅》 ○星耶峰耶俱無生 ○去燕

　　○頴頴赤牆靡 ○冬日 　梁啓超：○端志安 　魯迅：○海

　　涅詩二首 　胡適：○海涅詩一首

第二節　散　文 …………………………………………（498）

　　林紓：○記惠斯敏司德大寺 　嚴復：○天演論（節選）

中國文學
【明清卷】

上編 明代文學

通　論

　　元明易代，王朝歷史掀開新的一頁。但傳統文學的發展演變，卻有其自身的特點，不能簡單地將其與王朝政治的興衰等同起來。事實上，元明文學的發展是一個連續的過程，正統文學並未因王朝更替而發生歷史性的革命或轉變。非正統的通俗文學如白話小說，接着元代發展下來，不可能以朝代爲界截然劃爲兩段；明初曲壇，仍以北雜劇爲主，儘管後來南北曲爭勝，北曲衰而南曲漸盛，其原因也主要在其音樂本身，而與王朝更替沒有必然的因果關係。

　　隨着明代社會的發展，文壇風氣開始發生一系列演變，逐漸形成明代文學自身的特點。以正統文學而論，明代中期以後的主流是"復古"，前後七子倡言"文必秦漢，詩必盛唐"，唐宋派標榜唐宋八大家，復社文人提倡"復興古學"，此起彼伏，蔚爲壯觀。明代文壇的這種"復古"思潮，並非簡單的守舊，而是詩文革新的一種形式，中國人文思想與文學藝術的典範是先秦兩漢與唐宋文學，明代文學要從先秦兩漢或唐宋的寶庫中尋找精神資源，甚至辭彙與表現形式，"擬古"成爲明代文壇的一種時尚，只是各家所摹擬的古人不同而已。這並非因爲明代文人缺乏才氣與創新精神，而是因爲他們的寫作方式、文學觀念、審美趣味與今人有別。正統文人採用文言寫作，文言是一種特殊的書面語言，與日常生活應用的口語相去甚遠，凡是採用文言寫作，首先不可能從活的語言中去汲取辭彙、語氣或文氣，而只可能從過去的經典作品中反復揣摩，並加以模仿，然後能文。再則古人寫詩作文，一般是某種文體的"寫作"，與現代的純文學"創作"大不相同。文體"寫作"中的摹擬，非常類似書法繪畫中的臨摹，由形似而神似，然後卓然成一家之言。當一種風格流行既久、令人生厭時，有人就會標榜另一種古風，如七子以秦漢文風與盛唐詩風來反對"臺閣體"的雍容典雅，而唐宋派又以唐宋八大家來糾正七子的古奧生澀。而只有熟悉文言寫作者，纔能體會或欣賞不同詩風或文風的妙趣。

明代以程朱理學爲官學，以八股文取士，這對明代文學不能說沒有影響；但朝廷統一的標準化考試，主要是選拔國家各級官員，與詩壇或文壇的風氣轉移沒有必然的因果聯繫。明代中期以後，政治腐敗加劇，黨爭日趨激烈，社會卻更加開放，文壇也更加活躍。王陽明提倡心學，強調"人心"對於宇宙萬物的絕對主導作用，無疑是對程朱理學的反動，開啓了明代後期追求個性解放的文學思潮。李贄的"童心"說，袁宏道的"性靈"說，都與王氏的哲學精神息息相通。以袁宏道爲領袖的公安派，主張在詩文中表現自我的"性靈"，而不是"言志"或"載道"。這是向近代文學觀念的轉變，但其要義在革新詩文的內容，並非其文體形式。故而在文言寫作佔統治地位的時代即現代新文學運動之前，公安派"不拘格套"的風格，不僅沒有受到正統文壇的推崇，反而被視爲野狐禪，爲正統文人所不屑道。

與詩文不同，白話小說與戲曲是大衆文學。大衆文學的特點就是"俗"，一曰"通俗"，二曰"俚俗"。但明代戲曲的"雅化"傾向卻非常突出，尤其以南曲演唱的傳奇爲甚。如湯顯祖的"臨川四夢"，其曲文之典麗，非有"文心"者不能欣賞。雜劇作家如朱有燉、徐渭、馮惟敏等人尚能保持"當行本色"。但真正稱得上大衆文學的是白話小說，如《西遊記》《封神演義》《金瓶梅》《醒世姻緣傳》，以及"三言二拍"等擬話本，其敍事風格、語言與審美情趣，都與作爲雅文學的詩文判若兩界。公安派雖以"俚俗"驚世，然其詩文表現追求心靈自由的文人心境與機趣，別有一種"雅趣"在。明代白話小說纔是爲市井細民寫心的文學，故其津津樂道的故事與情節，多有難登大雅之堂者，最明顯的例證是，《金瓶梅》《醒世姻緣傳》以及"三言二拍"等，今天仍須經過刪節纔能與讀者見面。

第一章 明　詩

概　說

　　明初詩壇雖然名家衆多，但卻說不上繁榮。明太祖恢復漢家江山，固然令漢族文士歡欣鼓舞，形諸歌詠，自有一種開國氣象；但明太祖威猛而好猜忌，文士動輒得咎，多不得其死，這樣的時代，詩壇是難以出現真正的繁榮景象的。明初有影響的詩人，如劉基、袁凱、高啓、貝瓊、張以寧等，成名都在元代，其被各種明詩選本收錄的代表作，大多作於元代，應該歸入元詩而非明詩。

　　成祖遷都北京後，政局漸趨平穩，歷仁宗、宣宗、英宗三朝，社會穩定，文網鬆弛，似有"太平盛世"的景象。以三楊（楊士奇、楊榮、楊溥）爲代表的一群臺閣重臣，應酬唱和，歌功頌德，點綴昇平，其詩雍容典雅，詞氣安閑，不尚藻辭，不矜麗句，號爲"臺閣體"。這種詩風流行了近五十餘年，直到李東陽領袖詩壇，纔有所改變。但真正開創詩壇新局面的是以李夢陽、何景明爲代表的"前七子"。李、何諸人倡言復古，詩必盛唐以上，追求古詩的境界與唐詩的氣象，令人耳目一新。其後，嘉靖、隆慶年間，以李攀龍、王世貞爲代表的"後七子"接踵而起，將詩文復古運動再次推向高潮。前後七子的某些詩作，儘管有摹擬蹈襲之病，但也不乏獨具風格的優秀之作，至少在明詩中應屬上乘。

前後七子活躍於明代中期，前後將近百年，同時卓然自立的詩人還有王守仁、楊慎、薛蕙、高叔嗣等，不過他們的創作成就及影響大都在七子之下。另有一類在主流圈子之外的詩人，如唐寅、祝允明、文徵明、徐渭等，他們多是名利場上的失意之人，心中有塊壘，故詩亦有奇氣。

晚明開始於萬曆年間，明王朝氣運已衰，而在詩壇上卻別開生面，這就是公安派與竟陵派的相繼崛起。公安派領袖袁宏道主張"獨抒性靈，不拘格套"，這不僅是對前後七子的反動，也是對"詩言志"傳統的反動。不過，公安派的產生，絕非孤立的文學運動，而是王學在文學上的回響。事實上，明代中期以來主張個性解放者，如徐渭、李贄等人，無一不受王學影響。公安派的詩，寫得率真，寫得隨意，不避淺俗，多玩世之作，其流弊也顯而易見，那就是輕率淺露。竟陵派於是應運而生。竟陵派認同公安派"獨抒性靈"的主張，但卻力避俚俗、輕率、淺露，試圖以"幽深孤峭"的風格來表現"幽情單緒"，從而創造一種新的詩風。竟陵派與公安派一樣，與正統詩學大異其趣，故被正統文人斥爲"詩妖"，甚至亡國之音。

明末社會動盪不安，詩風也開始轉移。一批詩人以復興古學爲口號，重申七子的文學主張，反對公安派與竟陵派的抒寫性靈之說。陳子龍是其代表。他的詩作，尤其是國變之際的詩作，悲歌慷慨，沉痛蒼涼，世人稱其爲明詩殿軍。

| 輯　錄 |

沈德潛《明詩別裁集·序》：宋詩近腐，元詩近纖，明詩其復古也。而二百七十餘年中，又有升降盛衰之別。嘗取有明一代詩論之：洪武之初，劉伯溫（基）之高格，並以高季迪（啓）、袁景文（凱）諸人，各逞才情，連鑣並軫，然猶存元紀之餘風，未極隆時之正軌。永樂以還，體崇臺閣，飢骩不振。弘、正之間，獻吉

（李夢陽）、仲默（何景明），力追雅音，庭實（邊貢）、昌穀（徐禎卿），左右驂靳，古風未墜。餘如楊用修（慎）之才華，薛君采（蕙）之雅正，高子業（叔嗣）之沖淡，俱稱斐然。于鱗（李攀龍）、元美（王世貞），益以茂秦（謝榛），接踵曩哲。雖其間規格有餘，未能變化，識者咎其鮮自得之趣焉；然取其菁英，彬彬乎大雅之章也。自是而後，正聲漸遠，繁響競作，公安袁氏（宏道、中道），竟陵鍾氏（惺）、譚氏（元春），比之自鄶無譏，蓋詩教衰而國祚亦爲之移矣。此升降盛衰之大略也。

參考書目

《明詩別裁集》，沈德潛編，上海古籍出版社 1979 年版。

《明詩三百首》，金性堯編注，上海古籍出版社 1983 年版。

《列朝詩集小傳》，錢謙益著，上海古籍出版社 1983 年版。

第一節　由元入明之詩人

劉　基（1311—1375）

《明史·劉基傳》：劉基，字伯溫，青田人。元至順間舉進士，歷官至江浙儒學副提舉，論御史失職，爲臺臣所阻，再投劾歸。方國珍起海上，行省復辟基爲元帥府都事。後因與執政意見相左，遂棄官，還青田，著《郁離子》以見志。及太祖下金華，聞基及宋濂等名，以幣聘基。既至，陳時務十八策，太祖大喜。初，太祖以韓林兒稱宋後，遙奉之。歲首，中書省設御座行禮，基獨不拜，曰："牧豎耳。奉之何爲！"因見太祖，陳天命所在。其後太祖圖友諒，取士誠，北伐中原，遂成帝業，略如基謀。太祖即皇帝位，以基爲御史中丞兼太史令，後因與丞相李善長相忤，會有妻喪，遂請告歸。其冬，帝手詔，敘其勳伐，召赴京師，欲進基爵，不受。李善長罷，太祖欲相基，固辭。三年，大封功臣，封基誠意伯。明年，賜歸老於鄉。基無書不窺，尤精象緯之學，帝嘗手書問天象，基條答甚悉。基佐定天下，料事如神，至是還隱山中，惟飲酒弈棋，口不言功。其韜跡如此，然究爲惟庸所中。初，基言甌括間有隙地曰談洋，南抵閩界，爲鹽盜藪，方氏所由亂，請設巡檢司守之。胡惟庸時以左丞掌中書省事，使吏訐基，謂談洋地有王氣，基圖爲墓，民弗與，則請立巡檢逐民。帝雖不罪基，然頗爲所動，遂奪基祿。基懼，入謝，乃留京，不敢歸。未幾，惟庸相，基大戚，曰："使吾言不驗，蒼生福也。"憂憤疾作。帝親制文賜之，遣使護歸，抵家疾篤，以天文書授子璉，曰："亟上之！毋令後人習也。"居一月而卒，年六十五。基在京病時，惟庸以醫來，飲其藥，有物積腹中如拳石。其後，中丞涂節首惟庸逆謀，並謂其毒基致死云。基虬髯，貌修偉，慷慨有大節，論天下安危，義形於色。遇急難勇氣奮發，計畫立定，人莫能測。暇則敷陳王道，帝每恭己以聽，常呼爲"老先生"而不名，曰："吾子房也。"所爲文章，氣昌而奇，與宋濂並爲一代之宗。

玉階怨

【題解】《玉階怨》，古樂府曲名，多詠宮怨。據《樂府解題》，班婕妤美而能文，初爲成帝寵愛；後幸趙飛燕姊弟，婕妤自知見薄，乃退居東宫，作賦及紈扇詩以自傷悼。樂府中凡題爲《婕妤怨》《玉階怨》《蛾眉怨》《宫怨》等的古曲，即吟詠此事。然劉基此詩當別有寄興，非宫怨也。

長門燈下淚，滴作玉階苔。年年傍春雨，一上苑牆來。

四部叢刊本《劉誠意集》卷十

長門怨

【題解】《長門怨》，古樂府曲名。《樂府解題》："《長門怨》者，爲陳皇后作也。后退居長門宮，愁悶悲思，聞司馬相如工文章，奉黄金百斤，令爲解愁之辭。相如作《長門賦》，帝見而傷之，復得親幸。後人因其賦而爲《長門怨》也。"《明詩别裁集》引宗臣曰："不作怨語，怨已自深。"

白露下玉除，風清月如練。坐看池上螢，飛入昭陽殿。

四部叢刊本《劉誠意集》卷十

|輯 錄|

錢謙益《列朝詩集小傳》：乃其爲詩，悲窮嘆老，咨嗟幽憂，昔年飛揚碑砢之氣，澌然無有存者，豈古之大人志士義心苦調，有非旂常竹帛可以測量其淺深者乎！又：竊觀其所爲歌詩，悲惋衰颯，先後異致。其深衷托寄，有非國史家狀所能表其微者。

沈德潛《明詩别裁集》：元季詩都尚辭華，文成（劉基）獨標高格，時欲追逐杜、韓，故超然獨勝，允爲一代之冠。又：（劉基）樂府高於古詩，古詩高於近體，五言近體又高於七言。

紀昀《四庫全書總目》：其詩沈鬱頓挫，自成一家，足與高啓相抗。其文閎深肅括，亦宋濂、王褘之亞。

袁　凱（生卒年不詳）

《明史·文苑傳》：袁凱，字景文，松江華亭人。元末爲府吏，博學有才辨，議論飆發，往往屈座人。洪武三年，薦授御史。武臣恃功驕恣，得罪者漸衆。凱上言："諸將習兵事，恐未悉君臣禮。請於都督府延通經學古之士，令諸武臣赴都堂聽講，庶得保族全身之道。"帝敕臺省延名士直午門，爲諸將說書。後帝慮囚畢，命凱送皇太子覆訊，多所矜減。凱還報，帝問："朕與太子，孰是？"凱頓首言："陛下法之正，東宮心之慈。"帝以凱老滑，持兩端，惡之。凱懼，佯狂得免，告歸。久之，以壽終。凱工詩，有盛名。性詼諧，自號"海叟"，背戴烏巾，倒騎黑牛，遊行九峰間，好事者至繪爲圖。初在楊維楨座，客出所賦《白燕詩》，凱微笑，別作一篇以獻。維楨大驚賞，遍示座客，人遂呼"袁白燕"云。

白　燕

【題解】　這是詩人的成名作。此詩詠燕，並不著眼於其外貌神態，而是馳騁想象，化用典故，雖爲即興之作，卻寓有歷史滄桑感。故有人疑爲作者的故國飄零之思，如清宋長白《柳亭詩話》曰："凱以元人而入仕籍，感慨諷刺，意味深長。"但此詩作於元末，並非入明後所作，詩中縱有故國飄零之感，也不是爲元朝而發。

　　故國飄零事已非，舊時王謝見應稀。月明漢水初無影，雪滿梁園尚未歸。柳絮池塘香入夢，梨花庭院冷侵衣。趙家姊妹多相忌，莫向昭陽殿裏飛。

四庫全書本《海叟集》卷三

○舊時王謝：暗用劉禹錫《烏衣巷》："舊時王謝堂前燕，飛入尋常百姓家。"王謝原指東晉望族王導和謝安家，曾居金陵烏衣巷。○月明漢水：清葉矯然《龍性堂詩話續集》："唐寇豹與謝觀以文藻齊名，觀謂豹曰：'君《白賦》有何佳句？'豹曰：'曉入梁園之苑，雪滿群山；夜登庾亮之樓，月明千里。'袁句本之，第'無影''未歸'於'燕'字尤見巧思耳。"庾亮，東晉名將，曾在武昌與僚吏登南樓賞月，故詩有"漢水"語。○梁園：西漢梁孝王所建，南朝宋謝惠連作《雪賦》，敘梁孝王命司馬相如賦雪景事，"梁園雪"遂成典故。○柳絮池塘：化用北宋晏殊《寓意》詩句："梨花院落溶溶月，柳絮池塘淡淡風。"○趙家姊妹：趙飛燕與其妹俱爲漢成帝寵幸，居於昭陽殿，性驕妒，譖許皇后及班婕妤，許、班因而被廢。

京師得家書

【題解】 此詩可能是作者明初在南京做官時所作。《明詩別裁集》評曰："天籟。"

江水三千里，家書十五行。行行無別語，只道早還鄉。

四庫全書本《海叟集》卷四

○三千里，一作"一千里"。○十五行：錢鍾書《管錐編》二○一則：後世信箋每紙印成八行，作書時以不留空行爲敬，語意已盡，則摭扯浮詞，俾能滿幅。袁凱《京師得家書》云云，歷來傳誦；"一千里"自非確數，"十五行"殆示別於虛文客套之兩紙八行耳。

題李陵泣別圖

【題解】 這是一首題畫詩。《漢書·蘇武傳》："昭帝即位數年，匈奴與漢和親。漢求武等，於是李陵置酒賀武曰：'今足下還歸，揚名於匈奴，功顯於漢室，雖古竹帛所載，丹青所畫，何以過子卿？陵雖駑怯，令漢且貰陵罪，全其老母，使得奮大辱之積志，庶幾乎曹柯之盟，此陵宿昔之所不忘也！收族陵家，爲世大戮，陵尚復何顧乎？已矣！令子卿知吾心耳。異域之人，一別長絕。'陵起舞歌曰：'徑萬里兮度沙幕，爲君將兮奮匈奴。路窮絕兮矢刃摧，士衆滅兮名已隤！老母已死，雖欲報恩將安歸？'陵泣下數行，因與武決。"詩中"漢臣"指蘇武，沈德潛《明詩別裁集》卷二："詞婉意嚴，李陵之罪自見。'漢臣'二字，《春秋》之筆。"

上林木落雁南飛，萬里蕭條使節歸。猶有交情兩行淚，西風吹上漢臣衣。

四庫全書本《海叟集》卷四

| 輯　錄 |

何景明《海叟集·序》：海叟爲國初詩人之冠。

紀昀《四庫全書總目》：何景明序謂明初詩人以凱爲冠，蓋凱古體多學《文選》，近體多學杜甫，與景明持論頗符，故有此語。未免無以位置高啓諸人，故論者不以爲然。然使凱馳騁於高啓諸人之間，亦各有短長，互相勝負。居其上則未能，居其下似亦未甘也。

高　啓（1336—1374）

《明史·文苑傳》：高啓，字季迪，長洲人，博學工詩。張士誠據吳，啓依外家居吳淞江之青丘。洪武初被薦，偕同縣謝徽召修《元史》，授翰林院國史編修官，復命教授諸王。三年秋，帝御闕樓，啓、徽俱入對，擢啓戶部右侍郎，徽吏部郎中。啓自陳年少，不敢當重任，徽亦固辭，乃見許。已並賜白金放還。啓嘗賦詩有所諷刺，帝嗛之未發也。及歸，居青丘，授書自給。知府魏觀爲移其家郡中，旦夕延見甚歡。觀以改修府治獲譴，帝見啓所作《上梁文》，因發怒，腰斬於市，年三十有九。明初吳下多詩人，啓與楊基、張羽、徐賁稱四傑，以配唐王、楊、盧、駱云。

悲　歌

【題解】《悲歌》係樂府舊題，屬《雜曲歌辭》。

征途險巇，人乏馬饑。富老不如貧少，美遊不如惡歸。浮雲隨風，零亂四野。仰天悲歌，泣數行下。

上海古籍版《高青丘集》卷一

登金陵雨花臺望大江

【題解】　此詩作於明朝開國之初。作者登臨雨花臺，撫今追昔，感慨萬端，最後歸結到頌揚本朝。詩用長短句的形式，四句一轉韻，抑揚頓挫，神采飛揚。

大江來從萬山中，山勢盡與江流東。鍾山如龍獨西上，欲破巨浪乘長風。江山相雄不相讓，形勝爭誇天下壯。秦皇空此瘞黃金，佳氣蔥蔥至今王。我懷鬱塞何由開，酒酣走上城南臺。坐覺蒼茫萬古意，遠自荒煙落日之中來。石頭城下濤聲怒，武騎千群誰敢渡？黃旗入洛竟何祥，鐵鎖橫江未爲固。前三國，後六朝，草生宮闕何蕭蕭！英雄乘時務割據，幾度戰血流寒潮。我生幸逢聖人起南國，禍亂初平事休息。從今四海永爲家，不用長江限南北。

上海古籍版《高青丘集》卷十一

○秦皇句：《太平御覽》卷七十引《金陵圖》："昔楚威王見此有王氣，因埋金以鎮之，故曰金陵。秦併天下，望氣者言江東有天子氣，鑿地斷連岡，因改金陵爲秣陵。○武騎千群：《資治通鑒·魏紀二》：魏文帝伐吳，至廣陵，望江水盛漲，嘆曰："魏雖有武騎千群，無所用之，未可圖也。"○黃旗入洛：《三國志·吳書·三嗣主傳》引《江表傳》：刁玄使蜀，得司馬徽與劉廙論運命曆數事。玄詐增其文以誑國人曰："黃旗紫蓋見於東南，終有天下者，荆、揚之君乎！"又得中國降人，言壽春下有童謠曰："吳天子當上。"孫皓聞之，喜曰："此天命也。"即載其母妻子及後宮數千人，從牛渚陸道西上，云青蓋入洛陽，以順天命。行遇大雪，兵士寒凍殆死，皆曰："若遇敵，便當倒戈耳。"皓聞之，乃還。○鐵鎖橫江：《晉書·王濬傳》："吳人於江險磧要害之處，並以鐵鎖橫截之，又作鐵錐長丈餘，暗置江中，以逆距船。……濬乃作大筏數十，亦方百餘步，縛草爲人，被甲持杖，令善水者以筏先行，筏遇鐵錐，錐輒著筏去。又作火炬，長十餘丈，大數十圍，灌以麻油，在船前，遇鎖，然炬燒之，須臾，融液斷絕，於是船無所礙。"劉禹錫《西塞山懷古》："千尋鐵鎖沈江底，一片降幡出石頭。"

岳王墓

【題解】 岳飛之死，史家多歸罪秦檜，此詩卻將矛頭直指宋高宗。沈德潛《明詩別裁集》："通體責備高宗，居然史筆。"

大樹無枝向北風，千年遺恨泣英雄。班師詔已來三殿，射虜書猶說兩宮。每憶上方誰請劍，空嗟高廟自藏弓。棲霞嶺上今回首，不見諸陵白露中。

上海古籍版《高青丘集》卷十五

○三殿：唐麟德殿的別名。《玉海》一六○《唐三殿》："三殿者，麟德殿也。一殿而有三面，故名。"這裏代指皇宮。○射虜書：古代兩軍交戰，有所傳達，每將文書系於箭上射向對方。兩宮：徽、欽二帝。○諸陵：南宋諸帝的陵墓，大多在杭州郊外，元初被西僧楊璉真伽發掘。

題宮女圖

【題解】 這是一首題畫絕句。據說，明太祖以爲高啓在詩中意存諷刺，後來就藉故將其腰斬於南京。清初吳喬《答萬季野詩問》："太祖破陳友諒，貯其妻妾於別室，李善長子弟有窺覘者，故詩云然。李、高之得禍，皆以此也。"

女奴扶醉踏蒼苔，明月西園侍宴回。小犬隔花空吠影，夜深宮禁有誰來？

上海古籍版《高青丘集》卷十七

| 輯　錄 |

李東陽《懷麓堂詩話》：國初稱高（啓）、楊（基）、張（羽）、徐（賁）。高季迪才力聲調過三人遠甚，百餘年來亦未見卓然有以過之者，但未見其止。

紀昀《四庫全書總目》：高啓天才高逸，實踞明一代詩人之上。其於詩，擬漢魏似漢魏，擬六朝似六朝，擬唐似唐，擬宋似宋。凡古人之長，無不兼之。振元末纖穠縟麗之習而返之於古，啓實爲有力。然行世太早，殞折太速，未能熔鑄變化，自爲一家。故備有古人之格，而反不能名啓爲何格。此則天實限之，非啓過也。

趙翼《甌北詩話》：高青邱才氣超邁，音節響亮，宗派唐人，而自出新意，一涉筆則有博大昌明氣象，亦關有明一代文運。論者推爲開國詩人第一，信不虛也。

【附】

楊　基（1326—?）

《明史·文苑傳》：楊基，字孟載。其先蜀嘉州人，祖宦吳中，生基，遂家焉。九歲背誦六經，及長，著書十萬餘言，名曰《論鑒》。遭亂，隱吳之赤山，張士誠辟爲丞相府記室。未幾，辭去，客饒介所。明師下平江，基以饒氏客安置臨濠，旋徙河南。洪武二年放歸，尋起爲滎陽知縣。謫居鍾離，被薦爲江西行省幕官。以省臣得罪，落職。六年起官奉使湖廣，召還，授兵部員外郎，遷山西副使，進按察使。被讒奪官，謫輸作，竟卒於工所。初，會稽楊維楨客吳中，以詩自豪。基於座上賦《鐵笛歌》，維楨驚喜，與俱東，語從遊者曰："吾在吳又得一鐵笛矣，若曹就之學，優於老鐵學也。"

岳陽樓

春色醉巴陵，闌干落洞庭。水吞三楚白，山接九疑青。空闊魚龍舞，娉婷帝子靈。何人夜吹笛，風急雨冥冥。

四庫全書本《眉庵集》卷七

春　草

嫩碧柔香遠更濃，春來無處不茸茸。六朝舊恨斜陽裏，南浦新愁細雨中。近水欲迷歌扇綠，隔花偏襯舞裙紅。平川十里人歸晚，無數牛羊一笛風。

四庫全書本《眉庵集》卷八

張　羽（1333—1385）

《明史·文苑傳》：張羽，字來儀，後以字行。本潯陽人，從父宦江浙，兵阻不獲歸，與友徐賁約，卜居吳興。領鄉薦，爲安定書院山長，再徙於吳。洪武四年，徵至京師，應對不稱旨，放還。再徵，授太常司丞。太祖重其文，十六年自述滁陽王事，命羽撰廟碑。尋坐事竄嶺南，未半道召還，羽自知不免，投龍江以死。羽文章精潔有法，尤長於詩，作畫師小米。

燕山春暮

金水橋邊蜀鳥啼，玉泉山下柳花飛。江南江北三千里，愁絶春歸客未歸。

四庫全書本《靜庵集》卷四

徐　賁（1335—1393）

《明史·文苑傳》：徐賁，字幼文，其先蜀人，徙常州，再徙平江。工詩，善畫山水。張士誠辟爲屬，已，謝去。吳平，謫徙臨濠。洪武七年被薦至京，九年春奉使晉冀，有所廉訪，暨還，檢其橐，惟紀行詩數首。太祖悅，授給事中，改御史，巡按廣東，又改刑部主事，遷廣西參議，以政績卓異擢河南左布政使。大軍征洮岷，道其境，坐犒勞不時，下獄瘐死。

柳短短

柳短短，春江滿。蘭渚雪融香，東風釀春暖。山長水更遙，浩蕩木蘭橈。蘭橈向何處？送君南昌去，離愁落日煙中樹。

四庫全書本《北郭集》卷一

高　棅（1350—1423）

《明史·文苑傳》：高棅，字彦恢，更名廷禮，別號漫士。永樂初，以布衣召入翰林，爲待詔，遷典籍。性善飲，工書畫，尤專於詩。其所選《唐詩品彙》《唐詩正聲》，終明之世，館閣宗之。

嶠嶼春潮

瀛洲見海色，潮來如風雨。初日照寒濤，春聲在孤嶼。飛帆落鏡中，望入桃花去。

上海古籍版《明詩紀事·甲籤》卷十

夏谷雲泉

雲影蕩山翠，泉聲亂溪湍。長林無六月，蘿薜生秋寒。

上海古籍版《明詩紀事·甲籤》卷十

參考書目

《劉誠意集》，劉基著，四部叢刊本。

《海叟集》，袁凱著，四庫全書本。

《高青丘集》，高啓著，上海古籍出版社 1985 年版。

思考題

1. 試分析劉基兩首樂府詩中的比興。
2. 背誦袁凱《白燕》詩，並解釋所用典故。
3. 試以袁凱、高啓爲例，分析明初詩人的矛盾心理。

第二節　臺閣體與李東陽

楊士奇（1365—1444）

《明史·楊士奇傳》：楊士奇，名寓，以字行，泰和人。早孤，貧甚力學，授徒自給，多遊湖湘間，館江夏最久。建文初，集諸儒修《太祖實錄》，士奇以史才薦，召入翰林。充編纂官。成祖即位，改編修，已，簡入內閣，典機務。士奇奉職甚謹，私居不言公事，雖至親厚，不得聞。太子稱善。仁宗即位，擢禮部侍郎兼華蓋殿大學士。修《太宗實錄》，充總裁官。未幾，帝不豫，召士奇、楊榮等至，命士奇書敕召太子於南京。宣宗即位，修《仁宗實錄》，仍充總裁。宣宗崩，英宗即位，方九齡，軍國大政關白太皇太后，太后推心任士奇、榮、溥三人，有事遣中使詣閣諮議，然後裁決。正統之初，朝政清明，士奇等之力也。三年，《宣宗實錄》成，進少師。是時，中官王振有寵於帝，漸預外庭事。未幾，楊榮卒，士奇、楊溥益孤。又明年，太皇太后崩，振勢益盛，大作威福，士奇亦弗能制也。卒年八十，贈太師，諡文貞。士奇雅善知人，好推轂寒士，所薦達有初未識面者，而于謙、周忱、況鍾之屬，皆用士奇薦，居官一二十年，廉能冠天下，爲世名臣。

滕王閣送别

【題解】 滕王閣乃唐高宗顯慶四年滕王李元嬰爲洪州都督時所建,因王勃作《滕王閣序》而名世。楊士奇作此詩時,閣已毁,詩人弔覽遺跡,感慨古今。

章江西來繞洪州,滕王高閣臨江流。滕王去後無千歲,高閣人間幾興廢。昔聞貞觀全盛時,大廷金册封宗支。時平還出領旌節,富貴非常驕逸滋。正對西山俯南浦,雕闌朱檻參差起。玳筵鳳管雜龍笙,白晝歌聲彩雲裹。留連晚日下簾鈎,别有漁歌聞上頭。回眸共盼滄洲際,杏彩蘭嬌擁峨翠。只言歡樂殊未央,城頭一夜飛秋霜。三春榮盛逐流水,佩玉鳴鑾俱渺茫。年深代易無此閣,好事何人爲重作。絕世留傳《蛺蜨圖》,東風粉色皆銷落。只今閣空臺亦平,瀕江但有滕王亭。松門薄暮掩脩竹,萬葉蕭蕭寒雨青。當時棄德耽遊宴,身後荒凉竟誰嘆。一種南昌孺子亭,行人下馬思東漢。君行幾日過江津,弔覽應知作賦新。文章自昔三王盛,還見今人繼昔人。

上海古籍版《明詩紀事·乙籤》卷三

○《蛺蜨圖》:畫名。滕王李元嬰所繪。○孺子亭:徐穉,字孺子,東漢南昌人。隱居不仕,躬耕自食。陳蕃爲太守,不接賓客,惟穉來,特爲之設一榻,去則懸之。王勃《滕王閣序》中有"徐孺下陳蕃之榻"句。南唐時於其隱釣之西湖建"高士臺"(又名"孺子臺"),以紀念之。○三王文章:王勃作《滕王閣序》之後,又有王仲舒作記,王緒作賦,史稱"三王文章"。

| 輯　錄 |

錢謙益《列朝詩集小傳》乙集:國初相業稱三楊,公(楊士奇)爲之首。其詩

文號"臺閣體"。今所傳《東里詩集》，大都詞氣安閑，首尾停穩，不尚藻飾，不矜麗句，太平宰相之風度，可以想見。

沈德潛《明詩別裁集》卷三：永樂以還，尚臺閣體，諸大老倡之，衆人靡然和之，相習成風，而真詩漸亡矣。

紀昀《四庫全書總目》：明初三楊並稱，而士奇文章特優，制誥碑版，多出其手。仁宗雅好歐陽修文，士奇文亦平正紆餘，得其仿佛。故鄭瑗《井觀瑣言》稱其文典則，無浮泛之病。雜錄敘事，極平穩不費力。後來館閣著作，沿爲流派，遂爲七子之口實。然則李夢陽詩云："宣德文體多渾淪，偉哉東里廊廟珍。"亦不盡沒其所長。蓋其文雖乏新裁，而不失古格，前輩典型，遂主持數十年之風氣，非偶然也。

楊　榮（1371—1440）

《明史·楊榮傳》：楊榮，字勉仁，建安人。初名子榮。建文二年進士，授編修。成祖初入京，榮迎謁馬首，曰："殿下先謁陵乎？先即位乎？"成祖遽趣駕謁陵。自是遂受知。既即位，簡入文淵閣，同值七人，榮最年少警敏。帝威嚴，與諸大臣議事未決，或至發怒，榮至，則爲霽顏，事亦遂決。五年，命往甘肅經畫軍務，還奏武英殿，帝大悅，值盛暑，親剖瓜噉之。後從成祖北征。十六年，掌管翰林院事，益見親任。十八年，進文淵閣大學士。復從北征，軍務悉委榮，晝夜相見無時，帝時稱"楊學士"，不名也。二十二年，征阿魯台，成祖崩於軍中，榮與金幼孜處分軍事，馳報太子。仁宗即位，進太子少傅、謹身殿大學士。宣德元年，漢王高煦反，帝召榮等定計，榮首請帝親征。三年，從帝巡邊。英宗即位，委寄如故。正統三年，與士奇俱進少師。卒年七十，贈太師，諡文敏。榮歷事四朝，謀而能斷。遇人觸帝怒，致不測，往往以微言導帝意，輒得解。嘗語人曰："事君有體，進諫有方。以悻直取禍，吾不爲也。"故其恩遇亦終始無間。性喜賓客，雖貴盛，無稍崖岸，士多歸心焉。

賜遊萬歲山詩

【題解】 典型的臺閣體。據詩前自序：宣德三年三月庚辰，帝命大臣十餘人與同遊北海萬歲山（即今瓊華島）。作者亦在其中，因賦五言律詩十首，"以述皇上眷待臣下恩禮之隆，以紀群臣遭際之盛，且使後之爲臣者有所勸勉焉"。所選爲第一與第十首。

瓊島宸遊日，隨遊切九重。天恩許乘騎，仙仗從飛龍。迤邐雲霄近，汪洋雨露濃。詞臣何慶幸，千載得遭逢。

四海同熙皞，宸遊樂太平。彩雲隨御輦，瑞日照霓旌。賜賚何稠疊，沾承感聖明。永言歌帝德，千載播鴻名。

上海古籍版《明詩紀事・乙籤》卷三

附：

平安南頌（節錄）

於皇太祖，統一萬邦。普天率土，來廷來王。歲時貢獻，厥篚相望。如彼葵藿，心傾太陽。赫赫業業，端拱而治。嘉祥屢臻，靈物畢至。文武將相，視同一體。龍興雲從，風行草靡。南平江漢，北定朔方。中原晏然，以耕以桑。閩浙蜀越，悉歸版章。我皇繼統，一遵成憲。敬天勤民，恭己南面。萬里邈遠，如覿目前。幽側荒僻，無不燭焉。蠢茲南夷，肆逞悖逆。在廷臣庶，請加誅殛。皇帝曰吁，貌焉狂獠！敢肆凶頑，自致天討。乃命大將，旗旄央央。鉦鼓喧鏜，師律而臧。嗟爾蠻夷，蕞爾土壤。蜂蟻之衆，狐狢之黨。潛形穴巢，孰使狂罔？天戈一麾，魂褫魄喪。帝戒將臣，神武不殺。殲厥渠魁，下人可活。帝戒將臣，奮揚威武，相其原隰，深入其阻。

將臣所至，悉諭聖恩。振威揚武，雷擊電奔。逆豎潛伏，殲拔厥根。以解倒懸，以雪煩冤。……惟皇之功，克紹太祖。惟皇之基，超軼前古。惟皇之德，上侔堯禹。於萬斯年，作民父母。

上海古籍版《明詩紀事・乙籤》卷三

|輯　錄|

紀昀《四庫全書總目》：榮當明全盛之日，歷事四朝，恩禮終始無間，儒生遭遇，可謂至榮。故發爲文章，具有富貴福澤之氣，應制諸作，渢渢雅音，其他詩文，亦皆雍容平易，肖其爲人。雖無深湛幽渺之思、縱橫馳驟之才，足以震耀一世，而逶迤有度，醇實無疵，臺閣之文所由與山林枯槁者異也。與楊士奇同主一代之文柄，亦有由矣。柄國既久，晚進者遞相摹擬，城中高髻，四方一尺，餘波所衍，漸流爲膚廓冗長，千篇一律。物窮則變，何李崛起，倡爲復古之論，而士奇、榮等遂爲藝林之口實。平心而論，凡文章之力足以轉移一世者，其始也必能自成一家，其久也亦無不生弊。微獨東里一派，即前後七子，亦孰不皆然。不可以前人之盛，並回護後來之衰；亦不可以後來之衰，並掩沒前人之盛也。亦何容以末流放失，遽病士奇與榮哉！

楊　溥（1372—1446）

《明史・楊溥傳》：楊溥，字弘濟，石首人。與楊榮同舉進士，授編修。永樂初，侍皇太子，爲洗馬。十二年，以東宮遣使迎帝遲，下錦衣衛獄。家人供食數絕，而帝意不可測，旦夕且死，溥益奮，讀書不輟，系十年，讀經史諸子數周。仁宗即位，釋出獄，擢翰林學士。上念溥由己故久困，尤憐之。明年，建弘文閣，選諸臣有學行者侍值，命溥掌閣事，親授閣印曰："朕用卿左右，非止學問，欲廣知民事，爲治道輔。"宣宗即位，弘文閣罷，召溥入內閣，與楊士奇等共典機務。英宗正統三年，進少保、武英殿大學士。溥後楊士奇、楊榮二十餘年入閣，至是乃與士奇、榮並。是時，王振尚未橫，天下清平，朝無失政，中外臣民翕然稱"三楊"。以居第目士奇曰"西楊"，榮曰"東楊"，而溥嘗自署郡望曰南郡，因號爲"南楊"。時謂士奇有學行，榮有才識，溥有雅操，皆人所不及云。

送鄒侍講仲熙扈駕北行

【題解】　官場應酬之作。鄒仲熙名輯，洪武進士，永樂初官至翰林院侍講學士。

紫蓋黃旗出九重，綠楊馳道馬如龍。中原形勝經行舊，太史文章製作雄。仗外金蓮輝夜月，花邊玉珮度春風。封章多是陳民俗，不羨相如一賦工。

上海古籍版《明詩紀事·乙籤》卷三

李東陽（1447—1516）

《明史·李東陽傳》：李東陽，字賓之，茶陵人，以戍籍居京師。四歲能作徑尺書，景帝召試之，甚喜，抱置膝上，賜果鈔。後兩召講《尚書》大義，稱旨，命入京學。年十八成進士，累遷侍講學士，充東宮講官。弘治五年，擢禮部右侍郎兼侍讀學士，入內閣專典誥敕。八年，以本官直文淵閣，參預機務。久之，進太子少保、禮部尚書兼文淵閣大學士。東陽工古文，閣中疏草多屬之，疏出，天下傳誦。武宗立，劉瑾入司禮監，東陽與首輔劉健、謝遷等即日辭位，中旨去健等，獨留東陽。東陽悒悒不得志，亦委蛇避禍。瑾兇暴日甚，無所不訕侮，於東陽猶陽禮敬，凡瑾所爲亂政，東陽彌縫其間，亦多所補救。劉健、謝遷輩幾得危禍，皆賴東陽而解。其潛移默奪，保全善類，天下陰受其庇，而氣節之士多非之。正德七年，以老疾乞休。又四年卒，贈太師，謚文正。東陽爲文典雅流麗，朝廷大著作多出其手。工篆隸書，碑版篇翰流播四裔。獎成後進，推挽才彥，學士大夫出其門者，悉粲然有所成就。自明興以來，宰臣以文章領袖縉紳者，楊士奇後，東陽而已。立朝五十年，清節不渝。既罷政居家，請詩文書篆者填塞戶限，頗資以給朝夕。一日，夫人方進紙墨，東陽有倦色，夫人笑曰："今日設客，可使案無魚菜耶？"乃欣然命筆，移時而罷。其風操如此。

題清明上河圖

【題解】《清明上河圖》係北宋宮廷畫家張擇端所繪。此詩前半部詠畫，後半部寓念盛衰無常，榮枯更迭，是將它當成"畫史"來看待的。張圖原有真贋二本，據說真跡曾落南宋賈似道之手，明清兩代皆入內府，據今人考證，李東陽所藏可能是贋本。

宋家汴都全盛時，四方玉帛梯航隨。清明上河俗所尚，傾城士女攜童兒。城中萬屋翬甍起，百貨千商集成蟻。花棚柳市圍春風，霧閣雲窗燦朝綺。芳原細草飛輕塵，馳者若飆行若雲。虹橋影落浪花裏，捩舵撇篷俱有神。笙歌在樓遊在野，亦有驅牛種田者。眼中苦樂各有情，縱有丹青未堪寫。翰林畫史張擇端，研朱吮墨鏤心肝。細窮毫髮夥千萬，直與造化爭雕鎪。圖成進入緝熙殿，御筆題簽標卷面。天津一夜杜鵑啼，倏忽春光幾回變。朔風卷地天雨砂，此圖此景復誰家？家藏私印屢易主，贏得風流後代誇。姓名不入《宣和譜》，翰墨流傳藉吾祖。獨從憂樂感興衰，空弔環州一抔土。豐亨豫大紛彼徒，當時誰進《流民圖》？乾坤俯仰意不極，世事榮枯無代無。

岳麓書社版《李東陽集・詩前稿》卷九

○緝熙殿：宋宮殿名。○天津：橋名，在洛陽。邵伯溫《邵氏聞見前錄》：邵雍在天津橋上聞杜鵑，知南人作相，天下將亂。○《宣和譜》：即《宣和畫譜》，無名氏著，記宋徽宗宣和時內府藏畫。○翰墨流傳藉吾祖：原詩自注："上有先提舉跋。"李東陽五世從祖李祁仕元，曾官江浙儒學副提舉。元亡，拒明太祖召，自稱"不二心老人"。○豐亨豫大：豐、豫，本爲《易經》二卦名，有富饒安樂意。《宋史·蔡京傳》："時承平既久，帑庾盈溢，京倡爲豐亨豫大之說，視官爵財物如糞土。"《朱子語類》七三："宣政間，有以奢侈爲言者，小人卻云當豐亨豫大之時，須是恁地侈泰方得，所以一面放肆，如何得不亂？"○《流民圖》：《宋史·鄭俠傳》：熙寧七年，久旱不雨，流民遍地，扶攜塞道，鄭俠繪所見爲圖，上之神宗，並奏稱新法爲"掊克不道之政"，請悉罷去。

寄彭民望

【題解】 彭民望，名澤，湖南攸縣人，以舉人官應天通判，後失志歸家。作者當時尚未發達，只有寄詩聊表同情。據《懷麓堂詩話》，彭讀罷此詩，感動得潸然淚下，爲之悲歌數十遍不休，對其子道："西涯所造，一至此乎！恨不得尊酒重論文耳！"

斫地哀歌興未闌，歸來長鋏尚須彈。秋風布褐衣猶短，夜雨江湖夢亦寒。木葉下時驚歲晚，人情閱盡見交難。長安旅食淹留地，慚愧先生苜蓿盤。

岳麓書社版《李東陽集·詩前稿》卷十二

○斫地哀歌：化用杜甫《短歌行送王郎司直》起句："王郎酒酣拔劍斫地歌莫哀。"○歸來長鋏：用馮諼客孟嘗君故事。○苜蓿盤：王定保《唐摭言》十五："薛令之……累遷左庶子。時開元東宮官僚清淡，令之以詩自悼，復紀於公署曰：'朝旭上團團，照見先生盤。盤中何所有，苜蓿長闌干。飯澀匙難綰，羹稀箸易寬。只可謀朝夕，那能度歲寒！'"

九日渡江

【題解】 作者由南京渡江往揚州北上，正值重陽。身在異鄉，思親情切，感而賦詩。

秋風江口聽鳴榔，遠客歸心正渺茫。萬里乾坤此江水，百年風日幾重陽？煙中樹色浮瓜步，城上山形繞建康。直過真州更東下，夜深燈影宿維揚。

岳麓書社版《李東陽集·北上錄》

輯　錄

李東陽《懷麓堂詩話》：秀才作詩不脫俗，謂之頭巾氣。和尚作詩不脫俗，謂之酸餡氣。詠閨閣過於華艷，謂之脂粉氣。能脫此三氣，則不俗矣。至於朝廷典則之詩，謂之臺閣氣。隱逸恬澹之詩，謂之山林氣。此二氣者，必有其一，卻不可少。又：作山林詩易，作臺閣詩難。山林詩或失之野，臺閣詩或失之俗。野可犯，俗不可犯也。蓋惟李、杜能兼二者之妙。若賈浪仙之山林，則野矣；白樂天之臺閣，則近乎俗矣。

胡應麟《詩藪》：成化以還，詩道旁落，唐人風致幾於盡斲。獨文正（李東陽）才具宏通，格律嚴整，高步一時，興起何、李，厥功甚偉。

紀昀《四庫全書總目》：東陽文章爲明一代大宗，自李夢陽、何景明崛起弘、正之間，倡復古學，文必秦漢，詩必盛唐，才學足以籠罩一世，茶陵之光焰幾燼。逮北地（夢陽）、信陽（景明）之派轉相摹擬，流弊漸深，論者乃稍稍復理東陽之傳，以相撐拄。平心而論，何、李如齊桓、晉文，功烈震天下，而霸氣終存。東陽如衰周弱魯，力不足禦強橫，而典章文物尚有先王之遺風。

參考書目

《李東陽集》，李東陽著，岳麓書社1984年版。

思考題

1. 何謂"臺閣體"？其詩有何特點？
2. 李東陽於轉移明代詩風有何作用？

第三節　前七子

李夢陽（1473—1530）

《明史·文苑傳》：李夢陽，字獻吉，慶陽人。母夢日墜懷而生，故名夢陽。弘治六年，舉陝西鄉試第一，明年成進士，授戶部主事，遷郎中。十八年應詔，上疏論得失，末言："壽甯侯張鶴齡招納無賴，罔利賊民。"鶴齡奏辨，摘疏中"陛下厚張氏"語，誣夢陽訕母后爲"張氏"，罪當斬。時皇后有寵，帝不得已，系夢陽錦衣獄，尋宥出。孝宗崩，武宗立，劉瑾等八虎用事。夢陽代尚書韓文草奏劾八閹，會語泄，文等皆逐去，夢陽致仕。既而，瑾復摭他事，下夢陽獄，將殺之。康海爲說瑾，乃免。瑾誅，起官江西提學副使。恃才傲物，被劾罷官家居，益放縱負氣。治園池，招賓客，日縱俠少射獵繁台、晉邱間，自號空同子，名震海內。寧王宸濠者浮慕夢陽，嘗請撰《陽春書院記》，宸濠反誅，御史劾夢陽黨逆，被逮下獄。大學士楊廷和等力救之，坐前作《書院記》，削籍。夢陽才思雄鷙，卓然以復古自命。弘治時，宰相李東陽主文柄，天下翕然宗之。夢陽獨譏其萎弱，倡言"文必秦漢，詩必盛唐"，非是者弗道，與何景明、徐禎卿、邊貢、康海、王九思、王廷相號七才子，皆卑視一世，夢陽尤甚。迨嘉靖朝李攀龍、王世貞出，復奉以爲宗，天下推李、何、王、李爲四大家，無不爭效其體。華州王維楨以爲七言律自杜甫以後，善用頓挫倒插之法，惟夢陽一人。而後有譏夢陽詩文者，則謂其類比剽竊，得史遷、少陵之似而失其真云。

秋　望

【題解】　此詩作於作者奉命出塞犒軍之際。詩中描寫戰雲密布的塞上風光，筆力遒勁，慷慨悲涼，爲作者名篇之一。

　　黃河水繞漢邊牆，河上秋風雁幾行。客子過壕追野馬，將軍夜箭射天狼。黃塵古渡迷飛挽，白月橫空冷戰場。聞道朔方多勇略，只今誰是郭汾陽？

中華書局版《李夢陽集校箋》卷三十二

　　〇漢邊牆：指明代爲防韃靼入侵修築的九邊長城。〇郭汾陽：唐代名將郭子儀。郭子儀因平定安史之亂功封汾陽郡王。

朱仙鎮

【題解】　朱仙鎮在河南開封西南。高宗紹興十年（1141），岳飛大敗金兵於郾城，進軍於此，曾大宴三軍，慷慨陳詞："直抵黃龍府，與諸君痛飲爾！"楊慎《空同詩選》評曰："空同七言律第一首。"鍾惺《明詩歸》曰："此詩絕不填塞事實，只淡淡寫意，而武穆精爽之氣隱隱往來其間。"

　　水廟飛沙白日陰，古墩殘樹濁河深。金牌痛哭班師地，鐵馬驅馳報主心。入夜松杉雙鷺宿，有時風雨一龍吟。經行墨客還詞賦，南北淒涼自古今。

中華書局版《李夢陽集校箋》卷三十二

林良畫兩角鷹歌

【題解】　林良，字以善，明代院體畫的代表作家。此詩所詠《雙鷹圖》現藏廣東博物館。沈德潛《明詩別裁集》評曰："從畫說到獵，從獵開出議論，後畫獵雙收，何等章法！筆力亦如神龍蜿蜒，捕捉不住。"汪端《明三十家詩選》譽爲"空同七古壓卷"。

百餘年來畫禽鳥，後有呂紀前邊昭。二子工似不工意，吮筆決眦分毫毛。林良寫鳥只用墨，開縑半掃風雲黑。水禽陸禽各臻妙，挂出滿堂皆動色。空山古林江怒濤，兩鷹突出霜崖高。整骨刷羽意勢動，四壁六月生秋飈。一鷹下視睛不轉，已知兩眼無秋毫。一鷹掉頸復欲下，漸覺颯颯開風毛。匹綃雖慘澹，殺氣不可滅。戴角森森爪拳鐵，迥如愁胡眦欲裂。朔風吹沙秋草黃，安得臂爾騎駟驖？草間妖鳥盡擊死，萬里晴空灑毛血。我聞宋徽宗，亦善貌此鷹。後來失天子，餓死五國城。乃知圖寫小人藝，工意工似皆虛名。校獵馳騁亦末事，外作禽荒古有經。今皇恭默罷遊宴，講經日御文華殿。南海西湖馳道荒，獵師虞長俱貧賤。呂紀白首金爐邊，日暮還家無酒錢。從來上智不貴物，淫巧豈敢陳王前？良乎良乎，寧使爾畫不值錢，無令後世好畫兼好畋！

中華書局《李夢陽集校箋》卷二十二

○呂紀：字廷振，號樂愚，弘治年間宮廷畫家。工花鳥，師法邊景昭。○邊昭：即邊景昭，字文進，永樂年間宮廷畫家。○外作禽荒：《尚書·五子之歌》："內作色荒，外作禽荒，甘酒嗜音，峻宇雕牆，有一於此，未或不亡。"禽荒：沈湎於田獵。○戴角森森：杜甫《姜楚公畫角鷹歌》："楚公畫鷹鷹戴角，殺氣森森到幽朔。"○愁胡：杜甫《畫鷹》："側目似愁胡。"仇兆鰲注引孫楚《鷹賦》："深目蛾眉，狀似愁胡。"○今皇：可能指明武宗。然下文所云並非事實，而是作者的希望。○南海西湖：指北京永定門外的南海子和紫禁城西的三海（北海、中海和南海）。

| 輯　錄 |

錢謙益《列朝詩集小傳》：獻吉生休明之代，負雄鷙之才，倜然謂漢後無文，唐後無詩，以復古爲己任。信陽何仲默起而應之。平心而論之，由本朝之詩，溯而

上之，格律差殊，風調各別，標舉興會，舒寫性情，其源流則一而已矣。獻吉以復古自命，曰古詩必漢魏，必三謝；今體必盛唐，必杜；舍是無詩焉。牽率類比剽賊於聲句之間，如嬰兒之學語，如桐子之洛誦，字則字、句則句、篇則篇，毫不能吐其心之所有，古之人固如是乎？獻吉曰："不讀唐以後書。"獻吉之詩文，引據唐以前書，紕繆挂漏，不一而足，又何說也。國家當日中月滿，盛極孽衰，粗材笨伯乘運而起，雄霸詞壇，流傳訛種，二百年以來，正始淪亡，榛蕪塞路，先輩讀書種子從此斷絕，豈細故哉！

沈德潛《明詩別裁集》：空同五言古宗法陳思、康樂，然過於雕刻，未極自然；七言古雄渾悲壯，縱橫變化；七言近體開合動蕩，不拘故方，准之杜陵，幾於具體。故當雄視一代，邈焉寡儔。而錢受之詆其類比剽賊，等於嬰兒之學語，至謂讀書種子從此斷絕，吾不知其爲何心也！

紀昀《四庫全書總目》：正、嘉之際，北地（李夢陽）、信陽（何景明）聲華藉甚，教天下無讀唐以後書。然七子之學得於詩者較深，得於文者頗淺，故其詩能自成家，而古文則鈎章棘句，剽襲秦漢之面貌，遂成僞體。

陳田《明詩紀事》：明代中葉有李、何，猶唐有李、杜，宋有蘇、黃。

何景明（1483—1521）

《明史·文苑傳》：何景明，字仲默，信陽人。八歲能詩古文，弘治十一年舉於鄉，年方十五。十五年第進士，授中書舍人。與李夢陽輩倡詩古文。夢陽最雄駿，景明稍後出，相與頡頏。正德改元，劉瑾竊柄，謝病歸。瑾誅，用李東陽薦，起故秩，直內閣制敕房。李夢陽下獄，衆莫敢爲直，景明上書吏部尚書楊一清救之。九年，乾清宮災，疏言："義子（指錢寧）不當畜，邊軍不當留，番僧不當寵，宦官不當任。"留中久之。進吏部員外郎。錢寧欲交歡，以古畫索題。景明曰："此名筆，毋汙人手。"留經年，終擲還之。尋擢陝西提學副使。其教諸生專以經術世務，遴秀者於正學書院，親爲說經，不用諸家訓詁，士始知有經學。嘉靖初，引疾歸。未幾卒，年三十有九。景明志操耿介，尚節義，鄙榮利，與夢陽並有國士風。兩人爲詩文，初相得甚歡，名成之後，互相詆諆。夢陽主摹仿，景明則主創造，各樹堅壘，不相下，兩人交遊亦遂分左右袒。其持論，謂："詩溺於陶，謝力振之，古詩之法亡於謝；文靡於隋，韓力振之，古文之法亡於韓。"

秋江詞

【題解】 詩旨很朦朧，秋水伊人所詠何人何事，殊難索解。然其詞采艷麗，音韻鏗鏘，令人有一種賞心悅目的美感。

煙渺渺，碧波遠。白露晞，翠莎晚。泛綠漪，蒹葭淺。浦風吹帽寒髮短。美人立，江中流。暮雨帆檣江上舟，夕陽簾櫳江上樓。舟中采蓮紅藕香，樓前踏翠芳草愁。芳草愁，西風起。芙蓉花，落秋水。魚初肥，酒正美。江白如練月如洗，醉下煙波千萬里。

人民文學版《何景明詩選》

登五丈原謁武侯墓

【題解】 五丈原，古地名，在今陝西岐山縣南、寶雞縣東、鳌屋縣西，渭水南岸。《三國志・諸葛亮傳》："十二年春，亮悉大眾由斜谷出，以流馬運，據武功五丈原。"亮於是年秋病逝此地。何景明此作吐納杜詩，頷頸二聯，尤見蒼勁。

風日高原暮，松杉古廟陰。三分扶漢業，萬里出師心。星落營空在，雲橫陣已沈。千秋一瞻眺，梁甫爲誰吟？

人民文學版《何景明詩選》

○松杉古廟：杜甫《詠懷古跡》："古廟松杉巢水鶴。"○三分句：杜甫《八陣圖》："功蓋三分國，名成八陣圖。"○梁甫句：杜甫《登樓》：

"日暮聊爲梁甫吟。"

明月篇

【題解】作者宗仰漢魏盛唐，尤尊杜甫。但又認爲杜詩"詞固沈著，而調失流轉"，且少寄興，論其音節聲調，反在初唐四傑之下。據作者原序，此詩"意調若仿佛四子"，又曰："詩本乎性情而發者也，其切而易見者，莫如夫婦之間，是以《三百篇》首乎《關雎》，六義始乎《風》；而漢魏作者，義觀君臣朋友，辭必托諸夫婦，以宣鬱而達情焉，其旨遠矣。"故此詩字面雖爲男女離別之恨，實則感慨人生，別有寄托。

長安月，離離出海嶠。遙見層城隱半輪，漸看阿閤銜初照。瀲灩黃金波，團欒白玉盤。青天流影披紅蕊，白露含輝泛紫蘭。紫蘭紅蕊西風起，九衢夾道秋如水。錦幌高褰香霧濃，瑣闥斜映輕霞舉。霧沉霞落天宇開，萬戶千門月明裏。月明皎皎陌東西，柏寢岧嶢望不迷。侯家臺榭光先滿，戚里笙歌影乍低。濯濯芙蓉生玉沼，娟娟楊柳覆金堤。鳳凰樓上吹簫女，蟋蟀堂前織錦妻。別有深宮閉深院，年年歲歲愁相見。金屋螢流長信階，綺櫳燕入昭陽殿。趙女通宵侍御床，班姬此夕悲團扇。秋來明月照金微，榆黃沙白路逶迤。征夫塞上行憐影，少婦床前想畫眉。上林鴻雁書中恨，北地關山笛裏悲。書中笛裏空相憶，幾見盈虧淚沾臆。紅閨貌減落春華，玉門腸斷逢秋色。春華秋色遞如流，東家怨女上妝樓。流蘇帳卷初安鏡，翡翠簾開自上鉤。河邊織女期七夕，天上嫦娥奈九秋。七夕風濤還可渡，九秋霜露迥生愁。九秋七夕須臾易，盛年一去真堪惜。可憐揚彩入羅幃，可憐流素凝瑤席。未作當壚賣酒人，難邀入座援琴客。客心對此嘆蹉跎，烏鵲南飛可奈何！江頭商婦移船待，湖上佳人挾瑟歌。此時憑闌垂玉箸，此時滅燭斂青蛾。玉箸青蛾苦緘怨，緘怨含情不能吐。麗色春妍桃李蹊，遲輝晚媚菖蒲浦。與君相思在二八，與君相期在三五。空持夜被貼鴛鴦，空持暖玉擎鸚鵡。青衫泣掩琵琶絃，銀屏忍對箜篌語。箜篌再彈月已微，穿廊入闥靄斜輝。歸心日遠大刀折，極目天涯破鏡飛。

人民文學版《何景明詩選》

○柏寢：春秋齊景公所建臺名。《晏子春秋》："景公新成柏寢之臺。"此處借指長安城中的樓臺。○吹簫女：劉向《列仙傳》："簫史者，秦繆公時人，善吹簫，繆公有女字弄玉，好之，公遂以妻之，遂教弄玉作鳳鳴。居數十年，吹以鳳聲，鳳凰來止其屋，爲作鳳臺，夫婦止其上，不下數年。一旦皆隨鳳凰飛去。"○織錦妻：蘇蕙。《晉書·列女傳》："竇滔妻蘇氏，始平人也，名蕙，字若蘭。善屬文。滔，苻堅時爲秦州刺史，被徙流沙，蘇氏思之，織錦爲回文旋圖詩以贈滔。宛轉迴圈以讀之，詞甚悽惋，凡八百四十字。"○長信：漢宮名。下文"昭陽殿"亦漢宮名。○趙女：趙飛燕。善舞，以體輕號曰"飛燕"。成帝時先爲婕妤，許后廢，立爲后，與其妹昭儀專寵十餘年。○班姬：班婕妤。成帝時入宮爲婕妤，後爲趙飛燕所譖，退求供養太后於長信宮，曾作《怨歌行》："新裂齊紈素，皎潔如霜雪。裁爲合歡扇，團團似明月。出入君懷袖，動搖微風發。常恐秋節至，涼風奪炎熱。棄捐篋笥中，恩情中道絕。"○金微：山名，又稱金山，即今阿爾泰山。○畫眉：用漢張敞爲妻畫眉故事，見《漢書·張敞傳》。○上林鴻雁：用蘇武歸漢故事。○當壚賣酒人：用卓文君當壚賣酒故事。○大刀折：漢李陵降匈奴後，其故人任立政等往匈奴，欲暗地勸陵歸漢。一日，立政見陵，屢以手摸自己的刀環。環、還音近，暗示李陵歸還。後人即用大刀頭作爲"還"的隱語。此處言"大刀折"，意謂歸還無期也。

輯　錄

王世貞《藝苑卮言》：何仲默詩如朝霞點水，芙蕖試風；又如西施、毛嬙，毋論才藝，卻扇一顧，粉黛無色。仲默才秀於李氏，而不能如其大，故有弱調而無累句，詩體翩翩，俱在雁行。

紀昀《四庫全書總目》：正、嘉之間，景明與李夢陽俱倡復古之學，天下翕然從之，文體一變。然二人天分各殊，取徑稍異，故集中論詩諸書，反復詰難，斷斷然不相下。平心而論，摹擬蹊徑，二人之所短略同，至夢陽雄邁之氣，與景明諧雅之音，亦各有所長。正不妨離之雙美，不必更分左右袒也。

【附】

邊　貢（1476—1532）

錢謙益《列朝詩集小傳》：邊貢，字廷實，歷城人。弘治丙辰進士，授太常博士，擢戶科給事中。出知衛輝府，改荊州，升山西、河南提學副使。嘉靖初，召拜南京太常少卿，遷太僕，改太常卿，提督四夷館，拜南京戶部尚書。廷實弱冠舉進士，雅負才名，美風姿，諳吏事，好交與天下豪俊，久遊留司，優閒無所事事，遊覽六代江山，揮豪浮白，夜以繼日。癖於求書，搜訪金石古文甚富，一夕毀於火，仰天大哭曰："嗟呼，甚於喪我也！"病遂篤，卒年五十七。

重贈吳國賓

漢江明月照歸人，萬里秋風一葉身。休把客衣輕浣濯，此中猶有帝京塵。

四庫全書本《華泉集》卷七

嫦　娥

月宮秋冷桂團團，歲歲花開只自攀。共在人間說天上，不知天上憶人間。

四庫全書本《華泉集》卷七

徐禎卿（1479—1511）

《明史·文苑傳》：徐禎卿，字昌穀，吳縣人。資穎特，家不蓄一書，而無所不通。自爲諸生，已工詩歌。舉弘治十八年進士，孝宗遣中使問禎卿與華亭陸深名，深遂得館選，而禎卿以貌寢不與，授大理寺左寺副。坐失囚，貶國子博士。禎卿少與祝允明、唐寅、文徵明齊名，號"吳中四才子"。其爲詩喜白居易、劉禹錫。既登第，與李夢陽、何景明遊，悔其少作，改而趨漢魏盛唐。然故習猶在，夢陽譏其守而未化。卒年二十有三。禎卿體癯神清，詩鎔鍊精警，爲吳中詩人之冠。年雖不永，名滿士林。

在武昌作

洞庭葉未下，瀟湘秋欲生。高齋今夜雨，獨臥武昌城。重以桑梓念，淒其江漢情。不知天外雁，何事樂長征？

四庫全書本《迪功集》卷二

春　思

渺渺春江空落暉，行人相顧欲沾衣。楚王宮外千條柳，不遣飛花送客歸。

四庫全書本《迪功集》卷六

偶　見

深山曲路見桃花，馬上匆匆日欲斜。可奈玉鞭留不住，又銜春恨到天涯。

四庫全書本《迪功集》卷七

參考書目

《李夢陽集校箋》，李夢陽著，郝潤華校箋，中華書局 2020 年版。

《何景明詩選》，何景明著，饒龍隼選注，人民文學出版社 2009 年版。

思考題

1. 結合明代詩壇的實際情形，簡述前七子主張"詩必盛唐"的意義。
2. 背誦李夢陽《秋望》與何景明《秋江詞》。

第四節　王守仁與楊慎

王守仁（1472—1529）

《明史・王守仁傳》：王守仁，字伯安，餘姚人。五歲不能言，異人拊之，乃言。年十五訪客居庸、山海關，縱觀山川形勝。弱冠舉鄉試，學大進。顧益好言兵，且善射。登弘治十二年進士，授刑部主事。引疾歸，起補兵部主事。正德元年冬，劉瑾逮南京給事中戴銑等二十餘人，守仁抗章救，瑾怒，廷杖四十，謫貴州龍場驛丞。瑾誅，量移廬陵知縣，遷南京刑部主事。擢右僉都御史，巡撫南、贛，平定亂賊，進右副都御史。十四年奉命戡福建叛軍，適寧王宸濠反於南昌，守仁率兵擊之，生俘宸濠，論功封新建伯，官拜南京兵部尚書。嘉靖初，以父憂去官。六年，以原官兼左都御史，總督兩廣，平廣西邊地瑤民之亂。病重乞歸，卒於途次，年五十七。守仁天姿異敏，年十七謁上饒婁諒，與論朱子格物大指。還家，日端坐，講讀"五經"，不苟言笑。遊九華歸，築室陽明洞中，泛濫二氏學，數年無所得。謫龍場，窮荒無書，日繹舊聞。忽悟格物致知，當自求諸心，不當求諸事物，喟然嘆曰："道在是矣。"遂篤信不疑。其爲教，專以致良知爲主，謂宋周、程二子後，惟象山陸氏簡易直捷，有以接孟氏之傳，而朱子《集注》《或問》之類，乃中年未定之説。學者翕然從之，世遂有"陽明學"云。隆慶初，詔贈新建侯，謚文成。

龍潭夜坐

【題解】 龍潭，在安徽滁州。正德年間，作者遭貶謫，曾在滁州督馬政。地僻官閑，常與門人遊遨山水間。此詩則爲作者個人月下尋幽時所作。

何處花香入夜清，石林茅屋隔溪聲。幽人月出每孤往，棲鳥山空時一鳴。草露不辭芒屨濕，松風偏與葛衣輕。臨流欲寫猗蘭意，江北江南無限情。

〇猗蘭：古琴曲名。《樂府詩集》引《琴操》："《猗蘭操》，孔子所作。孔子……自衛返魯，隱谷之中，見香蘭獨茂，喟然歎曰：'蘭當爲王者香，今乃獨茂，與衆草爲伍。'乃止車援琴鼓之，自傷不逢時，托辭於幽蘭云。"

上海古籍版《王陽明全集》卷二十

山中示諸生

【題解】 詩人隱居山中，有所感亦有所悟，故示諸生詩中別有一種理趣。

桃源在何許？西峰最深處。不用問漁人，沿溪踏花去。
溪邊坐流水，水流心共閑。不知山月上，松影落衣斑。

上海古籍版《王陽明全集》卷二十

楊 慎（1488—1559）

《明史·楊慎傳》：楊慎，字用修，新都人，少師廷和之子也。年二十四，舉正德六年殿試第一，授翰林修撰。十二年八月，武宗微行，始出居庸關，慎抗疏切諫。尋移疾歸。世宗嗣位，起充經筵講官。嘉靖三年，帝納桂萼、張璁言，召爲翰林學士。慎偕同列三十六人上言，帝怒，切責、停俸有差。逾月，又偕學士豐熙等疏諫，不得命，偕廷臣伏左順門力諫，帝震怒，命執首事八人下詔獄。於是慎及檢討王元正等撼門大哭，聲徹殿庭，帝益怒，悉下詔獄，廷杖之。慎謫戍雲南永昌衛。嘉靖三十八年七月卒，年七十有二。慎幼警敏，十一歲能詩，十二歲擬作《古戰場文》《過秦論》，長老驚異。入京，賦《黃葉詩》，李東陽見而嗟賞，令受業門下。嘗奉使過鎮江，謁楊一清，閱所藏書，叩以疑義，一清皆成誦。慎驚異，益肆力古學。既投荒多暇，書無所不覽，嘗語人曰："資性不足恃，日新德業，當自學問中來。"故好學窮理，老而彌篤。世宗以議禮故，惡其父子特甚，每問慎作何狀，閣臣以老病對，乃稍解。慎聞之，益縱酒自放。明世記誦之博，著作之富，推慎爲第一。詩文外，雜著至一百餘種。

三岔驛

【題解】　三岔驛在雲貴交通之處，大小官吏，朝來暮去。作者謫滇後，往返川南，亦屢經此驛。

三岔驛，十字路，北去南來幾朝暮？朝見揚揚擁蓋來，暮看寂寂回車去。今古銷沈名利中，短亭流水長亭樹。

四川人民版《楊慎詩選》

○揚揚擁蓋：《史記·管晏列傳》："擁大蓋，策駟馬，意氣揚揚，甚自得也。"

柳

【題解】 胡應麟《詩藪》："風流蘊藉，字字天成，如初發芙蓉，鮮花莫比。"沈德潛《明詩別裁集》："帶六朝格，八句皆對，又體中之變者。杜老'風急天高'一章，其開先也。"

垂楊垂柳管芳年，飛絮飛花媚遠天。金距鬭鷄寒食後，玉蛾翻雪暖風前。別離江上還河上，拋擲橋邊與路邊。遊子魂銷青塞月，美人腸斷翠連煙。

四川人民版《楊慎詩選》

竹枝詞

【題解】 竹枝詞，乃唐人劉禹錫仿巴東民歌所創新樂府，多詠風土人情。楊慎此作共九首，模寫三峽風物，規模唐人，極爲神似。

神女峰前江水深，襄王此地幾沈吟。曄花溫玉朝朝態，翠壁丹楓夜夜心。

四川人民版《楊慎詩選》

○曄花溫玉：宋玉《神女賦》："楚襄王與宋玉遊於雲夢之浦，使玉賦高唐之事，其夜王寢，果夢與神女遇，曄兮如華，溫兮如瑩，須臾之間，美貌橫生。"○夜夜心：李商隱《嫦娥》："碧海青天夜夜心。"

武侯廟

【題解】 沈德潛《明詩別裁集》："古來武侯廟詩，以此章爲最。情韻聲律無一不合也。"

劍江春水綠沄沄，五丈原頭日又曛。舊業未能歸後主，大星先已落前軍。南陽祠宇空秋草，西蜀關山隔暮雲。正統不慚傳萬古，莫將成敗論三分。

四川人民版《楊慎詩選》

| 輯　錄 |

王世貞《藝苑卮言》：楊用修詩如暴富兒郎，銅山金埒，不曉吃飯著衣。用修謫滇中，有東山之癖，諸夷酋欲得其詩翰不可，乃以精白綾作袆，遣諸伎服之，使酒間乞書。楊欣然命筆，醉墨淋漓裾袖。酋重賞伎女，購歸裝潢成卷。楊後亦知之，便以為快。用修在瀘州，嘗醉，胡粉敷面，作雙丫髻插花。門生舁之，諸伎捧觴，遊行城市，了不為怍。人謂此君故自汙，非也。一摺大裹赭衣，亦何所可忌，特是壯心不堪牢落，故耗磨之耳。

錢謙益《列朝詩集》：用修垂髫賦《黃葉詩》，為茶陵文正公（李東陽）所知，登第又出門下，詩文衣鉢，實出指授。及北地（李夢陽）侈言復古，力排茶陵，海內為之風靡。用修乃沈酣六朝，攬采晚唐，創為淵博靡麗之詞，其意欲壓倒李、何，為茶陵別張壁壘，不與角勝口舌間也。援據博則舛錯良多，模仿慣則瑕疵互見。竄改古人，假托往籍，英雄欺人，亦時有之。要其鉤所淵深，藻彩繁會，自足以牢籠當世，鼓吹前哲。

紀昀《四庫全書總目》：慎以博洽冠一時，其詩含吐六朝，於明代獨立門戶。

陳田《明詩紀事》：升庵詩，早歲醉心六朝，艷情麗曲，可謂絕世才華。晚乃漸入老蒼，有少陵、謫仙格調，亦間入東坡、涪翁一派。

參考書目

《王陽明全集》，王守仁著，上海古籍出版社1992年版。

《楊慎詩選》，楊慎著，王文才選注，四川人民出版社1980年版。

思考題

1. 背誦王守仁《山中示諸生》，並闡釋詩中所蘊含的哲理。
2. 查閱《三國志》，注釋楊慎《武侯廟》詩中涉及的史實。

第五節　唐寅、文徵明與徐渭

唐　寅（1470—1524）

《明史·文苑傳》：唐寅，字伯虎，一字子畏。性穎利，與里狂生張靈縱酒，不事諸生業。祝允明規之，乃閉戶浹歲，舉弘治十一年鄉試第一。座主梁儲奇其文，還朝示學士程敏政，亦奇之。未幾，敏政總裁會試，江陰富人徐經賄其家僮，得試題。事露，言者劾敏政，語連寅，下詔獄，謫爲吏。寅恥不就，歸家，益放浪。寧王宸濠厚幣聘之，寅察其有異志，佯狂使酒，露其醜穢，宸濠不能堪，放還。築室桃花塢，與客日般飲其中，年五十四而卒。寅詩文初尚才情，晚年頹然自放，謂後人知我不在此。論者傷之。吳中自枝山輩以放誕不羈爲世所指目，而文才輕艷，傾動流輩，傳說者增益而附麗之，往往出名教外。

悵悵詞

【題解】　作者回首少年，感嘆人生如夢，往事如煙。何良俊《四友齋叢說》：「此詩才情富麗，亦何必減六朝人耶！」

悵悵莫怪少時年，百丈遊絲易惹牽。何歲逢春不惆悵，何處逢情不可憐？杜曲梨花杯上雪，灞陵芳草夢中煙。前程兩袖黃金淚，公案三生白骨禪。老後思量應不悔，衲衣持缽院門前。

中國書店版《唐伯虎全集》卷一

○杜曲：古地名。在今陝西長安縣東少陵原東南，唐時爲大姓杜氏聚居處。與下文"灞陵"皆古詩詞中代指京畿豪華之地的常用語。○三生：佛教語，前生、今生、來生。○衲衣：僧衣，即"百衲衣"。院：妓院。

桃花庵歌

【題解】 作者科舉失敗後，遷居桃花塢，名其居"桃花庵"。日以詩酒書畫自娛，曾手書《桃花庵歌》八首，此爲其一。王世貞《跋伯虎畫》曰："語膚而意雋，似怨似適，令人情醉，而書筆亦自流暢可喜。"

桃花塢裏桃花庵，桃花庵裏桃花仙。桃花仙人種桃樹，又摘桃花換酒錢。酒醒只在花前坐，酒醉還來花下眠。半醉半醒日復日，花落花開年復年。但願老死花酒間，不願鞠躬車馬前。車塵馬足富者趣，酒盞花枝貧者緣。若將富貴比貧者，一在平地一在天。若將貧賤比車馬，他得驅馳我得閑。別人笑我忒風顛，我笑他人看不穿。不見五陵豪傑墓，無花無酒鋤作田。

中國書店版《唐伯虎全集》卷一

附：

達摩贊

這個和尚，喚作達摩。一語說不來，九年面壁坐。人道是觀世音化身，我道他無事討事做。

中國書店版《唐伯虎全集》卷六

伯虎自贊

我問你是誰，你原來是我。我本不認你，你卻要認我。噫！我少不得你，你卻少得我。你我百年後，有你沒了我。

中國書店版《唐伯虎全集》卷六

文徵明（1470—1559）

《明史·文苑傳》：文徵明，長洲人。初名璧，以字行，更字徵仲，別號衡山。父林，溫州知府。徵明幼不慧，稍長，穎異挺發，學文於吳寬，學書於李應禎，學畫於沈周，皆父友也。與祝允明、唐寅、徐禎卿輩相切靡，名日益著。寧王宸濠慕其名，貽書幣聘之，辭病不赴。正德末，以歲貢生詣吏部試，授翰林院待詔。世宗立，預修《武宗實錄》，侍經筵。是時專尚科目，徵明意不自得，連歲乞歸，乃獲致仕。四方乞詩文書畫者接踵於道，而富貴人不易得片楮，尤不肯與王府及中人，曰：「此法所禁也。」諸王以寶玩為贈，不啓封而還之。外國使者道吳門，望里肅拜，以不獲見為恨。文筆遍天下，門下士贋作者頗多，徵明亦不禁。嘉靖三十八年卒，年九十矣。

石　湖

【題解】　石湖在蘇州西南，湖旁山水有茶磨嶺和越來溪。

石湖煙水望中迷，湖上花深鳥亂啼。芳草自生茶磨嶺，畫橋橫注越來溪。涼風嫋嫋青萍末，往事悠悠白日西。依舊江波秋月墜，傷心莫唱夜烏棲。

上海古籍版《文徵明集》卷十

感　懷

【題解】　作者五十四歲時以諸生歲貢入京，授翰林院待詔。以詩自嘲。

五十年來麋鹿蹤，若爲老去入樊籠？五湖春夢扁舟雨，萬里秋風兩鬢蓬。遠志出山成小草，神魚失水困沙蟲。白頭漫赴公車召，不滿東方一笑中。

上海古籍版《文徵明集》卷十一

○若爲：如何。王維《送秘書晁監還日本國》："別離方異域，音信若爲通。"○遠志：草名。《世說新語・排調》："謝公始有東山之志，後嚴命屢臻，勢不獲已，始就桓公司馬。于時人有餉桓公藥草，中有遠志。公取問謝：'此藥又名小草，何一物而有二稱？'謝未即答。時郝隆在坐，應聲答曰：'此甚易解。處則爲遠志，出則爲小草。'謝甚有愧色。"趙孟頫《罪出》："在山爲遠志，出山爲小草。"○東方：東方朔。《漢書・東方朔傳》："武帝既招英俊，用之如不及。時方外事胡越，內興制度，國家多事，自公孫弘以下至司馬遷皆奉使方外，或爲郡國守相至公卿，而朔嘗至太中大夫，後常爲郎，與枚皋、郭舍人俱在左右，詼啁而已。久之，朔上書陳農戰強國之計，因自訟獨不得大官，欲求試用。其言專商鞅、韓非之語也，指意放蕩，頗復詼諧，辭數萬言，終不見用。朔因著論，設客難己，用位卑以自慰喻。"

徐　渭（1521—1593）

《明史・文苑傳》：徐渭，字文長，山陰人。十餘歲仿揚雄《解嘲》作《釋毀》，長師同里季本。爲諸生，有盛名，總督胡宗憲招致幕府。宗憲得白鹿，將獻諸朝，令渭草表，並他客草寄所善學士，擇其尤上之。學士以渭表進，世宗大悅，益寵異宗憲，宗憲以是益重渭。督府勢嚴重，將吏莫敢仰視，渭角巾布衣，長揖縱談。幕中有急需，夜深開戟門以待，渭或醉不至，宗憲顧善之。渭知兵，好奇計，宗憲擒徐海，誘王直，皆預其謀。藉宗憲勢，頗橫。及宗憲下獄，渭懼禍，遂發狂，引巨錐刺耳，深數寸；又以椎碎腎囊，皆不死。已又擊殺繼妻，論死繫獄。里人張元忭力救得免，乃遊金陵，抵宣、遼，縱觀諸邊厄塞。入京師，主元忭，元忭導以禮法，渭不能從。久之，怒而去。後元忭卒，白衣往弔，撫棺慟哭，不告姓名去。渭天才超軼，詩文絕出倫輩，善草書，工寫花草竹石。嘗言："吾書第一，詩次之，文次之，畫又次之。"

楊妃春睡圖

【題解】 此詩題畫，多想象之語。

守宮夜落胭脂臂，玉階草色蜻蜓醉。花氣隨風出御牆，無人知曉楊妃睡。皂紗帳底絳羅委，一團紅玉沈秋水。畫裏猶能動世人，何怪當年走天子。欲呼與語不得起，走向屏風打鸚鵡。為問華清日影斜，夢裏曾飛何處雨？

中華書局版《徐渭集·三集》卷五

○守宮：張華《博物志》："蜥蜴或名蝘蜓。以器養之以朱砂，體盡赤，所食滿七斤，治擣萬杵，點女人支體，終本不滅，有房室事則滅，故號守宮。"

恭謁孝陵

【題解】 作者拜謁明太祖陵，感嘆生不逢時。

二百年來一老生，白頭落魄到西京。疲驢狹路愁官長，破帽青衫拜孝陵。亭長一抔終馬上，橋山萬歲始龍迎。當時事業難身遇，憑仗中官說與聽。

中華書局版《徐渭集·三集》卷七

○亭長：漢高祖劉邦，秦末曾任泗水亭長。自注："漢高祖仿佛皇祖，而以少文終其身。"○橋山：《史記·五帝本紀》："黃帝崩，葬橋山。"○龍迎：《史記·封禪書》："黃帝采首山銅，鑄鼎於荊山下。鼎既成，有龍垂鬍髯，下迎黃帝。"○中官：宦官。自注："是日陵監略陳先事。"

葡 萄

【題解】 作者自題其水墨《葡萄圖》。

半生落魄已成翁，獨立書齋嘯晚風。筆底明珠無處賣，閑拋閑擲野藤中。

中華書局版《徐渭集·三集》卷十一

桃葉渡

【題解】 桃葉渡在南京秦淮河畔，因東晉王獻之曾在渡口作歌送其愛妾桃葉而得名。歌曰："桃葉復桃葉，渡江不用楫。但渡无所苦，我自迎接汝。"後人多以此題詠古美人。徐渭此詩，看似不經意，實則別有意趣。

書中見桃葉，相憶如不死。今過桃葉渡，但見一條水。

中華書局版《徐渭集·三集》卷十

| 輯　錄 |

袁宏道《徐文長傳》：文長既不得志於有司，遂乃放浪麴蘗，恣情山水。走齊魯燕趙之地，窮覽朔漠，其所見山奔海立，沙起雲行，風鳴樹偃，幽谷大都，人物

魚鳥，一切可驚可愕之狀，一一皆達之於詩。其胸中又有一段不可磨滅之氣，英雄失路托足無門之悲，故其爲詩，如嗔如笑，如水鳴峽，如種出土，如寡婦之哭，羈人之寒起。當其放意，平疇千里，偶爾幽峭，鬼語秋墳。文長眼空千古，獨立一時，當時所謂達官貴人，騷士墨客，文長皆叱而奴之，恥不與交，故其名不出於越，悲夫！又，《馮侍郎座主》：宏道於近代得一詩人曰徐渭，其詩盡翻窠臼，自出手眼。有長吉之奇，而暢其語；奪工部之骨，而脫其膚；挾子瞻之辨，而逸其氣。無論七子，即何、李當在下風。

朱庭珍《筱園詩話》卷二：渭詩文佳者皆有生氣，劣者恣野特甚，實非正宗，不足列入家數，然超出沈嘉則（明臣）、黃省曾諸人之上，不啻倍之。

參考書目

《唐伯虎全集》，唐寅著，中國書店 1985 年版。

《文徵明集》，文徵明著，上海古籍出版社 1987 年版。

《徐渭集》，徐渭撰，中華書局 1983 年版。

第六節　後七子

李攀龍（1514—1570）

《明史·文苑傳》：李攀龍，字于鱗，歷城人。九歲而孤，家貧，自奮於學。舉嘉靖二十三年進士，授刑部主事，歷員外郎、郎中，稍遷順德知府，有善政。上官交薦，擢陝西提學副使。鄉人殷學爲巡撫，檄令屬文，攀龍怫然曰："文可檄致耶？"拒不應。會其地數震，攀龍心悸，念母思歸，遂謝病。既歸，構白雪樓，名日益高，賓客造門，率謝不見，大吏至亦然，以是得簡傲聲。歸田將十年，隆慶改元，薦起浙江副使，擢河南按察使。

攀龍至是摧亢爲和，賓客亦稍稍進。無何，奔母喪歸，哀毀得疾，疾少間，一日心痛卒。攀龍之始官刑曹也，與濮州李先芳、臨清謝榛、孝豐吳維嶽輩倡詩社，王世貞初釋褐，先芳引入社，遂與攀龍定交。明年，先芳出爲外吏；又二年，宗臣、梁有譽入，是爲五子。未幾，徐中行、吳國倫亦至，乃改稱七子。諸人多少年，才高氣銳，互相標榜，視當世無人。七子之名播天下，擯先芳、維嶽不與，已而，榛亦被擯，攀龍遂爲之魁。其持論謂文自西京，詩至天寶而下，俱無足觀，於本朝獨推李夢陽，諸子翕然和之，非是，則詆爲"宋學"。攀龍才思經騺，名最高，獨心重世貞，天下亦並稱"王李"。又與李夢陽、何景明並稱"何李王李"。其爲詩務以聲調勝，所擬樂府，或更古數字爲己作，文則聱牙戟口，讀者至不能終篇。好之者推爲一代宗匠，亦多受世抉摘云。自號滄溟。

歲杪放歌

【題解】 此係作者辭官歸田所作。據錢鍾書《談藝錄》，此詩乃依仿唐人張謂《贈喬琳》："去年上策不見收，今年寄食仍淹留。羨君有酒能便醉，羨君無錢能不憂。如今五侯不愛客，羨君不問五侯宅。如今七貴方自尊，羨君不過七貴門。丈夫會應有知己，世上悠悠何足論。"錢氏評曰："兩詩章法、句樣以至風調，無不如月之印潭、印之印泥。李戴張冠，而寬窄適首；亦步亦趨，而自由自在。雖歸摹擬，了不搗擣。'印版死法'云乎哉，禪家所謂'死蛇弄活'者歟。"

終年著書一字無，中歲學道仍狂夫。勸君高枕且自愛，勸君濁醪且自沽。何人不說宦遊樂，如君棄官亦不惡。何處不說有炎涼，如君杜門復不妨。終然疏拙非時調，便是悠悠亦所長。

上海古籍版《滄溟先生集》卷五

塞上曲送王元美

【題解】 王世貞奉命出塞，作者以詩相贈。詩中"長安"代指明都北京。

白羽如霜出塞寒，胡烽不斷接長安。城頭一片西山月，多少征人馬上看。

上海古籍版《滄溟先生集》卷十二

於郡城送明卿之江西

【題解】 明卿即吳國倫，後七子之一。

青楓颯颯雨淒淒，秋色遙看入楚迷。誰向孤舟憐逐客，白雲相送大江西。

上海古籍版《滄溟先生集》卷十二

送子相歸廣陵

【題解】 子相即宗臣，後七子之一。

廣陵秋色雨中開，繫馬青楓江上臺。落日千帆低不度，驚濤一片雪山來。

上海古籍版《滄溟先生集》卷十二

和聶儀部明妃曲

【題解】《明妃曲》係樂府舊題。《新唐書·樂志》："《明君》，漢曲也，漢人憐嬙遠嫁，爲作此歌。"作者此詩，構思新奇，末後兩句，令人生無限感慨。沈德潛《明詩別裁集》："不著議論，而一切議論者皆出其下，此詩品也。"

天山雪後北風寒，抱得琵琶馬上彈。曲罷不知青海月，徘徊猶作漢宮看。

上海古籍版《滄溟先生集》卷十四

輯　錄

王世貞《藝苑卮言》：于鱗擬古樂府，無一字一句不精美，然不堪與古樂府並看，則似臨摹帖耳。五言出西京、建安者，酷得風神。七言歌行，初甚工於辭而微傷其氣，晚節雄麗精美，縱橫自如，燁然春工之妙。五七言律自是神境，無容擬議。絕句亦是太白、少伯雁行。

袁中道《阮集之詩序》：國朝有功於風雅者，莫如歷下（李攀龍）。其意以氣格高華爲主，力塞大曆後之竇。於時宋元近代之習，爲之一洗。及其後也，學之者浸成格套，以浮響虛聲相高，凡胸中所欲言者，皆鬱而不能言，而詩道病矣。

王世貞（1526—1590）

《明史·文苑傳》：王世貞，字元美，太倉人，右都御史忬子也。生有異稟，書過目終身不忘。年十九舉嘉靖二十六年進士，授刑部主事。世貞好爲詩古文，官京師，與李攀龍、宗臣、梁有譽、徐中行、吳國倫輩相倡和，紹述何、李，名日益盛。屢遷員外郎、郎中。父忬以灤河失事，嵩構之，論死繫獄。世貞解官奔赴，與弟世懋日蒲伏嵩門，涕泣求貸忬，而時爲漫語以寬之。兩人又日囚服跽道旁，遮諸貴人輿，搏顙乞救。諸貴人畏嵩，不敢言。忬竟死西市。隆慶元年八月，兄弟伏闕訟父冤，言爲嵩所害。大學士徐階左右之，復忬官。無何，吏部以言官薦，令以副使蒞大名，遷浙江右參政，歷官山西按察使、廣西右布政使，入爲太僕卿。萬曆二年，以右副都御史撫治鄖陽。張居正枋國，以世貞同年生，有意引之，世貞不甚親附。所部荆州地震，引京房占，謂臣道太盛，坤維不寧，用以諷居正。居正婦弟辱江陵令，世貞論奏不少貸。居正積不能堪，即取旨罷之。居正歿，起南京刑部右侍郎，辭疾不赴。久之，所善王錫爵秉政，起南京兵部右侍郎，擢南京刑部尚書。移疾歸，二十一年卒於家。世貞始與李攀龍狎主文盟，攀龍歿，獨操柄二十年。才最高，地望最顯，聲華意氣，籠蓋海內。一時士大夫及山人詞客、衲子羽流，莫不奔走門下，片言褒賞，聲價驟起。其持論，文必西漢，詩必盛唐，大曆以還書勿讀。而藻飾太盛，晚年攻者漸起，世貞顧漸造平淡。世貞自號鳳洲，又號弇州山人。

戰城南

【題解】《戰城南》係樂府舊題。作者有意摹擬古樂府的樸拙，以營造古戰場的意境。沈德潛《明詩別裁集》：" '黃塵合匝' 三語，寫出古戰場。末即 '死是征人死，功是將軍功' 意，特變化無跡。"

戰城南，城南壁，黑雲壓我城北。伏兵搗我東，遊騎抄我西，使我不得休息。黃塵合匝，日爲青，天模糊。鉦鼓發，亂謹呼。胡騎斂，颷迅驅，樹若薺，草爲枯。啼者何？父收子，妻問夫。戈甲委積，血淹頭顱。家家招魂入，隊隊自哀呼。告主將，主將若不知。生爲邊陲士，野葬復何悲！釜中食，午未炊，惜其倉皇遂長訣，焉得一飽爲！野風騷屑魂依之。曷不睹主將，高牙大纛坐城中，生當封徹侯，死當廟食無窮。

四庫全書本《弇州山人四部稿》卷四

過長平作長平行

【題解】長平，在今山西高平西北。公元前260年，秦將白起坑殺趙四十萬降卒於此。此詩的精彩之筆末四句，說出天道好還，令人生無限感慨。

世間怪事那有此，四十萬人同日死。白骨高於太行雪，血飛迸作汾流紫。銳頭豎子何足云，汝曹自死平原君。烏鴉飽宿鬼車哭，至今此地多愁雲。耕農往往誇遺跡，戰鏃千年土花碧。即令方朔澆豈散，總有巫咸招不得。君不見新安一夜秦人愁，二十萬鬼聲啾啾。郭開賣趙趙高出，秦璽忽送東諸侯。

四庫全書本《弇州山人四部稿》卷二十一

○銳頭：尖頭小面，此處指秦將白起。杜甫《久雨期王將軍不至》："銳頭將軍何來遲。"王洙注："傳言白起頭小而銳。"○汝曹句：《史記·趙世家》：秦攻韓上黨，上黨守馮亭欲將上黨獻趙，陽平君勸趙王勿受，而平原君勸其受之，秦遂攻上黨，後即有長平之役。○鬼車：妖鳥，又名九頭鳥。段成式《酉陽雜俎》："鬼車鳥，相傳此鳥昔有十首，能收人魂，一首爲犬所噬。秦中天陰，有時有聲，聲如力車鳴。"○方朔：東方朔。《搜神記》：武帝東遊至函谷關，有物當道，東方朔乃請酒灌之，灌之數十斛而消。帝問其故，答曰："此名憂，患之所生也。夫酒忘憂，故能消之也。"○新安：項羽坑秦降卒之處，故城在今河南澠池東。○郭開：趙王寵臣。《史記·廉頗藺相如列傳》：秦以重金收買郭開，使其爲反間，言趙將李牧、司馬尚欲反，趙王斬李牧，廢司馬尚。秦遂破趙軍，亡其國。○趙高：秦宦官。始皇死，與李斯矯詔立胡亥，後又殺李斯、胡亥，立子嬰，最終被子嬰所殺。趙翼《陔餘叢考》："《史記索隱》謂高本趙諸公子，痛其國爲秦所滅，誓欲報仇，乃自宮以進，卒至殺秦子孫，而亡其天下。"

登太白樓

【題解】 太白酒樓，在山東濟寧州。相傳李白與賀知章曾於此樓飲酒賦詩。沈德潛《明詩別裁集》評曰："天空海闊。有此眼界筆力，纔許作《登太白樓詩》。"

昔聞李供奉，長嘯獨登樓。此地一垂顧，高名百代留。白雲海色曙，明月天門秋。欲覓重來者，潺湲濟水流。

四庫全書本《弇州山人四部稿》卷二十四

|輯　錄|

紀昀《四庫全書總目》：自古文集之富，未有過於世貞者。其摹秦仿漢，與七子門徑相同，而博綜典籍，諳習掌故，則後七子不及，前七子亦不及。惟其早年自命太高，求名太急，虛驕恃氣，持論遂至一偏；又負其淵博，或不暇點檢，貽議者口實。故其盛也，推尊之者遍天下；及其衰也，攻擊之者亦遍天下。平心而論，自李夢陽之說出，而學者剽竊班、馬、李、杜；自世貞之集出，學者遂剽竊世貞。故艾南英曰："後生小子不必讀書，不必作文，但架上有前後《四部稿》，每遇應酬，頃刻裁割，便可成篇。驟讀之無不濃麗鮮華，絢爛奪目，細案之一腐套耳。"其指陳流弊，可謂切矣。然世貞才學富贍，規模終大，譬如五都列肆，百貨具陳，真偽駢羅，良楛雜淆，而名材瑰寶，亦未嘗不錯出其中。

【附】

謝　榛（1495—1575）

《明史·文苑傳》：謝榛，字茂秦，臨清人。眇一目。年十六作樂府商調，少年爭歌之。已，折節讀書，刻意爲歌詩。西遊彰德，爲趙康王所賓禮。入京師，李攀龍、王世貞輩結詩社，榛爲長，攀龍次之。及攀龍名大熾，榛與論生平，頗相鐫責，攀龍遂貽書絕交。世貞輩右攀龍，力相排擯，削其名於七子之列。然榛遊道日廣，秦晉諸王爭延致，大河南北皆稱"謝榛先生"。趙康王卒，榛乃歸。萬曆元年冬，復遊彰德，王曾孫穆王亦賓禮之。榛遊燕趙間，至大名，客請賦壽詩百章，成八十餘首，投筆而逝。當七子結社之始，尚論有唐諸家，各有所重。榛曰："取李杜十四家最勝者熟讀之以會神氣，歌詠之以求聲調，玩味之以衷精華。得此三要，則浩乎渾淪，不必塑謫仙而畫少陵也。"諸人心師其言。厥後雖合力擯榛，其稱詩指要，實自榛發也。

搗衣曲

秦關昨夜一書歸，百戰猶隨劉武威。見說平安收涕淚，梧桐樹下搗寒衣。

四庫全書本《四溟集》

漠北詞

石頭敲火炙黃羊，胡女低歌勸酪漿。醉殺群胡不知夜，鷾兒嶺下月如霜。

四庫全書本《四溟集》

遠別曲

郎君幾載客三秦，好憶儂家漢水濱。門外兩株烏柏樹，叮嚀說向寄書人。

四庫全書本《四溟集》

宗　臣（1525—1560）

《明史·文苑傳》：宗臣，字子相，揚州興化人。嘉靖二十九年進士，由刑部主事調考功。謝病歸，築室百花洲上，讀書其中。起故官，移文選進稽勳員外郎。嚴嵩惡之，出爲福建參議。倭薄城，臣守西門，納鄉人避難者萬人。或言賊且迫，曰："我在，不憂賊也。"與主者共擊退之。尋遷提學副使，卒官，士民皆哭。

聞張山人在蕪湖懷之

采石磯頭秋雨晴，蕪湖城外暮潮生。美人只在江波上，十里芙蓉愁月明。

四庫全書本《宗子相集》卷十一

湖上幽棲

三五幽人踏月華，湖南湖北尋梅花，相逢疑到赤松家。中流一曲寒江笛，吹落崑崙一片霞。

四庫全書本《宗子相集》卷五

參考書目

《滄溟先生集》，李攀龍著，上海古籍出版社1992年版。
《弇州山人四部稿》，王世貞著，四庫全書本。

思考題

1. 李攀龍諸人的絕句有何特點？是否有唐詩的韻味和意象？
2. 對讀王世貞《戰城南》與漢樂府《戰城南》，王詩中是否有古風意味？
3. 背誦李攀龍《塞上曲送王元美》《和聶儀部明妃曲》與王世貞《登太白樓》。

第七節　公安派與竟陵派

袁宏道（1568—1610）

《明史·文苑傳》：袁宏道，字中郎，公安人。與兄宗道、弟中道並有才名，時稱"三袁"。宗道，字伯修，萬曆十四年會試第一，授庶吉士，進編修，卒官右庶子。泰昌時追錄光宗講官，贈禮部右侍郎。宏道年十六爲諸生，即結社城南，爲之長。閒爲詩歌古文，有聲里中。舉萬曆二十年進士，歸家，下帷讀書，詩文主妙悟。選吳縣知縣，聽斷敏決，公庭鮮事。與士大夫談說詩文，以風雅自命。已而解官去，起授順天教授，歷國子助教、禮部主事。謝病歸。久之，起故官，尋以清望擢吏部驗封主事，改文選。尋移考功員外郎，遷稽勳郎中。後謝病歸，數月卒。先是，王、李之學盛行，袁氏兄弟獨心非之，宗道在館中，與同館黃輝力排其說，於唐好白樂天，於宋好蘇軾，名其齋曰"白蘇"。至宏道，益矯以清新輕俊，學者多舍王、李而從之，目爲"公安體"。然戲謔嘲笑，間雜俚語，空疏者便之。其後王、李風漸息，而鍾、譚之說大熾。

橫塘渡

【題解】　春日的水邊，天真爛漫的少女追逐着花絮，吹花卻誤唾迎面而來的陌生少年。這一場偶然的誤會，也許就要引出一段浪漫的故事，讀者可以自由想象。

橫塘渡，臨水步。郎西來，妾東去。妾非倡家人，紅樓大姓婦。吹花誤唾郎，感郎千金顧。妾家住虹橋，朱門十字路。認取辛夷花，莫過楊柳樹。

上海古籍版《袁宏道集箋校》卷八

宋帝六陵

【題解】 宋帝六陵，指高宗思陵、孝宗阜陵、光宗崇陵、寧宗茂陵、理宗穆陵、度宗紹陵。元初，六陵爲江南釋教總統楊璉真伽盜掘。

冬青樹，在何許？人不知，鬼當語。杜鵑花，那忍折。魂雖去，終啼血。神靈死，天地膻。傷心事，犬兒年。錢塘江，不可渡；汴京水，終南去。縱使埋到厓山厓，白骨也知無避處。

上海古籍版《袁宏道集箋校》卷八

經下邳

【題解】 詠始皇焚書，作翻案語。

諸儒坑盡一身餘，始覺秦家網目疏。枉把六經灰火底，橋邊猶有未燒書。

上海古籍版《袁宏道集箋校》卷十三

| 輯　錄 |

錢謙益《列朝詩集》：中郎以通明之資，學禪於李龍湖，讀書論詩，橫說豎說，心眼明而膽力放，於是乃倡言擊排，大放厥詞。以爲："唐自有詩，不必《選》體也；初、盛、中、晚皆有詩，不必初、盛也。歐、蘇、陳、黄各有詩，不必唐也。唐人之詩，無論工不工，第取讀之，其色鮮妍，如旦晚脫筆研者。今人之詩雖工，拾人飣餖，纔離筆研，已成陳言死句矣。唐人千歲而新，今人脫手而舊，豈非流自性靈與出自剽擬者所從來異乎！空同未免爲工部奴僕，空同以下皆重儓也。"中郎

之論出，王、李之雲霧一掃，天下之文人才士始知疏瀹心靈，搜剔慧性，以蕩滌摹擬涂澤之病，其功偉矣。機鋒側出，矯枉過正，於是狂瞽交扇，鄙俚公行，雅故滅裂，風華掃地。竟陵代起，以淒清幽獨矯之，而海內之風氣復大變。

朱彝尊《靜志居詩話》：隆、萬間，王、李之遺派充塞，公安昆弟起而非之，以爲唐自有詩，不必《選》體；中晚皆有詩，不必初盛；歐、蘇、陳、黃各有詩，不必唐人。唐詩色澤鮮妍，如旦晚脫筆硯者；今詩才脫筆硯，已是陳言，豈非流自性靈與出自剽擬所從來異乎！一時聞者煥然神悟，若良藥之解散，而沈疴之去體也。乃不善學者，取其集中俳諧調笑之語，如《西湖》云："一日湖上行，一日湖上坐，一日湖上立，一日湖上臥。"《偶見白髮》云："無端見白髮，欲哭翻成笑。自喜笑中意，一笑又一跳。"《嚴陵釣臺》云："人言漢梅福，君之妻父也。"此本滑稽之談，類入於《狂言》，不自以爲詩者，乃錫山華聞修選明詩，從而擊賞嘆絕，是何異棄蘇合之香，取蛣蜣之轉邪！

周作人《中國新文學的源流》：他們（公安派）的主張很簡單，可以說和胡適之先生的主張差不多。所不同的，那時是十六世紀，利瑪竇還沒有來中國，所以缺乏西洋思想。例如從現代胡適之先生的主張裏面減去他所受到的西洋的影響，科學、哲學、文學以及思想各方面的，那便是公安派的思想和主張了。

鍾　惺（1574—1625）

《明史·文苑傳》：鍾惺，字伯敬，竟陵人。萬曆三十八年進士，授行人。稍遷工部主事，尋改南京禮部，進郎中，擢福建提學僉事。以父憂歸，卒於家。惺貌寢，羸不勝衣，爲人嚴冷，不喜接俗客。由此得謝人事。官南都，僦秦淮水閣讀史，恒至丙夜，有所見即筆之，名曰《史懷》。晚逃於禪以卒。自袁宏道矯王、李詩之弊，倡以清真，惺復矯其弊，變而爲幽深孤峭。與同里譚元春評選唐人之詩，爲《唐詩歸》；又評選隋以前詩，爲《古詩歸》。鍾、譚之名滿天下，謂之"竟陵體"。然兩人學不甚富，其識解多僻，大爲通人所譏。

無字碑

【題解】 秦始皇封禪泰山，立無字碑，自詡功德巍巍，文字難以表述，故立此碑以見意。又據宋趙鼎臣《竹隱畸士集》卷二十《遊山錄》："碑高數丈，石瑩然如玉，而表裏通洞無文字銘識，俗號無字碑。古者豐碑以繫牲，初無銘識，皆出於後世之彌文，秦猶近古，意其此類也。"此詩一反舊說，認爲此"無字碑"乃始皇"焚書"愚民之先兆。

如何季世事，反近結繩初？民不可使知，亟亟欲其愚。隱然示來者，此意即焚書。

上海古籍版《隱秀軒集》卷三

鄴中歌

【題解】 此詩詠曹操。鄴乃戰國魏都，漢置縣，屬魏郡，後以封曹操，故城在今河北臨漳市北。清初毛宗崗加工整理《三國志通俗演義》時，在第七十八回末即引用此詩作爲曹操的蓋棺定論。

城則鄴城水漳水，定有異人從此起。雄謀韻事與文心，君臣兄弟而父子。英雄未有俗胸中，出沒豈隨人眼底？功首罪魁非兩人，遺臭流芳本一身。文章有神霸有氣，豈能苟爾化爲塵？横流築臺拒太行，氣與理勢相低昂。安有斯人不作逆，小不爲霸大不王？霸王降作兒女鳴，無可奈何中不平。向帳明知非有益，分香未可謂無情。嗚呼古人作事無巨細，寂寞豪華皆有意。書生輕議塚中人，塚中笑爾書生氣。

上海古籍版《隱秀軒集》卷五

○功首罪魁：裴松之《三國志注》引《世語》："太祖嘗問許子將：'我何如人？'子將不答。固問之，子將曰：'子治世之能臣，亂世之奸雄。'太祖大笑。"○築臺：臺即銅雀臺。臺築於漳河邊，故曰"橫流"；北對太行，故曰"拒"。○向帳分香：《文選·弔魏武帝文》引曹操遺令："吾婕妤妓人，皆著銅爵臺，於臺堂上施八尺床繐，朝晡上脯糒之屬，月朝十五，輒向帳作妓。"又曰："餘香可分與諸夫人。"

三月三日雨中登雨花臺

【題解】 佳節遇雨，想起去年此節陽光明媚，朋友相聚歡飲，詩人不禁有所感傷。但寫得比較晦澀，讀者須慢慢咀嚼。

去年當上巳，小集寇家亭。今昔分陰霽，悲歡異醉醒。可憐三月草，未了六朝青。花作殘春雨，春歸不肯停。

上海古籍版《隱秀軒集》卷六

舟　晚

【題解】 初冬之夜，孤寂的詩人泊舟江畔。

水天夜無色，所有者蒼蒼。細火沾林露，遙鐘過浦霜。離秋猶未遠，向晚只微涼。此外還堪著，清寒月一方。

上海古籍版《隱秀軒集》卷七

|輯　錄|

錢謙益《列朝詩集小傳》：鍾惺所謂幽深孤峭者，如木客之清吟，如幽獨君之冥語，如夢而入鼠穴，如幻而之鬼國，浸淫三十餘年，風移俗易，滔滔不返。余嘗論近代之詩，抉摘洗削，以淒聲寒魄爲致，此鬼趣也。尖新割剝，以噍音促節爲能，此兵象也。鬼氣幽，兵氣殺，著見於文章，而國運從之，以一二輕才寡學之士衡操斯文之柄，而徵兆國家之盛衰，可勝嘆悼哉！……唐天寶之樂章，曲終繁聲，名爲入破；鍾、譚之類，豈亦《五行志》所謂"詩妖"者乎！又：天喪斯文，餘分閏位，竟陵之詩與西國之教、三峰之禪，旁午發作，並爲孽於斯世，後有傳"洪範五行"者，固將大書特書著其事應，豈過論哉！

陳田《明詩紀事》：伯敬苦心吟事，雕鏤鑱削，不遺餘力。五古遊覽之篇，猶有佳作；近體力矯王、李之弊，舍崇曠而入莽榛，薄亮音而矜細響，所謂以小智破大道者也。

【附】

袁中道（1570—1626）

《明史·文苑傳》：袁中道，字小修，公安人。十餘歲作《黃山》《雪》二賦，五千餘言。長益豪邁。從兩兄宦遊京師，多交四方名士，足跡半天下。萬曆三十一年，始舉於鄉。又十四年，乃成進士。由徽州教授，歷國子博士、南京禮部主事。天啓四年，進南京吏部郎中，卒於官。

題王弘釣魚

本非釣魚人，聊以寄瀟灑。意不在釣魚，在看釣魚者。

上海古籍版《珂雪齋集》卷七

春　遊

桃花扇底步逍遙，野外鴛鴦態轉嬌。日暮遊人齊注目，一枝春色過河橋。

上海古籍版《珂雪齋集》卷七

夜　泉

山白鳥忽鳴，石冷霜欲結。流泉得月光，化爲一溪雪。

上海古籍版《明詩紀事·庚籤》卷五

譚元春（1586—1637）

錢謙益《列朝詩集小傳》：譚元春，字友夏，竟陵人。舉於鄉，爲第一人。再上公車，歿於旅店。與鍾伯敬共定《詩歸》，世所稱鍾譚者也。

遊九峰山

衆山作寺圍，群松作山護。纏綿青翠光，山欲化爲樹。根斜即倚磴，枝隙已通路。陰雲貫其下，常令白日暮。藤刺裹山顛，飛鳥慎勿度。

上海古籍版《譚元春集》卷三

舟　聞

楊柳不遮明月愁，盡將江色與輕舟。遠鐘渡水如將濕，來到耳邊天已秋。

上海古籍版《譚元春集》卷十

落　花

紅白無聲下徑遲，因風蕩入柳邊池。園中小鳥憐春色，幾欲銜來再上枝。

上海古籍版《譚元春集》卷十

參考書目

《袁宏道集箋校》，袁宏道著，錢伯城箋校，上海古籍出版社 **1981** 年版。

《隱秀軒集》，鍾惺著，上海古籍出版社 **1992** 年版。

《譚元春集》，譚元春著，上海古籍出版社 **1998** 年版。

思考題

1. 公安派與竟陵派的詩歌主張與詩風有何異同？
2. 錢謙益、朱彝尊等爲何對公安與竟陵詩風不滿？

第二章

明　文

概　說

　　明初文壇大手筆首推宋濂，其次王禕。當時的朝廷之文，多出兩人之手。這類應用之文，不是美文，卻代表着明代開國的文氣。宋濂學養深厚，爲文淳深演迤，雍容渾穆，即便日常之文，也透出儒者氣象，或比爲北宋之歐陽修。劉基長於古詩，文章亦有奇氣，如作於元末的寓言雜文集《郁離子》之古奧奇譎，便能自成一家之言。明太祖朱元璋不以文雄，集中文章，尤其是那些文辭典雅的誥命聖諭，本爲詞臣代筆，但許多出自其手或其口的白話文，雖不無詞臣潤色，然其英偉之氣自不可掩。

　　三楊詩號"臺閣體"，其文亦號"臺閣體"。其特點是雍容平易，不矜才氣，既無深湛幽渺之思，亦無幽鬱不平之鳴，太平宰相之風度，可以想見。即使轉移詩風的李東陽，其爲文亦不脫臺閣氣。但臺閣體流行既久，其膚庸平熟的文風已成俗套，令人生厭。以李夢陽、何景明爲首的"前七子"以沈博奧峭爲尚，卓然以復古自命，倡言"文必秦漢，詩必盛唐"，明代文風爲之一變。李攀龍、王世貞爲首的後七子繼之於後，其聲勢影響遍及全國。前後七子初出文壇時，大都屬少年新進，官位不高，絕少暮氣，故視野開闊，感覺敏銳，思想活躍，摧枯拉朽，橫絕當世。其文力求拔俗，故作生奧，雖在當時有令人耳目一新之感，但雕琢太甚，以致後人有"以艱深文淺陋"之譏。前後七子之文，實不如其詩。

嘉靖年間，又有所謂唐宋派，標舉唐宋八大家，以對抗李夢陽、何景明的"文必秦漢"的主張。其代表人物有王慎中、唐順之、茅坤，一般也包括歸有光。王、唐、茅都不是純粹的文人，注重事功與文章的實用性，故其強調唐宋古文"載道"的傳統。唐宋派的文章一般都寫得文從字順，不像前後七子那樣佶屈聱牙。但成就最高的是歸有光，尤其是他的一些懷舊悼亡之文，感情細膩，筆意疏淡，結構嚴謹，是明文中的藝術珍品。

晚明最有影響的文派是公安與竟陵二派。兩派雖然在詩文創作方面都別開生面，但其文的成就遠在詩之上。公安派之文，大都信筆寫來，如閑聊天，所寫內容，無非日常生活中的閑情逸趣，甚至是遊戲筆墨，但卻別有一種情致。這類文章，一般都較短小，文字輕靈、雋永，雜以詼諧，當時人稱為"小品"。"小品"原是佛家用語，指大部佛經的略本，而明人所謂"小品"，是相對載道論政的"高文大冊"而言，並非專指某一特定文體，舉凡尺牘、遊記、傳記、日記、雜記、序跋等，只要篇幅短小，文筆輕靈，均可謂之"小品"。由於公安派的提倡，晚明小品盛極一時。竟陵派的小品，與公安派取徑不同，在結構、文字、意境等方面都較費苦心，追求"幽深孤峭"與"別理奇趣"。其代表作家如鍾惺、譚元春、劉侗、張岱等，都留下了優秀的篇什。

明代最流行的文體是八股文。八股文亦名四書文，以其題目多出自《四書》；又稱時文，以與古文相別。八股文是明清科舉考試的標準文體，為明太祖與劉基所定，其文略仿宋經義，然代古人語氣為之，體用排偶。既然用於統一考試，自然成為一種標準化的文體，不可能產生藝術傑作。但在明代近三百年間，文士們卻樂此不疲，唐順之、湯顯祖、歸有光、陳子龍等都是寫八股文的高手。八股文對明清文學也產生過相當大的影響，如明代後期開始形成的詩文小說戲曲評點熱，就與評點八股的風氣有關。

參考書目

《皇明文衡》，程敏政編，四部叢刊本。

《明文在》，薛熙編，清刻本。

第一節　明前期文

宋　濂（1310—1381）

《明史·宋濂傳》：宋濂，字景濂，其先金華之潛溪人，至濂乃遷浦江。幼英敏強記，通"五經"。元至正中，薦授翰林編修，以親老辭，不行。太祖取婺州，召見濂，以濂爲郡學"五經"師。明年三月，以李善長薦，與劉基等並徵至應天，除江南儒學提舉，命授太子經，尋改起居注。濂長基一歲，皆起東南，負重名，基雄邁有奇氣，而濂自命儒者。洪武二年，詔修《元史》，命充總裁官。史成，除翰林院學士。濂傅太子先後十餘年，凡一言動皆以禮法諷勸，使歸於道。六年七月，遷侍講學士，知制誥。濂性誠謹，官內廷久，未嘗訐人過。帝廷譽之曰："朕聞太上爲聖，其次爲賢，其次爲君子。宋景濂事朕十九年，未嘗有一言之僞，誚一人之短，始終無二，非止君子，抑可謂賢矣！"九年，進學士承旨。明年致仕，賜御制文集及綺帛，問濂年幾何，曰："六十有八。"帝乃曰："藏此綺三十二年，作百歲衣可也。"十三年，長孫慎坐胡惟庸黨，帝欲置濂死，皇后、太子力救，乃安置茂州。濂自少至老，未嘗一日去書卷，於學無所不通，爲文醇深演迤，與古作者並。在朝，郊社宗廟山川百神之典，朝會宴享律曆衣冠之制，四裔貢賦賞勞之儀，旁及元勳巨卿碑記刻石之辭，咸以委濂，屢推爲開國文臣之首。士大夫造門乞文者，後先相踵。外國貢使亦知其名，數問："宋先生起居無恙否？"高麗、安南、日本至出兼金購文集，四方學者悉稱爲

067

"太史公"，不以姓氏。雖白首侍從，其勳業爵位不逮基，而一代禮樂製作，濂所裁定者居多。其明年，卒於夔，年七十二。正德中追謚"文憲"。

閱江樓記

【題解】 此爲歌功頌德之文。《古文觀止》評曰："奉旨撰記，故篇中多規頌之言，而爲莊重之體，真臺閣應制文字。"

金陵爲帝王之州，自六朝迄於南唐，類皆偏據一方，無以應山川之王氣。逮我皇帝，定鼎於茲，始足以當之。由是聲教所暨，罔間朔南，存神穆清，與道同體，雖一豫一遊，亦思爲天下後世法。京城之西北，有獅子山，自盧龍蜿蜒而來，長江如虹貫，蟠繞其下。上以其地雄勝，詔建樓於巔，與民同遊觀之樂，遂錫嘉名爲"閱江"云。

登覽之頃，萬象森列，千載之秘，一旦軒露，豈非天造地設，以俟大一統之君，而開千萬世之偉觀者歟？當風日清美，法駕幸臨，升其崇椒，憑闌遙矚，必悠然而動遐思。見江漢之朝宗，諸侯之述職，城池之高深，關阨之嚴固，必曰："此朕櫛風沐雨，戰勝攻取之所致也。中夏之廣，益思有以保之。"見波濤之浩蕩，風帆之上下，番舶接跡而來庭，蠻琛聯肩而入貢，必曰："此朕德綏威服，覃及內外之所及也。四陲之遠，益思有以柔之。"見兩岸之間、四郊之上，耕人有炙膚皸足之煩，農女有捋桑行饁之勤，必曰："此朕拔諸水火，而登于衽席者也。萬方之民，益思有以安之。"觸類而推，不一而足。臣知斯樓之建，皇上所以發舒精神，因物興感，無不寓其致治之思，奚止閱夫長江而已哉！

彼臨春、結綺，非不華矣；齊雲、落星，非不高矣。不過樂管絃之淫響，藏燕、趙之艷姬，不旋踵間而感慨繫之，臣不知其爲何說也。雖然，長江發源岷山，委蛇七千餘里而始入海，白湧碧翻。六朝之時，往往倚之爲天塹。今則南北一家，視爲安流，無所事乎戰爭矣。然則果誰之力歟？

逢掖之士，有登斯樓而閱斯江者，當思聖德如天，蕩蕩難名，與神禹疏鑿之功同一罔極。忠君報上之心，其有不油然而興者耶？

臣不敏，奉旨撰記。欲上推宵旰圖治之功者，勒諸貞珉。他若流連光景之辭，皆略而不陳，懼褻也。

四部叢刊本《宋學士文集》卷二十

〇朔南：《尚書·禹貢》："朔南暨，聲教訖於四海。"孔疏："其北與南雖在服外，皆與聞天子威聲文教。"〇崇椒：山巔。《漢書·李夫人傳》引武帝賦："釋輿馬於山椒兮，奄修夜之不陽。"〇朝宗：《尚書·禹貢》："江漢朝宗于海。"孔傳："二水經此州而入海，有似於朝；百川以海爲宗，宗，尊也。"〇衽席：卧席。〇臨春、結綺：皆爲南朝陳後主所建寢閣，以沉香木爲之。〇齊雲、落星：齊雲爲陳後主所建宫觀，落星爲三國吴所建樓閣。〇逢掖：寬袖之衣，儒者所服。逢，大也。掖，同腋。

送天台陳庭學序

【題解】　寥寥四百餘字，於結構上卻曲折變化，前呼後應，頗見巧思。

西南山水，惟川蜀最奇。然去中州萬里，陸有劍閣棧道之險，水有瞿塘灩澦之虞。跨馬行，則竹間山高者，累旬日不見其巔際。臨上而俯視，絶壑萬仞，杳莫測其所窮，肝膽爲之掉栗。水行則江石捍利，波惡渦詭，舟一失勢尺寸，輒糜碎土沈，下飽魚鼈。其難至如此。故非仕有力者，不可以遊；非材有文者，縱遊無所得；非壯強者，多老死於其地。嗜奇之士恨焉。

天台陳君庭學，能爲詩，由中書左司掾屢從大將北征，有勞，擢四川都指揮司照磨，由水道至成都。成都，川蜀之要地，揚子雲、司馬相如、諸葛武侯之所居，英雄俊傑戰攻駐守之跡，詩人文士遊眺飲射、賦詠歌呼之所，庭學無不歷覽。既覽必發爲詩，以紀其景物時世之變，於是其詩益工。越三年，以例自免歸，會予於京師，其氣愈充，其語愈壯，其志意愈高，蓋得於山水之助者侈矣。予甚自愧。

方予少時，嘗有志於出遊天下，顧以學未成而不暇。及年壯可出，而四方兵起，無所投足。逮今聖主興而宇內定，極海之際，合爲一家，而予齒益加耄矣。欲如庭學之遊，尚可得乎？然吾聞古之賢士若顏回、原憲，皆坐守陋室，蓬蒿沒戶，而志意常充然，有若囊括於天地者。此其故何也？得無有出於山水之外者乎？庭學其試歸而求焉；苟有所得，則以告予，予將不一愧而已也。

四部叢刊本《宋學士集》卷七十四

| 輯　錄 |

紀昀《四庫全書總目》：元末文章，以吳萊、柳貫、黃溍爲一朝之後勁。濂初從萊學，既又學於貫與溍，其授受具有源流。又早從聞人夢吉講貫《五經》，其學問亦具有根柢。《明史·劉基傳》稱：基所爲文章，氣昌而奇，與濂並爲一代之宗。今觀二家之集，濂文雍容渾穆，如天閑良驥，魚魚雅雅，自從節度；基文神鋒四出，如千金駿足，飛騰飄瞥，驀澗注坡。雖皆極天下之選，而以德以力，則略有間矣。方孝孺受業於濂，努力繼之，然較其品格，亦終如蘇（軾）之於歐（陽修）。蓋基講經世之略，所學不及濂之醇。方孝孺自命太高，意氣太盛，所養不及濂之粹也。

劉　基（1311—1375）

傳略見"明代文學"第一章第一節。

松風閣記

【題解】　此文作於元末，爲作者遊會稽山金雞峰後所寫隨筆。分上下兩篇，上篇主要寫松；此文爲下篇，主要寫在松風閣的見聞感受，筆墨精練而傳神。

松風閣在金雞峰下，活水源上。予今春始至，留再宿，皆值雨，但聞波濤聲徹晝夜，未盡閱其妙也。至是，往來止閣上凡十餘日，因得備悉其變態。

蓋閣後之峰，獨高於群峰，而松又在峰頂。仰視，如幢葆臨頭上。當日正中時，有風拂其枝，如龍鳳翔舞，離褷蜿蜒，軮轕徘徊；影落簷瓦間，金碧相組繡。觀之者，目爲之明。有聲，如吹壎箎，如過雨，又如水激崖石，或如鐵馬馳驟，劍槊相磨戛；忽又作草蟲鳴切切，乍大乍小，若遠若近，莫可名狀。聽之者，耳爲之聰。

予以問上人。上人曰："不知也。我佛以清淨六塵爲明心之本，凡耳目之入，皆虛妄耳。"予曰："然則上人以是而名其閣，何也？"上人笑曰："偶然耳。"

留閣上又三日，乃歸。至正十五年七月二十三日記。

四部叢刊本《誠意伯文集》卷六

東陵侯

【題解】《史記·蕭相國世家》："召平者，故秦東陵侯。秦破，爲布衣，貧，種瓜於長安城東，瓜美，故世俗謂之東陵瓜。"又《日者列傳》："司馬季主者，楚人也。卜於長安東市。"本文乃據此爲假設之辭，以表述盛衰無常、天道循環之理。

東陵侯既廢，過司馬季主而卜焉。

季主曰："君侯何卜也？"東陵侯曰："久臥者思起，久蟄者思啓，久懣者思嚏。吾聞之：'蓄極則泄，閟極則達，熱極則風，壅極則通。一冬一春，靡屈不伸；一起一伏，無往不復。'僕竊有疑，願受教焉。"季主曰："若是，則君侯已喻之矣，又何卜爲？"東陵侯曰："僕未究其奧也。願先生教之。"

季主乃言曰："嗚呼！天道何親，惟德之親；鬼神何靈，因人而靈。夫蓍枯草也，龜枯骨也，物也。人靈於物者也，何不自聽，而聽於物乎？且君侯何不思昔者也？有昔者必有今日。是故碎瓦頹垣，昔日之歌樓舞館也；荒榛斷梗，昔日之瓊蕤玉樹也；露蛩風蟬，昔日之鳳笙龍笛也；鬼燐螢火，昔日之金缸華燭也；秋荼春薺，昔日之象白駝峰也；丹楓白荻，昔日之蜀錦齊紈也。昔日之所無，今日有之不爲過；昔日之所有，今日無之不爲不足。是故一晝一夜，華開者謝；一春一秋，物故者新；激湍之下，必有深潭；高丘之下，必有浚谷。君侯亦知之矣，何以卜爲？"

上海古籍版《郁離子》卷下

方孝孺（1357—1402）

《明史·方孝孺傳》：方孝孺，字希直，一字希古，寧海人。幼警敏，雙眸炯炯，讀書日盈寸。長從宋濂學，濂門下知名士皆出其下。顧末視文藝，恒以明王道、致太平爲己任。嘗臥病絕糧，家人以告，笑曰："古人三旬九食，貧豈獨我哉？"洪武二十五年，以薦至京師，除漢中教授。日與諸生講學不倦，蜀獻王聞其賢，聘爲世子師，每見，陳說道德，王尊以殊禮，名其讀書之廬曰"正學"。及惠帝即位，召爲翰林侍講，明年，遷侍講學士。國家大政事，輒咨之。帝好讀書，每有疑，即召使講解。燕兵起，廷議討之，詔檄皆出其手。燕兵渡江，入南京，帝自焚，孝孺被執下獄。先是，成祖發北平，姚廣孝以孝孺爲托，曰："城下之日，彼必不降，幸勿殺之。殺孝孺，天下讀書種子絕矣！"成祖頷之。至是，欲使草詔。召至，悲慟聲徹殿陛，成祖降榻勞曰："先生毋自苦，予欲法周公輔成王耳。"孝孺曰："成王安在？"成祖曰："彼自焚死。"孝孺曰："何不立成王之子？"成祖曰："國賴長君。"孝孺曰："何不立成王之弟？"成祖曰："此朕家事。"顧左右授筆劄曰："詔天下，非先生草不可。"孝孺投筆於地，且哭且罵曰："死即死耳，詔不可草！"成祖怒，命磔諸市。妻子兒女皆自殺，宗族親友前後坐誅者數百人。孝孺文章醇深雄邁，每一篇出，海內爭相傳誦。

蚊　對

【題解】 天台生與童子關於蚊蟲的對話，最後得出的結論是：人類中有比蚊蟲更惡毒者。

天台生困暑，夜臥絺帷中，童子持翣揚於前，適甚，就睡。久之，童子亦睡，投翣倚床，其音如雷。生驚寤，以爲風雨且至也，抱膝而坐。

俄爾耳旁聞有飛鳴聲，如歌如訴，如怨如慕，拂肱刺肉，撲股嘈面，毛髮盡豎，肌肉欲顫。兩手交拍，掌濕如汗，引而嗅之，赤血腥然也。大愕，不知所爲。蹴童子，呼曰："吾爲物所苦，亟起索燭照！"燭至，絺帷盡張，蚊數千皆集帷旁，見燭亂散，如蟻如蠅，利嘴飫腹，充赤圓紅。生罵童子曰："此非嘈吾血者耶？皆爾不謹，褰帷而放入！且彼異類也，防之苟至，烏能爲人害？"童子拔蒿束之，置火於端，其煙勃郁，左麾右旋，繞床數匝，逐蚊出門。復於生曰："可以寢矣，蚊已去矣！"

生乃拂席將寢，呼天而嘆曰："天胡產此微物而毒人乎？"童子聞之，啞爾笑曰："子何待己之太厚，而尤天之太固也！夫覆載之間，二氣絪縕，賦形受質，人物是分。大之爲犀象，怪之爲蛟龍，暴之爲虎豹，馴之爲麋鹿與庸狨，羽毛而爲禽爲獸，裸身而爲人爲蟲，莫不皆有所養。雖巨細修短之不同，然寓形於其中，則一也。自我而觀之，則人貴而物賤；自天地而觀之，果孰貴而孰賤耶？今人乃自貴其貴，號爲長雄；水陸之物，有生之類，莫不高羅而卑網，山貢而海供，蛙黽莫逃其命，鴻雁莫匿其蹤。其食乎物者，可謂泰矣，而物獨不可食於人耶？茲夕蚊一舉喙，即號天而訴之；使物爲人所食者，亦皆呼號告於天，則天之罰人，又當何如耶？且物之食於人，人之食於物，異類也，猶可言也。而蚊且猶畏謹恐懼，白晝不敢露其形，瞰人之不見，乘人之困怠，而後有求焉。今有同類者，啜粟而飲湯，同也；畜妻而育子，同也；衣冠儀貌，無不同者；白晝儼然乘其同

073

類之間而陵之，吮其膏而鹽其腦，使其餓踣於草野，離流於道路，呼天之聲相接也，而且無恤之者。今子一爲蚊所嚼，而寢輒不安；聞同類之相嚼，而若無聞。豈君子先人後身之道耶？"

天台生於是投枕於地，叩心太息，披衣出户，坐以終夕。

四部叢刊本《遜志齋集》卷六

參考書目

《宋學士集》，宋濂著，四部叢刊本。

《劉誠意集》，劉基著，四部叢刊本。

《遜志齋集》，方孝孺著，四部叢刊本。

第二節　前後七子

李夢陽（1473—1530）

傳略見"明代文學"第一章第三節。

禹廟碑

【題解】　此文一反唐宋古文之平熟流暢，而力求秦漢文之古奧生澀，不落俗套，自有一種生氣在。然行文過於雕琢，有故作艱深之病。

李子遊於禹廟之臺，覽長河之防，孤城故宮，平沙四漫，遐盼故流，北盡碣石，九派湮淤，雲草浩浩。於是愴然而悲曰："嗟呼！予於是知王霸之功也：霸之功驊，久之疑；王之功忘，久之思。"

昔者禹之治水也，導川爲陸，易觐爲寧，地以之平，天以之成。去巢就廬，而粒而耕，生生至今者，固其功也，所謂萬世永賴者也。然問之耕者弗知，粒者弗知，廬者弗知，陸者弗知。故曰："王之功忘。"譬之天生物而物忘之，泳者忘其川，棲者忘其枝，民者忘其聖人。非忘之也，不知之也，不知自忘。及其災也，號呼而祈恤，於是智者則指之所從來，而廟者興矣。河盟津東也，虋曠肆悍，勢猶建瓴，堤堰一決，數郡魚鼇。於是昏墊之民，匍匐詣廟，稽首號曰："王在，吾奚役斯？"所謂思也。故不忘不大，不思不深。深莫如地，大莫如王，天之道也。霸者非不功也，然不能使之不忘，而不能使之不疑。何也？不忘者小，小則近，近則淺，淺則疑，如秦穆賜食善馬肉者酒是也。夫天下未聞有廟桓、文者也，故曰："予觀禹廟而知王霸之功也。"或問湯、文不廟，李子曰："聖人各有其至：堯仁舜孝，禹功湯義，文王之忠，周公之才，孔子之學，是也。夫功者，切於災者也。大梁以災故，是故獨廟禹。"

是時，監察御史澶州王子會按江南，登臺四顧，乃亦愴然而悲曰："嗟呼！予於是而知功之言徵也。吾少也覽，嘗躡州城，眺滄渤，南目大梁之墟；乃今歷三河，攬淮泗，極洪流而盡滔滔，使非有神者主之，桑而海者久矣，尚能粒耶、耕耶、廬耶？能觔者寧耶、川者陸耶？嗟呼！予於是而知功者徵也。所謂'微禹吾其魚'者耶？所謂'美載勤而不德'者耶？"於是飭所司葺其廟，而屬李子碑焉。王子，名溱，以嘉靖元年春按江南，明年秋，代去。乃李子則爲送迎神辭三章，俾祭者歌之以侑神焉。其辭曰：

天門兮顯辟，赫赫兮雲吐。窈黃屋兮陸離，靈總總兮上下。羌若來兮倐不見，不見兮奈何？望美人徒怨苦，橫四海兮怒波。緪弦兮鏜鼓，神不來兮誰怒？

埶河伯兮顯戮，飭陽侯兮清路。靈奄靄兮來至，風泠泠兮堂戶。舞我兮我醑，尸既飽兮顏酡。惠我人兮乃土乃粒，日雲暮兮尸奈何？

風九河兮濤暮雲，暲暲兮昏雨。王駕鳳兮駿文魚，龍翼翼兮兩旟。悵佳期兮難屢，心有愛兮易離。愛君兮思君，肴芳兮酒芬，君歸來兮庇吾民。

中華書局版《李夢陽集校箋》卷四十一

○盟津：即孟津，在今河南孟縣。《尚書·禹貢》："導河積石，至於龍門，南至於華陰，東至於底柱，又東至於孟津。"○昏墊：《尚書·益稷》："洪水滔天，浩浩懷山襄陵，下民昏墊。"○秦穆：秦穆公。《史記·秦本紀》："繆公亡善馬，岐下野人共得而食之者三百餘人，吏逐得，欲法之。繆公曰：'君子不以畜產害人。吾聞食善馬肉不飲酒，傷人。'乃皆賜酒而赦之。三百人者聞秦擊晉，皆求從，從而見繆公窘，亦皆推鋒爭死，以報食馬之德。"○大梁：古城名，戰國魏都，在今河南開封市西北。秦始皇二十二年，王賁攻魏，決河灌城，城毀。後亦稱汴梁即今河南開封爲大梁。

輯　錄

紀昀《四庫全書總目》：正德、嘉靖之際，北地（李夢陽）、信陽（何景明）聲華籍盛，教天下無讀唐以後書。然七子之學，得於詩者較深，得於文者頗淺；故其詩能自成家，而古文則鈎章棘句，剽襲秦漢之面貌，遂成僞體。

王世貞（1526—1590）

傳略見"明代文學"第一章第六節。

藺相如完璧歸趙論

【題解】　藺相如完璧歸趙，其機智與勇氣，歷來爲人傳頌。作者此文乃一翻案文章，認爲趙所以能完者，非相如之功，乃秦不欲絕於趙，直一時之僥幸也。

藺相如之完璧，人皆稱之，予未敢以爲信也。夫秦以十五城之空名，詐趙而脅其璧，是時言取者，情也，非欲以窺趙也。趙得其情則弗予，不得其情則予；得其情而畏之則予，得其情而弗畏之則弗予。此兩言決耳，奈之何既畏而復挑其怒也？

且夫秦欲璧，趙弗予璧，兩無所曲直也。入璧而秦弗予城，曲在秦；秦出城而璧歸，曲在趙。欲使曲在秦，則莫如棄璧；畏棄璧，則莫如弗予。夫秦王既按圖以予城，又設九賓，齋而受璧，其勢不得不予城。璧入而城弗予，相如則前請曰："臣固知大王之弗予城也。夫璧，非趙寶也；而十五城，秦寶也。今使大王以璧故而亡其十五城，十五城之子弟，皆厚怨大王以棄我如草芥也。大王弗予城而紿趙璧，以一璧故而失信於天下；臣請就死於國，以明大王之失信。"秦王未必不返璧也。今奈何使舍人懷而逃之，而歸直於秦？是時秦意未欲與趙絕耳。令秦王怒而僇相如於市，武安君十萬衆壓邯鄲責璧與信，一勝而相如族，再勝而璧終入秦矣！吾故曰："藺相如之獲全於璧也，天也。"若其勁澠池、柔廉頗，則愈出而愈妙於用；所以能完趙者，天固曲全之哉！

四庫全書本《弇州四部稿》卷一百十

徽宗《三馬圖》

【題解】　宋徽宗貴爲天子，而身死異國他鄉。作者嘆畫之浮沉，實則嘆人世滄桑。

里人顧君出宣和帝《三馬圖》示余。或以行筆稍露蹊徑，疑爲臨本。顧其飲齕騰嘶之態，溢出縑素間，縱爾亦是隆準公的裔耳。似非邯鄲子興也。

當宣、政時，青羌赤狄千里之貢日至，天廄萬匹，往往吾師，而秘府所藏曹、韓神品，不下百千軸，宜其妙也。度至五國城，盡觀東胡騧駼駃騠，窮姿極變，要必有進於是者，而浮沈沙漠中，不可得矣。爲之一慨。

四庫全書本《弇州四部稿》卷一百三十七

〇隆準公：漢高祖劉邦。的裔：嫡裔。〇邯鄲子興：王莽代漢之後，各地群雄並起，故趙繆王子林，詐以卜者王朗爲成帝子子輿，立爲天子，都邯鄲。見《後漢書·光武帝紀》。○宣、政：宣和、政和，宋徽宗年號。○曹、韓：曹霸、韓幹。曹霸：唐畫家，開元中已得名，善畫馬，天寶末每詔寫御馬。宋宣和御府藏有其《逸驥圖》《內廄調馬圖》《羸馬圖》等。韓幹：曹霸弟子，亦善畫馬。傳世作有《相馬圖》《玄宗試馬圖》《明妃上馬圖》《于闐黃馬圖》等。唐代畫家，均以善畫馬著名。○五國城：在今黑龍江境內，宋徽宗爲金兵所俘，死於此地。

宗　臣（1525—1560）

傳略見"明代文學"第一章第六節。

報劉一丈書

【題解】作者嘉靖二十九年（1551）中進士後，在京任官。時嚴嵩把持朝政，官場腐敗，阿諛奉迎、干謁求進之風盛行。作者父執劉一丈懷才不遇，致信作者，誇其"上下相孚，才德稱位"，可能有所請托。作者回信，委婉回絕。《古文觀止》："是時嚴介溪攬權，俱是乞哀昏暮、驕人白日一輩人。摹寫其醜形惡態，可爲盡情。末說出自己之氣骨，兩兩相較，薰蕕不同，清濁異質。"行文酣暢淋漓，於感慨中出詼詭，無摹秦仿漢之習，爲七子中另一種風格。

數千里外，得長者時賜一書，以慰長想，即以甚幸矣；何至更辱饋遺，則不才益將何以報焉？書中情意甚殷，即長者之不忘老父，知老父之念長者深也。至以"上下相孚，才德稱位"語不才，則不才有深感焉。夫才德不稱，固自知之矣；至於不孚之病，則尤不才爲甚。

且今世之所謂"孚"者，何哉？日夕策馬，候權者之門。門者故不入，則甘言媚詞，作婦人狀，袖金以私之。即門者持刺入，而主者又不即出見，立廄中僕馬之間，惡氣襲衣袖，即饑寒毒熱不可忍，不去也。抵暮，則前所受贈金者出，報客曰："相公倦，謝客矣。客請明日來。"即明日，又不敢不來。夜披衣坐，聞雞鳴，即起盥櫛，走馬抵門。門者怒曰："為誰？"則曰："昨日之客來。"則又怒曰："何客之勤也？豈有相公此時出見客乎？"客心恥之，強忍而與言曰："亡奈何矣，姑容我入。"門者又得所贈金，則起而入之，又立向所立廄中。幸主者出，南面召見，則驚走匍匐階下。主者曰："進！"則再拜，故遲不起，起則上所上壽金。主者故不受，則固請，然後命吏內之。則又再拜，又故遲不起，起則五六揖，始出。出，揖門者曰："官人幸顧我，他日來，幸亡阻我也！"門者答揖。大喜，奔出，馬上遇所交識，即揚鞭語曰："適自相公家來，相公厚我厚我！"且虛言狀。即所交識，亦心畏相公厚之矣。相公又稍稍語人曰："某也賢，某也賢。"聞者亦心計交贊之。此世所謂"上下相孚"也。長者謂僕能之乎？

前所謂權門者，自歲時伏臘一刺之外，即經年不往也。間道經其門，則亦掩耳閉目，躍馬疾走過之，若有所追逐者。斯則僕之褊衷，以此常不見悅於長吏。僕則愈益不顧也，每大言曰："人生有命，吾惟守分而已！"長者聞此，得無厭其為迂乎？

鄉園多故，不能不動客子之愁。至於長者之抱才而困，則又令我愴然有感。天之與先生者甚厚，亡論長者不欲輕棄之，即天意亦不欲長者之輕棄之也。幸寧心哉！

四庫全書本《宗子相集》卷十四

參考書目

《李夢陽集校箋》，李夢陽著，郝潤華校箋，中華書局 2020 年版。

《弇州四部稿》，王世貞著，《四庫全書》本。

《宗子相集》，宗臣著，《四庫全書》本。

思考題

1. 前後七子主張"文必秦漢",其意義何在?
2. 以李夢陽《禹廟碑》爲例,說明七子追求的文風。

第三節　唐宋派與歸有光

王慎中(1509—1559)

《明史·文苑傳》:王慎中,字道思,晉江人。四歲能誦詩,十八舉嘉靖五年進士,授戶部主事,改禮部祠祭司。時四方名士唐順之、陳束、李開先、趙時春、任瀚等輩,咸在部曹。慎中與之講習,學大進。十二年,詔簡部郎爲翰林,衆首擬慎中。大學士張孚敬欲一見,辭不赴,乃稍移吏部,爲考功員外郎,進驗封郎中。忌者讒之,謫常州通判。稍遷戶部主事、禮部員外郎,並在南京。久之,擢山東提學僉事,改江西參議,進河南參政。侍郎王杲奉命振荒,以其事委慎中,還朝,薦慎中可重用。會二十年大計,吏部注慎中不及,而大學士夏言先嘗爲禮部尚書,慎中其屬吏也,與相忤,遂內批不謹,落其職。慎中爲文,初主秦漢,謂東京下無可取;已,悟歐、曾作文之法,乃盡焚舊作,一意師仿,尤得力於曾鞏。順之初不服,久亦變而從之。古文演迤詳贍,卓然成家,與順之齊名,天下稱之曰"王唐"。家居,問業者踵至。年五十一而終。李攀龍、王世貞後起,力排之,卒不能掩。攀龍,慎中提學山東時所賞拔者也。

送程龍峰郡博致仕序

【題解】　友人任府學教授,上司以其有疾,令其致仕。作者爲友人憤憤不平，便以臨別贈文爲題，諷刺不負責任和缺乏同情心的當權者。

嘉靖二十三年，制當黜陟天下。百司庶職報罷者凡若干人。而吾泉州儒學教授程君龍峰名在有疾之籍，當致其事以去。

程君在學，方修廢起墜，搜遺網失，以興學成材爲任。早作晏休，不少惰息。耳聰目明，智長力給，非獨精爽有餘，意氣未衰，至於耳目之所營注，手足之所蹈持，該涉器數，而周旋儀等，纖煩勞懨，莫不究殫勝舉。不知司枋者奚所考而名其爲疾也。

黜陟之典，將論賢不肖，以馭廢置。人之有疾與否，則有命焉，賢不肖之論，非可倚此以爲斷也。況於名其爲疾者，乃非疾乎？人之賢不肖藏於心術，效於治行，其隱微難見而形似易惑，故其論常至於失實，非若有疾與否可以形決而體定也。今所謂疾者，其失若此，則於賢不肖之論，又可知矣。此余所以深有感也。

又有異焉：古者憲老而不乞言。師也者，所事也，非事人也，所謂"以道得民"者是也。責其筋力之強束，課其骸骨之武健，是所以待猥局冗司之末也。古之事師也，其飲食，於飯患其噎，於蔌患其哽，而祝之也；其居處，於坐則有几，於行則有杖，皆所以事師，而修其輔羸攝痾之具。未聞以疾而罷之也。古之道，其不可行於今乎？

程君之僚，與其所教之諸生，皆恨程君之去，謂其非疾也。余故論今之失而及古之誼，使知程君雖誠有疾，亦不可使去也。

君去矣，斂其所學，以教鄉之子弟，徜徉山水之間，步履輕翔，放飯決肉，矍鑠自喜。倘有訝而問者："君胡無疾也？"聊應之曰："昔者疾，而今愈矣。"不亦可乎？

四庫全書本《遵巖集》卷十

唐順之（1507—1560）

《明史·唐順之傳》：唐順之，字應德，武進人。生有異稟，稍長，洽

081

貫群籍，年二十三，舉嘉靖八年會試第一，改庶吉士。座主張璁疾翰林，出諸吉士爲他曹，獨欲留順之，固辭，乃調兵部主事。引疾歸，久之，除吏部。十二年秋，詔選朝官爲翰林，乃改順之編修，校累朝實錄。事將竣，復以疾告，張璁持其疏不下。有言順之欲遠璁者，璁發怒，擬旨以吏部主事罷歸，永不復敍。至十八年選宮僚，乃起故官兼春坊右司諫。因請朝太子，復削籍歸。卜築陽羨山中，讀書十餘年，中外論薦，並報寢。倭躪江南北，趙文華出視師，疏薦順之。起職方郎中，出核薊鎮兵籍，還奏，又命往南畿浙江誓師，與胡宗憲協謀討賊。順之以禦賊上策當截之海外，乃躬泛海，倭泊崇明三沙，督舟師邀之海外，斬馘一百二十，沈其舟十三。又回師馳援江北，與鳳陽巡撫李遂大破倭賊於姚家蕩。時盛暑，居海舟兩月，遂得疾。返太倉，擢右僉都御史，巡撫淮揚。三十九年，春汛期至，力疾泛海，度焦山，至通州卒，年五十四。順之於學無所不窺，自天文、樂律、地理、兵法、弧矢、勾股、壬奇、禽乙，莫不究極原委，盡取古今載籍剖裂補綴，區分部居，爲左、右、文、武、儒、稗六編，傳於世，學者不能測其奧也。爲古文，洸洋紆折，有大家風。崇禎中追諡襄文。

《秦風·蒹葭》三章後

【題解】《秦風·蒹葭》爲懷人之詩，然"所謂伊人"爲誰，歷來聚訟紛紜，或謂"知周禮之賢人"，或謂戀人，朱熹《詩集傳》謂"不知其何所指也"。作者據此以爲隱名埋姓之高士，並借題發揮己心向往之的人生境界。

嘉靖戊申秋七月廿五日夜，雷雨大作，萬艘震盪。平明開霽，則河水增高四五尺矣。予與褚生泛小舠如陳渡，臨流歌嘯，渺然有千里江湖之思。因詠《秦風·蒹葭》三章，則宛如目前風景，而所謂伊人者，猶庶幾見之。

且秦時風俗，不雄心於戈矛戰鬭，則逞技於獫歇射獵。至其聲利所驅，雖豪傑亦且側足於寺人媚子之間，方以爲榮，而不知愧；其義士亦且沈酣豢養，與君爲殉，而不可贖。蓋靡然矜俠趨勢之甚矣！而乃有遺世獨立、澹乎埃壒之外若斯人者，豈所謂一國之人皆若狂，而此其獨醒者歟？抑亦以秦之不足與，而優遊肥遯，若後來鑿坏、羊裘之徒者，在當時固已有人歟？予獨惜其風可聞而姓名不著，不得與諸人並列《隱逸傳》中。然鑿坏、羊裘之徒，以其身而逃之；兼葭伊人者，並其姓名而逃之。此其所以爲至也。

噫嘻！士固有不慕乎當世之榮，而亦何心於後世之名也哉！因慨然爲之一笑，遂書以示褚生。

四本叢刊本《荆川先生文集》卷十七

○獫歇：獵犬名。《秦風·駟驖》："輶車鸞鑣，載獫歇驕。"○肥遯：隱居避世。《易·遯》："上九，肥遯，無不利。"孔疏："肥，饒裕也。……最在外極，無應於內，心無疑顧，是遯之最優，故曰肥遯。"一說肥當作飛。○鑿坏：坏亦作培，屋後牆。《淮南子·齊俗訓》："顏闔，魯君欲相之，而不肯，使人以幣先焉，鑿培而遁之。"○羊裘：《後漢書·嚴光傳》："（嚴光）少有高名，與光武同遊學。及光武即位，乃變名姓，隱身不見。帝思其賢，乃令以物色訪之。後齊國上言：'有一男子，披羊裘釣澤中。'帝疑是光，乃備安車玄纁，遣使聘之。"

歸有光（1507—1571）

《明史·文苑傳》：歸有光，字熙甫，崑山人。九歲能屬文，弱冠通"五經""三史"諸書。嘉靖十九年舉鄉試，八上春官不第。徙居嘉定安亭江上，讀書談道，學徒常數百人，稱爲"震川先生"。四十四始成進士，授長興知縣。用古教化爲治，每聽訟，引婦女兒童案前，刺刺作吳語，斷訖遣去，不具獄。大吏令不便，輒寢閣不行。有所擊斷，直行己意。大吏多惡之，調順德通判，專轄馬政。隆慶四年，大學士高拱、趙貞吉雅知有光，引爲南京太僕丞，留掌內閣制敕房，修《世宗實錄》，卒官。有光爲古文，原本經術，好"太史公書"，得其神理。時王世貞主盟文壇，有光力相抵排，目爲"妄庸巨子"。世貞大憾，後亦心折有光，爲之贊曰："千載有公，繼韓、歐陽，余豈異趨，久而自傷。"其推重如此。

滄浪亭記

【題解】 滄浪亭在蘇州，原爲北宋詩人蘇舜欽所建，並撰《滄浪亭記》以抒寫遠離官場悠遊林泉的自由心境。此亭後爲禪居，名大雲庵。《古文觀止》曰："忽而爲大雲庵，忽而爲滄浪亭，時時變易，已足喚醒世人。中間一段點綴，憑弔之感，黯然動色。至末一轉，言士之垂名不朽者，固自有在，而不在乎亭之猶存也。"

浮圖文瑛，居大雲庵，環水，即蘇子美滄浪亭之地也，亟求余作《滄浪亭記》者。曰："昔子美之記，記亭之勝也；請子記吾所以爲亭者。"余曰：

昔吳越有國時，廣陵王鎮吳中，治南園於子城之西南；其外戚孫承佑，亦治園於其偏。迨淮南納土，此園不廢。蘇子美始建滄浪亭，最後禪者居之，此滄浪亭爲大雲庵也。有庵以來二百年，文瑛尋古遺事，復子美之構於荒殘滅沒之餘，此大雲庵爲滄浪亭也。夫古今之變，朝市改易。嘗登姑蘇之臺，望五湖之渺茫，群山之蒼翠，太伯、虞仲之所建，闔閭、夫差之所爭，子胥、種、蠡之所經營，今皆無有矣。庵與亭何爲者哉？雖然，錢鏐因亂攘竊，保有吳越，國富兵強，垂及四世，諸子姻戚，乘時奢僭，宮館苑囿，極一時之盛；而子美之亭，乃爲釋子所欽重如此。可以見士之欲垂名於千載之後，不與其澌然而俱盡者，則有在矣。

文瑛讀書喜詩，與吾徒遊，呼之爲滄浪僧云。

上海古籍版《震川先生集》卷十五

項脊軒志

【題解】 這是一篇懷舊文。作者以自家書房"項脊軒"爲中心，回憶祖母、母親以及亡妻的往事，筆墨疏淡，所記又皆瑣碎不要緊之事，但卻真切感人，餘味無窮。

項脊軒，舊南閣子也。室僅方丈，可容一人居。百年老屋，塵泥滲漉，雨澤下注，每移案，顧視無可置者。又北向，不能得日，日過午已昏。余稍爲修葺，使不上漏，前辟四窗，垣牆周庭，以當南日，日影反照，室始洞然。又雜植蘭桂竹木於庭，舊時欄楯，亦遂增勝。借書滿架，偃仰嘯歌，冥然兀坐。萬籟有聲，而庭階寂寂，小鳥時來啄食，人至不去。三五之夜，明月半牆，桂影斑駁。風移影動，珊珊可愛。然予居於此，多可喜，亦多可悲。

先是，庭中通南北爲一。迨諸父異爨，內外多置小門牆，往往而是。東犬西吠，客逾庖而宴，雞棲於廳。庭中始爲籬，已爲牆，凡再變矣。家有老嫗，嘗居於此。嫗，先大母婢也。乳二世，先妣撫之甚厚。室西連於中閨，先妣嘗一至，嫗每謂予曰："某所，而母立於茲。"嫗又曰："汝姊在吾懷，呱呱而泣。娘以指扣門扉曰：'兒寒乎？欲食乎？'吾從板外相爲應答。"語未畢，余泣，嫗亦泣。

余自束髮讀書軒中。一日，大母過余曰："吾兒，久不見若影，何竟日默默在此，大類女郎也？"比去，以手闔門，自語曰："吾家讀書久不效，兒之成，則可待乎？"頃之，持一象笏至，曰："此吾祖太常公宣德間執此以朝。他日，汝當用之。"瞻顧遺跡，如在昨日，令人長號不自禁。

軒東故嘗爲廚。人往，從軒前過。余扃牖而居，久之能以足音辨人。軒凡四遭火，得不焚，殆有神護者。

項脊生曰：蜀清守丹穴，利甲天下，其後秦皇帝築女懷清臺。劉玄德

085

與曹操爭天下，諸葛孔明起隴中。方二人之昧昧於一隅也，世何足以知之？余區區處敗屋中，方揚眉瞬目，謂有奇景。人知之者，其謂與坎井之蛙何異！

余既爲此志，後五年，吾妻來歸。時至軒中，從余問古事，或憑几學書。吾妻歸寧，述諸小妹語曰："聞姊家有閣子，且何謂閣子也？"其後六年，吾妻死，室壞不修。其後三年，余久臥病無聊，乃使人復葺南閣子，其制稍異於前。然自後余多在外，不常居。

庭有枇杷樹，吾妻死之年所手植也，今已亭亭如蓋矣。

上海古籍版《震川先生集》卷十七

○太常公：指夏昶，作者祖母的祖父，永樂進士，歷官至太常寺卿。宣德爲明宣宗年號。○蜀清：《史記·貨殖列傳》："巴蜀寡婦清，其先得丹穴，而擅其利數世，家亦不訾。清，寡婦也，能守其業，用財自衛，不見侵犯。秦皇帝以爲貞婦而客之，爲築女懷清臺。"

先妣事略

【題解】此文回憶亡母生平，看似平鋪直敘，實則飽含深情，爲作者名篇之一。

先妣周孺人，弘治元年二月十一日生。年十六，來歸。逾年，生女淑靜。淑靜者，大姊也。期而生有光。又期而生女子，殤一人，期而不育者一人。又逾年，生有尚，妊十二月。逾年，生淑順。一歲，又生有功。

有功之生也，孺人比乳他子加健，然數顰蹙顧諸婢曰："吾爲多子苦。"老嫗以杯水盛二螺進，曰："飲此，後妊不數矣。"孺人舉之盡，喑不能言。

正德八年五月二十三日，孺人卒。諸兒見家人泣，則隨之泣，然猶以爲母寢也。傷哉！於是家人延畫工畫，出二子，命之曰："鼻以上畫有光，鼻以下畫大姊。"以二子肖母也。

孺人諱桂。外曾祖諱明；外祖諱行，太學生；母何氏。世居吳家橋，去縣城東南三十里，由千墩浦而南，直橋並小港以東，居人環聚，盡周氏也。外祖與其三兄，皆以貲雄，敦尚簡實，與人姁姁說村中語，見子弟甥侄，無不愛。

孺人之吳家橋，則治木綿，入城則緝纑，燈火熒熒，每至夜分。外祖不二日使人問遺，孺人不憂米鹽，乃勞苦若不謀夕。冬月爐火炭屑，使婢子爲團，累累暴階下。室靡棄物，家無閒人。兒女大者攀衣，小者乳抱，手中紉綴不輟，戶內灑然。遇僮奴有恩，雖至棰楚，皆不忍有後言。吳家橋歲致魚蟹餠餌，率人人得食。家中人聞吳家橋人至，皆喜。

有光七歲，與從兄有嘉入學，每陰風細雨，從兄輒留。有光意戀戀，不得留也。孺人中夜覺寢，促有光暗誦《孝經》，即熟讀無一字齟齬，乃喜。

孺人卒，母何孺人亦卒。周氏家有羊狗之痾，舅母卒；四姨歸顧氏，又卒；死三十人而定；惟外祖與二舅存。

孺人死十一年，大姊歸王三接，孺人所許聘者也。十二年，有光補學官弟子，十六年而有婦，孺人所聘者也。期而抱女，撫愛之，益念孺人，中夜與其婦泣，追惟一二，仿佛如昨，餘則茫然矣。世乃有無母之人，天乎？痛哉！

上海古籍版《震川先生集》卷二十五

| 輯　錄 |

錢謙益《列朝詩集小傳》：熙甫爲文，原本《六經》，而好太史公書，能得其風神脈理。其於八大家，自謂可肩隨歐、曾，臨川則難抗行。其於詩，似無意求工，滔滔自運，要非流俗可及也。當是時，王弇州踵二李之後，主盟文壇，聲華炫赫，奔走四海。熙甫一老舉子，獨抱遺經於荒江虛市之間，樹牙頰相撐柱，不少下。嘗爲人文序，詆排俗學，以爲苟得一二妄庸人爲之巨子。弇州聞之，曰："妄則有之，

087

庸則未敢聞命。"熙甫曰："惟妄，故庸。未有妄而不庸者也。"弇州晚歲贊熙甫像曰："千載有公，繼韓、歐陽。余其異趨，久而始傷。"識者謂先生之文，至是始論定，而弇州之遲暮自悔，爲不可及也。

方苞《書震川文集後》：震川之文，鄉曲應酬者十六七，而又徇請者之意，襲常綴瑣，雖欲大遠於俗言，而道無由。其發於親舊及人微而語無忌者，蓋多近古之文。至事關天屬，其尤善者，不俟修飾，而情辭並得，使覽者惻然有隱，其氣韻蓋得之子長。

姚鼐《與陳碩士》：熙甫能於不緊要之題，說不緊要之話，卻自風韻疏淡。此乃是於太史公深有會處。《與王鐵夫書》：文章之境，莫佳於平淡，措語遣意，有若自然生成者，此熙甫所以爲文家之正傳。

錢基博《清代文學綱要》：自明之季，學者知由韓、柳、歐、蘇沿洄以溯秦漢者，歸有光之力也。雖然，有光之文，亦自有其別成一家而不與前人同者。蓋有光以前，上而名公巨卿、下而美人名士之奇聞雋語，劌心怵目，斯以廁文人學士之筆。至有光出，而專致力於家常瑣屑之描寫。其尤惻惻動人者，如《先妣事略》《歸府君墓誌銘》《寒花葬志》《項脊軒記》諸文，悼亡念存，極摯之情而寫以極淡之筆，覿物懷人，戶庭細碎，此意境人人所有，此筆妙人人所無。而所以成其爲震川之文，開韓、柳、歐、蘇未辟之境者也。

參考書目

《震川先生集》，歸有光著，上海古籍出版社1982年版。
《荊川先生文集》，唐順之著，四部叢刊本。

思考題

1. 唐宋派的文學主張是什麼？其與唐宋古文傳統有何關係？
2. 試比較蘇舜欽、歸有光《滄浪亭記》，他们的寫法有何不同？
3. 熟讀歸有光懷舊文，並以淺近文言寫往事一篇。

第四節　公安派

袁宏道（1568—1610）

傳略見"明代文學"第一章第七節。

識張幼于惠泉詩後

【題解】　讀友人惠泉詩，因憶往昔有關惠泉的二三趣事。於日常瑣事中見人生情趣，不拘格套，信筆寫來，乃公安派本色。

　　余友麻城丘長孺東遊吳會，載惠山泉三十罌之團風。長孺先歸，命僕輩擔回。僕輩惡其重也，隨傾於江，至倒灌河，始取山泉水盈之。長孺不知，矜重甚，次日即邀城中諸好事嘗水。諸好事如期皆來，團坐齋中，甚有喜色。出尊取磁甌，盛少許，遞相議，然後飲之，嗅玩經時，始細嚼咽下，喉中汨汨有聲。乃相視而嘆曰："美哉水也！非長孺高興，吾輩此生何緣得飲此水！"皆嘆羨不置而去。半月後，諸僕相爭，互發其私事。長孺大恚，逐其僕，諸好事之飲水者，聞之愧嘆而已。

　　又，余弟小修向亦東詢，載惠山、中泠泉各二尊歸，以紅箋書泉名記之。經月餘抵家，箋字俱磨滅。余詰弟曰："孰爲惠山？孰爲中泠？"弟不能辨，嘗之，亦復不能辨。相顧大笑。

　　然惠山勝中泠，何況倒灌河水？自余吏吳來，嘗水既多，已能辨之矣。偶讀幼于此冊，因憶往事，不覺絕倒。此事正與東坡河陽美豬肉事相類，書之並博幼于一笑。

上海古籍版《袁宏道集箋校》卷四

○張幼于：名獻翼，長洲人。屢試不第，頹然自放，爲萬曆間文人中狂放代表。見沈德符《萬曆野獲編》。○丘長儒：名坦，湖北麻城人，與李贄善，萬曆間中武進士，官參將。○惠山泉：在無錫城西惠山白石塢下。唐陸羽次第名泉得二十種，以廬山康王谷洞簾水爲第一，惠山泉爲第二。○中泠泉：在丹徒縣西北石㟼山東。泠一作零。劉伯芻評水之宜茶者七等，以揚子江南零水爲第一。○東坡河陽美豬肉：蘇東坡嘗曰："予昔在岐下，聞河陽豬肉甚美，使人往市之。使者已醉，豬夜逸去，買他豬以償。客皆以爲非他產所及。既而事敗，客皆慚。"見劉元卿《賢奕編》。

龔惟長先生

【題解】 龔惟長，名仲慶，作者舅父。此文爲致龔氏書信，抒寫人生真樂有五，與正統士大夫之見大異其趣。清人陸雲龍評曰："窮歡極樂，可比《七發》，令人神快。"

數年閑散甚，惹一場忙在後。如此人置如此地，作如此事，奈之何？嗟夫，電光泡影，後歲知幾何時？而奔走塵土，無復生人半刻之樂，名雖作官，實當官耳。尊家道隆崇，百無一闕，歲月如花，樂何可言。然真樂有五，不可不知：

目極世間之色，耳極世間之聲，身極世間之鮮，口極世間之譚，一快活也。

堂前列鼎，堂後度曲，賓客滿席，男女交舄，燭氣薰天，珠翠委地，皓魄入帷，花影流衣，二快活也。

篋中藏萬卷書，書皆珍異，宅畔置一館，館中約真正同心友十餘人，就中擇一識見極高如司馬遷、羅貫中、關漢卿者爲主，分曹部署，各成一書，遠文唐宋酸儒之陋，近完一代未竟之篇，三快活也。

千金買一舟，舟中置鼓吹一部，妓妾數人，遊閑數人，泛家浮宅，不知老之將至，四快活也。

然人生受用至此，不及十年，家資田地蕩盡矣。然後一身狼狽，朝不謀夕，托缽歌妓之院，分餐孤老之盤，往來鄉親，恬不知恥，五快活也。

士有此一者，生無可愧，死可不朽矣。若只幽閒無事，挨排度日，此最世間不緊要人，不可爲訓。古來聖賢，公孫朝穆、謝安、孫瑒輩，皆信得此一著，此所以他一生受用。不然，與東鄰某子甲蒿目而死者，何異哉！

上海古籍版《袁宏道集箋校》卷五

○公孫朝穆：戰國時人，事跡未詳。李德裕《貨殖論》："昔公孫朝穆好酒及色，而不慕榮祿，鄧析猶謂之真人。"○謝安：東晉人。字安石。少有重名，累辟不起。每遊賞，必攜妓以從。苻堅攻晉，拜征討大都督，遣侄玄等破堅於淝水。《晉書》有傳。○孫瑒：南朝陳人。字德璉。少倜儻，好謀略，博涉經史。累官刺史、將軍、尚書等。性通泰，有財物散之親友。其自居處，頗失於豪奢，庭院穿築，極林泉之致，歌鐘舞女，當世罕儔，賓客填門，軒蓋不絕。《陳書》有傳。○蒿目：舉目遠望。《莊子·駢拇》："今世之仁人，蒿目而憂世之患。"

拙效傳

【題解】 本篇記四位"鈍僕"之"拙"，如俗語所謂"傻人自有傻福"是也。文中所記乃極平常之人極平常之事，無關宏旨，亦無深義，但以趣味取勝，頗能代表公安派的風格。

石公曰："天下之狡於趨避者，兔也，而獵者得之；烏賊魚吐墨以自蔽，乃爲殺身之梯。巧何用哉？夫藏身之計，雀不如燕；謀生之術，鸇不如鳩，古記之矣。作《拙效傳》。"

家有四鈍僕：一名冬，一名東，一名戚，一名奎。冬即余僕也。掀鼻虯鬚，色若鏽鐵。嘗從余武昌，偶令過鄰生處，歸失道，往返數十回，見他僕過者，亦不問。時年已四十餘。余偶出，見其淒涼四顧，如欲哭者，呼之，大喜過望。性嗜酒，一日家方煮醪，冬乞得一盞，適有他役，即忘之案上，爲一婢子竊飲盡。煮酒者憐之，與酒如前。冬傴僂突閒，爲薪焰所著，一烘而過，鬚眉幾火。家人大笑，仍與他酒一瓶。冬喜甚，挈瓶沸湯中，俟暖即飲，偶爲湯所濺，失手墜瓶，竟不得一口，瞠目而出。嘗令開門，門樞稍緊，極力一推，身隨門辟，頭顛觸地，足過頂上，舉家大笑。今年隨至燕邸，與諸門隸嬉遊半載，問其姓名，一無所知。

東貌亦古，然稍有詼氣。少役於伯修。伯修聘繼室時，令至城市餅。家去城百里，吉期已迫，約以三日歸。日晡不至，家嚴同伯修門外望。至夕，見一荷擔從柳堤來者，東也。家嚴大喜，急引至舍，釋擔視之，僅得蜜一甕。問餅何在，東曰："昨至城，偶見蜜價賤，遂市之；餅價貴，未可市也。"時約以明日納禮，竟不得行。

戚、奎皆三弟僕。戚常刈薪，跪而縛之，力過繩斷，拳及其胸，悶絕僕地，半日始蘇。奎貌若野獐，年三十，尚未冠，髮後攢作一紐，如大繩狀。弟與錢市帽，奎忘其紐，及歸，束髮加帽，眼鼻俱入帽中，駭嘆竟日。一日至比舍，犬逐之，即張空拳相角，如與人交藝者，竟齧其指。其癡絕皆此類。

然余家狡獪之僕，往往得過，獨四拙頗能守法。其狡獪者，相繼逐去，資身無策，多不過一二年，不免凍餒。而四拙以無過坐而衣食，主者諒其無他，計口而授之粟，唯恐其失所也。噫，亦足以見拙者之效也。

上海古籍版《袁宏道集箋校》卷十九

題陳山人山水卷

【題解】 陳山人遊跡市廛而畫山水，人曰"非真能嗜山水者"。作者不以爲然，以爲"真嗜"乃"神遇"而非形接，"縱終生不遇，而精神未嘗不往來也"。"太行山"一段，乃民間笑譚，信筆拈來，即化腐朽爲神奇。

陳山人，嗜山水者也。或曰：山水非能嗜者也。古之嗜山水者，煙嵐與居，鹿豕與遊，衣女蘿而啖芝朮。今山人之跡，什九市廛，其於名勝，寓目而已，非真能嗜者也。余曰："不然。善琴者不絃，善飲者不醉，善知山水者不巖棲而谷飲。"孔子曰："知者樂水。"必溪澗而後知，是魚鼈皆哲士也。又曰："仁者樂山。"必巒壑而後仁，是猿猱皆至德也。唯於胸中之浩浩，與其至氣之突兀，足與山水敵，故相遇則深相得；縱終生不遇，而精神未嘗不往來也。是之謂真嗜也。

昔有一書生攜一僕入太行山，僕見道上碑字，誤讀曰"太形山"。書生笑曰："杭也，非形也。"僕固爭久之，因曰："前途遇識者，請質之，負者罰一貫錢。"行數里，見一學究授童子書，書生因進問，且告以故。學究曰："太形是。"僕大叫笑，乞所負錢。書生不得已，與之，然終不釋。既別去數十步，復返謂學究曰："向爲公解事者，何錯謬如是？"學究曰："寧可負使公失一貫錢，教他俗子終生不識太行山。"此語極有會。想山人讀至此，當捧腹一笑也。

上海古籍版《袁宏道集箋校》卷五十四

袁中道（1570—1626）

傳略見"明代文學"第一章第七節。

碧雲寺

【題解】 此爲《西山遊後記》之八。碧雲寺，在北京西郊香山，原爲碧雲庵，明正德中擴建爲寺，爲當時諸寺之冠。

寺泉出石根中，有聲。石壁色甚古，亭其前，爲聽水佳處。泉繞亭而出，流於小池，種白蓮千本，鮮潔澄淨，便覺紅蓮未能免俗。塘前有稚竹一方，嫩綠可愛。予家園中，翠竹萬竿，視此如小兒頭上髮耳。然小竹嬌姹，亦自有致，況在燕中，尤爲難得。竹之前爲銀杏二株，盤曲蔭蔽數畝。其左右爲洞，一若夏屋，可坐。泉繞之而出，達於青豆之舍，流泉鳴於廡下。至殿前，而泉始大，爲方塘，石梁界之，養朱魚萬尾，紅爍人目。泉從左達於梁，聲始宏。復有危橋，下爲修澗。寺較隘於香山，而整麗過之。其中雲梁霧洞，綠窗青瑣；牛筋狗骨之木，鷄舌鴨腳之菜，往往有焉。嘉靖庚戌，北虜欲入此寺，竟不能。文而堅故也。寺僧多鮮衣怒馬，作遊閑公子之態。住此者雖快，亦可畏哉！

上海古籍版《珂雪齋集》卷十六

一瓢道士傳

【題解】 道人浪跡市井，且淫且盜，盡享世俗聲色之樂，而又脫然生死。作者爲之傳，並非致疑於仙佛之道，而是表明此類異人非形跡所拘，蓋非"天眼莫能知也"。此抑公安派自我寫照乎。

一瓢道人，不知其名姓，嘗持一瓢浪遊鄂嶽間，人遂呼爲一瓢道人。道人化於澧州，澧之人漸有得其蹤跡者，語予云：

道人少讀書，不得志，棄去走海上從軍。時倭寇方盛，道人拳勇非常，從小校得功至裨將。後失律，畏誅，匿於群盜，出沒吳楚間。久乃厭之，以貲市歌舞妓十餘人，賣酒淮揚間，所得市門貲，悉以自奉。諸妓更代侍之，無日不擁艷冶，食酒肉，聽絲竹。飲食供侍，擬於王者。又十餘年，心復厭之，亡去，乞食湖湘間。後至澧，澧人初不識。既久，出語顛狂，多奇中。發藥有效，又爲人畫牛，信口作詩，有異語。人漸敬之，饋好衣服飲食，皆受而棄之。人以此多延款道人。

道人棲古廟中，一日，於爐灰裏取金一挺，付祝云："爲我召僧來禮懺。"懺畢，買一棺，自坐其中，不覆；令十餘人移至城市上，手作拱揖狀，大呼曰："年來甚擾諸公，貧道別矣！"雖小巷間無不周遍，一市大驚。復還至廟中，乃仰臥，命衆人曰："可覆我。"衆人不敢覆，視之，已去矣。遂覆而埋之。舉之甚輕，不類有人者。

予聞而大異焉。人又問曰："審有道者，不宜淫且盜；淫且盜者，又不宜脫然生死。予大有疑。"以問予。予曰："予與汝皆人也，烏能知之？夫濟顛之酒也，三車之肉也，鎖骨之淫也，寒山、拾得之詬也，皆非天眼莫能知也。古之諸佛，固有隱於豬狗中者，況人類乎？子與予何足以知之哉！"

上海古籍版《珂雪齋集》卷十七

○濟顛：宋末僧人，名道濟，俗姓李。佯狂不飾細行，飲酒食肉，遊行市井間，人以爲癲，故稱濟顛。顛即癲。○三車：唐僧人，名窺基，出身將門，玄奘欲度爲弟子，基奮然抗聲曰："聽我三事方誓出家：不斷情欲葷血過中食也。"行駕累載前之所欲，故關輔語曰："三車和尚。"○鎖骨：觀音菩薩化爲馬郎之婦，稱曰馬郎婦。唐元和年中陝右有一美女，人見其姿貌欲求爲配。女曰："我亦欲有歸，但一夕能誦《普門品》者事之。"黎明徹誦者二十人。女曰："女子一身豈能配衆？應誦《金剛經》。"旦通誦者猶十數人。女復授以《法華經》七卷，約三日，至期獨馬氏子能通經，女使具禮成姻。馬氏迎之。女曰："適體中不佳，俟少安相見。"客未散而女死，即壞爛。葬之數日有老僧杖錫謁馬氏。問女所由，馬氏引之於葬所。僧以錫撥之，屍已化，唯黃金鎖子骨存。僧以錫挑骨，謂衆曰："此聖者也，憫汝等障重，故設方便化汝等耳。"語已飛空去。由此陝右奉佛者多。見《釋氏稽古略》三。○寒山：唐僧人，隱居天台翠屏山，此山又名寒巖，因自號寒山子。喜爲詩，與國清寺僧拾得友善而齊名。

【附】

李 贄（1527—1602）

錢謙益《列朝詩集小傳》：李贄，字宏甫，晉江人。領鄉薦，不再上公車，授教官，歷南京刑部主事，出爲姚安太守。政令清簡，公座或與禪衲俱。簿書之間，時與參論。又輒至伽藍，判了公事。逾年入雞足山，閱藏不出。御史劉維奇其人，疏令致仕。與黃安耿子庸善，罷郡遂客黃安。子庸死，遂至麻城龍潭湖上，閉門下楗，日以讀書爲事。一日，惡頭癢，遂去其髮，禿而加巾。卓吾所著書，於上下數千年之間，別出手眼，而其捃擊道學，抉摘情僞，與耿天台往復書，累累萬言，胥天下之爲僞學者，莫不膽張心動，惡其害己，於是咸以爲妖爲幻，噪而逐之。馬御史經綸迎之於通州，尋以妖人逮下詔獄。獄詞上議，勒還原籍。卓吾曰："我年七十有六，死耳，何以歸爲？"遂奪剃髮刀自刎，兩日而死。御史收葬之通州北門外，秣陵焦竑題其石曰："李卓吾先生墓。"過者皆弔焉。

自 贊

其性褊急，其色矜高，其心狂癡，其行率易，其交寡而面見親熱。其與人也，好求其過，而不悅其所長；其惡人也，既絕其人，又終身欲害其人。志在溫飽，而自謂伯夷、叔齊；質本齊人，而自謂飽道飫德。分明一介不與，而以有莘藉口；分明毫毛不拔，而謂楊朱賊仁。動與物迕，口與心違。其人如此如此，鄉人皆惡之矣。昔子貢問夫子曰："鄉人皆惡之，如何？"子曰："未可也。"若居士，其可乎哉！

中華書局版《焚書》卷三

題孔子像於芝佛院

　　人皆以孔子爲大聖，吾亦以爲大聖；皆以老、佛爲異端，吾亦以爲異端。人人非真知大聖與異端也，以所聞於父師之教者熟也；父師非真知大聖與異端也，以所聞於儒先之教者熟也；儒先亦非真知大聖與異端也，以孔子有是言也。其曰"聖則吾不能"，是居謙也；其曰"攻乎異端"，是必爲老與佛也。

　　儒先臆度而言之，父師沿襲而誦之，小子矇聾而聽之。萬口一詞，不可破也；千年一律，不自知也。不曰"徒誦其言"，而曰"已知其人"；不曰"強不知以爲知"，而曰"知之爲知之"。至今日，雖有目，無所用矣。

　　余何人也，敢謂有目？亦從衆耳。既從衆而聖之，亦從衆而事之，是故吾從衆事孔子於芝佛之院。

中華書局版《續焚書》卷四

| 輯　錄 |

　　李贄《童心說》：天下之至文，未有不出於童心焉者也。苟童心常存，則道理不行，聞見不立，無時不文，無人不文，無一樣創製體格文字而非文者。詩何必古選，文何必先秦？降而爲六朝，變而爲近體；又變而爲傳奇，變而爲院本、爲雜劇、爲《西廂曲》、爲《水滸傳》、爲今之舉子業，皆古今至文，不可得而以時勢先後論也。故吾因是而有感於童心者之自文也，更說甚麼《六經》，更說甚麼《語》《孟》乎？又《雜說》：世之真能文者，比其初皆非有意於爲文也。其胸中有如許無狀可怪之事，其喉間有如許欲吐而不敢吐之物，其口頭又時時有許多欲語而莫可所以告語之處，蓄極積久，勢不能遏。一旦見景生情，觸目興嘆，奪他人之酒杯，澆自己之塊壘，訴心中之不平，感數奇於千載。既已噴玉唾珠，昭回雲漢，爲章於天矣，遂亦自負，發狂大叫，流涕慟哭，不能自止。寧使見者聞者切齒咬牙，欲殺欲割，

而終不忍藏於名山，投之水火。又《與友人論文》：凡人作文皆從外邊攻進裏去，我爲文章只就裏面攻打出來，就他城池，食他糧草，統率他兵馬，直沖橫撞，攪得他粉碎，故不費一毫氣力而自然有餘也。凡事皆然，寧獨爲文章哉！只各人自有各人之事，各人題目不同，各人就題目裏滾出去，無不妙者。如該終養者只宜就終養作題目，便是切題，便就是得意好文字。若舍卻正經題目不做，卻去別尋題目做，人便理會不得，有識者卻反生厭矣。

　　袁中道《李溫陵先生傳》：或問袁中道曰："公之於溫陵（李贄別號）也，學之否？"予曰："雖好之，不學之也。其人不能學者有五，不願學者有三。公爲士居官，清節凜凜，而吾輩隨來輒受，操同中人，一不能學也；公不入季女之室，不登冶童之床，而吾輩不斷情欲，未絕嬖寵，二不能學也；公深入至道，見其大者，而吾輩株守文字，不得玄旨，三不能學也；公自少至老，惟知讀書，而吾輩汩沒塵緣，不親韋編，四不能學也；公直氣勁節，不爲人屈，而吾輩怯弱，隨人俯仰，五不能學也。若好剛使氣，快意恩讎，意所不可，動筆之書，不願學者一矣；既已離仕而隱，即宜遁跡名山，而乃徘徊人世，禍逐名起，不願學者二矣；急乘緩戒，細行不修，任情適口，鸞刀狼藉，不願學者三矣。夫其所不能學者，將終身不能學；而其所不願學者，斷斷乎其不學之也。

參考書目

《袁宏道集箋校》，袁宏道著，錢伯城箋校，上海古籍出版社 1981 年版。
《珂雪齋集》，袁中道著，上海古籍出版社 1989 年版。

思考題

1. 公安派"獨抒性靈"的主張與李贄的"童心"說有何關係？
2. 試分析袁宏道小品文的藝術特色。
3. 以淺近文言寫小品一則。

第五節　竟陵派與張岱

鍾　惺（1574—1625）

傳略見"明代文學"第一章第七節。

浣花溪記

【題解】　萬曆三十九年（辛亥）十月，鍾惺出使成都，遊浣花溪。此文以細膩的筆觸，勾勒沿塗所見，最後落筆在唐詩人杜甫浣花居故址。由此生出一段感嘆：詩人杜甫"窮愁奔走，猶能擇勝，胸中暇整，可以應世"。此作者之杜甫印象，即所謂"孤情單緒"者也。

出成都南門，左爲萬里橋。西折，纖秀長曲，所見如連環，如玦，如帶，如規，如鈎；色如鑒，如琅玕，如綠沈瓜。窈然深碧，瀠回城下者，皆浣花溪委也。然必至草堂，而後浣花有專名，則以少陵浣花居在焉耳。

行三四里，爲青羊宮。溪時遠時近，竹柏蒼然，隔岸陰森者盡溪，平望如薺，水木清華，神膚洞達。自宮以西，流彙而橋者三，相距各不半里。舁夫云"通灌縣"；或所云"江從灌口來"是也。人家住溪左，則溪蔽不時見；稍斷，則復見溪。如是者數處，縛柴編竹，頗有次第。

橋盡，一亭樹道左，署曰"緣江路"。過此則武侯祠，祠前跨溪爲板橋一，覆以水檻，乃覯浣花溪題榜。過橋，一小洲橫斜插水間如梭。溪周之，非橋不通。置亭其上，題曰"百花潭水"。由此亭還，度橋，過梵安寺，始爲杜工部祠。像頗清古，不必求肖，想當爾爾。石刻像一，附以本傳，何仁仲別駕署華陽時所爲也。碑皆不堪讀。

鍾子曰：杜老二居，浣花清遠，東屯險奧，各不相襲。嚴公不死，浣溪可老。患難之於友朋大矣哉！然天遣此翁增夔門一段奇耳。窮愁奔走，猶能擇勝，胸中暇整，可以應世，如孔子微服主司城貞子時也。

　　時萬曆辛亥十月十七日。出城欲雨，頃之霽。使客遊者，多由監司郡邑招飲，冠蓋稠濁，磬折喧溢，迫暮趣歸。是日清晨，偶然獨往。楚人鍾惺記。

上海古籍版《隱秀軒集》卷二十

　　○東屯：杜甫在夔州所居之地。○嚴公：嚴武，曾官劍南節度使。杜甫入蜀，即依嚴武。○暇整：從容安詳。○如孔子句：《史記·孔子世家》："孔子去曹適宋，與弟子習禮大樹下，宋司馬桓魋欲殺孔子，拔其樹，孔子去，弟子曰：'可以速矣。'孔子曰：'天生德於予，桓魋其如予何？'孔子適鄭，與弟子相失，孔子獨立郭東門。鄭人或謂子貢曰：'東門有人，其顙似堯，其項類皋陶，其肩類子產，然自腰以下，不及禹三寸，累累若喪家之狗。'子貢以實告孔子，孔子欣然笑曰：'形狀末也，而似喪家之狗，然哉！然哉！'孔子遂至陳，主於司城貞子家。"○磬折：彎腰似磬，敬禮之貌。《禮記·曲禮下》："立則磬折垂佩。"

自題像

【題解】《明史·鍾惺傳》："惺貌寢，羸不勝衣。"作者自題畫像，竟以龍種自比。雖爲戲筆，其詼諧灑脫，由此可見。

　　海神與秦皇帝相見，約曰："我貌醜，勿圖我。"許之。從官有以足指畫其形者，神怒，激水崩岸，曰："帝負我！"物情之護醜而好妍如此。予形寢悴，每至失望。江陵胡君平手圖之而去。裴晉公有言："彼見我龍種，故相戲耳。"請以蒹葭蒲柳之質，供君平兄弟一笑可也。

上海古籍版《隱秀軒集》卷三十五

○裴晉公：裴度，唐代名相，憲宗時以功封晉國公。文中所引出處未詳。

譚元春（1586—1637）

傳略見"明代文學"第一章第七節。

初遊烏龍潭記

【題解】　烏龍潭在南京市西清涼山南麓。此文用字頗精簡，尤以名詞動化，新人眼目。

白門遊多在水：磯之可遊者，曰燕子，然而遠；湖之可遊者，曰莫愁，曰玄武，然而城外；河之可遊者，曰秦淮，然而朝夕至。惟潭可遊者，曰烏龍，在城內，舉異則造，士女非實有事於其地者，不至，故三患免焉。

予壬子過而目之。己未，友人茅子止生適軒其上，軒未壁；閣其左右，閣未窗、未欄，亭其湄，甃其磯，皆略有其形，即與予往觀之。登於閣，前岡倒壁，後阜環青，潭沈沈而已。有舟自鄰家出，與閣上相望者宋子獻孺、傅子汝舟，往來秋色上。茅子曰："新秋可念，當與子泛於沄沄淰淰之中。不以舟，以筏，筏架木，朱檻，制如幔亭。"越三日，筏成。

上海古籍版《譚元春集》卷二十

○白門：今南京。南朝宋都城建康西門，西方金，金氣白，故稱白門。燕子磯、莫愁湖、玄武湖、秦淮河等，皆南京名勝。○茅子止生：名元儀，茅坤之孫。○宋子獻孺：未詳；傅子汝舟：字遠度，江寧人。○沄沄淰淰：水流動貌。

《秋尋草》自序

【題解】 秋遊而曰秋尋，尋我心中之秋境也。境由心造，有此心乃有此境。後人未嘗有宋玉之悲而曰悲秋者，皆"不信胸中而信紙上"。

予赴友人孟誕先之約，以有此"尋"也。是時秋也，故曰"秋尋"。

夫秋也，草木疏而不積，山川澹而不媚，結束涼而不燥。比之春，如舍佳人而逢高僧於綻衣洗缽也。比之夏，如辭貴遊而侶韻士於清泉白石也。比之冬，又如恥孤寒而露英雄於夜雨疏燈也。天以此時新其位置，洗其煩穢，待遊人之至。而遊人者，不能自清其胸中，以求秋之所在，而動曰"悲秋"。予嘗言："宋玉有悲，是以悲秋；後人未嘗有悲而悲之，不信胸中而信紙上，予悲夫悲秋者也。"

天下山水多矣，老予之身，不足以了其半。而輒於其耳目步履中得一石一湫，徘徊難去。入西山恍然，入雷山恍然，入洪山恍然，入九峰山恍然。何"恍然"之多耶？然則予胸中或本有一"恍然"以來，而山山若遇也。

予乘秋而出，先秋而歸。家有五弟，冠者四矣，皆能以至性奇情，佐予之所不及。花棚草徑、柳堤瓜架之間，亦可樂也。曰"秋尋"者，又以見秋而外，皆家居也。

誕先曰："子家居詩少，秋尋詩多，吾爲子刻《秋尋草》。"

上海古籍版《譚元春集》卷三十

輯錄

錢謙益《列朝詩集小傳》：譚之才力薄於鍾，其學殖尤淺，譾劣彌甚，以俚率爲清真，以僻澀爲幽峭。作似了不了之語，以爲意表之言，不知求深而彌淺；寫可解不解之景，以爲物外之象，不知求新而轉陳。無字不啞，無句不迷，無一篇章不破碎斷落。……而承學之徒，莫不喜其尖新，樂其率易，相與糊心眛目，拍肩而從之。以一言蔽其病曰："不學而已。"亦以一言蔽從之者之病曰："便於不說學而已。"天喪斯文，餘分閏位，竟陵之詩與西國之教、三峰之禪，旁午並作，並爲孽於斯世，後有傳《洪範》五行者，固將大書特書著其事應，豈過論哉！

劉 侗（1594—1637）

《復社姓氏傳略》卷八：劉侗，字同人，崇禎甲戌進士。在都門時，輯《帝京景物略》行世。後之吳縣任，卒於維揚舟次。

三聖庵

【題解】 無一典故，無一僻字，卻給人生澀、古奧的感覺。須慢慢咀嚼，細細品味，始覺其遣詞用字之妙。

德勝門東，水田數百畝，溝洫澮川上，堤柳行植，與畦中秧稻，分露同煙。春綠到夏，夏黃到秋。都人望有時，望綠淺深，爲春事淺深；望黃淺深，又爲秋事淺深。望際，聞歌有時：春插秧歌，聲疾以欲；夏桔橰水歌，聲哀以嘽；秋合酺賽社之樂歌，聲嘩以嘻。然不有秋也，歲不輒聞也。

有臺而亭之，以極望，以遲所聞者。三聖庵，背水田庵焉。門前古木四，爲近水也，柯如青銅亭亭。臺，庵之西。臺下畝，方廣如庵，豆有棚，瓜有架，綠且黃也，外與稻楊同候。臺上亭曰"觀稻"，觀不直稻也，畦壟之方方，林木之行行，梵宇之廠廠，雉堞之凸凸，皆觀之。

北京古籍版《帝京景物略》卷一

〇疾以欲：迅速而柔婉。《禮記·祭義》："其薦之也敬以欲。"鄭玄注："欲，婉順貌。"〇遲：等待。《荀子·修身》："遲彼止而待我。"楊倞注："遲，待也。"〇不直：不只。

英國公新園

【題解】《明史·功臣世表》：張輔，永樂六年以安南功封英國公，世襲。此文所云英國公，當指其七世孫張之極。

夫長廊曲池，假山複閣，不得志於山水者所作也，杖履彌勤，眼界則小矣。崇禎癸酉歲深冬，英國公乘冰床，渡北湖，過銀錠橋之觀音庵，立地一望而大驚，急買庵地之半，園之，構一亭、一軒、一臺耳。但坐一方，方望周畢，其內一周，二面海子，一面湖也，一面古木古寺，新園亭也。園亭對者，橋也。過橋人種種，入我望中，與我分望。南海子而外，望雲氣五色長周護者，萬歲山也。左之而綠雲者，園林也。東過而春夏煙綠、秋冬雲黃者，稻田也。北過煙樹，億萬家甍，煙縷上而白雲橫。西接西山，層層彎彎，曉青暮紫，近如可攀。

北京古籍版《帝京景物略》卷一

水盡頭

【題解】水盡頭又名櫻桃溝，在北京西郊壽安山西邊。

觀音石閣而西，皆溪，溪皆泉水之委；皆石，石皆壁之餘。其南岸皆竹，竹皆溪周而石倚之。燕故難竹，至此林林畝畝，竹丈始枝，筍丈猶籜。竹粉生於節，筍梢出於林，根鞭出於籬，孫大於母。

過隆教寺而又西，聞泉聲，泉流長而聲短焉，下流平也。花者，渠泉而役乎花；竹者，渠泉而役乎竹，不暇聲也。花竹未役，泉猶石泉矣。石罅亂流，眾聲漸漸。人踏石過，水珠濺衣。小魚折折石縫間，聞跫音則伏，於苴於沙。

雜花水藻，山僧園叟不能名之。草至不可族。客乃鬭以花，采采百步耳，互出，半不同者。然春之花，尚不敵其秋之柿葉。葉紫紫，實丹丹，風日流美，曉樹滿星，夕野皆火，香山曰杏，仰山曰梨，壽安山曰柿也。

西上圓通寺，望太和庵前，山中人指水盡頭，泉所源也。至則磊磊中兩石角如坎，泉蓋從中出。鳥樹聲壯，泉喑喑，不可驟聞。坐久，始別，曰："彼鳥聲，彼樹聲，此泉聲也。"

又西上廣泉廢寺，北半里，五華寺。然而遊者瞻臥佛輒返，曰："臥佛無泉。"

北京古籍版《帝京景物略》卷六

| 輯　錄 |

紀昀《帝京景物略·序》：明之末年，士風佻，僞體作，竟陵、公安以詭俊纖巧之詞，遞相唱導。劉同人者，楚産也，故宗楚風，于司直（奕正，《帝京景物略》合著者）稔與同人遊，故其習亦變而楚。所作《帝京景物略》八卷，其胚胎則《世說新語》《水經注》；其門徑則出入竟陵、公安；其序致冷雋，亦時復可觀。蓋竟陵、公安之文，雖無當於古作者，而小品點綴，則其所宜。寸有所長，不容沒也。

張　岱（1597—1689）

《山陰縣志》：張岱，字宗子，一字陶庵，山陰諸生。曾祖元忭，明隆慶進士，廷試第一，諡文恭。祖汝霖，萬曆間進士。岱年六歲，汝霖攜之適杭州。時華亭陳繼儒客杭，命岱屬對，奇之，謂汝霖曰："此吾小友也。"及長，文思夌湧，好結納海內勝流，園林詩酒之社，必頡頏其間。累世通顯，服食豪侈，畜梨園數部，日聚諸名士度曲徵歌，詼謔雜進。及明亡，避亂剡溪山。岱素不治生產，至是家益落，故交朋輩多死亡，葛巾野服，意緒蒼涼，語及少壯穠華，自謂夢境。著有《西湖夢尋》等書十餘種。別爲《石匱書》，記明代三百年時事，尤多見聞。年九十三卒。

報恩塔

【題解】 敍報恩塔，讚嘆盛世氣象，以寄江山故國之思。

中國之大古董，永樂之大窰器，則報恩塔是也。報恩塔成於永樂初年，非成祖開國之精神、開國之物力、開國之功令，其膽智才略足以吞吐此塔者，不能成焉。塔上下金剛佛像千百億金身，一金身，琉璃磚十數塊湊成之，其衣摺不爽分，其面目不爽毫，其鬚眉不爽忽，門筍合縫，信屬鬼工。聞燒成時，具三塔相，成其一，埋其二，編號識之。今塔上損磚一塊，以字型大小報工部，發一磚補之，如生成焉。夜必燈，歲費油若干斛，天日高霽，霏霏靄靄，搖搖曳曳，有光怪出其上，如香煙繚繞，半日方散。永樂時，海外夷蠻重譯至者百有餘國，見報恩塔必頂禮讚嘆而去，謂四大部洲所無也。

上海古籍版《陶庵夢憶》卷一

鬬鷄社

【題解】 敍仲叔好鬬鷄一節，平淡無奇，然結尾筆鋒一轉，全文頓即生色。

天啓壬戌間好鬬鷄，設鬬鷄社於龍門山下，仿王勃《鬬鷄檄》，檄同社。仲叔秦一生日攜古董、書畫、文錦、川扇等物與余博，余鷄屢勝之。仲叔憤懣，金其距，介其羽，凡足以助其腷膊谿味者無遺策，又不勝。人有言徐州武陽侯樊噲子孫鬬鷄雄天下，長頸鳥喙，能於高桌上啄粟。仲叔心動，密遣使訪之，又不得，益憤懣。一日閱稗史，有言唐玄宗以酉年酉月生，好鬬鷄而亡其國。余亦酉年酉月生，遂止。

上海古籍版《陶庵夢憶》卷三

湖心亭看雪

【題解】 筆墨簡潔，意境淡遠，正所謂"孤情單緒"。

崇禎五年十二月，余住西湖。大雪三日，湖中人鳥聲俱絕。是日更定矣，余拏一小船，擁毳衣爐火，獨往湖心亭看雪。霧凇沆碭，天與雲、與山、與水，上下一白，湖上影子，惟長堤一痕、湖心亭一點、與余舟一芥、舟中人兩三粒而已。到亭上，有兩人鋪氈對坐，一童子燒酒爐正沸。見余大喜，曰："湖中焉得更有此人！"拉余同飲。余強飲三大白而別。問其姓氏，是金陵人，客此。及下船，舟子喃喃曰："莫說相公癡，更有癡似相公者。"

上海古籍版《陶庵夢憶》卷三

《西湖夢尋》序

【題解】 作者夢西湖，猶夢故國。《四庫全書總目》："是編乃於杭州兵燹之後，追記舊遊，以北路、西路、南路、中路、外景五門，分記其勝。每景首爲小序，而雜采古今詩文列於其下。岱所自作尤夥，亦附著焉。其體例全仿劉侗《帝京景物略》，其詩文亦全沿公安、竟陵之派。"

余生不辰，闊別西湖二十八載。然西湖無日不入吾夢中，而夢中之西湖，實未嘗一日別余也。

前甲午、丁酉，兩至西湖，入湧金門，商氏之樓外樓，祁氏之偶居，錢氏、余氏之別墅，及余家之寄園，一帶湖莊，僅存瓦礫。則是余夢中之所有者，反爲西湖所無。及至斷橋一望，凡昔日之歌樓舞榭，弱柳夭桃，如洪水淹沒，百不存一矣。余乃急急走避，謂余爲西湖而來，今所見若此，反不若保吾夢中之西湖爲得計也。

因想余夢與李供奉異，供奉之夢天姥也，如神女名姝，夢所未見，其夢也幻。余之夢西湖也，如家園眷屬，夢所故有，其夢也真。今余僦居他氏，已二十二載，夢中猶在故居。舊役小傒，今已白頭，夢中仍是總角。夙習未除，故態難脫。而今而後，余但向蝶庵岑寂，蘧榻紆徐，惟吾舊夢是保，一派西湖景色，猶端然未動也。兒曹詰問，偶爲言之，總是夢中說夢，非魘即囈也。

余猶山中人歸自海上，盛稱海錯之美，鄉人競來共舐其眼。嗟嗟！金齏瑤柱，過舌即空，則舐眼亦何救其饞哉！第作《夢尋》七十二則，留之後世，以作西湖之影。

上海古籍版《西湖夢尋》卷首

附：

自爲墓誌銘

蜀人張岱，陶庵其號也。少爲紈綺子弟，極愛繁華，好精舍，好美婢，好孌童，好鮮衣，好美食，好駿馬，好華燈，好煙火，好梨園，好鼓吹，好古董，好花鳥，兼以茶淫橘虐，書蠹詩魔，勞碌半生，皆成夢幻，年至五十，國破家亡，避跡山居。所存者，破床碎几，折鼎病琴，與殘書數帙，缺硯一方而已。布衣蔬食，常至斷炊。回首二十年前，真如隔世。

常自評之，有七不可解：向以韋布而上擬公侯，今以世家而下同乞丐，如此則貴賤紊矣，不可解一；產不及中人，而欲齊驅金谷，世頗多捷徑，而獨株守於陵，如此則貧富舛矣，不可解二；以書生而踐戎馬之場，以將軍而翻文章之府，如此則文武錯矣，不可解三；上陪玉皇大帝而不諂，下陪悲田院乞兒而不驕，如此則尊卑溷矣，不可解四；弱則唾面而肯自乾，強則單騎而能赴敵，如此則寬猛背矣，不可解五；奪利爭名，甘居人後，觀場遊戲，肯讓人先，如此則緩急謬矣，不可解六；博弈樗蒱，則不知勝負，啜茶嘗水，則能辨澠淄，如此則智愚雜矣，不可解七。有此七不可解，自且不解，安望人解？故稱之以富貴之人可，稱之以貧賤之人亦可；稱之以智慧之人可，稱之爲愚蠢之人亦可；稱之以強項之人可，稱之以柔弱之人亦可；稱之以卞急人可，稱之以懶散人亦可。學書不成，學劍不成，學節義不成，學文章不成，學仙、學佛、學農、學圃俱不成。任世人呼之爲敗子，爲廢物，爲頑民，爲鈍秀才，爲瞌睡漢，爲死老魅也已矣。

初字宗子，人稱石公，即字石公。好著書，其所成者，有《石匱書》《張氏家譜》《義烈傳》《瑯嬛文集》《明易》《大易用》《史闕》《四書遇》《夢憶》《說鈴》《昌谷解》《快園道古》《傒囊十集》《西湖夢尋》《一卷冰雪文》行世。生於萬曆丁酉八月二十五日卯時，魯國相大滌翁之樹子也，母曰陶宜人。幼多痰疾，養於外大母馬太夫人者十年。外太祖雲谷公宦兩廣，藏生牛黃丸，盈數簏，自余囡地以至十有六歲，食盡之而厥疾始瘳。六歲時，大父雨若公攜余之武林，遇眉公先生跨一角鹿，爲錢唐遊客，對大父曰："聞文孫善屬對，吾面試之。"指屏上《李白騎鯨圖》曰："太白騎鯨，采石江邊撈夜月。"余應曰："眉公跨鹿，錢唐縣裏打秋風。"眉公大笑，起躍曰："那得靈雋若此！吾小友也。"欲進余以千秋之業，豈料余之一事無成也哉？

甲申以後，悠悠忽忽，既不能覓死，又不能聊生，白髮婆娑，猶視息人世。恐旦暮先朝露，與草木同腐，因思古人如王無功、陶靖節、徐文長皆自作墓誌銘，余亦效顰爲之。甫構思，覺人與文俱不佳，輟筆者再，雖然，第言吾之癖錯，則亦可傳也已。曾營生壙於項王里之雞頭山，友人李研齋題其壙曰："嗚呼！有明著述鴻儒陶庵張長公之壙。"伯鸞，高士，塚近要離，余故有取於項里也。明年，年躋七十，死與葬，其日月尚不知也。故不書。銘曰：

窮石崇，鬥金谷。盲卞和，獻荊玉。老廉頗，戰涿鹿。贗龍門，開史局。饞東坡，餓孤竹。五羖大夫，焉肯自鬻？空學陶潛，枉希梅福。必也尋山外野人，方曉我之衷曲。

岳麓書社版《瑯環文集》卷五

參考書目

《隱秀軒集》，鍾惺著，上海古籍出版社1992年版。

《譚元春集》，譚元春著，上海古籍出版社1998年版。

《帝京景物略》，劉侗著，北京古籍出版社1983年版。

《陶庵夢憶》，上海古籍出版社1982年版。

《張岱詩文集》，上海古籍出版社1991年版。

思考題

1. 試舉例說明竟陵派"幽深孤峭"的風格特點。
2. 試述竟陵派與公安派的異同。
3. 張岱散文怎樣表現故國之思？

第六節　張溥與史可法

張　溥（1602—1641）

《明史·文苑傳》：張溥，字天如，太倉人。幼嗜學，所讀書必手鈔，鈔已朗誦一過，即焚之，又鈔，如是者六七始已。後名讀書之齋曰"七錄"，以此也。与同里張采共學齊名，號"婁東二張"。崇禎元年，集郡中名士相與復古學，名其文社曰復社。四年成進士，改庶吉士。以葬親乞假歸，讀書若經生，無間寒暑。四方嗷名者爭走其門，盡名爲復社。溥亦傾身結納，交遊日廣，聲氣通朝右。執政大僚由此惡之。溥詩文敏捷，四方徵索者，不起草，對客揮毫，俄頃立就，以故名高一時。卒時年止四十。

五人墓碑記

【題解】 天啓六年（1626）三月，應天巡撫毛一鷺奉命逮捕周順昌，激起蘇州民變，顏佩韋等五名首事者被誅。魏忠賢賜死後，鄉賢將死事者五人合葬，名"五人墓"。張溥爲撰碑記。另有李玉傳奇《清忠譜》演繹此事。

五人者，蓋當蓼洲周公之被逮，激於義而死焉者也。至於今，郡之賢士大夫請於當道，即除魏閹廢祠之址以葬之；且立石於其墓之門，以旌其所爲。嗚呼，亦盛矣哉！

夫五人之死，去今之墓而葬焉，其爲時止十有一月耳。夫十有一月之中，凡富貴之子慷慨得志之徒，其疾病而死，死而湮没不足道者，亦已衆矣；況草野之無聞者歟？獨五人之皦皦，何也？

予猶記周公之被逮，在丁卯三月之望。吾社之行爲士先者，爲之聲義，斂貲財以送其行，哭聲震動天地。緹騎按劍而前，問"誰爲哀者"？衆不能堪，抶而仆之。是時以大中丞撫吳者爲魏之私人，周公之逮所由使也。吳之民方痛心焉，於是乘其厲聲以呵，則噪而相逐。中丞匿於溷藩以免。既而以吳民之亂請於朝，按誅五人，曰顏佩韋、楊念如、馬傑、沈揚、周文元，即今之儽然在墓者也。

然五人之當刑也，意氣揚揚，呼中丞之名而詈之，談笑而死。斷頭置城上，顏色不少變。有賢士大夫發五十金，買五人之脰而函之，卒與屍合。故今之墓中全乎爲五人也。

嗟夫！大閹之亂，縉紳而能不易其志者，四海之大，有幾人歟？而五人生於編伍之間，素不聞《詩》《書》之訓，激昂大義，蹈死不顧，亦曷故哉？且矯詔紛出，鉤黨之捕遍於天下，卒以吾郡之發憤一擊，不敢復有株治；大闍亦逡巡畏義，非常之謀難於猝發，待聖人之出而投繯道路，不可謂非五人之力也。

由是觀之，則今之高爵顯位，一旦抵罪，或脫身以逃，不能容於遠；而又有剪髮杜門，佯狂不知所之者。其辱人賤行，視五人之死，輕重固何如哉？是以蓼洲周公，忠義暴於朝廷，贈諡美顯，榮於身後；而五人亦得以加其土封，列其姓名於大堤之上，凡四方之士，無有不過而拜且泣者，斯固百世之遇也。不然，令五人者保其首領以老於戶牖之下，則盡其天年，人皆得以隸使之，安能屈豪傑之流，扼腕墓道，發其志士之悲哉？故予與同社諸君子，哀斯墓之徒有其石也，而為之記。亦以明死生之大，匹夫之有重於社稷也。

賢士大夫者，冏卿因之吳公，太史文起文公、孟長姚公也。

中華書局版《古文觀止》卷十二

○周公：周順昌，字景文，號蓼洲，蘇州吳縣人。萬曆進士，官至文選員郎，後辭官家居。天啓間因斥宦官魏忠賢被捕，死於獄中。○大中丞：中丞原為漢御史臺長官，明代以副都御史或僉都御史巡撫外省，故以中丞代稱。這裏指應天巡撫毛一鷺。○溷藩：廁所。○投繯：自縊。據《明史·宦官傳》：崇禎元年（1628）十一月，安置魏忠賢於鳳陽，尋命逮治。忠賢聞之，縊死於途。○冏卿：官名。周穆王置太僕正，命伯冏為之，後世即以"冏卿"代指太僕寺卿。吳公名默，字因之，曾任太僕少卿。○文公：文震孟，字文起，天啓中殿試第一，授翰林院編修，故稱太史。○姚公：姚希孟，字孟長，萬曆進士，授翰林檢討，故亦稱太史。

史可法（1602—1645）

《明史·史可法傳》：史可法，字憲之，大興籍，祥符人。舉崇禎元年進士，累官至南京兵部尚書，參贊機務。十七年四月朔，聞賊犯闕，誓師勤王。渡江抵浦口，聞北都既陷，縞衣發喪。會南都議立君，張慎言等曰："福王，神宗孫也，倫序當立，而有七不可：貪、淫、酗酒、不孝、虐下、不讀書、干預有司也。潞王，神宗侄也，賢明當立。"移牒可法，可法亦以爲然。鳳陽總督馬士英潛與阮大鋮計議，主立福王，咨可法，可法以七不可告之。而士英已與黃得功、劉良佐、劉澤清、高傑發兵送福王至儀真，於是可法等迎王。拜可法禮部尚書兼東閣大學士，與士英、弘圖並命。可法仍掌兵部事，士英仍督師鳳陽。乃定京營制，如北都故事。時大兵已取山東、河南北，逼淮南。四月朔，可法移軍駐泗州。將行，左良玉稱兵犯闕，召可法入援。渡江抵燕子磯，得功已敗良玉軍。可法乃趨天長，檄諸將救盱眙。俄報盱眙已降大清，泗州援將侯方巖全軍沒。可法一日夜奔還揚州。訛傳定國兵將至，殲高氏部曲。城中人悉斬關出，舟楫一空。可法檄各鎮兵，無一至者。二十日，大清兵大至，屯班竹園。明日，總兵李棲鳳、監軍副使高岐鳳拔營出降，城中勢益單。諸文武分陴拒守。舊城西門險要，可法自守之。作書寄母妻，且曰："死葬我高皇帝陵側。"越二日，大清兵薄城下，砲擊城西北隅，城遂破。可法自刎不殊，一參將擁可法出小東門，遂被執。可法大呼曰："我史督師也。"遂殺之。可法爲督師，行不張蓋，食不重味，夏不簟，冬不裘，寢不解衣。年四十餘，無子，其妻欲置妾。太息曰："王事方殷，敢爲兒女計乎！"嘗子處鈴閣或舟中，有言宜警備者，曰："命在天。"可法死，覓其遺骸。天暑，衆屍蒸變，不可辨識。逾年，家人舉袍笏招魂，葬於揚州郭外之梅花嶺。其後四方弄兵者，多假其名號以行，故時謂可法不死云。

復多爾袞書

【題解】 據蔣良騏《東華錄》卷四：順治元年（1644）七月，清攝政王多爾袞遣南來副將韓拱薇等致書明大學士史可法，詳陳滿洲入關定都燕京之義，誘之以利，恫之以威，欲勸可法歸降。史可法即以此書拒降。又據今人羅忼烈考證，多爾袞勸降書爲李雯代筆。

大明國督師兵部尚書兼東閣大學士史可法頓首謹啟大清國攝政王殿下：

南中向接好音，法隨遣使問訊吳大將軍，未敢遽通左右，非委隆誼於草莽也，誠以大夫無私交，《春秋》之義。今侘傺之際，忽奉琬琰之章，真不啻從天而降也，循讀再三，殷殷致意。若以逆賊尚稽天討，煩貴國憂，法且感且愧。懼左右不察，謂南中臣民偷安江左，竟忘君父之仇，敬爲貴國一詳陳之。

我大行皇帝敬天法祖，勤政愛民，真堯舜之主也。以庸臣誤國，致有三月十九日之事。法待罪南樞，救援莫及，師次淮上，凶問遂來，地坼天崩，山枯海泣。嗟乎！人孰無君，雖肆法於市朝，以爲泄泄者之戒，亦奚足謝先皇帝於地下哉！

爾時南中臣民，哀慟如喪考妣，無不拊膺切齒，欲悉東南之甲，立殲凶仇。而二三老臣，謂國破家亡，宗社爲重，相與迎立今上，以繫中外之心。今上非他，神宗之孫，光宗猶子，而大行皇帝之兄也。名正言順，天與人歸。五月朔日，駕臨南都，萬姓夾道歡呼，聲聞數里。群臣勸進，今上悲不自勝，讓再讓三，僅允監國。迨臣民伏闕屢請，始以十五日正位南都。從前鳳集河清，瑞應非一，即告廟之日，紫氣如蓋，祝文昇霄，萬目共瞻，欣傳盛事。大江湧出楠梓數十萬章，助修宮殿，豈非天意也哉！越數日，遂命法視師江北，刻日西征。忽傳我大將軍吳三桂借兵貴國，破走逆賊，爲我先皇帝發喪成禮，掃清宮闕，撫輯群黎，且罷薙髮之令，示不忘本朝。此等舉動，振古鑠今，凡爲大明臣子，無不長跽北向，頂禮加額，豈但如明諭所云"感恩圖報"已乎！謹於八月，繕治筐篚，遣使犒師，兼欲請命鴻裁，連兵西討。是以王師既發，復次江淮，乃辱明誨，引《春秋》大義來相詰責，善者言乎！推而言之，然此文爲列國君薨，世子應立，有賊未討，不忍死其君者立說耳！若乎天下共主，身殉社稷，青宮皇子，慘變非常，而猶拘牽不即位之文，坐昧大一統之義，中原鼎沸，倉卒出師，將何以維繫人心，號召忠義？紫陽《綱目》，踵事《春秋》，其間特書，如莽移漢鼎，光武中興；丕廢山陽，昭烈踐祚；懷湣亡國，晉元嗣基；徽欽蒙塵，宋高纘統。是皆於國仇未翦之日，亟正位號，《綱目》未嘗斥爲自立，率皆以正統予之。甚至如玄宗倖蜀，太子即位靈武，議者疵之，亦未嘗不許以行權，幸其光復舊物也。

本朝傳世十六，正統相承，自治冠帶之族，繼絕存亡，仁風遐被，貴國昔在先朝，夙膺封號，載在盟府，寧不聞乎？今痛心本朝之難，驅除亂逆，可謂大義復著於《春秋》矣。昔契丹和宋，止歲輸以金繒；回紇助唐，原不利其土地。況貴國篤念世好，兵以義動，萬代瞻仰，在此一舉。若乃乘我蒙難，棄好崇仇，規此幅員，爲德不卒，是以義始而以利終，爲賊人所竊笑也。貴國豈其然乎！

往者先帝軫念潢池，不忍盡戮，剿撫互用，貽誤至今。今上天縱英武，刻刻以復仇爲念，廟堂之上，和衷體國；介冑之士，飲泣枕戈；忠義兵民，願爲國死。竊以爲天亡逆闖，當不越於斯時矣。語曰："樹德務滋，除惡務盡。"今逆賊未伏天誅，諜知捲土西秦，方圖報復。此不獨本朝不共戴天之恨，抑亦貴國除惡未盡之憂。伏乞堅同仇之誼，全始終之德，合師進討，問罪秦中，共梟逆賊之頭，以泄敷天之忿。則貴國義問，照耀千秋；本朝圖報，惟力是視。從此兩國世通盟好，傳之無窮，不亦休乎？至於牛耳之盟，本朝使臣，久已在道，不日抵燕，奉盤盂從事矣。法北望陵廟，無涕可揮，身蹈大戮，罪該萬死。所以不即從先帝於地下者，實爲社稷之故。傳曰："竭股肱之力，繼之以忠貞。"法處今日，鞠躬致命，克盡臣節而已。即日獎率三軍，長驅渡河，以窮狐兔之窟，光復神州，以報今上及大行皇帝之恩。貴國即有他命，弗敢與聞，惟殿下實昭鑒之！

弘光甲申九月十五日。

中華書局版《東華錄》卷四

附：

多爾袞致史可法書

予向在瀋陽，即知燕京物望，咸推司馬。後入關破賊，得與都人士相接，識介弟于清班，曾托其手勒平安，拳致衷緒，未審以何時得達？

比聞道路紛紛，多謂金陵有自立者。夫君父之仇，不共戴天。《春秋》之義：有賊不討，則故君不得書葬，新君不得書即位。所以防亂臣賊子，法至嚴也。闖賊李自成，稱兵犯闕，手毒君親，中國臣民，不聞加遺一矢。平西王吳三桂，介在東陲，獨效包胥之哭，朝廷感其忠義，念累世之宿好，棄近日之小嫌，爰整貔貅，驅除梟獍。入京之日，首崇懷宗帝后諡號，卜葬山陵，悉如典禮。親郡王將軍以下，一仍故封，不加改削；勳戚文武諸臣，咸在朝列，恩禮有加。耕市不驚，秋毫無擾。方擬秋高氣爽，遣將西征；傳檄江南，連兵河朔，陳師鞠旅，戮力同心，報乃君國之仇，彰我朝廷之德。豈意南州諸君子，苟安旦夕，弗審事機，聊慕虛名，頓忘實害，予甚惑之！

國家之撫定燕都，得之於闖賊，非取之於明朝也。賊毀明朝之廟主，辱及先人，我國家不憚征繕之勞，悉索敝賦，代爲雪恥，孝子仁人，當如何感恩圖報。茲乃乘逆寇稽誅，王師暫息，遂欲雄據江南，坐享漁人之利。揆諸情理，豈可謂平？將以爲天塹不能飛渡，投鞭不能斷流耶？夫闖賊但爲明朝祟耳，未嘗得罪於我國家也，徒以薄海同仇，特伸大義。今若擁號稱尊，便是天有二日，儼爲敵國。予將簡西行之銳，轉旆東征，且擬釋彼重誅，命爲前導。夫以中華全力，受制潢池，而欲以江左一隅，兼支大國，勝負之數，無待蓍龜矣。

予聞君子之愛人也以德，細人則以姑息。諸君子果識時知命，篤念故主，厚愛賢王，宜勸令削號歸藩，永綏福祿。朝廷當待以虞賓，統承禮物，帶礪山河，位在諸王侯上，庶不負朝廷伸義討賊、興滅繼絕之初心。至南州羣彥，翩然來儀，則爾公爾侯，列爵分土，有平西之典例在。惟執事實圖利之！

晚近士大夫好高樹名義，而不顧國家之急，每有大事，輒同築舍。昔宋人議論未定，兵已渡河，可爲殷鑒。先生領袖名流，主持至計，必能深惟終始，寧忍隨俗浮沈？取捨從違，應早審定。兵行在即，可西可東。南國安危，在此一舉。原諸君子同以討賊爲心，毋貪一身瞬息之榮，而重故國無窮之禍，爲亂臣賊子所竊笑，予實有厚望焉！《記》有之："惟善人能受盡言。"敬佈腹心，佇聞明教。江天在望，延跂爲勞，書不宣意。

中華書局版《東華錄》卷四

思考題

注釋史可法《復多爾袞書》。

第七節　八股文

黃子澄（1350—1402）

《明史·黃子澄傳》：黃子澄，名湜，以字行，分宜人。洪武十八年會試第一，由編修進修撰，伴讀東宮。太孫即位，命子澄兼翰林學士，與齊泰同參國政，謀削諸王。未幾，燕師起，王泣誓將吏曰："陷害諸王非由天子意，乃奸臣齊泰、黃子澄所爲也。"及燕兵漸南，與齊泰同謫外，密令募兵。子澄微服由太湖至蘇州，與知府姚善倡義勤王。帝復召子澄，未至而京城陷。欲與善航海乞兵，善不可。乃就嘉興楊任，謀舉事，爲人告，俱被執。子澄至，成祖親詰之，抗辨不屈，磔死。族人無少長皆斬，姻黨悉戍邊。一子變姓名爲田經，遇赦，家湖廣咸寧。正德中進士黃表其後云。

天下有道則禮樂征伐自天子出

【題解】 題目出自《論語·季氏》。明初洪武、建文兩朝，多以此題試士。

治道隆於一世，政柄統於一人。（破題）

夫政之所在，治之所在也。禮樂征伐，皆統於天子，非天下有道之世而何哉！（承題）

昔聖人通論天下之勢，首舉其盛爲言，若曰：天下大政，固非一端；天子至尊，實無二上。是故民安物阜，群黎樂四海之無虞；天開日明，萬國仰一人之有慶。主聖而明，臣賢而良，朝廷有穆皇之美也；治隆於上，俗美於下，海宇皆熙皞之休也。（起講）

非天下有道之時乎！（領題）

當斯時也，語離明，則一人之所獨居也；（第一股）語乾綱，則一人之所獨斷也。（第二股）

若禮若樂，國之大事，則以天子制之，而掌於宗伯。（第三股）若征若伐，國之大柄，則以天子操之，而掌於司馬。（第四股）

一制度，一聲容，議之者天子，不聞以諸侯而變之也；（第五股）一生殺，一予奪，制之者天子，不聞以大夫而擅之也。（第六股）

皇靈丕振，而堯封之內，咸懍聖主之威嚴。（第七股）王綱獨握，而禹甸之中，皆仰一王之制度。（第八股）

信乎非天下有道之盛世，孰能若此哉！（收結）

轉引自錢基博《中國文學史》三

董其昌（1555—1636）

《明史·文苑傳》：董其昌，字玄宰，松江華亭人。萬曆十七年進士，改庶吉士，授編修。皇長子出閣，充講官。坐失執政意，出爲湖廣副使，移疾歸。起故官，督湖廣學政。光宗立，召爲太常少卿，掌國子司業事。天啓二年擢本寺卿，兼侍讀學士。明年秋，擢禮部右侍郎。天啓五年，拜南京禮部尚書。時政在奄豎，黨禍酷烈。其昌深自引遠，逾年請告歸。崇禎四年起故官，居三年致仕。卒年八十有三，贈太子太傅。其昌以善書著稱，始以米芾爲宗，後自成一家，名聞外國。其畫集宋元諸家之長，行以己意，瀟灑生動，非人力所及。性和易，通禪理，蕭閑吐納，終日無俗語，人擬之米芾、趙孟頫云。

知者樂水

【題解】 題目出自《論語·雍也》。按照考題要求，須發揮"知者樂水"一段："知者樂水，仁者樂山。知者動，仁者靜；知者樂，仁者壽。"

聖人發仁知之蘊，觀其深矣。（破題）

蓋仁知之樂不同，由其體有動靜也，而效其徵於樂壽矣乎！（承題）

夫子意曰：人之於道也，苟其中有真得，則其蘊無盡藏，吾於知者仁者見之矣。彼其觀化於天地之間，而情以境生，不能無所樂也；然觸象於吾心之內，而境與情遇，則各從其類也：知者其樂水乎，仁者其樂山乎！（起講）

何也？（領題）

一元之氣，水得以流，山得以止，動靜之象也；（第一股）而一元之理，知得以應，仁得以寂，動靜之道也。（第二股）

以靜觀知，靜亦知之淵源，而其體則主於變通，神而明之，有圓機矣。宜其樂於水乎！（第三股）以動觀仁，動亦仁之有覺，而其體則主於凝定，

119

默而存之，有真宰矣。宜其樂於山乎！（第四股）

吾以此知知者之樂矣，吾以此知仁者之壽矣。（過接）

蓋知之動也，非紛擾之動而無得於心者也。心與理順，理與事順，百慮皆通，莫得而困之。即跡有不齊而休休者，自在也。（第五股）仁之靜也，非寂滅之靜而無與於身者也。心與氣合，氣與形合，元神常聚，莫得而搖之。即數有不齊而生生者，自在也。（第六股）

乃知道而有得於心，則微而爲觀物適情，而全體呈露；（第七股）極而爲身心性命，而實用流行。（第八股）

學者動而能知，靜而能仁，道無餘蘊矣。（大結）

四庫全書本《欽定四書文》隆萬卷二

【附】

尤　侗（1618—1704）

傳略見"清代文學"第一章第三節。

怎當他臨去秋波那一轉

【題解】遊戲八股文。題目出自《西廂記》第一本第一折。所云"雙文"者，崔鶯鶯是也。

想雙文之目成，情似轉而通焉。（破題）

蓋秋波非能轉，情之轉也；然則雙文雖去，其尤有未去者存哉！（承題）

張生若曰：世之好色者，吾知之矣。來相憐，去相捐也。此無他，情動而來，情靜而去耳。鍾情者正於將盡之時，露其微動之色，故足致人思焉。（起講）

有如雙文者乎？（領題）

最可念者，囀鶯聲於花外，半晌方言，而今餘音歇矣；乃口不能傳者，目若傳之。（第一股）更可戀者，襯玉趾於殘紅，一步漸遠，而今香塵滅

矣；乃足不能停者，目若停之。（第二股）

唯見盈盈者波也，脈脈者秋波也，乍離乍合者，秋波之一轉也。吾向未之見也，不意於臨去時遇之。（領題）

吾不知未去之前，秋波何屬。或者垂眺於庭軒，縱觀於花柳。不過良辰美景，偶爾相遭耳。猶是庭軒已隔，花柳方移，而婉兮清揚，忽徘徊其如送者奚爲乎？所云含睇宜笑，轉正有轉於笑之中者。雖使靚修矑於靚面，不若此際之銷魂矣。（第三股）吾不知既去之後，秋波何往。意者凝眸於清院，掩淚於珠簾，不過怨粉愁香，淒其獨對耳。唯是深院將歸，珠簾半閉，而嫣然美盼，似恍惚其欲接者奚爲乎？所云渺渺愁余，轉正有轉於愁之中者。雖使關羞目於燈前，不若此時之心蕩矣。（第四股）

此一轉也，以爲無情耶？轉之不能忘情可知也。以爲有情耶？轉之不爲情滯可知也。人見爲秋波轉，而不見彼之心思有與爲之轉者。吾即欲流睞相迎，其如一轉之不易受何！（第五股）此一轉也，以爲情多耶？吾惜其止此一轉也。以爲情少耶？吾又恨其餘此一轉也。彼知爲秋波一轉，而不知吾之魂夢有與爲千萬轉者。吾即欲閉目不窺，其如一轉之不可卻何！（第六股）

噫嘻！（過接）

召楚客於三年，似曾相識；（第七股）傾漢宮於一顧，無可奈何。（第八股）

有雙文之秋波一轉，宜小生之眼花繚亂也哉！抑老僧四壁畫西廂，而悟禪恰在個中。蓋一轉者，情禪也，參學人試於此下一轉語！（收結）

清刻本《西堂雜俎一集》卷七

|輯　錄|

《明史·選舉志》：科目者，沿唐宋之舊，而稍變其試士子之法，專取《四子書》及《易》《書》《詩》《春秋》《禮記》五經命題試士。蓋太祖與劉基所定。其文略仿宋經義，然代古人語氣爲之，體用排偶，謂之八股，通謂之制義。

商衍鎏《清代科舉考試述錄》：明洪武、建文兩朝，劉基、方孝孺、黃子澄、解縉皆有傳文，然不多覯，固由風氣之樸，亦散佚者多也。永樂、宣德、正統、景泰、天順間，若于謙、邱濬、商輅、李東陽輩，蟬聯鵲起，邱、李屢任文衡，體制漸開。成化、弘治間，無不極力推崇王鏊。鏊字守溪，謂前此風會未開，守溪無所不有；後此時流屢變，守溪無所不包；理至守溪而實，氣至守溪而舒，神至守溪而完，法至守溪而備，稱爲時文正宗。餘如吳寬、邵寶、錢福、顧清、唐寅、王守仁等，一時崛起，所作悉明體達用，文質得中。錢福與守溪齊名，因有錢、王之稱。洎乎正德、嘉靖間，名手輩出，要以唐順之、歸有光爲大家，皆深於經史，能以古文爲時文者，時號歸、唐。餘如薛方山應旂、瞿昆湖景淳，皆能別樹一幟，有王、錢、唐、瞿四家之目，後去錢而易以薛，於是有王、唐、瞿、薛之名。隆、萬繼嘉靖，易方爲圓，漸尚機法。萬曆以後，積習難返，及於末年，文體靡麗，佛經語錄盡入於文。

錢鍾書《談藝錄》：八股文實駢麗之支流，對杖之引申。阮文達《研經室三集》卷二《書文選序》後曰："《兩都賦》序白麟神雀二比，言語公卿二比，即開明人八比之先路。洪武、永樂四書文甚短，兩比四句，即宋四六之流派。是四書排偶之文，上接唐宋四六，爲文之正統"云云。余按六代語整而短，尚無連犿之句。暨乎初唐四傑，對比遂多。宋人四六，更多用虛字作長對。至於唐以後律賦開篇，尤與八股破題了無二致。八股古稱"代言"，蓋揣摩古人口吻，設身處地，發爲文章，以俳優之道，抉擇聖賢之心。宋人四書文自出議論，代古人語氣似始於楊誠齋（萬里）。及明太祖乃規定代古人語氣之例。竊謂欲揣摩孔孟情事，須從明清兩代佳八股文求之，真能栩栩欲活。漢宋人四書註疏，清陶世徵《活孔子》，皆不足道耳。其善於體會，妙於想象，故與雜劇傳奇相通。徐青藤（渭）《南詞敍錄》論邵文明（燦）《香囊記》，即斥其以時文爲南曲，然尚指詞藻而言。吳修齡《圍爐詩話》卷二論八股文爲俗體，代人說話，比之元人雜劇。袁隨園《答戴敬咸進士論時文》一書，說八股通曲之意甚明。焦理堂（循）《易餘籥錄》卷十七以八股與元曲比附，尤引據翔實。張詩舲《關隴輿中偶憶編》記王述庵語，謂生平舉業得力《牡丹亭》，讀之可命中，而張自言得力於《西廂記》。亦其證也。

122

參考書目

《欽定四書文》，方苞編，《四庫全書》本。

《制藝叢話》，梁章鉅著，清刻本。

《清代科舉考試述錄》，商衍鎏著，三聯書店 **1958** 年版。

《說八股》，啓功、張中行、金克木著，中華書局 **1994** 年版。

思考題

1. 簡述八股文的文體特點。
2. 八股文有哪些名稱？

第三章

明　曲

概　說

　　明曲有歌曲與戲曲之分，歌曲又有民歌與散曲之別。民歌多出自鄉黨閭巷和歌樓妓院，歌詞通俗活潑，尤多男女情歌，爲當時之流行歌曲。明末馮夢龍輯有《掛枝兒》《山歌》等。散曲則多爲士人所作，雖不免有求雅的傾向，但其情調還是與正統詩文大異其趣。明代散曲題材廣泛，市井衆生、世態人情、風花雪月、湖光山色，形形色色，方方面面，亦莊亦諧，或俗或雅，幾乎無一不可入曲，但多充滿詼諧、戲謔、機智與調侃。我們從散曲中，能更全面、更真切地解讀明代士人的文化心理與人生態度。從音樂系統上說，明代散曲有北曲與南曲兩種聲腔，這是其與元曲不同之處。散曲作家之衆多，也是前無古人的，其著名者有陳鐸、王磐、康海、王九思、馮惟敏、薛論道、施紹莘等。

　　明代戲曲有雜劇與傳奇之分，音樂亦有北曲與南曲之別。明初雜劇，上承元曲餘緒，音樂採用北曲，通常每本四折，每折用同一宮調的一套曲子組成，全劇由男主角（正末）或女主角（正旦）一人主唱。中期以後，北曲漸衰，雜劇始有南曲或南北合套者，結構形式也有所突破，短則一折，長則五折以上，於是有所謂"南雜劇"之名，以與純粹採用北曲的"北雜劇"相區別。明代雜劇作家衆多，前期以皇家貴族朱有燉堪稱當行，著有《誠齋樂府》，共收雜劇三十一種之多，既有《東華仙三度十長生》一類的"度脫劇"，《洛陽風月牡丹仙》一類的"慶賀劇"，也有《黑旋風仗義疏財》《豹子和尚自還俗》一類的"水滸劇"。中期以後，名家名作漸多，如康海《中山狼》、王九思《杜甫遊春》、馮惟敏《僧尼共犯》、陳與郊《昭君出塞》、孟稱舜《桃花人面》等。但以徐渭最爲著名。徐渭是明代最具獨創性的雜劇作家，所作《四聲猿》包括《狂鼓史》一折、《翠鄉夢》二折、《雌木蘭》二折、《女狀元》五折。所用曲調，或南或北，或南北合套，開創了以南曲作雜劇的新寫法。徐渭不但精通樂律，而且深諳戲曲語言，其賓白與曲詞生動流暢，時時雜以詼諧，一掃文人雅士雕章琢句之習，本色當行，被湯顯祖譽爲"詞壇飛將"。所作《歌代嘯》是一齣以戲謔爲特點的喜劇，幽默而機智，在古典戲曲中獨具一格。

傳奇即南曲戲文。南曲戲文固非產生於明代，但在明代開始興盛。元末明初，高明《琵琶記》等作品的出現，標誌南戲已經成熟。從所謂"聲情"來說，南曲婉轉柔美，更適合表現文人雅士的情調。南戲在形式上也比雜劇要自由靈活，不限長短，長可達數十齣，而且任何角色都可以唱，有獨唱、對唱、合唱等形式。這種新的戲曲形式，表現力更加豐富，故在明代逐漸取代雜劇而成爲劇壇的主流。何以得名"傳奇"，則不可解。傳奇既採用南曲，然南曲因地域不同而有不同唱腔，如弋陽腔、餘姚腔、海鹽腔、崑山腔等。嘉靖年間，戲曲音樂家魏良輔兼採南北曲各家之長，對崑山腔加以改造，於是有"崑曲"之名。梁辰魚首先採用這種新腔寫出《浣紗記》一劇，風靡一時。此後，崑腔便成爲傳奇的主要唱腔。

明代後期，傳奇創作達到輝煌時期，並形成"臨川"與"吳江"兩大流派。臨川派以其領袖人物湯顯祖爲江西臨川人而得名，代表作家有阮大鋮、吳炳、李玉等。這一派注重傳奇的文學性，講究詞藻文采，主張"以意趣神色爲主"。吳江派則因其領袖人物沈璟爲江蘇吳江人而得名，代表作家有吕天成、王驥德、葉憲祖、馮夢龍等。這一派注重傳奇的音樂性與戲劇性，主張作曲"協律"，語言"本色"。臨川與吳江二派着眼點不同，各有其理由。但在當時，吳江派的主張較佔優勢，此派作家多爲曲學名家，對南曲的音律、語言、演唱乃至戲劇結構都有深入系統的研究，所作傳奇尤注重舞臺效果。臨川派如湯顯祖的傳奇，曲詞不協律之處頗多，難以原封不動搬上舞臺，故多經他人改定。如《牡丹亭》一劇，即有沈璟、吕天成、臧懋循、馮夢龍、紐少雅等諸家改本行世。但南曲衰落後，傳奇不再在舞臺上搬演，而只是作爲一種案頭讀物。現代學者論曲，多從文學性着眼，故其才情與文采更易受到讚賞。

從戲劇文學的角度說，湯顯祖無疑是明代最傑出的作家。所作《紫釵記》（取材於蔣防《霍小玉傳》）、《還魂記》（即《牡丹亭》）、《南柯記》（取材於李公佐《南柯太守傳》）與《邯鄲記》（取材於沈既濟《枕中記》），合稱"玉茗堂四夢"或"臨川四夢"，而以《牡丹亭》最負盛名，與元雜劇《西廂記》同是中國文學史上最著名的才子佳人劇。然其情節之離奇曲折，其劇情之動人心魄，又爲《西廂記》所不及。阮大鋮人不足取，但所作傳奇《燕子箋》《春燈謎》等，曲詞婉麗，情節曲折，往往因誤會或巧合而出關目，頗見文采與巧思。臨川派另一重要作家吳炳也具有這種特點，其《西園記》《綠牡丹》等作，也善於運用誤會與巧合來增強戲劇效果。而結構之嚴謹，音律之和諧，又兼有吳江派之長。吳江派在戲曲理論方面頗具影響，其創作卻平淡無奇，沈璟著有《屬玉堂傳奇》十七種，吕天成著有《煙鬟閣傳奇》十種，無一能與臨川派爭勝。此外，明代後期傳世的佳作還有高濂的《玉簪記》、周朝俊的《紅梅記》與孟稱舜的《嬌紅記》等。

第一節　散　曲

陳　鐸（約 1454—1507）

錢謙益《列朝詩集小傳》：陳鐸，字大聲，下邳人，家於金陵。睢寧伯文之曾孫，都督政之孫，以世襲官指揮。風流倜儻，以樂府名於世。所爲散套，穩協流麗，被之絲竹，審宮節羽，不差毫末。居第之南，有秋碧軒、七一居，精潔絕塵，通人勝流，過從談宴。山水仿沈啓南，自爲詩題其上。人知大聲善樂府，不知其能畫，又不知其工於詩也。

【北雙調新水令】漁　隱

白蘋風細一絲輕，傍疏林把釣船掩映。脫離麟鳳網，相與鷺鷗盟。自笑平生，趁滄海隱姓名。

【駐馬聽】月小潮平，紅蓼灘頭秋水冷。天空雲靜，夕陽江上亂峰青。一蓑全卻子陵名，五湖救了鴟夷命。塵勞事不聽，龍蛇一任相吞併。

【雁兒落】笑他們干時的欠老成，叩諫的忒直正，堆金的少見識，拜將的多僥幸。

【得勝令】呀！爭如我夢不到虞廷，情頗類閑僧。我這裏羌管風前弄，勝似你朝鐘馬上聽。閑評，成敗事明如鏡；頻驚，功名心冷似冰。

【沈醉東風】聽夜雨孤篷酒醒，散晨炊小爨煙青。久居在雲水鄉，堪寫入瀟湘幀，傲三台八座簪纓。欸乃歌殘四五聲，那裏也重裀列鼎。

【折桂令】數十年泛梗飄萍，蓑笠生涯，湖海閑情。向鷺外收綸，船頭曬網，柳底聽鶯。有時節泛流水桃花武陵，有時節泊淡煙芳草石城。濯足濯纓，醒後三閭，醉裏劉伶。

【離亭宴煞】放懷熏染巢由性，甘貧不害膏粱病。堪嘆廢興。天喪了石崇財，時催了韓信壽，土蓋了曹瞞佞。榮華自不長，烏兔何曾定？忘形那清，身不受紫泥宣，手怕擎白象簡，腳厭履紅塵徑。酒教稚子釃，歌喜山妻聽。常吃到星河半頃，臥楊柳月輪孤，擁蘆花被兒冷。

齊魯書社版《全明散曲》

王　磐（約1470—約1530）

錢謙益《列朝詩集小傳》：王磐，字鴻漸，高郵人。身富好學，襟期瀟灑，著有《西樓樂府》。工題贈，善諧謔，與金陵陳大聲（鐸）並為南曲之冠。詩律亦流麗，有《西樓集》。相傳嘉靖初，李空同就醫京口，遇人故自矜重。元夕飲楊文襄，西樓短衣下坐，空同傲不為禮，西樓分賦，得老人燈，應口而成云："形骸憔悴不堪描，還自心頭火未消。自分不知年老大，也隨兒女鬧元宵。"空同心知其嘲，默然而罷。

【滿庭芳】失　雞

【題解】這是一首俳諧曲。蔣一葵《堯山堂外記》："王西樓平生不見喜慍之色，其家嘗走失雞，公戲作《滿庭芳》。"

平生淡薄，雞兒不見，童子休焦。家家都有閑鍋竈，任意烹炮。煮湯的貼他三枚火燒，穿炒的助他一把胡椒，到省了我開東道。免終朝報曉，直睡到日頭高。

齊魯書社版《全明散曲》

【朝天子】瓶杏爲鼠所齧

斜插，杏花，當一幅橫披畫。《毛詩》中誰道鼠無牙，卻怎生咬倒了金瓶架？水流向床頭，春拖在牆下，這情理寧甘罷？那裏去告他？何處去訴他？也只索細數著貓兒罵。

齊魯書社版《全明散曲》

【朝天子】詠喇叭

喇叭，鎖哪，曲兒小腔兒大。官船來往亂如麻，全仗你擡身價。軍聽了軍愁，民聽了民怕，那裏去辨甚麼真共假？眼見的吹翻了這家，吹傷了那家，只吹的水盡鵝飛罷！

齊魯書社版《全明散曲》

王九思（1468—1551）

《明史·文苑傳》：王九思，字敬夫，鄠人。弘治九年進士。由庶吉士授檢討。尋調吏部，至郎中，以劉瑾党謫壽州同知。復被論，勒致仕。九思與康海同里、同官，同以瑾黨廢。每相聚沜東鄠杜間，挾聲伎酣飲，制樂造歌曲，自比俳優，以寄其怫鬱。

【駐雲飛】春　遊

問花尋柳，流水孤村有幾家？馬繫垂楊下，坐倚荼蘼架。嗏，乘興飲流霞，低摘琵琶。嫩綠深紅，一帶山如畫，回首東風點暮鴉。

齊魯書社版《全明散曲》

【慶宣和】漫　書

燕子風柔綠柳垂，半掩朱扉。滿地殘紅步輕移，是你，是你。

石竹圈金繡紫羅，恨蹙雙蛾。芍藥闌邊轉秋波，見我，見我。

齊魯書社版《全明散曲》

康　海（1475—1540）

《明史·文苑傳》：康海，字德涵，武功人。弘治十五年殿試第一，授修撰。與夢陽輩相倡和，訾議諸先達，忌者頗衆。正德初，劉瑾亂政，以海同鄉，慕其才，欲招致之，海不肯往。會夢陽下獄，書片紙招海曰："對山救我。"對山者，海別號也。海乃謁瑾，瑾大喜，爲倒屣迎。海因設詭辭說之，瑾意解，明日釋夢陽。逾年，瑾敗，海坐黨，落職。

【水仙子】酌　酒

論疏狂端的是我疏狂，論智量還誰如我智量？細尋思往事皆虛誑，險些兒落後我醉春風五柳莊。漢日英雄，唐時豪傑，問他每今在何方？好的歹的一個個盡擯入漁歌樵唱，強的弱的亂紛紛都埋在西郊北邙，歌的舞的受用者休負了水色山光。

齊魯書社版《全明散曲》

【滿庭芳】賞　花

紅深翠淺，荼蘼著葉，楊柳含煙。山光綽約如凝靘，堪賞堪憐。貰酒去前村未遠，抱琴來斜日猶懸。徐徐勸，吟詩和選，人似畫中仙。

齊魯書社版《全明散曲》

馮惟敏（1511—1578）

錢謙益《列朝詩集小傳》：馮惟敏，字汝行，臨朐人。父裕正德初舉進士，官至貴州按察副使。惟敏領山東鄉薦，知淶水縣，改教潤州，遷保定府通判。善度近體樂府，盛傳於東郡。

【玉江引】閱　世

我戀青春，青春不戀我。我怕蒼髯，蒼髯沒處躲。富貴待如何？風流猶自可。有酒當喝，逢花插一朵。有曲當歌，知音合一夥。家私雖然不甚多，權且糊塗過。平安路上行，穩便場中坐，再不惹名韁和利鎖。

齊魯書社版《全明散曲》

【蟾宮曲】四景閨詞

正青春人在天涯，添一度年華，少一度年華。近黃昏數盡歸鴉，開一扇窗紗，掩一扇窗紗。雨絲絲，風剪剪，聚一堆落花，散一堆落花。悶無聊，愁無奈，唱一曲琵琶，撥一曲琵琶。業身軀無處安插，叫一句冤家，罵一句冤家。

齊魯書社版《全明散曲》

【南鎖南枝】盹　妓

打趣的客不起席，上眼皮欺負下眼皮，強打精神紥掙不的。懷抱著琵琶打了個前拾，唱了一曲如同睡語，那裏有不散的筵席？半夜三更路兒又蹺蹊，東倒西欹顧不的行李。昏昏沈沈來到家中，睡裏夢裏陪了各相識，睡到了大明才認的是你。

齊魯書社版《全明散曲》

薛論道（約1531—約1600）

《全明散曲·小傳》：薛論道，字譚德，號蓮溪，直隸定興人。少時多病，一足殘廢。八歲能文，博綜六藝。喜談兵，從軍三十年，屢建奇功，遭疑忌，以神樞參將加副將歸田。著有《林石遺興》十卷。

【桂枝香】慳吝

錙銖毫末，一針不挫。雖有些夾細名聲，卻無那奢華罪過。說一聲客來，魂驚膽破。一身無主，兩腳如梭。慌忙躲入積錢囤，說與渾家蓋飯鍋。

齊魯書社版《全明散曲》

【朝天子】嘲馬生病

也不是寒著，也不是熱著，這病兒咱知道。文章氣象斗山高，道不行空焦燥。客裏蕭然，囊中無鈔，把英雄乾困倒。得黃金滿腰，上揚州騎鶴，絕勝似仙靈丹藥。

齊魯書社版《全明散曲》

施紹莘（1588—約1640）

《全明散曲·小傳》：施紹莘，字子野，號峰泖浪仙，南直隸華亭（今上海松江）人。少負俊才，懷大志，屢試不第，遂放浪聲色。建園林，置絲竹，每逢風日和美，與名士隱流遨遊九峰、三泖、太湖間。善音律，有《花影集》五卷傳世。

【南仙呂入雙調夜行船】金陵懷古

虎踞龍蟠，看江山秀妍，古今都會。人間事，日夜潮來潮去，興廢；楚楚衣冠，擾擾干戈，紛紛宅第，如沸。今做了草頭煙，尋得個斷碑無字。

【前腔】癡兒，鑿破方山，笑區區人力，怎回天意？無多日，楚漢龍蛇並起，從茲，三世開基，五馬龍飛，六朝更替。慚愧。空費盡祖龍心，依舊有人稱帝。

【斗黑麻】殘棋，賭罷輸贏，把楸枰剩在，再尋敵對。嘆齊梁陳宋，總無長技。誰知，佛寺已劫灰，高臺是禍基。鳥空啼，只見如夢前朝，在淮會東邊月裏。

【前腔】堪嗟，天塹中分，盡長江設險，好圖機會。怎神州未復，楚囚流涕？吁嘻，清談豈事機，偏安豈帝基？總灰飛，說甚砥柱中流，但揮塵風流而已。

【錦衣香】嘆前朝，真兒戲；到如今，英雄淚。還笑幾許妖魔，要窺竊神器？誰知天命有攸歸，和陽一旅，日月重輝。笑談間萬里掃腥膻，羯胡北去，雪盡中原恥。替古今爭氣，鍾山呵護，到開天地。

【漿水令】竟誰知北平兵至，破金川天心暗移。腐儒當國等兒嬉，紛更是非，不合時宜。周官制，成何濟？成王已挂袈裟去。孤臣淚孤臣淚滔滔江水，年年化年年化杜鵑啼。

【尾文】漁樵話裏成興廢，嘆今古暮三朝四，向糊塗帳裏大家癡睡。

齊魯書社版《全明散曲》

參考書目

《全明散曲》，謝伯陽編，齊魯書社 1994 年版。

《元明清散曲選》，王起主編，人民文學出版社 1986 年版。

《明散曲紀事》，田守真編，巴蜀書社 1996 年版。

第二節　雜　劇

徐　渭（1521—1593）

傳略見"明代文學"第一章第五節。

雌木蘭（第一齣）

【題解】演花木蘭從軍事，取材於《木蘭辭》。原劇二齣，此爲第一齣。

（旦扮木蘭女上）妾身姓花名木蘭。祖上在西漢時，以六郡良家子，世住河北魏郡。俺父親名弧字桑之。平生好武能文，舊時也做一個有名的千夫長。娶過俺母親賈氏，生下妾身。今年纔一十七歲。雖有一個妹子木難，和小兄弟咬兒，可都不曾成人長大。昨日聞得黑山賊首豹子皮，領著十來萬人馬，造反稱王。俺大魏拓跋克汗下郡徵兵。軍書絡繹，有十二卷來的，卷卷有俺家爺的名字。俺想起來：俺爺又老了，以下又再沒一人。況且俺小時節，一了有些小氣力，又有些小聰明。就隨著俺的爺也讀過書，學過些武藝。這就是俺今日該替爺的報頭了。你且看那書上說，秦休和那緹縈兩個：一個拼著死，一個拼著入官爲奴，都只爲著父親。終不然這兩個都是包網兒戴帽兒，不穿兩截裙襖的麼？只是一件，若要替呵，這弓馬槍刀衣鞋等項，卻須索從新另做一番；也要略略的演習一二纔好。把這要替的情由，告訴他們得知。他豈不知事出無奈，一定也不苦苦留俺。叫小鬟那裏！（丑扮小鬟上）小鬟！你瞞過老爺和奶奶，隨著俺到街坊上走一回者！（向內買諸物介）（引鬟持諸物上）（鬟）大姑娘！把馬拴在哪里？（木）且寄養在對門王三家！（唱）

【點絳唇】休女身拼，緹縈命判。這都是裙釵伴，立地撐天，說什麼男兒漢！

【混江龍】軍書十卷，書書卷卷把俺爺來填。他年華已老，衰病多纏。想當初搭箭追雕穿白羽，今日呵！扶藜看雁數青天。呼雞餵狗，守堡看田。調鷹手軟，打兔腰拳。提攜咱姊妹，梳掠咱丫鬟。見對鏡添妝開口笑，聽提刀廝殺把眉攢。長嗟嘆道，兩口兒北邙近也，女孩兒東坦蕭然。

（白）要演武藝，先要放掉了這雙腳，換上那雙鞋兒，纔中用哩！（換鞋作痛楚狀唱）

【油葫蘆】生脫下半折凌波襪一彎。好些難！幾年價纔收拾得鳳頭尖，急忙的改抹做舡兒泛。怎生就湊得滿幫兒檀。（白）回來俺還要嫁人，卻怎生？這也不愁他！俺家有個漱金蓮方子，只用一味硝，煮湯一洗，比偺嗒還小些哩！（唱）把生硝提得似雪花白，可不霎時間，漱瘦了金蓮瓣。

（白）鞋兒到七八也穩了。且換上這衣服者！（換衣戴一軍氈帽介唱）

【天下樂】穿起來怕不是從軍一長官。行間正好瞞。緊縧鉤，廝趁這細褶子繫刀環。軟噥噥襯鎖子甲，暖烘烘當夾被單，帶回來又好脫與咬兒穿。

（白）衣鞋都換了，試演一回刀看。（演刀介唱）

【那吒令】這刀呵！這多時不拈，俺則道不便。纔提起一翻也，比舊一般。為何的手不酸，習慣了錦梭穿。越國女尚耍白猿，教俺替爺軍怎不捉青蛇鍊，繞紅裙一股霜摶！

（白）演了刀，少不得也要演槍。（演槍介唱）

【鵲踏枝】打磨出苗葉鮮，栽排上綿木桿，抵多少月午梨花，丈八蛇鑽。等待得腳兒鬆，大步重那撚，直翻身戳倒黑山尖。

（白）箭呵！這裏演不得。也則把弓來拉一拉看。俺那機關，和那綁子，比舊日如何。（拉弓介唱）

【寄生草】指決兒薄，鞴靶兒圓。一拳頭揝住黃蛇擶，一膠翎拔盡了烏雕扇，一胳膊挺做白猿健。長歌壯士入關來，那時方顯天山箭。

（白）俺這騎驢跨馬，倒不生疏。可也要做個撒手登鞍的勢兒。（跨馬勢唱）

【么】繡兩襠坐馬衣，嵌珊瑚掉馬鞭。這行裝不是俺兵家辦。則與他兩條皮生捆出麒麟汗，萬山中活捉個猢猻伴，一彎頭平踹了狐狸塹。到門庭

135

纔顯出女多嬌，坐鞍轎誰不道英雄漢。

（白）所事兒都已停當。卻請出老爺和奶奶來，纔與他說話。（向內請父母弟妹介）（外扮爺，老扮娘，小生扮弟，貼扮妹同上，見旦驚介云）兒，今日呵！你怎生的那等樣打扮？一雙腳又放大了。好怪也！（木）娘！爺該從軍，怎麼不去？（娘）他老了，怎麼去得！（木）妹子兄弟，也就去不得了？（娘）你瘋了！他兩個多大的人，去得？（木）這等樣兒，都不去罷。（娘）正爲此沒個法兒，你的爺急得要上弔。（木）似孩兒這等樣兒，去得去不得？（娘）兒！俺曉得你的本事。去倒去得。（哭介）只是俺老兩口兒怎麼捨得你去？又一樁，便去呵，你又是個女孩兒。千鄉萬里，同行搭伴，朝餐暮宿，你保得不露出那話兒麼？這成什麼勾當！（木）娘！你盡放心！還你一個閨女兒回來。（衆哭介）（扮二軍上云）這裏可是花家麼？（外）你問怎麼？（軍）俺們也是從征的。俺本官說這坊廂裏，有個花弧，教俺們來催發他，一同去路。快著些！（木）哥兒們少坐！待俺略收拾些兒，就好同行。小鬟，你去帶回馬來！（木收拾器械介）（衆看介云）好馬好器械兒！你去一定成功，喝采回來。好歹信兒可要長捎一封，也免得俺老兩口作念。偺嗏要遞你一杯酒兒，又忙劫劫的。纔叫小鬟買得幾個熱波波，你拿著路上也好嚼一嚼。有些針兒線兒，也安在你搭連裏了。也預備著好縫些破衣斷甲！（二軍叫云）快著些！（衆哭別先下）（木出見軍介云）大哥們，勞久待了！請就上馬趲行。（作上馬行介云）（二軍私云）這花弧倒生得好個模樣兒。倒不象個長官，倒是個秋秋，明日倒好拿來應應急。（木唱）

【幺】離家來沒一箭遠，聽黃河流水濺。馬頭低遙指落蘆花雁，鐵衣單忽點上霜花片，別情濃就瘦損桃花面。一時價想起密縫衣，兩行兒淚脫真珠線。

【六幺序】呀！這粉香兒猶帶在臉，那翠窩兒抹也連日不曾乾。卻扭做生就的下添。百忙裏跨馬登鞍。靴插金鞭，腳踹銅環。丟下針尖，挂上弓弦。未逢人先準備彎腰見，使不得站堂堂矬倒裙邊。不怕他鴛鴦作對求姻眷，只愁這水火熬煎。這些兒要使機關。

【幺】哥兒們，說話之間，不待加鞭。過萬點青山，近五丈紅關。映一座城欄，豎幾手旗竿。破帽殘衫，不甚威嚴。敢是個把守權官。兀的不你我一般，趁著青年，靠著蒼天，不憚艱難，不愛金錢，倒有個閣上凌煙。不強似謀差奪掌把聲名換。抵多少富貴由天！便做道黑山賊寇犯了彌天案，也無多些子差一念心田。（指問介）

【賺煞】那一答是那些？咫尺間，如天半。趄坡子長蛇倒縮，敢是大帥登壇坐此間。小緹縈禮合參官！這些兒略覺心寒，久已後習弄得雄心慣。領人馬一千，掃黑山一戰。俺則教花腮上舊粉撲貂蟬。

（衆）說話之間，且喜到主帥駐扎的地方了。俺們且先尋下了安頓的所在，明日一齊見主帥者！（下）

中華書局版《徐渭集·四聲猿》

輯　錄

湯顯祖《清暉閣評本還魂記·序》：《四聲猿》乃詞壇飛將，輒爲演唱數通。安得生致文長，令自拔其舌。

王驥德《曲律》：徐天池先生《四聲猿》，故是天地間一種奇絕文字。木蘭之北曲與黃崇嘏（《女狀元》）之南曲，尤奇中之奇。先生居與余僅隔一垣，作時每了一劇，輒乎過齋頭，朗歌一過，津津意得。余括拈警絕處以復，則舉大白以酹，賞爲知音。其中《翠鄉夢》一劇，係先生早年之筆，《雌木蘭》《狂鼓史》得之新創，而《女狀元》則命余更覓一事，以足四聲之數。余舉楊用修（慎）所稱黃崇嘏《春桃記》爲對，先生遂以春桃名嘏。

陳棟《關瀧輿中偶憶編》：明曲當以臨川、山陰（徐渭）爲上乘。渭音律間雖不諧，然其詞如怒龍挾雨，騰躍霄漢。千古來不可無一，不能有二。

吳梅《中國戲曲概論》：徐文長《四聲猿》中《女狀元》劇，獨以南詞作劇，破雜劇定格，自是以後，南劇孳乳矣。其詞初出，湯臨川目爲詞壇飛將，同時詞家史叔考、王伯良輩，莫不俯首。今讀之，猶自光芒萬丈，顧與臨川之研麗工巧不同，宜其並擅千古也。文長詞精警豪邁，如詞中之稼軒、龍洲（陳亮）。

馮惟敏（1511—1578）

傳略見"明代文學"第三章第一節。

僧尼共犯（第一折）

【題解】《僧尼共犯》是一出喜劇。劇情梗概：龍興寺僧明進，自幼出家，卻塵根難斷，常思男女之事。一日與城中碧雲庵尼姑惠朗相識，互相有意，便假認作親戚，從此過往甚密，無人知曉。一日，明進又潛往城中，夜宿碧雲庵內，卻被巡捕官雙雙拿獲，解送州府。知州吳守常坐堂審問，兩人竭力遮掩，明進稱自己入城辦事，因天色已晚，城門已閉，只得尋親借宿。惠朗則謂兩人乃同門師兄弟，欲在庵內打坐至天明，絕無越軌行動。吳知州明知兩人所言非實，但念其有意還俗，便高擡貴手，杖斷還俗。明進與惠朗拜謝吳知州成全之恩，結爲夫妻。所選爲第一折。

（淨扮僧上開）少年難戒色，君子不出家。聖人有倫理，佛祖行的差。小僧法名明進。自幼投禮龍興寺長老，披剃出家。每日起五更，睡半夜，看經念佛，磕頭禮拜，不知圖些甚的？想起古先聖賢有云："有天地，然後有夫婦；有夫婦，然後有父子。男女居室，人之大倫。"古先聖人，制爲婚姻之禮，流傳後代，繁衍至今。自有佛法以來，把俺無知衆生，度脫出家，削髮爲僧，永不婚配，絕其後嗣。想俺佛祖修行住世，身體髮膚，不敢毀傷。留頭垂髻，並不落髮。哄俺弟子剃作光頭，不好看相。佛公佛母，輩輩相傳，生長佛子。哄俺弟子，都做光棍，一世沒個老婆。怎生度日？尋思起來，是好不平的事也呵！（唱）

【仙呂點絳唇】苦海無涯，業根難化。空悲咤！無室無家。一點心牽挂。

（云）俺莫非不是人也！尋思起來，俺也是人生父母養下來的。（唱）

【混江龍】都一般成人長大。俺也是爺生娘養好根芽。又不是不通人性，止不過自幼出家。一會價把不住春心垂玉箸，一會價盼不成配偶咬銀牙。正諷經數聲嘆息，剛頂禮幾度嗟呀！（云）俺和尚家要向俗家抄化佈施呵！遇著不老實的婦人，和他擠眉溜眼，調順私情。俺也會跳牆，他也會串寺。這個也是常事！則怕一時間被人拿犯了，布瓦擦頭，卻難禁受哩！（唱）要求個善男信女擔驚怕，總不如空門淨土，當夥兒戀酒貪花。

（云）往古來今，天下庵觀，有僧人便有尼姑，有道士便有道姑，這都是先代祖師遺留下的。俺想起來，這便是爲俺出家人放一條生路。若無這條路兒，那一個呆狗骨頭肯出家也！（唱）

【油葫蘆】自古道僧尼是一家，暢好是低答。每日價撞頭磕額有根查。一個遞陽局斜倚回廊下，一個挑春情偷將禪杖打。一個手兒招，一個眼兒瞅。背地裏聽不上醃臢話。誰道俺兄弟不光滑？

（云）俺這一座禪寺古跡，建在城外，並無尼姑庵兒。城裏碧雲庵，有一女僧，法名惠朗，頗有姿色。小僧與他相識，他也有顧戀小僧之意。以此認親爲由，往還甚密，人都不知。俺今晚無事，正好到他庵內走一遭者。行行去去，轉彎抹角，早來庵兒門下。俺索低聲叫他，開門！開門！（旦扮尼僧上）（云）福地閒無事，空門亦有春。此心元不死，飛逐落花塵。自家尼僧惠朗的是也。自幼捨身在庵內修行。俺心中正迷留沒亂的，恰纔天色已晚，是誰在外叫門？（淨云）是我來也！（唱）

【天下樂】口念著救苦救難善菩薩。冤家！可喜殺。發慈悲單等著你和咱，開禪堂燒一炷香，入禪房換一盞茶，上禪床結一段好緣法。

（云）和尚到了庵裏，也不認的誰是和尚，誰是尼姑。則俺自家認的真實。他見了我，便道明禪師兄問訊了。我見了他，便道惠禪師弟問訊了。（唱）

【那吒令】俺到了您家，人則說是他；你到了俺家，人則說是咱。混做了一家，半星兒不差。頂老兒一樣光，刀麻兒一般大。胡廝混一迷裏虛花！

【鵲踏枝】認不的我和他，辨不出真共假。恰便似兩個尿胞，一對西瓜。蘑菇頭一弄兒齊磕打，精禿驢越顯的圓滑。

（云）到這其間。俺出家人，也只是口兒念佛，手裏敲著木魚兒也！（唱）

【寄生草】呀，一個念波羅密，一個念摩訶薩。鼓槌兒敲打的咚咚乍，鐃鈸兒拍打的光光乍，木魚兒瓜打的膨膨乍。昏沈了半晌出陽神，這其間色膽天來大。

（旦云）明禪明禪！罷了我也。（淨云）惠禪惠禪！死了我也。（唱）

【幺】他他他纏著俺，俺俺俺纏著他。瓢頭兒比著葫蘆畫，光頭兒帶著個葫蘆擺，枕頭兒做了葫蘆架。拜佛席權當了象牙床，偏衫袖也做的鮫綃帕。

（云）呀！諸佛菩薩，大小神將，看見俺這般喬樣呵！（唱）

【六幺序】呀！釋迦佛鋪苦著眼，當陽佛手指著咱。把一尊彌勒佛笑倒在他家。四天王火性齊發，八金剛怒發渣沙！摜起金甲，按住琵琶，撚轉鋼叉，切齒磨牙。挪著柄降魔杵神通大，則待把禿驢頭攤了還攤。羞的個達摩面壁東廊下，惱犯了伽藍護法，赤煦煦紅了腮頰。

（云）唬殺我也！那裏發付小僧者。（旦云）怕他怎的？（淨云）那釋迦爺把眼兒鋪苦著，是見不上俺也！（旦云）不是！他是那垂簾打坐的像兒。（淨云）那當陽爺把手兒指著俺這等胡行哩！（旦云）不是！他那裏捏著訣哩。不曾指著甚麼。（淨云）那彌勒佛爺嘻嘻大笑，攲倒在地。卻是笑咱們這般樣兒！（旦云）也不是！他笑那釋迦爺出世，眾生不肯學好，沒有好世界也！（淨云）兀那神將們，睜眉瞪眼，惡惡縶縶的都發作了。敢待下手俺也！（旦云）他是風調雨順的法像，降伏邪魔的意思而已。（淨云）那扭回頭的羅漢，甚是害羞。（旦云）這便是赤面關王，自來如此。（淨云）南無菩薩，人說除了當行都是難，你我真是一對行家。若是俗人，那裏知道其中這些道理。（唱）

【幺】哎！你個行家。不要瞅他！銅鑄的菩薩，泥塑的那吒，鬼話的僧迦，瞎帳的佛法。並無爭差，盡著撐達，也當了春風一刮，兀的不受用殺！（云）這是洞天福地，十分幽靜。是好自在也！（唱）月浸曇花，燈照禪榻。不近喧嘩，不受波查。盡通宵喜笑歡洽。不枉了閑過竹院逢僧話，索強如路柳牆花。（云）俺僧家勸世之法，都說墮業受罪之人，入地獄，墮輪迴，碓搗磨研。俺這其間顧不得了也！（唱）說來的磨研碓搗都不怕，見放著輪迴千轉，也則索舍死捱他。

【賺煞】想人生夢一場，且不上西天罷。鎖不住心猿意馬，便做道見性成佛待怎麼？念甚的妙法蓮華？（旦云）不上西天不成佛，也非小可。咱們焉敢指望？若是不念經，不應付，那裏有盤繳來也？（淨唱）當袈裟告了消乏，到頭來踢弄的風聲大。（外丑扮街坊人叫門科）（淨云）甚麼人叫門？俺這裏做好事未畢，正忙著哩！（又打門不開跳牆打諢科）（淨云）俺行常想著跳人家牆頭。你這起光棍，倒來跳俺的牆。拿住拿住！（旦云）這都是俺街坊家。俺平日與他相處，也好來，也歹來。他每又是官差，不要和他歹鬭。量俺們也不是強姦，又不該死。和他見官去罷！（淨云）卻才是了手也！（唱）衆街坊識瞅，扣脖兒一掐。呀！法門中拴出一對耍娃娃。

（淨弔場云）街坊鄰里得知聞，權在當官不在君。四隻匜腳踏地穩，三個光頭那怕人。（衆云）還有一個和尚在那裏？（淨摸腹云）在這裏藏著哩！惹事的全然是他，一向被他連累了我。他倒是正犯。你們兩手緊緊拿住拴了去！（下）

人民文學版《明人雜劇選》

參考書目

《明人雜劇選》，周貽白選注，人民文學出版社 **1958** 年版。

《四聲猿》，徐渭著，中華書局版《徐渭集》**1983** 年版。

《歌代嘯》，徐渭著，中華書局版《徐渭集》**1983** 年版。

思考題

明雜劇與元雜劇有何不同？

第三節　傳　奇

湯顯祖（1550—1616）

《明史·湯顯祖傳》：湯顯祖，字若士（案：錢謙益《列朝詩集小傳》：顯祖，字義仍），臨川人。少善屬文，有時名。萬曆十一年進士，授南京太常博士，遷禮部主事。十八年，帝以星變嚴責言官欺蔽，並停俸一年。顯祖上言，指斥執政大臣，帝怒，謫徐聞典史。稍遷遂昌知縣。二十六年上計京師，投劾歸。又明年大計，主者議黜之，竟奪官。家居二十年卒。顯祖意氣慷慨，善李化龍、李三才、梅國楨。後皆通顯有建豎，而顯祖蹭蹬窮老。三才督漕淮上，遺書迎之，謝不往。

牡丹亭（第十齣）

【題解】《牡丹亭》全名《牡丹亭還魂記》，共五十五齣。所選爲第十齣《驚夢》。

【繞地遊】（旦上）夢回鶯轉，亂煞年光遍。人立小庭深院。炷盡沈煙，抛殘繡線，恁今春關情似去年？

〔烏夜啼〕（旦）曉來望斷梅關，宿妝殘。（貼）你側著宜春髻子恰憑欄。（旦）剪不斷，理還亂，悶無端。（貼）已分付催花鶯燕借春看。（旦）春香，可曾叫人掃除花徑？（貼）分付了。（旦）取鏡臺衣服來。（貼取鏡臺衣服上）雲髻罷梳還對鏡，羅衣欲換更添香。鏡臺衣服在此。

【步步嬌】（旦）嫋晴絲吹來閑庭院，搖漾春如線。停半晌，整花鈿。沒揣菱花，偷人半面，迤逗得彩雲偏。（行介）步香閨怎便把全身現！

（貼）今日穿插的好。

【醉扶歸】（旦）你道翠生生出落的裙衫兒茜，艷晶晶花簪八寶填，可知我一生兒愛好是天然。恰三春好處無人見。不提防沈魚落雁鳥驚喧，則怕的羞花閉月花愁顫。

（貼）早茶時了，請行。（行介）你看：畫廊金粉半零星，池館蒼苔一片青。踏草怕泥新繡襪，惜花疼煞小金鈴。（旦）不到園林，怎知春色如許！

【皂羅袍】原來姹紫嫣紅開遍，似這般都付與斷井頹垣。良辰美景奈何天，賞心樂事誰家院！恁般景致，我爺爺和奶奶再不提起。（合）朝飛暮卷，雲霞翠軒；雨絲風片，煙波畫船——錦屏人忒看的這韶光賤！

（貼）是花都放了，那牡丹還早。

【好姐姐】遍青山啼紅了杜鵑，荼蘼外煙絲醉軟。春香呵，牡丹雖好，他春歸怎佔得先！（貼）成對兒鶯燕呵。（合）閑凝眄，生生燕語明如翦，嚦嚦鶯歌溜的圓。

（旦）去罷。（貼）這園子委是觀之不足也。（旦）提他怎的！（行介）

【隔尾】觀之不足由他繾，便賞遍了十二亭臺是枉然。到不如興盡回家閑過遣。

（作到介）（貼）開我東閣門，展我東閣床。瓶插映山紅，爐添沈水香。小姐，你歇息片時，俺瞧老夫人去也。（下）（旦歎介）默地遊春轉，小試宜春面。春呵，得和你兩留連，春去如何遣？咳，恁般天氣，好困人也。春香那裏？（作左右瞧介）（又低首沈吟介）天呵，春色惱人，信有之乎！常觀詩詞樂府，古之女子，因春感情，遇秋成恨，誠不謬矣。吾今年已二八，未逢折桂之夫；忽慕春情，怎得蟾宮之客？昔日韓夫人得遇于郎，張生偶逢崔氏，曾有《題紅記》《崔徽傳》二書。此佳人才子，前以密約偷期，後皆得成秦晉。（長嘆介）吾生於宦族，長在名門。年已及笄，不得早成佳配，誠為虛度青春，光陰如過隙耳。（淚介）可惜妾身顏色如花，豈料命如一葉乎！

【山坡羊】沒亂裏春情難遣，驀地裏懷人幽怨。則為俺生小嬋娟，揀名門一例、一例裏神仙眷。甚良緣，把青春拋的遠！俺的睡情誰見？則索因循靦腆。想幽夢誰邊，和春光暗流轉？遷延，這衷懷那處言！淹煎，潑殘生，除問天！

　　身子困乏了，且自隱几而眠。（睡介）（夢生介）（生持柳枝上）鶯逢日暖歌聲滑，人遇風情笑口開。一徑落花隨水入，今朝阮肇到天台。小生順路兒跟著杜小姐回來，怎生不見？（回看介）呀，小姐，小姐！（旦作驚起介）（相見介）（生）小生那一處不尋訪小姐來，卻在這裏！（旦作斜視不語介）（生）恰好花園内，折取垂柳半枝。姐姐，你即淹通書史，可作詩以賞此柳枝乎？（旦作驚喜欲言又止介）（背想）這生素昧平生，何因到此？（生笑介）小姐，咱愛殺你哩！

　　【山桃紅】則爲你如花美眷，似水流年，是答兒閑尋遍。在幽閨自憐。

　　小姐，和你那答兒話去。（旦作含笑不行）（生作牽衣介）（旦低問）那邊去？（生）轉過這芍藥欄前，緊靠著湖山石邊。（旦低問）秀才，去怎的？（生低答）和你把領扣鬆，衣帶寬，袖梢兒搵著牙兒苫也，則待你忍耐溫存一晌眠。（旦作羞）（生前抱）（旦推介）（合）是那處曾相見，相看儼然，早難道這好處相逢無一言？（生強抱旦下）（末扮花神束髮冠，紅衣插花上）催花御史惜花天，檢點春工又一年。蘸客傷心紅雨下，勾人懸夢彩雲邊。吾乃掌管南安府後花園花神是也。因杜知府小姐麗娘，與柳夢梅秀才，後日有姻緣之分。杜小姐遊春感傷，致使柳秀才入夢。咱花神專掌惜玉憐香，竟來保護他，要他雲雨十分歡幸也。

　　【鮑老催】（末）單則是混陽蒸變，看他似蟲兒般蠢動把風情扇。一般兒嬌凝翠綻魂兒顫。這是景上緣，想内成，因中見。呀，淫邪展汙了花臺殿。咱待拈片落花兒驚醒他。（向鬼門丟花介）他夢酣春透了怎留連？拈花閃碎的紅如片。秀才纔到的半夢兒；夢畢之時，好送杜小姐仍歸香閣。吾神去也。（下）

　　【山桃紅】（生、旦攜手上）這一霎天留人便，草藉花眠。小姐可好？（旦低頭介）（生）則把雲鬟點，紅鬆翠偏。小姐休忘了呵，見了你緊相偎，慢廝連，恨不得肉兒般團成片也，逗的個日下胭脂雨上鮮。（旦）秀才，你可去呵？（合）是那處曾相見，相看儼然，早難道這好處相逢無一言？

　　姐姐，你身子乏了，將息，將息。（送旦依前作睡介）（輕拍旦介）姐姐，俺去了。（作回顧介）姐姐，你可十分將息，我再來瞧你那。行來春色三分雨，睡去巫山一片雲。（下）（旦作驚醒，低叫介）秀才，秀才，你去了也？（又作癡睡介）（老旦上）夫婿坐黃堂，嬌娃立繡窗。怪他裙衩上，花鳥繡雙雙。孩兒，孩兒，你爲甚瞌睡在此？（旦作醒，叫秀才介）咳也。（老旦）孩兒怎的來？（旦作驚起介）奶奶到此！（老旦）我兒，何不做些針指，或觀玩書史，舒展情懷？因何晝寢於此？（旦）孩兒適花園中閑玩，忽值春喧惱人，故此回房。無可消遣，不覺困倦少息。有失迎接，望母親恕兒之罪。（老旦）孩兒，這後花園中冷靜，少去閑行。（旦）領母親嚴命。（老旦）孩兒，學堂看書去。（旦）先生不在，且自消停。（老旦嘆介）女孩兒長成，自有許多情態，且自由他。正是：宛轉隨兒女，辛勤做老娘。（下）（旦長嘆介）（看老旦下介）哎也，天哪，今日杜麗娘有些僥幸也。偶到後花園中，百花開遍，睹景傷情，沒興而回，晝眠香閣。忽見一生，年可弱冠，丰姿俊妍。於園中折得柳絲一枝，笑對奴家說："姐姐既淹通書史，何不將柳枝題賞一篇？"那時待要應他一聲，心中自忖，素昧平生，不知名姓，何得輕與交言。正如此想間，只見那生向前說了幾句傷心話兒，將奴摟抱去牡丹亭畔，芍藥欄邊，共成雲雨之歡。兩情和合，真個是千般愛惜，萬種溫存。歡畢之時，又送我去睡眠，幾聲"將息"。正待自送那生出門，忽值母親來到，喚醒將來。我一身冷汗，乃是南柯一夢。忙身參禮母親，又被母親絮了許多閑話，奴家口雖無言答應，心內思想夢中之事，何曾放懷？行坐不寧，自覺如有所失。娘呵，你教我學堂看書去，知他看那一種書消悶也？（作掩淚介）

【綿搭絮】雨香雲片，纔到夢兒邊。無奈高堂，喚醒紗窗睡不便。潑新鮮冷汗粘煎，閃的俺心悠步嚲，意軟鬟偏。不爭多費盡神情，坐起誰忺？則待去眠。

（貼上）晚妝銷粉印，春潤費香篝。小姐，薰了被窩睡罷。

【尾聲】（旦）困春心遊賞倦，也不索香薰繡被眠。天呵，有心情那夢兒邊去不遠。

春望逍遙出畫門，間梅遮柳不勝芳。

可知劉阮逢人處，回首東風一斷腸。

人民文學版《牡丹亭》

|輯　錄|

　　《牡丹亭》劇情梗概：南宋初年，廣州有一書生柳春卿，乃唐柳宗元之後，年二十餘，功名未遂，佳偶未得。一日，春卿夢到一園，一妙齡美人立梅花樹下，說道："柳生柳生，遇俺方有姻緣之分，發跡之期。"因改名夢梅，字春卿。又有南安郡太守杜寶者，乃唐詩人杜甫之後，其夫人甄氏爲魏甄皇后之後，生有一女杜麗娘，侍女曰春香。杜太守聘請老生員陳最良爲麗娘授經，命春香伴讀。麗娘禁不住春香的慫恿，趁父親外出巡視農事之際，私往後花園遊玩。時值陽春天氣，百花爛漫，衆鳥喈喈，麗娘觸景生情，頓起懷春之思，以未得佳配，頻頻長嘆。她在園中假寐時，忽夢一少年書生，手持柳枝，含笑而來。麗娘情不自禁，與書生在牡丹亭畔芍藥欄前共成雲雨之歡。此書生即柳夢梅。此段夢中姻緣，蓋由後園花神爲媒。既而夢醒，麗娘傷春之情，益形難禁，恍忽追思夢幻之境，翌日再獨入花園尋夢，至牡丹亭畔，忽見一株梅樹，泣云："我杜麗娘若死後，得葬於此，幸矣！"日漸相思，飲食不進，衣帶日緩。一日，攬鏡自照，驚鏡中花容憔悴，恐一旦玉隕香消，世人無由識其美貌，便自繪真容一幅，因語春香曰："夢裏書生，曾折柳一枝贈我。此莫非他日所適之夫姓柳乎？"並題一絕："他年得傍蟾宮客，不在梅邊在柳邊。"已而秋至，麗娘幽郁益甚，其母拷問春香，知其原委，以爲妖魔作魅，請醫看脈，請巫驅鬼，然皆一無效驗。麗娘自知不起，告其母曰："兒不幸而死，願葬後園梅樹之下。"又托春香曰："葬我之後，把自畫春容藏在園中太湖石底。"麗娘氣絕，全家正營後事之際，奉敕旨，杜寶升任安撫使，命轉任揚州。乃依遺言，葬麗娘於梅花樹下，割後花園一部，建造梅花庵，安置麗娘神位，又置祭田，命陳最良監之。經歷三年，柳夢梅以應科舉考試故，向臨安都城急行，路經南安得病，被陳最良救至梅花庵。麗娘死後，至冥府，經十殿閻羅之胡判官審理，以其慕色致死之罪，欲貶之入燕鶯隊，經花神辯護，以其爲夢中所犯之罪，宣告無罪，許其再出人世。柳生病癒，至後花園逍遙，偶於假山石間，發現麗娘自畫像，攜歸房中，挂壁間把玩。一夕，麗娘魂來敲門，柳生怪而開門，見一美人亭亭玉立，仿佛前夢所見立梅花樹下呼生者，遂導之入房，與共枕席，不待雞鳴，辭去。夜夜如此。一夕，麗娘魂告訴柳生真相，請柳生發後園之墳，令其再生。柳生如其言，麗娘果然還魂而生。兩人遂雇舟往揚州尋父母，先至臨安都城應科考。此時金人舉兵南下，杜寶奉命移鎮淮安，被圍。夫人與春香自揚州避難臨安，途中與再生之麗娘相遇。柳生受麗娘之托，攜其自畫像爲證據，前往杜安撫處，會淮安圍解，安撫正擺太平宴，柳生自稱安撫婿，再三請謁，安撫大怒，命縛之拷問。柳生告以麗娘再生事，安撫絕不相信。此時發榜，柳生高中狀元，報喜者尋柳生至此處，安撫仍然不信。考官遂自往證明，安撫怒猶不已。此事最後鬧到天子面前，天子命黃門官取照膽鏡，辨別麗娘爲人爲鬼，又訊其亡前亡後事，確認其爲再生無誤，敕命父子夫妻相認。

湯顯祖《牡丹亭題詞》：天下女子有情，寧有如杜麗娘者乎！夢其人即病，病即彌連，至手畫形容，傳於世而後死。死後三年矣，復能溟莫中求得其所夢者而生。如麗娘者，乃可謂之有情人耳。情不知所起，一往而深。生者可以死，死可以生。生而不可與死，死而不可復生者，皆非情之至也。夢中之情，何必非真？天下豈少夢中之人耶！必因薦枕而成親，待挂冠而爲密者，皆形骸之論也。嗟夫！人世之事，非人世所可盡。自非通人，恒以理相格耳！第云理之所必無，安知情之所必有邪！

沈德符《顧曲雜言》：湯義仍《牡丹亭》一出，家傳戶誦，幾令《西廂》減價。奈不諳曲譜，用韻多任意處，乃才情自足不朽也。

王驥德《曲律》：本色一家，亦惟是奉常（湯顯祖）一人耳。其才情在淺深濃淡雅俗之間，獨得三昧。又：臨川湯奉常之曲，當置"法"字無論，儘是案頭異書。所作五傳，《紫簫》《紫釵》，第修藻艷，語多瑣屑，不成篇章。《還魂》妙處種種，奇麗動人，然無奈腐木敗草，時時纏繞筆端。至《南柯》《邯鄲》二記，則漸削蕪類，俯就矩度，布格既新，遣辭復俊。其掇拾本色，參錯麗語，境往神來，巧湊妙合，又視元人，別有蹊徑，技出天縱，匪由人造。使其約束和鸞，稍閑聲律，汰其剩字累語，規之全瑜，可使前無作者，後鮮來哲，二百年來，一人而已。

阮大鋮（約1587—1646）

《明史·奸臣傳》：阮大鋮，字集之，號圓海，安徽懷寧人。萬曆四十四年進士。大鋮機敏滑賊，有才藻。天啓初，由行人擢給事中，以憂歸。

四年春，吏科都給事中缺，大鋮次當遷，而趙南星、高攀龍等以其輕躁不可任，欲用魏大中。大鋮心恨，附魏忠賢，得其所欲。崇禎元年，任光祿卿，旋罷去。明年定逆案，論贖徒爲民，終莊烈帝世，廢斥十七年，鬱鬱不得志。後避亂居南京，頗招納遊俠爲談兵說劍，覬以邊才召。復社諸名士惡大鋮甚，作《留都防亂揭》逐之。大鋮懼，乃閉門謝客，獨與士英深相結。崇禎十七年，京師陷，帝崩，鳳陽總督馬士英擁立福王，用大鋮爲兵部侍郎，明年二月進兵部尚書。南京破，大鋮依嚴州總兵方國安。國安軍敗，大鋮赴江干乞降，從大兵攻仙霞關，僵仆石上死。

燕子箋（第十一齣）

【題解】《燕子箋》全劇共四十二齣，所選爲第十一齣《題箋》。

【步步嬌】（雙蝴蝶飛上舞臺介。旦徐步上）甚風兒吹得花零亂，你看雙蝶依稀見。呀！這一對蝴蝶兒，怎麼飛得如此好？只管在奴家身上撲來。爲何的撲面掠雲鬟？又上花樹上探花去了，紅紫梢頭，恁般留戀！（做花下仰看，又回身介）呀！怎麼又在裙兒上旋繞？欲去又飛還，將粉鬚兒釘住裙汊線。

（蝶飛在桌上，旦桌上撲打不著，遂睡。蝶下介）（小旦上介）悄步香閨內，巫山夢未醒。呀！小姐，纔梳洗了，緣何睡在這妝臺上？待我輕輕喚醒她做針指。（輕咳，喚介）（旦徐起，唱介）

【風馬兒】（旦）瑣窗午夢綫慵拈，心頭事，忒厭纖。（起坐介）梅香，簷前是甚麼響？（小旦）晴簷鐵馬無風轉，被啄花小鳥，弄得響珊珊。

【減字木蘭花】（旦）春光漸老，流鶯不管人煩惱。細雨窗紗，深巷清晨賣杏花。（小旦）眉峰雙蹙，畫中有個人如玉。小立簷前，待燕歸來始下簾。（旦）梅香，我這兩日身子有些不快，剛纔夢中，恍恍惚惚，像是在花樹下撲打那粉蝶兒，被荼蘼刺挂住繡裙，閃了一閃，始驚醒了。（小旦）是了，是了，前日錯了那幅春容,有這許多光景在上面。小姐眼中見了,心中想著,故有此夢。不知夢裏可與那紅衫人兒在一答麼?(旦)莫胡說!你且取畫過來,待我再細看一看。(小旦)理會得。(取畫介)小姐,畫在此。(旦取畫細看介)

【黃鶯兒】(旦)心事忒無端,惹春愁爲這筆尖。啞丹青問不出真和贗,將爲偶然,如何象得這般?梅香,取鏡來!(小旦取鏡介)(旦看鏡,又看畫,笑介)這畫中女娘,真個象我不過,只好腮邊多了個紅印兒。多只多粉腮邊一點桃紅綻,若爲憐,倘把氣兒呵著,他便飛下並香肩。

(小旦)看那鶯兒與一雙粉蝶兒,怎生畫得這樣活現?

【鶯啼序】(小旦)似鶯啼恰恰到耳邊,那粉蝶酣香雙翅軟。入花叢若個兒郎,一般樣粉撲兒衣香人面。小姐,這畫上兩個人,還是夫妻一對,還是秦樓楚館賣笑追歡的?若是好人家,不該如此喬模喬樣妝束;若是乍會的,又不該如此熟落!若不是燕燕於歸,怎便沒分毫靦腆?難道是、橫塘野合雙鴛?

(小旦)小姐,這畫上郎君呵!

【集賢賓】你看他烏紗小帽紅杏衫,與那人笑立花前,擲果香車應不忝。(旦)只是女兒們忒家常熟慣,恁般活現,平白地陽臺攔占。那落款的叫做霍都梁,筆跡尚新,眼前必有這個人兒的。我心自轉,分明有霍郎姓字描寫雲鬟。

(旦)我看這幅畫,半假半真,有意無意,心中著實難解。且喜桌兒上有文房四寶在此,不免寫下一首詞,聊寫幽悶則個。(磨硯,取箋筆寫介)

【啼鶯序】(旦)烏絲一幅金粉箋,春心委的淹煎。並不是織錦回文,那些個題紅宮怨。寫心情,一紙尖憨,蕩眼睛,片時美滿。悶懨懨,(上看介)又聽梁間春燕,不住的語呢喃。

(寫完自念介)〔醉桃源〕沒來由事巧相關,瑣窗春夢寒。起來無力倚欄杆,丹青誤認看。綠雲鬟,茜紅衫,鶯嬌蝶也憨。幾時相會在巫山?龐兒畫一般。韋曲飛雲題。我這一首詞也抵得這畫過了。(放桌介)(梅香做從上至下看介)好古怪!怎梁上燕子兒,只是這樣望鏡臺前飛來飛去,與往時不同?(作往撲介)把這殘泥將妝盒都點汙了。呀!怎麼把小姐題的這箋兒銜去了?(叫介)燕子,轉來!轉來!還我小姐的箋!

（旦笑介）癡丫頭！這個燕子怎麼曉得人的言語？只得隨他罷了。

【貓兒墜】（旦）飛飛燕子，雙尾貼妝鈿。銜去多情一片箋，香泥零落向誰邊？（小旦）天，天，莫不是玄鳥高媒，輻湊姻緣！

【尾聲】（小旦）小庭且把梨花掩，（指巢介）燕子，燕子，你免不得還來巢畔，我好拴上紅絲，問你索彩箋。

（小旦）小姐，我收拾筆硯先進去，你可就到房中歇歇。紅豆且調鸚鵡粒，雪花待酌兔兒斑。（下介）（旦斜視進介）咳！適間這妮子在此，我心事不好說出，（笑介）果是那畫上紅衫郎君，委實可人！

【四季花】畫裏遇神仙，見眉棱上，腮窩畔，風韻翩翩。天然，春羅衫子紅杏單，香肩那人偎半邊，兩回眸，情萬千。蝶飛錦翅，鶯啼翠煙。遊絲小挂雙鳳鈿，光景在眼前。那須要陽臺雲現？縱山遠水遠人遠，畫便非遠。

【浣溪紗】麟髓調，霜毫展，方纔點筆題箋。這巢間小燕忒刁鑽，驀忽地銜去飛半天。天，天，未必行方便，便落在泥邊水邊。那些御溝紅葉蕩春煙，只落得飛絮浮萍一樣牽。

【奈子花】二三春月日長天，往常時，兀自懨煎，那禁閑事恁般牽挽。畫中人幾時相見？待見，纔能說與般般！

繡屏斜立正銷魂，侍女移燈掩閣門。

燕子不歸花著雨，春風應自怨黃昏。

黃山書社版《阮大鋮戲曲四種》

輯 錄

《燕子箋》劇情梗概：唐玄宗天寶年間，扶風書生霍都梁，與其同窗鮮于佶，同赴長安應科舉試，寓藝妓華行雲家。霍生對行雲一往情深，即興爲其繪春容一幅，並將自己也繪在畫中，題爲《聽鶯撲蝶圖》，交與繆酒鬼裱裝。同時有禮部尚書之女酈飛雲，將其父執賈南仲所贈之吳道子《水墨觀音像》亦送繆酒鬼裱裝。酈府僕人前來取畫時，恰遇繆酒鬼因公差外出，其妻醉中誤以《聽鶯撲蝶圖》交付僕人，而以《水墨觀音像》交付霍生。飛雲展軸失驚，但以畫中撲蝶女酷似自己，更以畫中少年瀟灑英俊，便將錯就錯，未即換取。飛雲思戀畫中少年，想入非非，取花箋題《醉桃源》一首自道心事。適一燕子飛來，銜詩箋飛去，落在曲江堤上。此時霍生正賞春曲江堤，拾得詩箋，驚喜異常，歸來相思成病。因請女醫孟婆診視，孟婆曾入酈府爲飛雲診病，見花箋告以乃飛雲手筆，且語以《聽鶯撲蝶圖》在其家。尋科考舉行，鮮于佶知己乏才力，乃賄賂科場吏，謀將霍生考卷偷換爲己作。榜未發，安祿山叛軍忽侵長安，帝蒙塵至蜀，酈尚書亦隨駕西行。酈飛雲與其母避難去都，途中母女相失，飛雲爲賈南仲將軍所救，留營中保護。酈夫人途遇避難中之歌妓華行雲，認爲己女，相攜而行，與奉命北返之酈尚書相遇。霍生至其舊師秦若水處避難，師薦之賈南仲幕下，乃變姓名，稱卞無忌。賈南仲愛其才，以其保護之飛雲妻之。孟婆亦被賈南仲幕中所救，見新婚兩人，因語之以畫像花箋因緣，疑問冰釋，兩人歡喜無限。長安恢復，乃發榜。鮮于佶偷梁換柱成功，竟得狀元。乃從慣例，謁主考官酈尚書謝恩。尚書欲以所認之女行雲妻之。行雲聞鮮于佶名，大吃一驚，稱此人無才學，又見其試卷，告以此爲霍生之文。酈尚書召鮮于佶面試，結果原形畢露，狼狽而逃。既而霍生以功受羽林都尉歸京，賈南仲以飛雲還酈尚書，且引見新郎霍生，語以事情始末。酈尚書知霍生爲真狀元，喜得佳婿出於意外，並令霍生舊識女郎行雲出見。行雲見霍生與飛雲已結連理，由嫉妒而生氣，飛雲亦不相讓。酈尚書從中作合，兩女同爲霍生夫人，不分大小。此時，一燕子下翔，霍生與兩妻向之作禮，謝其做美云。

張岱《陶庵夢憶》：阮圓海家優講關目，講情理，講筋節，與他班孟浪不同。然其所打院本，又皆主人自製，筆筆勾勒，苦心盡出，與他班鹵莽者又不同。故所搬演，本本出色，腳腳出色，齣齣出色，句句出色，字字出色。余在其家看《十錯認》《摩尼珠》《燕子箋》三劇，其串架鬭筍、插科打諢、意色眼目，主人細細與之講明。知其義味，知其指歸，故咬嚼吞吐，尋味不盡。至於《十錯認》之龍燈之紫姑，《摩尼珠》之走解之猴戲，《燕子箋》之飛燕之舞象之波斯進寶，紙剳裝束，無不盡情刻畫，故其出色也愈甚。阮圓海大有才華，恨居心勿靜，其所編諸劇，罵世十七，解嘲十三，多詆毀東林，辯宥魏黨，爲士君子所唾棄，故其傳奇不之著焉。如就戲論，則亦鏃鏃能新，不落窠臼者也。

參考書目

《牡丹亭》，湯顯祖著，徐朔方校注，人民文學出版社 **1963** 年版。

《湯顯祖集》，湯顯祖著，中華書局 **1961** 年版。

《燕子箋》，阮大鋮著，黃山書社《阮大鋮戲曲四種》**1993** 年版。

思考題

1. 試述臨川派與吳江派的分歧。
2. 試論《牡丹亭》對才子佳人戲的超越。
3. 背誦《牡丹亭·驚夢》【皂羅袍】。

第四章

小　說

概　說

　　中國古代小說有兩大系統，一是文言小說，一是白話小說。宋元以來，白話小說的發展，便有後來居上之勢。元末明初，長篇小說《三國演義》和《水滸傳》的相繼出現，更顯示出白話小說的巨大優勢。與文言小說的沈寂形成鮮明對比，明代白話小說可謂盛極一時，蔚爲大觀，故今人或有唐詩、宋詞、元曲、明清小說之說。

　　明代白話小說有長篇與短篇之分。長篇小說的形式爲章回體，這也是中國古代長篇小說的主要形式，甚至是唯一形式，即使《紅樓夢》那樣空前絕後富有創造性的傑作，也未能改變這一傳統的形式。章回體的特點，就是分回標目，將一部小說分爲若干回，每一回敍述一段或兩段故事或情節，每一回都有題目即回目，回目一般爲概括故事或情節內容的對偶句。

　　白話小說是俗文學，一是通俗，一是俚俗，作者最初的本意，大多在"傳奇"或追求"愉悅"，讀者也多將其當作消遣的"閑書"，故其表現的題材內容與審美趣味，與正統詩文常常有相當距離。以題材而論，明代長篇小說有三大主潮：講史小說、神魔小說與世情小說。

　　講史小說從宋元講史平話發展而來，其代表作是《三國演義》與《水滸傳》。《三國演義》是第一部章回體長篇小說，對於後來的小說創作具有"示範"的意義。首先，古代讀者不大喜歡純粹虛構的作品，而對"真人實事"尤其是"歷史"情有獨鍾。《三國演義》基於史實的"七分事實，三分虛構"的演義，正好投合古人的這種閱讀趣味。《三國演義》的成功，刺激了明清兩代歷史演義的發達，從遠古傳說的虞夏時代，歷春秋戰國，到漢晉唐宋，差不多每個朝代都有所作，形成一個完整的演義系列。這些作品，藝術水平都在《三國演義》之下，其中多數已經亡佚，流傳至今且尚有一定閱讀價值的有馮夢龍改編的《新列國志》（後經清乾隆年間蔡元放再度修訂，名爲《東周列國志》）、熊大木的《北宋志傳》、褚人獲的《隋唐演義》、佚名的《說唐演義全傳》等。《水滸傳》是第一部採用純粹白話的長篇小說，它雖然也取材於歷史，屬講史一類，但與《三國演義》以敘述一朝一代史事爲主的歷史演義不同，《水滸傳》是以敘述歷史上的英雄人物爲主，可名爲"英雄傳奇"。《水滸傳》也是一部具有示範性的傑作，佚名的《楊家府演義》、陳忱的《水滸後傳》、錢彩等人的《說岳全傳》，以及《說唐演義全傳》等作品中，都可以看到《水滸傳》的影響。值得一提的是，《三國演義》與《水滸傳》並非出自一時一人之手，它們都是在民間廣泛流傳的"三國故事"與"水滸故事"的基礎上，經過大手筆（羅貫中、施耐庵）的加工整理而成書的。而成書之後，又經過不止一人的潤飾、修訂，直到清初，纔最後定型成我們今天所讀到的版本。由此可見，《三國演義》與《水滸傳》不同於後來文人的個人創作，它們所表達的價值觀念以及審美趣味，如《三國演義》的"擁劉反曹"、《水滸傳》的"忠義"等，都具有相當廣泛和深厚的群眾基礎，很容易得到古代讀者的普遍認同。

　　神魔小說或描寫神魔之爭，或涉及鬼神魔怪，代表作有吳承恩的《西遊記》、許仲琳的《封神演義》等。古代文言小說有志怪的傳統，如干寶的《搜神記》，以及唐宋傳奇文中多有鬼神魔怪的記載或描寫。古人對此類超自然的神奇故事本來就充滿好奇心，加上佛道二教的影響，神魔小說也就應運而生。最早出現的神魔小說是《西遊記》，與《三國演義》及《水滸傳》一樣，這部小說也是經過長期的積累演變而形成的。宋元時代，已有許多"西遊故事"和"西遊戲曲"廣泛流行，如宋話本《大唐三藏取經詩話》即可看作是《西遊記》的雛形。而至遲在元末明初，比較完整的小說《西遊記》就已經出現。再經過生活在明代中期的吳承恩之手，於是就有了一百回的鴻篇巨製。其後問世的神魔小說有許仲琳的《封神演義》、羅懋登的《三寶太監西洋記通俗演義》、董說的《西遊補》等。由於神魔小說充滿幻想，情節離奇，給讀者以巨大的想象空間，也容易作出附會的解釋。其實，神魔小說多是爲了有趣好玩，並沒有嚴肅的思考或深刻的寓意。

世情小說敍寫世態人情，故又稱"人情小說"。世情小說基本上屬寫實主義，代表着古典小說向非傳奇化方向的轉變。這在中國小說史上具有非常重要的意義。明代最著名的世情小說是蘭陵笑笑生的《金瓶梅》，這也是古代第一部由文人獨立創作的長篇小說。《金瓶梅》描摹市井生活尤其是兩性生活的真實程度，令古今批評家都感到非常難堪，但談到中國古代小說，卻又無法回避這一部"奇書"。明末西周生的《醒世姻緣傳》寫一個兩世姻緣、輪回報應的故事，本意在勸人爲善，但也充斥色情描寫。明代的世情小說，正如魯迅所概括的，"大概都敍述些風流放縱的事情，間於悲歡離合之中，寫炎涼的世態"。當時的社會風氣如此，影響到通俗小說，便是色情描寫的泛濫。

短篇白話小說仍明顯受宋元話本影響，其結構大都有一種固定的套式，即先有一段"入話"，又稱"得勝頭回"，或詩詞，或故事，類似說書藝人的"開場白"；然後"言歸正傳"，是"正話"，進入小說故事本身；最後是"後話"即結束語。這顯而易見是類比宋元話本的結果，故魯迅在《中國小說史略》中將此類白話短篇小說稱爲"擬話本"。明代作家和讀者最感興趣的是小說故事本身，而不是其表現形式，故無意在敍事方式和小說結構等藝術形式上別出心裁。無論是長篇，還是短篇，幾乎都是有始有終、首尾俱全的直線結構。而且不善剪裁，大多短篇小說實際上是壓縮了的中篇。明代最著名的短篇小說集是馮夢龍所編"三言"，即《喻世明言》（原名《古今小說》）、《警世通言》、《醒世恒言》，其中既有宋元話本，也有明人擬話本，藝術水平參差不齊，諒非出自一人之手，但曾經過馮氏加工潤色甚至改寫，則不容置疑。其中也有馮氏本人的擬作。凌濛初的"二拍"，即《拍案驚奇》《二刻拍案驚奇》，纔完全是個人創作。凌氏創作的動機，直接源於書商的慫恿，其書名即具廣告效應。"三言二拍"都有"本事"可稽，或野史雜記，或文言小說，或當時社會傳聞，也就是說，小說故事是"真實"的，作者不過是加以渲染鋪敍而已。這與現代出於純虛構的小說創作大異其趣。

參考書目

《中國章回小說考證》，胡適著，上海書店 1980 年版。

《中國小說史略》，魯迅著，人民文學出版社 1982 年版。

《中國小說史料》，孔另境編，上海古籍出版社 1982 年版。

《明清小說資料選編》，朱一玄編，齊魯書社 1990 年版。

第一節　講史小說

羅貫中（約 1330—約 1400）

賈仲明《錄鬼簿續編》：羅貫中，太原人，號湖海散人。與人寡合。樂府、隱語，極爲清新。與余爲忘年交，遭時多故，各天一方。至正甲辰復會，別來又六十餘年，竟不知所終。

王圻《續文獻通考》：《水滸傳》，羅貫著。貫字貫中，杭州人，編撰小說數十種，而《水滸傳》敍宋江事，奸盜脫騙機械甚詳。然變詐百端，壞人心術，說者謂子孫三代皆啞，天道好還之報如此。

　　傅惜華《明代雜劇全目》：羅本，字貫中，或云名貫，字貫中，號湖海散人。浙江錢塘人，一云山西太原人，或云越人。生元末；蓋元明間人。所著小說最富，有《三國演義》《隋唐兩朝志傳》《殘唐五代史演義》《三遂平妖傳》等，至今盛傳於世。或傳《水滸傳》，亦出其手。戲曲、隱語，極爲清新。所制雜劇三種，僅存一種。

　　王利器《〈水滸全傳〉是怎樣纂修的》：我認爲王圻《續文獻通考》提到的字貫中的羅本，就是理學家趙寶峰門人的羅本。所謂杭人，乃新著戶籍，《錄鬼簿續編》以爲太原人，"太原"當作"東原"，乃是貫中原籍，《三國志通俗演義》弘治本蔣大器序稱"東原羅貫中"是也。東原即東平。

三国演義（存目）

| 輯　錄 |

　　可觀道人《新列國志》序：自羅貫中《三國志》一書，以國史演爲通俗演義百餘回，爲世所尚。嗣是效顰者日衆，因而有《夏書》《商書》《列國》《兩漢》《唐書》《殘唐》《南北宋》諸刻，其浩瀚與正史分簽並架，然悉出諸村學究杜撰。

　　魯迅《中國小說史略》：《三國志演義》起於漢靈帝中平元年"祭天地桃園結義"，終於晉武帝太康元年"王濬計取石頭城"，凡首尾九十七年（一八四——二八〇）事實，皆排比陳壽《三國志》及裴松之注，間亦仍採平話，又加推演而作之；論斷頗取陳裴及習鑿齒孫盛語，且更引"史官"及"後人"詩。然據舊史即難於抒寫，雜虛辭復易滋混淆，故明謝肇淛（《五雜俎》十五）既以爲"太實則近腐"，清章學誠《丙辰劄記》又病其"七實三虛惑亂觀者"也。至於寫人，亦頗有失,以致欲顯劉備之長厚而似僞,狀諸葛之多智而近妖。

胡適《三國志演義序》:《三國演義》拘守歷史的故事太嚴,而想象力太少,創造力太薄弱。全書的大部分都是嚴守傳說的歷史,至多不過能做穿插瑣事上表現一點小聰明,不敢儘量想象創造,所以只能成爲一部通俗歷史,而沒有文學的價值。《水滸》全是想象,故能出奇出色;《三國演義》大部分是演述與穿插,故無法能出奇出色。文學的技術最重剪裁,會剪裁的,只消極力描寫一兩件事,便能有聲有色。《三國演義》最不會剪裁。他的本領在於搜羅一切竹頭木屑,破爛銅鐵,不肯遺漏一點,因爲不肯剪裁,故此書不成爲文學的作品。話雖如此,然而《三國演義》究竟是一部絕好的通俗歷史。在數千年的通俗教育史上,沒有一部書比得上他的魔力,五百年來,無數的失學國民從這部書裏得著了無數的常識與智慧,從這部書裏學會了看書寫信作文的技能,從這部書裏學得了做人與應世的本領。

魯迅《中國小說史略》:羅貫中本《三國志演義》,今得見者以明弘治甲寅(一四九四)刊本爲最古,全書二十四卷,分二百四十回,題曰"晉平陽侯陳壽史傳,後學羅本貫中編次"。弘治以後,刻本甚多,即以明代而論,今尚未能詳其凡幾種(詳見《小說月報》二十卷十號鄭振鐸《三國志演義的演化》)。迨清康熙時,茂苑毛宗崗字序始師金人瑞改《水滸傳》及《西廂記》成法,即舊本遍加改竄,自云得古本,評刻之,亦稱"聖嘆外書",而一切舊本乃不復行。凡所改定,就其序例可見,約舉大端,則一曰改,二曰增,三曰削。其餘小節,則一者整頓回目,二者修正文辭,三者削除論贊,四者增刪瑣事,五者改換詩文而已。

施耐庵(生卒年未詳)

魯迅《中國小說史略》:此種故事,當時載在人口者必甚多,雖或已有種種書本,而失之簡略,或多舛迕,於是復有人起而薈萃取捨之,綴爲巨帙,使較有條理,可觀覽,是爲後來之大部《水滸傳》。其綴集者,或曰羅貫中(王圻田汝成郎瑛說),或曰施耐庵(胡應麟說),或曰施作羅編(李贄說),或曰施作羅續(金人瑞說)。

王利器《〈水滸全傳〉是怎樣纂修的》:《水滸》的作者,自來異說紛紜，莫衷一是。這些說法，都強調《水滸》是編修或集成的，而不是由某一人撰寫的。因之，《水滸全傳》的作者，今所見最早的天都外臣序本，其題署爲"施耐庵集撰、羅貫中纂修"，我認爲是比較合理的。

水滸傳（存目）

| 輯　錄 |

李贄《忠義水滸傳·序》：《水滸傳》者，發憤之所作也。蓋自宋室不競，冠履倒施，大賢處下，不肖處上，馴至夷狹處上，中原處下。一時君相，猶然處堂燕雀，納幣稱臣，甘心屈膝於犬羊矣。施、羅二公，身在元，心在宋，雖生元日，實憤宋事。是故憤二帝之北狩，則稱大破遼以泄其憤；憤南渡之苟安，則稱滅方臘以泄其憤。敢問泄憤者誰乎？則前日嘯聚水滸之強人也，欲不謂之忠義不可也。是故施、羅二公傳《水滸》，而復以忠義名其傳焉。故有國者不可以不讀，一讀此傳，則忠義不在水滸，而皆在於君側矣。賢宰相不可以不讀，一讀此傳，則忠義不在水滸，而皆在於朝廷矣。兵部掌軍國之樞，督府專閫外之寄，是又不可以不讀也，苟一日而讀此傳，則忠義不在水滸，而皆爲干城心腹之選矣。否則，不在朝廷，不在君側，不在干城心腹。烏乎在？在水滸。此傳之所爲發憤矣。

王鍾麒《中國三大家小說論贊》：施氏少負異才，自少迄老，未獲一伸其志。痛社會之黑暗，而政府之專橫也，乃以一己之理想，構成此書。設言壯武慷慨之士，與俗有所忤，憤而爲盜。其人類皆非常之材，敢於復大仇，犯大難，獨行其志無所於悔。生民以來，未有以百八人組織政府，而人人平等者，有之，惟《水滸傳》。使施耐庵而生於歐美也，則其人之著作，當與柏拉圖、巴枯寧、托爾斯泰、叠蓋司諸氏相抗衡。觀其平等級，均財產，則社會主義之小說也；其復仇怨，賊汙吏，則虛無黨之小說也；其一切組織，無不完備，則政治小說也。

吳沃堯《說小說》：輕議古人固非是，動輒牽引古人之理想，以闌入今日之理想，亦非是也。吾於今人之論小說，每一見之。如《水滸傳》，志盜之書也，而今人每每稱其提倡平等主義。吾恐施耐庵當日，斷斷不能作此理想，不過彼敘此一百八人聚義梁山泊，恰似一平等社會之現狀耳。吾曾反復讀之，意其為憤世之作。吾國素無言論自由之說，文字每易賈禍，故憂時憤世之心，不得不托之小說。且托之小說，亦不敢明寫其事也，必委曲譬喻以為寓言，此古人著書之苦況也。《水滸傳》者，一部貪官汙吏傳之別裁也。梁山泊一百八人，強半為在官人役，如都頭也，教師也，里正也，書吏也，而一一都歸結於為盜，則著者之視在官人役之為何如可知矣。而如是等等之人之所以都歸結於為盜者，無非官逼之使然，則著者之視官為何如亦可知矣。吾雖雅不欲援古人之理想，以闌入今人之理想，然持此意以讀《水滸傳》，則謂《水滸傳》為今日官吏之龜鑒也亦宜。

胡適《〈水滸傳〉考證》：《水滸》的故事乃是四百年來老百姓與文人發揮一肚皮宿怨的地方。宋元人借這故事發揮他們的宿怨，故把一座強盜山寨變成替天行道的機關。明初人借他發揮宿怨，故寫宋江等平四寇立大功之後反被政府陷害謀死。明朝中葉的人——所謂施耐庵——借他發揮他的一肚皮宿怨，故削去招安以後事，做成一部純粹反抗政府的書。

魯迅《中國小說的歷史的變遷》：《水滸傳》是敘宋江等的事情，也不是自羅貫中起始；因為宋江是實有其人的，為盜亦是事實，關於他的事情，從南宋以來就成為社會上的傳說。宋元間有高如、李嵩等，即以"水滸"故事作小說；宋遺民龔聖與又作《宋江三十六人贊》；又《宣和遺事》上也有講"宋江擒方臘有功，封節度使"等說話，可見這種故事，早已傳播人口，或早有簡略的書本，也未可知。到後來，羅貫中薈萃諸說或小本"水滸"故事，而取捨之，便成了大部的《水滸傳》。但原本之《水滸傳》，現已不可得，所通行的有兩類：一類是七十回的；一類是多於七十回的。多於七十回的一類是先敘洪太尉誤走妖魔，而次以百八人漸聚梁山泊，打家劫舍，後來受招安，用以破遼，平田虎、王慶，擒方臘，立了大功。最後朝廷疑忌，宋江服毒而死，終成神明。其中招安之說，乃是宋末到元初的思想，因為當時社會擾亂，官兵壓制平民，民之和平者忍受之，不和平者便分離而為盜。盜一面與官兵抗，官兵不勝，一面則擄掠人民，民間自然亦時受其騷擾；但一到外寇進來，官兵又不能抵抗的時候，人民因為仇視外族，便想用較勝於官兵的盜來抵抗他，所以盜又爲當時所稱道了。至於宋江服毒的一層，乃明初加入的，明太祖統一天下之後，疑忌功臣，橫行殺戮，善終的很不多，人民爲對於被害之功臣表同情起見，就加上宋江服毒成神之事去。——這也就是事實上缺陷者，小說使他團圓的老例。

毛澤東評《水滸》：《水滸》這部書，好就好在投降。做反面教材，使人民都知道投降派。又：《水滸》只反貪官，不反皇帝。屏晁蓋於一百〇八人之外。宋江投降，搞修正主義，把晁的聚義廳改爲忠義堂，讓人招安了。宋江同高俅的鬥爭，是地主階級內部這一派反對那一派的鬥爭。宋江投降了，就去打方臘。

魯迅《中國小說史略》：原本《水滸傳》今不可得，現存之《水滸傳》則所知者有六本，而最要者四：一曰一百十五回本《忠義水滸傳》，前署"東原羅貫中編輯"；二曰一百回本《忠義水滸傳》，前署"錢塘施耐庵的本，羅貫中編次"；三曰一百二十回本《忠義水滸全書》，亦題"施耐庵集撰。羅貫中纂修"；四曰七十回本《水滸傳》，題"東都施耐庵撰"，爲金人瑞字聖嘆所傳。

王利器《〈水滸全傳〉是怎樣纂修的》：由施耐庵集撰、羅貫中纂修的《水滸全傳》，我認爲他們所根據的底本，大致有三種：一是以梁山泊故事爲主的本子，二是以太行山故事爲主的本子，三是以述及方臘故事的施耐庵"的本"。又，《水滸釋名》：《水滸全傳》是三合一的產物，所據之底本有三，其中有太行山系統的話本，《水滸》就是這個系統本的正名。太行山系統本，以史進爲主。又：竊疑梁山泊系統本其名當即爲明人郎瑛所謂《宋江演義》。屬於四大寇爲宋江、方臘、張仙、高托山系統的這個本子又叫做什麼呢？竊疑此本即施耐庵"的本"，也即《錄鬼簿》所著錄的施惠之《古今詩話》。

魯迅《中國小說史略》：清初，有《後水滸傳》四十回，云是"古宋遺民著，雁宕山樵評"，蓋以續百回本。其書言宋江既死，餘人尚爲宋禦金，然無功，李俊遂率衆浮海，王於暹羅，結末頗似杜光庭之《虯髯傳》。古宋遺民者，實乃陳忱之托名；忱字遐心，浙江烏程人，生平著作並佚，惟此書存，爲明末遺民，故雖遊戲之作，亦見避地之意矣。至道光中，有山陰俞萬春作《結水滸傳》七十回，亦名《蕩寇志》，則立意正相反，使山泊首領，非死即誅，專明"當年宋江並沒有受招安

161

平方臘的話，只有被張叔夜擒拿正法一句話"，以結七十回本。俞萬春字仲華，別號忽來道人，嘗隨其父宦粵。瑤民之變，從征有功議敍，後行醫於杭州，晚年乃奉道釋，道光己酉（一八四九）卒。書中造事行文，有時幾欲摩前傳之壘，採錄景象，亦頗有施羅所未試者，在糾纏舊作之同類小說中，蓋差爲佼佼者矣。

參考書目

《三國演義》，羅貫中著，人民文學出版社 1979 年版。

《水滸》，施耐庵著，人民文學出版社 1982 年版。

《水滸傳》，施耐庵、羅貫中著，人民文學出版社 1976 年版。

《水滸資料彙編》，馬蹄疾編，中華書局 1980 年版。

《耐雪堂集》，王利器著，中國社會科學出版社 1986 年版。

思考題

1. 《三國演義》和《水滸傳》塑造人物均有"類型化"的特點，試舉例說明。

2. 對照閱讀《三國志》，試比較分析《三國演義》的叙事藝術。

3. 關於《水滸傳》，或以爲"發憤所作"，或以爲"忠義"，或以爲"誨盜之書"，或以爲"農民革命的史詩"。談談你的看法。

4. 怎樣看待《水滸傳》中的"忠義"觀念？

第二節　神魔小說

吳承恩（約 1500—約 1582）

明天啓《淮安府志・人物志》：吳承恩，性敏而多慧，博極群書，爲詩文下筆立成，清雅流麗，有秦少遊之風。復善諧劇，所著雜記幾種，名震一時。數奇，竟以明經授縣貳，未久，恥折腰，遂拂袖而歸，放浪詩酒，卒。有文集存於家，丘少司徒彙而刻之。

清同治《山陽縣志·人物》：吳承恩，字汝忠，號射陽山人，工書。嘉靖中歲貢生，官長興縣丞。英敏博洽，爲世所推，一時金石之文多出其手。家貧無子，遺稿多散失。邑人邱正綱收拾殘缺，分爲四卷，刊佈於世。太守陳文燭爲之序，名曰《射陽存稿》，又《續稿》一卷，蓋存其什一云。

西遊記（存目）

輯　錄

尤侗《西遊記真詮·序》：《西遊記》者，《華嚴》之外篇也。其言雖幻，可以喻大；其事雖奇，可以證真；其意雖遊戲三昧，而廣大神通具焉。知其說者，三藏即菩薩之化身；行者、八戒、沙僧、龍馬，即梵釋天王之分體；所遇牛魔、虎力諸物，即阿修羅、迦樓羅、緊那羅、摩睺羅伽之變相。由此觀之，十萬四千之遠，不過一由旬；十四年之久，不過一刹那。八十一難，正五十三參之反對；三十五部，亦四十二字之餘文也。蓋天下無治妖之法，惟有治心之法，心治則妖治。記西遊者，傳《華嚴》之心法也。

張書紳《西遊記總論》：孔子之贊《詩》曰："《詩》三百，一言以蔽之曰，曰思無邪。"予今批《西遊記》一百回，亦以一言以蔽之，曰："只是教人誠心爲學，不要退悔。"此其大略也。至於逐段逐節，皆寓正心修身，黽勉警策，克己復禮之至要，實包羅天地萬象，四海九州，士農工商，三教九流，諸子百家，無非一部《西遊記》也。又，《新說西遊記總批》：《西遊》一書，古人命爲證道書，原是證聖賢儒者之道。至謂證仙佛之道，則誤矣。今《西遊記》，是把《大學》誠意正心、克己明德之要，竭力備細，寫了一盡，明顯易見，確然可據，不過借取經一事，以寓其意耳，亦何有於仙佛之事哉？"遊"字即是"學"字，人所易知；"西"字即是"大"字，人所罕知。是"西遊"二字，實注解"大學"二字，故云《大學》之別名。大學之道，在明明德，何以卻寫出許多的妖怪？蓋人爲氣稟所拘，人欲所蔽，則有時而昏，是爲不明其德者一翻。於是忠之德不明，則爲臣之道有虧；孝之德不明，則子之道有未盡。以至酒色財氣，七情六欲，爭名奪利，不仁不義，便作出許多的奇形，變出無數的怪狀。所以寫出各種的妖魔，正是形容各樣的毛病。此德不明至善終不可止，而如來又何以見也？三藏真經，蓋即明德、新民、止至善之三綱領也。而云西天者，蓋西方屬金，言其大而且明，以此爲取，其德日進於高明。故名其書曰《西遊》，實即《大學》之別名，明德之宗旨。

劉一明《西遊原旨·序》：《西遊記》者，元初長春邱真君之所著也。其書闡三教一家之理，傳性命雙修之道。俗語常言中，暗藏天機；戲謔笑談處，顯露心法。……悟之者在儒即可成聖，在釋即可成佛，在道即可成仙。又：《西遊》，神仙之書也，與才子之書不同。才子之書論世道，似真而實假；神仙之書談天道，似假而實真。才子之書尚其文，詞華而理淺；神仙之書尚其意，言淡而理深。知此者，方可讀《西遊》。

魯迅《中國小說史略》：評議此書者，有清人山陰悟一子陳士斌《西遊真詮》，西河張書紳《西遊正旨》與悟元道人劉一明《西遊原旨》，或云勸學，或云談禪，或云講道，皆闡明理法，文詞甚繁。然作者雖儒生，此書則實出於遊戲，亦非語道，故全書僅偶見五行生克之常談，尤未學佛，故末回至有荒唐無稽之經目，特緣混同之教，流行來久，故其著作，乃亦釋迦與老君同流，真性與元神雜出，使三教之徒，皆得隨宜附會而已。假欲勉求大旨，則謝肇淛之"《西遊記》曼衍虛誕，而其縱橫變化，以猿爲心之神，以豬爲意之馳，其始之放縱，上天下地，莫能禁制，而歸於緊箍一咒，能使心猿馴伏，至死靡他，蓋亦求放心之喻，非浪作也"數語，已足盡之。

胡適《西遊記考證》：《西遊記》被這三四百年來的無數道士和尚秀才弄壞了。道士說，這部書是一部金丹妙訣。和尚說，這部書是禪門心法。秀才說，這部書是一部正心誠意的理學書。這些解說都是《西遊記》的大仇敵。現在我們把那些什麼悟一子和什麼悟元子等等的"真詮""原旨"一蓋刪去了，還他一個本來面目。至於我這篇考證本來也不必做；不過因為這幾百年來讀《西遊記》的人都太聰明了，都不肯領略那極淺極明白的滑稽意味和玩世精神，都要妄想透過紙背去尋那"微言大義"，遂把一部《西遊記》罩上了儒釋道三教的袍子；因此，我不能不用我的笨眼光，指出《西遊記》有了幾百年逐漸演化的歷史；指出這部書起於民間的傳說和神話，並無"微言大義"可說；指出現在的《西遊記》作者是一位"放浪詩酒，復善諧謔"的大文豪作的，我們看他的詩，曉得他確有"斬鬼"的清興，而決無"金丹"的道心；指出這部《西遊記》至多不過是一部很有趣味的滑稽小說，神話小說；他並沒有什麼微妙的意思，他至多不過有一點愛罵人的玩世主義。這點玩世主義也是很明白的；他並沒有隱藏，我們也不用深求。

參考書目

《西遊記考證》，胡適著，上海書店影印版《中國章回小說考證》1980年版。

《西遊記作者吳承恩年譜》，趙景深著，齊魯書社《中國小說叢考》1980年版。

《西遊記資料彙編》，朱一玄編，中州書畫社1983年版。

思考題

1. 《西遊記》的名目有多種：神魔小說、神怪小說、神話小說、幻想小說、寓言小說等。你認為哪一種最合適？

2. 關於《西遊記》的主題，歷來眾說紛紜，儒者以為"勸學"，佛家以為"談禪"，道士以為"講道"，魯迅以為"出於遊戲"，今人則以為"反封建"。談談你的看法。

3. 古代有"三教合一"的說法，試結合《西遊記》，加以簡單說明。

第三節　世情小說

蘭陵笑笑生（未詳）

　　魯迅《中國小說史略》：作者不知何人，沈德符云是嘉靖間大名士（亦見《野獲編》），世因以擬太倉王世貞，或云其門人（康熙乙亥謝頤序云）。由此復生讕言，謂世貞造作此書，乃置毒於紙，以殺其仇嚴世藩，或云唐順之者，故清康熙中彭城張竹坡評刻本，遂有《苦孝說》冠其首。

　　黃霖《金瓶梅作者屠隆考》：《金瓶梅》是一部奇書，要正確評價這部奇書，不能不探求其作者"蘭陵笑笑生"究竟是誰。然而明清以來，衆說紛紜。其說法之多，可以說在我國文學史甚至世界文學史上，都是幾無他者可比。所有說法，約可分成兩大類。第一類是初期傳說，如說作者是"嘉靖間大名士"（沈德符《野獲編》），或是"紹興老儒"（袁中道《遊居柿錄》），及"金吾戚里"門客（謝肇淛《金瓶梅跋》）等。第二類是後世的探測。這種推測又可分兩種：一種是未指明具體姓氏者，如徐謙《桂宮梯》云"某孝廉"，謝頤《金瓶梅序》云"鳳洲門人"，王曇《古本金瓶梅考證》云"浮浪子"，戴不凡《小說聞見錄》云"金華、蘭溪一帶人"；另一種則指明了具體的姓名，先後有十一說：王世貞、李漁、盧楠、薛應旂、李贄、徐渭、李開先、趙南星、馮惟敏、沈德符、賈三近。筆者認爲，"笑笑生"應是屠隆。

金瓶梅（節選）

　　【題解】《金瓶梅》一百回，版本主要有兩個係統，一是明萬曆年間的《金瓶梅詞話》，再則是明崇禎年間的《原本金瓶梅》。兩者個別回目情節略有差異，文字亦有出入。所選爲《金瓶梅詞話》第二十八回《陳經濟因鞋戲金蓮，西門慶怒打鐵棍兒》，略有刪節。

話說西門慶扶婦人到房中，脫去上下衣裳，著薄繡短襦，赤著身體。婦人止著紅紗抹胸兒。兩個並肩疊股而坐，重斟杯酌，復飲香醪。西門慶一手摟著他粉項，一遞一口和他吃酒，極盡溫存之態。睇視婦人雲鬟斜軃，酥胸半露，嬌眼乜斜，猶如沈醉楊妃一般。是夜，二人淫樂爲之無度。

一宿晚景題過。到次日，西門慶往外邊去了。婦人約飯時起來，換睡鞋，尋昨日腳上穿的那一雙紅鞋，左來右去少一隻，問春梅。春梅說："昨日我和爹捯扶著娘進來，秋菊抱娘的鋪蓋來。"婦人叫了秋菊來問。秋菊道："我昨日沒見娘穿著鞋進來。"婦人道："你看胡說！我沒穿鞋進來，莫不我精著腳進來了？"秋菊道："娘，你穿著鞋，怎的屋裏沒有？"婦人罵道："賊奴才，還裝憨兒！無故只在這屋裏，你替我老實尋是的。"這秋菊三間屋裏，床上床下，到處尋了一遍，那裏去討那只鞋來。婦人道："端的我這屋裏有鬼，攝了我這只鞋去了。連我腳上穿的鞋也不見了，要你這奴才在屋裏做甚麼？"秋菊道："倒只怕娘忘記落在花園裏，沒曾穿進來。"婦人道："敢是合昏了！我鞋穿在腳上沒穿在腳上，我不知道？"叫春梅："你跟著這賊奴才，往花園裏尋去。尋出來便罷，若尋不出我的鞋來，教他院子裏頂著石頭跪著。"這春梅真個押著他，花園到處，並葡萄架根前，尋了一遍兒，那裏尋得來，再有一隻也沒了。正是：都被六丁收拾去，蘆花明月竟難尋。尋了一遍兒回來，春梅罵道："奴才，你媒人婆迷了路兒，沒的說了！王媽媽賣了磨，推不的了！"秋菊道："好，省恐人家不知。甚麼人偷了娘的這只鞋去了？我沒曾見娘穿進屋裏去，敢是你昨日開花園門，放了那個拾了娘的鞋去了？"被春梅一口稠唾沫啐了去，罵道："賊見鬼的奴才，又攪纏起我來了。你抱著娘的鋪蓋，就不經心瞧瞧，還敢說嘴。"一面押他到屋裏，回婦人說沒有鞋。婦人教采出他院子裏跪著。秋菊把臉哭喪下水來說:"等我再往花園裏尋一遍,尋不著隨娘打罷。"春梅道:"娘休信他。花園裏地也掃得乾乾淨淨的,就是針也尋出來,那裏討鞋來!"秋菊道:"等我尋不出來,教娘打就是了。你在旁戳舌兒怎的?"婦人向春梅道:"也罷,你跟著他這奴才,看他那裏尋去。"

這春梅又押著他在花園山子底下各雪洞兒、花池邊、松牆下,尋了一遍,沒有。他也慌了,被春梅兩個耳刮子,就拉回來見婦人。秋菊道:"還有那個雪洞裏沒尋哩。"春梅道:"那裏藏春塢是爹的暖房兒,娘這一向又沒到那裏。我看尋哩,尋不出來,我和你答話。"於是押著他到藏春塢雪洞內。正面是張坐床,旁邊香几上都尋到,沒有,又向書篋內尋。春梅道:"這書篋內都是他的拜帖紙,娘的鞋怎的到這裏?沒的遮溜子揰功夫兒,翻的他怎亂騰騰的,惹他看見又是一場兒,你這歪剌骨可死成了。"良久,只見秋菊說道:"這不是娘的鞋!在一個紙包內,裹著些棒兒香、排草。"取出來與春梅瞧,"可怎的有了娘的鞋?剛才就調唆打我。"春梅看見,果是一隻的大紅平底鞋兒,說道:"是娘的怎麼來到這書篋內?好蹺蹊的事!"於是走來見婦人。婦人問:"有了我的鞋,端的在那裏?"春梅道:"在藏春塢,爹暖房書篋內尋出來,和些拜帖子紙、排草、安息香,包在一處。"婦人拿在手內,取過他的那只鞋子一比,都是大紅四季花嵌八寶段子白綾平底繡花鞋兒,綠提根兒藍口金兒。惟有鞋上鎖線兒差些:一只是紗綠鎖線兒,一只是翠藍鎖線,不仔細認不出來。婦人登在腳上試了試,尋出來這一隻比舊鞋略緊些,方知是來旺兒媳婦子的鞋,"不知幾時與了賊強人,不敢拿到屋裏,悄悄放在那裏,不想又被奴才翻將出來。"看了一回,說道:"這鞋不是我的鞋。奴才,快與我跪著去!"分付春梅:"拿塊石頭與他頂著。"那秋菊哭起來,說道:"不是娘的鞋是誰的鞋?我饒替娘尋出鞋來,還要打我。若是再尋不出來,不知還怎的打我哩!"婦人罵道:"賊奴才,休說嘴!"春梅一面掇了塊石頭頂在他頭上。那時婦人另換了一雙鞋穿在腳上,嫌房裏熱,分付春梅把妝臺放在玩花樓上,那裏梳頭去。梳了頭要打秋菊，不在話下。

卻說陳經濟早辰從鋪子裏進來尋衣服，走到花園角門首。小鐵棍兒在那裏正頑著，見陳經濟手裏拿著一副銀網巾圈兒，便問："姑夫，你拿的甚麼？與了我耍子兒罷。"經濟道："此是人家當的網巾圈兒，來贖，我尋出來與他。"那小猴子笑嘻嘻道："姑夫，你與了我耍子罷，我換與你件好物件兒。"經濟道："傻孩子，此是人家當的，你要，我另尋一副與你耍子。你有甚麼好物件，拿來我瞧。"那猴子便向腰裏掏出一隻紅繡花鞋兒與經濟看。經濟便問："是那裏的？"那猴子笑嘻嘻道："姑夫，我對你說了罷，我昨日在花園裏耍子，看見俺爹弔著俺五娘兩隻腿在葡萄架底下，一陣好風搖落。後俺爹進去了，我尋俺春梅姑姑要果子，在葡萄架底下拾了這只鞋。"經濟接在手裏，曲似天邊新月，紅如退瓣蓮花，把在掌中恰剛三寸，就知是金蓮腳上之物，便道："姑夫你休哄我，我明日就問你要了。"經濟道："我不哄你。"那猴子一面笑的耍去了。

這陳經濟把鞋褪在袖中，自己尋思："我幾次戲他，他口兒且是活。及到中間，又走滾了。不想天假其便，此鞋落在我手裏。今日我著實撩逗他一番，不怕他不上帳兒。"正是：時人不用穿針線，那得工夫送巧來。經濟袖著鞋，逕往潘金蓮房來，轉過影壁，只見秋菊跪在院內，便戲道："小大姐，為甚麼來投充了新軍，又掇起石頭來了？"金蓮在樓上聽見，便叫春梅問道："是誰說他掇起石頭來了？乾淨這奴才沒頂著。"春梅道："是姐夫來了。秋菊頂著石頭哩。"婦人便叫："陳姐夫，樓上沒人，你上來不是。"這小夥兒扒步撩衣上的樓來，只見婦人在樓前面開了兩扇窗兒，挂著湘簾，那裏臨鏡梳頭。這陳經濟走到旁邊一個小机兒坐下，看見婦人黑油般頭髮，手挽著梳還拖著地兒，紅絲繩兒紮著，一窩絲攢上，戴著銀絲髢髻，還墊出一絲香雲；髢髻內安著許多玫瑰花瓣兒，露著四鬢，打扮的就是個活觀音。須臾，看著婦人梳了頭，掇過妝臺去，向面盆內洗了手，穿上衣裳，喚春梅拿茶來與姐夫吃。那經濟只是笑，不做聲。婦人因問："姐夫笑甚麼？"經濟道："我笑你管情不見了些甚麼兒。"婦人道："賊短命，我不見了關你甚事？你怎的曉得？"經濟道："你看我好心倒做了驢肝肺，你倒訕起我來。恁說，我去罷。"抽身往樓下就走。被婦人一把手拉住，說道："怪短命，會張致的！來旺兒媳婦子死了，沒了想頭了，卻怎麼還認的老娘？"因問："你猜著我不見了甚麼物件兒？"這經濟向袖中取出來，提著鞋拽把兒，笑道："你看這個好的兒，是誰的？"婦人道："好短命，原來是你偷拿了我的鞋去了！教我打著丫頭，繞地裏尋。"經濟道："你怎的到得我手裏？"婦人道："我這屋裏再有誰來，敢是你賊頭鼠腦，偷了我這只鞋去了。"經濟道："你老人家不害羞。我這兩日又往你這屋裏來？我怎生偷你的？"婦人道："好賊短命，等我對你爹說！你倒偷了我鞋，還說我不害羞。"經濟道："你只好拿爹來唬我罷了。"婦人道："你好小膽子兒！明知道我和來旺兒媳婦子七個八個，你還調戲他，想那淫婦教你戲弄。既不是你偷了我的鞋，這鞋怎落在你手裏？趁早實供出來，交還與我鞋，你還便益。自古物見主，不索取。但迸半個不字，教你死無葬身之地。"經濟道："你老人家是個女番子，且是倒會的放刁。這裏無人，咱每好講。你既要鞋，拿一件物事兒，我換與你。不然，天雷也打不出去。"婦人道："好短命！我的鞋應當還我，教換甚物事兒與你？"經濟笑道："五娘，你拿你袖中的那方汗巾賞與兒子，兒子與了你鞋罷。"婦人道："我明日另尋一方好汗巾兒。這汗巾兒是你爹成日眼裏見過，不好與你的。"經濟道："我不。別的就與我一百方也不算，一心我只要你老人家這方汗巾兒。"婦人笑道："好個牢成久慣的短命，我也沒氣力和你兩個纏。"於是向袖中取出一方細撮穗白綾挑線鶯鶯燒夜香汗巾兒，上面連銀三字兒都掠與他。這經濟連忙接在手裏，與他深深的唱個喏。婦人分付："你好生藏著，休教大姐看見，他不是好嘴頭子。"經濟道："我知道。"一面把鞋遞與他，如此這般，"是小鐵棍兒昨日在花園裏拾的，今早拿著問我換網巾圈兒耍子"一節，告訴了一遍。婦人聽了，粉面通紅，銀牙暗咬，說道："你看賊小奴才，油手把我這鞋弄的恁漆黑的！看我教他爹打他不打他。"經濟道："你弄殺我。打了他不打緊，敢就賴在我身上。是我說的，千萬休要說罷！"婦人道："我饒了這小奴才，除非饒了蠍子。"

兩個正說在熱鬧處，忽聽小廝來安兒來尋，"爹在前廳請姐夫寫禮帖兒哩。"婦人連忙攛掇他出去了。下的樓來，教春梅取板子來，要打秋菊。秋菊說著，不肯倘，說道："尋將娘的鞋來，娘還要打我。"婦人把剛才陳經濟拿的鞋遞與他看，罵道："賊奴才，你把那個當我的鞋，將這個放在那裏？"秋菊看見把眼瞪了，半日不敢認，說道："可是怪的勾當，怎生跑出娘的三隻鞋來了？"婦人道："好大膽奴才！你敢是拿誰的鞋來搪塞我，倒如何說我是三隻腳的蟾？這個鞋從那裏出來了？"不由分說，教春梅拉倒打了十下。打的秋菊抱股而哭，望著春梅道："都是你開門，教人進來收了娘的鞋，這回教娘打我。"春梅罵道："你倒收拾娘鋪蓋，不見了娘的鞋，娘打了你這幾下兒，還敢抱怨人！早是這只舊鞋，若是娘頭上的簪環不見了，你也推賴個人兒就是了？娘惜情兒，還打的你少。若是我，外邊叫個小廝，辣辣的打上他二三十板，看這奴才怎麼樣的！"幾句罵得秋菊忍氣吞聲，不言語了。

且說西門慶叫了經濟到前廳，封尺頭禮物，送提刑所賀千戶，新升了淮安提刑所掌刑正千戶。本衛親識都與他送行，在永福寺，不必細說。西門慶差了玳安送去，廳上陪著經濟吃了飯，歸到金蓮房中。這金蓮千不合萬不合，把小鐵棍兒拾鞋之事告訴一遍，說道："都是你這沒才料的貨，平白幹的勾當！教賊萬殺的小奴才，把我的鞋拾了，拿到外頭，誰是沒瞧見。被我知道，要將過來了。你不打與他兩下，到明日慣了他。"西門慶就不問"誰告你說來"，一沖性子走到前邊。那小猴兒不知，正在石臺基頑耍，被西門慶揪住頂角，拳打腳踢，殺豬也似叫起來，方纔住了手。這小猴子躺在地下，死了半日，慌得來昭兩口子走來扶救，半日蘇醒。見小廝鼻口流血，抱他到房裏慢慢問他，方知為拾鞋之事。拾了金蓮一隻鞋，因和經濟換圈兒，惹起事來。這一丈青氣忿忿的走到後邊廚下，指東罵西，一頓海罵道："賊不逢好死的淫婦，王八羔子！我的孩子和你有甚冤仇？他纔十一二歲，曉的甚麼？知道屄生在那塊兒？平白地調唆打他恁一頓，打的鼻口都流血。假若死了，淫婦、王八兒也不好！稱不了你甚麼願！"廚房裏罵了，到前邊又罵，整罵了一二日還不定。因金蓮在房中陪西門慶吃酒，還不知道。

晚夕上床宿歇，西門慶見婦人腳上穿著兩隻紗綢子睡鞋兒，大紅提根兒，因說道："啊呀，如何穿這個鞋在腳上？怪怪的不好看。"婦人道："我只一雙紅睡鞋，倒乞小奴才拾了一隻，弄油了我的，那裏再討第二雙來？"西門慶道："我的兒，你到明日做一雙兒穿在腳上。你不知，我達一心歡喜穿紅鞋兒，看著心裏愛。"婦人道："怪奴才！可可兒的來，我想起一件事來，我要說又忘了。"因令春梅："你取那隻鞋來與他瞧。——你認的這鞋是誰的鞋？"西門慶道："我不知是誰的鞋。"婦人道："你看他還打張雞兒哩！瞞著我，黃貓黑尾，你幹的好繭兒！一行死了來旺兒媳婦子的一隻臭蹄子，寶上珠也一般，收藏在藏春塢雪洞兒裏，拜帖匣子內，攪著些字紙和香兒一處放著。甚麼稀罕物件，也不當家化化的！怪不的那賊淫婦死了墮阿鼻地獄！"又指著秋菊罵道："這奴才當我的鞋，又翻出來，教我打了幾下。"吩咐春梅："趁早與我掠出去！"春梅把鞋掠在地下，看著秋菊說道："賞與你穿了罷！"那秋菊拾在手裏，說道："娘這個鞋，只好盛我一個腳指頭兒罷了。"婦人罵道："賊奴才，還教甚麼屄娘哩，他是你家主子前世的娘！不然，怎的把他的鞋這等收藏的嬌貴？到明日好傳代！沒廉恥的貨！"秋菊拿著鞋就往外走，被婦人又叫回來，吩咐："取刀來，等我把淫婦剁作幾截子，掠到茅廁裏去！叫賊淫婦陰山背後永世不得超生！"因向西門慶道："你看著越心疼，我越發偏剁個樣兒你瞧。"西門慶笑道："怪奴才，丟開手罷了。我那裏有這個心！"婦人道："你沒這個心，你就賭了誓。淫婦死的不知往那去了，你還留著他的鞋做甚麼？早晚看著，好思想他。正經俺每和你恁一場,你也沒恁個心兒,還要人和你一心一計哩!"西門慶笑道:"罷了,怪小淫婦兒,偏有這些兒的!他就在時,也沒曾在你跟前行差了禮法。"於是搂過粉項來就親了個嘴,兩個雲雨做一處。正是:動人春色嬌還媚,惹蝶芳心軟意濃。有詩爲證:

漫吐芳心說向誰?欲於何處寄想思?

想思有盡情難盡,一日都來十二時。

畢竟未知後來如何,且聽下回分解。

人民文學版《金瓶梅詞話》

輯 錄

沈天佑《金瓶梅版本》:《金瓶梅》共一百回,其版本大抵可歸納爲兩個系統:一是明代萬曆丁巳(1617)年間"東吳弄珠客"序的《金瓶梅詞話》系統,另一是明代崇禎年間的《原本金瓶梅》系統。兩者主要不同是:《金瓶梅詞話》第一回是"景陽岡武松打虎",《原本金瓶梅》則改爲"西門慶熱結十兄弟";《金瓶梅詞話》第八十四回後半回是"宋公明義釋清風寨",《原本金瓶梅》全刪;第五十三回、第五十四回,兩種本子差異較大;《金瓶梅詞話》回目的上下句往往字數參差,對仗不工,書中有大量山東方言。《原本金瓶梅》回目對仗工整,山東方言已經刪改,文辭也經過修飾。《金瓶梅詞話》比《原本金瓶梅》出現早,更接近於原書的本來面目。

袁中道《遊居杮錄》:往晤董太史思白(其昌),共說諸小說之佳者。思白曰:"近有一小說,名《金瓶梅》,極佳。"予私識之。後從中郎真州,見此書之半,大約模寫兒女情態俱備,乃從《水滸傳》潘金蓮演出一支。所云"金"者,即金蓮也;"瓶"者,李瓶兒也;"梅"者,春梅婢也。舊時京師,有一西門千戶,延一紹興老儒於家。老儒無事,逐日記其家淫蕩風月之事,以西門慶影其主人,以餘影其諸姬。瑣碎中有無限煙波,亦非慧人不能。追憶思白言及此書曰:"決當焚之。"以今思之,不必焚,不必崇,聽之而已。焚之亦自有存之者,非人力所能消除。但

《水滸》崇之則誨盜，此書誨淫，有名教之思者，何必務爲新奇以驚愚而蠹俗乎？

弄珠客《金瓶梅·序》：《金瓶梅》，穢書也。袁石公亟稱之，亦自寄其牢騷耳，非有取於《金瓶梅》也。然作者亦自有意，蓋爲世戒，非爲世勸也。借西門慶以描畫世之大淨，應伯爵以描畫世之小丑，諸淫婦以描畫世之醜婆、淨婆，令人讀之汗下，蓋爲世戒，非爲世勸也。余嘗曰：讀《金瓶梅》而生憐憫心者，菩薩也；生畏懼心者，君子也；生歡喜心者，小人也；生效法心者，禽獸耳。

曼殊《新小說》：吾見小說中，其回目之最佳者，莫如《金瓶梅》。《金瓶梅》之聲價，當不下於《水滸》《紅樓》，此論小說者所評爲淫書之祖宗者也。余昔讀之，盡數卷，猶覺毫無趣味；後乃改其法，認爲一種社會之書以讀之，始知盛名之下，必無虛也。凡讀淫書者，莫不全副精神貫注於淫穢之處，此外，則隨手批閱，不大留意，此殆讀者之普通性矣。至於《金瓶梅》，吾固不能謂爲非淫書，然其奧妙，絕非在寫淫之筆，蓋此書的是描寫下等婦人社會之書也。

吳沃堯《說小說》：《金瓶梅》《肉蒲團》，此著名之淫書也，然其實皆懲淫之作。此非著作者之自負如此，即善讀者亦能知此意，固非余一人之私言也。顧世人每每指爲淫書，官府且從而禁之，亦可見善讀者之難其人矣。推是意也，吾敢謂今之譯本偵探小說，皆誨盜之書。夫偵探小說，明明爲懲盜小說也，顧何以謂之誨盜？夫仁者見之謂之仁，智者見之謂之智，若《金瓶梅》《肉蒲團》，淫者見之謂之淫，偵探小說則盜者見之謂之盜耳。

魯迅《中國小說史略》：作者之於世情，蓋誠極洞達，凡所形容，或條暢，或曲折，或刻露而盡相，或幽伏而含譏，或一時並寫兩面，使之相形，變幻之情，隨在顯見，同時說部，無以上之，故世以爲非王世貞不能作。至謂此書之作，專以寫市井間淫夫蕩婦，則與本文殊不符，緣西門慶故稱世家，爲縉紳，不惟交通權貴，即士類亦與周旋，著此一家，罵盡諸色，蓋非獨描摹下流言行，加以筆伐而已。故就文辭與意象以觀《金瓶梅》，則不外描寫世情，盡其情僞，又緣衰世，萬事不綱，爰發苦言，每極峻極，然亦時涉隱曲，猥黷者多。後或略其他文，專注此點，因予惡謚，謂之"淫書"；而在當時，實亦時尚。成化時，方士李孜僧繼曉已以獻房中術驟貴，至嘉靖間而陶仲文以進紅鉛得倖於世宗，官至特進光祿大夫柱國少師少傅少保禮部尚書恭誠伯。於是頹風漸及士流，都御史盛端明布政使參議顧可學皆以進士起家，而俱借"秋石方"致大位。瞬息顯榮，世俗所企羨，僥幸者多竭智力以求奇方，世間乃漸不以縱談閨幃方藥之事爲恥。風氣既變，並及文林，故自方士進用以來，方藥盛，妖心興，而小說亦多神魔之談，且每敍床笫之事也。

參考書目

《金瓶梅詞話》，人民文學出版社 1985 年版。

《金瓶梅》，齊魯書社 1988 年版。

《金瓶梅資料彙編》，黃霖編，中華書局 1987 年版。

思考題

1. 《金瓶梅》在中國小說史上有何意義？
2. 試述《金瓶梅》與晚明社會風氣。

第四節　白話短篇小說

馮夢龍（1574—1646）

容肇祖《明季吳中文豪馮夢龍》：馮夢龍，字猶龍，一字耳猶，一字子猶，別署曰龍子猶，所居曰墨憨齋，又以爲號。江南吳縣人。年三十六，知秀水沈德符有鈔本《金瓶梅》，慫恿書坊以重價購刻，沈不允。光宗泰昌元年，年四十七，增補羅貫中《三遂平妖傳》。後數年，就家藏古今通俗小說一百二十種中，選輯三分之一爲《古今小說》四十卷，後重加校訂刊補，改爲《喻世明言》。年五十一，又續輯四十種，爲《警世通言》。天啓七年，年五十四，又輯成《醒世恒言》四十卷，合上總名《三言》。明崇禎七年，年六十一，以歲貢選授福建壽寧縣知縣。六十五歲，離壽寧縣職。唐王隆武二年，年七十三，所著《中興偉略》刻成。卒年不詳。

蔣興哥重會珍珠衫

【題解】 本篇叙述商人蔣興哥與妻子三巧兒的悲歡離合。從這個明代婚外戀的故事中，可以看到明代市民階層的家庭生活及其男女道德觀念。

仕至千鍾非貴，年過七十常稀。浮名身後有誰知？萬事空花遊戲。休逞少年狂蕩，莫貪花酒便宜。脫離煩惱是和非，隨分安閑得意。

這首詞名爲《西江月》，是勸人安分守己，隨緣作樂，莫爲酒、色、財、氣四字，損卻精神，虧了行止。求快活時非快活，得便宜處失便宜。說起那四字中，總到不得那"色"字利害。眼是情媒，心爲欲種，起手時牽腸挂肚，過後去喪魄消魂。假如牆花路柳，偶然適興，無損於事；若是生心設計，敗俗傷風，只圖自己一時歡樂，卻不顧他人的百年恩義，假如你有嬌妻愛妾，別人調戲上了，你心下如何？古人有四句道得好：

人心或可昧，天道不差移。

我不淫人婦，人不淫我妻。

看官，則今日聽我說《珍珠衫》這套詞話，可見果報不爽，好教少年子弟做個榜樣。話中單表一人，姓蔣，名德，小字興哥，乃湖廣襄陽府棗陽縣人氏。父親叫做蔣世澤，從小走熟廣東，做客買賣。因爲喪了妻房羅氏，止遺下這興哥，年方九歲，別無男女。這蔣世澤割捨不下，又絕不得廣東的衣食道路，千思百計，無可奈何，只得帶那九歲的孩子同行作伴，就教他學些乖巧。這孩子雖則年小，生得：

眉清目秀，齒白唇紅；行步端莊，言辭敏捷。聰明賽過讀書家，伶俐不輸長大漢。人人喚做粉孩兒，個個羨他無價寶。

蔣世澤怕人妒忌，一路上不說是嫡親兒子，只說是內侄羅小官人。原來羅家也是走廣東的，蔣家只走得一代，羅家到走過三代了。那邊客店牙行，都與羅家世代相識，如自己親眷一般。這蔣世澤做客，起頭也還是丈人羅公領他走起的。因羅家近來屢次遭了屈官司，家道消乏，好幾年不曾走動。這些客店牙行見了蔣世澤，那一遍不動問羅家消息，好生牽挂。今番見蔣世澤帶個孩子到來，問知是羅家小官人，且是生得十分清秀，應對聰明，想著他祖父三輩交情，如今又是第四輩了，那一個不歡喜！

閑話休題。卻說蔣興哥跟隨父親做客，走了幾遍，學得伶俐乖巧，生意行中，百般都會，父親也喜不自勝。何期到一十七歲上，父親一病身亡，且喜剛在家中，還不做客途之鬼。興哥哭了一場，免不得揩乾淚眼，整理大事。殯殮之外，做些功德超度，自不必說。七七四十九日内，内外宗親，都來弔孝。本縣有個王公，正是興哥的新岳丈，也來上門祭奠，少不得蔣門親戚陪待敍話。中間說起興哥少年老成，這般大事，虧他獨力支持，因話隨話間，就有人攛掇道："王老親翁，如今令愛也長成了，何不乘凶完配，教他夫婦作伴，也好過日。"王公未肯應承，當日相別去了，眾親戚等安葬事畢，又去攛掇興哥，興哥初時也不肯，卻被攛掇了幾番，自想孤身無伴，只得應允。央原媒人往王家去說，王公只是推辭，說道："我家也要備些薄薄妝奩，一時如何來得？況且孝未期年，於禮有礙，便要成親，且待小祥之後再議。"媒人回話，興哥見他說得正理，也不相強。

光陰如箭，不覺周年已到。興哥祭過了父親靈位，換去粗麻衣服，再央媒人王家去說，方纔依允。不隔幾日，六禮完備，娶了新婦進門。有《西江月》爲證：

　　孝幕翻成紅幕，色衣換去麻衣。畫樓結彩燭光輝，和合花筵齊備。
　　那羨妝奩富盛，難求麗色嬌妻。今宵雲雨足歡娛，來日人稱恭喜。

說這新婦是王公最幼之女，小名喚做三大兒，因他是七月七日生的，又喚做三巧兒。王公先前嫁過的兩個女兒，都是出色標致的。棗陽縣中，人人稱羨，造出四句口號，道是：

天下婦人多，王家美色寡。有人娶著他，勝似爲駙馬。

　　常言道：「做買賣不著只一時，討老婆不著是一世。」若於官宦大戶人家，單揀門戶相當，或是貪他嫁資豐厚，不分皂白，定了親事。後來娶下一房奇醜的媳婦，十親九眷面前，出來相見，做公婆的好沒意思。又且丈夫心下不喜，未免私房走野。偏是醜婦極會管老公，若是一般見識的，便要反目；若使顧惜體面，讓他一兩遍，他就做大起來。有此數般不妙，所以蔣世澤聞知王公慣生得好女兒，從小便送過財禮，定下他幼女與兒子爲婚。今日娶過門來，果然嬌姿艷質，說起來，比他兩個姐兒加倍標致。正是：

　　吳宮西子不如，楚國南威難賽。

　　若比水月觀音，一樣燒香禮拜。

　　蔣興哥人才本自齊整，又娶得這房美色的渾家，分明是一對玉人，良工琢就，男歡女愛，比別個夫妻更勝十分。三朝之後，依先換了些淺色衣服，只推制中，不與外事，專在樓上與渾家成雙捉對，朝暮取樂。真個行坐不離，夢魂作伴。自古苦日難熬，歡時易過，暑往寒來，早已孝服完滿，起靈除孝，不在話下。

　　興哥一日間想起父親存日，廣東生理，如今擔閣三年有餘了，那邊還放下許多客帳，不曾取得。夜間與渾家商議，欲要去走一遭。渾家初時也答應道該去，後來說到許多路程，恩愛夫妻，何忍分離？不覺兩淚交流。興哥也自割捨不得，兩下淒慘一場，又丟開了。如此已非一次。

　　光陰荏苒，不覺又捱過了二年。那時興哥決意要行，瞞過了渾家，在外面暗暗收拾行李。揀了個上吉的日期，五日前方對渾家說知，道：「常言『坐吃山空』，我夫妻兩口，也要成家立業，終不然拋了這行衣食道路？如今這二月天氣不寒不暖，不上路更待何時？」渾家料是留他不住了，只得問道：「丈夫此去幾時可回？」興哥道：「我這番出外，甚不得已，好歹一年便回，寧可第二遍多去幾時罷了。」渾家指著樓前一棵椿樹道：「明年此樹發芽，便盼著官人回也。"說罷，淚下如雨。興哥把衣袖替他揩拭，不覺自己眼淚也挂下來。兩下裏怨離惜別，分外恩情，一言難盡。到第五日，夫婦兩個啼啼哭哭，說了一夜的說話，索性不睡了。五更時分，興哥便起身收拾，將祖遺下的珍珠細軟，都交付與渾家收管。自己只帶得本錢銀兩、帳目底本及隨身衣服、鋪陳之類，又有預備下送禮的人事，都裝疊得停當。原有兩房家人，只帶一個後生些的去；留一個老成的在家，聽渾家使喚，買辦日用。兩個婆娘，專管廚下。又有兩個丫頭，一個叫晴雲，一個叫暖雪，專在樓中伏待，不許遠離。分付停當了，對渾家說道："娘子耐心度日。地方輕薄子弟不少，你又生得美貌，莫在門前窺瞰，招風攬火。"渾家道："官人放心，早去早回。"兩下掩淚而別。正是：

　　世上萬般哀苦事，無非死別與生離。

興哥上路，心中只想著渾家，整日的不俏不保。不一日，到了廣東地方，下了客店。這夥舊時相識，都來會面，興哥送了些人事。排家的治酒接風，一連半月二十日，不得空閑。興哥在家時，原是淘虛了的身子，一路受些勞碌，到此未免飲食不節，得了個瘧疾，一夏不好，秋間轉成水痢。每日請醫切脈，服藥調治，直延到秋盡，方得安痊。把買賣都擔閣了，眼見得一年回去不成。正是：

　　只爲蠅頭微利，拋卻鴛被良緣。

興哥雖然想家，到得日久，索性把念頭放慢了。

不題興哥做客之事。且說這裏渾家王三巧兒，自從那日丈夫分付了，果然數月之內，目不窺戶，足不下樓。光陰似箭，不覺殘年將盡，家家戶戶，鬧轟轟的暖火盆，放爆竹，吃閤家歡耍子。三巧兒觸景傷情，思想丈夫，這一夜好生悽楚！正合古人的四句詩，道是：

　　臘盡愁難盡，春歸人未歸。朝來添寂寞，不肯試新衣。

明日正月初一日，是個歲朝。晴雲、暖雪兩個丫頭，一力勸主母在前樓去看看街坊景象。原來蔣家住宅前後通連的兩帶樓房，第一帶臨著大街，第二帶方做臥室，三巧兒閑常只在第二帶中坐臥。這一日被丫頭們攛掇不過，只得從邊廂裏走過前樓，分付推開窗子，把簾兒放下，三口兒在簾內觀看。這日街坊上好不鬧雜！三巧兒道："多少東行西走的人，偏沒個賣卦先生在內！若有時，喚他來卜問官人消息也好。"晴雲道："今日是歲朝，人人要閑耍的，那個出來賣卦？"暖雪叫道："娘！限在我兩個身上，五日內包喚一個來占卦便了。"早飯過後，暖雪下樓小解，忽聽得街上當當的敲響。響的這件東西，喚做"報君知"，是瞎子賣卦的行頭。暖雪等不及解完，慌忙檢了褲腰，跑出門外，叫住了瞎先生。撥轉腳頭，一口氣跑上樓來，報知主母。三巧兒分付，喚在樓下坐啓內坐著，討他課錢，通陳過了，走下樓梯，聽他剖斷。那瞎先生占成一卦，問是何用。那時廚下兩個婆娘，聽得熱鬧，也都跑將來了，替主母傳語道："這卦是問行人的。"瞎先生道："可是妻問夫麼？"婆娘道："正是。"先生道："青龍治世，財爻發動。若是妻問夫，行人在半途，金帛千箱有，風波一點無。青龍屬木，木旺于春，立春前後，已動身了。月盡月初，必然回家，更兼十分財采。"三巧兒叫買辦的，把三分銀子打發他去，歡天喜地，上樓去了。真所謂"望梅止渴""畫餅充饑"。

大凡人不做指望，到也不在心上；一做指望，便癡心妄想，時刻難過。三巧兒只爲信了賣卦先生之語，一心只想丈夫回來，從此時常走向前樓，在簾內東張西望。直到二月初旬，椿樹抽芽，不見些兒動靜。三巧兒思想丈夫臨行之約，愈加心慌，一日幾遍，向外探望。也是合當有事，遇著這個俊俏後生。正是：

　　有緣千里能相會，無緣對面不相逢。

這個俊俏後生是誰？原來不是本地，是徽州新安縣人氏，姓陳，名商，小名叫做大喜哥，後來改口呼爲大郎。年方二十四歲，且是生得一表人物，雖勝不得宋玉、潘安，也不在兩人之下。這大郎也是父母雙亡，湊了二三千金本錢，來走襄陽販糴些米豆之類，每年常走一遍。他下處自在城外，偶然這日進城來，要到大市街汪朝奉典鋪中問個家信。那典鋪正在蔣家對門，因此經過。你道怎生打扮？頭上戴一頂蘇樣的百柱騌帽，身上穿一件魚肚白的湖紗道袍，又恰好與蔣興哥平昔穿著相像。三巧兒遠遠瞧見，只道是他丈夫回了，揭開簾子，定眼而看。陳大郎擡頭，望見樓上一個年少的美婦人，目不轉睛的，只道心上歡喜了他，也對著樓上丢個眼色。誰知兩個都錯認了。三巧兒見不是丈夫，羞得兩頰通紅，忙忙把窗兒拽轉，跑在後樓，靠著床沿上坐地，兀自心頭突突的跳一個不住。誰知陳大郎的一片精魂，早被婦人眼光兒攝上去了。回到下處，心心念念的放他不下，肚裏想道："家中妻子，雖是有些顏色，怎比得婦人一半！欲待通個情款，爭奈無門可入。若得謀他一宿，就消花這些本錢，也不枉爲人在世。"嘆了幾口氣，忽然想起大市街東巷，有個賣珠子的薛婆，曾與他做過交易。這婆子能言快語，況且日逐串街走巷，那一家不認得，須是與他商議，定有道理。

　　這一夜番來覆去，勉强過了。次日起個清早，只推有事，討些凉水梳洗，取了一百兩銀子、兩大錠金子，急急的跑進城來。這叫做：

　　　　欲求生受用，須下死工夫。

　　陳大郎進城，一徑來到大市街東巷，去敲那薛婆的門。薛婆蓬著頭，正在天井裏揀珠子，聽得敲門，一頭收過珠包，一頭問道："是誰？"纔聽說出"徽州陳"三字，慌忙開門請進，道："老身未曾梳洗，不敢爲禮了。大官人起得好早！有何貴幹？"陳大郎道："特特而來，若遲時，怕不相遇。"薛婆道："可是作成老身出脫些珍珠首飾麽？"陳大郎道："珠子也要買，還有大買賣作成你。"薛婆道："老身除了這一行貨，其餘都不熟慣。"陳大郎道："這裏可說得話麽？"薛婆便把大門關上，請他到小閣兒坐著，問道："大官人有何分付？"大郎見四下無人，便向衣袖裏摸出銀子，解開布包，攤在桌上，道："這一百兩白銀，乾娘收過了，方纔敢說。"婆子不知高低，那裏肯受。大郎道："莫非嫌少？"慌忙又取出黃燦燦的兩錠金子，也放在桌上，道："這十兩金子，一併奉納。若乾娘再不收時，便是故意推調了。今日是我來尋你，非是你來求我。只爲這樁大買賣，不是老娘成不得，所以特地相求。便說做不成時，這金銀你只管受用。終不然我又來取討，日後再沒相會的時節了？我陳商不是恁般小樣的人！"

看官，你說從來做牙婆的那個不貪錢鈔？見了這般黃白之物，如何不動火？薛婆當時滿臉堆下笑來，便道："大官人休得錯怪，老身一生不曾要別人一厘一毫不明不白的錢財。今日既承大官人分付，老身權且留下；若是不能效勞，依舊奉納。"說罷，將金錠放銀包內，一齊包起，叫聲："老身大膽了。"拿向臥房中藏過，忙趲出來，道："大官人，老身且不敢稱謝，你且說甚麼買賣，用著老身之處？"大郎道："急切要尋一件救命之寶，是處都無，只大市街上一家人家方有，特央乾娘去借借。"婆子笑將起來道："又是作怪！老身在這條巷中住過二十多年，不曾聞大市街有甚救命之寶。大官人你說，有寶的還是誰家？"大郎道："敝鄉里汪三朝奉典鋪對門高樓子內是何人之宅？"婆子想了一回，道："這是本地蔣興哥家裏，他男子出外做客，一年多了，止有女眷在家。"大郎道："我這救命之寶，正要問他女眷借借。"便把椅兒掇近了婆子身邊，向他訴出心腹，如此如此。

婆子聽罷，連忙搖首道："此事太難！蔣興哥新娶這房娘子，不上四年，夫妻兩個如魚似水，寸步不離。如今沒奈何出去了，這小娘子足不下樓，甚是貞節。因興哥做人有些古怪，容易嗔嫌，老身輩從不曾上他的階頭。連這小娘子面長面短，老身還不認得，如何應承得此事？方纔所賜，是老身薄福，受用不成了。"陳大郎聽說，慌忙雙膝跪下。婆子去扯他時，被他兩手拿住衣袖，緊緊按定在椅上，動撣不得。口裏說："我陳商這條性命，都在乾娘身上。你是必思量個妙計，作成我入馬，救我殘生。事成之日，再有白金百兩相酬。若是推阻，即今便是個死。"慌得婆子沒理會處，連聲應道："是，是！莫要折殺老身，大官人請起，老身有話講。"陳大郎方纔起身，拱手道："有何妙策，作速見教。"薛婆道："此事須從容圖之，只要成就,莫論歲月。若是限時限日,老身決難奉命。"陳大郎道:"若果然成就,便遲幾日何妨。只是計將安出?"薛婆道:"明日不可太早,不可太遲,早飯後,相約在汪三朝奉典鋪中相會。大官人可多帶銀兩,只說與老身做買賣,其間自有道理。若是老身這兩隻腳跨進得蔣家門時,便是大官人的造化。大官人便可急回下處,莫在他門首盤桓,被人識破,誤了大事。討得三分機會,老身自來回復。"陳大郎道:"謹依尊命。"唱了個肥喏,欣然開門而去。正是:

  未曾滅項興劉,先見築壇拜將。

  當日無話。到次日,陳大郎穿了一身齊整衣服,取上三四百兩銀子,放在個大皮匣內,喚小郎背著,跟隨到大市街汪家典鋪來。瞧見對門樓窗緊閉,料是婦人不在,便與管典的拱了手,討個木凳兒坐在門前,向東而望。不多時,只見薛婆抱著一個蔑絲箱兒來了。陳大郎喚住,問道:"箱內何物?"薛婆道:"珠寶首飾,大官人可用麼?"大郎道:"我正要買。"薛婆進了典鋪,與管典的相見了,叫聲聒噪,便把箱兒打開。內中有十來包珠子,又有幾個小匣兒,都盛著新樣簇花點翠的首飾,奇巧動人,光燦奪目。陳大郎揀幾弔極粗極白的珠子,和那些簪珥之類,做一堆兒放著,道:"這些我都要了。"婆子便把眼兒瞅著,說道:"大官人要用儘用,只怕不肯出這樣大價錢。"陳大郎已自會意,開了皮匣,把這些銀兩白華華的,攤做一臺,高聲的叫道:"有這些銀子,難道買你的貨不起。"此時鄰舍閑漢已自走過七八個人,在鋪前站著看了。婆子道:"老身取笑,豈敢小覷大官人。這銀兩須要仔細,請收過了,只要還得價錢公道便好。"兩下一邊的討價多,一邊的還錢少,差得天高地遠。那討價的一口不移,這裏陳大郎拿著東西,又不放手,又不增添,故意走出屋檐,件件的翻覆認看,言真道假、彈斤估兩的在日光中炫耀。惹得一市人都來觀看,不住聲的有人喝采。婆子亂嚷道:"買便買,不買便罷,只管擔閣人則甚!"陳大郎道:"怎麼不買?"兩個又論了一番價。正是:

只因酬價爭錢口，驚動如花似玉人。

　　王三巧兒聽得對門喧嚷，不覺移步前樓，推窗偷看。只見珠光閃爍，寶色輝煌，甚是可愛。又見婆子與客人爭價不定，便分付丫鬟去喚那婆子，借他東西看看。晴雲領命，走過街去，把薛婆衣袂一扯，道："我家娘請你。"婆子故意問道："是誰家？"晴雲道："對門蔣家。"婆子把珍珠之類，劈手奪將過來，忙忙的包了，道："老身沒有許多空閒與你歪纏！"陳大郎道："再添些賣了罷。"婆子道："不賣，不賣！像你這樣價錢，老身賣去多時了。"一頭說，一頭放入箱兒裏，依先關鎖了，抱著便走。晴雲道："我替你老人家拿罷。"婆子道："不消。"頭也不回，徑到對門去了。陳大郎心中暗喜，也收拾銀兩，別了管典的，自回下處。正是：

　　眼望捷旌旗，耳聽好消息。

　　晴雲引薛婆上樓，與三巧兒相見了。婆子看那婦人，心下想道："真天人也！怪不得陳大郎心迷，若我做男子，也要渾了。"當下說道："老身久聞大娘賢慧，但恨無緣拜識。"三巧兒問道："你老人家尊姓？"婆子道："老身姓薛，只在這裏東巷住，與大娘也是個鄰里。"三巧兒道："你方纔這些東西，如何不賣？"婆子笑道："若不賣時，老身又拿出來怎的？只笑那下路客人，空自一表人才，不識貨物。"說罷便去開了箱兒，取出幾件簪珥，遞與那婦人看，叫道："大娘，你道這樣首飾，便工錢也費多少！他們還得忒不像樣，教老身在主人家面前，如何告得許多消乏？"又把幾串珠子提將起來道："這般頭號的貨，他們還做夢哩。"三巧兒問了他討價、還價，便道："真個虧你些兒。"婆子道："還是大家寶眷，見多識廣，比男子漢眼力到勝十倍。"三巧兒喚丫鬟看茶，婆子道："不擾茶了。老身有件要緊的事，欲往西街走走，遇著這個客人，纏了多時，正是：'買賣不成，擔誤工程'。這箱兒連鎖放在這裏，權煩大娘收拾。老身暫去，少停就來。"說罷便走。三巧兒叫晴雲送他下樓，出門向西去了。

　　三巧兒心上愛了這幾件東西，專等婆子到來酬價，一連五日不至。到第六日午後，忽然下一場大雨。雨聲未絕，砰砰的敲門聲響。三巧兒喚丫鬟開看，只見薛婆衣衫半濕，提個破傘進來，口兒道："晴乾不肯走，直待雨淋頭。"把傘兒放在樓梯邊，走上樓來萬福道："大娘，前晚失信了。"三巧兒慌忙答禮道："這幾日在那裏去了？"婆子道："小女托賴，新添了個外孫。老身去看看，留住了幾日，今早方回。半路上下起雨來，在一個相識人家借得把傘，又是破的，卻不是晦氣！"三巧兒道："你老人家幾個兒女？"婆子道："只一個兒子，完婚過了。女兒到有四個，這是我第四個了，嫁與徽州朱八朝奉做偏房，就在這北門外開鹽店的。"三巧兒道："你老人家女兒多，不把來當事了。本鄉本土少什麼一夫一婦的，怎捨得與異鄉人做小？"婆子道："大娘不知，到是異鄉人有情懷。雖則偏房，他大娘子只在家裏，小女自在店中，呼奴使婢，一般受用。老身每遍去時，他當個尊長看待，更不怠慢。如今養了個兒子，愈加好了。"三巧兒道："也是你老人家造化，嫁得著。"

說罷，恰好晴雲討茶上來，兩個吃了。婆子道："今日雨天沒事，老身大膽，敢求大娘的首飾一看，看些巧樣兒在肚裏也好。"三巧兒道："也只是平常生活，你老人家莫笑話。"就取一把鑰匙，開了箱籠，陸續搬出許多釵鈿纓絡之類。薛婆看了，誇美不盡，道："大娘有恁般珍異，把老身這幾件東西，看不在眼了。"三巧兒道："好說，我正要與你老人家請個實價。"婆子道："娘子是識貨的，何消老身費嘴。"三巧兒把東西檢過，取出薛婆的篾絲箱兒來，放在桌上，將鑰匙遞與婆子道："你老人家開了，檢看個明白。"婆子道："大娘忒精細了。"當下開了箱兒，把東西逐件搬出。三巧兒品評價錢，都不甚遠。婆子並不爭論，歡歡喜喜的道："恁地，便不枉了人。老身就少賺幾貫錢，也是快活的。"三巧兒道："只是一件，目下湊不起價錢，只好現奉一半。等待我家官人回來，一併清楚，他也只在這幾日回了。"婆子道："便遲幾日，也不妨事。只是價錢上相讓多了，銀水要足紋的。"三巧兒道："這也小事。"便把心愛的幾件首飾及珠子收起，喚晴雲取杯見成酒來，與老人家坐坐。

婆子道："造次如何好攪擾？"三巧兒道："時常清閒，難得你老人家到此作伴扳話。你老人家若不嫌怠慢，時常過來走走。"婆子道："多謝大娘錯愛，老身家裏當不過嘈雜，像宅上又忒清閒了。"三巧兒道："你家兒子做甚生意？"婆子道："也只是接些珠寶客人，每日的討酒討漿，刮的人不耐煩。老身虧殺各宅們走動，在家時少，還好。若只在六尺地上轉，怕不燥死了人。"三巧兒道："我家與你相近，不耐煩時，就過來閒話。"婆子道："只不敢頻頻打擾。"三巧兒道："老人家說那裏話。"只見兩個丫鬟輪番的走動，擺了兩副杯箸，兩碗臘雞，兩碗臘肉，兩碗鮮魚，連菓碟素菜，共一十六個碗。婆子道："如何盛設！"三巧兒道："見成的，休怪怠慢。"說罷，斟酒遞與婆子，婆子將杯回敬，兩下對坐而飲。原來三巧兒酒量盡去得，那婆子又是酒壺酒甕，吃起酒來，一發相投了，只恨會面之晚。那日直吃到傍晚，剛剛雨止，婆子作謝要回。三巧兒又取出大銀鍾來，勸了幾鍾。又陪他吃了晚飯。說道："你老人家再寬坐一時，我將這一半價錢付你去。"婆子道："天晚了。大娘請自在，不爭這一夜兒，明日卻來領罷。連這篾絲箱兒，老身也不拿去了，省得路上泥滑滑的不好走。"三巧兒道："明日專專望你。"婆子作別下樓，取了破傘，出門去了。正是：

　　世間只有虔婆嘴，哄動多多少少人。

卻說陳大郎在下處呆等了幾日，並無音信。見這日天雨，料是婆子在家，拖泥帶水的進城來問個消息，又不相值。自家在酒肆中吃了三杯，用了些點心，又到薛婆門首打聽，只是未回。看看天晚，卻待轉身，只見婆子一臉春色，腳略斜的走入巷來。陳大郎迎著他，作了揖，問道："所言如何？"婆子搖手道："尚早。如今方下種，還沒有發芽哩。再隔五六年，開花結果，纔到得你口。你莫在此探頭探腦，老娘不是管閒事的。"陳大郎見他醉了，只得轉去。

次日，婆子買了些時新菓子、鮮雞、魚肉之類，喚個廚子安排停當，裝做兩個盒子,又買一甕上好的釅酒,央間壁小二挑了,來到蔣家門首。三巧兒這日不見婆子到來,正教晴雲開門出來探望,恰好相遇。婆子教小二挑在樓下,先打發他去了。晴雲已自報知主母。三巧兒把婆子當個貴客一般,直到樓梯口邊迎他上去。婆子千恩萬謝的福了一回,便道:"今日老身偶有一杯水酒,將來與大娘消遣。"三巧兒道:"到要你老人家賠錢,不當受了。"婆子央兩個丫鬟搬將上來,擺做一桌子。三巧兒道:"你老人家忒迂闊了,恁般大弄起來。"婆子笑道:"小戶人家,備不出甚麼好東西,只當一茶奉獻。"晴雲便去取杯箸,暖雪便吹起水火爐來。霎時酒暖,婆子道:"今日是老身薄意,還請大娘轉坐客位。"三巧兒道:"雖然相擾,在寒舍豈有此理?"兩下謙讓多時,薛婆只得坐了客席。這是第三次相聚,更覺熟分了。飲酒中間,婆子問道:"官人出外好多時了還不回,虧他撇得大娘下。"三巧兒道:"便是,說過一年就轉,不知怎地擔閣了?"婆子道:"依老身說,放下了恁般如花似玉的娘子,便博個堆金積玉也不爲罕。"婆子又道:"大凡走江湖的人,把客當家把家當客。比如我第四個女婿朱八朝奉,有了小女,朝歡暮樂,那裏想家?或三年四年,纔回一遍。住不上一兩個月,又來了。家中大娘子替他擔孤受寡,那曉得他外邊之事?"三巧兒道:"我家官人到不是這樣人。"婆子道:"老身只當閑話講,怎敢將天比地?"當日兩個猜謎擲色,吃得酩酊而別。第三日,同小二來取家火,就領這一半價錢。三巧又留他吃點心。從此以後,把那一半賒錢爲由,只做問興哥的消息,不時行走,這婆子俐齒伶牙,能言快語,又半癡不顛的,慣與丫鬟們打諢,所以上下都歡喜他。三巧兒一日不見他來,便覺寂寞,叫老家人認了薛婆家裏,早晚常去請他,所以一發來得勤了。

　　世間有四種人惹他不得,引起了頭,再不好絕他。是那四種?遊方僧道、乞丐、閑漢、牙婆。上三種人猶可,只有牙婆是穿房入戶的,女眷們怕冷靜時,十個九個到要扳他來往。今日薛婆本是個不善之人,一般甜言軟語,三巧兒遂與他成了至交,時刻少他不得。正是:

畫虎畫皮難畫骨，知人知面不知心。
　　陳大郎幾遍討個消息，薛婆只回言尚早。其時五月中旬，天漸炎熱。婆子在三巧兒面前，偶說起家中蝸窄，又是朝西房子，夏月最不相宜，不比這樓上高敞風涼。三巧兒道："你老人家若撇得家下，到此過夜也好。"婆子道："好是好，只怕官人回來。"三巧兒道："他就回，料道不是半夜三更。"婆子道："大娘不嫌薔惱，老身慣是搔相知的，只今晚就取鋪陳過來，與大娘作伴，何如？"三巧兒道："鋪陳盡有，也不須拿得。你老人家回覆家裏一聲，索性在此過了一夏，家去不好？"婆子真個對家裏兒子媳婦說了，只帶個梳匣兒過來。三巧兒道："你老人家多事，難道我家油梳子也缺了，你又帶來怎地？"婆子道："老身一生怕的是同湯洗臉，合具梳頭。大娘怕沒有精致的梳具，老身如何敢用？其他姐兒們的，老身也怕用得，還是自家帶了便當。只是大娘分付在那一門房安歇？"三巧兒指著床前一個小小藤榻兒，道："我預先排下你的臥處了，我兩個親近些，夜間睡不著好講些閑話。"說罷，檢出一頂青紗帳來，教婆子自家挂了，又同吃了一會酒，方才歇息。兩個丫鬟原在床前打鋪相伴，因有了婆子，打發他在間壁房裏去睡。
　　從此爲始，婆子日間出去串街做買賣，黑夜便到蔣家歇宿。時常攜壺挈榼的殷勤熱鬧，不一而足。床榻是丁字樣鋪下的，雖隔著帳子，卻像是一頭同睡。夜間絮絮叨叨，你問我答，凡街坊穢褻之談，無所不至。這婆子或時裝醉詐風起來，到說起自家少年時偷漢的許多情事，去勾動那婦人的春心。害得那婦人嬌滴滴一副嫩臉，紅了又白，白了又紅。婆子已知婦人心活，只是那話兒不好啓齒。
　　光陰迅速，又到七月初七日了，正是三巧兒的生日。婆子清早備下兩盤盒禮，與他做生。三巧兒稱謝了，留他吃面。婆子道："老身今日有些窮忙，晚上來陪大娘，看牛郎織女做親。"說罷自去了。下得階頭不幾步，正遇著陳大郎。路上不好講話，隨到個僻靜巷裏。陳大郎攢著兩眉，埋怨婆子道："乾娘，你好慢心腸！春去夏來，如今又立過秋了。你今日也說尚早，明日也說尚早，卻不知我度日如年。再延挨幾日，他丈夫回來，此事便付東流，卻不活活的害死我也！陰司去少不得與你索命。"婆子道："你且莫猴急，老身正要相請，來得恰好。事成不成，只在今晚，須是依我而行。如此如此，這般這般。全要輕輕悄悄，莫帶累人。"陳大郎點頭道："好計，好計！事成之後，定當厚報。"說罷，欣然而去。正是：

　　　　排成竊玉偷香陣，費盡攜雲握雨心。

　　卻說薛婆約定陳大郎這晚成事。午後細雨微茫，到晚卻沒有星月。婆子黑暗裏引著陳大郎埋伏在左近，自己卻去敲門。晴雲點個紙燈兒，開門出來。婆子故意把衣袖一摸，說道："失落了一條臨清汗巾兒。姐姐，勞你大家尋一尋。"哄得晴雲便把燈向街上照去。這裏婆子捉個空，招著陳大郎一溜溜進門來，先引他在樓梯背後空處伏著。婆子便叫道："有了，不要尋了。"晴雲道："恰好火也沒了，我再去點個來照你。"婆子道："走熟的路，不消用火。"兩個黑暗裏關了門，摸上樓來。三巧兒問道："你沒了什麼東西？"婆子袖裏扯出個小帕兒來，道："就是這個冤家，雖然不值甚錢，是一個北京客人送我的，卻不道禮輕人意重。"三巧兒取笑道："莫非是你老相交送的表記。"婆子笑道："也差不多。"當夜兩個耍笑飲酒。婆子道："酒肴儘多，何不把些賞廚下男女？也教他鬧轟轟，像個節夜。"三巧兒真個把四碗菜，兩壺酒，分付丫鬟，拿下樓去。那兩個婆娘，一個漢子，吃了一回，各去歇息不題。再說婆子飲酒中間問道："官人如何還不回家？"三巧兒道："便是算來一年半了。"婆子道："牛郎織女，也是一年一會，你比他到多隔了半年。常言道一品官，二品客。做客的那一處沒有風花雪月？只苦了家中娘子。"三巧兒嘆了口氣，低頭不語。婆子道："是老身多嘴了。今夜牛女佳期，只該飲酒作樂，不該說傷情話兒。"說罷，便斟酒去勸那婦人。約莫半酣，婆子又把酒去勸兩個丫鬟，說道："這是牛郎織女的喜酒，勸你多吃幾杯，後日嫁個恩愛的老公，寸步不離。"兩個丫鬟被纏不過，勉強吃了，各不勝酒力，東倒西歪。三巧兒分付關了樓門，發放他先睡。他兩個自在吃酒。

婆子一頭吃，口裏不住的說囉說皂道："大娘幾歲上嫁的？"三巧兒道："十七歲。"婆子道："破得身遲，還不吃虧；我是十三歲上就破了身。"三巧兒道："嫁得恁般早？"婆子道："論起嫁，到是十八歲了。不瞞大娘說，因是在間壁人家學針指，被他家小官人調誘，一時間貪他生得俊俏，就應承與他偷了。初時好不疼痛，兩三遍後，就曉得快活。大娘你可也是這般麼？"三巧兒只是笑。婆子又道："那話兒到是不曉得滋味的到好，嘗過的便丟不下，心坎裏時時發癢。日裏還好，夜間好難過哩。"三巧兒道："想你在娘家時閱人多矣，虧你怎生充得黃花女兒嫁去？"婆子道："我的老娘也曉得些影像，生怕出醜，教我一個童女方，用石榴皮、生姜兩味，煎湯洗過，那東西就揪瘡緊了。我只做張做勢的叫疼，就遮過了。"三巧兒道："你做女兒時，夜間也少不得獨睡。"婆子道："還記得在娘家時節，哥哥出外，我與嫂嫂一頭同睡，兩下輪番在肚子上學男子漢的行事。"三巧兒道："兩個女人做對，有甚好處？"婆子走過三巧兒那邊，挨肩坐了，說道："大娘，你不知，只要大家知音，一般有趣，也撒得火。"三巧兒舉手把婆子肩胛上打一下，說道："我不信，你說謊。"婆子見他欲心已動，有心去挑撥他，又道："老身今年五十二歲了，夜間常癡性發作，打熬不過，虧得你少年老成。"三巧兒道："你老人家打熬不過，終不然還去打漢子？"婆子道："敗花枯柳，如今那個要我了？不瞞大娘說，我也有個自取其樂，救急的法兒。"三巧兒道："你說謊，又是甚麼法兒？"婆子道："少停到床上睡了，與你細講。"

說罷，只見一個飛蛾在燈上旋轉，婆子便把扇來一撲，故意撲滅了燈，叫聲："阿呀！老身自去點燈來。"便去開樓門。陳大郎已自走上樓梯，伏在門邊多時了。都是婆子預先設下的圈套。婆子道："忘帶個取燈兒去了。"又走轉來，便引著陳大郎到自己榻上伏著。婆子下樓去了一回，復上來道：

"夜深了，廚下火種都熄了，怎麼處？"三巧兒道："我點燈睡慣了，黑魆魆地，好不怕人！"婆子道："老身伴你一床睡何如？"三巧兒正要問他救急的法兒，應道："甚好。"婆子道："大娘，你先上床，我關了門就來。"三巧兒先脫了衣服，床上去了，叫道："你老人家快睡罷。"婆子應道："就來了。"卻在榻上拖陳大郎上來，赤條條的聳在三巧兒床上去。三巧兒摸著身子，道："你老人家許多年紀，身上恁般光滑！"那人並不回言，鑽進被裏，就捧著婦人做嘴，婦人還認是婆子，雙手相抱。那人忽地騰身而上，就幹起事來。那婦人一則多了杯酒，醉眼朦朧；二則被婆子挑撥，春心飄蕩，到此不暇致詳，憑他輕薄：

> 一個是閨中懷春的少婦，一個是客邸慕色的才郎。一個打熬許久，如文君初遇相如；一個盼望多時，如必正初諧陳女。分明久旱受甘雨，勝似他鄉遇故知。

陳大郎是走過風月場的人，顛鸞倒鳳，曲盡其趣，弄得婦人魂不附體。雲雨畢後，三巧兒方問道："你是誰？"陳大郎把樓下相逢，如此相慕，如此苦央薛婆用計，細細說了："今番得遂平生，便死瞑目。"婆子走到床間，說道："不是老身大膽，一來可憐大娘青春獨宿，二來要救陳郎性命。你兩個也是宿世姻緣，非干老身之事。"三巧兒道："事已如此，萬一我丈夫知覺，怎麼好？"婆子道："此事你知我知，只買定了晴雲、暖雪兩個丫頭，不許他多嘴，再有誰人漏泄？在老身身上，管成你夜夜歡娛，一些事也沒有。只是日後不要忘記了老身。"三巧兒到此，也顧不得許多了，兩個又狂蕩起來，直到五更鼓絕，天色將明，兩個兀自不捨。婆子催促陳大郎起身，送他出門去了。自此無夜不會，或是婆子同來，或是漢子自來。兩個丫鬟被婆子把甜話兒偎他，又把利害話兒嚇他，又教主母賞他幾件衣服，漢子到時，不時把些零碎銀子賞他們買菓兒吃，騙得歡歡喜喜，已自做了一路。夜來明去，一出一入，都是兩個丫鬟迎送，全無阻隔。真個是你貪我愛，如膠似漆，勝如夫婦一般。陳大郎有心要結識這婦人，不時的制辦好衣服、好首飾送他，又替他還了欠下婆子的一半價錢。又將一百兩銀子謝了婆子。往來半年有餘，這漢子約有千金之費。三巧兒也有三十多兩銀子的東西，送那婆子。婆子只爲圖這些不義之財，所以肯做牽頭。這都不在話下。

古人云："天下無不散的筵席。"纔過十五元宵夜，又是清明三月天。陳大郎思想蹉跎了多時生意，要得還鄉。夜來與婦人說知，兩下恩深義重，各不相舍。婦人到情願收拾了些細軟，跟隨漢子逃走，去做長久夫妻。陳大郎道："使不得。我們相交始末，都在薛婆肚裏。就是主人家呂公，見我每夜進城，難道沒有些疑惑？況客船上人多，瞞得那個？兩個丫鬟又帶去不得。你丈夫回來，跟究出情由，怎肯干休？娘子權且耐心，到明年此時，我到此覓個僻靜下處，悄悄通個信兒與你，那時兩口兒同走，神鬼不覺，卻不安穩？"婦人道："萬一你明年不來，如何？"陳大郎就設起誓來。婦人道："既然你有真心，奴家也決不相負。你若到了家鄉，倘有便人，托他捎個書信到薛婆處，也教奴家放意。"陳大郎道："我自用心，不消分付。"

又過幾日，陳大郎雇下船隻，裝載糧食完備，又來與婦人作別。這一夜倍加眷戀，兩下說一會，哭一會，又狂蕩一會，整整的一夜不曾合眼。到五更起身，婦人便去開箱，取出一件寶貝，叫做"珍珠衫"，遞與陳大郎道："這件衫兒，是蔣門祖傳之物，暑天若穿了他，清涼透骨。此去天道漸熱，正用得著。奴家把與你做個記念，穿了此衫，就如奴家貼體一般。"陳大郎哭得出聲不得，軟做一堆。婦人就把衫兒親手與漢子穿下，叫丫鬟開了門戶，親自送他出門。再三珍重而別。詩曰：

　　昔年含淚別夫郎，今日悲啼送所歡。
　　堪恨婦人多水性，招來野鳥勝文鸞。

話分兩頭。卻說陳大郎有了這珍珠衫兒，每日貼體穿著，便夜間脫下，也放在被窩中同睡，寸步不離。一路遇了順風，不兩月行到蘇州府楓橋地面。那楓橋是柴米牙行聚處，少不得投個主家脫貨，不在話下。忽一日，赴個同鄉人的酒席。席上遇個襄陽客人，生得風流標致。那人非別，正是蔣興哥。原來興哥在廣東販了些珍珠、玳瑁、蘇木、沈香之類，搭伴起身。那夥同伴商量，都要到蘇州發賣。興哥久聞得"上說天堂，下說蘇杭"，好個大碼頭所在，有心要去走一遍，做這一回買賣，方纔回去。還是去年十月中到蘇州的。因是隱姓為商，都稱為羅小官人，所以陳大郎更不疑惑。他兩個萍水相逢，年相若貌相似，談吐應對之間，彼此敬慕。即席間問了下處，互相拜望，兩下遂成知己，不時會面。

　　興哥討完了客帳，欲待起身，走到陳大郎寓所作別，大郎置酒相待，促膝談心，甚是款洽。此時五月下旬，天氣炎熱。兩個解衣飲酒，陳大郎露出珍珠衫來。興哥心中駭異，又不好認他的，只誇獎此衫之美。陳大郎恃了相知，便問道："貴縣大市街有個蔣興哥家，羅兄可認得否？"興哥到也乖巧，回道："在下出外日多，里中雖曉得有這個人，並不相認，陳兄為何問他？"陳大郎道："不瞞兄長說，小弟與他有些瓜葛。"便把三巧兒相好之情，告訴了一遍。扯著衫兒看了，眼淚汪汪道："此衫是他所贈。兄長此去，小弟有封書信，奉煩一寄，明日侵早送到貴寓。"興哥口裏答應道："當得，當得。"心下沈吟："有這等異事！現在珍珠衫為證，不是個虛話了。"當下如針刺肚，推故不飲，急急起身別去。

　　回到下處，想了又惱，惱了又想，恨不得學個縮地法兒，頃刻到家連夜收拾，次早便上船要行。只見岸上一個人氣呼呼的趕來，卻是陳大郎。親把書信一大包，遞與興哥，叮囑千萬寄去。氣得興哥面如土色，說不得，話不得，死不得，活不得。只等陳大郎去後，把書看時，面上寫道："此書煩寄大市街東巷薛媽媽家。"興哥性起，一手扯開，卻是八尺多長一條桃紅縐紗汗巾。又有個紙糊長匣兒，內有羊脂玉鳳頭簪一根。書上寫道："微物二件，煩乾娘轉寄心愛娘子三巧兒親收，聊表記念。相會之期，准在來春。珍重，珍重。"興哥大怒，把書扯得粉碎，撒在河中，提起玉簪在船板上一摜，折做兩段。一念想起道："我好糊塗！何不留此做個證見也好。"便撿起簪兒和汗巾，做一包收拾，催促開船。

急急的趕到家鄉，望見了自家門首，不覺墮下淚來。想起："當初夫妻何等恩愛，只爲我貪著蠅頭微利，撇他少年守寡，弄出這場醜來，如今悔之何及！"在路上性急，巴不得趕回。及至到了，心中又苦又恨，行一步，懶一步。進得自家門裏，少不得忍住了氣，勉強相見。興哥並無言語，三巧兒自己心虛，覺得滿臉慚愧，不敢殷勤上前扳話。興哥搬完了行李，只說去看看丈人丈母，依舊到船上住了一晚。次早回家，向三巧兒說道："你的爹娘同時害病，勢甚危篤。昨晚我只得住下，看了他一夜。他心中只牽掛著你，欲見一面。我已雇下轎子在門首，你可作速回去，我也隨後就來。"三巧兒見丈夫一夜不回，心裏正在疑慮，聞說爹娘有病，卻認真了，如何不慌？慌忙把箱籠上匙鑰遞與丈夫，喚個婆娘跟了，上轎而去。興哥叫住了婆娘，向袖中摸出一封書來，分付他送與王公："送過書，你便隨轎回來。"

卻說三巧兒回家，見爹娘雙雙無恙，吃了一驚。王公見女兒不接而回，也自駭然。在婆子手中接書，拆開看時，卻是休書一紙。上寫道："立休書人蔣德，係襄陽府棗陽縣人。從幼憑媒聘定王氏爲妻。豈期過門之後，本婦多有過失，正合七出之條。因念夫妻之情，不忍明言，情願退還本宗，聽憑改嫁，並無異言，休書是實。成化二年　月　日，手掌爲記。"書中又包著一條桃紅汗巾，一枝打折的羊脂玉鳳頭簪。王公看了大驚，叫過女兒問其緣故。三巧兒聽說丈夫把他休了，一言不發，啼哭起來。王公氣忿忿的一徑跟到女婿家來，蔣興哥連忙上前作揖。王公回禮，便問道："賢婿，我女兒是清清白白嫁到你家的，如今有何過失，你便把他休了？須還我個明白。"蔣興哥道："小婿不好說得，但問令愛便知。"王公道："他只是啼哭，不肯開口，教我肚裏好悶！小女從幼聰慧，料不到得犯了淫盜。若是小小過失，你可也看老漢薄面，恕了他罷。你兩個是七八歲上定下的夫妻，完婚後並不曾爭論一遍兩遍，且是和順。你如今做客纔回，又不曾住過三朝五日，有什麼破綻落在你眼裏？你直如此狠毒，也被人笑話，說你無情無義。"蔣興哥道："丈人在上，小婿也不敢多講。家下有祖遺下珍珠衫一件，是令愛收藏，只問他如今在否。若在時，半字休題；若不在，只索休怪了。"王公忙轉身回家，問女兒道："你丈夫只問你討什麼珍珠衫，你端的拿與何人去了？"那婦人聽得說著了他緊要的關目，羞得滿臉通紅，開不得口，一發號啕大哭起來，慌得王公沒做理會處。王婆勸道："你不要只管啼哭，實實的說個真情與爹媽知道，也好與你分剖。"婦人那裏肯說，悲悲咽咽，哭一個不住。王公只得把休書和汗巾簪子，都付與王婆，教他慢慢的偎著女兒，問他個明白。王公心中納悶，走到鄰家閑話去了。王婆見女兒哭得兩眼赤腫，生怕苦壞了他，安慰了幾句言語，走往廚房下去暖酒，要與女兒消愁。

　　三巧兒在房中獨坐，想著珍珠衫泄漏的緣故，好生難解！這汗巾簪子，又不知那裏來的。沈吟了半晌道："我曉得了。這折簪是鏡破釵分之意，這條汗巾，分明教我懸梁自盡。他念夫妻之情，不忍明言，是要全我的廉恥。可憐四年恩愛，一旦決絕，是我做的不是，負了丈夫恩情。便活在人間，料沒有個好日，不如縊死，到得乾淨。"說罷，又哭了一回，把個坐杌子填高，將汗巾兜在梁上，正欲自縊。也是壽數未絕，不曾關上房門，恰好王婆暖得一壺好酒走進房來，見女兒安排這事，急得他手忙腳亂，不放酒壺，便上前去拖拽。不期一腳踢翻坐杌子，娘兒兩個跌做一團，酒壺都潑翻了。王婆爬起來，扶起女兒，說道："你好短見！二十多歲的人，一朵花還沒有開足，怎做這沒下梢的事？莫說你丈夫還有回心轉意的日子，便真個休了，恁般容貌，怕沒人要你？少不得別選良姻，圖個下半世受用。你且放心過日子去，休得愁悶。"王公回家，知道女兒尋死，也勸了他一番，又囑咐王婆用心提防。過了數日，三巧兒沒奈何，也放下了念頭。正是：

　　　　夫妻本是同林鳥，大限來時各自飛。

　　再說蔣興哥把兩條索子，將晴雲、暖雪捆縛起來，拷問情由。那丫頭初時抵賴，吃打不過，只得從頭至尾，細細招將出來。已知都是薛婆勾引，不干他人之事。到明朝，興哥領了一夥人，趕到薛婆家裏，打得他雪片相似,只饒他拆了房子。薛婆情知自己不是,躲過一邊,並沒一人敢出頭說話。興哥見他如此,也出了這口氣。回去喚個牙婆,將兩個丫頭都賣了。樓上細軟箱籠,大小共十六隻,寫三十二條封皮,打叉封了,更不開動。這是甚意兒?只因興哥夫婦,本是十二分相愛的。雖則一時休了,心中好生痛切。見物思人,何忍開看?

話分兩頭。卻說南京有個吳傑進士,除授廣東潮陽縣知縣。水路上任,打從襄陽經過。不曾帶家小,有心要擇一美妾。路看了多少女子,並不中意。聞得棗陽縣王公之女,大有顏色,一縣聞名。出五十金財禮,央媒議親。王公到也樂從,只怕前婿有言,親到蔣家,與興哥說知。興哥並不阻當。臨嫁之夜,興哥顧了人夫,將樓上十六個箱籠,原封不動,連匙鑰送到吳知縣船上,交割與三巧兒,當個陪嫁。婦人心上到過意不去。旁人曉得這事,也有誇興哥做人忠厚的,也有笑他癡呆的,還有罵他沒志氣的,正是人心不同。

閑話休題。再說陳大郎在蘇州脫貨完了,回到新安,一心只想著三巧兒。朝暮看了這件珍珠衫,長吁短嘆。老婆平氏心知這衫兒來得蹊蹺,等丈夫睡著,悄悄的偷去,藏在天花板上。陳大郎早起要穿時,不見了衫兒,與老婆取討。平氏那裏肯認。急得陳大郎性發,傾箱倒篋的尋個遍,只是不見,便破口罵老婆起來。惹得老婆啼啼哭哭,與他爭嚷,鬧炒了兩三日。陳大郎情懷撩亂,忙忙的收拾銀兩,帶個小郎,再望襄陽舊路而進。將近棗陽,不期遇了一夥大盜,將本錢盡皆劫去,小郎也被他殺了。陳商眼快,走向船梢舵上伏著,幸免殘生。思想還鄉不得,且到舊寓住下,待會了三巧兒,與他借些東西,再圖恢復。嘆了一口氣,只得離船上岸。

走到棗陽城外主人呂公家,告訴其事,又道:"如今要央賣珠子的薛婆,與一個相識人家借些本錢營運。"呂公道:"大郎不知,那婆子為勾引蔣興哥的渾家,做了些醜事。去年興哥回來,問渾家討什麼'珍珠衫'。原來渾家贈與情人去了,無言回答。興哥當時休了渾家回去,如今轉嫁與南京吳進士做第二房夫人了。那婆子被蔣家打得個片瓦不留,婆子安身不牢,也搬在隔縣去了。"陳大郎聽得這話,好似一桶冷水沒頭淋下。這一驚非小,當夜發寒發熱,害起病來。這病又是鬱症,又是相思症,也帶些怯症,又有些驚症,床上臥了兩個多月,翻翻覆覆只是不愈。連累主人家小廝,伏侍得不耐煩。陳大郎心上不安,打熬起精神,寫成家書一封。請主人來商議,要覓個便人捎信往家中,取些盤纏,就要個親人來看覷同回。這幾句正中了主人之意。恰好有個相識的承差,奉上司公文要往徽寧一路。水陸驛遞,極是快的。呂公接了陳大郎書劄,又替他應出五錢銀子,送與承差,央他乘便寄去。果然的"自行由得我,官差急如火",不勾幾日,到了新安縣。問到陳商家裏,送了家書,那承差飛馬去了。正是:

　　只爲千金書信,又成一段姻緣。

　　話說平氏拆開家信,果是丈夫筆跡,寫道:"陳商再拜,賢妻平氏見字:別後襄陽遇盜,劫資殺僕。某受驚患病,見臥舊寓呂家,兩月不愈。字到可央一的當親人,多帶盤纏,速來看視。伏枕草草"。平氏看了,半信半疑,想道:"前番回家,虧折了千金資本。據這件珍珠衫,一定是邪路上來的。今番又推被盜,多討盤纏,怕是假話。"又想道:"他要個的當親人,速來看視,必然病勢利害。這話是真,也未可知。如今央誰人去好?"左思右想,放心不下。與父親平老朝奉商議。收拾起細軟家私,帶了陳旺夫婦,就請父親作伴,雇個船隻,親往襄陽看丈夫去。到得京口,平老朝奉痰火病發,央人送回去了。平氏引著男女,上水前進。不一日,來到棗陽城外,問著了舊主人呂家。原來十日前,陳大郎已故了。呂公賠些錢鈔,將就入殮。平氏哭倒在地,良久方醒。慌忙換了孝服,再三向呂公說,欲待開棺一見,另買副好棺材,重新殮過。呂公執意不肯。平氏沒奈何,只得買木做個外棺包裹,請僧做法事超度,多焚冥資。呂公已自索了他二十兩銀子謝儀,隨他鬧吵,並不言語。

　　過了一月有餘,平氏要選個好日子,扶柩而歸。呂公見這婦人年少,且有姿色，料是守寡不終，又且囊中有物。思想："兒子呂二，還沒有親事，何不留住了他，完其好事，可不兩便？"呂公買酒請了陳旺，央他老婆委曲進言，許以厚謝。陳旺的老婆是個蠢貨，那曉得什麼委曲？不顧高低，一直的對主母說了。平氏大怒，把他罵了一頓，連打幾個耳光子，連主人家也數落了幾句。呂公一場沒趣，敢怒而不敢言。正是：

　　羊肉饅頭沒的吃，空教惹得一身騷。

呂公便去攛掇陳旺逃走。陳旺也思量沒甚好處了，與老婆商議，教他做腳，裏應外合，把銀兩首飾，偷得罄盡，兩口兒連夜走了。呂公明知其情，反埋怨平氏道：不該帶這樣歹人出來，幸而偷了自家主母的東西，若偷了別家的，可不連累人！又嫌這靈柩礙他生理，教他快些擡去。又道後生寡婦，在此住居不便，催促他起身。平氏被逼不過，只得別賃下一間房子住了。雇人把靈柩移來，安頓在內。這淒涼景象，自不必說。

　　間壁有個張七嫂，爲人甚是活動。聽得平氏啼哭，時常走來勸解。平氏又時常央他典賣幾件衣服用度，極感其意。不勾幾月，衣服都典盡了。從小學得一手好針線，思量要到個大戶人家，教習女紅度日，再作區處。正與張七嫂商量這話，張七嫂道："老身不好說得，這大戶人家，不是你少年人走動的。死的沒福自死了，活的還要做人，你後面日子正長哩。終不然做針線娘，了得你下半世？況且名聲不好，被人看得輕了。還有一件，這個靈柩如何處置，也是你身上一件大事。便出賃房錢，終久是不了之局。"平氏道："奴家也都慮到，只是無計可施了。"張七嫂道："老身到有一策，娘子莫怪我說。你千里離鄉，一身孤寡，手中又無半錢，想要搬這靈柩回去，多是虛了。莫說你衣食不周，到底難守；便多守得幾時，亦有何益？依老身愚見，莫若趁此青年美貌，尋個好對頭，一夫一婦的隨了他去。得些財禮，就買塊土來葬了丈夫，你的終身又有所托，可不生死無憾？"平氏見他說得近理，沈吟了一會，嘆口氣道："罷，罷，奴家賣身葬夫，旁人也笑我不得。"張七嫂道："娘子若定了主意時，老身現有個主兒在此。年紀與娘子相近，人物齊整，又是大富之家。"平氏道："他既是富家，怕不要二婚的。"張七嫂道："他也是續絃了，原對老身說：不拘頭婚二婚，只要人才出衆。似娘子這般丰姿，怕不中意？"原來張七嫂曾受蔣興哥之托，央他訪一頭好親。因是前妻三巧兒出色標致，所以如今只要訪個美貌的。那平氏容貌，雖不及得三巧兒，論起手腳伶俐，胸中涇渭，又勝似他。張七嫂次日就進城，與蔣興哥說了。興哥聞得是下路人，愈加歡喜。這裏平氏分文財禮不要，只要買塊好地殯葬丈夫要緊。張七嫂往來回復了幾次，兩相依允。

話休煩絮。卻說平氏送了丈夫靈柩入土，祭奠畢了，大哭一場，免不得起靈除孝。臨期，蔣家送衣飾過來，又將他典下的衣服都贖回了。成親之夜，一般大吹大擂，洞房花燭。正是：

規矩熟閒雖舊事，恩情美滿勝新婚。

蔣興哥見平氏舉止端莊，甚相敬重。一日，從外而來，平氏正在打疊衣箱，內有珍珠衫一件。興哥認得了，大驚問道："此衫從何而來？"平氏道："這衫兒來得蹺蹊。"便把前夫如此張致，夫妻如此爭嚷，如此賭氣分別，述了一遍。又道："前日艱難時，幾番欲把他典賣。只愁來歷不明，怕惹出是非，不敢露人眼目。連奴家至今，不知這物事那裏來的。"興哥道："你前夫陳大郎名字，可叫做陳商？可是白淨面皮，沒有鬚，左手長指甲的麼？"平氏道："正是。"蔣興哥把舌頭一伸，合掌對天道："如此說來，天理昭彰，好怕人也！"平氏問其緣故，蔣興哥道："這件珍珠衫，原是我家舊物。你丈夫奸騙了我的妻子，得此衫爲表記。我在蘇州相會，見了此衫，始知其情，回來把王氏休了。誰知你丈夫客死。我今續弦，但聞是徽州陳客之妻，誰知就是陳商！卻不是一報還一報！"平氏聽罷，毛骨竦然。從此恩情愈篤。這纔是"蔣興哥重會珍珠衫"的正話。詩曰：

天理昭昭不可欺，兩妻交易孰便宜？
分明欠債償他利，百歲姻緣暫換時。

再說興哥有了管家娘子，一年之後，又往廣東做買賣。也是合當有事。一日到合浦縣販珠，價都講定。主人家老兒只揀一粒絕大的偷過了，再不承認。興哥不忿，一把扯他袖子要搜。何期去得勢重，將老兒拖翻在地，跌下便不做聲。忙去扶時，氣已斷了。兒女親鄰，哭的哭，叫的叫，一陣的簇擁將來，把興哥捉住。不由分說，痛打一頓，關在空房裏。連夜寫了狀詞，只等天明，縣主早堂，連人進狀。縣主准了，因這日有公事，分付把兇身鎖押，次日候審。你道這縣主是誰？姓吳名傑，南畿進士，正是三巧兒的晚老公。初選原在潮陽，上司因見他清廉，調在這合浦縣採珠的所在來做官。是夜，吳傑在燈下將准過的狀詞細閱。三巧兒正在旁邊閑看，偶見宋福所告人命一詞，兇身羅德，棗陽縣客人，不是蔣興哥是誰？想起舊日恩情，不覺痛酸，哭告丈夫道："這羅德是賤妾的親哥，出嗣在母舅羅家的。不期客邊，犯此大辟。官人可看妾之面，救他一命還鄉。"縣主道："且看臨審如何。若人命果真，教我也難寬宥。"三巧兒兩眼噙淚，跪下苦苦哀求。縣主道："你且莫忙，我自有道理。"明早出堂，三巧兒又扯住縣主衣袖哭道："若哥哥果無救，賤妾亦當自盡，不能相見了。"

當日縣主陞堂，第一就問這起。只見宋福、宋壽弟兄兩個，哭啼啼的與父親執命，稟道："因爭珠懷恨，登時打悶，仆地身死。望爺爺做主。"縣主問衆干證口詞，也有說打倒的，也有說推跌的。蔣興哥辨道："他父親偷了小人的珠子，小人不忿，與他爭論。他因年老腳蹉，自家跌死，不干小人之事。"縣主問宋福道："你父親幾歲了？"宋福道："六十七歲了。"縣主道："老年人容易昏絕，未必是打。"宋福、宋壽堅執是打死的。縣主道："有傷無傷，須憑檢驗。既說打死，將屍發在漏澤園去，候晚堂聽檢。"原來宋家也是個大戶，有體面的。老兒曾當過里長，兒子怎肯把父親在屍場剔骨？兩個雙雙叩頭道："父親死狀，衆目共見，只求爺爺到小人家裏相驗，不願發檢。"縣主道："若不見貼骨傷痕，兇身怎肯伏罪？沒有屍格，如何申得上司過？"弟兄兩個只是求告。縣主發怒道："你既不願檢，我也難問。"慌的他弟兄兩個連連叩頭道:"但憑爺爺明斷。"縣主道:"望七之人,死是本等。倘或不因打死,屈害了一個平人,反增死者罪過。就是你做兒子的,巴得父親到許多年紀,又把個不得善終的惡名與他,心中何忍?但打死是假,推仆是真,若不重罰羅德,也難出你的氣。我如今教他披麻戴孝,與親兒一般行禮;一應殯殮之費,都要他支持。你可服麼?"弟兄兩個道:"爺爺分付,小人敢不遵依。"興哥見縣主不用刑罰,斷得乾淨,喜出望外。當下原、被告都叩頭稱謝。縣主道:"我也不寫審單,著差人押出,待事完回話,把原詞與你消訖便了。"正是:

公堂造業真容易,要積陰功亦不難。
試看今朝吳大尹,解冤釋罪兩家歡。

卻說三巧兒自丈夫出堂之後,如坐針氈,一聞得退衙,便迎住問個消息。縣主道:"我如此如此斷了,看你之面,一板也不曾責他。"三巧兒千恩萬謝,又道:"妾與哥哥久別,渴思一會,問取爹娘消息。官人如何做個方便,使妾兄妹相見,此恩不小。"縣主道:"這也容易。"看官們,你道三巧兒被蔣興哥休了,恩斷義絕,如何恁地用情?他夫婦原是十分恩愛的,因三巧兒做下不是,興哥不得已而休之,心中兀自不忍,所以改嫁之夜,把十六隻箱籠,完完全全的贈他。只這一件,三巧兒的心腸,也不容不軟了。今日他身處富貴,見興哥落難,如何不救?這叫做知恩報恩。再說蔣興哥遵了縣主所斷,著實小心盡禮,更不惜費,宋家弟兄都沒話了。喪葬事畢,差人押到縣中回復。縣主喚進私衙賜坐,說道:"尊舅這場官司,若非令妹再三哀懇,下官幾乎得罪了。"興哥不解其故,回答不出。少停茶罷,縣主請入內書房,教小夫人出來相見。你道這番意外相逢,不像個夢景麼?他兩個也不行禮,也不講話,緊緊的你我相抱,放聲大哭。就是哭爹哭娘,從沒見這般哀慘,連縣主在旁,好生不忍,便道:"你兩人且莫悲傷,我看你不像哥妹,快說真情,下官有處。"兩個哭得半休不休的,那個肯說?卻被縣主盤問不過,三巧兒只得跪下,說道:"賤妾罪當萬死,此人乃妾之前夫也。"蔣興哥料瞞不得，也跪下來，將從前恩愛，及休妻再嫁之事，一一訴知。說罷，兩人又哭做一團，連吳知縣也墮淚不止，道："你兩人如此相戀，下官何忍拆開。幸然在此三年，不曾生育，即刻領去完聚。"兩個插燭也似拜謝。縣主即忙討個小轎，送三巧兒出衙。又喚集人夫，把原來陪嫁的十六個箱籠擡去，都教興哥收領；又差典吏一員，護送他夫婦出境。此乃吳知縣之厚德。正是：

　　珠還合浦重生采，劍合豐城倍有神。
　　堪羨吳公存厚道，貪財好色竟何人！

此人向來艱子，後行取到吏部，在北京納寵，連生三子，科第不絕，人都說陰德之報，這是後話。

再說蔣興哥帶了三巧兒回家，與平氏相見。論起初婚，王氏在前，只因休了一番，這平氏到是明媒正娶，又且平氏年長一歲，讓平氏爲正房，王氏反做偏房，兩個姊妹相稱。從此一夫二婦，團圓到老。有詩爲證：

　　恩愛夫妻雖到頭，妻還作妾亦堪羞。
　　殃祥果報無虛謬，咫尺青天莫遠求。

人民文學版《古今小說》

|輯　錄|

綠天館主人《古今小說·序》：大抵唐人選言，入於文心；宋人通俗，諧於里耳。天下之文心少而里耳多，則小說之資於選言者少，而資於通俗者多。試今說話人當場描寫，可喜可愕，可悲可涕，可歌可舞；再欲捉刀，再欲下拜，再欲決脰，再欲捐金；怯者勇，淫者貞，薄者敦，頑鈍者汗下。雖小誦《孝經》《論語》，其感人未必如是之捷且深也。噫，不通俗而能之乎？

可一居士《醒世恒言·序》：六經國史而外，凡著述皆小說也。而尚理或病於艱深，修詞或傷於藻繪，則不足以觸里耳而振恒心。此《醒世恒言》四十種所以繼《明言》《通言》而刻也。明者，取其可以導愚也；通者，取其可以適俗也；恒則習之而不厭，傳之而可久。三刻殊名，其義一耳。……崇儒之代，不廢二教，亦謂導愚適俗，或有藉焉。以二教爲儒之輔可也。以《明言》《通言》《恒言》爲六經國史之輔，不亦可乎！

凌濛初（1580—1644）

《凌濛初事跡繫年》：凌濛初，字玄房，號初成，別號即空觀主人。浙江烏程人。祖父約言官至刑部員外郎，父迪知官至常州府同知。初十二歲入學，十八歲補廩膳生。二十一歲，父卒。二十三歲，與馮夢禎交遊，次年與馮遊吳，合評《東坡禪喜集》。二十六歲，生母蔣氏卒於南京。三十歲，居南京珍珠橋。四十四歲，入都就選。四十八歲，居南京，編撰《拍案驚奇》。四十九歲，崇禎元年（1628），《拍案驚奇》初編刻成。五十三歲，《拍案驚奇》二編刻成。五十五歲，授上海縣丞；署令事，凡八月，又署海防。居上海歷八載。六十三歲，擢徐州判，分署房村，治河。次年，入何騰蛟幕，單騎說土寇來降，以功授楚中監軍僉事，不赴，仍留房村。六十五歲，嘔血而死。（轉引自孔另境《中國小說史料》）

《光緒烏程縣志》：凌濛初，字元房，號初成，迪知子，歸安籍。崇禎中，以副貢授上海丞，署海防事。清鹽場積弊，擢判徐州，居房村。治河時，何騰蛟備兵淮、徐，禦流寇，慕其才名，徵入幕。獻《剿寇十策》，又單騎詣賊營，議以禍福，賊率衆來降。騰蛟曰："此凌別駕之力也。"上其功於朝，授楚中監軍僉事。不赴，仍留房村。甲申（1644）正月，李自成薄徐境，誓與百姓死守，曰："生不能保障，死當爲厲鬼殺賊。"言與血俱，大呼"無傷百姓"者三而卒。衆皆慟哭，自死以殉者十餘人。房村建祠祀之。

轉運漢遇巧洞庭紅

【題解】 本篇敘述文若虛海外發財的經歷，反映了明代商業與民間海外貿易的一個側面。略有刪節。

話說國朝成化年間，蘇州府長州縣閶門外有一人，姓文名實，字若虛。生來心思慧巧，做著便能，學著便會。琴棋書畫，吹彈歌舞，件件粗通。幼年間，曾有人相他有巨萬之富。他亦自恃才能，不十分去營求生產，坐吃山空，將祖上遺下千金家事，看看消下來。以後曉得家業有限，看見別人經商圖利的，時常獲利幾倍，便也思量做些生意，卻又百做百不著。一日，見人說北京扇子好賣，他便合了一個夥計，置辦扇子起來。上等金面精巧的，先將禮物求了名人詩畫，免不得是沈石田、文衡山、祝枝山揭了幾筆，便值上兩數銀子。中等的，自有一樣喬人，一隻手學寫了這幾家字畫，也就哄得人過，將假當真的買了，他自家也兀自做得來的。下等的無金無字畫，將就賣幾十錢，也有對合利錢，是看得見的。揀個日子裝了箱兒，到了北京。豈知北京那年，自交夏來，日日淋雨不晴，並無一毫暑氣，發市甚遲。交秋早涼，雖不見及時，幸喜天色卻晴，有妝晃子弟要買把蘇做的扇子，袖中籠著搖擺。來買時，開箱一看，只叫得苦。元來北京歷沴卻在七八月，更加日前雨濕之氣，鬪著扇上膠墨之性，弄做了個"合而言之"，揭不開了。用力揭開，東粘一層，西缺一片，但是有字有畫值價錢者，一毫無用。剩下等沒字白扇，是不壞的，能值幾何？將就賣了做盤費回家，本錢一空。

頻年做事，大概如此。不但自己折本，但是搭他做伴，連夥計也弄壞了。故此人起他一個混名，叫做"倒運漢"。不數年，把個家事乾圓潔淨了，連妻子也不曾娶得。終日間靠著些東塗西抹，東挨西撞，也濟不得甚事。但只是嘴頭子讕得來，會說會笑，朋友家喜歡他有趣，遊耍去處少他不得；也只好趁口，不是做家的。況且他是大模大樣過來的，幫閒行裏，又不十分入得隊。有憐他的，要薦他坐館教學，又有誠實人家嫌他是個雜板令，高不湊，低不就。打從幫閒的、處館的兩項人見了他，也就做鬼臉，把"倒運"兩字笑他，不在話下。

一日，有幾個走海泛貨的鄰近，做頭的無非是張大、李二、趙甲、錢乙一班人，共四十餘人，合了夥將行。他曉得了，自家思忖道："一身落魄，生計皆無。便附了他們航海，看看海外風光，也不枉人生一世。況且他們定是不卻我的，省得在家憂柴憂米的，也是快活。"正計較間，恰好張大踱將來。元來這個張大名喚張乘運，專一做海外生意，眼裏認得奇珍異寶，又且秉性爽慨，肯扶持好人，所以鄉里起他一個混名，叫張識貨。文若虛見了，便把此意一一與他說了。張大道："好，好。我們在海船裏頭不耐煩寂寞，若得兄去，在船中說說笑笑，有甚難過的日子？我們眾兄弟料想多是喜歡的。只是一件，我們多有貨物將去，兄並無所有，覺得空了一番往返，也可惜了。待我們大家計較，多少湊些出來助你，將就置些東西去也好。"文若虛便道："謝厚情，只怕沒人如兄肯周全小弟。"張大道："且說說看。"一竟自去了。

恰遇一個瞽目先生敲著"報君知"走將來，文若虛伸手順袋裏摸了一個錢，扯他一卦問問財氣看。先生道："此卦非凡，有百十分財氣，不是小可。"文若虛自想道："我只要搭去海外耍耍，混過日子罷了，那裏是我做得著的生意？要甚麼賫助？就賫助得來，能有多少？便宜恁地財爻動？這先生也是混帳。"只見張大氣忿忿走來，說道："說著錢，便無緣。這些人好笑，說道你去，無不喜歡。說到助銀，沒一個則聲。今我同兩個好的弟兄，拼湊得一兩銀子在此，也辦不成甚貨，憑你買些菓子船裏吃罷。口食之類，是在我們身上。"若虛稱謝不盡，接了銀子。張大先行，道："快些收拾，就要開船了。"若虛道："我沒甚收拾，隨後就來。"手中拿了銀子，看了又笑，笑了又看，道："置得甚貨麼？"信步走去，只見滿街上籃籃內盛著賣的：

  紅如噴火，巨若懸星。皮未皺，尚有餘酸；霜未降，不可多得。元殊蘇井諸家樹，亦非李氏千頭奴。較廣似曰難兄，比福亦云具體。

乃是太湖中有一洞庭山，地暖土肥，與閩廣無異，所以廣橘福橘，播名天下。洞庭有一樣橘樹絕與他相似，顏色正同，香氣亦同。止是初出時，味略少酢，後來熟了，卻也甜美。比福橘之價十分之一，名曰"洞庭紅"。若虛看見了，便思想道："我一兩銀子買得百斤有餘，在船可以解渴，又可分送一二，答眾人助我之意。"買成，裝上竹簍，雇一閑的，並行李挑了下船。眾人都拍手笑道："文先生賣貨來也！"文若虛羞慚無地，只得吞聲上船，再也不敢提起買橘的事。

開得船來，漸漸出了海日，只見：

　　銀濤卷雪，雪浪翻銀。湍轉則日月似驚，浪動則星河如覆。

三五日間，隨風漂去，也不覺過了多少路程。忽至一個地方，舟中望去，人煙湊聚，城郭巍峨，曉得是到了甚麼國都了。舟人把船撐入藏風避浪的小港內，釘了樁橛，下了鐵錨，纜好了。船中人多上岸。打一看，元來是來過的所在，名曰吉零國。元來這邊中國貨物拿到那邊，一倍就有三倍價。換了那邊貨物，帶到中國也是如此。一往一回，卻不便有八九倍利息，所以人都拼死走這條路。眾人多是做過交易的，各有熟識經紀、歇家、通事人等，各自上岸找尋發貨去了，只留文若虛在船中看船。路徑不熟，也無走處。

正悶坐間，猛可想起道："我那一簍紅橘，自從到船中，不曾開看，莫不人氣蒸爛了？趁著眾人不在，看看則個。"叫那水手在艙板底下翻將起來，打開了簍看時，面上多是好好的。放心不下，索性搬將出來，都擺在艙板上面。也是合該發跡，時來福湊。擺得滿船紅焰焰的，遠遠望來，就是萬點火光，一天星斗。岸上走的人，都攏將來問道："是甚麼好東西呵？"文若虛只不答應。看見中間有個把一點頭的，揀了出來，掐破就吃。岸上看的一發多了，驚笑道："元來是吃得的！"就中有個好事的，便來問價："多少一個？"文若虛不省得他們說話，船上人卻曉得，就扯個謊哄他，豎起一個指頭，說："要一錢一顆。"那問的人揭開長衣，露出那兜羅錦紅裹肚來，一手摸出銀錢一個來，道："買一個嘗嘗。"文若虛接了銀錢，手中等等看，約有兩把重。心下想道："不知這些銀子，要買多少，也不見秤秤，且先把一個與他看樣。"揀個大些的，紅得可愛的，遞一個上去。只見那個人接上手，擷了一擷道："好東西呵！"撲的就劈開來，香氣撲鼻。連旁邊聞著的許多人，大家喝一聲采。那買的不知好歹，看見船上吃法，也學他去了皮，卻不分囊，一塊塞在口裏，甘水滿咽喉，連核都不吐，吞下去了。哈哈大笑道："妙哉！妙哉！"又伸手到裹肚裏，摸出十個銀錢來，說："我要買十個進奉去。"文若虛喜出望外，揀十個與他去了。那看的人見那人如此買去了，也有買一個的，也有買兩個、三個的，都是一般銀錢。買了的，都千歡萬喜去了。

元來彼國以銀爲錢，上有文采。有等龍鳳文的，最貴重，其次人物，又次禽獸，又次樹木，最下通用的，是水草；卻都是銀鑄的，分兩不異。適纔買橘的，都是一樣水草紋的，他道是把下等錢買了好東西去了，所以歡喜。也只是耍小便宜肚腸，與中國人一樣。須臾之間，三停裏賣了二停。有的不帶錢在身邊的，老大懊悔，急忙取了錢轉來。文若虛已此剩不多了，拿一個班道："而今要留著自家用，不賣了。"其人情願再增一個錢，四個錢買了二顆。口中嘵嘵說："悔氣！來得遲了。"旁邊人見他增了價，就埋怨道："我每還要買個，如何把價錢增長了他的？"買的人道："你不聽得他方纔說，兀自不賣了？"

正在議論間，只見首先買十個的那一個人，騎了一匹青驄馬，飛也似奔到船邊，下了馬，分開人叢，對船上大喝道："不要零賣！不要零賣！是有的俺多要買。俺家頭目要買去進克汗哩。"看的人聽見這話，便遠遠走開，站住了看。文若虛是伶俐的人，看見來勢，已瞧科在眼裏，曉得是個好主顧了。連忙把簍裏盡數傾出來，止剩五十餘顆。數了一數，又拿起班來說道："適間講過要留著自用，不得賣了。今肯加些價錢，再讓幾顆去罷。適間已賣出兩個錢一顆了。"其人在馬背上拖下一大囊，摸出錢來，另是一樣樹木紋的，說道："如此錢一個罷了。"文若虛道："不情願，只照前樣罷了。"那人笑了一笑,又把手去摸出一個龍鳳紋的來道:"這樣的一個如何?"文若虛又道:"不情願,只要前樣的。"那人又笑道:"此錢一個抵百個,料也沒得與你,只是與你耍。你不要俺這一個,卻要那等的,是個傻子!你那東西,肯都與俺了,俺再加你一個那等的,也不打緊。"文若虛數了一數,有五十二顆,准准的要了他一百五十六個水草銀錢。那人連竹簍都要了,又丟了一個錢,把簍拴在馬上,笑吟吟地一鞭去了。看的人見沒得賣了,一哄而散。

　　文若虛見人散了,到艙裏把一個錢秤一秤,有八錢七分多重。秤過數個都是一般。總數一數,共有一千個差不多。把兩個賞了船家,其餘收拾在包裹了。笑一聲道:"那盲子好靈卦也!"歡喜不盡,只等同船人來對他說笑則個。

　　說話的,你說錯了!那國裏銀子這樣不值錢,如此做買賣,那久慣漂洋的帶去多是綾羅緞匹,何不多賣了些銀錢回來,一發百倍了?看官有所不知:那國裏見了綾羅等物,都是以貨交兌。我這裏人也只是要他貨物,纔有利錢,若是賣他銀錢時,他都把龍鳳、人物的來交易,作了好價錢,分兩也只得如此,反不便宜。如今是買吃口東西,他只認做把低錢交易,我卻只管分兩,所以得利了。說話的,你又說錯了!依你說來,那航海的,何不只買吃口東西,只換他低錢,豈不有利?用著重本錢,置他貨物怎地?看官,又不是這話。也是此人偶然有此橫財,帶去著了手。若是有心第二遭再帶去,三五日不遇巧,等得希爛。那文若虛運未通時賣扇子就是榜樣。扇子還放得起的,尚且如此,何況菓品?是這樣執一論不得的。

　　閑話休題。且說衆人領了經紀主人到船發貨,文若虛把上頭事說了一遍。衆人都驚喜道:"造化!造化!我們同來,到是你沒本錢的先得了手也!"張大便拍手道:"人都道他倒運,而今想是運轉了!"便對文若虛道:"你這些銀錢此間置貨,作價不多。除是轉發在夥伴中,回他幾百兩中國貨物,上去打換些土產珍奇,帶轉去有大利錢,也強如虛藏此銀錢在身邊,無個用處。"文若虛道:"我是倒運的,將本求財,從無一遭不連本送的。今承諸公挈帶,做此無本錢生意,偶然僥幸一番,真是天大造化了,如何還要生錢,妄想甚麼?萬一如前再做折了,難道再有洞庭紅這樣好賣不成?"眾人多道:"我們用得著的是銀子,有的是貨物。彼此通融,大家有利,有何不可?"文若虛道:"一年吃蛇咬,三年怕草索。說到貨物,我就沒膽氣了。只是守了這些銀錢回去罷。"眾人齊拍手道:"放著幾倍利錢不取,可惜!可惜!"隨同眾人一齊上去,到了店家交貨明白,彼此兌換。約有半月光景,文若虛眼中看過了若干好東好西,他已自志得意滿,不放在心上。眾人事體完了,一齊上船,燒了神福,吃了酒,開洋。行了數日,忽然間天變起來。但見:

烏雲蔽日,黑浪掀天。蛟龍戲舞起長空,魚鱉驚惶潛水底。艨艟泛泛,只如棲不定的數點寒鴉;島嶼浮浮,便似沒不煞的幾雙水鵝。舟中是方揚的米簸,舷外是正熟的飯鍋。總因風伯太無情,以致篙師多失色。

那船上人見風起了,扯起半帆,不問東西南北,隨風勢漂去。隱隱望見一島,便帶住篷腳,只看著島邊使來。看看漸近,恰是一個無人的空島。但見:

樹木參天,草萊遍地。荒涼徑界,無非些兔跡狐蹤;坦迤土壤,料不是龍潭虎窟。混茫內,未識應歸何國轄;開闢來,不知曾否有人登。

船上人把船後拋了鐵錨,將椿橛泥犁上岸去釘停當了,對艙裏道:"且安心坐一坐,候風勢則個。"那文若虛身邊有了銀子,恨不得插翅飛到家裏,巴不得行路,卻如此守風呆坐,心裏焦燥。對眾人道:"我且上岸去島上望望則個。"眾人道:"一個荒島,有何好看?"文若虛道:"總是閑著,何礙?"眾人都被風顛得頭暈,個個是呵欠連天,不肯同去。文若虛便自一個抖擻精神,跳上岸來,只因此一去,有分交:十年敗殼精靈顯,一介窮神富貴來。若是說話的同年生，並時長，有個未卜先知的法兒，便雙腳走不動，也拄個拐兒隨他同去一番，也不枉的。

卻說文若虛見眾人不去，偏要發個狠，扳藤附葛，直走到島上絕頂。那島也苦不甚高，不費甚大力，只是荒草蔓延，無好路徑。到得上邊打一看時，四望漫漫，身如一葉，不覺淒然弔下淚來。心裏道：「想我如此聰明，一生命蹇。家業消亡，剩得隻身，直到海外。雖然僥幸有得千來個銀錢在囊中，知他命裏是我的不是我的？今在絕島中間，未到實地，性命也還是與海龍王合著的哩！」正在感愴，只見望去遠遠草叢中一物突高。移步往前一看，卻是床大一個敗龜殼。大驚道：「不信天下有如此大龜！世上人那裏曾看見？說也不信的。我自到海外一番，不曾置得一件海外物事，今我帶了此物去，也是一件希罕的東西，與人看看，省得空口說著，道是蘇州人會調謊。又且一件，鋸將開來，一蓋一板，各置四足，便是兩張床，卻不奇怪！」遂脫下兩隻裹腳接了，穿在龜殼中間，打個扣兒，拖了便走。

走至船邊，船上人見他這等模樣，都笑道：「文先生那裏又拕了縴來？」文若虛道：「好教列位得知，這就是我海外的貨了。」眾人擡頭一看，卻便似一張無柱有底的硬床。吃驚道：「好大龜殼！你拖來何干？」文若虛道：「也是罕見的，帶了他去。」眾人笑道：「好貨不置一件，要此何用？」有的道：「也有用處。有甚麼天大的疑心事，灼他一卦，只沒有這樣大龜藥。」又有的道：「醫家要煎龜膏，拿去打碎了煎起來，也當得幾百個小龜殼。」文若虛道：「不要管有用沒用，只是希罕，又不費本錢便帶了回去」，當時叫個船上水手，一擡擡下艙來。初時山下空闊，還只如此；艙中看來，一發大了。若不是海船，也著不得這樣狼犺東西。眾人大家笑了一回，說道：「到家時有人問，只說文先生做了偌大的烏龜買賣來了。」文若虛道：「不要笑，我好歹有一個用處，決不是棄物。」隨他眾人取笑，文若虛只是得意。取些水來內外洗一洗淨，抹乾了，卻把自己錢包行李都塞在龜殼裏面，兩頭把繩一絆，卻當了一個大皮箱子。自笑道：「兀的不眼前就有用處了？」

衆人都笑將起來，道："好算計！好算計！文先生到底是個聰明人。"

當夜無詞。次日風息了，開船一走。不數日，又到了一個去處，卻是福建地方了。纜住定了船，就有一夥慣伺候接海客的小經紀牙人，攢將攏來，你說張家好，我說李家好，拉的拉，扯的扯，嚷個不住。船上衆人揀一個一向熟識的跟了去，其餘的也就住了。衆人到了一個波斯胡大店中坐定。裏面主人見說海客到了，連忙先發銀子，喚廚戶包辦酒席幾十桌。分付停當，然後踱將出來。這主人是個波斯國裏人，姓個古怪姓，是瑪瑙的"瑪"字，叫名瑪寶哈，專一與海客兌換珍寶貨物，不知有多少萬數本錢。衆人走海過的，都是熟主熟客，只有文若虛不曾認得。擡眼看時，元來波斯胡住得在中華久了，衣服言動都與中華不大分別。只是剃眉剪鬚，深眼高鼻，有些古怪。出來見了衆人，行賓主禮，坐定了。兩杯茶罷，站起身來，請到一個大廳上。只見酒筵多完備了，且是擺得濟楚。元來舊規，海船一到，主人家先折過這一番款待，然後發貨講價的。主人家手執著一副法浪菊花盤盞，拱一拱手道："請列位貨單一看，好定坐席。"

看官，你道這是何意？元來波斯胡以利為重，只看貨單上有奇珍異寶值得上萬者，就送在先席。餘者看貨輕重，挨次坐去，不論年紀，不論尊卑，一向做下的規矩。船上衆人，貨物貴的賤的，多的少的，你知我知，各自心照，差不多領了酒杯，各自坐了。單單剩得文若虛一個，呆呆站在那裏。主人道："這位老客長不曾會面，想是新出海外的，置貨不多了。"衆人大家說道："這是我們好朋友，到海外要去的。身邊有銀子，卻不曾肯置貨。今日沒奈何，只得屈他在末席坐了。"文若虛滿面羞慚，坐了末位。主人坐在橫頭。飲酒中間，這一個說道我有貓兒眼多少，那一個說我有祖母綠多少，你誇我逞。文若虛一發默默無言，自心裏也微微有些懊悔道："我前日該聽他們勸，置些貨物來的是。今枉有幾百銀子在囊中，說不得一句說話。"又自嘆了口氣道："我原是一些本錢沒有的，今已大幸，不可不知足。"自思自忖，無心發興吃酒。衆人卻猜拳行令，吃得狼藉。主人是個積年，看出文若虛不快活的意思來，不好說破，虛勸了他幾杯酒。衆人都起身道："酒勾了，天晚了，趁早上船去，明日發貨罷。"別了主人去了。

主人撤了酒席，收拾睡了。明日起個清早，先走到海岸船邊來拜這夥客人。主人登舟，一眼瞅去，那艙裏狼狼犺犺這件東西，早先看見了。吃了一驚道："這是那一位客人的寶貨？昨日席上並不曾說起，莫不是不要賣的？"衆人都笑指道："此敝友文兄的寶貨。"中有一人襯道："又是滯貨。"主人看了文若虛一看，滿面掙得通紅，帶了怒色，埋怨衆人道："我與諸公相處多年，如何恁地作弄我？教我得罪於新客，把一個末座屈了他，是何道理！"一把扯住文若虛，對衆客道："且慢發貨，容我上岸謝過罪著。"衆人不知其故。有幾個與文若虛相知些的，又有幾個喜事的，覺得有些古怪，共十餘人趕了上來，重到店中，看是如何。只見主人拉了文若虛，把交椅整一整，不管衆人好歹，納他頭一位坐下了，道："適間得罪得罪，且請坐一坐。"文若虛也心中糊塗，忖道："不信此物是寶貝，這等造化不成？"

主人走了進去，須臾出來，又拱衆人到先前吃酒去處，又早擺下幾桌酒，爲首一桌，比先更齊整。把盞向文若虛一揖，就對衆人道："此公正該坐頭一席。你每枉自一船貨，也還趕他不來。先前失敬失敬。"衆人看見，又好笑，又好怪，半信不信的一帶兒坐下了。酒過三杯，主人就開口道："敢問客長，適間此寶可肯賣否？"文若虛是個乖人，趁口答應道："只要有好價錢，爲甚不賣？"那主人聽得肯賣，不覺喜從天降，笑逐顏開，起身道："果然肯賣，但憑分忖價錢，不敢吝惜。"文若虛其實不知值多少，討少了，怕不在行；討多了，怕吃笑。忖了一忖，面紅耳熱，顛倒討不出價錢來。張大便與文若虛丟個眼色，將手放在椅子背上，豎著三個指頭，再把第二個指空中一撇，道："索性討他這些。"文若虛搖頭，豎一指道："這些我還討不出口在這裏。"卻被主人看見道："果是多少價錢？"張大搗一個鬼道："依文先生手勢，敢象要一萬哩！"主人呵呵大笑道："這是不要賣，哄我而已。此等寶物，豈止此價錢！"眾人見說，大家目睜口呆，都立起了身來，扯文若虛去商議道："造化！造化！想是值得多哩。我們實實不知如何定價，文先生不如開個大口，憑他還罷。"文若虛終是礙口說羞，待說又止。眾人道："不要不老氣！"主人又催道："實說說何妨？"文若虛只得討了五萬兩。主人還搖頭道："罪過，罪過。沒有此話。"扯着張大私問他道："老客長們海外往來，不是一番了。人都叫你張識貨，豈有不知此物就裏的？必是無心賣他，奚落小肆罷了。"張大道："實不瞞你說，這個是我的好朋友，同了海外玩耍的，故此不曾置貨。適間此物，乃是避風海島，偶然得來，不是出價置辦的，故此不識得價錢。若果有這五萬與他，勾他富貴一生，他也心滿意足了。"主人道："如此說，要你做個大大保人，當有重謝，萬萬不可翻悔！"遂叫店小二拿出文房四寶來，主人家將一張供單綿料紙折了一折，拿筆遞與張大道："有煩老客長做主，寫個合同文書，好成交易。"張大指着同來一人道："此位客人褚中穎寫得好。"把紙筆讓與他。褚客磨得墨濃，展好紙，提起筆來寫道："立合同議單張乘運等，今有蘇州客人文實，海外帶來大龜殼一個，投至波斯瑪寶哈店，願出銀五萬兩買成。議定立契之後，一家交貨，一家交銀，各無翻悔。有翻悔者，罰契上加一。合同爲照。"一樣兩紙，後邊寫了年月日，下寫張乘運爲頭，一連把在坐客人十來個寫去。褚中穎因自己執筆，寫了落末。年月前邊，空行中間，將兩紙湊著，寫了騎縫一行，兩邊各半乃是"合同議約"四字。下寫"客人文實主人瑪寶哈"，各押了花押。單上有名，從後頭寫起，寫到張乘運道："我們押字錢重些，這買賣纔弄得成。"主人笑道："不敢輕，不敢輕。"

寫畢，主人進內，先將銀一箱擡出來道："我先交明白了用錢，還有說話。"眾人攢將攏來。主人開箱，卻是五十兩一包，共總二十包，整整一千兩。雙手交與張乘運道："憑老客長收明，分與眾位罷。"眾人初然吃酒、寫合同，大家攛哄鳥亂，心下還有些不信的意思，如今見他拿出精晃晃白銀來做用錢，方知是實。文若虛恰象夢裏醉裏，話都說不出來呆呆地看。張大扯他一把道："這用錢如何分散，也要文兄主張。"文若虛方說一句道："且完了正事慢處。"只見主人笑嘻嘻的對文若虛說道："有一事要與客長商議：價銀現在裏面閣兒上，都是向來兌過的，一毫不少，只消請客長一兩位進去，將一包過一過目，兌一兌爲準，其餘多不消兌得。卻又一說，此銀數不少，搬動也不是一時功夫，況且文客官是個單身，如何好將下船去？又要泛海回還，有許多不便處。"文若虛想了一想道："見教得極是。而今卻待怎樣？"主人道："依著愚見，文客官目下回去未得。小弟此間有一個緞匹鋪，有本三千兩在內。其前後大小廳屋樓房，共百餘間，也是個大所在。價值二千兩，離此半里之地。愚見就把本店貨物及房屋文契，作了五千兩，盡行交與文客官，就留文客官在此住下了，做此生意。其銀也做幾遭搬了過去，不知不覺。日後文客官要回去，這裏可以托心腹夥計看守，便可輕身往來。不然小店交出不難，文客官收貯卻難也。愚意如此。"說了一遍，說得文若虛與張大跌足道："果然是客綱客紀，句句有理。"文若虛道："我家裏原無家小，況且家業已盡了，就帶了許多銀子回去，沒處安頓。依了此說，我就在這裏，立起個家緣來，有何不可？此番造化，一緣一會，都是上天作成的，只索隨緣做去。便是貨物房產價錢，未必有五千，總是落得的。"便對主人說："適間所言，誠是萬全之算，小弟無不從命。"

主人便領文若虛進去閣上看，又叫張、褚二人："一同去看看。其餘列位不必了，請略坐一坐。"他四人進去。眾人不進去的，個個伸頭縮頸，你三我四說道："有此異事！有此造化！早知這樣，懊悔島邊泊船時節也不去走走，或者還有寶貝，也不見得。"有的道："這是天大的福氣，撞將來的，如何強得？"正欣羨間，文若虛已同張、褚二客出來了。眾人都問："進去如何了？"張大道："裏邊高閣，是個土庫，放銀兩的所在，都是桶子盛著。適間進去看了，十個大桶，每桶四千又五個小匣，每個一千，共是四萬五千。已將文兄的封皮記號封好了，只等交了貨，就是文兄的。"主人出來道："房屋文書、緞匹帳目，俱已在此，湊足五萬之數了。且到船上取貨去。"一擁都到海船。

　　文若虛於路對衆人說："船上人多，切勿明言！小弟自有厚報。"衆人也只怕船上人知道，要分了用錢去，各各心照。文若虛到了船上，先向龜殼中把自己包裹被囊取出了。手摸一摸殼，口裏暗道："僥幸！僥幸！"主人便叫店内後生二人來擡此殼，分忖道："好生擡進去，不要放在外邊。"船上人見擡了此殼去，便道："這個滯貨也脫手了，不知賣了多少？"文若虛只不做聲，一手提了包裹，往岸上就走。這起初同上來的幾個，又趕到岸上，將龜殼從頭到尾細看了一遍，又向殼内張了一張，撈了一撈，面面相覷道："好處在那裏？"主人仍拉了這十來個一同上去。到店裏，說道："而今且同文客官看了房屋鋪面來。"衆人與主人一同走到一處，正是鬧市中間，一所好大房子。門前正中是個鋪子，旁有一弄走進轉個彎，是兩扇大石板門，門内大天井，上面一所大廳，廳上有一匾，題曰"來琛堂"。堂旁有兩楹側屋，屋内三面有櫥，櫥内都是綾羅各色緞匹。以後内房，樓房甚多。文若虛暗道："得此爲住居，王侯之家不過如此矣。況又有緞鋪營生，利息無盡，便做了這裏客人罷了，還思想家裏做甚？"就對主人道："好卻好，只是小弟是個孤身，畢竟還要尋幾房使喚的人才住得。"主人道："這個不難，都在小店身上。"

　　文若虛滿心歡喜，同衆人走歸本店來。主人討茶來吃了，說道："文客官今晚不消船裏，就在鋪中住下了。使喚的人鋪中現有，逐漸再討便是。"衆客人多道："交易事已成，不必說了。只是我們畢竟有些疑心，此殼有何好處，値價如此？還要主人見教一個明白。"文若虛道："正是，正是。"主人笑道："諸公枉了海上走了多遭，這些也不識得！列位豈不聞說龍有九子乎？内有一種是鼉龍，其皮可以幔鼓，聲聞百里，所以謂之鼉鼓。鼉龍萬歲，到底蛻下此殼成龍。此殼有二十四肋，按天上二十四氣，每肋中間節內有大珠一顆。若是肋未完全時節，成不得龍，蛻不得殼。也有生捉得他來，只好將皮幔鼓，其肋中也未有東西。直待二十四肋完全，節節珠滿，然後蛻了此殼變龍而去。故此是天然蛻下，氣候俱到，肋節俱完的，與生擒活捉、壽數未滿的不同，所以有如此之大。這個東西，我們肚中雖曉得，知他幾時蛻下？又在何處地方守得他著？殼不值錢，其珠皆有夜光，乃無價寶也！今天幸遇巧，得之無心耳。"眾人聽罷，似信不信。只見主人走將進去了一會，笑嘻嘻的走出來，袖中取出一西洋布的包來，說道："請諸公看看。"解開來，只見一團綿裹著寸許大一顆夜明珠，光彩奪目。討個黑漆的盤，放在暗處，其珠滾一個不定，閃閃爍爍，約有尺餘亮處。眾人看了，驚得目睜口呆，伸了舌頭收不進來。主人回身轉來，對眾客逐個致謝道："多蒙列位作成了。只這一顆，拿到咱國中，就值方纔的價錢了；其餘多是尊惠。"眾人個個心驚，卻是說過的話又不好翻悔得。主人見眾人有些變色，取了珠子，急急走到裏邊，又叫擡出一個緞箱來。除了文若虛，每人送與緞子二端，說道："煩勞了列位，做兩件道袍穿穿，也見小肆中薄意。"袖中摸出細珠十數串，每送一串道："輕鮮，輕鮮，備歸途一茶罷了。"文若虛處另是粗些的珠子四串，緞子八匹，道是："權且做幾件衣服。"文若虛同眾人歡喜作謝了。

主人就同眾人送了文若虛到緞鋪中，叫鋪裏夥計後生們都來相見，說道："今番是此位主人了。"主人自別了去，道："再到小店中去去來。"只見須臾間數十個腳夫拉了好些杠來，把先前文若虛封記的十桶五匣都發來了。文若虛搬在一個深密謹慎的臥房裏頭去處，出來對眾人道："多承列位挈帶，有此一套意外富貴，感謝不盡。"走進去把自家包裹內所賣洞庭紅的銀錢倒將出來，每人送他十個，止有張大與先前出銀助他的兩三個，分外又是十個。道："聊表謝意。"

此時文若虛把這些銀錢看得不在眼裏了。眾人卻是快活，稱謝不盡。文若虛又拿出幾十個來，對張大說："有煩老兄將此分與船上同行的人，每位一個，聊當一茶。小弟在此間，有了頭緒，慢慢到本鄉來。此時不得同行，就此爲別了。"張大道："還有一千兩用錢，未曾分得，卻是如何？須得文兄分開，方沒得說。"文若虛道："這倒忘了。"就與衆人商議，將一百兩散與船上衆人，餘九百兩照現在人數，另外添出兩股，派了股數，各得一股。張大爲頭的，褚中穎執筆的，多分一股。衆人千歡萬喜，沒有說話。內中一人道："只是便宜了這回回，文先生還該起個風，要他些不敷纏是。"文若虛道："不要不知足，看我一個倒運漢，做著便折本的，造化到來，平空地有此一主財爻。可見人生分定，不必強求。我們若非這主人識貨，也只當得廢物罷了。還虧他指點曉得，如何還好昧心爭論？"衆人都道："文先生說得是。存心忠厚，所以該有此富貴。"大家千恩萬謝，各各賣了所得東西，自到船上發貨。

　　從此，文若虛做了閩中一個富商，就在那裏取了妻小，立起家業。數年之間，纔到蘇州走一遭，會會舊相識，依舊去了。至今子孫繁衍，家道殷富不絕。正是：

　　運退黃金失色，時來頑鐵生輝。

　　莫與癡人說夢，思量海外尋龜。

上海古籍版《拍案惊奇》

|輯　錄|

　　即空觀主人《拍案驚奇·序》：宋元時，有小說家一種，多采閭巷新事，爲宮闈應承談資，語多俚近，意存勸諷。雖非博雅之派，要以小道可觀。近世承平日久，居佚志淫，一二輕薄惡少，初學拈筆，便想污蔑世界，廣摭誣造，非荒誕不足信，則褻穢不忍聞，得罪名教，種業來生，莫此爲甚。而且紙爲之貴，無翼飛，不脛走，有識者爲世道憂之，以功令厲禁，宜其然也。獨龍子猶氏所輯《喻世》等諸言，頗存雅道，時著良規，一破今時陋習，而宋元舊種，亦被收括殆盡。肆中人見其行世頗捷，意余當別有秘本，圖出而衡之，不知一二遺者，皆其溝中之斷蕪，略不足陳已。因取古今來雜碎事，可新聽睹，佐詼諧者，演而暢之，得若干卷。其事之真與飾，名之實與贗，各參半。文不足徵，意殊有屬，凡耳目前怪怪奇奇，當以無所不有。總以言之者無罪，聞之者足以戒，可謂云而已矣。

參考書目

《今古奇觀》，抱甕老人編，人民文學出版社 1957 年版。

《三言二拍資料》，譚正璧編，上海古籍出版社 1980 年版。

《話本小說概論》，胡士瑩著，中華書局 1980 年版。

思考題

1. "三言"本是"閑書"，卻以"喻世""警世""醒世"題名。爲什麼？

2. 明代白話短篇小說在結構上有何特點？

3. 試將"三言二拍"與《十日談》加以比較。

中國文學
【明清卷】

下編 清代文學

通　論

　　清代文學在中國文學史上佔有重要地位。清軍入關後，基本上繼承了明朝的政治文化制度，尊奉程朱理學，以八股文取士。清王朝對民族問題非常敏感，採取嚴酷手段鎮壓具有反清意識的文人，康熙、雍正、乾隆三朝，曾經屢興文字獄，以滅絕漢人的民族意識。同時，又採取各種手段籠絡漢族士人，如開"博學鴻詞科"以網羅天下名士，組織編纂《古今圖書集成》《全唐詩》《康熙字典》《四庫全書》等大型圖書。一般認爲，清王朝恩威並重的統治術，使清代文人逐漸喪失了經世致用的儒家傳統與獨立思考的批判精神，競相鑽進故紙堆，於是形成考據學盛極一時的局面。而清代文人講究博學的風氣，使一代文學也因此而染上了濃厚的書卷氣。

　　其實，問題並非如此簡單。明代中期以後，王學盛行，其流弊是空疏。明亡後，顧炎武等遺民反思亡國的教訓，曾對明末空談心性的學風加以系統清算，提倡經世致用的"實學"，反映到學術研究中，就是注重證據，反對空想臆說。清代考據學實發軔於此。考據學首先是對明代空疏學風的反動，也是對程朱理學與陸王心學的反動。明清學風的轉移，影響到文學上，就是注重學問修養。我們現代推崇的"性靈"文學，如金聖嘆、李漁、沈復、蔣坦輩之文，在當時大多文人眼中，難免"淺陋"之譏；而我們現代望而生畏的駢文，在當時大多文人眼中，卻是字字珠璣。即使講究文從字順的桐城古文派，後來也要主張義理、詞章、考據三者不可偏廢。博學於文，這是清人爲之自豪的風氣。以詩壇主流而論，清詩有宗唐與宗宋兩大派，而在乾隆以後，宗宋便漸佔上風，形成聲勢浩大的宋詩運動，一直延續至清末。即使並非宋詩派中人，也深受其影響。清人之所以更鍾情於宋詩，與清代注重博學的風氣不無關係。而且，古今關於詩的觀念並不完全相同。在古人那裏，詩不僅是言志抒情的工具，更是一種表現自我與相互交際的方式。清詩的作者與讀者大都是學養深厚的博雅之士，宋詩所代表的風格自然最符合他們的性情與趣味。清詩的獨特魅力也許就在於其博雅與書卷氣。不僅清詩如此，清文也如此。甚至影響到詞，也以博雅爲時髦。

詞本歌曲，與詩道有別，自有其當行本色。但在宋代，即有"以詩爲詞"一路，要將詞體"雅化"。清詞主要就是走的這條路徑。清詩尚有宗唐與宗宋之分，清詞則只有宗宋一派，而且主要是宗南宋。影響最大的浙西詞派與常州詞派，率皆如此。清人推尊詞體，尤其在常州詞派那裏，將詞與詩相提並論，反對詞乃詩餘的傳統觀念，主張詞有比興寄託，實際上就是將詞"詩化"與"雅化"。清代詞人掉書袋的現象非常普遍，我們在清詞中很難讀到唐五代那樣清新明快的詞作，納蘭性德那樣本色的詞人真如鳳毛麟角。清詞不復能歌，與倚聲填詞之道已大異其趣。清代詞人雖非常講究詞律，然不過是嚴守唐宋詞的平仄格律，實則爲長短不葺之新體格律詩。

戲曲小說也由俗變雅。雜劇與傳奇曲文的雅化，影響了舞臺表演效果，文則美矣，不過"稍有系統之詞"（王國維語），最後只能成爲文人的案頭讀物。但小說的雅化，卻令通俗文學天地一新。《紅樓夢》《儒林外史》等古典小說，其審美趣味與《水滸傳》《金瓶梅》《醒世姻緣傳》等元明小說自有雅俗之別。博雅既然爲時髦，小說家也不能免俗。如《野叟曝言》《鏡花緣》等，便是"以小說見才學者"的突出例子。

道光二十年即一八四零年，第一次鴉片戰爭爆發，通常所說的"近代"開始。在歐風美雨的衝擊之下，中國傳統文化包括文學，開始逐漸轉型。歐美文學被大量譯介成中文，"純文學""美學""悲劇"等新的觀念隨之輸入，於是有"詩界革命""小說界革命"等嘗試。但是，傳統文學的基本格局並未改變，文言依舊是詩文的正統語言。甚至翻譯歐美的詩歌小說，也流行用文言。嚴復、林紓等古文大家不論，深受西方文化影響的蘇曼殊，竟然也用非常古奧的文言來翻譯歌德、彭斯、拜倫、雪萊等人的抒情詩。被梁啓超譽爲"詩界革命"的旗幟的黃遵憲，仍是用"古人之風格"來表現新意境。直至白話文學運動起來，文學的語言與形式徹底革新，古文學的歷史也就宣告結束。

第一章

清　詩

概　說

　　明末清初之際，詩風一變。曾經風靡天下的公安與竟陵詩風，已近尾聲，繼之而起的是一派沈鬱蒼涼的低吟。朝廷黨爭的激烈，江山易主的巨變，無一不給詩人以強烈的刺激。明清易代與元明易代，在傳統士大夫心中，不可同日而語。元末詩人，大多是懷着由衷的喜悅進入新朝的，而明末詩人的情形，卻恰好相反。看重氣節的遺民詩人如顧炎武、王夫之、吳嘉紀、屈大均等，或遁跡山林，或浪跡江湖，詩中充滿亡國之痛與故國之思。但這些遺民詩人在清初的影響並不很大，一是他們年輩較晚，再則是他們遠離政治文化中心。影響最大而處境也最尷尬的是在明末已經成名的詩人，如被時人譽爲"江左三大家"的錢謙益、吳偉業、龔鼎孳。他們由於種種原因出仕清朝，自知於"名節"有虧，詩中或隱或顯地流露出身世之感，甚至以曲筆表達江山故國之思。錢謙益最具代表性。錢氏學養深厚，才情富贍，思深筆婉，爲明末清初的詩壇領袖，同時也飽嘗身仕兩朝的無奈與痛苦。吳偉業也是在明末崛起詩壇的巨擘，其詩筆搖曳多姿，但以七言歌行最負盛名。這類作品多詠嘆明末清初的人物命運，情深韻長，類似"元白體"而又自成一家，號稱"梅村體"，甚至被譽爲"一代詩史"。同時而年輩稍晚的施閏章和宋琬，在詩壇上也享有盛名，有"南施北宋"之稱。

繼錢謙益之後，主盟詩壇的是王士禛。王士禛以標舉"神韻說"著稱，所謂"神韻"，是一個比較玄妙的概念，大抵指境界的沖淡閑遠與韻味的雋永含蓄，如王、孟、韋、柳一派的田園山水小詩所表現的風神與情韻。這種審美情趣，顯然只適合於語句凝練的五七言短章，王士禛本人的具有"神韻"的作品便是七言絕句。與王士禛同時馳名詩壇、開創風氣的是浙江詩人朱彝尊，時稱"南朱北王"。朱彝尊是博學多才的學者，胸中書卷既多，下筆自然以博雅爭勝，故其詩早年宗唐，而後來則由唐入宋。但公開標舉宋詩而又形成影響的詩人是查慎行，以及清代中期的厲鶚。厲鶚編有《宋詩紀事》，擴大了宋詩派的影響。

清代中期執詩壇牛耳的是沈德潛。沈德潛宗唐黜宋，以標舉"格調說"著稱。"格調"指詩的"體格聲調"，沈氏所謂"格調說"，強調的是詩格要高古，歸於雅正，而聲調要和諧瀏亮；詩風要"溫柔敦厚"，中正平和，委婉含蓄，勿過甚其辭，勿過直露。沈氏按照這種標準選編的《古詩源》《唐詩別裁集》《明詩別裁集》《國朝詩別裁集》，風行一時，但他本人的詩作卻平庸無奇。在乾隆詩壇最有影響的當推提倡"性靈說"的袁枚。袁枚少年得志，但三十多歲即辭官，卜居南京小倉山，過著風流瀟灑、悠閑自在的文人生活。袁枚反對摹唐擬宋，主張表現個人的"性情"，與晚明公安派"獨抒性靈，不拘格套"的詩論息息相通。袁枚的詩名在當時很大，詩作流傳甚廣，但其中好詩不多，絕大部分是憑藉"靈犀一點是吾師"的聰明揮灑出的率意之作，不乏機智與靈巧，卻不耐讀。與袁枚並稱"乾隆三大家"的趙翼、蔣士銓，持論與袁枚相近，但創作風格卻各自成家。年輩稍晚的詩人黃景仁、張問陶等，都曾受到"性靈說"的影響。

嘉慶以降，文網漸開，士氣復振，首開近代詩風的人是龔自珍。龔氏爲人孤傲狂誕，敢發"非常異議可怪之論"，詩亦有奇氣，既非漢魏風骨，亦非唐韻，更非宋調，奇特瑰麗，大有前無古人、睥睨一世之氣概。其詩中雖多"香草美人"，令人想到楚辭；然亦多"劍氣簫心"，令人想到江湖俠膽。龔自珍其人是一個謎，其詩亦多不可解。龔詩不可學，與其同聲相應的魏源，就難以達到龔詩的境界。

宋詩派在清代後期逐漸成爲影響最大的流派。所謂"唐詩"與"宋詩"，實際上代表兩種風格："唐詩"多以豐神情韻見長，"宋詩"多以筋骨思理見勝。乾嘉以後，博學成爲時尚，學人的審美趣味更與"宋詩"相近，故宗宋成爲一時風氣。宋詩派的領袖，如程恩澤、祁雋藻、曾國藩等，多身居高位，門生弟子遍天下，影響之大，其他詩派不可同日而語。這一派詩人，前有鄭珍、莫友芝、何紹基、金和等；而在戊戌變法前後，更有所謂"同光體"詩人，如沈曾植、陳三立、陳衍、鄭孝胥等。作爲宋詩派中的一個流派，用陳衍在《沈乙庵詩序》中的話說，所謂"同光體"是指"同（治）、光（緒）以來詩人不墨守盛唐者"。這只是一種反面的提法，換言之，即以宗宋爲主而溯源杜甫、韓愈者。近代宋詩派的形成與演變，除與時尚有關，也與時局有關。近代中國面臨的種種變局，令作爲局中人的詩人難以去追求"妙悟"或"神韻"，他們力求尋找不同凡響的形式或風格，去表現心中的沉鬱與思索。

近代詩派衆多，除宋詩派之外，還有以王闓運爲代表的漢魏六朝詩派，以樊增祥、易順鼎爲代表的中晚唐詩派與以黃遵憲、梁啓超爲代表的詩界革命派等。"詩界革命"雖然是梁啓超在二十世紀初纔提出的口號，但在戊戌變法前，夏曾佑、蔣智由、譚嗣同以及梁氏本人等，就嘗試寫作"新詩"，其特點是"喜搗捲新名詞以自表異"。梁氏後來提出新詩必須具有三長：一爲"新意境"，二爲"新語句"，三爲"以古人之風格入之"。據此，他最推崇黃遵憲，認爲"近世詩人能鎔鑄新理想以入舊風格者，當推黃公度"。黃氏曾出使英法意日諸國，所見所聞所感所思，自有前人所未道之事物與意境，開闊了中國詩之境界，在當時有令人耳目一新之感。但形式上依然是古體或近體，所謂"舊瓶新酒"，還不是現代意義上的新文學。

參考書目

《清詩別裁集》，沈德潛編，上海古籍出版社1984年版。

《清詩精華錄》，錢仲聯選，齊魯書社1987年版。

《清詩流派史》，劉世南著，人民文學出版社2019年版。

《清詩史》，嚴迪昌著，人民文學出版社2019年版。

第一節　由明入清之詩人

錢謙益（1582—1664）

《清史稿·文苑傳》：錢謙益，字受之，常熟人。明萬曆中進士，授編修。博學工詞章，名隸東林黨。天啓中，御史陳以瑞劾罷之。崇禎元年起官，不數月至禮部侍郎。會推閣臣，謙益慮尚書溫體仁、侍郎周延儒並推，則名出己上，謀沮之。體仁追論謙益典試浙江取錢千秋關節事，予杖論贖。體仁復賄常熟人張漢儒訐謙益貪肆不法，謙益求救於司禮太監曹化淳，刑斃漢儒，體仁引疾去，謙益亦削籍歸。李自成陷京師，明臣議立君江寧，謙益陰推戴潞王，與馬士英議不合。已而福王立，懼得罪，上書誦士英功，士英引爲禮部尚書。復力薦閹黨阮大鋮等，鋮遂爲兵部侍郎。順治三年，豫親王多鐸定江南，謙益迎降，命以禮部侍郎管秘書院事。馮銓充修明史館正總裁，謙益副之。俄乞歸。五年，鳳陽巡撫陳之龍獲黃毓祺，謙益坐與交通，詔總督馬國柱逮訊。謙益訴辨，國柱遂以謙益、毓祺素非相識定讞，得放還。以著述自娛，越十年卒。謙益爲文博贍，諳悉朝典，詩尤擅其勝。明季王（世貞）、李（攀龍）號稱復古，文體日下，謙益起而力振之。家富藏書，晚歲絳雲樓火，惟一佛像不燼，遂歸心釋教，著《楞嚴經蒙鈔》。其自爲詩文，曰《初學集》，曰《有學集》，乾隆三十四年詔毀板，然傳本至今不絕。

和東坡《西臺》詩韻

【題解】　順治四年丁亥（1648），作者在常熟被人告發與反清人士交通，因而被逮至南京下獄。此詩即在獄中吟成。原序稱："丁亥三月晦日，晨興禮佛，忽被急徵。鋃鐺拖曳，命在漏刻。河東夫人（即柳如是）沈痾臥蓐，蹶然而起，冒死從行，誓上書代死，否則從死。慷慨首途，無刺刺可憐之語。余亦賴以自壯焉。獄急時，次東坡御史臺寄妻詩，以當訣別。獄中遏紙筆，臨風暗誦，飲泣而已。生還以後，尋繹遺忘，尚存六章。"

朔氣陰森夏亦淒，穹廬四蓋覺天低。青春望斷催歸鳥，黑獄聲沈報曉雞。慟哭臨江無壯子，徒行赴難有賢妻。重圍不禁還鄉夢，卻過淮東又浙西。

上海古籍版《牧齋有學集》卷一

○朔氣：北方之氣。此處隱喻滿洲。○穹廬：《史記・匈奴列傳》："匈奴父子乃同穹廬而臥。"《漢書音義》："穹廬，旃帳。"此詩用"穹廬"一詞，以指滿洲爲胡虜。○催歸鳥：《太平廣記》引《顧渚山記》："顧渚山中有鳥如鸜鵒而色蒼，每至正月作聲曰：'春起也！'三四月曰：'春去也！'採茶人呼爲喚春鳥。"○壯子：《禮記・曲禮》："三十曰壯。"作者被逮下獄時，其子孫愛年十九。○淮東：暗指明鳳陽祖陵。浙西：暗指此時尚爲明守之浙江沿海島嶼，如舟山群島等。陳寅恪稱："此等島嶼，固在浙江之東，若就殘明爲主之觀點言，則浙江省乃在其西。……牧齋詭辭以寓意，表面和蘇韻，使人不覺其微旨所在。總之此兩句謂不獨思家而已，更懷念故國也。"

後觀棋絕句

【題解】 原題《後觀棋六絕句》,因作者此前曾作《觀棋六絕句》,故名。此詩名爲詠棋,實爲詠史。作者借"枯枰""寒潮""白頭""涼宵""殘棋"等一系列意象,表達出故國舊臣了無意緒的寂寞心情和無可奈何的淒涼心境。

寂寞枯枰響泬㵳,秦淮秋老咽寒潮。白頭燈影涼宵裹,一局殘棋見六朝。

上海古籍版《牧齋有學集》卷一

留題秦淮丁家水閣

【題解】 這組絕句共三十首,原題爲《丙申春就醫秦淮,寓丁家水閣,浹兩月,臨行作絕句三十首留別》。據陳寅恪《柳如是別傳》,這些詩"大抵爲當日南明作政治活動者,相往還酬唱之篇什。"詩中所用意象,常常別有寄托。

舞榭歌臺羅綺叢,都無人跡有春風。踏青無限傷心事,並入南朝落照中。

苑外楊花待暮潮,隔溪桃葉限紅橋。夕陽凝望春如水,丁字簾前是六朝。

上海古籍版《牧齋有學集》卷六

| 輯　錄 |

沈德潛《國朝詩別裁集》:尚書天資過人,學殖鴻博。論詩稱樂天、東坡、放翁諸公。而明代如李、何、王、李,概揮斥之;餘如二袁、鍾、譚,在不足比數之

列。一時帖耳推服，百年以後，流風餘韻，猶足聾人也。生平著述，大約輕經籍而重內典，棄正史而取稗官，金銀銅鐵，不妨合爲一爐。至六十以後，頹然自放矣。向尊之者，幾謂上掩古人；而近日薄之者，又謂漸滅唐風，貶之太甚，均非公論。

徐世昌《晚晴簃詩彙》：牧齋才大學博，主持東南壇坫，爲明清兩代詩派一大關鍵。譽之者曰別裁僞體，轉益多師；毀之者曰記醜言博，黨同伐異。要其驅使百家，雕鏤衆象，非一邱一壑者比。

吳偉業（1609—1672）

《清史稿·文苑傳》：吳偉業，字駿公，太倉人。明崇禎四年進士，授編修。充東宮講讀官，再遷左庶子。弘光時授少詹事，乞假歸。順治九年，用兩江總督馬國柱薦，詔至京，侍郎孫承澤、大學士馮銓相繼論薦，授秘書院侍講，充修《太祖太宗聖訓》纂修官。十三年遷祭酒。丁母憂歸，康熙十年卒。偉業學問博贍，或從質經史疑義及朝章國故，無不洞悉原委。詩文工麗，蔚爲一時之冠。不自標榜，性至孝，生際鼎革，有親在，不能不依違顧戀。俯仰身世，每自傷也。臨歿顧言："吾一生遭際，萬事憂危，無一時一境不歷艱苦。死後斂以僧裝，葬我鄧尉靈巖之側，墳前立一圓石，題曰：'詩人吳梅村之墓。'勿起祠堂，勿乞銘。"聞其言者，皆悲之。著有《春秋地理志》《氏族志》《綏寇紀略》《梅村集》。

鴛湖曲

【題解】鴛湖即鴛鴦湖，又名南湖，在浙江嘉興府城西南。湖心有小島，島上煙雨樓始建於五代，爲遊覽勝地。程穆衡《梅村詩箋》："此弔吳昌時也。"據《明史·周延儒傳》：吳昌時，嘉興人，崇禎末起官禮部文選司郎中，與復社張溥善，溥乃周延儒門生，延儒再相，頗得昌時之力。然其爲人墨而傲，通廠衛，把持朝官，同朝咸嫉之。後延儒得罪賜死，昌時亦棄市。沈德潛《國朝詩別裁集》："篇中極言盛衰，如聽雍門之琴，用意全在收束。"

　　鴛鴦湖畔草粘天，二月春深好放船。柳葉亂飄千尺雨，桃花斜帶一溪煙。煙雨迷離不知處，舊堤卻認門前樹。樹上流鶯三兩聲，十年此地扁舟住。主人愛客錦筵開，水閣風吹笑語來。畫鼓隊催桃葉伎，玉簫聲出柘枝臺。輕靴窄袖嬌妝束，脆管繁弦競追逐。雲鬟子弟按霓裳，雪面參軍舞鸜鵒。酒盡移船曲榭西，滿湖燈火醉人歸。朝來別奏新翻曲，更出紅妝向柳堤。歡樂朝朝兼暮暮，七貴三公何足數。十幅蒲帆幾尺風，吹君直上長安路。長安富貴玉驄嬌，侍女熏香護早朝。分付南湖舊花柳，好留煙月伴歸橈。那知轉眼浮生夢，蕭蕭日影悲風動。中散彈琴竟未終，山公啓事成何用？東市朝衣一旦休，北邙抔土亦難留。白楊尚作他人樹，紅粉知非舊日樓。烽火名園竄狐兔，畫閣偷窺老兵怒。寧使當時沒縣官，不堪朝市都非故。我來倚棹向湖邊，煙雨臺空倍惘然。芳草乍疑歌扇綠，落英錯認舞衣鮮。人生苦樂皆陳跡，年去年來堪痛惜。聞笛休嗟石季倫，銜杯且效陶彭澤。君不見白浪掀天一葉危，收竿還怕轉船遲。世人無限風波苦，輸與江湖釣叟知。

上海古籍版《吳梅村詩集箋注》卷三

　　○桃葉：東晉王獻之妾名。桃葉伎，指吳昌時的家伎。○柘枝：舞曲名，亦舞蹈名。《詞譜》："此舞因曲爲名，用二女童，帽施金鈴，抃轉有聲。"○雲鬟子弟：男性旦角。霓裳：舞曲名。○雪面參軍：白面丑角。鸜鵒：舞曲名。○七貴三公：七貴原指西漢七家把持朝政的外戚。潘岳《西征賦》："竊七貴於漢庭，踊一姓之或在。"李善注："七姓謂呂、霍、上官、趙、丁、傅、王也。"三公：西周以太師、太傅、太保爲三公，西漢以大司馬、大司徒、大司空爲三公。此處代指權貴。○長安：此處代指明都北京。按：吳昌時於崇禎十四年入京任文選郎中。○中散彈琴：嵇康仕魏爲中散大夫，故後人稱康爲中散。《世說新語・雅量》："嵇中散臨刑東市，

231

神氣不變，索琴彈之，奏《廣陵散》。"○山公啓事：晉山濤任吏部尚書，所奏甄拔人物，各爲品題，時稱"山公啓事"。見《晉書·山濤傳》。○東市朝衣：《史記·袁盎晁錯列傳》："上令晁錯衣朝衣斬東市。"後因以"東市朝衣"代指大臣被殺。○北邙：山名，在洛陽東北。漢魏以來，王侯公卿貴族多葬於此，後因以泛指墓地。○聞笛：嵇康被殺後，向秀經其山陽舊居，聞鄰人笛聲，追想曩昔遊宴之好，感音而嘆，因作《思舊賦》。見《晉書·向秀傳》。○石季倫：名崇，西晉貴族，以豪華奢靡著稱。後爲趙王司馬倫嬖人孫秀所譖，被殺。

圓圓曲

【題解】 這是吳偉業最著名的一首七言歌行。詩中敍述降清明將吳三桂與名妓陳圓圓的悲歡離合，字裏行間卻充滿了對吳三桂的諷刺與調侃。陸次雲《圓圓傳》謂："梅村效《琵琶》《長恨》體作《圓圓曲》，以刺吳三桂，曰'衝冠一怒爲紅顏'，蓋實錄也。三桂齎重幣求去此詩，吳勿許。當其盛時，祭酒（梅村）能顯斥其非，卻其賂遺而不顧，於甲寅之亂似早有見其微者。嗚呼，梅村非詩史之董狐也哉！"

鼎湖當日棄人間，破敵收京下玉關。慟哭六軍皆縞素，衝冠一怒爲紅顏。紅顏流落非吾戀，逆賊天亡自荒讌。電掃黃巾定黑山，哭罷君親再相見。相見初經田竇家，侯門歌舞出如花。許將戚里箜篌伎，等取將軍油壁車。家本姑蘇浣花里，圓圓小字嬌羅綺。夢向夫差苑裏遊，宮娥擁入君王起。前身合是采蓮人，門前一片橫塘水。橫塘雙槳去如飛，何處豪家強載歸？此際豈知非薄命，此時祇有淚沾衣。熏天意氣連宮掖，明眸皓齒無人惜。奪歸永巷閉良家，教就新聲傾坐客。坐客飛觴紅日暮，一曲哀弦向誰訴？白皙通侯最少年，揀取花枝屢回顧。早攜嬌鳥出樊籠，待得銀河幾時渡？恨殺軍書底死催，苦留後約將人誤。相約恩深相見難，一朝蟻賊滿長安。可憐思婦樓頭柳，認作天邊粉絮看。遍索綠珠圍內第，強呼絳樹出雕欄。若非壯士全師勝，爭得蛾眉匹馬還？蛾眉馬上傳呼進，雲鬟不整驚魂定。蠟炬迎來在戰場，啼妝滿面殘紅印。專征簫鼓向秦川，金牛道上車千乘。斜谷雲深起畫樓，散關月落開妝鏡。傳來消息滿江鄉，烏柏紅經十度霜。教曲妓師憐尚在，浣紗女伴憶同行。舊巢共是銜泥燕，飛上枝頭變鳳凰。長向尊前悲老大，有人夫婿擅侯王。當時祇受聲名累，貴戚名豪競延致。一斛珠連萬斛愁，關山漂泊腰肢細。錯怨狂風揚落花，無邊春色來天地。嘗聞傾國與傾城，翻使周郎受重名。妻子豈應關大計，英雄無奈是多情。全家白骨成灰土，一代紅妝照汗青。君不見館娃初起鴛鴦宿，越女如花看不足。香徑塵生鳥自啼，屧廊人去苔空綠。換羽移宮萬里愁，珠歌翠舞古梁州。爲君別唱吳宮曲，漢水東南日夜流。

上海古籍版《吳梅村詩集箋注》卷十

○鼎湖：《史記·封禪書》："黃帝采首山銅，鑄鼎於荆山下。鼎既成，有龍垂胡髯下迎黃帝。黃帝上騎，群臣後宮從上者七十餘人，龍乃上去。……故後世因名其處曰鼎湖。"後因以"鼎湖"指皇帝殯天。○玉關：玉門關，在甘肅省敦煌西。此處借指山海關。○田竇：田蚡和竇嬰，均爲西漢外戚。詩中借指崇禎帝的外戚。據陸次雲《圓圓傳》，此外戚是田貴妃的父親田宏遇。○浣花里：唐代蜀中名妓薛濤居浣花里。此處係借用。○采蓮人：指西施。○綠珠：西晉石崇寵妾。下句"絳樹"是三國時著名舞伎。此處均爲代指。○一斛珠：事出傳奇《梅妃傳》：唐玄宗思念梅妃，適逢外國進貢珍珠，玄宗隨命"封珍珠一斛密賜妃"，妃作詩，玄宗命樂工度曲，稱《一斛珠》。○周郎：三國時吳國名將周瑜。此處代指吳三桂。○館娃：即館娃宮。香徑：即采香徑。屧廊：即響屧廊。傳說均系吳王夫差爲西施所建。○古梁州：三國蜀漢置梁州，治所在沔陽，西晉移治南鄭。時吳三桂開藩在陝西南鄭，故稱。

輯 錄

紀昀《四庫全書總目》：其少作大抵才華艷發，吐納風流，有藻思綺合、清麗芊眠之致。及乎遭逢喪亂，閱歷興亡，激楚蒼涼，風骨彌爲遒上。暮年蕭瑟，論者以庾信方之。其中歌行一體，尤所擅長。格律本乎四傑，而情韻爲深；敍述類乎香山，而風華爲勝。韻協宮商，感均頑艷，一時尤稱絶調。其流播詞林，仰邀睿賞，非偶然也。至於以其餘技度曲倚聲，亦復接跡屯田（柳永），嗣音淮海（秦觀）。王士禎稱"白髮填詞吳祭酒"，亦非虛美。惟古文每參以儷偶，既異齊梁，又非唐宋，殊乖正格。蓋詞人之作散文，猶道學之作韻語，雖强爲學步，本質終存也。然少陵詩冠千古，而無韻之文率不可讀。人各有能有不能，固不必一一求全矣。

趙翼《甌北詩話》：梅村詩有不可及者二：一則神韻悉本唐人，不落宋以後腔調，而指事類情，又宛轉如意，非如學唐者之徒襲其貌也；一則庀材多用正史，不取小説家故實，而選聲作色，又華艷動人，非如食古者之物而不化也。

徐世昌《晚晴簃詩彙》：梅村年十四，能屬文。張西銘見而嘆曰："文章正印，在此子矣。"遂受業西銘之門，專治《春秋》，熟於兩《漢書》《三國志》《晉書》《南北史》。作詩原本唐人，不涉宋以後一語。古勝於律，尤善歌行。胎息初唐，不囿於長慶。陳臥子謂其詩似李頎，又極稱其《洛陽行》一篇，蓋集中最深厚之作。他如《永和宮詞》《臨淮老妓行》《楚兩生行》《圓圓曲》《思陵長公主挽詩》諸篇，皆志在以詩爲史，而事實舛誤，及俗調浮詞，亦所不免。後來摹擬成派，往往無病而呻吟，令人齒冷。甚至以委巷見聞形容宮掖，調言自喜，雅道蕩然，則非梅村所及料也。

參考書目

《牧齋有學集》，錢謙益著，上海古籍出版社 1996 年版。

《吳梅村詩集箋注》，吳偉業著，上海古籍出版社 1983 年版。

《柳如是別傳》，陳寅恪著，上海古籍出版社 1980 年版。

思考題

1. 怎樣理解錢謙益等人降清後的心境與詩境？
2. 試分析吳偉業長篇歌行的藝術風格。
3. 背誦錢謙益《後觀棋絕句》。

第二節　遺民詩人

顧炎武（1613—1682）

《清史稿·儒林傳》：顧炎武，字寧人，原名絳，崑山人。明諸生。見明季多故，講求經世之學。明南都亡，奉嗣母王氏避兵常熟。崑山令楊永言起義師，炎武從之，魯王授爲兵部司務。事不克，幸而得脫。母遂不食卒，誡炎武弗事二姓。唐王以兵部職方郎召，母喪未赴，遂去家不返。墾田於山東長白山下，畜牧於山西雁門之北、五臺之東，累致千金。遍歷關塞，四謁孝陵，六謁思陵，始卜居陝之華陰。生平精力絕人，自少至老，無一刻離書。所至之地，以二羸馬載書，過邊塞亭障，呼老兵卒詢曲折，有與平日所聞不合，即發書對勘。炎武之學，大抵主於斂華就實，凡國家典制、郡邑掌故、天文儀象、河漕兵農之屬，莫不窮原究委，考正得失。清初稱學有根柢者，以炎武爲最，學者稱爲"亭林先生"。撰有《天下郡國利病書》《日知錄》《亭林詩文集》和"音學五書"等。

塞下曲

【題解】 作者用古樂府舊題，寫江南思婦懷念久戍不歸的丈夫，可能寓有"黍離麥秀"之悲。

趙信城邊雪化塵，紇干山下雀呼春。即今三月鶯花滿，長作江南夢裏人。

上海古籍版《顧亭林詩集彙注》卷一

○趙信城：《史記・匈奴列傳》裴駰《集解》：漢翕侯趙信出兵不利，降匈奴，匈奴築城使居之。故城在今蒙古杭愛山一帶。○紇干山：在山西大同東。《新五代史・寇彥卿傳》記當地謠諺："紇干山頭凍死雀，何不飛去生處樂？"○三月鶯花：丘遲《與陳伯之書》："暮春三月，江南草長，雜花生樹，群鶯亂飛。"○夢裏人：本陳陶《隴西行》："可憐無定河邊骨，猶是深閨夢裏人。"

又酬傅處士次韻

【題解】 康熙二年春，作者與友人傅山在太原相遇，傅山贈詩一首，作者亦賦詩相答。傅處士，名山，字青主，太原人，明亡後隱居不仕。

清切頻吹越石笳，窮愁猶駕阮生車。時當漢臘遺臣祭，義激韓讎舊相家。陵闕生哀回夕照，河山垂淚發春花。相將便是天涯侶，不用虛乘犯斗槎。

上海古籍版《顧亭林詩集彙注》卷四

○越石笳：劉琨字越石。《晉書・劉琨傳》："琨在晉陽，嘗為胡騎所圍數重，城中窘迫無計。琨乃乘月，登樓清嘯。賊聞之，皆淒然長嘆。中夜奏胡笳，賊又流涕噓唏，有懷土之切。向曉復吹之，賊並棄圍而走。"○阮生車：阮生即阮籍。《晉書・阮籍傳》："時率意獨駕，不由徑路，車跡所窮，輒痛哭而返。"○漢臘：臘，歲終祭神。《後漢書・陳寵傳》："寵曾祖父咸，成哀間，以律令為尚書。……及莽篡位，召咸以為掌寇大夫，謝病不肯應，時三子參、豐、欽皆在位，乃悉令解官，父子相與歸鄉里，閉門不出入，猶用漢家祖臘。人問其故，咸曰：'我先人豈知王氏臘乎？'"

○韓讎：《史記·留侯世家》："秦滅韓，良年少，未宦事韓。韓破，良家僮三百人，弟死不葬，悉以家財求客刺秦王，爲韓報仇，以大父、父五世相韓故。"○犯斗槎：用張華《博物志》所載浮槎泛天河故事。

吳嘉紀（1618—1684）

《清史稿·文苑傳》：吳嘉紀，字賓賢，泰州人。布衣，家安豐鹽場之東淘，地濱海。無交遊，自名所居曰"陋軒"。貧甚，雖豐歲，常乏食。獨喜吟詩，晨夕嘯詠自適，不交當世。郡人汪楫、孫枝蔚與友善，時稱道之，遂爲王士禎所知。尤賞其五言清泠古淡，雪夜酌酒爲之序，馳使三百里致之。嘉紀因買舟至揚州，謁謝定交，由是四方知名士爭與之倡和。嘉紀工爲危苦嚴冷之詞，嘗撰今樂府，淒急幽奧，能變通陳跡，自爲一家。其詩風骨頗遒，運思亦復劌刻。由所遭不偶，每多怨咽之音，而篤行潛修，特爲一時推重。

過史公墓

【題解】 史公即史可法，其墓在揚州城外梅花嶺上。

讒聞戰馬渡滹沱，南北紛紛盡倒戈。諸將無心留社稷，一抔遺恨對山河。秋風暮嶺松篁暗，夕照荒城鼓角多。寂寞夜臺誰弔問，蓬蒿滿地牧童歌。

上海古籍版《吳嘉紀詩箋校》卷一

一錢行贈林茂之

【題解】 林茂之名古度，福建侯官人，明亡後居金陵，康熙初卒。王應奎《柳南續筆》："侯官林茂之有一萬曆錢，繫臂五十餘載，以己爲萬曆時所生也。泰州吳野人爲賦《一錢行》以贈之。"沈德潛《清詩別裁集》："'桃花李花'二語，偏寫得興高，遊冶相似，而結意悲傷，傳出麥秀漸漸之感，一篇主意全在此也。"

先生春秋八十五，芒鞋重踏揚州土。故交但有丘壟存，白楊摧盡留枯根。昔遊倏過五十載，江山宛然人代改。滿地干戈杜老貧，囊底徒餘一錢在。桃花李花三月天，同君扶杖上漁船。杯深顔熱城市遠，卻展空囊碧水前。酒人一見皆淚垂，乃是先朝萬曆錢。

上海古籍版《吳嘉紀詩箋校》卷二

| 輯　錄 |

王士禛《陋軒詩·序》：癸卯孟春，周櫟園（亮工）司農將之青州，過揚州，遺予《陋軒詩》一卷，蓋海陵吳君嘉紀之作也。披讀一過，古澹高寒，有聲出金石之樂，殆郊、島者流。近世之號爲詩人者衆矣，掇拾漢、魏，捃摭六朝，以獻酬標榜爲名高，以類函韻藻爲生活，此道甕稷榛莽久矣。如君白首藜藿，戢影窮海之濱，作爲詩歌，托寄蕭遠，若不知有門以外事者，非夫樂天知命，烏能至此？

沈德潛《國朝詩別裁集》：漁洋詩以學問勝，運用典實而胸有爐冶，故多多益善，而不見痕跡。《陋軒詩》以性情勝，不須典實，而胸無渣滓，故語語真樸，而越見空靈然終以無名位人，予持此論，而衆人不以爲然。然其詩具在，試平心易氣讀之，近人中有此孤懷高寄者否？

屈大均（1630—1696）

《清史稿·文苑傳》：屈大均，字介子，番禺人。初名紹隆，遇變爲僧，中年返初服。工詩，高渾兀崒。有《翁山詩文集》。

奈何帝

【題解】　原序："陳後主將亡國，鍾山羣鳥翔鳴，曰：奈何帝，奈何帝。"

奈何帝，奈何帝，風流亡國亦足豪，美人相抱井中墜。可惜井中水不深，美人不死傷我心。淚痕化作胭脂痕，千秋漠漠苔花侵。苔花侵，美人墓在清溪陰。不死胭脂死清溪，可憐不作井中泥。國亡不恨恨惟此，山河不易一女子。

國學扶輪社《翁山詩外》卷三

魯連臺

【題解】 譚獻《復堂日記》："神似太白，不獨形似。"

一笑無秦帝，飄然向海東。誰能排大難，不屑計奇功？古戍三秋雁，高臺萬木風。從來天下士，只在布衣中。

國學扶輪社《翁山詩外》卷六

花　前

【題解】 花前怨女，也許別有寄托。

花前小影立徘徊，風解吹裙百摺開。已有淚光同白露，不須明月上衣來。

國學扶輪社《翁山詩外》卷十五

| 輯　錄 |

沈德潛《清詩別裁集》：翁山天分絕人，而又奔走塞垣，交結宇內奇士，隨所感觸，自有不可一世之慨，欲覓一磊落怪偉之人對之，藝林諸公竟罕其匹。

陳田《明詩紀事》：翁山五言詠古詩，突兀奇崛，多不經人道語。七律雄宕豪邁，五律雋妙圓轉，一氣相生，有明珠走盤之妙。

【附】

陳恭尹（1631—1700）

《清史稿·文苑傳》：陳恭尹，字元孝，順德人。父邦彥明末殉國難，贈尚書。恭尹少孤，能爲詩。習聞忠孝大節，棄家出遊，留閩浙者七年。渡銅鼓洋，訪故人於海外。歸，復遊贛州，轉泛洞庭，再遊金陵，至汴梁，北渡黃河，徘徊太行之下。於是南歸，築室羊城之南，以詩文自娛，自稱"羅浮布衣"。恭尹修髯偉貌，氣幹沈深，其爲詩激昂頓挫，足以發其哀怨之思。卒年七十一。著《獨漉堂集》。王隼取恭尹詩，合屈大均、梁佩蘭共刻之，爲《嶺南三家集》。

鄴　中

山河百戰鼎終分，嘆息漳南日暮雲。亂世奸雄空復爾，一家詞賦最憐君。銅臺未散吹笙伎，石馬先傳出水文。七十二墳秋草遍，更無人表漢將軍。

上海古籍版《清詩別裁集》卷八

虎丘題壁

虎跡蒼茫霸業沈，古時山色尚陰陰。半樓月影千家笛，萬里天涯一夜砧。南國干戈征士淚，西風刀剪美人心。市中亦有吹簫客，乞食吳門秋又深。

上海古籍版《清詩別裁集》卷八

讀秦紀

謗聲易弭怨難除，秦法雖嚴亦甚疏。夜半橋邊呼孺子，人間猶有未燒書。

上海古籍版《清詩別裁集》卷八

參考書目

《明遺民詩》，卓爾堪編，中華書局 1960 年版。

《顧亭林詩集彙注》，王蘧常輯注，上海古籍出版社 1983 年版。

《翁山詩外》，屈大均著，國學扶輪社刊本。

《吳嘉紀詩箋校》，吳嘉紀著，上海古籍出版社 1980 年版。

思考題

1. 背誦顧炎武《又酬傅處士次韻》、吳嘉紀《一錢行贈林茂之》與屈大均《魯連臺》。

2. 注釋陳恭伊《虎丘題壁》。

3. 陳恭尹《讀秦紀》詠秦皇焚書，此類翻案之作代有作者，試舉數首加以比較分析。並以此為題寫詩一首。

第三節　清前期詩人

施閏章（1618—1683）

《清史稿·文苑傳》：施閏章，字尚白，號愚山，宣城人。閏章少孤，事叔父如父，從沈壽民遊，博綜群籍，善詩古文辭。順治六年進士，授刑部主事。以員外郎試高等，擢山東學政，崇雅黜浮，有冰鑒之譽。遷江西參議，分守湖西道，屬郡殘破多盜，遍歷山谷撫循之，人呼"施佛子"。尤崇獎風教，所至輒葺書院，會講常數百人。康熙初，裁缺歸，民留之不得，乃醵金創龍岡書院祀之。十八年，召試鴻博，授翰林院侍講，纂修《明史》，典試河南。二十二年轉侍讀，尋病卒。閏章之學，以體仁爲本，置義田贍族，好扶掖後進。爲文意樸而氣靜，詩與宋琬齊名。王士禎愛其五言詩，爲作《摘句圖》。士禎門人問詩法於閏章，閏章曰："阮亭如華嚴樓閣，彈指即見；予則不然，如作室者，瓴甓木石，一一就平地築起。"論者皆謂其允。著有《學餘堂集》《矩齋雜記》《蠖齋詩話》，都八十餘卷。

浮萍兔絲篇

【題解】這首五言古詩記敘兩對夫妻的悲喜劇。作者原序："李將軍言：部曲嘗掠人妻，既數年，攜之南征，值其故夫，一見慟絕，問其夫，已納新婦，則兵之故妻也。四人皆大哭，各反其妻而去。"葉矯然《龍性堂詩話》："奇事奇情，古意翩躚，當與《孔雀東南飛》并傳千古。"

浮萍寄洪波，飄飄東復西。兔絲附喬柯，嫋嫋復離披。兔絲斷有日，浮萍合有時。浮萍語兔絲，離合安可知？健兒東南征，馬上傾城姿。輕羅作障面，顧盼生光儀。故夫從旁窺，拭目驚且疑。長跪問健兒，毋乃賤子妻？賤子分已斷，買婦商山陲。但願一相見，永訣從此辭。相見肝腸絕，健兒心乍悲。自言亦有婦，商山生別離。我戍十餘載，不知從阿誰？爾婦既我鄉，便可會路歧。寧知商山婦，復向健兒啼。本執君箕帚，棄我忽如遺。黃雀從烏飛，比翼長參差。雄飛佔新巢，雌伏思舊枝。兩雄相顧詫，各自還其雌。雄雌一時合，雙淚沾裳衣。

黃山書社版《施愚山集》

燕子磯

【題解】 此詩描繪燕子磯空闊寂寥的江景。燕子磯，金陵四十八景之一，在南京市北郊觀音門外。山石直立江上，三面凌空，形似燕子展翅欲飛，故名。

絕壁寒雲外，孤亭落照間。六朝流水急，終古白鷗閒。樹暗江城雨，天青吳楚山。磯頭誰把釣，向夕未知還。

黃山書社版《施愚山集》

錢塘觀潮

【題解】 杭州灣錢塘江口呈喇叭形，海潮倒灌，形成湧潮，即著名的"錢塘潮"。此詩描繪這一自然奇觀，沈德潛《國朝詩別裁》謂："'氣卷萬山來'，五字千古。"

海色雨中開，濤飛江上臺。聲驅千騎疾，氣卷萬山來。絕岸愁傾覆，輕舟故溯洄。鴟夷有遺恨，終古使人哀。

黃山書社版《施愚山集》

○鴟夷：用春秋伍子胥事。《史記·伍子胥列傳》：太宰伯嚭譖子胥於吳王，吳王乃使使賜子胥屬鏤之劍，曰："子以此死。"子胥自剄死，吳王取其屍，盛以鴟夷，浮之江中。後世傳說子胥死而爲潮神，以發泄其鬱怒不平之氣。

| 輯　錄 |

沈德潛《清詩別裁集》：南施北宋，故應抗行，今就兩家論之，宋以雄健磊落勝，施以溫柔敦厚勝，又各自擅場。

王士禎《漁洋詩話》：門人洪昉思（昇）問詩法於愚山，愚山曰："子師言詩，如華嚴樓閣，彈指即現，又如仙人五城十二樓，縹緲俱在天際。余即不然，譬作室者，瓴甓木石，一一須就平地築起。"洪曰："此禪宗頓、漸二義也。"

宋　琬（1614—1674）

《清史稿·文苑傳》：宋琬，字玉叔，萊陽人。父應亨，明天啓中進士，令清豐，有惠政，民爲立祠，崇禎末殉節，贈太僕卿。琬少能詩，有才名，順治四年進士，授戶部主事。累遷吏部郎中，出爲隴西道，過清豐，民遮至應亨祠，款留竟日，述往事，至泣下。琬益自刻厲，期不墜先緒。十八年，擢按察使。時登州于七爲亂，琬同族子懷宿憾，因告變，誣琬與于七通，立逮下獄，並繫妻子。逾三載，下督撫外訊，巡撫蔣國柱白其誣，康熙三年放歸。十一年有詔起用，授四川按察使，明年入覲，家屬留官所。值吳三桂叛，成都陷，聞變驚悸，卒。始，琬官京師，與嚴沆、施閏章、丁澍輩酬唱，有"燕臺七子"之目。其詩格合聲諧，明靚溫潤。既構難，時作悽清激宕之調，而亦不戾於和。王士禎點定其集爲三十卷，嘗舉閏章相況，目爲"南施北宋"。

九日登慧光閣

【題解】　原題《九日同姜如農、王西樵、程穆倩諸君同登慧光閣，飲於竹圃分韻》。作者於重陽日偕朋友登高望遠，觸景生情。頷聯爲傳誦一時的名句。

塞鴻猶未到蕪城，載酒登樓雨乍晴。山色淺深隨夕照，江流日夜變秋聲。上方鐘磬疏林滿，十里笙歌畫舫明。空負黃花羞短髮，寒衣三浣客心驚。

四部備要本《安雅堂詩集·未刻稿》卷四

初秋即事

瘦骨秋來強自支，愁中喜讀晚唐詩。孤燈寂寂階蟲寢，秋雨秋風總不知。

四部備要本《安雅堂詩集·未刻稿》卷五

春日田家

野田黃雀自爲群，山叟相過話舊聞。夜半飯牛呼婦起，明朝種樹是春分。

四部備要本《安雅堂詩集·未刻稿》卷五

朱彝尊（1629—1709）

《清史稿·文苑傳》：朱彝尊，字錫鬯，秀水人，明大學士朱國祚曾孫。有異稟，書經目不遺。家貧，客遊南逾嶺，北出雲朔，東泛滄海，登之罘，經甌越，所至叢祠荒塚、破爐殘碣之文，莫不搜剔考證，與史傳參校同異。康熙十八年試鴻博，除檢討。時李因篤、潘耒、嚴繩孫及彝尊，皆以布衣入選，同修《明史》。二十年充日講、起居注官，典試江南，稱得士。入值南書房，賜紫禁城騎馬，數與內廷宴，被文綺時菓之賚，皆紀以詩。旋坐私挾小胥入內寫書被劾，降一級，後復原官。三十一年假歸。聖祖南巡，迎駕無錫，御書"研經博物"額賜之。當時，王士禛工詩，汪琬工文，毛奇齡工考據，獨彝尊兼有衆長，著《經義考》《日下舊聞》《曝書亭集》。又嘗選《明詩綜》，或因人錄詩，或因詩存人，銓次爲最當。卒年八十一。

鴛鴦湖棹歌

【題解】 鴛鴦湖即嘉興南湖,是作者的故鄉之湖。作者原序:"甲寅歲暮,旅食潞河,言歸未遂,爰憶土風,成絕句百首,語無詮次,以其多言舟楫之事,題曰《鴛鴦湖棹歌》,聊比《竹枝》《浪淘沙》之調。"

沙頭宿鷺傍船棲,柳外驚烏隔岸啼。爲愛秋來好明月,湖東不住住湖西。

穆湖蓮葉小於錢,臥柳雖多不礙船。兩岸新苗纔過雨,夕陽溝水響溪田。

長水風荷葉葉香,斜塘慣宿野鴛鴦。郎舟愛向斜塘去,妾意終憐長水長。

風檣水檻盡飛花,一曲春波瀲灩斜。北斗闌干郎記取,七星橋下是兒家。

秋水尋常沒釣磯,秋林隨意敞柴扉。八月田中黃雀噪,九月盤中黃雀肥。

四部備要本《曝書亭集》卷九

玉帶生歌

【題解】 這是一首採用擬人手法寫的詠物詩。所稱"玉帶生",是文天祥的一方遺硯。朱彝尊《書拓本玉帶生銘後》曰:"玉帶生,宋文丞相硯名也。石產自端州,未爲絕品。其修扶寸,廣半之,厚又微殺焉。帶腰玉而身衣紫。丞相寶惜,旁刻以銘,書用小篆,凡四十四字。"康熙四十四年,朱彝尊在朋友宋犖處見到這方硯臺,感慨萬端,情不能已,寫下這首長詩。朱庭珍《筱園詩話》論此詩曰:"興酣落筆,縱橫跌蕩,雄奇蓋世,信爲長篇絕調。"

　　玉帶生，吾語汝：汝產自端州，汝來自橫浦。幸免事降表，僉名謝道清，亦不識大都承旨趙孟頫。能令信公喜，辟汝置幕府。當年文墨賓，代汝一一數：參軍誰？謝皋羽；寮佐誰？鄧中甫；弟子誰？王炎武。獨汝形軀短小，風貌樸古，步不能趨，口不能語。既無鸜之鵒之活眼睛，兼少犀紋彪紋好眉嫵。賴有忠信存，波濤孰敢侮？是時丞相氣尚豪，可憐一舟之外無尺土，共汝草檄飛書意良苦。四十四字銘厥背，愛汝心堅剛不吐。自從轉戰屢喪師，天之所壞不可支。驚心柴市日，慷慨且誦臨終詩。疾風蓬勃揚沙時，傳有十義士，表以石塔藏公尸。生也亡命何所之？或云西臺上，晞髮一叟涕漣灕，手擊竹如意，生時亦相隨。冬青成蔭陵骨朽，百年蹤跡人莫知。會稽張思廉，逢生賦長句；抱遺老人閣筆看，七客寮中敢嗔怒？吾今遇汝滄浪亭，漆匣初開紫衣露。海桑陵谷又經三百秋，以手摩挲尚如故。洗汝池上之寒泉，漂汝林端之霈霧。俾汝留傳天地間，忠魂墨氣常凝聚。

四部備要本《曝書亭集》卷二十一

○謝道清：宋理宗皇后。度宗立，尊爲皇太后。恭宗即位，尊爲太皇太后，垂簾聽政。元軍兵臨城下，她遣使上降表和傳國玉璽，後被遷至燕，降封壽春郡夫人。○趙孟頫：字子昂，宋太祖十一世孫，工書善畫。宋亡後仕元，官至翰林學士承旨。○謝皋羽：謝翱字皋羽，號晞髮子。曾在文天祥幕中任諮議參軍。宋亡後，流寓浙東。元僧楊璉真伽發掘宋陵，翱與友人唐珏等密收諸陵遺骨，葬於蘭亭附近，並種冬青樹爲記。○鸜鵒：俗稱八哥。鵒眼指硯上的圓形斑點，以活而清朗者爲最上。○晞髮一叟：指謝翱。宋亡後，謝翱曾登浙江桐廬境內的嚴子陵釣臺，祭奠文天祥，作《登西臺慟哭記》。沈德潛《國朝詩別裁集》："小小一硯，傳出信國之忠，皋羽之義。其實相隨皋羽，乃想象語也。"○張思廉：張憲，號玉笥生，元末會稽人，楊維楨弟子，曾作《玉帶生歌》。○抱遺老人：楊維楨，會稽人，元代著名詩人。泰定四年（1328）進士，官至江西儒學提舉。楊維楨喜收藏，曾將文天祥遺硯、賈似道古琴等六件古物以一室貯之，謂加上自己可稱"七客之寮"。

王士禛（1634—1711）

《清史稿·王士禛傳》：王士禛，字貽上，山東新城人。幼慧，即能詩。舉於鄉，年十八，順治十二年成進士，授揚州推官。康熙三年擢禮部主事，累遷戶部郎中。十一年典四川試。上留意文學，嘗從容問大學士李某："今世博學善詩文者，孰最？"李以士禛對。召士禛入對懋勤殿，賦詩稱旨，改翰林院侍講，遷侍讀，入值南書房。漢臣自部曹改詞臣，自士禛始。尋遷國子祭酒，歷少詹事、兵部督捕侍郎、左都御史、刑部尚書等。士禛以詩受知聖祖，被眷遇甚隆。明季文敝，諸言詩者，習袁宗道兄弟則失之俚俗，宗鍾惺、譚友夏則失之纖仄，學陳子龍、李雯軌轍正矣，則又失之膚廓。士禛姿稟既高，學問極博，與兄士祿、士祜並致力於詩，獨以神韻為宗，取司空圖"味在酸鹹外"、嚴羽"羚羊挂角，無跡可尋"標示指趣，自號漁洋山人，主持風雅數十年。同時趙執信始與立異，言詩中當有人在。既沒，或訑其才弱，然終不失為正宗也。士禛初名禛，卒後以避世宗諱追改士正。乾隆三十年，高宗與沈德潛論詩，及士正，諭曰："士正績學工詩，在本朝諸家中，流派較正，宜示褒為稽古者勸。"因追諡文簡。三十九年復諭曰："士正名以避廟諱致改字，與原名不相近，流傳日久，後世幾不復知為何人。今改為士禛，庶與弟兄行輩不致淆亂，各館書籍記載一體照改。"

秋 柳

【題解】原詩共四首，是作者的成名作。作者在《菜根堂詩集·序》中說："順治丁酉，予客濟南，諸名士雲集明湖，一日會飲水面亭。亭下楊柳千餘株，搖落之態，予悵然有感，賦詩四章。"陳衍《石遺室詩話》認爲此詩乃憑弔明濟南王而作。

秋來何處最銷魂，西風殘照白下門。他日差池春燕影，祗今憔悴晚煙痕。愁生陌上黃驄曲，夢遠江南烏夜村。莫聽臨風三弄笛，玉關哀怨總難論。

四部備要本《漁洋山人精華錄》卷五上

○白下：南京的別稱。李白《金陵白下亭留別詩》："驛亭三楊樹，正當白下門。"○黃驄曲：《唐書·禮樂志》：太宗破竇建德，乘馬名黃驄驃，及征高麗，死於道。頗哀惜之，命樂工作《黃驄疊曲》。○烏夜村：東晉何淮隱居之地，其女兒即誕生於此，後成爲晉穆帝的皇后。○玉關哀怨：暗用王之煥《涼州詞》："羌笛何須怨楊柳，春風不度玉門關。"

高郵雨泊

【題解】 作者在雨天泊船於高郵南湖，觸景生情，遙想出生於此地的北宋大詞人秦觀，而有此作。高郵一名秦郵，據祝穆《方輿勝覽》："秦因高郵置郵傳，爲高郵亭。"

寒雨秦郵夜泊船，南湖新漲水連天。風流不見秦淮海，寂寞人間五百年。

四部備要本《漁洋山人精華錄》卷五上

江上望青山憶舊

【題解】 前兩句寫秋景，後兩句寫春景。

揚子秋殘暮雨時，笛聲雁影共迷離。重來三月青山道，一片風帆萬柳絲。

四部備要本《漁洋山人精華錄》卷五上

秦淮雜詩

【題解】 這是詩人旅居金陵時所作組詩，皆詠秦淮之事，共二十首。

年來腸斷秣陵舟，夢繞秦淮水上樓。十日雨絲風片裏，濃春煙景似殘秋。

新歌細字寫冰紈，小部君王帶笑看。千載秦淮嗚咽水，不應仍恨孔都官。

四部備要本《漁洋山人精華錄》卷五下

○冰紈：自注："弘光時，阮司馬以吳綾作朱絲闌書《燕子箋》諸劇進宮中。"○小部：《太真外傳》："上命小部音聲。小部者，梨園法部所置，凡三十人，皆十五以下，於長生殿奏新曲。"○孔都官：孔範，陳後主即位，爲都官尚書，與江總等並爲狎客。

真州絕句

【題解】 真州即今江蘇儀徵。

曉上江樓最上層，去帆婀娜意難勝。白沙亭下潮千尺，直送離心到秣陵。

江干多是釣人居，柳陌菱塘一帶疏。好是日斜風定後，半江紅樹賣鱸魚。

江鄉春事最堪憐，寒食清明欲禁煙。殘月曉風仙掌路，何人爲弔柳屯田？

四部備要本《漁洋山人精華錄》卷五下

蛾磯靈澤夫人祠

【題解】 詠三國孫夫人。朱國楨《湧幢小品》："蕪湖江心有磯，曰蛾磯。磯上有祠，祠孫夫人，甚有神靈。孫夫人至此磯，聞先主崩，摧哭自沈。"又曰："孫劉有隙，夫人歸吳，舟艤磯下，不忍見仲謀，遂歾於此。"

霸氣江東久寂寥，永安宮殿莽蕭蕭。都將家國無窮恨，分付潯陽上下潮。

四部備要本《漁洋山人精華錄》卷十上

謁文忠烈公祠

【題解】 文忠烈公即北宋名臣文彥博，其祠在山西介休縣東五里。此詩通篇議論，但大氣磅礴，令人想見文彥博當年風采。

精神如破貝州時，晚節猶能動四夷。天遣不同韓富沒，姓名留冠黨人碑。

四部備要本《漁洋山人精華錄》卷十上

〇破貝州：《宋史·文彥博傳》："貝州王則反，明鎬討之，久不克，彥博請行，命爲宣撫使。旬日賊潰，檻賊送京師，拜同中書門下平章事。"〇動四夷：《宋史·文彥博傳》："彥博逮事四朝，任將相五十年，名聞四夷。元祐間，契丹使耶律永昌、劉霄來聘，望見彥博於殿門外，卻立改容曰：'此潞公也邪？'問其年，曰：'何壯也！'蘇軾曰：'使者見其容，未聞其語。其綜理庶務，雖精練少年有不如；其貫穿古今，雖專門名家有不逮。'使者拱手曰：'天下異人也。'"〇韓富：韓琦與富弼，與文彥博同時之北宋名臣。〇冠：沈德潛《國朝詩別裁集》改作"重"。黨人碑：即元祐黨人碑。宋徽宗用蔡京爲相，將文彥博、司馬光、蘇軾等三百零九人列爲"奸黨"，御書刻石，立於端禮門及各地官廳。

| 輯　錄 |

　　王士禛《唐賢三昧集·序》：嚴滄浪論詩云："盛唐諸人唯在興趣，羚羊挂角，無跡可求，透徹玲瓏，不可湊泊，如空中之音，相中之色，水中之月，鏡中之象，言有盡而意無窮。"司空表聖曰："味在酸鹹之外。"康熙戊辰春杪，歸自京師，居於宸翰堂，日取開元、天寶諸公篇什讀之，於二家之言，別有會心，錄其尤儁永超詣者，自王右丞而下四十二人，爲《唐賢三昧集》。

　　趙翼《甌北詩話》：阮亭專以神韻爲主，如《秦淮雜詩》，蘊藉含蓄，實是千古絕調。然專以神韻勝，但可作絕句；而元微之所謂"鋪陳終始，排比聲韻，豪邁律切"者，往往見絀，終不足八面受敵爲大家也。

【附】

尤　侗（1618—1704）

　　《清史稿·文苑傳》：尤侗，字悔成，長洲人。少補諸生，以貢謁選，除永平推官。守法不撓，坐撻旗丁鐫級歸。侗天才富贍，詩文多新警之思，雜以諧謔。每一篇出，傳誦遍人口。康熙十八年試鴻博，列二等，授檢討，與修《明史》。居三年，告歸。聖祖南巡至蘇州，侗獻詩頌，上嘉焉，賜御書"鶴棲堂"額，遷侍講。初，世祖於禁中覽侗詩篇，以才子目之。後入翰林，聖祖稱之曰"老名士"。天下羨其榮遇。侗喜汲引才儁，性寬和，與物無忤，兄弟七人，甚友愛，白首如垂髫。卒年八十七。著《西堂集》《鶴棲堂集》，凡百餘卷。

胡藍獄

　　去年殺韓信，今年醢彭越。徐常幸前死，諸公寧望活？丞相戮，將軍誅，缺望恣肆固有跡，坐以謀反疑有無，罪止及身或收孥。殺胡党，殺藍黨，數十萬人保無枉？文武軍民打一網。一斗粟，一座城，一條龍，一連鷹，革左塌回何紛紛，得非此輩之冤魂！

清刻本《西堂全集》

思陵痛

思陵在位十七載，四海分崩成瓦解。去年失楚今失秦，大梁水決武昌焚。虎豹九關誰與守，三軍倒戈百姓走。君王仗劍死煤山，母后宮中殉玉環。桐棺一寸道旁置，故老行人多掩涕。入廟應呼十四皇，兒家何罪致天亡？新鬼號啕舊鬼哭，鍾簴慘裂燈無光。高勿哀，文勿怒，自古興亡有天數，順處得來順處去。君不見宋家遺骨瘞冬青，昌平鬱鬱松楸樹。

清刻本《西堂全集》

參考書目

《施愚山詩集》，施閏章著，黃山書社1997年版。
《安雅堂詩集》，宋琬著，四部備要本。
《曝書亭集》，朱彝尊著，四部備要本。
《漁洋山人精華錄》，王士禎著，四部備要本。

思考題

1. 何謂"神韻"？
2. 背誦王士禎《真州絕句》。
3. 朱彝尊《玉帶生歌》所詠為何事？
4. 尤侗《胡藍獄》《思陵痛》等詩總題為《明史樂府》，試據明代史實加以解讀。

第四節　乾隆三大家

袁　枚（1716—1798）

《清史稿·文苑傳》：袁枚，字子才，錢塘人。幼有異稟，年十二，補縣學生。弱冠被薦博學鴻詞科，時海內舉者二百餘人，枚年最少，試報罷。乾隆四年成進士，選庶吉士，改知縣江南。歷數縣，皆有政聲。枚不以吏能自喜，既而引疾家居，再起，發陝西。丁父憂歸，遂牒請養母，卜築江寧小倉山，號隨園，崇飾池館，自是優遊其中者五十年。時出遊佳山水，終不復仕，盡其才以爲文辭詩歌。名流造請無虛日，詼諧俠蕩，人人意滿。後生少年一言之美，稱之不容口。篤於友誼，編修程晉芳死，舉借券五千金焚之，且恤其孤焉。天才穎異，論詩主抒寫性靈，他人意所欲出不達者，悉爲達之。士多效其體。著《隨園集》凡三十餘種。上自公卿，下至市井負販，皆知其名。海外琉球有來求其書者。然枚喜聲色，其所作亦頗以滑易獲世譏云。卒年八十二。

書　懷

【題解】《書懷》是古詩中常見的題目，但此詩所書之懷，如按照"言志"的傳統標準，則有失莊重。此種信口調侃的風格，頗類似晚明的袁宏道。

我不樂此生，忽然生在世。我方樂此生，忽然死又至。已死與未生，此味原無二。終嫌天地間，多此一番事。

上海古籍版《小倉山房詩文集·詩集》卷十一

湖上雜詩

【題解】 這是作者晚年重遊西湖山水時所作組詩的第七和第十六首。

煙霞石屋兩平章，渡水穿花趁夕陽。萬片綠雲春一點，布裙紅出採茶娘。

金泥光閃梵王宮，簫鼓沿堤鬥晚風。從古繁華春世界，朝陽不及夕陽紅。

上海古籍版《小倉山房詩文集·詩集》卷二十六

桃源行

【題解】 劉晨、阮肇入天台山採藥遇仙的故事，出自南朝宋劉義慶《幽明錄》，是古代文人津津樂道的仙話。此詩鋪敘其事，悠然神往，而古今千載，仙凡遠隔，令人生無限遐想。

天台山高萬八千，中有窟宅藏神仙。相傳漢朝劉與阮，兩人採藥山之巔。一重桃花一重水，花光入水紅霞起。四顧無人忽一聲，一雙玉女來煙裏。吹氣如蘭前致詞，道郎未到妾先知。金盤共進胡麻飯，瓊葉分裁合巹詩。誰作姨夫誰作嫂，鴛牒開看都了了。但覺山中日漸長，不知世上人能老！仙鄉住久憶人間，想把紅塵換白雲。奈他一點凡心動，便把人天兩界分。再四留郎郎不肯，送郎直到青山頂。嘶斷風中班馬聲，回頭還見娉婷影。還鄉重叩舊柴扉，豈料滄桑事事非！半年夫婿分明記，七世兒孫認識稀。兩人相對情於邑，懊悔當初輕作別。一段仙緣世莫知，且邀鄰里從容說。尋仙從此走天涯，萬古茫茫白日斜。不知終竟團圞否，桃樹無言但作花。

上海古籍版《小倉山房詩文集·詩集》卷二十八

| 輯　錄 |

《隨園詩話》卷三：詩境最寬，有學士大夫讀破萬卷，窮老盡氣，而不能得其閫奧者。有婦人女子、村氓淺學，偶有一二句，雖李、杜復生，必爲低首者。此詩之所以爲大也。作詩者必知此二義，而後能求詩於書中，得詩於書外。又卷五：人有滿腔書卷，無處張皇，當爲考據之學，自成一家。其次，則駢體文，盡可鋪排，何必借詩爲賣弄？自"三百篇"至今日，凡詩之傳者，都是性靈，不關堆垛。

蔣士銓（1725—1785）

《清史稿·文苑傳》：蔣士銓，字心餘，鉛山人。家故貧，四歲，母鍾氏授書，斷竹篾爲點畫攢簇成字教之。既長，工爲文，喜吟詠，由舉人官中書。乾隆二十二年成進士，授編修，文名藉甚。裘曰修、彭元瑞並薦其才。旋乞病歸。帝屢從元瑞詢之，元瑞以士銓母老對。帝賜詩元瑞，有"江西兩名士"之句。士銓感恩眷，力疾起補官，記名以御史用。未幾，仍以病乞休，遂卒，年六十二。士銓賦性俳惻，以古賢者自勵，急人之難如不及。詩詞雄傑，至敍述節烈，能使讀者感泣。著《忠雅堂集》。

南池杜少陵祠堂

【題解】　清《一統志·濟寧州》："南池，在州南，其上有少陵祠。"濟寧州即今山東濟寧縣。

先生不僅是詩人，薄宦沈淪稷契身。獨向亂離憂社稷，直將歌哭老風塵。諸侯賓客猶相忌，信史文章自有真。一飯何曾忘君父，可憐儒士作忠臣。

上海古籍版《忠雅堂集校箋·詩集》卷二

○稷契：周與商的始祖，均爲舜時賢臣。杜甫《自京赴奉先縣詠懷五百字》："許身一何愚，竊比稷與契。"○一飯句：每飯不忘君。

烏江項王廟

【題解】　不以成敗論英雄。王文濡《歷代詩評注讀本》評曰："豪氣千丈，足副項王身分。"

喑嗚獨滅虎狼秦，絕世英雄自有真。俎上肯貽天下笑，座中惟覺沛公親。等閑割地分強敵，慷慨將頭贈故人。如此殺身猶灑落，憐他功狗與功臣。

上海古籍版《忠雅堂集校箋·詩集》卷三

○喑嗚：《史記·淮陰侯列傳》："項王喑嗚叱吒，千人皆廢。"○俎上句：指項羽欲烹太公事。○座中句：指鴻門宴項羽不殺劉邦事。○割地：《史記·項羽本紀》："項王乃與漢約，中分天下，割鴻溝以西者爲漢，鴻溝而東者爲楚。"○故人：指呂馬童。《史記·項羽本紀》："項王身亦被十餘創，顧見漢騎司馬呂馬童，曰：'若非吾故人乎？'馬童面之，指王翳曰：'此項王也。'項王乃曰：'吾聞漢購我頭千金，邑萬戶，吾爲若德。'乃自刎而死。"○功狗與功臣：《史記·蕭相國世家》：天下既定，論功行封，高祖以蕭何功最盛，群臣不服。高祖曰："夫獵，追殺獸兔者狗也，而發蹤指示獸處者人也。今諸君徒能得走獸耳，功狗也。至如蕭何，發蹤指示，功人也。"

響屧廊

【題解】　此詩詠吳王因寵愛西施而亡國事。《姑蘇志》："響屧廊，在靈巖山。相傳吳王建廊而虛其下，令西施與宮人步屧繞之則響，故名。"朱庭珍《筱園詩話》譽此詩爲"七絕中之飛將"。

不重雄封重艷情，遺蹤猶自慕傾城。憐伊幾緉平生屧，踏碎山河是此聲。

上海古籍版《忠雅堂集校箋·詩集》卷二十二

| 輯　錄 |

　　錢鍾書《談藝錄》四一：心餘雖樹風骨，而所作心思詞藻，皆平直粗獷，不耐咀詠。

趙　翼（1727—1814）

　　《清史稿·文苑傳》：趙翼，字耘松，陽湖人。生三歲能識字，年十二爲文，一日成七篇，人奇其才。乾隆十九年由舉人中明通榜，用内閣中書，入值軍機。二十六年復成進士，殿試擬一甲第一，王傑第三，高宗謂陝西自國朝以來未有以一甲一名及第者，遂拔傑，而移翼第三，授編修，出知鎮安府。朝廷用兵緬甸，翼赴軍贊畫。調守廣州，擢貴西兵備道。以廣州讞獄舊案降級，遂乞歸不復出。五十二年，林爽文反臺灣，李侍堯赴閩治軍，邀翼與俱。事平辭歸，以著述自娛，尤邃史學。著《廿二史劄記》《皇朝武功記盛》《陔餘叢考》《甌北詩集》。嘉慶十五年重宴鹿鳴，賜三品銜。卒年八十六。同時袁枚、蔣士銓與翼齊名，而翼有經世之略，未盡其用。所爲詩無不如人意所欲爲，亦其才優也。其同里學人後於翼而知名者，有洪亮吉、孫星衍、趙懷玉、黄景仁、楊倫、吕星垣、徐書受，號爲"毘陵七子"。

十不全歌

　　【題解】　以殘疾乞丐爲題材，古詩中尚不多見。作者以詼諧幽默、口語化的語調，講述人類的由來，妙語迭出，令人解頤。

　　世間萬事無不有，奇形乃見支離叟：眼無縫，頤有紐，胸怒蛙，頸瘦狗，足一腿，手半肘，傫然一身叢百醜。市頭坐乞錢，人呼十不全。天生是使獨，彼亦不知所以然。我讀《山海經》，人生初本無定形：或蛇身牛首，或三臂獨肱；臍爲口無舌，乳爲目無睛。天公見之不好看，逐件端相細改換。譬如塑佛欲成滿月面，鼻大減幾分，口小拓幾線。自從鑄就人樣子，化工能事始畢矣。聽他夫妻父子依樣畫葫蘆，大概不出範圍裏。何哉爾獨缺不完，縮長凸短雙必單。得非女媧搏土未定稿，千年拋落荒山道？爾托生時不暇擇，負之出胎太草草。獨眼龍，稱英豪；谽鼻馬，爲公卿；瞎兒一淚亦大貴，鑿齒半人且得名。爾則手不能持，足不能行，同在覆載內，天桎地梏過此生。噫嘻乎！謂出自天意，生之胡令痼疾廢？謂是惡所招，受形時豈即召戾？將無輪回果報信有之，今生苦是前生致？不覺對之爲悲涕：願天生好人，願人行好事。

上海古籍版《甌北集》卷一

漂母祠

【題解】 漂母飯韓信的故事，是歷代詩人津津樂道的題目。作者此詩，將韓信一生的命運與三個婦人聯繫起來，古老的話題便有了新的意味。

淮陰生平一知己，相國鄒侯而已矣。用之則必盡其才，防之則必致其死。何物老嫗偏深沈，能遇未遇相賞深。吾哀王孫豈望報，此語早激英雄心。布衣仗劍試軍職，寧但重瞳不相識？將壇未築官連敖，劉季亦無此眼力。何況區區亭長妻，固宜蓐食私鹽齏。客來轢釜似邱嫂，飯後打鐘如闍黎。獨悲淮陰奇才古無偶，始終不脫婦女手。時來漂母憐釣魚，運去娥姁解烹狗。

上海古籍版《甌北集》卷三

○相國鄒侯：蕭何。○重瞳：項羽。《史記·項羽本紀》："項羽亦重瞳子。"又，《淮陰侯列傳》："數以策干項羽，羽不用。"○連敖：《淮陰侯列傳》："漢王之入蜀，信亡楚歸漢，未得知名，爲連敖。"司馬貞《索隱》：李奇云："楚官名。"張晏云："司馬也。"○蓐食：《淮陰侯列傳》："常數從其下鄉南昌亭長寄食，數月，亭長妻患之，乃晨炊蓐食。食時信往，不爲具食。"○邱嫂：丘嫂。《漢書·楚元王傳》："高祖微時，常避事，時時與賓客過其丘嫂食。嫂厭叔與客來，陽爲羹盡，櫟釜，客以故去。"顏師古注：張晏曰："丘，大也，長嫂稱也。"○娥姁：呂后。司馬貞《索隱》："諱雉，字娥姁也。"《淮隱侯列傳》："呂后使武士縛信，斬之長樂鍾室。"

題元遺山集

【題解】 元好問，字裕之，號遺山，金元之際詩人。

身閱興亡浩劫空，兩朝文獻一衰翁。無官未害餐周粟，有史深愁失楚弓。行殿幽蘭悲夜火，故都喬木泣秋風。國家不幸詩家幸，賦到滄桑句便工。

上海古籍版《甌北集》卷三十三

○周粟：《史記·伯夷列傳》：周武王滅殷，伯夷、叔齊隱於首陽山，採薇蕨而食，不食周粟，後餓死。○失楚弓：《孔子家語·好生》："楚恭王出遊，亡烏皓之弓，左右請求之。王曰：'已之。楚人失弓，楚人得之，又何求之？'"○幽蘭：金行都汴京軒名，汴京陷被焚。○故都喬木：元好問《壬辰十二月車駕東狩後即事五首》："喬木他年懷故國。"

| 輯　錄 |

錢鍾書《談藝錄》三八：甌北詩格調不高，而修辭妥帖圓潤，實冠三家。能說理運典，恨鋒芒太露，機調過快，如新狼毫寫女兒膚，脂車輪走凍石板。王麓臺論畫山水云："用筆須毛，毛則氣古味厚。"甌北詩筆滑不留手，脫稍加蘊藉，何可當耶。予嘗妄言：詩之情韻氣脈，須厚實，如刀之有背也，而思理語意必須銳易，如刀之有鋒也。鋒不利，則不能入物；背不厚，則其入物也不深。甌北輩詩動目而不耐看，猶朋友之不能交久以敬，正緣刀薄鋒利而背不厚也。

參考書目

《小倉山房詩集》，袁枚著，上海古籍出版社1988年版。

《忠雅堂集校箋》，蔣士銓著，邵海清校，李夢生箋，上海古籍出版社1993年版。

《甌北集》，趙翼著，上海古籍出版社1997年版。

《隨園詩話》，袁枚著，人民文學出版社1982年版。

《甌北詩話》，趙翼著，人民文學出版社1981年版。

思考題

1. 試評價袁枚"性靈說"的意義。
2. 蔣士銓的詠史詩有何特點？
3. 背誦蔣士銓《南池杜少陵祠堂》《響屧廊》與趙翼《題元遺山集》。

第五節　龔自珍與魏源

龔自珍（1792—1841）

《清史稿·文苑傳》：龔鞏祚，原名自珍，字璱人，仁和人。父麗正，進士，官蘇松兵備道，爲段玉裁婿，能傳其學。鞏祚十二歲，玉裁授以《說文》部目。鞏祚才氣橫越，其舉動不依恒格，時近俶詭，而說經必原本字訓，由始教也。初由舉人沿例爲中書，道光時成進士，擢宗人府主事，改禮部。謁告歸，遂不出。官中書時，上書總裁論西北塞外部落源流、山川形勢，訂《一統志》之疏漏。後復上書論禮部四司政體宜沿革者。其文字鷔桀，出入諸子百家，自成學派。所至必驚衆，名聲籍籍，顧仕宦不達，年五十卒於丹陽書院。

琴　歌

【題解】《琴歌》爲樂府舊題，屬琴曲歌辭。歌中所詠"美人"是象徵，還是實指，今不可解。有人以爲乃作者自喻，表達一種孤芳自賞的情緒。然其音韻鏗鏘，意境幽深，令人生無限聯想。

之美一人，樂亦過人，哀亦過人。（一解）

月生於堂，匪月之精光，睇視之光。（二解）

美人沈沈，山川滿心。落月逝矣，如之何勿思矣！（三解）

美人沈沈，山川滿心。吁嗟幽離，無人可思。（四解）

中華書局版《龔自珍全集》第九輯

漫　感

【題解】 作者於道光三年（1824）刊定自己的詞集後，回顧平生，寫下此詩，鬱鬱不平之氣，溢於言表。

絕域從軍計惘然，東南幽恨滿詞箋。一簫一劍平生意，負盡狂名十五年。

中華書局版《龔自珍全集》第九輯

○絕域從軍：志在西北。○一簫一劍：簫喻幽怨，劍喻狂俠。作者《湘月》詞："怨去吹簫，狂來說劍，兩樣銷魂味。"《己亥雜詩》第九十六："少年擊劍更吹簫，劍氣簫心一例消。"

秋　心

【題解】 道光六年（1827），作者第五次會試落第，同年夏天，幾位好友相繼辭世。此詩悼念亡友，慨嘆不遇，悲涼之情，不平之氣，交織在一起。

秋心如海復如潮，但有秋魂不可招。漠漠鬱金香在臂，亭亭古玉佩當腰。氣寒西北何人劍，聲滿東南幾處簫？斗大明星爛無數，長天一月墜林梢。

中華書局版《龔自珍全集》第九輯

○秋心：作者悲秋之心。○秋魂：亡友之魂。○鬱金：與下句"古玉"均比喻自己高雅的品德情操。此乃模仿《離騷》"香草美人"的象徵手法。○西北劍氣：與下句"東南簫聲"分別比喻作者的文韜武略。按：作者曾上《西域置行省議》與《東南罷番舶議》兩奏，未被採納。○斗大明星：《淮南子·說林》："百星之明，不如一月之光。"

己亥雜詩（選六首）

【題解】 道光十九年（1839），即農曆己亥年，作者辭官南返，途中將所見所聞、所思所感，一一寫入詩中，統名《己亥雜詩》。作者後來回憶道："每作一詩，以逆旅雞毛筆書於賬簿紙，投一破簏中，往返九千里，至臘月二十六日抵西海別墅，發簏數之，得紙團三百十五枚，蓋作詩三百十五首也。"

一（原第五首）

浩蕩離愁白日斜，吟鞭東指即天涯。落紅不是無情物，化作春泥更護花。

二（原第七六首）

文章合有老波瀾，莫作鄱陽夾漈看。五十年中言定驗，滄茫六合此微官。
○老波瀾：杜甫《敬贈鄭諫議十韻》："毫髮無遺憾，波瀾獨老成。"

王洙注："才氣浩瀚，故有波瀾。"○鄱陽夾漈：馬端臨與鄭樵，分別爲《文獻通考》與《通志》的編撰者。○言定驗：指作者提出的在西北建立行省和在東南禁止洋船進口的建議。按：四十四年後，即光緒九年（1884），清廷在新疆置行省。李鴻章在《黑龍江述略·序》中曾提起此事，謂"古今雄偉非常之端，往往創於書生憂患之所得，龔氏自珍議西域置行省於道光朝，而卒大設施於今日。"

三（原第八七首）

故人橫海拜將軍，側立南天未蕆勳。我有陰符三百字，蠟丸難寄惜雄文。

○故人：指林則徐。○橫海拜將軍：《史記·衛將軍驃騎將軍列傳》："將軍韓說……以待詔爲橫波將軍，擊東越有功。"○蕆勳：大功告成。○陰符：古兵書。《雲笈七籤·軒轅本紀》："玄女教（軒轅）帝三官秘略、五音權謀、陰陽之術。玄女傳《陰符經》三百言。帝觀之十旬，討伏蚩尤。"○蠟丸：古代傳遞軍事機密文書用。

四（原第一二九首）

陶潛詩喜說荆軻，想見停雲發浩歌。吟到恩仇心事湧，江湖俠骨恐無多。

○停雲：陶淵明有詩名《停雲》，序曰："思親友也。"

五（原第一三〇首）

陶潛酷似臥龍豪，萬古潯陽松菊高。莫信詩人竟平淡，二分梁甫一分騷。

○陶潛句：作者自注："語意本辛棄疾。"辛詞《賀新郎》："把酒長亭說，看淵明、風流酷似，臥龍諸葛。"○陶潛《歸去來辭》："三徑就荒，松菊猶存。"○梁甫：《梁甫吟》，古樂府曲名。《三國志·諸葛亮傳》："亮躬耕隴畝，好爲《梁甫吟》。"騷：《離騷》。

六（原第一三一首）

陶潛磊落性情溫，冥報因他一飯恩。頗覺少陵詩吻薄，但言朝叩富兒門。

○冥報：陶潛《乞食》詩："感子漂母惠，愧我非韓才。銜戢知何謝，冥報以相貽。"

中華書局版《龔自珍全集》第十輯

魏　源（1794—1857）

《清史稿·文苑傳》：魏源字默深，邵陽人。道光二年舉順天鄉試，宣宗閱其試卷，揮翰褒賞，名籍甚。會試落第，房考劉逢祿賦《兩生行》惜之，兩生者，謂源及龔鞏祚，兩人皆負才自喜，名亦相埒。源入貲爲中書，至二十四年成進士，以知州發江蘇權興化。二十八年大水，河帥將啓閘，源力爭不能得，則親擊鼓制府，總督陸建瀛馳勘得免，士民德之。補高郵，坐遲誤驛遞免，副都御史袁甲三奏復其官。咸豐六年卒。源兀傲有大略，熟於朝章國故，論古今成敗利病、學術流別，馳騁往復，四座皆屈。源以我朝幅員廣，武功實邁前古，因借觀史館官書，參以士大夫私著，排比經緯，成《聖武記》四十餘萬言。晚遭夷變，謂籌夷事必知夷情，復據史志及林則徐所譯《西夷四州志》等，成《海國圖志》一百卷。著有《古微堂詩文集》。

泗源泉林寺

【題解】　古時泗河流經魯國曲阜，相傳孔子曾在河濱講學授徒，感慨道："逝者如斯夫，不舍晝夜！"後人於此地立碑，碑題："子在川上曰處"。

山不必高，水不必深，但得其陽，乃識其陰。大古之心，至人之琴。湛若泉吟，常有寂音。

時哉時哉，山梁所息。一舉寥然，安知所極。

今日之今，風風雨雨。俄焉矚之，已化爲古。

○時哉時哉：《論語·鄉黨》："色斯舉矣，翔而後集。曰山梁雌雉，時哉時哉。"

中華書局版《魏源集》

西洞庭石公歌

【題解】 石公山，在洞庭湖中。此詩想象奇特，令人有古今一瞬、仙人同境之感。

噫嘻吁怪哉！三萬六千頃中有此縹緲之崔嵬。絕頂一望兮，但見七十二峰如鳧如雁拍浮渡水來。長風浩浩欲飛不飛去，忽然飄我石公山前白石臺。後石障，前石湖，以湖爲酒山爲觚。此間一石一天地，坐石枕石非仙乎！夕陽欲下湖煙生，群山盡化空中雲。此身便恐乘雲去，始知世外無蓬瀛。隔溪漁火聞炊飯，疑是秦人舊雞犬。武陵天台果勝人間世，劉阮漁郎一去應不返。山中羽客揖我言，請陳五帝三皇前：太古梯航未到日，人間處處皆桃源。一山一谷一世界，那知萬里通乾坤？那知吳越舟戰秦車轍？一自溪山破混沌，從此四方互相見，海外俄聞禮樂通，山中不許桑麻悶。龍爭虎戰血中原，始說仙山好清宴。何如太平載酒五湖行，酒味更比桃源清；何如湖天曠蕩來睎髮，明月更比洞天闊。但得此胸汪洋三萬頃，何事洞庭更張樂。謝客言，把客手，入世出世夫何有！秦人求仙仙避秦，今日山中之仙來沽山外酒。我輩未必非仙才，萬古蒼茫列前後。安得鬼工巉石障，大書縱橫一千丈。書中盡是列仙吟，月下乘雲共惆悵。泪泪浪，泠泠風，扁舟更渡東山東。三十里看青芙蓉，五十里玩光福松。何必漁郎尋舊縱，何煩徐市誇瀛蓬！

中華書局版《魏源集》

○劉阮漁郎：劉晨、阮肇入天台山遇仙事，見劉義慶《幽明錄》。漁郎見陶淵明《桃花源記》。○洞庭張樂：《莊子·至樂》："《咸池》《九韶》之樂，張之洞庭之野，鳥聞之而飛，魚聞之而下入。"○徐市：《史記·秦始皇本紀》："齊人徐市等上書，言海中有三神山，名曰蓬萊、方丈、瀛洲，仙人居之。請得齋戒，與童男女求之。於是遣徐市發童男女數千人，入海求仙人。"

參考書目

《龔自珍全集》，龔自珍著，中華書局1959年版。

《己亥雜詩注》，龔自珍著，劉逸生注，中華書局1980年版。

《魏源集》，中華書局1976年版。

思考題

1. 爲什麼說龔自珍首開近代詩風？
2. 試析龔自珍詩中的"香草美人"意象。
3. 解讀《己亥雜詩》中詠陶淵明之作。

第六節　王闓運與樊增祥

王闓運（1833—1916）

《清史稿·儒林傳》：王闓運，字壬秋，湘潭人。咸豐三年舉人。幼好學，質魯，日誦不能及百言，發憤自責，勉強而行之。昕所習者，不成誦不食；夕所誦者，不得解不寢。於是年十有五明訓詁，二十而通章句；二十四而言禮，考三代之制度，詳品物之所用；二十八而達《春秋》微言，張《公羊》，申何學，遂通諸經，潛心著述。尤肆力於文，溯莊、列，探賈、董，其駢麗則揖顏、庾，詩歌則抗阮、左，記事之體一取裁於龍門。闓運刻苦勵學，寒暑無間，經史百家靡不誦習，箋注抄校日有定課。遇有心得，隨筆記述，闡明奧義，中多前賢未發之覆。嘗曰："文不取裁於古則亡法，文而畢摹乎古則亡意。"又嘗慨然自嘆曰："我非文人，乃學人也。"學成出遊，初館山東巡撫崇恩，入都就尚書肅順聘，肅順奉之若師保，軍事多諮而後行。左宗棠之獄，闓運實解之。已而參曾國藩幕，胡林翼、彭玉麟等皆加敬禮。闓運自負奇才，所如多不合，乃退息，無復用世之志，唯出所學以教後進。四川總督丁寶楨聘主尊經書院，歸爲長沙思賢講舍、衡州船山書院山長。闓運晚睹世變，與人無忤，以唯阿自容，入民國嘗一領史館。丙辰年卒，年八十有五。著有《湘綺樓詩文集》。

寄懷辛眉

【題解】 詩境高遠清幽。辛眉，鄧繹，湖南武岡人，作者故友。

空山霜氣深，落月千里陰。之子未高臥，相思共此心。一夜梧桐老，聞君江上琴。

岳麓書社版《湘綺樓詩集》卷三

梅 花

【題解】 有所思，借花寓之。

寂寂江梅樹，垂垂歲暮時。雪深除夢到，香遠隔煙知。花落飲微醉，月明空所思。寒山徑千里，春思托將離。

岳麓書社版《湘綺樓詩集》卷三

人日立春對新月憶故情

【題解】 春江花月，風景如舊；人生萬變，古今同慨。此詩頗有張若虛《春江花月夜》的意境與韻味。

萋萋千里物華新，湘春人日不逢人。園中柳枝已能綠，汀洲草色暗生塵。立春人日芳菲節，此日行吟正愁絕。倚欄垂淚看初春，臨水低頭見新月。初春新月幾回新，幾回新月照新人？若言人世年年老，何故天邊歲歲春？尋常人日人常在，祇言明月無期待。故人看月恒自新，故月看人人事改。也知盈缺本無情，無奈春來春恨生。遠思隨波易千里，羅帷對影最孤明。故人新月共裴回，湘水浮春盡日來。黃鶴樓前漢陽樹，湘春城角定王臺。休言月下新人艷，明年對月容光減。鸞鏡長開亦厭人，燕脂色重難勝臉。庭中桃樹背春愁，春來月落夢悠悠。唯見迎春卷珠幔，誰能避月下江樓？樓前斜月到天邊，樓上春寒非昔年。遠水餘光仍似雪，空山夜碧忽如煙。如煙似雪光難取，明月有情應有語。從來照盡古今人，可憐愁思無今古。

岳麓書社版《湘綺樓詩集》卷十

樊增祥（1846—1931）

蔡冠洛《清代七百名人傳·文學》：樊增祥，字嘉父，號雲門，別號樊山，湖北恩施人。父燮，官湖南永州協副將。增祥聰穎美姿容，以文章遊京師，會稽李慈銘亟稱其才。中光緒丁丑進士，出補陝西渭南知縣，累官陝西、江寧布政使。詩尤有名，歡娛能工，不爲愁苦之詞。艷體之作，自謂可方駕冬郎。賦前後《彩雲曲》最工。嘉興沈曾植讀之，以爲的是香山，不祇梅村也。增祥論詩以清新博麗爲主，工於隸事，巧於裁對，見人用眼前習見故實，曰："此乳臭小兒耳。"作詩萬首，而七律居其八九，次韻疊韻之作尤多。文綺麗稱其詩。入民國，爲退宦詩人，寓都下，文酒過從，與周樹模少樸、左紹佐笏卿號"楚中三老"。初取徑於中晚唐，晚年亦爲宋詩。民國二十年卒於北平，年八十六。

後彩雲曲

【題解】 彩雲，本姓傅，即名妓賽金花。年十四，嫁與狀元洪鈞爲妾。洪銜命出使歐洲，攜彩雲同往，三年後歸國。洪歿，彩雲復至上海爲妓，艷名大熾，風流韻事，載在人口。作者曾作《彩雲曲》詠其事，爲時傳誦。其後，彩雲北上天津開設妓院，適逢庚子（1900）事變，八國聯軍佔領北京。彩雲因與聯軍總司令瓦德西有舊，在舊夢重溫之時，亦做過一些力所能及的好事。作者以這位風流名妓與瓦德西的風流艷事爲線索，著意庚子之變，被人譽爲"詩史"，至比爲《長恨歌》與《圓圓曲》云。

納蘭昔御儀鸞殿，曾以宰官三召見。畫棟珠簾靄御香，金床玉几開宮扇。明年西幸萬人哀，桂觀萯廉委劫灰。虜騎亂穿驛道走，漢宮重見柏梁災。白頭宮監逢人說，庚子災年秋七月。六龍一去萬馬來，柏靈舊帥稱魁傑。紅巾蟻附端郡王，擅殺德使董福祥。憒兵入城肆淫掠，董逃不獲池魚殃。瓦酋入據儀鸞座，鳳城十家九家破。武夫好色勝貪財，桂殿秋清少眠臥。聞道平康有麗人，能操德語工德文。狀元紫誥曾相假，英后殊施並寫真。柏靈當日人爭看，依稀記得芙蓉面。隔越蓬山十二年，瓊華島畔邀相見。隔水疑通雲漢槎，催妝還用天山箭。彩雲此際泥秋衾，雲雨巫山何處尋？忽報將軍親折簡，自來花下問青禽。徐娘雖老猶風致，巧換西裝稱人意。百環螺髻滿簪花，全匹鮫綃長拂地。雅娘催下七香車，豹尾銀槍兩行侍。鈿車遙遵輦路來，羅襪果踏金蓮至。歷亂宮帷飛野鷄，荒唐御座擁狐狸。將軍攜手瑤階下，未上迷樓意已迷。罵賊還嗤毛惜惜，入宮自詡李師師。言和言戰紛紜久，亂殺平人及雞狗。彩雲一點菩提心，操縱夷獠在纖手。肱篋休探赤仄錢，操刀莫逼紅顏婦。始信傾城哲婦言，強於辯士儀秦口。後來虐婢如蝮虺，此日能言賽鸚鵡。較量功罪相折除，僥幸他年免縲首。將軍七十虯髯白，四十秋娘盛釵澤。普法戰罷又經年，枕席行師老無力。女閭中有女登徒，笑捋虎鬚親虎額。不隨槃瓠臥花單，那得馴狐集金闕？誰知九廟神靈怒，夜半瑤臺生紫霧。火馬飛馳過鳳樓，金蛇閃閃燔雞樹。此時錦帳雙鴛鴦，皓軀驚起無襦褲。小家女記入抱時，夜度娘尋鑿坏處。撞破煙樓閃電窗，釜魚籠鳥求生路。一霎秦灰楚炬空，依然別館離宮住。朝雲暮雨秋復春，坐見珠槃和議成。一聞紅海班師詔，可有青樓惜別情？從此茫茫隔雲海，將軍頗有連波悔。君王神武不可欺，遙識軍中婦人在。有罪無功損國威，金符鐵券趣銷毀。太息聯邦虎將才，終爲舊院蛾眉累。蛾眉終落教坊司，已是琵琶彈破時。白門淪落歸鄉里，綠草依稀具獄詞。世人有情多不達，明明禍水褰裳涉。玉堂鵷鷺悠羽儀，碧海鯨魚喪鱗甲。何限人間將相家，牆茨不掃傷門閥。樂府休歌楊柳枝，星家最忌桃花煞。今者株林一老婦，青裙來往春申浦。北門學士最關渠，西幸叢談亦及汝。古人詩貴達事情，事有闕遺須拾補。不然落溷退紅花，白髮摩登何足數！

鳳凰出版社《清詩紀事·光緒宣統朝卷》

○納蘭：指葉赫那拉氏，即慈禧太后。○宰官：作者自謂。按：作者曾以地方官身份三次受到慈禧太后的召見。○桂觀萐廉：漢宮殿閣名，下文"柏梁"亦爲漢宮建築名，此處係代指。○紅巾：指義和團。端郡王：名載漪，時管總理各國事務衙門，力主對外宣戰。○董福祥：甘軍統帥。董福祥奉榮祿之令，命甘軍包圍東交民巷，攻外國使館，事後被褫職軟禁。按：日本公使書記杉山彬係董兵擊斃，但槍殺德國公使克林德的卻是端郡王的神虎營，並非董福祥的甘軍。作者爲了下文巧用"董逃"（古樂府曲名）一語，故作此遷就。○瓊華島：在北京北海內。○毛惜惜：南宋高郵妓女，高郵人榮全叛，召毛侍宴，毛斥之，被殺。○李師師：北宋汴梁名妓，相傳入宮被徽宗封爲瀛國夫人。○槃瓠：傳說中的神犬，高辛氏之女嫁與犬，生六男六女，爲"蠻夷"始祖。見《搜神記》卷十四。○珠槃：天子與諸侯歃血爲盟用的器皿。《周禮·天官·玉府》："合諸侯者必割牛耳，取其血歃之以爲盟。珠槃以盛牛耳。"○玉堂鵷鷺：指文臣。○碧海鯨魚：指武將。○牆茨：《詩經》中有《牆有茨》篇，刺淫亂。○楊柳枝：樂府歌詩，唐詩人白居易所創，爲詠妓之作。○株林：《詩經·陳風》中有《株林》篇，刺陳靈公與夏姬私通事。據鄭玄箋，株林乃夏氏邑。此處代指青樓。○春申浦：即黃浦江。以戰國楚春申君得名。○摩登：即摩登伽，據《楞嚴經》，釋迦牟尼在世時，有婦摩登伽，使其女以幻術引誘阿難淫樂。此指賽金花。

附：

彩雲曲

　　傅彩雲者，蘇州名妓也。年十三，依姊居滬上，艷名噪一時。某學士銜恤歸，一見悅之，以重金置爲簉室，待年於外。祥琴始調，金屋斯啓，攜至都下，寵以專房。學士持節使英，萬里鯨天，鴛鴦並載。既至英，六珈象服，儼然敵體。英故女主年垂八十，雄長歐洲，尊無與並。彩出入椒風，獨與抗禮。嘗偕英皇並坐照像，時論奇之。學士代歸，從居京邸，與小奴阿福奸，生一女，學士逐福留彩，寢與疏隔。俄而文園消渴，竟夭天年。彩故與他僕私，至是遂爲夫婦。居無何，私蓄略盡，所歡亦殂，仍返滬爲賣笑計，改名曰賽金花。蘇人公檄逐之，轉至津門，雖年逾三十，而艷名不減疇昔。己亥長夏，與客談此事，因記以詩。先是，學士未第時，爲人司書記，居煙臺，與妓愛珠有齧臂盟。比再至，已魁天下，遽與珠絕。

珠冤痛累月，竟不知所終。今學士已矣，若敖鬼餒，燕子樓空。唱金縷者出節度之家，過市門者指狀元之第，得非霍小玉冥報李十郎乎？余爲此曲，亦如元相所云，甚願知之者不爲，而爲之者不惑耳。

　　姑蘇男子多美人，姑蘇女子如瓊英。水上桃花如性格，湖中秋藕比聰明。自從西子湖船住，女貞盡化垂楊樹。可憐宰相尚吳綿，何論紅紅兼素素！山塘女伴訪春申，名字偸來五色雲。樓上玉人吹玉管，波頭桃葉倚桃根。約略鴉鬟十三四，未遣金刀破瓜字。歌舞常先菊部頭，釵梳早入妝樓記。北門學士素衣人，暫踏毬場訪玉真。直爲麗華輕故劍，況兼蘇小是鄉親。海棠聘後寒梅喜，侍君居外明詩禮。兩見瀧岡墓草青，鴛鴦弦上春風起。畫鷁東乘海上潮，鳳凰城裏並吹簫。安排銀鹿娛遲暮，打疊金貂護早朝。深宮欲得皇華使，才地容齋最清異。夢入天驕帳殿遊，閼氏含笑聽和議。博望仙槎萬里通，霓旌難得彩鸞同。詞賦環球知繡虎，釵鈿橫海照驚鴻。女君維亞喬松壽，夫人城闕花如繡。河上蛟龍盡外孫，虜中鸚鵡稱天后。使節西持婺奉春，錦車馮嫽亦傾城。冕旒七冕瞻繁露，盤敦雙龍贈寶星。雙成雅得君王意，出入椒庭整環佩。妃主青禽時往來，初三下九同遊戲。裝束潛將西俗嬌，語言總愛吳娃媚。侍食偏能饜海鮮，投書亦解翻英字。鳳紙宣來鏡殿寒，玻璃取影御床寬。誰知坤媼山河貌，祇與楊枝一例看。三年海外雙飛俊，還朝未幾相如病。香息常教韓壽聞，花枝每與秦宮並。春光漏泄柳條輕，郎主空噴梁玉清。祇許丈夫驅便了，不教琴客別宜城。從此羅帳怨離索，雲藍小袖知誰托。紅閨何日放金鷄，玉貌一春鎖銅雀。雲雨巫山枉見猜，楚襄無意近陽臺。擁衾總怨金龜婿，連臂猶歌赤鳳來。玉棺晝下新宮啓，轉盻玉郎長已矣。春風肯墜綠珠樓，香徑還思苧羅水。一點奴星照玉壺，樵青婉變漁童美。總帷猶挂鬱金堂，飛去玳梁雙燕子。那知薄命不猶人，御叔子南先後死。蓬巷難栽北里花，明珠忍換長安米。身是輕雲再出山，瓊枝又落平康里。綺羅叢裏脫青衣，翡翠巢邊夢朱邸。章臺依舊柳毿毿，琴操禪心未許參。杏子衫痕學宮樣，枇杷門榜換冰衘。吁嗟乎！情天從古多緣業，舊事煙臺那可說。微時菅蒯得恩憐，貴後萱芳都棄擲。怨曲爭傳紫玉釵，春遊未遇黃衫客。君既負人人負君，散灰扃戶知何益？歌曲休歌金縷衣，買花休買馬䯇枝。彩雲易散玻璃脆，此是香山悟道詩！

上海古籍版《樊樊山詩集·樊山續集》卷九

參考書目

《湘綺樓詩集》，王闓運著，岳麓書社 1994 年版。
《樊樊山詩集》，樊增祥著，上海古籍出版社 2004 年版。

思考題

1. 試比較王闓運《人日立春對新月憶故情》與張若虛《春江花月夜》。
2. 將樊增祥前後《彩雲曲》改寫爲《彩雲傳》。

第七節　宋詩派

鄭　珍（1806—1864）

《清史稿·儒林傳》：鄭珍，字子尹，遵義人。道光五年拔貢生，十七年舉人，以大挑二等選荔波縣訓導。同治二年，大學士祁寯藻薦於朝，特旨以知縣分發江蘇補用，卒不出。三年卒，年五十九。初受知於程恩澤，乃益進求聲音文字之原與古宮室冠服之制，於經最精"三禮"。有《巢經巢詩鈔》。

自毛口宿花堌

【題解】 寫盤江沿岸道路的崎嶇，卻不直接描述山峻地險路曲峰回，而是從行進時的感覺著筆，行文曲折，想象奇特。徐世昌《晚晴簃詩話》謂其"爲詩能運健筆，委折達所欲言，意象開拓，力避庸軟"。

盤江在枕下，伸腳欲踏河塘堠。曉聞花堌子規啼，暮踏花堌日已瘦。問君道近行何遲，道果非遠我非遲，君試親行當自知。此道如讀昌黎之文少陵詩，眼著一句見一句，未來都非夷所思。雲木相連到忽斷，初在眼前行轉遠。當年止求徑路通，悶殺行人渠不管。忽思怒馬驅中州，一目千里恣所遊。安得便馳道挺挺，大柳行邊飯蔥餅，荒山惜此江湖影。

三秦出版社《巢經巢詩鈔注釋》卷三

〇河塘堠：盤江邊地名。作者自注："毛口對岸即河塘，溯流渡江至之已十里。"毛口、花堌、大柳，均爲地名。〇非夷所思：《周易·渙》："渙有丘，匪夷所思。"〇中州：中原，河南。作者赴京應試曾路經中州河南。〇大柳：河南地名。行：路。

桐　岡

【題解】 桐岡，在湖南省衡山城郊。"桐岡牧笛"爲"衡山十景"之一。詩人獨遊桐岡，徘徊於月光湖影之間，孤寂清冷，有"幽人獨往，縹渺孤鴻"的意境。

明月上岡頭，綠墜一湖影。來往不逢人，露下衣裳冷。

三秦出版社《巢經巢詩鈔注釋》卷八

曾國藩（1811—1872）

《清史稿·曾國藩傳》：曾國藩，初名子城，字滌生，湖南湘鄉人。道光十八年進士，二十三年以檢討典試四川，再轉侍讀，累遷內閣學士、禮部侍郎。時太常寺卿唐鑒講學京師，國藩與倭仁、吳廷棟、何桂珍嚴事之，治義理之學，兼友梅曾亮、邵懿辰諸人。爲詞章考據，尤留心天下人才。歷署刑部、吏部侍郎。咸豐二年，典試江西，中途丁母憂歸。三年，太平軍破江寧，分黨北犯河南、直隸，天下騷動，而國藩已前奉旨辦團練於長沙。後又請造戰艦於衡州，募水陸萬人東下，兵敗投水，幕下士章壽麟掖起之，得不死。國藩督師再戰，克漢陽、武昌，詔署湖北巡撫，加兵部侍郎銜。尋轉戰江西，七年丁父憂歸，旋奉旨奪情，出辦浙江軍務。十年，加兵部尚書銜，署理兩江總督。十一年八月，文宗崩，穆宗即位，太后垂簾聽政，加國藩太子少保銜，命節制江蘇、安徽、江西、浙江四省。同治四年，江寧平，天子褒功，加太子太傅，封一等毅勇侯，賞雙眼翎。開國以來，文臣封侯自是始。朝野稱賀，而國藩功成不居，粥粥如畏。繼又奉旨圍剿捻軍，六年授武英殿大學士，調直隸總督。九年，詔赴天津處理教案，頗受時論非議，調任兩江總督。國藩爲人威重，美鬚髯，目三角有棱，每對客注視，移時不語，見者竦然，退則記其優劣，無或爽者。天性好文，治之終身不厭。有家法，而不囿於一師。其論學兼綜漢宋，以謂先王治世之道經緯萬端，一貫之以禮。晚年頗以清靜化民，俸入悉以養士，老儒宿學群歸依之。尤知人，善任使，所成就者不可勝數。舉先世耕讀之訓教誡其家，遇將卒僚吏若子弟然。故雖嚴憚之，而樂爲之用。居江南久，功德最盛。同治十三年薨於位，年六十二。贈太傅，諡文正。

早發武連驛憶弟

【題解】 武連驛，在四川劍閣縣南。道光二十四年（1845），作者爲四川鄉試副考官，由陝入蜀經過此地。

朝朝整駕趁星光，細想吾生有底忙。疲馬可憐孤月照，晨雞一破萬山蒼。曰歸曰歸歲雲暮，有弟有弟天一方。大壑高崖風力勁，何當吹我送君旁。

岳麓書社版《曾國藩詩文集》

〇底：何。〇曰歸曰歸：《詩經·采薇》："曰歸曰歸，歲云暮矣。"

送梅伯言歸金陵

【題解】 梅伯言名曾亮，姚鼐弟子，爲嘉慶、道光年間桐城派領袖。

文筆昌黎百世師，桐城諸老實宗之。方姚以後無孤詣，嘉道之間又一奇。碧海鼇呿鯨掣候，青山花放水流時。兩般妙境知音寡，它日曹溪付與誰？

岳麓書社版《曾國藩詩文集》

〇昌黎：韓愈。蘇軾《潮州韓文公廟碑》："匹夫而爲百世師，一言而爲天下法。"〇桐城諸老：指"桐城三祖"方苞、劉大櫆、姚鼐。〇鼇呿鯨掣：呿：張口貌。此二句形容梅氏文風兼有陽剛與陰柔之美，即下文所謂"兩般妙境"。〇曹溪：水名。禪宗六祖慧能曾在曹溪寶林寺演法，因別號曹溪。這裏比喻桐城義法之眞傳。

沈曾植（1850—1922）

《清史稿·沈曾植傳》：沈曾植，字子培，浙江嘉興人。光緒六年進士，用刑部主事，遷員外郎，擢郎中。居刑曹十八年，專研古今律令書，由《大明律》《宋刑統》《唐律》上溯漢魏。曾植爲學兼綜漢宋，而尤深於史學掌故。後專治遼金元三史及西北輿地、南洋貿遷沿革。尋充總理衙門章京。中日和議成，曾植請自借英款創辦東三省鐵路，不果行。丁母憂歸，兩湖總督張之洞聘主兩湖書院講席。拳亂啟釁，曾植與盛宣懷等密商保護長江之策。旋還京，調外交部。出授江西廣信知府，擢安徽提學使，赴日本考察學務。三十二年署布政使，尋護巡撫。貝子載振出皖境，當道命藩庫支巨款供張，曾植不允，遂與當道忤。宣統二年，移病歸。卒年七十三，著有《海日樓詩集》。

舟發廣陵

【題解】 由揚州江行至武昌。自傷，亦傷時。

歸程指煙水，心與楚雲馳。客久諳船理，江清見鬢絲。老慳筋力用，壯惜太平時。鼓角中宵動，江湖歲晚悲。

中華書局版《海日樓詩注》卷二

寄上虞山相國師

【題解】 相國師，指翁同龢。翁爲作者座師，官軍機大臣兼總理各國事務大臣，以戶部尚書協辦大學士，因支援帝黨變法，被后黨免職放回原籍。此詩作於戊戌政變後。

江上窮愁十日霖，搖搖孤憤結微音。松高獨受寒風厄，鳳老甘當衆鳥侵。睢盱一夫成世變，是非千載在公心。言妖舌毒紛無紀，吞炭聊爲豫子喑。

中華書局版《海日樓詩注》卷二

〇豫子：豫讓，晉人，事智伯。智伯爲趙襄子所殺，豫讓誓殺趙襄子爲其復仇。《史記·刺客列傳》："居頃之，豫讓又漆身爲厲，吞炭爲啞，使形狀不可知。"

陳三立（1853—1937）

賈逸君《民國名人傳·文學》：陳三立，字伯嚴，一字散原，江西義寧人。清湖南巡撫寶箴之子。起甲科，爲吏部主事，以贊其父行新法於湖南，並革職永不敍用。父死，遂家於江寧。後端方等皆欲薦其復起，堅辭弗應。嘗被任命爲江西南潯鐵路總理及兩江總督幕僚。民國改元後，日與諸逸老詩酒流連，不求聲譽，不慕顯達。詩懷古拔，與鄭孝胥共爲名詩家。疏曠似魏晉間人，不解治生，而篤於友誼。民國二十六年卒，年八十五。

月江舟行

【題解】 原題《十一月十四日夜發南昌月江舟行》。以俗爲雅，比喻奇特。狄葆賢《平等閣詩話》："奇語突兀，二十字抵人千百。"

露氣如微蟲，波勢如臥牛。明月如繭素，裹我江上舟。

商務印書館版《散原精舍詩》卷上

曉抵九江

【題解】 此詩寫江行，寄寓家國之感。

藏舟夜半負之去，搖兀江湖便可憐。合眼風濤移枕上，撫膺家國逼燈前。鼾聲鄰榻添雷吼，曙色孤篷漏日妍。咫尺琵琶亭畔客，起看啼雁萬峰顛。

商務印書館版《散原精舍詩》卷上

○藏舟：《莊子·大宗師》："夫藏舟於壑，藏山於澤，謂之固矣；然而夜半有力者負之而走，昧不知也。"○琵琶亭：在九江潯陽江邊。白居易貶江州司馬，送客於此，聞琵琶聲，有《琵琶行》之作。

| 輯　錄 |

梁啓超《飲冰室詩話》：其詩不用新異之語，而境界自與時流異，濃深俊微，吾謂於唐宋人集中，罕見倫比。

陳衍《石遺室詩話》：散原樹義高古，掃除凡猥，不肯作一猶人語，蓋原本山谷家法，特意境奇創，有非前賢所能囿耳。

錢基博《現代中國文學史》：三立爲詩學韓愈，既而肆力爲黃庭堅，避俗避熟，力求生澀，然其佳處可以泣鬼神、訴真宰者，未嘗不在文從字順中也。

陳　衍（1856—1937）

錢基博《現代中國文學史》：陳衍，字叔伊，號石遺。光緒壬午舉人，官學部主事，歷任京師大學、廈門大學文科教授。刊有《石遺室詩集》《石遺室詩話》。

用蘇勘韻送子培

【題解】　此詩作於光緒二十六年（1900）庚子五月，原題《用蘇勘韻送子培，時子培有弟、余有兄有子均在北方亂中》。蘇勘，鄭孝胥號。子培，沈曾植字，時丁母憂服闋，將還北京刑部供職，因京津事變，滯留滬上。

別淚從來不浪彈，此回端覺徹心酸。倉皇烽火傳三月，辛苦麻鞋累一官。避地依人行已老，自厓送子反良難。更將骨肉投豺虎，可免磨牙吮血殘。

《石遺室詩集》卷一

參考書目

《巢經巢詩鈔注釋》，鄭珍著，龍先緒注釋，三秦出版社2002年版。

《曾國藩詩文集》，曾國藩著，岳麓書社 2015 年版。

《散原精舍詩集》，上海商務印書館 1936 年版。

《石遺室詩話》，陳衍著，遼寧教育出版社 1998 年版。

《近代詩鈔》，陳衍編，上海商務印書館 1935 年版。

《論同光體》，錢仲聯著，中華書局 1993 年版《夢苕庵論集》。

思考題

1. 試述宋詩派與清代文化學術之關係。
2. 宋詩派追求的藝術境界爲何？
3. 何謂"同光體"？

第八節　詩界革命派

康有爲（1858—1927）

《清史稿·康有爲傳》：康有爲，字廣廈，號更生，原名祖詒，廣東南海人。少從朱次琦遊，博通經史，好公羊家言，言孔子改制，倡以孔子紀年，尊孔保教。先聚徒講學，入都上萬言書，議變法。中日議款，有爲集各省公車上書，請拒和、遷都、變法。光緒二十一年進士，用工部主事。二十四年，有爲立保國會於京師，尚書李端棻等先後疏薦有爲才，至是始召對。有爲極陳："非維新變舊不能自強。"德宗韙之，命在總理衙門章京上行走，特許專摺言事。旋召楊銳、林旭、劉光第、譚嗣同參預新政。三月維新，中外震仰。時傳將以兵圍頤和園，劫太后，人心惶惑。於是太后復垂簾，盡罷新政。有爲星夜出都，亡命日本，流轉南洋，遍遊歐美各國。所至以尊皇保國相號召，設會辦報，集資謀再舉，屢遇艱險。宣統三年，鄂變作，始開黨禁，戊戌政變獲咎者悉原之。於是有爲出亡十餘年矣，始謀歸國。時民軍決行共和，廷議主立憲，而有爲創爲虛君共和之議，以"中國帝制行已數千年，不可驟變，而大清得國最正，歷朝德澤淪浹人心，存帝號以統五族，弭亂息爭，莫順於此。"內閣總理大臣袁世凱徇民軍請，決改共和，遂下遜位之詔。丁巳，張勳復辟，以有爲爲弼德院副院長。事變，有爲避美國使館，旋脫歸上海。後病卒於青島。有爲天資瑰異，古今學術無所不通，堅於自信。每有創論，常開風氣之先。初論改制，次論大同，謂太平世必可坐致，終悟天人一體之理。著有《孔子改制考》《新學僞經考》《大同書》等。

遊羅馬京

【題解】 原題《遊羅馬京，古寺古殿遍地，皆二千年斷牆壞瓦，感賦》。俯仰蒼涼，悲歌慷慨。

七岡草樹綠茫茫，大地山河此最傷。百里石渠連碧漢，千年古道黯斜陽。頹陵壞殿名王跡，高塔叢祠舊道場。泰擺江中樓上月，英雄照盡幾滄桑。

上海人民版《萬木草堂詩集》卷七

倫敦觀劇

【題解】 原題《倫敦觀劇，有作海山仙女，幽逸如〈離騷〉〈九歌〉者。昔士卑亞曲多有之，令人超超作出世想》。昔士卑亞今譯莎士比亞，作者所觀之劇，可能是莎士比亞喜劇名著《仲夏夜之夢》。

海山巖下紫藤斜，仙女飛飛舞碧霞。弄罷風濤眠石上，滿身衣袖壓飛花。

上海人民版《萬木草堂詩集》卷十

| 輯　錄 |

汪辟疆《光宣詩壇點將錄》：今詩人尚意境者宗黃、陳，主神韻者師大曆，錘幽鑿險，則韓、孟啓其宗風；範山模水，則謝、柳標其高格。其純然入乎古人出乎古人者，則南海康有爲也。南海平生學術，不以詩鳴，徒以境遇之艱屯，足跡之廣歷，偶事歌詠，直有抉天心，探地肺之奇，不僅巨刃摩天而已也。反虛入渾，積健爲雄，惟南海足以當之矣。

黃遵憲（1848—1905）

《清史稿·黃遵憲傳》：黃遵憲，字公度，嘉應州人。以舉人入貲爲道員。充使日本參贊，著《日本國志》，上之朝，旋移舊金山總領事。美吏嘗藉口衛生，逮華僑滿獄，遵憲徑詣獄中，令從者度其容積曰："此處衛生顧右於僑居邪？"美吏謝，遽釋之。歷湖南長寶鹽法道，署按察使。時陳寶箴爲巡撫，行新政，遵憲首倡民治於衆，曰："亦自治其身，自治其鄉而已。由一鄉推之一縣一府一省，以迄全國，可以成共和之郅致，臻大同之盛軌。"於是略仿西國巡警之制，設保衛局。凡與民利民瘼相麗，而爲一方民力能舉者，悉屬之，領以民望，而官輔其不及焉。尋解職，奉出使日本之命，未行，而黨禍起，遂罷歸。著有《人境廬詩草》等。

倫敦大霧行

【題解】　英國爲近代工業強國，殖民地遍及五洲，號"日不落帝國"。作者此詩描寫倫敦之霧，用中國人習見的恐怖意象，如"蒼天已死黃天立""劫灰""阿修羅""阿鼻獄""羅刹國"等，突出其暗無天日的陰森景象，也許是爲打破大英帝國的神話，以激發國人對華夏神州大好河山之熱愛。

蒼天已死黃天立，倒海翻雲百神集。一時天醉帝夢酣，舉國沈迷同失日。芒芒蕩蕩國昏荒，冥冥濛濛黑甜香。我坐斗室幾匝月，面壁惟拜燈光王。時不辨朝夕，地不識南北。離離火焰青，漫漫劫灰黑。如渡大漠沙盡黃，如探巖穴黝難測。化塵塵亦緇，望氣氣皆墨。色象無可名，眼鼻若並塞。豈有盤古氏，出世天再辟？又非阿修羅，攪海水上擊，忽然黑暗無間墮落阿鼻獄，又驚惡風吹船飄至羅刹國。出門寸步不能行，九衢遍地鈴鐸聲。車馬雞棲匿不出，樓臺蜃氣中含腥。天羅磕匝偶露缺，上有紅輪色如血；曖曖曾無射目光，涼涼未覺炙手熱。吾聞地球繞日日繞球，今之英屬遍五洲，赤日所照無不到，光華遠被天盡頭。烏知都城不見日，人人反抱天墮憂。又聞地氣蒸騰化爲雨，巧算能知雨點數。此邦本以水爲家，況有竈煙十萬戶。倘將四海之霧銖積寸算來，或尚不如倫敦城中霧。

上海古籍版《人境廬詩草箋注》卷六

○黑甜：蘇軾《發廣州詩》："三杯軟飽後，一枕黑甜餘。"自注："俗謂睡爲黑甜。"○燈光王：《維摩經》："東方度三十六恒河沙國，有世界名須彌相，其佛號須彌燈王。"此指霧都晝暗，室內須點燈照明。薛福成《出使英法義比四國日記》："往往白晝晦冥，室中皆燃燈火，方能觀書寫字。"○天墮憂：《列子·天瑞》："杞國有人，憂天地崩墜，身亡所寄，廢寢食者。"○竈煙：薛福成《日記》："英倫三島，四面皆海，本多白霧。而倫敦五百萬煙戶之煤煙，又爲霧所掩，不能沖霄直上，聚爲黃霧。天氣稍冷，則人皆擁爐，又多五百餘萬人終日夜焚煤之煙，非特竈突之煙也。"

今別離

【題解】《今別離》爲樂府舊題，而所詠卻爲新事。何藻翔《嶺南詩存》："《今別離》四章，以舊格調運新理想，千古絕作，不可有二。"組詩分詠火車、輪船、電報、照相及東西半球晝夜相反。所選爲第二與第四首。

朝寄平安語，暮寄相思字。馳書迅已極，云是君所寄。既非君手書，又無君默記。雖署花字名，知誰箝緘尾？尋常並坐語，未遽悉心事。況經三四譯，豈能達人意？祇有班班墨，頗似臨行淚。門前兩行樹，離離到天際。中央亦有絲，有絲兩頭繫。如何君寄書，斷續不時至。每日百須臾，書到時有幾？一息不相聞，使我容顏悴。安得如電光，一閃至君旁。

汝魂將何之？欲與君追隨。飄然渡滄海，不畏風波危。昨夕入君室，舉手搴君帷。披帷不見人，相君就枕遲。君魂倘尋我，會面亦難期。恐君魂來日，是妾不寐時。妾睡君或醒，君睡妾豈知？彼此不相聞，安怪常參差。舉頭見明月，明月方入扉。此時想君身，侵曉剛披衣。君在海之角，妾在天之涯，相去三萬里，晝夜相背馳。眠起不同時，魂夢難相依。地長不能縮，翼短不能飛。祇有戀君心，海枯終不移。海水深復深，難以量相思。

上海古籍版《人境廬詩草箋注》卷六

○花字名：周密《癸辛雜志》："古人押字，謂之花字。即是用名字稍花之，如韋陀之朵雲是也。"○緘：梁啓超《飲冰室詩話》引作"紙"。○兩行樹：指電線杆。下文"絲"指電線。

|輯　錄|

梁啓超《夏威夷遊記》：詩之境界，被千餘年來鸚鵡名士佔盡矣。雖有佳章佳句，一讀之，似在某集中曾相見者，是最可恨也。故今日不作詩則已，若作詩，必爲詩界之哥倫布、瑪賽郎後可。欲爲詩界之哥倫布、瑪賽郎，不可不備三長：第一要新意境，第二要新語句，而又須以古人之風格入之，然後成其爲詩。若三者具備，則可以爲二十世紀支那之詩王矣。宋明人善以印度之意境語句入詩，有三長具備者。然此境至今日又已成舊世界。今欲易之，不可不求之於歐洲。歐洲之意境語句，甚繁富瑰異，得之可以陵轢千古，涵蓋一切。今尚未有其人也。時彥中能爲詩人之詩，而銳意欲造新國者，莫如黃公度。又《飲冰室詩話》：近世詩人能鎔鑄新理想以入舊風格者，當推黃公度。

丘逢甲（1864—1912）

江瑔《丘倉海傳》：丘逢甲，字仙根，號倉海，臺灣人。光緒十五年進士，任兵部主事。甲午之役後，朝廷割臺灣全省之地，拱手贈於日本。適臺灣舉人以會試在都，伏闕上書，涕泣而爭，朝廷不顧。逢甲乃首倡臺灣自主之說，全臺皆應，群推逢甲起草臨時憲法，議建臺灣民主國，臺撫唐景崧爲總統，逢甲爲副總統兼大將軍。未幾，日艦大集，臺北臺南相繼失守，逢甲見大勢已去，乃內渡入廣東，家於嘉應州，杜門不出，謝絕親友，自署爲"臺灣之遺民"，日以賦詩爲事，而故國之思，以及鬱伊無聊之氣，盡托於詩。平日執干戈衛社稷之氣概，皆騰躍紙上。光緒末年，各省盡成諮議局，粵人選其爲議員，旋舉爲副議長。清命既革，逢甲出任教育司長，復選爲南京臨時參議院議員，尋病故。遺言葬須南向，曰："吾不忘臺灣也！"

新樂府

【題解】 原爲四章，諷詠時髦風俗。所選爲第一與第三，分詠少年髮式與動物園。

留海髮

薙髮令行二百年，乃有斷髮新少年。奈何當斷不斷，後垂長尾而留短鬣當其前？嗟汝半邊頭，笑殺蓬頭仙，蓬頭仙人劉海蟾。匪仙而妖，不女不男；匪蟾而兔，一笑堪憐。雄兔撲朔，雌兔迷離。妾髮覆額，爲天下雌。郎髮亦覆額，問郎將何爲？

萬牲園

中國所有畢羅致，中國所無求海外。力爲禽獸造世界，神禹所驅今復聚。毛蟲羽蟲大和會，除卻鳳麟無不至。嗟哉夥頤萬其類，無良無猛，無蠢無靈，胥目曰牲，園吏按冊皆可呼其名。食粟者粟，食肉者肉，爾雖不能言，無不得所欲。文禽武獸前後補，京朝之官半寒苦。人言員外郎，不及園中虎。況爾窮民滿天下，安能上與檻猿籠鶴伍。古來靈囿何足言，天荒地老有此園。長安夜半西風起，啼呼如在山林間。

上海古籍版《嶺雲海日樓詩鈔》卷十一

【附】

譚嗣同（1865—1898）

《清史稿·譚嗣同傳》：譚嗣同，字復生，湖南瀏陽人。父繼洵湖北巡撫。嗣同少倜儻，有大志。爲文奇肆，其學以日新爲主，視倫常舊說若無足措意者。繼洵素謹飭，以是頗見惡嗣同。乃遊新疆劉錦棠幕，以同知入貲爲知府，銓江蘇。陳寶箴撫湖南，嗣同還鄉佐新政，與梁啓超倡辦南學會，嗣同爲之長。光緒二十四年，召入都，奏對稱旨，擢四品卿軍機章京。時榮祿督畿輔，袁世凱以監司練兵天津，詔擢世凱侍郎，召入覲。嗣同嘗夜詣世凱，有所議。明日，世凱返天津。越晨，太后自頤和園還宮收政權，啓超避匿日本使館，嗣同往見之，勸嗣同東遊。嗣同曰："不有行者，無以圖將來；不有死者，無以酬聖主。"卒不去。未幾，斬於市。著有《仁學》及《莽蒼蒼齋詩集》。

金陵聽說法

而爲上首普觀察，承佛威神說偈言。一任法田賣人子，獨從性海救靈魂。綱倫慘似喀私德，法會盛於巴力門。大地山河今領取，庵摩羅果掌中論。

中華書局版《譚嗣同全集》

夏曾佑（1863—1924）

賈逸君《民國名人傳·學術》：夏曾佑，字穗卿，浙江杭縣人。少沈靜好學，光緒十六年進士，授禮部主事，復改任安徽祁門縣知事。後隨考察政治大臣出洋，任譯書總纂官，充兩江總督署文案。民國元年，任教育部普通司司長。光緒三十年時，曾一遊日本，《新民叢報》每發表夏氏文章，梁任公稱爲晚清思想界的先驅者。生平不著書，不講學，不慕榮華。商務印書館出版之《中國歷史教科書》，僅編至唐代，亦非夏氏得意之作。所爲詩，亦極渾厚可誦。民國十三年病歿，享年六十歲。

無　題

冰期世界太清涼，洪水茫茫下土方。巴別塔前一揮手，人天從此感參商。

人民文學版《飲冰室詩話》

參考書目

《飲冰室詩話》，梁啓超著，人民文學出版社 1957 年版。

《人境廬詩草箋注》，黃遵憲著，錢仲聯箋注，上海古籍出版社 1981 年版。

《嶺雲海日樓詩鈔》，丘逢甲著，上海古籍出版社 1982 年版。

思考題

1. 如何理解近代的"詩界革命"？
2. 黃遵憲等人的"新詩"新在何處？

第九節　章炳麟與蘇曼殊

章炳麟（1869—1936）

賈逸君《民國名人傳·學術》：章太炎，初名學乘，字枚叔，後更名炳麟。慕崑山顧寧人（炎武），又易名絳，自署太炎。浙江餘杭人。少讀《東華錄》，憤異族之君臨中國，立志不仕進。年十七八，從俞樾受業。戊戌政變後，知清室之不足有爲，始昌言光復之義。光緒二十八年赴日本，識孫中山。二十九年，蜀人鄒容草《革命軍》以擯滿洲，章序而刊行之。未幾，章、鄒被逮，初判永遠監禁，後判繫獄三年。三十二年，章出獄至日本，加入同盟會，任《民報》主筆，鼓吹革命。辛亥革命時，歸至上海，參與民軍機樞。繼以南北議和，而各省仍紛紛不一，乃創統一黨於上海，爲民國政黨之嚆矢。及宣統退位，章北上入都，袁世凱聘爲東三省籌邊專使。二次革命後，章氏入京，既而被拘。民國五年，袁死黎繼，釋歸上海，著書自娛。章氏博極群書，尤精佛典，古文詩詞，亦自一格，著有《章氏叢書》行世，日人譽之爲書櫥。

獄中贈鄒容

【題解】　鄒容，四川巴縣人，曾留學日本。一九〇三年出版《革命軍》一書，鼓吹排滿，章氏爲作序。同年六月，章氏被捕入獄，鄒容激於義憤，自動投案。章氏即於獄中贈詩互勉。

鄒容吾小弟，被髮下瀛洲。快剪刀除辮，乾牛肉作餱。英雄一入獄，天地亦悲秋。臨命須摻手，乾坤祇兩頭。

上海人民版《章太炎詩文選注》

獄中聞沈禹希見殺

【題解】 沈藎，字禹希，湖南善化人。曾與唐才常等組織自立軍，事敗走上海，潛往北京，從事反清活動。一九〇三年，因在報上揭露《中俄密約》而被捕入獄，杖死。

不見沈生久，江湖知隱淪。蕭蕭悲壯士，今在易京門。螭魅羞爭焰，文章總斷魂。中陰當待我，南北幾新墳。

上海人民版《章太炎詩文選注》

蘇曼殊（1884—1918）

柳亞子《蘇玄瑛新傳》：蘇曼殊，名玄瑛，字子穀，始名宗之助，其先日本人也。父宗郎，母河合氏。玄瑛生數月而父歿，母子煢煢靡所依。會粵人香山蘇某商於日本，因歸焉。蘇固香山巨族，在國內已娶妻生子矣，至是得玄瑛母子，並挈之歸國。居三年，河合氏不見容於蘇婦，走歸日本，玄瑛依假父獨留，旋就外學於香港，從西班牙羅弼氏莊湘處士治歐洲詞學。學二載而假父亦歿，復返於家，輾轉貧困中。年十二，遂為沙門，法名博經，號曼殊。後東渡日本尋母，學泰西美術於上野二年，學政治於早稻田三年，一無所成。得使館公費學陸軍八閱月，卒不屑竟學。至暹羅隨喬悉磨長老究心梵章二年，歸入杭州西湖靈隱山。旋至滬上，從陳獨秀、章士釗遊，譯法人囂俄書，名曰《慘社會》。後赴蘇州，任吳中公學教授。重遊暹羅、日本，輯《文學因緣》二卷成。又譯《拜倫詩選》《燕子箋傳奇》等。遊新加坡、印度等國，辛亥夏，歸日本。民國元年春歸國，取舊著《斷鴻零雁記》刊佈之。七年至滬上，病卒，年三十有五。番禺汪兆銘為經歷其身後事，葬杭州西湖孤山。

花　朝

【題解】　此詩作於長沙。花朝即"百花生日",在農曆二月十五日。詩中"二分春色"指仲春景色。

江頭青放柳千條,知有東風送畫橈。但喜二分春色到,百花生日在今朝。

臺灣文海版《曼殊大師詩文集》

櫻花落

【題解】　此詩作於東京。追憶與戀人百助楓子的往事。

十日櫻花作意開,繞花豈惜日千回?昨來風雨偏相厄,誰向人天訴此哀?忍見胡沙埋艷骨,休將清淚滴深杯。多情漫向他年憶,一寸春心早已灰。

臺灣文海版《曼殊大師詩文集》

過蒲田

【題解】　此詩作於日本。蒲田是本州東京都大田的一個市鎮。

柳陰深處馬蹄驕,無際銀沙逐退潮。茅店冰旗知市近,滿山紅葉女郎樵。

臺灣文海版《曼殊大師詩文集》

題《拜倫集》

【題解】 此詩作於新加坡。原序："西班牙雪鴻女詩人過存病榻，親持玉照一幅，《拜輪遺集》一卷，曼陀羅花共含羞草一束見貽，且以殷殷勖以歸計。嗟夫，予早歲披剃，學道無成，思維身世，有難言之恫，爰扶病書二十八字於拜輪卷首。此意惟雪鴻大家能知之耳。"

秋風海上已黃昏，獨向遺篇弔拜輪。詞客飄蓬君與我，可能異域爲招魂。

臺灣文海版《曼殊大師詩文集》

| 輯　　錄 |

柳亞子《蘇曼殊之我觀》：他的作詩，全不用心做作，全靠天才；他的詩完全是自然的流露。他的詩雖不用心做作，可是自然而然的非常優美，給讀者一種雋永輕清的味道，給讀者種種深刻的印象，使讀者誦讀過他的詩後不會忘記。又：他的詩好在思想的輕靈，文辭的自然，音節的和諧。總之，是好在自然的流露。又《蘇玄瑛新傳》：玄瑛獨行之士，不從流俗。奢豪愛客，肝膽照人，而遭逢身世，有難言之恫。繪事精妙奇特，自創新宗，不依傍他人門戶，寒縑斷楮，非食煙火人所能及。小詩淒艷絕倫，說部及尋常筆劄，都無世俗塵土氣。殆所謂"卻扇一顧，傾城無色"者歟？

郁達夫《雜評曼殊的作品》：蘇曼殊是一位才子，是一個奇人，然而決不是大才。天才是有的，靈性是有的，浪漫的氣質是很豐富的，可是缺少獨創性，缺少雄偉氣，一位英國的批評家對十九世紀的鬼才淮兒特所說的話，也可以用在蘇曼殊身上。又：曼殊的才氣，在他的譯詩裏，詩裏，小說裏，畫裏，以及一切雜文散記裏，都在流露閃耀，可是你要求一篇渾然大成的東西，卻在他集子裏尋找不出。

參考書目

《章太炎詩文選注》，章炳麟著，上海人民出版社1976年版。

《曼殊大師詩文集》，蘇曼殊著，臺灣文海版。

《蘇曼殊詩箋注》，蘇曼殊著，劉斯奮箋注，廣東人民出版社1981年版。

第二章

清　文

概　說

　　清初文風，受時變影響，漸趨於雅正平實。以遺民自居的顧炎武、黃宗羲等人，在憂憤孤苦的心境中，深刻反省前朝學風與亡國的教訓，努力提倡經世致用之文。而錢謙益等文壇巨子，也對明代文壇的流弊進行了清算。現代的文學史家對金聖嘆、李漁、張潮等人的閑情美文評價甚高，但在當時，情形卻完全不同。以上三人都在主流文人圈子之外，追求的是閑情逸趣和性靈抒寫，與明末公安派同風，雖有讀者，卻得不到主流社會的承認。正統文壇推崇的是侯方域、魏禧、汪琬，號稱古文三大家，他們的文章，接續唐宋古文的傳統，風格淳正，題材嚴肅，代表着清初文風的轉變。而文壇上的"一代正宗"則是安徽桐城人方苞。

　　方苞歷仕康、雍、乾三朝，是清代前期的文壇領袖。方氏自言其"學行繼程朱之後，文章介韓歐之間"，這非常符合官方對士大夫的要求。方苞論文以"義法"爲核心，所謂"義法"，並不玄妙深奧，用方氏自己的話說："義，即《易》之所謂'言有物'也；法，即《易》之所謂'言有序'也。"質而言之，"義法"無非說的是內容與形式的統一，但方氏具體皆有所指。他所推崇的"義法最精"的文章典範是《左傳》《史記》《漢書》《後漢書》和唐宋八家之文。方苞的"義法"實際上是對唐宋以來"文道合一"論的總結與發揮。方氏的同鄉後學劉大櫆在"義法"的前提下，從文章美學的角度，進一步探討古文的"神氣""音節""字句"等要素及其相互關係。方、劉二氏的文論與文章，當時影響頗大，以致有人戲言："天下文章，其出於桐城乎！"桐城古文亦由此得名。乾隆時代，姚鼐總結方、劉二位同鄉前輩的古文理論並加以完善，提出神、理、氣、味、格、律、聲、色爲古文八大要素，而將文風歸結爲"陽剛"與"陰柔"兩端，同時主張義理、考證、文章三者統一。桐城派的文論系統由是愈加縝密。姚氏特編選《古文辭類纂》，一爲作文示範，一爲標榜文統，其書流布很廣，影響極大。

　　桐城古文文從字順，清通嚴整，雅馴簡潔，這在以文章爲應用工具的時代，自有其顯而易見的優點。故雖有人批評反對，但卻難以抵消其影響與勢力。作爲清代影響最大的古文流派，桐城派並非專指安徽桐城的古文作家，而是一個全國性的流派，姚氏之後，許多桐城派的重要作家都不是桐城人，如梅曾亮、管同等。桐城派中兩個有影響的流派陽湖派與湘鄉派，更是在清代後期異軍突起。尤其是湘鄉派，其中人物如曾國藩及曾門弟子薛福成、黎庶昌、張裕釗、吳汝倫等，大都是政界、外交界、軍界或學界的名流，其影響非純粹文人可比。故至清末，桐城古文仍餘波不息。嚴復譯赫胥黎氏《天演論》，請吳汝倫作序；而以翻譯西方小說著名的林紓，則要以桐城派自居。

　　與此同時，也有許多不受桐城義法拘限而自成一家風格者。乾隆時代的袁枚，主張抒寫性靈，但其詩多無聊淺薄之作，其文的藝術成就反在詩之上，即使是信筆所寫的尺牘，也別有趣味。鄭燮以畫竹著稱，其題畫之文也清新可誦。嘉、道時代的龔自珍，喜發"非常異議可怪之論"，其文也有奇氣。晚清時代，更有康有爲、梁啓超、章炳麟、王國維等，各成一家。尤其是梁啓超，其文汪洋恣肆，筆鋒常帶情感，時雜以俚語、韻語及外國語法，對於讀者別有一種魔力，學者競相仿效，當時號爲"新文體"。

　　駢文作爲一種特殊的文體，在清代備受文人青睞。清人崇尚博學，文人多兼學人，文風趣雅。駢文講究聲韻，遣詞用字，要有出處，而典故的運用，更能顯示作者的博雅。駢文代有作者，但以乾嘉時代爲盛。著名者有胡天遊、袁枚、洪亮吉、孔廣森、汪中等。當時風氣，書信、序跋、記傳、奏章等，舉凡一切內容，都有以駢文表達者。作者是博雅之士，讀者也須是飽學之人。這種審美趣味，在清代士大夫中卻非常流行。清末名流王闓運、劉師培等，都是作駢文的高手。

| 輯　錄 |

　　《清史稿·文苑傳》：清代學術超漢越宋，論者至欲特立"清學"之名，而文學並重，亦足與漢唐宋明以外別樹一宗，嗚呼盛已！明末文衰甚矣，清運既興，文氣亦隨之而一振。謙益歸命，以詩文雄於時，足負起衰之責，而魏（禧）、侯（方域）、申（涵光）、吳（嘉紀）、山林逸隱與推移，亦開風氣之先。康乾盛治，文教大昌，聖主賢臣莫不以提倡文化爲己任。師儒崛起，尤盛一時。自王（士禎）、朱（彝尊）以及方（苞）、惲（敬），各擅其勝。文運盛衰，實通世運。此當舉起全體，若必執一人一地言之，轉失之隘，豈定論哉！道咸多故，文體日變，龔（自珍）、魏（源）之徒乘時立說。同治中興，文風又起。曾國藩立言有體，濟以德功，實集其大成。光宣以後，支離龐雜，不足言文。

第一節　金聖嘆、李漁與張潮

金聖嘆（1608—1661）

　　廖燕《金聖嘆先生傳》：先生金姓，采名，若采字，吳縣諸生也。爲人倜儻高奇，俯視一切。好飲酒。善衡文評書，議論皆發前人所未發。生平與王斫山交最善。斫山固俠者流，一日以三千金與先生曰："君以此權子母，母後仍歸我，子則爲君助燈火可乎？"先生應諾。甫越月，已揮霍殆盡，乃語斫山曰："此物在君家，適增守財奴名，吾已爲君遣之矣！"斫山一笑置之。鼎革後，絕意仕進，更名人瑞，字聖嘆。除朋從談笑外，惟兀坐貫華堂中，讀書著述爲務。或問"聖嘆"二字何義，先生曰："《論語》有兩喟然嘆曰，在顏淵爲嘆聖，在'與點'則爲聖嘆，予其爲點之流亞歟！"所評《離騷》《南華》《史記》《杜詩》《西廂》《水滸》，以次序定爲六才子書，俱別出手眼。先生解杜詩時，自言有人從夢中語曰："諸詩皆可說，惟不可說《古詩十九首》！"先生遂以爲戒。後因醉，縱談《青青河畔草》一章，未幾，遂罹慘禍。臨刑嘆曰："斫頭最是苦事，不意於無意中得之！"

　　蔡冠洛《清代七百名人傳·金人瑞傳》：金人瑞，長洲人，初名喟，字若采，一字聖嘆。客問："'聖嘆'二字何義？"曰："予名喟，聖嘆即喟然嘆之意。《論語》中有二喟然嘆，在顏淵則爲嘆聖，在曾點則爲聖嘆。春風沂水，予其爲點之流亞歟？"初，明之亡也，吳下講學立社之風尤盛，各立門戶，互相推排。人瑞以驚才絕艷，遨遊其間。遇貴人，輒嬉笑怒罵以爲快，以是大吏頗憾之。時吳令任維初蒞任甫二月，比征錢糧甚急，吳民大憤。會世祖崩，哀詔至吳，巡撫朱國治設幕哭臨。人瑞等十八人議逐令，搶入進揭帖，繼至者千餘人。國治大駭，以諸生於哀詔初臨之下，集衆千百，上驚先帝之靈，罪大惡極。奏入，命大臣蒞江寧嚴訊，不分首從，凌遲處死，沒其財產。人瑞獄中寄書家中曰："殺頭，至痛也；籍沒，至慘也。而聖嘆以無意得之，不亦異乎？若朝廷有赦令，或可相見；不然，死矣。"臨刑，寄妻子書云："字付大兒看，醃菜與黃豆同吃，大有胡桃滋味。此法一傳，我無憾矣。"官見之，笑曰："金聖嘆死亦侮人。"

不亦快哉

【題解】 此段妙文是作者評點"第六才子書"時的即興發揮。"第六才子書"即王實甫所作雜劇《西廂記》。

昔與斫山同客共住，霖雨十日，對床無聊，因約賭說快事，以破積悶。至今相距既二十年，亦都不自記憶。偶因讀《西廂·拷艷》一篇，見紅娘口中作如許快文，恨當時何不檢取共讀，何積悶之不破。於是反自追索，猶憶得數則，附左方，並不能辨何句是斫山語，何句是聖嘆語矣。

其一：夏七月，赤日停天，亦無風，亦無雲。前後庭赫然如洪爐，無一鳥敢來飛。汗出遍身，縱橫成渠。置飯於前，不可得吃。呼簟欲臥地上，則地濕如膏，蒼蠅又來，緣頸附鼻，驅之不去。正莫可如何，忽然大黑車軸疾澍，澎湃之聲，如數百萬金鼓，簷溜浩於瀑布。身汗頓收，地燥如掃，蒼蠅盡去，飯便得吃。不亦快哉！

其一：十年別友，抵暮忽至。開門一揖畢，不及問其船來陸來，並不及命其坐床坐榻，便自疾驅入內，卑辭叩內子："君豈有斗酒，如東坡婦乎？"內子欣然拔金簪相付，計之可供作三日供也。不亦快哉！

其一：空齋獨坐，正思夜來床頭鼠耗可惱，不知其嘎嘎者是損我何器，嗤嗤者是裂我何書。中心回惑，其理莫措，忽見一狻貓注目搖尾，似有所睹，斂聲屏息，少復待之，則疾趨如風，揵然一聲，而此物竟去矣。不亦快哉！

其一：於書齋前，拔去垂絲海棠紫荊等樹，多種芭蕉一二十本。不亦快哉！

其一：春夜與諸豪士快飲，至半醉，住本難住，進則難進。旁一解意童子，忽送大紙炮可十餘枚，便自起身出席，取火放之。硫磺之香，自鼻入腦，通身怡然。不亦快哉！

其一：街行見兩措大執爭一理，既皆目裂頸赤，如不戴天，而又高拱手，低曲腰，滿口仍用"者也之乎"等字。其語刺刺，勢將連年不休。忽有壯夫掉臂行來，振威從中一喝而解。不亦快哉！

其一：子弟背誦書爛熟，如瓶中瀉水。不亦快哉！

其一：飯後無事，入市閑行，見有小物，戲復買之，買亦已成矣，所差者至少，而市兒苦爭，必不相饒。便淘袖中一件，其輕重與前直相上下者，擲而與之。市兒忽改笑容，拱手連稱"不敢"。不亦快哉！

其一：飯後無事，翻倒敝篋，則見新舊逋欠文契，不下數十百通，其人或存或亡，總之無有還理。背人取火，拉雜燒淨，仰看高天，蕭然無雲。不亦快哉！

其一：夏月科頭赤足，自持涼傘遮日，看壯夫唱吳歌，踏桔槹。水一時奔湧而上，譬如翻銀滾雪。不亦快哉！

其一：朝眠初覺，似聞家人嘆息之聲，言某人夜來已死。急呼而訊之，正是一城中第一絕有心計人。不亦快哉！

其一：夏月早起，看人於松棚下，鋸大竹作筒用。不亦快哉！

其一：重陰匝月，如醉如病，朝眠不起。忽聞衆鳥畢作弄晴之聲，急引手搴帷，推窗視之，日光晶熒，林木如洗。不亦快哉！

其一：夜來似聞某人素心，明日試往看之。入其門，窺其閨，見所謂某人，方據案面南看一文書。顧客入來，默然一揖，便拉袖命坐曰："君既來，可亦試看此書。"相與歡笑，日影盡去。既已自饑，徐問客曰："君亦饑耶？"不亦快哉！

其一：本不欲造屋，偶得閑錢，試造一屋。自此日為始，需木需石，需瓦需磚，需灰需釘，無晨無夕，不來聒於兩耳。乃至羅雀掘鼠，無非為屋校計，而又都不得屋住，既已安之如命矣。忽然一日，屋竟落成，刷牆掃地，糊窗挂畫，一切匠作出門畢去，同人乃來分榻列坐。不亦快哉！

其一：冬夜飲酒，轉復寒甚，推窗試看，雪大如手，已積三四寸矣。

299

不亦快哉！

其一：夏日於朱紅盤中，自拔快刀，切綠沈西瓜。不亦快哉！

其一：久欲爲比丘，苦不得公然吃肉。若許爲比丘，又得公然吃肉，則夏月以熱湯快刀，淨刮頭髮。不亦快哉！

其一：存得三四癩瘡於私處，時呼熱湯開門澡之。不亦快哉！

其一：篋中無意忽撿得故人手跡。不亦快哉！

其一：寒士來借銀，畏不可啓齒，於是唯唯亦說他事。我窺見其苦意，拉向無人處，問所需多少，急趨入內，如數給與。然後問其必當速歸料理是事耶，爲尚得少留共飲酒耶？不亦快哉！

其一：坐小船，遇利風，苦不得張帆，一快其心。忽逢艑舸，疾行如風。試伸挽鈎，聊復挽之，不意挽之便著。因取纜向其尾，口中高吟老杜"青惜峰巒，共知橘柚"之句，極大笑樂。不亦快哉！

其一：久欲覓別居，與友人共住，而苦無善地。忽一人傳來云：有屋不多，可十餘間，而門臨大河，嘉樹蔥然。便與此人共吃飯畢，試走看之，都未知屋如何。入門先見空地一片，大可六七畝許，異日瓜菜不足復慮。不亦快哉！

其一：久客得歸，望見郭門，兩岸童婦，皆作故鄉之聲。不亦快哉！

其一：佳磁既損，必無完理，反復多看，徒亂人意。因宣付廚人，作雜器充用，永不更令到眼。不亦快哉！

其一：身非聖人，安能無過？夜來不覺私作一事，早起怦怦，實不自安。忽然想到佛家有布薩之法，不自覆藏，便成懺悔，因明對生熟衆客快然自陳其失。不亦快哉！

其一：看人作擘窠大書，不亦快哉！

其一：推紙窗放蜂出去，不亦快哉！

其一：作縣官，每日打鼓退堂時，不亦快哉！

其一：看人風箏斷，不亦快哉！

其一：看野燒，不亦快哉！

其一：還債畢，不亦快哉！

其一：讀《虬髯客傳》，不亦快哉！

甘肅人民版《貫華堂第六才子書》卷七

李　漁（1611—1680）

《國朝耆獻類徵·文藝》：李漁，字笠翁，錢塘人，流寓金陵。著《一家言》，能爲唐人小說，爲吳梅村所稱。精於譜曲，時稱"李十郎"。有《風箏誤》等傳奇十種，及《芥子園畫譜》初、二、三集行世。

閑情偶寄（節選）

【題解】《閑情偶寄》是一部雜著，分爲詞曲、演習、聲容、居室、器玩、飲饌、種植、頤養等八部，內容包括戲曲、服飾、建築、園藝、烹飪、養生等。此書非言志載道之作，而是作者閑適生活的寄興之書，雖非精心構撰，然其抒寫個人生活情趣眞實自然，不作假人假語，蓋有別趣焉。

野禽野獸

野味之遜於家味者，以其不能盡肥；家味之遜於野味者，以其不能有香也。家味之肥，肥於不自覓食而安享其成；野味之香，香於草木爲家而行止自若。是知豐衣美食，逸處安居，肥人之事也；流水高山，奇花異木，香人之物也。肥則必供刀俎，靡有孑遺；香亦爲人朵頤，然或有時而免。二者不欲其兼，舍肥從香而已矣。

野禽可以時食，野獸則偶以嘗。野禽如雉雁、鳩鴿、黃雀、鵪鶉之屬，雖生於野，若畜於家，爲可取之如寄也。野獸之可得者惟兔、獐、鹿、熊、虎諸獸，歲不數得，是野味之中又分難易。難得者何？以其久住深山，不入人境。檻阱之人,是人往覓獸,非獸來挑人也。禽則不然,知人欲弋而往投之,以覓食也,食得而禍隨之矣。是獸之死也,死於人;禽之斃也,斃於己。食野味者,當作如是觀。惜禽而更當惜獸,以其取死之道爲可原也。

《飲饌部·肉食第三》

水 仙

水仙一花,予之命也。予有四命,各司一時:春以水仙、蘭花爲命,夏以蓮爲命,秋以秋海棠爲命,冬以臘梅爲命。無此四花,是無命也;一季缺予一花,是奪予一季之命也。水仙以秣陵爲最,予之家於秣陵,非家秣陵,家於水仙之鄉也。記丙午之春,先以度歲無資,衣囊質盡,追水仙開時,則爲強弩之末,索一錢不得矣。欲購無資,家人曰:"請已之。一年不看此花,亦非怪事。"予曰:"汝欲奪吾命乎?寧短一歲之壽,勿減一歲之花。且予自他鄉冒雪而歸,就水仙也;不看水仙,是何異於不返金陵,仍在他鄉卒歲乎?"家人不能止,聽予質簪珥購之。予之鍾愛此花,非痂癖也。其色香,其莖其葉,無一不異於群葩,而予更取其善媚。婦人中之面似桃,腰似柳,豐如牡丹芍藥,而瘦比秋菊海棠者,在在有之;若如水仙之淡而多姿,不動不搖,而能作態者,吾實未之見也。以"水仙"二字呼之,可謂摹寫殆盡。使吾得見命名者,必頽然下拜。

不特金陵水仙爲天下第一,其植此花而售於人者,亦能司造物之權,欲其早則早,命之遲則遲。購者欲於某日開,則某日必開,未嘗先後一日。及此花將謝,又以遲者繼之,蓋以下種之先後爲先後也。至買就之時,給盆與石而使之種,又能隨手佈置,即成畫圖,皆風雅文人所不及也。豈此等末技亦由天授,非人力邪?

《種植部·草本第三》

芭　蕉

　　幽齋但有隙地，即宜種蕉。蕉能韻人而免於俗，與竹同功。王子猷偏厚此君，未免挂一漏一。蕉之易栽，十倍於竹，一二月即可成蔭。坐其下者，男女皆入畫圖，且能使臺榭軒窗盡染碧色。"綠天"之號，洵不誣也。竹可鐫詩，蕉可作字，皆文士近身之簡牘。乃竹上止可一書，不能削去再刻；蕉葉則隨書隨換，可以日變數題，尚有時不煩自洗，雨師代拭者，此天授名箋，不當供懷素一人之用。予有題蕉絕句云："萬花題遍示無私，費盡春來筆墨資。獨喜芭蕉容我檢，自舒晴葉待題詩。"此芭蕉實錄也。

《種植部·衆卉第四》

梧　桐

　　梧桐一樹，是草木中一部編年史也。舉世習焉不察，予特表而出之。花木種自何年？爲壽幾何？詢之主人，主人不知；詢之花木，花木不答。謂之"忘年交"則可，予以"知時達物"，則不可也。梧桐不然，有節可紀，生一年，紀一年。樹有樹之年，人即紀人之年，樹小而人與之小，樹大而人隨之大，觀樹即所以觀身。《易》曰："觀我生進退。"欲觀我生，此其資也。予垂髫種此，即於樹上刻詩以紀年，每歲一節，即刻一詩，惜爲兵燹所壞，不克有終。猶記十五歲刻桐詩云："小時種梧桐，桐葉小於艾。簪頭刻小詩，字瘦皮不壞。刹那三五年，桐大字亦大。桐字已如許，人大復何怪。還將感嘆詞，刻向前詩外。新字日相催，舊字不相待。顧此新舊痕，而爲悠忽戒。"此予嬰年著作，因說梧桐，偶爾記及，不則竟忘之矣。即此一事，便受梧桐之益。然則編年之說，豈欺人語乎？

《種植部·竹木第五》

看花聽鳥

　　花鳥二物，造物生之以媚人者也。既產嬌花嫩蕊以代美人，又病其不能解語，復生群鳥以佐之。此段心機，竟與購覓紅妝，習成歌舞，飲之食之，教之誨之以媚人者，同一周旋之至也。而世人不知，目爲蠢然一物，常有奇花過目而莫之睹，鳴禽悅耳而莫之聞者。至其捐資所購之姬妾，色不及花之萬一，聲僅竊鳥之緒餘，然而睹貌即驚，聞歌輒喜，爲其貌似花而聲似鳥也。噫！貴似賤真，與葉公之好龍何異？予則不然。每值花柳爭妍之日，飛鳴鬭巧之時，必致謝洪鈞，歸功造物，無飲不奠，有食必陳，若善士信嫗之佞佛者。夜則後花而眠，朝則先鳥而起，惟恐一聲一色之偶遺也。及至鶯老花殘，輒怏怏如有所失。是我之一生，可謂不負花鳥；而花鳥得予，亦所稱"一人知己，死可無恨"者乎！

《頤養部·行樂第一》

張　潮（1650—約1709）

　　陳鼎《心齋居士傳》：張潮，字山來，新安人也。父黃岳公，順治進士，督學山東，既老，僑居江都，遂家焉。潮幼穎異絕倫，好讀書，博通經史百家言。弱冠補諸生，以文鳴大江南北，累試不第，以貲爲翰林郎，不仕，杜門著書，自號心齋居士。通二氏學，作《亦禪錄》，機鋒針對，與善知識同其棒喝；集唐人詩句與玄理通者，爲《仙經》十二章，曰《唐音丹笈》。輯近代諸名家古文一百五十種，作叢書三部。又輯時輩新奇怪異之文數千篇，爲《虞初新志》。爲人端方質直，舉止不苟；爲文風流瀟灑，讀者無不喜愛。居士性沈靜，寡嗜欲，不愛濃鮮輕肥，惟愛客，客嘗滿座。四方士至者，必留飲酒賦詩，經年累月無倦色。貧乏者多資之以往，或囊匱，則宛轉以濟，蓋居士未嘗富有也。以好客，故竭蹶爲之耳。（見《留溪外傳》卷六）

幽夢影（節選）

【題解】《幽夢影》是一部妙趣橫生、詩味雋永、文筆雅淡的小品。其中所表達的人生哲理與審美情趣，以及其詩化的語言，與正統詩文迥異。此書一出，評點者甚衆，而見解之奇，文筆之妙，亦堪稱一絕。《幽夢影》以及評點，是作者與讀者共同參與藝術創作的範例。

爲月憂雲，爲書憂蠹，爲花憂風雨，爲才子佳人憂命薄，眞是菩薩心腸。

余淡心曰：洵爲君言，亦安有樂時耶？

孫松坪曰：所謂君子有終身之憂者耶？

黃交三曰："爲才子佳人憂命薄"一語，眞令人淚濕青衫。

張竹坡曰：第四憂，恐命薄者消受不起。

江含徵曰：我讀此書時，不免爲蟹憂霧。

竹坡又曰：江子此言，直是爲自己憂蟹耳。

尤悔庵曰：杞人憂天，嫠婦憂國，無乃類是。

花不可以無蝶，山不可以無泉，石不可以無苔，水不可以無藻，喬木不可以無藤蘿，人不可以無癖。

黃石閭曰：事到可傳皆具癖，正謂此耳。

孫松坪曰：和長輿卻未許藉口。

春聽鳥聲，夏聽蟬聲，秋聽蟲聲，冬聽雪聲，白晝聽棋聲，月下聽簫聲，山中聽松聲，水際聽欸乃聲，方不虛此生耳。若惡少斥辱，悍妻詬誶，眞不若耳聾也。

黃仙裳曰：此諸種聲頗易得，在人能領略耳。

朱菊山曰：山老所居，乃城市山林，故其言如此。若我輩日在廣陵城市中，求一鳥聲，不啻如鳳凰之鳴，顧可易言耶？

釋中洲曰：昔文殊選二十五位圓通，以普門耳根爲第一人。今心齋居士耳根不減普門，吾他日選圓通，自當以心齋爲第一矣。

張竹坡曰：久客者，欲聽兒輩讀書聲，了不可得。

張迂庵曰：可見對惡少悍婦，尚不若日與禽蟲周旋也。又曰：讀此方知先生耳聾之妙。

賞花宜對佳人，醉月宜對韻人，映雪宜對高人。

余淡心曰：花即佳人，月即韻人，雪即高人。既已賞花、醉月、映雪，即與對佳人、韻人、高人無異也。

江含徵曰：若對此君仍大嚼，世間那有揚州鶴？

張竹坡曰：聚花、月、雪於一時，合佳、韻、高爲一人，吾當不賞而心醉矣。

對淵博友，如讀異書；對風雅友，如讀名人詩文；對謹飭友，如讀聖經賢傳；對滑稽友，如閱傳奇小說。

李聖許曰：讀這幾種書，亦如對這幾種人矣。

張竹坡曰：善於讀書，取友之言。

藝花可以邀蝶，累石可以邀雲，栽松可以邀風，貯水可以邀萍，築臺可以邀月，種蕉可以邀雨，植柳可以邀蟬。

曹秋嶽曰：藏書可以邀友。

崔蓮峰曰：釀酒可以邀我。

尤艮齋曰：安得此賢主人？

尤慧珠曰：賢主人非心齋而誰乎？

倪永清曰：選詩可以邀謗。

陸雲士曰：積德可以邀天，力耕可以邀地，乃無意相邀而若邀之者，與邀名、邀利者迥異。

龐天池曰：不仁可以邀富。

樓上看山，城頭看雪，燈前看月，舟中看霞，月下看美人，另是一番情境。

江允凝曰：黃山看雲，更佳。

倪永清曰：做官時看進士，分金處看文人。

畢右萬曰：予每於雨後看柳，覺塵襟俱滌。

尤謹庸曰：山上看雪，雪中看花，花中看美人，亦可。

吾欲致書雨師：春雨宜始於上元節後（觀燈已畢），至清明十日前之內（雨止花開），及穀雨節中；夏雨宜於每月上弦之前，及下弦之後（免礙於月）；秋雨宜於孟秋、季秋之上下二旬（八月爲玩月勝景），至若三冬，正可不必雨也。

孔東塘曰：君若果有此牘，吾願作致書郵也。

余生生曰：使天而雨粟，雖自元旦雨至除夕，亦未爲不可。

張竹坡曰：此書獨不可致於巫山雨師。

因雪想高士，因花想美人，因酒想俠客，因月想好友，因山水想得意詩文。

弟木山曰：余每見人長一技，即思效之，雖至瑣屑，亦不厭也。大約是愛博而情不專。

張竹坡曰：多情語，令人泣下。

尤謹庸曰：因得意詩文想心齋矣。

李季子曰：此善於設想者。

陸雲士曰：臨川謂"想內成，因中見"，與此相發。

古之不傳於今者，嘯也，劍術也，彈棋也，打球也。

黃九煙曰：古之絕勝於今者，官妓也，女道士也。

張竹坡曰：今之絕勝於古者，能吏也，猾棍也，無恥也。

龐天池曰：今之必不能傳於後者，八股也。

春雨如恩詔，夏雨如赦書，秋雨如挽歌。

張諧石曰：我輩居恒苦饑，但願夏雨如饅頭耳。

張竹坡曰：赦書太多，亦不甚妙。

律己宜帶秋氣，處世宜帶春氣。

孫松楸曰：君子所以有矜群而無爭黨也。

胡靜夫曰：合夷、惠爲一人，吾願親炙之。

尤悔庵曰：皮裏春秋。

春雨宜讀書，夏雨宜弈棋，秋雨宜檢藏，冬雨宜飲酒。

周星遠曰：四時惟秋雨最難聽，然予謂無分今雨舊雨，聽之要皆宜於飲也。

文章是案頭之山水，山水是地上之文章。

李聖許曰：文章必明秀，方可作案頭山水；山水必曲折，乃可名地上之文章。

胸中小不平，可以酒消之；世間大不平，非劍不能消也。

周星遠曰：看劍引杯長，一切不平，皆破除矣。
張竹坡曰：此平世的劍術，非隱娘輩所知。
張迂庵曰：蒼蒼者未必肯以太阿假人，似不能代作空空兒也。
尤悔庵曰：龍泉太阿，汝知我者，豈止蘇子瞻以一斗讀《漢書》耶？

春風如酒，夏風如茗，秋風如煙、如薑芥。
許筠庵曰：所以秋風客氣味狠辣。
張竹坡曰：安得東風夜夜來。

情之一字，可以維持世界；才之一字，可以粉飾乾坤。
吳雨嚴曰：世界原從情字生出，有夫婦然後有父子，有父子然後有兄弟，有兄弟然後有朋友，有朋友然後有君臣。
釋中洲曰：情與才缺一不可。

牛與馬，一仕而一隱也；鹿與豕也，一仙而一凡也。
杜茶村曰：田單之火牛，亦曾效力疆場。至馬之隱者，則絕無之矣。若武王歸馬於華山之陽，所謂勒令致仕者也。
張竹坡曰：莫與兒孫作馬牛，蓋為後人審出處語也。

蟬為蟲中之夷齊，蜂為蟲中之管晏。
崔青岢曰：心齋可謂蟲中之董狐。
吳鏡秋曰：蚊是蟲中之酷吏，蠅是蟲中之遊客。

才子遇才子，每有憐才之心；美人遇美人，必無惜美之意。我願來世托生為絕代佳人，一反其局而後快。
鄭蓄修曰：俟心齋來世為佳人時再議。

余湘客曰：古亦有我見猶憐者。

倪永清曰：再來時，不可忘卻。

昭代叢書本《幽夢影》

| 輯　錄 |

王韜《幽夢影·序》：山來名其書曰《幽夢影》，旨深而思遠哉！書中或作莊語，或作諧語，或作激烈語，或作柔婉語，或作冷峭語，或作深沈語，或作飄紗微妙語，或作征實刻畫語，或作神仙語，或作聖賢語，或作豪傑語，或作幽人貞士語，奇正相生，詭幻百出。以飄忽之思，運空靈之筆，語多特創，一可抵人千百，可爲座右銘，亦可爲枕中秘。花間月下，酒罷茶餘，藉作談助。當揮塵縱橫時，得其一端，已可敵餘子數輩，其才洵不可及哉！明季文人多尚小品，此書雖猶沿其積習，而措辭雅令，當推巨擘，固遠出鍾、譚之上。

思考題

1. 梁實秋曾根據現代人的生活體驗，續寫《不亦快哉》。你能否再續寫數則？

2. 有人將《幽夢影》一類的小品稱爲"清言"或"清語"。試舉出與之類似的作品，並說明其風格特點。

第二節　袁枚、沈復與蔣坦

袁　枚（1716—1797）

傳略見"清代文學"第一章第四節。

隨園記

【題解】 作者於乾隆三十九年辭官，卜居金陵。他在城西小倉山下購得隋園，取《易經》"隨之時義大矣哉"意，更名隨園。從此優遊園中，以詩酒自娛。四方名流及達官貴人，往來其間，酬唱談燕，殆無虛日。作者晚年自號"隨園老人"，並先後撰隨園六記。其生平著述，亦多以園名，如《隨園詩文集》《隨園尺牘》《隨園詩話》《隨園食單》等。

金陵自北門橋西行二里，得小倉山。山自清涼胚胎，分兩嶺而下，盡橋而止。蜿蜒狹長，中有清池水田，俗號乾河沿。河未乾時，清涼山爲南唐避暑所，盛可想也。凡稱金陵之勝者，南曰雨花臺，西南曰莫愁湖，北曰鍾山，東曰冶城，東北曰孝陵，曰雞鳴寺。登小倉山，諸景隆然上浮。凡江湖之大，雲煙之變，非山之所有者，皆山之所有也。

康熙時，織造隋公當山之北巔，構堂皇，繚垣牖，樹之楸千章，桂千畦，都人遊者，翕然盛一時，號曰隋園，因其姓也。後三十年，余宰江寧，園傾且頹弛，其室爲酒肆，輿臺嚾呶，禽鳥厭之不肯嫗伏，百卉蕪謝，春風不能花。余惻然而悲，問其值，曰三百金，購以月俸。茨牆剪闔，易簷改途。隨其高，爲置江樓；隨其下，爲置溪亭；隨其夾澗，爲之橋；隨其湍流，爲之舟；隨其地之隆中而欹側也，爲綴峰岫；隨其蓊鬱而曠也，爲設宧突。或扶而起之，或擠而止之，皆隨其豐殺繁瘠，就勢取景，而莫之夭閼者，故仍名曰隨園，同其音，易其義。

落成嘆曰："使吾官於此，則月一至焉；使吾居於此，則日日至焉。二者不可得兼，舍官而取園者也。"遂乞病，率弟香亭、甥湄君移書史，居隨園。聞之蘇子曰："君子不必仕，不必不仕。"然則余之仕與不仕，與居茲園之久與不久，亦隨之而已。夫兩物之能相易者，其一物之足以勝之也。余竟以一官易此園，園之奇，可以見矣。

上海古籍版《小倉山房詩文集·文集》卷十二

○隋公：隋赫德，雍正六年（1728）後任江寧織造。袁枚此記有誤。案《隨園詩話》："康熙間，曹練（當作楝）亭爲江寧織造⋯⋯其子（當作孫）曹雪芹撰《紅樓夢》一書，備記風月繁華之盛。中有所謂大觀園者，即余之隨園也。"○宦窔（音夷要）：原指室之東北角與東南角，此處代指房屋建筑。○夭閼：阻塞。此處謂園景布置，皆隨自然山勢，而未嘗中絕也。

祭妹文

【題解】 本篇爲古代著名祭文之一。王文濡《清文評註讀本》曰："昌黎《祭十二郎文》、歐陽《瀧岡阡表》皆古今有數文字，得此乃鼎足而三。"作者用韓愈《祭十二郎文》"至親不文"的原則，不用韻，不雕琢，祇就日常瑣事著筆，自然感人。袁氏之妹名機，字素文，參見作者所撰《女弟素文傳》。

乾隆丁亥冬，葬三妹於上元之羊山，而奠以文曰：

嗚呼！汝生於浙，而葬於斯，離吾鄉七百里矣。當時齕齕角幻想，寧知此爲歸骨所耶？汝以一念之貞，遇人仳離，致孤危托落。雖命之所存，天實爲之，然而累汝至此者，未嘗非予之過也。予幼從先生授經，汝差肩而坐，愛聽古人節義事。一旦長成，遽躬蹈之。嗚呼！使汝不識《詩》《書》，或未必艱貞若是。

余捉蟋蟀，汝奮臂出其間。歲寒蟲僵，同臨其穴。今予殮汝葬汝，而當日之情形，憬然赴目。予九歲憩書齋，汝梳雙髻，披單縑來，溫《緇衣》一章。適先生辵戶入，聞兩童子音琅琅然，不覺莞爾，連呼"則則"。此七月望日事也。汝在九原，當分明記之。予弱冠粵行，汝掎裳悲慟。逾三年，予披宮錦還家，汝從東廂扶案出，一家瞠視而笑，不記語從何起。大概說長安登科，函使報信遲早云爾。凡此瑣瑣，雖爲陳跡，然我一日未死，則一日不能忘。舊事填膺，思之淒梗。如影歷歷，逼取便逝。悔當時不將嫛婗情狀，羅縷紀存。然而汝已不在人間，則雖年光倒流，兒時可再，而亦無與爲印證者矣。

　　汝之義絕高氏而歸也，堂上阿奶，仗汝扶持；家中文墨，眎汝辦治。嘗謂女流中最少明經義、諳雅故者，汝嫂非不婉嫕，而於此微缺然。故自汝歸後，雖爲汝悲，實爲予喜。予又長汝四歲，或人間長者先亡，可將身後托汝，而不謂汝之先予以去也。前年予病，汝終宵刺探，減一分則喜，增一分則憂。後雖小差，猶尚殗殢，無所娛遣。汝來床前，爲說稗官野史可喜可愕之事，聊資一歡。嗚呼！今而後，吾將再病，教從何處呼汝耶？

　　汝之疾也，予信醫言無害，遠弔揚州。汝又慮戚吾心，阻人走報。及至綿惙已極，阿奶問望兄歸否，強應曰諾。已予先一日夢汝來訣，心知不祥。飛舟渡江，果予以未時還家，而汝以辰時氣絕。四支猶溫，一目未瞑，蓋猶忍死待予也。嗚呼，痛哉！早知訣汝，則予豈肯遠遊？即遊，亦尚有幾許心中言要汝知聞，共汝籌畫也。而今已矣！除吾死外，當無見期。吾又不知何日死，可以見汝；而死後之有知無知，與得見不得見，又卒難明也。然則抱此無涯之憾，天乎人乎？而竟已乎？

　　汝之詩，吾已付梓；汝之女，吾已代嫁；汝之生平，吾已作傳。惟汝之窀穸，尚未謀耳。先塋在杭，江廣河深，勢難歸葬，故請母命，而寧汝於斯，便祭掃也。其旁葬汝女阿印，其下兩塚，一爲阿爺侍者朱氏，一爲阿兄侍者陶氏。羊山曠渺，南望原隰，西望棲霞，風雨晨昏，羈魂有伴，當不孤寂。所憐者，吾自戊寅年讀汝《哭姪詩》後，至今無男。兩女牙牙，生汝死後，纔周晬耳。予雖親在未敢言老，而齒危髮禿，暗裏自知，知在人間尚復幾日？阿品遠官河南，亦無子女，九族無可繼者。汝死我葬，我死誰埋？汝倘有靈，可能告我？

　　嗚呼！身前既不可想，身後又不可知。哭汝既不聞汝言，奠汝又不見汝食。紙灰飛揚，朔風野大。阿兄歸矣，猶屢屢回頭望汝也。嗚呼哀哉！嗚呼哀哉！

上海古籍版《小倉山房詩文集·文集》卷十四

○觭角：獨角辮，喻兒時。○仳離：婦女被遺棄。《詩·王風·中谷有蓷》："有女仳離，嘅其嘆矣。"○托落：落拓。○《緇衣》：《詩·鄭風》篇目。○夋户：開門。○嬰婗：《釋名·釋長幼》："人始生曰嬰兒，或曰嬰婗。"此處指兒時。○義絕高氏：據《女弟素文傳》：衡陽令高清卒，庫虧，妻子繫獄。作者父親曾為其幕賓，深知箇中緣由，遂出面為平其事。高家感激不盡，遂與袁家約為婚姻。後十餘歲，高家因其子不肖，謊稱子病，意欲辭婚。袁父猶豫，而三妹意不允。高家如實相告，三妹仍堅執"從一而終"，遂嫁與高家子。高家子惡言惡行，三妹百般忍耐，後因其夫輸博者錢，將賣妻抵債，纔逃歸娘家。袁家訟之官府，解除婚姻。○眲：以目示意。○婉嫕：柔順文靜。○痷瘖：病半臥半起。○綿惙：病危。○窀穸：墳墓。○侍者：此處指妾。○《哭侄詩》：作者於乾隆戊寅年喪子，三妹曾寫詩哀悼。○周晬：嬰兒周歲。○阿品：作者堂弟，名樹，字東薌，時任河南正陽縣令。

沈　復（1763—約 1838）

俞平伯《重刊浮生六記·序》：沈復，字三白，蘇州人。生於清乾隆二十八年，卒年無考，當在嘉慶十二年（1807）以後。可注意的是，他是個習幕經商的人，不是什麼斯文舉子。偶然寫幾句詩文，也無所存心。上不為名山之業，下不為富貴的敲門磚，意興所到，便濡毫伸紙，不必妝點，不知避忌。統觀全書，無酸語、贅語、道學語，殆以此乎？

浮生六記（節選）

【題解】《浮生六記》是一部自傳散文。原書六篇，即《閨房記樂》《閑情記趣》《坎坷記愁》《浪遊記快》《中山記歷》《養生記道》，但後兩記已佚。作者是無名之輩，文中所記，大多是平常夫婦間的恩恩愛愛以及生活瑣事，又無精巧的構思，無非是作者將記憶中的一些斷片，隨意地連綴在一起。此文的魅力，在於其自然純真的情感，以及淡雅簡潔的敍事風格。前人曾有"幽芳淒艷，讀之心醉"的評語。

閨房記樂

是年七夕，芸設香燭瓜菓，同拜天孫於我取軒中。余鐫"願生生世世爲夫婦"圖章二方，余執朱文，芸執白文，以爲往來書信之用。是夜月色頗佳，俯視河中，波光如練，輕羅小扇，並坐水窗，仰見飛雲過天，變態萬狀。芸曰："宇宙之大，同此一月，不知今日世間，亦有如我兩人之情興否？"余曰："納涼玩月，到處有之。若品論雲霞，或求之幽閨繡闥，慧心默證者固亦不少；若夫婦同觀，所品論者恐不在此雲霞耳。"未幾燭燼月沈，撤菓歸臥。

七月望，俗謂之鬼節。芸備小酌，擬邀月暢飲，夜忽陰雲如晦。芸愀然曰："妾能與君白頭偕老，月輪當出。"余亦索然。但見隔岸螢光明滅萬點，梳織於柳堤蓼渚間。余與芸聯句以遣悶懷，而兩韻之後，逾聯逾縱，想入非夷，隨口亂道。芸已漱涎涕淚，笑倒余懷，不能成聲矣。覺其鬢邊茉莉濃香撲鼻，因拍其背，以他詞解之曰："想古人以茉莉形色如珠，故供助妝壓鬢，不知此花必沾油頭粉面之氣其香更可愛，所供佛手當退三舍矣。"芸乃止笑曰："佛手乃香中君子，祇在有意無意間；茉莉是香中小人，故須借人之勢，其香也如脅肩諂笑。"余曰："卿何遠君子而近小人？"芸曰："我笑君子愛小人耳。"正話間，漏已三滴，漸見風掃雲開，一輪湧出，乃大喜。倚窗對酌，酒未三杯，忽聞橋下哄然一聲，如有人墮。就窗細矚，波明如鏡，不見一物，惟聞河灘有隻鴨急奔聲。余知滄浪亭畔素有溺鬼，恐芸膽怯，未敢即言。芸曰："噫！此聲也，胡爲乎來哉？"不禁毛骨皆栗，急閉窗，攜酒歸房。一燈如豆，羅帳低垂，弓影杯蛇，驚神未定。剔燈入帳，芸已寒熱大作，余亦繼之，困頓兩旬。真所謂樂極災生，亦是白頭不終之兆。

中秋日，余病初愈，以芸半年新婦，未嘗一至間壁之滄浪亭，先令老僕約守者勿放閑人。於將晚時，偕芸及余幼妹，一嫗一婢扶焉。老僕前導，過石橋，進門，折東曲徑而入，疊石成山，林木蔥翠。亭在土山之巔，循級至亭心，周望極目可數里，炊煙四起，晚霞爛然。隔岸名"近山林"，爲大憲行臺宴集之地，時正誼書院猶未啓也。攜一毯設亭中，席地環坐，守者烹茶以進。少焉，一輪明月已上林梢，漸覺風生袖底，月到波心，俗慮塵懷，爽然頓釋。芸曰："今日之遊樂矣！若駕一葉扁舟，往來亭下，不更快哉！"時已上燈，憶及七月十五夜之驚，相扶下亭而歸。

閑情記趣

余憶童稚時，能張目對日，明察秋毫，見藐小微物，必細察其紋理，故時有物外之趣。夏蚊成雷，私擬作群鶴舞空。心之所向，則或千或百果然鶴也。昂首觀之，項爲之強。又留蚊於素帳中，徐噴以煙，使其衝煙飛鳴，作青雲白鶴觀，果如鶴唳雲端，怡然稱快。於土牆凹凸處，花臺小草叢雜處，常蹲其身，使與臺齊；定神細視，以叢草爲林，以蟲蟻爲獸，以土礫凸者爲丘，凹者爲壑，神遊其中，怡然自得。一日，見二蟲鬥草間，觀之正濃，忽有龐然大物拔山倒樹而來，蓋一癩蝦蟆也，舌一吐而二蟲盡爲所吞。余年幼方出神，不覺呀然驚恐。神定，捉蝦蟆，鞭數十，驅之別院。年長思之，二蟲之鬥，蓋圖奸不從也。古語云："奸近殺。"蟲亦然耶？

貪此生涯，卵爲蚯蚓所哈（吳俗呼陽曰卵），腫不能便。捉鴨開口哈之，婢嫗偶釋手，鴨顛其頸作吞噬狀，驚而大哭，傳爲語柄。此皆幼時閑情也。

余掃墓山中，檢有巒紋可觀之石。歸與芸商曰："用油灰疊宣州石於白石盆，取色勻也。本山黃石雖古樸，亦用油灰，則黃白相間，鑿痕畢露，將奈何？"芸曰："擇石之頑劣者，搗末於灰痕處，乘濕糝之，乾或色同也。"乃如其言，用宜興窯長方盆疊起一峰，偏於左而凸於右，背作橫方紋，如雲林石法，巉巖凹凸，若臨江石磯狀。虛一角，用河泥種千瓣白萍。石上植蔦蘿蔓延滿山，如藤蘿之懸石壁。花開正紅色，白萍亦透水大放，紅白相間，神遊其中，如登蓬島。置之簷下，與芸品題：此處亦設水閣，此處宜立茅亭，此處宜鑿六字曰"落花流水之間"，此可以居，可以釣，可以眺。胸中丘壑若將移居者然。一夕，貓奴爭食，自簷而墮，連盆與架頃刻碎之。余嘆曰："即此小經營，尚干造物忌耶！"兩人不禁淚落。

人民文學版《浮生六記》

蔣　坦（約 1818—1863）

徐世昌《晚晴簃詩彙小傳》：蔣坦，字平伯，號藹卿，錢塘人，諸生。有《息影庵初存詩集》。

秋燈瑣憶（節選）

【題解】《秋燈瑣憶》爲作者夫妻生活的回憶。文中所記，無非夫妻日常生活的片段，但卻風情萬種，妙趣橫生。

桃花爲風雨所摧，零落池上。秋芙拾花瓣砌字，作《謁金門》詞云："春過半，花命也如春短。一夜落紅吹漸滿，風狂春不管。""春"字未成，而東風驟來，飄散滿地，秋芙悵然。余曰："此真個'風狂春不管'矣！"相與一笑而罷。

秋芙每謂余云："人生百年,夢寐居半,愁病居半,繦褓垂老之日又居半,所僅存者,十之一二耳。況我輩蒲柳之質,猶未必百年者乎!庾蘭成云:一月歡娛,得四五六日。想亦自解語耳。"斯言信然。

　　夜來聞風雨聲,枕簞漸有涼意。秋芙方卸晚妝,余坐案旁,制《百花圖記》未半,聞黃葉數聲,吹墮窗下。秋芙顧鏡吟曰:"昨日勝今日,今年老去年。"余憮然云:"生年不滿百,安能為他人拭涕!"輒為擲筆。

　　余為秋芙制梅花畫衣,香雪滿身,望之如綠萼仙人翩然塵世。每當春暮,翠袖憑欄,鬢邊蝴蝶猶栩栩然,不知東風之既去也。

　　秋芙所種芭蕉,已葉大成蔭,蔭蔽簾幕。秋來雨風滴瀝,枕上聞之,心與俱碎。一日,余戲題斷句葉上云:"是誰多事種芭蕉,早也瀟瀟,晚也瀟瀟!"明日見葉上續書數行云:"是君心緒太無聊,種了芭蕉,又怨芭蕉!"字面柔媚,此秋芙戲筆也。然余於此,悟入正復不淺。

　　晚來聞絡緯聲,覺胸中大有秋氣。忽憶宋玉悲秋《九辯》,擊枕而讀。秋芙更衣閣中,良久不出。聞喚始來,眉間有秋聲。余問其故,秋芙曰:"'悲莫悲兮生別離',何可使我聞之?"余慰之曰:"因緣離合,不可定論。余與子久皈覺王,誓無他趣。他日九蓮臺上,當不更結離恨緣,何作此無益之悲也?昔鍛金師以一念之誓,結婚姻九十餘劫,況余與子乎?"秋芙唯唯,然頰上粉痕,已為淚花汗濕矣。余亦不復卒讀。

　　開戶見月,霜天悄然,因憶去年今夕,與秋芙探梅巢居閣下,斜月瞹空,遠水渺瀰,上下千里,一碧無際,相與登補梅亭,瀹茗夜談,意興彌逸。秋芙方戴梅花鬢翹,虯枝在簷,遽為攫去,余為摘枝上花補之。今亭且傾圮,花木荒落,惟姮娥有情,尚往來孤山林麓間耳。

　　去年燕來較遲,簾外桃花,已零落殆半。夜深巢泥忽傾,墮雛於地。秋芙懼為狸兒所攫,急收取之,且為釘竹片於梁,以承其巢。今年燕子復來,故巢猶在,繞屋呢喃,殆猶憶去年護雛人耶?

湖北辭書版《秋燈瑣憶》

參考書目

《小倉山房文集》，袁枚著，上海古籍出版社 1992 年版。

《浮生六記》，沈復著，人民文學出版社 1980 年版。

《秋燈瑣憶》，蔣坦著，湖北辭書出版社 1995 年版。

第三節　桐城古文

方　苞（1668—1749）

《清史稿·方苞傳》：方苞，字靈皋，江南桐城人。篤學修內行，治古文，自爲諸生，已有聲於時。康熙三十八年舉人，四十五年會試中試，將應殿試，聞母病，歸侍。五十年，副都御史趙申喬劾編修戴名世所著《南山集·孑遺錄》有悖逆語，辭連苞族祖孝標；名世與苞同縣，亦工爲古文，苞爲序其集，並逮下獄。名世坐斬，苞免罪入旗。聖祖夙知苞文學，大學士李光地亦薦苞，乃召苞直南書房。未幾，改直蒙養齋，編校御制樂律、算法諸書。六十一年，命充武英殿修書總裁。世宗即位，赦苞及其族人入旗者歸原籍。遷內閣學士，充《一統志》總裁。乾隆元年再直南書房，擢禮部侍郎。十四年卒，年八十二。方苞爲學宗程朱，究心《春秋》《三禮》，篤於倫紀。其爲文，自唐宋諸大家上通太史公書，務以扶道教、裨風化爲任，尤嚴於"義法"，爲古文正宗，號桐城派。

左忠毅公逸事

【題解】　左忠毅公即左光斗，明末東林黨領袖之一。萬曆進士，官至左僉都御史。因參劾宦官魏忠賢下獄，後被害死獄中。此文記左光斗之逸事，側重寫其對史可法的知遇之恩與精神感召，文笔雅潔，不枝不蔓，卻能繪形傳神，力透紙背，頗能體現桐城古文"義法"之軌範。

先君子嘗言：鄉先輩左忠毅公視學京畿，一日風雪嚴寒，從數騎出，微行入古寺。廡下一生伏案臥，文方成草，公閱畢，即解貂覆生，爲掩戶。叩之寺僧，則史公可法也。及試，吏呼名至史公，公瞿然注視；呈卷，即面署第一，召入使拜夫人，曰："吾諸兒碌碌，他日繼吾志者，惟此生耳。"

及左公下廠獄，史朝夕獄門外，逆閹防伺甚嚴，雖家僕不得近。久之，聞左公被炮烙，旦夕且死，持五十金，涕泣謀於禁卒。卒感焉，一日使史更敝衣，草屨背筐，手長鑱，爲除不潔者。引入，微指左公處，則席地倚牆而坐，面額焦爛而不可辨，左膝以下，筋骨盡脫矣。史前跪抱公膝而嗚咽。公辨其聲而目不可開，乃奮臂以指撥眥，目光如炬，怒曰："庸奴！此何地也，而汝來前？國家之事糜爛至此，老夫已矣！汝復輕身而昧大義，天下事誰可支拄者？不速去，無俟奸人構陷，吾今即撲殺汝！"因摸地上刑械，作投擊勢。史噤不敢發聲，趨而出。後常流涕述其事以語人曰："吾師肝肺，皆鐵石所鑄造也。"

崇禎末，流賊張獻忠出沒蘄、黃、潛、桐間，史公以鳳廬道奉檄守禦。每有警，輒數月不就寢，使將士更休，而自坐幄幕外，擇健卒十人，令二人蹲踞而背倚之，漏鼓移則番代。每寒夜起立，振衣裳，甲上冰霜迸落，鏗然有聲。或勸以少休，公曰："吾上恐負朝廷，下恐愧吾師也。"史公治兵，往來桐城，必躬造左公第，候太公太母起居，拜夫人於堂上。

余宗老塗山，左公甥也，與先君子善，謂獄中語乃親得之於史公云。

上海古籍版《方苞集》卷九

〇廠獄：明代宦官掌控的特務機構東廠與西廠所設的監獄。〇番代：輪替。〇宗老：同宗族的老前輩。方塗山，作者族祖父之號。

遊雁蕩山記

【題解】 雁蕩山在浙江省東南部，舊傳山頂有蕩，秋雁歸時多宿此，故名。此文並未如通常山水遊記那樣，細述山水風光或記敘遊覽之趣，而是集中筆墨寫自己對雁蕩山的整體印象，以及由此而起的人生感悟，雖不免爲理學家的老生常談，但寓理於景，亦不失爲文章之作法也。

癸亥仲秋，望前一日，入雁山，越二日而反。古跡多榛蕪不可登探，而山容壁色，則前此目見者所未有也。鮑甥孔巡曰："盍記之？"余曰："茲山不可記也。永、柳諸山，乃荒陬中一丘一壑，子厚謫居，幽尋以送日月，故曲盡其形容。若茲山，則浙東西山海所蟠結，幽奇險峭，殊形詭狀者，實大且多。欲雕繪而求其肖似，則山容壁色，乃號爲名山者之所同，無以別其爲茲山之巖壑也。"而余之獨得於茲山者，則有二焉：

前此所見，如皖桐之浮山，金陵之攝山，臨安之飛來峰，其崖洞非不秀美也，而愚僧多鑿爲仙佛之貌相，俗士自鐫名字及其詩辭，如瘡痏靨然而入人目。而茲山獨完其太古之容色以至於今，蓋壁立千仞，不可攀援，又所處僻遠，富貴有力者無因而至，即至亦不能久留，構架鳩工以自標揭，所以終不辱於愚僧俗士之剝鑿也。

又凡山川之明媚者，能使遊者欣然而樂；而茲山巖深壁削，仰而觀、俯而視者，嚴恭靜正之心不覺其自動。蓋至此則萬感絕，百慮冥，而吾之本心乃與天地之精神一相接焉。察於此二者，則修士守身涉世之學，聖賢成己成物之道，俱可得而見矣。

上海古籍版《方苞集》卷十四

○鮑孔巡：方苞外甥。方苞一妹嫁鮑氏，孔巡即其子。○子厚：柳宗元，字子厚，曾被貶爲永州司馬，後又爲柳州刺史。柳宗元在兩地寫過不少山水遊記，兩地山水因此而聞名於世。

| 輯　錄 |

　　方苞《又書〈貨殖傳〉後》：《春秋》之制義法，自太史公發之，而後之深於文者亦具焉。義即《易》之所謂"言有物"也，法即《易》之所謂"言有序"也。義以爲經而法緯之，然後爲成體之文。

　　沈廷芳《書方望溪先生傳後》：南宋元明以來，古文義法不講久矣。吳越間遺老尤放恣，或雜小說，或沿翰林舊體，無雅潔者。古文中不可入語錄中語、魏晉六朝人藻麗俳語、漢賦中板重字法、詩歌中雋語、南北史佻巧語。

　　方宗誠《桐城文錄·序》：我朝論文家者，多推望溪、海峰、惜抱三先生，而三先生實各極其能，不相沿襲。望溪先生之文，以義法爲宗，非闡道翼教、有關人倫風化者不苟作，且行身方嚴，出語樸重，論者謂取融六籍，方駕韓、歐，非過也。吾師植之先生曰："先生之文，靜重博厚，極天下之物蹟而無不持載。泰山巖巖，魯邦所瞻，擬諸形容，象地之德焉。故能直接八家之統。"

劉大櫆（1698—1779）

　　《清史稿·文苑傳》：劉大櫆，字才甫，一字耕南，桐城人。年二十餘入京師，時方苞負海內重望，後生以文謁者不輕許與，獨奇賞大櫆。雍正中兩登副榜，竟不獲舉。乾隆元年，方苞薦應詞科，大學士張廷玉黜落之，已而悔。十五年特以經學薦，復不錄。久之，選黟縣教諭，數年告歸，居樅陽江上，不復出。年八十三卒。大櫆修幹美髯，能引拳入口。縱聲讀古詩文，聆其音節，皆神會理解。桐城自方苞爲古文之學，同時有戴名世、胡宗緒，名世被禍，宗緒博學，名不甚顯。大櫆雖遊苞門，傳其義法，而才調獨出，著《海峰詩文集》。姚鼐繼起，其學說盛行於時，尤推服大櫆，世遂稱曰"方劉姚"。

樵髯傳

　　【題解】　傳主是鄉間無名之輩，作者爲其作傳，祇寫其弈棋一節，其疏狂情性便躍然紙上。

　　樵髯翁，姓程氏，名駿，世居桐城縣之西鄙。性疏放，無文飾。而多髭鬚，因自號曰"樵髯"云。少讀書聰穎，拔出凡輩，於藝術匠巧嬉遊之事，靡不涉獵，然皆不肯窮究其學，曰："吾以自娛而已。"尤嗜弈棋，常與里人弈。翁不任苦思，里人或注局凝神，翁輒顰蹙曰："我等豈真知弈者？聊用爲戲耳。乃復效小兒輩，強爲解事！"時時爲人治病，亦不用以爲意。諸富家嘗與往來者，病作，欲得翁診視，使僮奴候之。翁方據棋局嘵嘵然，竟不往也。翁季父官建寧，翁隨至建寧官廨，得以恣情山水，其言武夷九曲幽絕可愛，令人遺棄世事，欲往遊焉。

　　劉子曰：余寓居張氏勺園中，翁亦以醫至。余久與翁處，識其性情。翁見余爲文，亟求余書其名氏，以傳於無窮。余悲之而作《樵髯傳》。

上海古籍版《劉大櫆集》卷五

竇祠記

　　【題解】 桐城竇祠，祀普通士卒竇成也。作者此記，先敘述建祠緣由及竇成死難之經過，這是一般記文的常套；最後一段議論，纔是畫龍點睛之筆。

　　桐城縣治之西北有竇祠，邑之人所建，以祀蜀人竇成者也。明之亡，流賊將破桐城，成有救城功，故邑人戴其德而建祠以祀之。

　　當是時，賊攻城甚急，城堅不可卒下，賊時來時去。巡撫安慶等處部將廖應登，率蜀兵三千人爲防禦。時賊不在，應登將兵往廬州，經舒城，方解鞍憩息，而賊騎突至，遂劫應登去。賊顧謂應登曰："今欲誘降桐城，汝卒中誰可遣者？"應登曰："宜莫如竇成。"賊問成："若能往否？"成許之無難色。賊遂以二卒持兵夾成，擁至城下，使登高阜呼城守而告之。成諦視，見所與相識者，乃大呼曰："我廖將軍麾下竇成也！賊脅我誘若令降，若必無降！若謹守若城，且急使人請援！賊今穿洞，洞皆石骨，不可穿，計窮且去矣！"夾成之二卒猝出不意，相顧驚愕，遂以刃劈其頭，腦出而死。自是守兵始無降賊意，益晝夜謹護城，而密使人之安慶請援，援至而城賴以全。

當明之季世，流賊橫行，江之北鮮完邑焉，而桐城以蕞爾獨堅守得全。雖天命，豈非人力哉！成本武夫悍卒，然能知大義，不爲賊屈，捐一身之死，以卒全一邑數萬之生靈，有功德於民，則廟而食之宜矣。彼其受專城之寄、百里之命、君父之恩至深且渥也，賊未至而開門迎揖者，獨何心與！夫以卒之微，而使一邑之縉紳大夫莫不稽首跪拜其前，豈非以義邪？又況士君子之殺身以成仁者哉！

吾觀有明之治，常貴士而賤民。誦讀草茅之中，一旦列名薦書，已安富而尊榮矣；繫官於朝，則其尊至於不可指，而百姓獨辛苦流亡，無所控訴。然卒亡明之天下者，百姓也。後之爲人君者，可以鑒矣。

上海古籍版《劉大櫆集》卷十

輯 錄

劉大櫆《論文偶記》：文人者，大匠也。神氣音節者，匠人之能事；義理、書卷、經濟者，匠人之材料。又：神氣者，文之最精處也；音節者，文之稍粗處也；字句者，文之最粗處也。然余謂論文而至於字句，則文之能事盡矣。蓋音節者，神氣之跡也；字句者，音節之矩也。神氣不可見，於音節見之；音節無可準，以字句準之。

姚 鼐（1732—1815）

《清史稿·文苑傳》：姚鼐，字姬傳，桐城人。乾隆二十八年進士，選庶吉士，改禮部主事，歷充山東湖南鄉試考官、會試同考官，所得多知名士。四庫館開，充纂修官，書成，以御史記名，乞養歸。鼐工爲古文，康熙間，侍郎方苞名重一時，同邑劉大櫆繼之。鼐世父範與大櫆善，鼐本所聞於家庭師友間者，益以自得。所爲文高簡深古，尤近歐陽修、曾鞏。其論文根極於道德，而探原於經訓；至其淺深之際，有古人所未嘗言，鼐獨抉其微，發其蘊，論者以爲辭邁於方，理深於劉。三人皆籍桐城，世傳以爲桐城派。鼐清約寡欲，接人極和藹，無貴賤皆樂與盡歡，而義所不可，則確乎不易其所守。世言學品兼備，推鼐無異詞。自告歸後，主講江南、紫陽、鍾山書院四十餘年，以誨迪後進爲務。嘉慶十五年重赴鹿鳴，加四品銜。二十年卒，年八十有五。著《惜抱軒文集》二十卷、《詩集》二十卷。

遊媚筆泉記

【題解】 本文描繪媚筆泉，於選詞用字頗爲講究，如工筆畫。

桐城之西北，連山殆數百里，及縣治而迤平。其將平也，兩崖忽合，屏蠆墉回，崭橫若不可徑。龍溪曲流，出乎其間。

以歲三月上旬，步循溪西入。積雨始霽，溪上大聲淙然，十餘里，旁多奇石、蕙草、松、樅、槐、楓、栗、橡，時有鳴巂。溪有深潭，大石出潭中，若馬浴起，振鬣宛首而顧其侶。援石而登，俯視溶雲，鳥飛若墜。復西循崖可二里，連石若重樓，翼乎臨於溪右，或曰宋李公麟之"垂雲沜"也，或曰後人求李公麟地不可識，被而名之。石罅生大樹，蔭數十人。前出平土，可布席坐。南有泉，明何文端公摩崖書其上曰："媚筆之泉"。泉漫石上爲圓池，乃引墜溪內。

左丈學沖於池側平地爲室，未就，邀客九人飲於是。日暮半陰，山風卒起，肅振巖壁，榛莽、群泉、磯石交鳴。遊者悚焉，遂還。是日薑塢先生與往，鼐從，使鼐爲之記。

中國書店版《惜抱軒全集・文集》卷十四

○嶲：同歸，即子規鳥。○李公麟：字伯時，北宋畫家。晚年居桐城龍眠山，號龍眠山人。○何文端：何如寵，字康侯，萬曆進士，官至禮部尚書，卒諡文端。○薑塢先生：姚鼐伯父姚範。

登泰山記

【題解】 作者敘其冬日泰山之遊，文筆雅潔凝練，而不露感情色彩。

泰山之陽，汶水西流；其陰，濟水東流；陽谷皆入汶，陰谷皆入濟；當其南北分者，古長城也。最高日觀峰，在長城南十五里。

余以乾隆三十九年十二月，自京師乘風雪，歷齊河、長清，穿泰山西北谷，越長城之限，至於泰安。是月丁未，與知府朱孝純子穎由南麓登四十五里，道皆砌石爲磴，其級七千有餘。泰山正南面有三谷，中谷繞泰安城下，酈道元所謂環水也。余始循以入，道少半，越中嶺，復循西谷，遂至其巔。古時登山循東谷入，道有天門。東谷者，古謂之天門溪水，余所不至也。今所經中嶺及山巔崖限當道者，世皆謂之天門云。道中迷霧冰滑，磴幾不可登。及既上，蒼山負雪，明燭天南。望晚日照城郭，汶水、徂徠如畫，而半山居霧若帶然。

戊申晦，五鼓，與子穎坐日觀亭待日出，大風揚積雪擊面。亭東自足下皆雲漫，稍見雲中白若摴蒱數十立者，山也。極天雲一線異色，須臾成五采。日上，正赤如丹，下有紅光動搖承之。或曰：此東海也。回視日觀以西峰，或得日，或否，絳皓駁色，而皆若僂。亭西有岱祠，又有碧霞元君祠。皇帝行宮在碧霞元君祠東。是日觀道中石刻，自唐顯慶以來，其遠古刻盡漫失，僻不當道者，皆不及往。

山多石少土，石蒼黑色，多平方，少圜。少雜樹，多松，生石罅，皆平頂冰雪。無瀑水，無鳥獸音跡。至日觀數里內無樹，而雪與人膝齊。桐城姚鼐記。

中國書店版《惜抱軒全集·文集》卷十四

輯　錄

姚鼐《述庵文鈔·序》：鼐嘗論學問之事，有三端焉：曰義理也，考證也，文章也。是三者苟善而用之，則皆足以相濟；苟不善用之，則或至於相害。今夫博學強識而善言德行者，固文之貴也；寡聞而淺識者，固文之陋也。然而世有言義理之過者，其辭蕪雜俚近，如語錄而不文；爲考證之過者，至繁碎而繳繞，而語不可了當，以爲文之至美，而反以爲病者，何哉？其故由於自喜太過而智昧於所當擇也。夫天之生才雖美，不能無偏，故以能兼長者爲貴。

姚鼐《古文辭類纂·序》：凡文之體十三，而所以爲文者八，曰：神、理、氣、味、格、律、聲、色。神、理、氣、味者，文之精也；格、律、聲、色者，文之粗也。然苟舍其粗，則精者亦胡以寓焉？學者之於古人，必始而遇其粗，中而遇其精，終則御其精者而遺其粗者。

曾國藩《歐陽生文集·序》：乾隆之末，桐城姚姬傳先生鼐善爲古文辭，慕效其鄉先輩方望溪侍郎之所爲，而受法於劉君大櫆及其世父編修君範。三子既通儒碩望，姚先生治其術益精，歷城周永年書昌爲之語曰："天下之文章，其在桐城乎！"由是學者多歸向桐城，號桐城派，猶前世所稱江西派者也。姚先生晚而主鍾山書院講席，門下著籍者有管同異之、梅曾亮伯言、方東樹植之、姚瑩石甫，四人稱爲高第弟子。各以所得，傳授徒友，往往不絕。又：當乾隆中葉，海內魁儒畸士崇尚鴻博，繁稱旁證，考核一字，累數千言不能休，別立幟志，名曰"漢學"。探擯有宋諸子義理之說，以爲不足復存，其爲文尤蕪雜寡要。姚先生獨排衆議，以爲義理、考據、詞章三者不可偏廢。必義理爲質，而後文有所附，考據有所歸。

管　同（1780—1831）

《清史稿·文苑傳》：管同，字異之，上元人。少孤，母鄒以節孝聞。同善屬文，有經世之志，稱姚門高足弟子。曾擬《言風俗書》《籌積貯書》，爲一時傳誦，道光五年，陳用光典試江南，同中式，用光語人曰："吾校兩江士，獨以得一異之自喜耳。"用光亦鼐弟子也。著《因寄軒集》。

餓鄉記

【題解】 這是一篇寓言式的雜文。"餓鄉"是作者心目中的聖地，非歷經磨難而堅守節操者，不能至"餓鄉"。道德至上、人格獨立等等，無非是儒家的老生常談，但在作者筆下，卻得到藝術的表達。尤其是對誤入"餓鄉"者流的揶揄，使文章突起波瀾；而文末自嘆"予窮於世久矣，將往遊焉"，又餘味無窮。

餓鄉，天下之窮處也，其去中國，不知幾何里。其土蕩然，自稻粱麥菽、牛羊雞彘、魚鼈瓜菓一切生人之物，無一有焉。凡欲至者，必先屏去飲食，如導引辟穀者然。始極苦不可耐，強前行，多者不十日，已可至，至則豁然開朗，如別有天地。省經營，絕思慮，不待奔走干請，而子女呼號，妻妾之交謫，人世譏罵笑侮、輕薄揶揄之態，無至吾前者，徜然自適而已。然世以其始至之難也，平居每萬方圖維，以蘄勿至，不幸而幾至，輒自悔為人動。故非違世乖俗、廉恥禮義之士，不得至是鄉。非強忍堅定、守死善道之君子，雖至是鄉，輒不幸中道而反。

昔周之初，武王伐紂，伯夷、叔齊恥食其粟，由首陽山以去，至餓鄉。餓鄉之有人自是始。其後春秋時，晉有靈輒，行三日，幾至之矣，終為賊臣趙盾所阻，反感盾恩，為所用。而齊有餓民，卻黔敖嗟來之食，翩然至是鄉。雖曾子嘆其微，而論者以為賢輒遠矣。孔子之徒，顏、曾為大賢，原憲為次，三子皆至是境，而猶未達。及至戰國，於陵仲子立意矯俗，希為是鄉人，行三日，卒廢然而反。孟子譏之。自戰國秦漢後，教化不行，風俗頹敗，搢紳先生之屬，以是鄉為畏途，相戒不入。而凶年饑饉，禍亂遞作，王公貴人，下逮田野士庶，遭變故而誤入是鄉者，往往而是。梁武皇帝天子也，趙武靈王、漢趙幽王藩國王也，條侯周亞夫將且相也，鄧通上大夫也，其人皆尊崇富厚，志得意滿，無意於是鄉，而終卒誤入焉。豈非天哉，豈非天哉！然豈與夷齊以下立志自入者同乎哉？

語曰："君子無入而不自得焉。"又曰："求仁得仁，又何怨？"惟漢龔勝、唐司空圖、宋謝枋得之倫，立志忠義，先後至是鄉，夷齊輩得之，相視而笑，稱莫逆交云。嗚呼！餓鄉何鄉也？何其難至也若是？予窮於世久矣，將往遊焉，考始末而爲之記。

清光緒五年刻本《因寄軒文集》卷七

○靈輒：春秋晉人。曾饑困於翳桑，受食於趙盾，盾並以簞食與肉遺其母。後輒爲晉靈公甲士，靈公伏甲欲殺盾，輒倒戈相救。盾問其故，曰："翳桑之餓人也。"見《左傳》宣二年。○齊有餓民：《禮記·檀弓下》："齊大饑，黔敖爲食於路，以待餓者而食之。有餓者，蒙袂輯屨，貿貿然來。黔敖左奉食，右執飲，曰：'嗟！來食！'揚其目而視之，曰：'予唯不食嗟來之食，以至於斯也。'從而謝焉，終不食而死。曾子聞之，曰：'微與，其嗟也可去，其謝也可食。'"微，非。○於陵仲子：即陳仲子。《孟子·滕文公下》："匡章曰：'陳仲子豈不誠廉士哉！居於陵，三日不食，耳無聞，目無見也。井上有李，螬食實者過半矣，匍匐往將食之，三咽，然後耳有聞，目有見。'孟子曰：'於齊國之士，吾必以仲子爲巨擘焉。雖然，仲子惡能廉？充仲子之操，則蚓而後可者也。夫蚓，上食槁壤，下飲黃泉，仲子所居之室，伯夷所築與，抑亦盜跖之所築與？所食之粟，伯夷之所樹與，抑亦盜跖之所樹與？'"○梁武皇帝：蕭衍，南朝梁開國皇帝，後東魏降將侯景叛梁，攻陷臺城，餓死宮中。○趙武靈王：戰國時趙國君主，即令國人"胡服騎射"者也。後傳位於王子何，自號主父，因此引發內亂，被圍困於沙丘行宮，饑病而死。○趙幽王：漢高祖劉邦第六子，以諸呂爲后，而愛他姬，諸呂女訴之呂后，后怒，召王至，幽禁之，絕食而死。○周亞夫：西漢名將，周勃之子。景帝時任太尉，平定吳楚之亂，拜丞相。後因其子私買御物下獄，絕食死。○鄧通：漢文帝寵臣。有善相者謂通當貧餓死，文帝因賜通蜀嚴道銅山，得自鑄錢，"鄧氏錢"布天下。

景帝時，盡沒收入官，通寄死人家。見《史記·佞幸列傳》。○語曰：前語出自《禮記·中庸》，後語出自《論語·述而》。○龔勝：漢渤海郡太守。王莽秉政，歸老鄉里。莽既代漢，數遣使徵之，拜上卿，不受，語其門人曰：＂吾受漢家厚恩，亡以報，今年老矣，旦暮入地，誼豈以一身二姓，下見故主哉？＂絕食十四日死。見《漢書·兩龔傳》。○司空圖：唐末進士，官至禮部郎中。朱溫篡位後，召爲禮部尚書，不赴。唐哀帝被弒，圖絕食而死。見《新唐書·司空圖傳》。○謝枋得：宋末進士。元兵東下，枋得知信州，力戰兵敗，變姓名入居山中。元統一中國後，隱居閩中，薦者不絕，福建行省強之北行，至京不食而死。見《宋史·謝枋得傳》。

梅曾亮（1786—1856）

《清史稿·文苑傳》：梅曾亮，字伯言，上元人。少時工駢文，姚鼐主講鍾山書院，曾亮與邑人管同俱出其門。兩人交最篤，同肆力古文。讀周秦、太史公書，乃頗悟，一變舊習，義法本桐城，稍參以異己者之長，選聲練色，務窮極筆勢。道光二年進士，用知縣援例改戶部郎中。居京師二十餘年，與宗稷辰、朱琦、龍啓瑞、王拯、邵懿辰輩遊處，曾國藩亦起而應之。京師治古文者，皆從梅氏問法。當是時，管同已前逝，曾亮最爲大師，而國藩又從唐鑒、倭仁、吳廷棟講身心克治之學，其於文推挹姚氏尤至。於是，士大夫多喜言文術政治，乾嘉考據之風稍稍衰矣。未幾，曾亮依河督楊以增，卒年七十一。以增爲刊其詩文，曰《柏梘山房集》。

觀　漁

【題解】這是一篇雜感。作者由觀漁而有感於世事，言簡意賅，頗耐人咀嚼。

漁於池者，沈其網而左右縻之。網之緣出水可寸許，緣愈狹，魚之躍者愈多。有入者，有出者，有屢躍而不出者，皆經其緣而見之。安知夫魚之躍而出者，不自以爲得耶？又安知夫躍而不出與躍而反入者，不自咎其躍之不善耶？而漁者視之，忽不加得失於其心。

嗟夫！人知魚之無所逃於池也。其魚之躍者，可悲也；然則人之躍者，何也？

光緒刻本《柏梘山房文集》卷一

缽山餘霞閣記

【題解】 缽山在南京城西。

江寧城山得其半，便於人而適於野者，惟西城缽山，吾友陶子靜偕群弟讀書所也。因山之高下爲屋，而閣於其巔，曰"餘霞"，因所見而名之也。

俯視，花木皆環拱陞降，草徑曲折可念，行人若飛鳥度柯葉上。西面城，淮水縈之。江自西而東，青黄分明，界畫天地。又若大圓鏡，平置林表，莫愁湖也。其東南萬屋沈沈，炊煙如人立，各有所企，微風繞之，左引右挹，綿綿縕縕上浮。市聲近寂而遠聞。

甲戌春，子靜觴同人於其上，衆景畢現，高言愈張。子靜曰："文章之事，如山出雲，江河之下水，非鑿石而引之，決版而導之者也，故善爲文者有所待。"曾亮曰："文在天地，如雲物煙景焉，一俯仰之間，而遁乎萬里之外，故善爲文者，無失其機。"管君異之曰："陶子之論高矣。後說者，如斯閣亦有當焉。"遂書以爲之記。

光緒刻本《柏梘山房文集》卷十

參考書目

《續古文辭類纂》，黎庶昌編，上海商務印書館 **1907** 年版。

《續古文辭類纂》，王先謙編，上海世界書局 **1936** 年版。

思考題

1. "桐城義法"的具體含義是什麼？
2. 試述桐城古文的基本理論及其演變。
3. 桐城古文的文字風格有何特點？

第四節　桐城別派：陽湖派與湘鄉派

張惠言（1761—1802）

《清史稿·儒林傳》：張惠言，字皋聞，武進人。嘉慶四年進士，時大學士朱珪爲吏部尚書，以惠言學行特奏，改庶吉士，充實錄館纂修官。六年散館，改部屬，復特奏，授翰林院編修。七年卒，年四十有二。惠言少爲詞賦，擬司馬相如、揚雄之文，及壯，學韓愈、歐陽修；篆書初學李陽冰，後學漢碑額及石鼓文。生平精思絕人，嘗從歙縣金榜問學，故其學要歸六經，而尤深《易》《禮》。有《茗柯文》五卷、《茗柯詞》一卷。

先妣事略

【題解】　回憶亡母的賢惠與艱辛。

先妣姓姜氏，考諱本維，武進縣學增廣生。其先世居鎮江丹陽之滕村，遷武進者四世矣。先妣年十九，歸我府君。十年，凡生兩男兩女，殤其二，唯姊觀書及惠言在。而府君卒，卒後四月，遺腹生翊。是時先妣年二十九，姊八歲，惠言四歲矣。

府君少孤，兄弟三人，資教授以養先祖母。先祖母卒，各異財，世父別賃屋居城中。府君既卒，家無一夕儲。世父曰："吾弟不幸以歿，兩兒未成立，是我責也。"然世父亦貧，省嗇口食，常以歲時減分錢米。而先妣與姊作女工以給焉。惠言年九歲，世父命就城中與兄學，逾月，時乃一歸省。一日，暮歸，無以爲夕飧，各不食而寢。遲明，惠言餓不能起。先妣曰："兒不慣餓憊耶？吾與而姊而弟，時時如此也！"惠言泣，先妣亦泣。時有從姊乞一錢，買糕啖惠言。比日昳，乃貰貸得米，爲粥而食。

惠言依世父居，讀書四年。反，先妣命授翊書。先妣與姊課針黹，常數綫爲節，每晨起，盡三十綫，然後作炊。夜則燃一燈，先妣與姊相對坐，惠言兄弟持書倚其側，針聲與讀聲相和也。漏四下，惠言姊弟各寢，先妣乃就寢。然先妣雖不給於食，惠言等衣履未嘗不完，三黨親戚吉凶遺問之禮未嘗闕，鄰里之窮乏來告者，未嘗不欷歔也。

先是，先祖早卒，先祖妣白太孺人，恃紡績以撫府君兄弟至於成人，教之以禮法孝弟甚備，里黨稱之，以爲賢。及先妣之艱難困苦，一如白太孺人時，所以教惠言等者，人以爲與白太孺人無不合也。

先妣逮事白太孺人五年，嘗得白太孺人歡，於先後委宛備至，於人無所忤，又善教誨人，與之居者，皆悅而化。姊適同邑董氏，其姑錢太君，與先妣尤相得，虛其室，假先妣居，先妣由是徙居城中。每歲時過故居，里中諸母爭要請，致殷勤，唯恐速去。及先妣卒，內外長幼無不失聲，及姻親之臧獲，皆爲流涕。

先妣以乾隆五十九年十月十八日卒，年五十九，以嘉慶二年正月十二日，權葬於小東門橋之祖塋，俟卜地而窆焉。府君張氏，諱蟾賓，字步青，常州府學廩膳生，世居城南郊德安里。惠言，乾隆丙午科舉人。翊，武進縣學生，爲叔父後。觀書之婿曰董達章，國子監生。

嗚呼！先妣自府君卒，三十年更困苦慘酷，其可言者止此，什伯於此者，不可得而言也。嘗憶惠言五歲時，先妣日夜哭泣，數十日，忽蒙被晝臥，惠言戲床下，以爲母倦哭而寢也。須臾，族母至，乃知引帶自經，幸而得蘇。而先妣疾，惠言在京師，聞狀馳歸，已不及五十一日。嗚呼！天降罰於惠言，獨使之無父無母耶？而於先妣，何其酷也！

上海古籍版《茗柯文編》二編卷下

曾國藩（1811—1872）

傳略見"清代文學"第一章第七節。

討粵匪檄

【題解】咸豐四年（1854）二月，太平軍大敗清軍，攻佔漢口、漢陽，旋揮師西征，進攻湖南。此時曾國藩已完成湘軍水陸師的訓練，遂會師湘潭，准備夾湘江而下，迎戰太平軍。此文即曾國藩誓軍文告。

爲傳檄事：逆賊洪秀全、楊秀清稱亂以來，於今五年矣。茶毒生靈數百餘萬，蹂躪州縣五千餘里。所過之境，船隻無論大小，人民無論貧富，一概搶掠罄盡，寸草不留。其擄入賊中者，剝取衣服，搜刮銀錢，銀滿五兩而不獻賊者，即行斬首。男子日給米一合，驅之臨陣向前，驅之築城濬濠；婦人日給米一合，驅之登陴守夜，驅之運米挑煤。婦女而不肯解腳者，則立斬其足，以示衆婦。船戶而陰謀逃歸者，則倒擡其屍，以示衆船。粵匪自處於安富尊榮，而視我兩湖三江被脅之人，曾犬豕牛馬不若。此其殘忍慘酷，凡有血氣者，未有聞之而不痛憾者也！

自唐虞三代以來，歷世聖人，扶持名教，敦敍人倫，君臣父子，上下尊卑，秩然如冠履不可倒置。粵匪竊外夷之緒，崇天主之教，自其偽君偽相，下逮兵卒賤役，皆以兄弟稱之。謂唯天可稱父，此外凡民之父皆兄弟也，凡民之母皆姊妹也。農不能自耕以納賦，而謂田皆天王之田；商不能自賈以取息，而謂貨皆天王之貨；士不能誦孔子之經，而別有所謂耶穌之說、《新約》之書。舉中國數千年禮義人倫、詩書典則，一旦掃地蕩盡。此豈獨我大清之變，乃開闢以來，名教之奇變，我孔子、孟子之所痛哭于九原。凡讀書識字者，又烏可袖手安坐，不思一爲之所也？

　　自古生有功德，沒則爲神；王道治明，神道治幽。雖亂臣賊子窮凶極醜，亦往往敬畏神祇。李自成至曲阜，不犯聖廟；張獻忠至梓潼，亦祭文昌。粵匪焚郴州之學宮，毀宣聖之木主，十哲兩廡，狼藉滿地。嗣是所過郡縣，先毀廟宇，即忠臣義士如關帝岳王之凜凜，亦皆汙其宮室，殘其身首。以至佛寺道院城隍社壇，無廟不焚，無像不滅。斯又鬼神所共憤怒，欲一雪此憾於冥冥之中者也。

　　本部堂奉天子命，統師二萬，水陸並進，誓將臥薪嘗膽，殄此凶逆，救我被擄之船隻，拔出被脅之民人。不特紓君父宵旰之勤勞，而且慰孔孟人倫之隱痛；不特爲百萬生靈報枉殺之仇，而且爲上下神祇雪被辱之憾。是用傳檄遠近，咸使聞知：倘有血性男子，號召義旅，助我征剿者，本部堂引爲心腹，酌給口糧；倘有抱道君子，痛天主教之橫行中原，赫然奮怒以衛吾道，本部堂禮之幕府，待以賓師；倘有仗義仁人，捐銀助餉者，千金以內給予實收部照，千金以上專摺奏請優敍；倘有久陷賊中，自拔來歸，殺其頭目，以城來降者，本部堂收之帳下，奏授官爵；倘有被脅經年，髮長數寸，臨陣棄械，徒手歸誠者，一概免死，資遣回籍。

　　在昔漢唐元明之末，群盜如毛，皆由主昏政亂，莫能削平。今天子憂勤惕厲，敬天恤民，田不加賦，戶不抽丁。以列聖深厚之仁，討暴虐無賴之賊，無論遲速，終歸滅亡，不待智者而明矣。若爾彼被脅之人，甘心從逆，抗拒天誅，大兵一壓，玉石俱焚，亦不能更爲分別也。本部堂德薄能鮮，獨仗忠信二字，爲行軍之本。上有日月，下有鬼神，明有浩浩長江之水，幽有前此殉難各忠臣烈士之魂，實鑒吾心，咸聽吾言。檄到如律令，無忽。

岳麓書社版《曾國藩詩文集》

附：**洪秀全**（1814—1864）

討滿清詔

　　朕祖洪武掃蕩群夷，克復中原，開三百年之丕基，造億萬姓之厚福，誠三代以來之盛主也。不幸至我懷宗，闖賊猖獗，奸黨開門，致有甲申之變。爾祖乘我之亂，包藏禍心，篡我之朝，竊奪神器。弘光被弒，忠臣死者千餘；宗室遭殘，親族亡者萬餘。當此時也，地裂天崩，山枯海涸。爾胡逆賊，我世不共戴天之仇也。

　　況夏爲夷變，二百年不見日月之光；漢受滿欺，六七世常聞腥羶之氣。弒兄弒叔，跡類豺狼；納妹納姑，行同狗彘。賣官鬻爵，士子之誦讀何用；加賦勸捐，庶民之脂膏已竭。犯人不薙髮，是欺漢人爲囚；狀元不招親，是視漢人爲寇。不封王，不爵位，是忌漢人有柄；不將兵，不樹帥，是畏漢人有權。名雖君臣，實則陌路。監分南北，法失輕重。貪官污吏滿寰區，處處是殺人利刃；善士良民遭荼毒，人人懷切齒深仇。以致旱虐連年，水災屢降，民不聊生，人皆思亂。爾忝居大位，尚不側身修身，而猶縱淫貪欲，置民瘼於罔聞，謂天威不足畏。此誠昏庸無道之極！所謂四海困窮，天祿永終者，此也。

　　今朕非他，乃大明太祖之後裔，弘光皇帝七世孫也。名正言順，天與人歸，一爲祖宗復仇，二爲蒼黎伐暴。謀臣如雨，戰將如雲，大興湯武之師，用慰雲霓之望。鋤其酷虐，救民於水火之中；修我戈矛，取殘若鷹鸇之逐。旌旗蔽日，船筏瀰江。士卒爭先，水陸並進。天塹無難飛渡，投鞭亦可斷流。將軍所至，迅如掃葉之風；兵帥所臨，震如當空之霹。軍威整肅，號令森嚴，耕市不驚，秋毫無犯。簞食壺漿迎之者，喜其先至；翹首引領望之者，恨不速來。至有摧枯之威，破竹之勢，趁首夏之清和，分兵西往；據高秋之逸爽，遣將北征。傳檄江南，連兵河朔。分兵進討，問罪燕京。共梟逆胡之頭，以洩戴天之恨。凡屬滿營，生擒者割其股而吸其髓；但係旗下，死亡者食其肉而寢其皮。滅盡胡兒，克復中原之土；安全黎庶，重睹□世之天。凡我士民，無詐無虞，永登仁壽域，長享太平春。欽此！

上海書店版《晚清文選》

薛福成（1838—1894）

《清史稿·薛福成傳》：薛福成，字叔耘，江蘇無錫人。以副貢生參曾國藩戎幕，積勞至直隸州知州。光緒八年，朝鮮亂，福成請速發軍艦東渡援之，亂定，以功遷道員，十年授寧紹台道。十四年除湖南按察使，明年改三品京堂出使英法義比大臣，歷光祿、太常、大理寺卿，留使如故。福成任使事數年，恒惓惓於保商，疏請除舊禁，廣招徠，其爭設南洋各島領事官，尤持正義，英人終亦從之。又以英法教案牽涉既廣，條列治本治標機宜甚悉。其將歸也，復撮舉見聞，上疏以陳大旨。二十二年歸至上海，病卒。福成好爲古文辭，演迤平易，曲盡事理，尤長於論事紀載。著有《庸庵文編》《海外文編》《出使英法義比日記》等。

觀巴黎油畫記

【題解】 作者出使法國，參觀巴黎蠟人館和油畫院，爲其奇妙的藝術所折服，更爲其"自繪敗狀"以"昭炯戒、激衆憤、圖報復"的精神所震動。

余遊巴黎蠟人館，見所制蠟人，悉仿生人，形體態度，髪膚顔色，長短豐瘠，無不畢肖。自王公卿相以至工藝雜流，凡有名者，往往留像於館。或立，或臥，或坐，或俯，或笑，或哭，或飲，或博。驟視之，無不驚爲生人者。余亟嘆其技之奇妙。譯者稱："西人絶技，尤莫逾油畫，盍馳往油畫院，一觀普法交戰圖乎？"

其法爲一大闓室，以巨幅懸之四壁，由屋頂放光明入室。人在室中，極目四望，則見城堡岡巒，溪澗樹林，森然布列。兩軍人馬雜遝，馳者，伏者，奔者，追者，開槍者，燃炮者，搴大旗者，挽炮車者，絡繹相屬。每一巨彈墮地，則火光迸裂，煙焰迷漫；其被轟擊者，則斷壁危樓，或黔其廬，或赭其垣。而軍士之折臂斷足，血流殷地，偃仰僵仆者，令人目不忍睹。仰視天，則明月斜挂，雲霞掩映；俯視地，則綠草如茵，川原無際。幾自疑身外即戰場，而忘其在一室之中者。迨以手捫之，始知其爲壁也畫也，皆幻也。

余聞法人好勝，何以自繪敗狀，令人氣喪若此？譯者曰："所以昭炯戒，激衆憤，圖報復也。"則其意深長矣。

臺灣文海版《庸庵文外編》

白雷登海口避暑記

【題解】　白雷登海口在倫敦西南三百餘里，爲避暑勝地。作者以桐城古文的雅潔風格記述海外生活習俗，一新讀者耳目。

英倫四面環海，水氣和而得中，無嚴寒亦無盛暑。然邦人士之貴富者，咸以避寒暑遠徙，一歲中恒四三月。而避暑必在新涼之後。當夫秋高日晶，天宇澄曠，去邑適野，舍業以遊，西人名之曰"換氣"。蓋都會之中，人民稠密，居之久，則氣濁神昏而百病生。必易一地以節宣之，則氣清體健而百病卻。此於養生要術研之頗精，意不專在避暑也，其避寒之用亦然。

癸巳七月之杪，余從西俗避暑白雷登海口。海口爲巨紳豪商必至之地，以海氣養人軀體，尤善於郊坰清氣也。白雷登在倫敦西南三百餘里，乘火輪車約熟五斗米頃即至。邦人士營此勝區，罔惜財力，歲異月新。有穹林以翳炎陽，有幽園以栽名花，有陡入海中之新舊二堤，以待遊者涵濡海氣。岸高也，則有升車以省紆繞；波平也，則有小舟以恣蕩漾。海岸上中下三層，俱羅花木，可步可坐，可納涼焉。

余初來此，神氣灑然，如鳥脫樊籠而翔雲霄之表。所居高樓，俯瞰海涯。夜臥人靜，洪濤訇匐，震耳蕩胸，滌我塵慮。少焉，風止日出，波瀾不驚。西望遼敻，想象亞墨利加大洲，如在雲煙杳靄中，未嘗不覺宇宙之奇寬也。於是攜侶扶筇，任意所之。見有駛電氣車者，夷然登之。風馳雲邁，一瞬千步。製造之巧，愈於火輪。數百年後，其將行之我中國乎？俄而下車，步往長堤，聽西人奏樂。披襟以當海風，或遙睇水濱，而羨鷗鳥之忘機；或旁眄釣徒，而憫眾魚之貪餌。於斯之際，蠲煩滌囂，心曠神愉，竊意世間所稱神仙者之樂，不是過也。晷移意倦，浩歌以歸。歸而倚枕高臥，亦得佳趣。夢中如遊邃古之世。既覺，偶睎窗外，海景奇麗，皓曜萬里，恍睹金碧世界。蓋日將西匿，倒景入海也。無何，暝色已至。秉燭朗誦杜子美詩十餘首，以暢余氣。如是者旬餘乃返。其諸所訪名跡，尚多不盡記。

余自春初期滿未歸，羈懷侘傺，悄焉寡歡。今而知天與人以自得之趣，隨地可以領會，初無遐邇之別也。夫誠默體古君子素位而行之旨，將焉往而不樂哉？

臺灣文海版《庸庵海外文編》

輯　錄

陳子展《最近三十年中國文學史》：陽湖派出於桐城派，力矯桐城派氣體的纖弱；湘鄉派出於桐城派，力矯桐城派規模的狹小。惟以湘鄉派後出，中興了桐城派，更發揚而光大之，替桐城派爭得不朽的光榮。

參考書目

《曾國藩詩文集》，曾國藩著，岳麓書社 **2015** 年版。
《晚清文選》，鄭振鐸編，上海書店 **1987** 年版。

思考題

1. 細讀《討粵匪檄》與《討滿清詔》，比較曾、洪二人立論的角度有何不同。
2. 薛福成歐遊之文反映出近代知識分子怎樣的觀念變化？

第五節　康有爲與梁啓超

康有爲（1858—1927）

傳略見"清代文學"第一章第八節。

《遊滑鐵盧》序

【題解】　作者遊歐，曾訪滑鐵盧、巴黎拿破侖紀功碑等處，並有詩紀其事，詩題《遊滑鐵盧，觀擒拿破侖處。及遊巴黎，觀拿帝坊陵，巍然旌旗，尚匝其紅文石櫬。及觀蠟人院，拿帝奄殯帳中，一子侍疾，凄然於英雄末路也。慨然感賦》。此文即詩前序文。

余遊拿破侖紀功坊，見拿翁將死蠟像臥帳中，屬纊垂絕，其子愁眉側坐而侍疾，一桌、二几、一榻，奄奄英雄末路。我心惻之。雄心屈於短圖，遠志抑於近慮。幽於荒島，斜對夕陽，海波渺瀰，追懷凤昔，金戈鐵馬，已爲昨日之山河，殘喘離魂，將爲蓐食於螻蟻，奮飛難再，斷腸奈何！斯亦拔山蓋世之雄所悽楚哽咽者已，苟非知道，能不痛心？知來去無常，本縱浪於大化，喜歡則乘願而來，緣盡則絕塵而去。假以黃金鋪地，終有崩決之時，成住壞空，何戀何愛，藉非爲救世度人而來者，雖有英傑，西山日薄，漏盡鐘鳴，能不悲乎！

上海人民版《萬木草堂詩集》卷七

○屬纊：《禮記·喪大記》："疾病……屬纊以俟絕氣。"人將死，在口鼻上放上絲綿，以觀察有無呼吸，叫屬纊。後稱病重垂死爲屬纊。○蓐食：豐厚的飲食。○成住壞空：佛教語，指成劫、住劫、壞劫、空劫。"劫"表示宏觀時間，據佛教教義，一大劫中包括"成住壞空"四劫，反映世界經歷一次自形成至毀滅的大過程。

梁啓超（1873—1929）

賈君逸《民國名人傳·學術》：梁啓超，字卓如，號任公，別署飲冰室主人。廣東新會人。少從父寶瑛讀，八歲學爲文，九歲能綴千言。十二歲補諸生。明年至廣州，肄業於學海堂。年十七，舉於鄉。主考爲李尚書端棻，奇其才，以妹字之。光緒十六年，南海康有爲以上書變法，不達，歸粵，啓超與陳千秋往謁之，一見大服，遂執弟子禮。受陸王之學，及史學西學之梗概。十七年，康講學於廣州長興里之萬木草堂，草堂多藏書，梁得恣涉獵，一生學問得力處，均在此時。中日戰起，惋憤時局，時有所吐露。次年《馬關條約》成，代表廣東公車一百九十人，上書陳時局。是年七月，康有爲開強學會於京師，任梁爲書記。二十二年，應黃公度約赴上海，主撰《時務報》。二十三年，至湖南，主講長沙時務學堂，大闡孔子改制、天下爲公、民爲貴諸義。蔡鍔、范源濂皆爲梁門弟子。二十四年，入京師，被德宗召見，命辦大學堂譯書局事務。時德宗銳意變法，康有爲深受知遇，啓超與譚嗣同、楊深秀等，以京卿參佐之。八月政變起，譚、楊等被殺，康走香港，啓超亡命日本，在日發刊《清議報》，主張君憲，組織保皇黨。慈禧懸賞十萬兩緝之。又創辦《新民叢報》，介紹西洋學說思想。啓超爲文條理明晰，筆鋒常帶情感，三十年來國內讀書人，殆無不受其文章之影響。民國成立，以司法次長徵，不應。民國二年，熊希齡組閣，任爲司法總長，翌年去職。未幾，袁世凱又任爲參政院參政。帝制議起，啓超居天津，著《異哉所謂國體問題》一文駁之。袁聞訊，遣使以十萬金賄啓超，請隱其文，拒之。護國軍起，啓超赴兩廣，任兩廣都司令部都參謀。袁死黎繼，民國復活，與汪大燮、林長民等組織憲法研究會，所謂研究系是也。段祺瑞任國務總理，挽梁爲財政總長。民國七年，漫遊歐洲，九年春歸國，專從事著述講學事業，往來講學於清華、南開及東南大學。十四年，任清華大學研究院導師。十八年病歿於北京，享年五十有六。

少年中國說

【題解】 梁氏政論，揮灑自如，縱橫軼蕩，文情並茂，且時時雜以俚語、韻語、排比語及外國語法，與桐城古文風格迥異，實爲古典文體一大解放，時號"新民體"或"新文體"。此文即充分體現了這一文體的特點。

日本人之稱我中國也，一則曰老大帝國，再則曰老大帝國。是語也，蓋襲譯歐西人之言也。嗚呼！我中國其果老大矣乎？梁啓超曰：惡！是何言！是何言！吾心目中有一少年中國在。

欲言國之老少，請先言人之老少。老年人常思既往，少年人常思將來。惟思既往也，故生留戀心；惟思將來也，故生希望心。惟留戀也故保守，惟希望也故進取。惟保守也故永舊，惟進取也故日新。惟思既往也，事事皆其所以經者，故惟知照例；惟思將來也，事事皆其所未經者，故常敢破格。老年人常多憂慮，少年人常好行樂。惟多憂也，故灰心；惟行樂也，故氣盛。惟灰心也，故怯懦；惟盛氣也，故豪壯。惟怯懦也，故苟且；惟豪壯也，故冒險。惟苟且，故能滅世界；惟冒險也，故能造世界。老年人常厭事，少年人常喜事。惟厭事也，故常覺一切事無可爲者；惟好事也，故常覺一切事無不可爲者。老年人如夕照，少年人如朝陽；老年人如瘠牛，少年人如乳虎；老年人如僧，少年人如俠；老年人如字典，少年人如戲文；老年人如鴉片煙，少年人如潑蘭地酒。老年人如別行星之隕石，少年人如大洋海之珊瑚島；老年人如埃及沙漠之金字塔，少年人如西比利亞之鐵路；

老年人如秋後之柳，少年人如春前之草；老年人如死海之瀦爲澤，少年人如長江之初發源。此老年與少年性格不同之大略也。梁啓超曰：人固有之，國亦宜然。

梁啓超曰：傷哉老大也！潯陽江頭琵琶婦，當明月繞船，楓葉瑟瑟，衾寒於鐵，似夢非夢之時，追想洛陽塵中春花秋月之佳趣。西宮南內，白髮宮娥，一燈如穗，三五對坐，談開元天寶間遺事，譜霓裳羽衣曲。青門種瓜人，左抱孺人，顧弄孺子，憶侯門似海，珠履雜遝之盛事。拿破侖之流於厄蔑，阿剌飛之幽於錫蘭，與三兩監守吏，或過訪之好事者，道當年短刀匹馬馳騁中原，席捲歐洲，血戰海樓，一聲叱咤，萬國震恐之豐功偉烈，初而拍案，繼而撫髀，終而攬鏡。嗚呼！面皴齒盡，白髮盈把，頹然老矣！若是者，捨幽郁之外無心事，捨悲慘之外無天地，捨頹唐之外無日月，捨嘆息之外無音聲，捨待死之外無事業。美人豪傑且然，而況於尋常碌碌者耶？生平親友，皆在墟墓；起居飲食，待命於人。今日且過，遑知他日？今年且過，遑恤明年？普天下灰心短氣之事，未有甚於老大者。於此人也，而欲望以拏雲之手段，回天之事功，挾山超海之意氣，能乎不能？

嗚呼！我中國其果老大矣乎？立乎今日，以指疇昔，唐虞三代，若何之郅治！秦皇漢武，若何之雄傑！漢唐來之文學，若何之隆盛！康乾間之武功，若何之煊赫！歷史家所鋪敘，詞章家所謳歌，何一非我國民少年時代良辰美景賞心樂事之陳跡哉？而今頹然老矣。昨日割五城，明日割十城；處處鳥雀盡，夜夜雞犬驚。十八省之土地財產，已爲人懷中之肉；四百兆之父兄子弟，已爲人注籍之奴。豈所謂"老大嫁作商人婦"者耶？嗚呼！憑君莫話當年事，憔悴韶光不忍看！楚囚相對，岌岌顧影，人命危淺，朝不慮夕。國爲待死之國，一國之民爲待死之民，萬事付之奈何，一切憑人作弄，亦何足怪？

梁啓超曰：我中國其果老大矣乎？是今日全球之一大問題也。如其老大也，則是中國爲過去之國，即地球上昔本有此國，而今漸漸滅，他日之命運殆將盡也。如其非老大也，則是中國爲未來之國，即地球上昔未現此國，而今漸發達，他日之前程且方長也。欲斷今日之中國爲老大耶，爲少年耶？則不可不先明國字之意義。夫國也者，何物也？有土地，有人民，以居於其土地之人民，而治其所居土地之事，自製法律而自守之；有主權，有服從，人人皆主權者，人人皆服從者，夫如是，斯謂之完全成立之國。地球上之有完全成立之國也，自百年以來也。完全成立者，壯年之事也；未能完全成立而漸進於完全成立者，少年之事也。故吾得一言以斷之曰：歐洲列邦在今日爲壯年國，而我中國在今日爲少年國。

夫古昔之中國者，雖有國之名，而未成國之形也。或爲家族之國，或爲酋長之國，或爲諸侯封建之國，或爲一王專制之國，雖種類不一，要之其於國家之體質也，有其一部而缺其一部。正如嬰兒自胚胎以迄成童，其身體之一二官支，先行長成，此外則全體雖初具，然未能得其用也。故唐虞以前爲胚胎時代，殷周之際爲乳哺時代，由孔子而來至於今爲童子時代，逐漸發達，而今始將入成童以上少年之界焉。其長成所以若是之遲者，則歷代之民賊有窒其生機者也。譬猶童年多病，轉類老態，或且疑其死期之將至焉，而不知皆由未完全未成立也，非過去之謂，而未來之謂也。

且我中國疇昔，豈嘗有國家哉？不過有朝廷耳。我黃帝子孫，聚族而居，立於此地球之上者既數千年，而問其國之爲何名，則無有也。夫所謂唐虞夏商周秦漢魏晉宋齊梁陳隋唐宋元明清者，則皆朝名耳。朝也者，一家之私產也。國也者，人民之公產也。朝有朝之老少，國有國之老少。朝與國既異物，則不能以朝之老少而指爲國之老少明矣。文武成康，周朝之少年時代也；幽厲桓赧，則其老年時代也。高文景武，漢朝之少年時代也；元平桓靈，則其老年時代也。自餘歷朝，莫不有之。凡此者謂爲一朝廷之老也則可，謂爲一國之老也則不可。一朝廷之老且死，猶一人之老且死也，於我所謂中國者何與焉？然則吾中國者，前此尚未出現於世界，而今乃始萌芽云爾。天地大矣，前途遼矣，美哉我少年中國乎！

瑪志尼者，義大利三傑之魁也。以國事被捕，逃竄異邦，乃創立一會，名曰"少年義大利"。舉國志士，雲湧霧集以應之。卒乃光復舊物，使義大利爲歐洲之一雄邦。夫義大利者，歐洲第一之老大國也，自羅馬亡後，土地隸於教皇，政權歸於奧國，殆所謂老而瀕於死者矣。而得一瑪志尼，且能舉全國而少年之，況我中國之實爲少年時代者耶？堂堂四百餘州之國土，凜凜四百餘兆之國民，豈遂無一瑪志尼其人者？

龔自珍氏之集有詩一章，題曰《能令公少年行》。吾嘗愛讀之，而有味乎其用意之所存。我國民而自謂其國之老大也，斯果老大矣；我國民而自知其國之少年也，斯乃少年矣。西諺有之曰："有三歲之翁，有百歲之童。"然則國之老少，又無定形，而實隨國民之心力以爲消長者也。吾見乎瑪志尼之能令國少年也，吾又見乎我國之官吏士民能令國老大也。吾爲此懼！夫以如此壯麗濃郁翩翩絕世之少年中國，而使歐西日本人謂我爲老大者，何也？則以國權者，皆老朽之人也。非哦幾十年八股，非寫幾十年白摺，非當幾十年差，非捱幾十年俸，非遞幾十年手本，非唱幾十年諾，非磕幾十年頭，非請幾十年安，則必不能得一官，進一職。其內任卿貳以上，外任監司以上者，百人之中，其五官不備者，殆九十六七人也；非眼盲，則耳聾，非手顫，則足跛。否則半身不遂也。彼其一身，飲食步履視聽言語，尚且不能自了，須三四人在左右扶之捉之，乃能度日。於此而乃欲責之以國事，是何異立無數木偶而使之治天下也！且彼輩者，自其少壯之時，既已不知亞細歐羅爲何處地方，漢祖唐宗是那朝皇帝，猶嫌其頑鈍腐敗之未臻其極，又必搓磨之，陶冶之，待其腦髓已涸，血管已塞，氣息奄奄，與鬼爲鄰之時，然後將我二萬里山河，四萬萬人命，一舉而畀於其手。嗚呼！老大帝國，誠哉其老大也！而彼輩者，積其數十年之八股、白摺、當差、捱俸、手本、唱諾、磕頭、請安，千辛萬苦，千苦萬辛，乃始得此紅頂花翎之服色，中堂大人之名號，乃出其全副精神，竭其畢生力量，以保持之。如彼乞兒拾金一錠，雖轟雷盤旋其頂上，而兩手猶緊抱其荷包，他事非所顧也，非所知也，非所聞也。於此而告之以亡國也，瓜分也，彼烏從而聽之，烏從而信之。即使果亡矣，果分矣，而吾今年既七十矣，八十矣，但求其一兩年內，洋人不來，強盜不起，我已快活過了一世矣。若不得已，則割三頭兩省之土地，奉申賀敬，以換我幾個衙門，賣三幾百萬之人民作僕爲奴，以贖我一條老命，有何不可？有何難辦？嗚呼！今以所謂老后、老臣、老將、老吏，其修身齊家治國平天下之手段，皆具於是矣。西風一夜催人老，凋盡朱顏白盡頭。使走無常當醫生，攜催命符以祝壽。嗟呼痛哉！以此爲國，是安得不老且死？且吾恐其未及歲而殤也。

梁啓超曰：造成今日之老大中國者，則中國老朽之冤業也；制出將來之少年中國者，則中國少年之責任也。彼老朽者何足道，彼與此世界作別之日不遠矣，而我少年乃新來而與世界爲緣。如僦屋者然，彼明日將遷居他方，而我今日始入此室處；將遷居者，不愛護其窗櫳，不潔治其庭廡，俗人恒情，亦何足怪？若我少年者，前程浩浩，後顧茫茫。中國而爲牛爲馬爲奴爲隸，則烹臠鞭箠之慘酷，惟我少年當之；中國如稱霸宇內，主盟地球，則指揮顧盼之尊榮，惟我少年享之；於彼氣息奄奄，與鬼爲鄰者何與焉？彼而漠然置之，猶可言也；我而漠然置之，不可言也。使舉國之少年而果爲少年也，則吾中國爲未來之國，其進步未可量也。使舉國之少年而亦爲老大也，則吾中國爲過去之國，其澌亡可翹足而待也。故今日之責任，不在他人，而全在我少年：少年智則國智，少年富則國富，少年強則國強，少年獨立則國獨立，少年自由則國自由，少年進步則國進步；少年勝於歐洲，則國勝於歐洲，少年雄於地球，則國雄於地球。紅日初昇，其道大光；河出伏流，一瀉汪洋。潛龍騰淵，鱗爪飛揚；乳虎嘯谷，百獸震惶；鷹隼試翼，風塵吸張。奇花初胎，矞矞皇皇；干將發硎，有作其芒。天戴其蒼，地履其黃；縱有千古，橫有八荒；前途似海，來日方長。美哉我少年中國，與天不老！壯哉我中國少年，與國無疆！

"三十功名塵與土，八千里路雲和月。莫等閑白了少年頭，空悲切。"

此岳武穆《滿江紅》詞句也。作者自六歲時即口受記憶，至今喜誦之不衰。自今以往，棄"哀時客"之名，更自名曰"少年中國之少年"。作者附識。

華東師大版《梁啟超詩文選》

○厄葰：即厄爾巴島，拿破侖曾被放逐於此。○阿剌飛：今譯阿拉比，埃及愛國軍官，倡導民族主義，於一八七九年組成祖國黨，一八八一年領導埃及軍隊發動政變，力圖擺脫英法控制，翌年被英軍擊敗，流放錫蘭島。○瑪志尼：意大利人，初組織少年意大利黨，鼓吹革命，屢敗屢起，終於完成意大利的統一事業。

輯　錄

錢基博《現代中國文學史》：初，啟超為文治桐城，久之舍去，學晚漢、魏晉，頗尚矜練。至是酣放自恣，務為縱橫軼蕩，時時雜以俚語、韻語、排比語及外國語法，皆所不禁，更無論桐城家所禁約之語錄語、魏晉六朝藻麗俳語、詩歌中雋語，及《南》《北》史佻巧語。此實文體之一大解放。學者競喜效之，謂之"新民體"，以創自啟超所為之《新民叢報》也。老輩則痛恨，詆為"文妖"。

參考書目

《康有為詩文選》，舒蕪、陳邇冬、王利器選注，人民文學出版社 **1958** 年版。

《梁啟超詩文選》，黃坤選注，華東師大出版社 **1990** 年版。

思考題

1. 試以《少年中國說》為例，說明梁啟超的"新民體"與桐城古文有何不同。

2. 背誦《少年中國說》第二自然段。

第六節　駢　文

趙　翼（1727—1814）

傳略見"清代文學"第一章第四節。

戲控袁簡齋太史於巴拙堂太守

【題解】　這是一篇遊戲文字。梁紹壬《兩般秋雨庵隨筆》："趙雲松觀察戲控袁簡齋太史於巴拙堂太守，太守因以一詞爲袁、趙兩家息訟，並設宴郡齋以解之，想見前輩風趣。"

爲妖法太狂，誅殛難緩事：

竊有原任上元縣袁枚者，前身是怪，括蒼山忽漫脫逃；年老成精，閻羅殿失於查點。早入清華之選，遂膺民社之司。既滿腰纏，即辭手版。園倫宛委，佔來好山好水；鄉覓溫柔，不論是男是女。盛名所至，軼事斯傳。借風雅以售其貪婪，假觴詠以恣其饕餮。有百金之贈，輒登詩話揄揚；嘗一臠之甘，必購食單仿造。婚家花燭，使劉郎直入坐筵；妓苑笙歌，約杭守無端闖席。佔人間之艷福，遊海內之名山。人盡稱奇，到處總逢迎恐後；賊無空過，出門必滿載而歸。結交要路公卿，虎將亦稱詩伯；引誘良家子女，蛾眉都拜門生。凡在臚陳，概無虛假。雖曰風流班首，實乃名教罪人。

爲此列款具呈，伏乞按律定罪。照妖鏡定無逃影，斬邪劍切勿留情。重則付之輪回，化蜂蝶以償夙孽；輕則遞回巢穴，逐獼猴仍復原身。

上海古籍版《兩般秋雨庵隨筆》卷一

汪 中（1745—1794）

《清史稿·儒林傳》：汪中，字容甫，江都人。生七歲而孤，家貧不能就外傅，母鄒授以《四子書》。稍長，助書賈鬻書於市，因遍讀經史百家，過目成誦，遂爲通人。年二十補諸生，乾隆四十二年拔貢生。以母老，竟不朝考。五十一年，侍郎朱珪主江南試，謂人曰："吾此行必得汪中爲選首！"不知其不與試也。中專意經術，與高郵王念孫、寶應劉台拱爲友，共討論之。考三代典禮及文字訓詁名物象數，益以論撰之文，爲《述學》內外篇凡六卷。生平於詩文書翰無所不工，所作《廣陵對》《黃鶴樓銘》《漢上琴臺銘》，皆見稱於時。乾隆五十九年卒，年五十一。

經舊苑弔馬守眞文

【題解】 錢謙益《列朝詩集小傳》："馬湘蘭，名守真，小字玄兒，又字月嬌，以善畫蘭，故湘蘭之名獨著。至今詞客過舊院者，皆爲詩弔之。"作者身世飄零，與風塵女子有同病相憐之感。

歲在單閼，客居江寧城南，出入經回光寺，其左有廢圃焉。寒流清泚，秋荄滿田。室廬皆盡，惟古柏半生。風煙掩抑，怪石數峰，支離草際，明南苑妓馬守貞故居也。秦淮水逝，跡往名留。其色藝風情，故老遺聞，多能道者。余嘗覽其畫跡，叢蘭修竹，文弱不勝，秀氣靈襟，紛披楮墨之外。未嘗不愛賞其才，恨吾生之不及見也。夫托身樂籍，少長風塵，人生實難，豈可責之以死？婉孌倚門之笑，綢繆鼓瑟之娛，諒非得已。在昔婕妤悼傷，文姬悲憤；矧茲薄命，抑又下焉。嗟夫！天生此才，在於女子；百年千里，猶不可期。奈何鍾美如斯，而摧辱之至於斯極哉！余單家孤子，寸田尺宅，無以治生。老弱之命，懸於十指。一從操翰，數更府主。俯仰異趣，哀樂由人。如黃祖之腹中，在本初之弦上。靜言身世，與斯人其何異？祇以榮期二樂，幸而爲男，差無牀簀之辱耳。江上之歌，憐以同病；秋風鳴鳥，

349

聞者生哀。事有傷心，不嫌非偶。乃爲辭曰：

嗟佳人之信嫭兮，挺妍姿之綽約。羌既被此冶容兮，又工顰與善謔。攘皓腕以抒思兮，乍含毫以綿邈。寄幽怨於子墨兮，想蕙心之盤薄。惟女生而從人兮，固各安乎室家。何斯人之高秀兮，乃蕩墮於女閒。奉君子之光儀兮，誓偕老以沒身。何坐席之未溫兮，又改服而事人。顧七尺其不自由兮，倏風蕩而波淪。紛啼笑其感人兮，孰知其不出於余心？哆樂舞之婆娑兮，固非微軀之可任。哀吾生之鄙賤兮，又何矜乎才藝也！予奪其不可馮兮，吾又安知非天意也！人固有不偶兮，將異世同其狼藉。遇秋氣之惻愴兮，撫靈蹤而太息。諒時命其不可爲兮，獨申哀而竟夕。

中華書局版《述學·別錄》

○歲在單閼：《爾雅·釋天》："太歲在卯曰單閼。"這裏指乾隆四十八年。○婕妤：班婕妤，漢成帝妃。○文姬：蔡文姬，曾作《悲憤詩》。○黃祖：東漢末爲江夏太守。《後漢書·禰衡傳》："衡爲作書記，輕重疏密多得體宜。祖持其手曰：'處士，此正得祖意，如祖腹中之所欲言也。'"○本初：袁紹字。《文選·爲袁紹檄豫州》李周翰注："琳避難冀州，袁本初使典文章，作此檄以告備，言曹公失德，不堪依附，宜歸本初也。後紹敗，琳歸曹公。公曰：'卿昔爲本初移書，但可罪狀孤而已，何乃上及父祖邪？'琳謝罪曰：'矢在弦上，不可不發。'"○榮期：榮啟期，《列子》中人。《列子·天瑞》："孔子遊於太山，見榮啟期行乎郕之野，鹿裘帶索，鼓琴而歌。孔子問曰：'先生所以樂，何也？'對曰：'吾樂甚多。天生萬物，唯人爲貴，而吾得爲人，是一樂也；男女之別，男尊女卑，故以男爲貴，吾既得爲男矣，是二樂也。'"○江上之歌：《吳越春秋》四："楚白喜奔吳，吳王闔閭以爲大夫，與謀國事。吳大夫被離問子胥曰：'何見而信喜？'子胥曰：'吾之怨與喜同，子不聞河上歌乎：'同病相憐，同憂相救。驚翔之鳥相隨而集，瀨下之水因復俱流。'"○秋風鳴鳥：《文選·答蘇武書》李善注引桓譚《新論》："但聞飛鳥之號，秋風蕭條，則傷心矣。"

漢上琴臺之銘

【題解】 琴臺，春秋伯牙鼓琴處。

自漢陽北出二里，有丘焉，其廣十畝。東對大別，左界漢水。石堤亙其前，月湖周其外。方志以爲：伯牙鼓琴，鍾期聽之，蓋在此云。居人築館其上，名之曰琴臺。通津直道，來止近郊；層軒累榭，迥出塵表。上多平曠，林木翳然；水至清淺，魚藻交映。可以棲遲，可以眺望，可以泳遊。無尋幽陟遠之勞，靡登高臨深之懼；懿彼一丘，實具二美。桃華淥水，秋月春風；都人遊冶，曾無曠日。夫以夔襄之技，溫雪之交，一揮五絃，爰擅千古。深山窮谷之中，廣廈細旃之上，靈蹤所寄，奚事刻舟？勝地寫心，諒符玄賞。余少好雅琴，牏諳操縵。自奉簡書，久忘在御。玤節夏口，假館漢皋。峴首同感，桑下是戀。於是濯足滄浪，息陰喬木，聽漁父之鼓枻，思遊女之解佩。亦足高謝塵緣，希風往哲。何必撫絃動曲，乃移我情。銘曰：

宛彼崇丘，於漢之陰；二子來遊，爰迄於今。廣川人靜，孤館天沈；微風永夜，虛籟生林。泠泠水際，時汛遺音；三嘆應節，如彼賞心。朱絃已絕，空桑誰撫；海憶乘舟，巖思避雨。邈矣高臺，巋然舊楚；譬操南音，尚懷吾土。白雪罷歌，湘靈停鼓；流水高山，相望終古。

中華書局版《述學‧外篇》

○夔襄：夔爲舜時樂官；襄即師襄，爲春秋魯國樂官。○溫雪之交：《莊子‧田子方》："溫伯、雪子至於齊，反舍於魯，仲尼見之而不言，子路曰：'吾子欲見溫伯、雪子久矣。見之而不言，何邪？'仲尼曰：'若夫人者，目擊而道存矣，亦不可以聲容矣。'"○峴首同感：《晉書‧羊祜傳》："祜樂山水，每風景必造峴山，置酒言詠，終日不倦。嘗慨然嘆息，顧謂從事鄒湛曰：'自有宇宙，便有此山。由來賢達勝士，登此遠望，如我與卿者多矣，皆湮滅無聞，使人悲傷。吾百歲後有知，魂魄猶應登此也。'"○桑下是戀：《後漢書·襄楷傳》："浮屠不三宿桑下，不欲久生恩愛，精之至也。"章懷太子注："言浮屠之寄桑下者，不經三宿，即便移去，示無戀愛之心也。"此文反用其意。○濯足滄浪：《孟子》："滄浪之水濁兮，可以濯我足。"○漁父鼓枻：《楚辭·漁父》："漁父莞爾而笑，鼓枻而去。"○遊女思佩：《列仙傳》："江妃二女，不知何許人，出遊江湄，逢鄭交甫，不知其神人也。下請其佩，女遂解佩與之，交甫悅，受佩去，數十步視佩，空懷無佩，二女忽然不見。"○空桑：《漢書·禮樂志》："空桑琴瑟結信成。"顏師古注："空桑出善木，可爲琴瑟。"

洪亮吉（1746—1809）

《清史稿·洪亮吉傳》：洪亮吉，字稚存，江蘇陽湖人。少孤貧，力學，孝事寡母。初佐安徽學政朱筠校文，繼入陝西巡撫畢沅幕，爲校勘古書。詞章考據，著於一時，尤精研輿地。乾隆五十五年成一甲第二名進士，授翰林院編修，出督貴州學政。嘉慶初，因上書軍機王大臣言事，遣戍伊犁。旋赦還，自號更生居士。後十年，卒於家。

出關與畢侍郎牋

【題解】 詩人黃景仁病逝異鄉，身後蕭條。作者係其生前好友，特前往料理喪事。事畢，他向畢侍郎寫信彙報全過程。畢侍郎，名沅，字秋帆，乾隆二十五年（1760）狀元，時以侍郎銜出任陝西巡撫。

自渡風陵，易車而騎，朝發蒲阪，夕宿鹽池。陰雲蔽虧，時雨淩厲。自河以東，與關內稍異，土逼若巷，途危入棧。原林黯慘，疑披谷口之霧；衢歌哀怨，恍聆山陽之笛。

日在西隅，始展黃君仲則殯於運城西寺。見其遺棺七尺，枕書滿篋。

撫其吟案，則阿嬭之遺賤尚存；披其繐帷，則城東之小史既去。蓋相如病肺，經月而難痊；昌谷嘔心，臨終而始悔者也。猶復丹鉛狼藉，几案紛披，手不能書，畫之以指。此則杜鵑欲化，猶振哀音，鷙鳥將亡，冀留勁羽；遺棄一世之務，留連身後之名者焉。

伏念明公，生則爲營薄宦，死則爲恤衰親。復發德音，欲梓遺集；一士之身，玉成終始。聞之者動容，受之者淪髓。冀其遊岱之魂，感恩而西顧；返洛之旐，銜酸而東指。又況龔生竟夭，尚有故人；元伯雖亡，不無死友。他日傳公風義，勉其遺孤，風茲來祀，亦盛事也。

今謹上其詩及樂府共四大冊。此君生平與亮吉雅故，惟持論不同，嘗戲謂亮吉曰："予不幸早死，集經君訂定，必乖余之指趣矣。"省其遺言，爲之墮淚。今不敢輒加朱墨，皆封送閣下，暨與述庵廉使、東有侍讀，共刪定之。即其所就，已有足傳，方乎古人，無愧作者。惟藳草皆其手寫，別無副本，梓後尚望付其遺孤，以爲手澤耳。

亮吉十九日已抵潼關，馬上率啟，不宣。

中華書局版《洪亮吉集·卷施閣文乙集》卷六

〇山陽之笛：向秀《思舊賦》："經其舊廬，于時日薄虞淵，寒冰悽然，鄰人有吹笛者，發聲寥亮，追思曩昔遊宴之好，感音而嘆。"〇嬭：俗作奶。《廣韻》："楚人呼母曰嬭。"〇城東小史：小史即侍僮。城東爲黃景仁故居所在。洪亮吉《城東酒樓記》："城東酒樓者，余弱冠之時，與亡友黃君景仁……諸人燕遊之地所也。"〇相如病肺：《史記·司馬相如列傳》："常有消渴疾。"消渴疾即糖尿病，患者身體羸疾，又多口渴，故舊時誤以爲肺病。〇昌谷嘔心：昌谷即李賀。《新唐書·李賀傳》：每旦日出，騎弱馬，從小奚奴，背古錦囊，遇所得，書投囊中，及暮歸，足成之。母使婢探囊中，見得書多，即怒曰："是兒要嘔出心乃已耳！"〇遊岱之魂：《後漢書·烏桓傳》："中國人死者魂歸泰山。"〇龔生竟夭：《漢書·龔勝傳》："死年七十九矣……有老父來弔，哭甚哀。既而曰：'嗟呼！薰以香自燒，

353

膏以明自銷，龔生竟夭天年，非吾徒也。'遂趨而出，莫知其誰。"○元伯雖亡：東漢張劭字元伯，與范式字巨卿友善。劭臨終前嘆曰："恨不見吾死友。"式夢見劭亡，馳往赴之，未及到，喪已發，而柩不肯進。移時，見有素車白馬，號哭而來，劭母曰："是必范巨卿也。"式因執紼而引，柩於是乃前。見《後漢書·范式傳》。○述庵廉使：王昶，號述庵，時任陝西按察使。○東有侍讀：嚴長明，號東有，時任翰林侍讀。

第三章

清　詞

概　說

　　元明兩代，曲盛而詞衰，雖作者不乏其人，然殊少名家。至明末陳子龍出，詞始有復興之勢，而至清初，名家繼起，一掃詞壇數百年沈寂氣象，遂開清詞中興之局。清初詩人如王士禎、朱彝尊、陳維崧等，亦以詞名家，尤以朱、陳爲最，二人並世齊名，影響所及，演爲陽羨、浙西二派，嘉慶以前詞壇，幾全爲二家所籠罩。

　　陳維崧性豪邁，其詞氣象闊大，風格豪放，有蘇、辛之風。同時有與其風格相近的一批詞人，往來唱和，熱鬧非凡。陳氏出身宜興名門，而宜興古稱陽羨，故有"陽羨派"之稱。浙江朱彝尊亦出身世家，人雖仕清，卻不無故國幽渺之思。發而爲詞，深曲蘊藉，清幽蒼涼。朱氏標舉南宋姜夔、張炎一派"清空""醇雅"的詞風，並編選唐宋元人詞爲《詞綜》，藉以推衍其主張。陳、朱二人雖並世齊名，但以影響而論，浙西詞派卻遠在陽羨詞派之上。乾隆時代的厲鶚，爲浙西詞派的後起之秀，其詞境清空幽淡，辭藻精雅，音律工煉，在詞壇具有相當影響。

　　清代詞家多爲學人或詩人，故有"學人之詞"與"詩人之詞"。如論本色當行而以"詞人之詞"著名者，當首推納蘭性德。納蘭性德是滿洲貴公子，未染漢族士大夫陋習，爲人豪爽任俠而又多情善感，其詞纏綿婉約，出語天然，不事雕琢，風格類似南唐李後主，獨成一家，無與之相頡頏者。其後，道光年間有項鴻祚之清真哀艷，咸豐年間有蔣春霖之沈鬱悲深，詞風與納蘭性德相彷彿，亦爲"詞人之詞"，至有詞家"三鼎足"之說。

浙西詞派至厲鶚而後，其流弊漸顯，詞境枯寂，語言瑣碎，爲餖飣，爲寒乞。"常州詞派"崛起詞壇，詞風於是爲之一變。嘉慶、道光年間，江蘇常州人張惠言從正統文學的觀念出發，推尊詞體，詩詞同道，主張詞與詩一樣，須有"比興"與"寄托"，文辭要"深美閎約"，風格要"低徊幽眇"。張氏編選唐宋詞人四十四家爲《詞選》，並對其"比興"與"寄托"加以闡發，欲"以《國風》《離騷》之情趣，鑄溫（庭筠）、韋（莊）、周（邦彥）、辛（棄疾）之面目"。其後，周濟補充發揮張氏之說，提出"詞史"的觀念，在講"非寄托不入"的同時又講"專寄托不出"，使常州詞派的理論更加系統明確。顯而易見，常州詞派是以"言志"與"比興"的傳統，來擴展詞境，提高詞格，深化詞意。常州詞派的主張，影響很大，晚清著名詞人如鄭文焯、王鵬運、朱祖謀、況周頤等，可視常州詞派的餘波後勁。

清詩宗唐亦宗宋，詞則宗宋，尤其是南宋。然詞本歌曲，倚聲填詞，可歌可唱；而明以後，樂調失傳，不復歌唱，徒有其長短不葺之句式與平仄聲律格式，與唐宋所謂倚聲填詞大異其趣。清代詞人對倚聲填詞一道非常講究，在詞律聲韻方面，嚴守唐宋家法，亦步亦趨，學之惟恐不肖，故整理研究唐宋詞律及唐宋詞集，不遺餘力，如詞律方面，有王奕清的《詞譜》、萬樹的《詞律》、戈載的《詞林正韻》等；而唐宋詞集，則有王鵬運《四印齋所刻詞》、朱祖謀《彊邨叢書》等。然所謂"倚聲"者，只是倚照其長短句式與聲律平仄格式，而非其音樂腔調，故清人所謂"詞"，正如近人龍榆生所言，實乃長短不葺之新體格律詩而已。

| 輯　錄 |

　　龍榆生《近三百年名家詞選・後記》：三百年來，屢經劇變，文壇豪傑之士，所有幽憂憤悱、纏綿芳潔之情，不能無所寄托，乃復取沈晦已久之詞體，而相習用之。風氣既開，茲學遂呈中興之象。明清易代之際，江山文藻，不無故國之思，雖音節間有未諧，而意境特勝。迨朱（彝尊）、陳（維崧）二氏出，衍蘇、辛、姜、張之墜緒，而分道揚鑣。康乾之間，海內詞壇，幾全爲二家所籠罩。彝尊倡導尤力，自所輯《詞綜》行世，遂開浙西詞派之宗，所謂"家白石而戶玉田"，亦見其風靡之盛矣。末流漸入於枯寂，於是張惠言兄弟起而振之，別輯《詞選》一書，以尊詞體，擬之"變風之義，騷人之歌"。周濟繼興，益暢其說，復撰《詞辨》及《宋四家詞選》以爲圭臬，而常州詞派以成。終清之世，兩派迭興，而常州一脈，乃由江、浙而遠被嶺南，晚近詞家如王（鵬運）、朱（祖謀）、況（周頤）、鄭（文焯）之輩，固皆沿張（惠言）、周（濟）之途轍，而發揮光大，以自抒其身世之悲者也。然則詞學中興之業，實肇端於明季陳子龍、王夫之、屈大均諸氏，而極其致於晚清諸老，餘波至於今日，猶未全絕。

參考書目

《近三百年名家詞選》，龍榆生編選，上海古籍出版社1979年版。
《清詞史》，嚴迪昌著，人民文學出版社2019年版。
《清詞紀事會評》，尤振中、尤以丁編著，黃山書社1995年版。

第一節　陽羨詞派與浙西詞派

陳維崧（1625—1682）

　　《清史稿・文苑傳》：陳維崧，字其年，號迦陵，宜興人。維崧天才絕艷，十歲代大父撰《楊忠烈像贊》，比長，侍父側，每名流宴集，援筆作序記，千言立就。補諸生，久之不遇，因出遊，所在爭客之。嘗由汴入都，與朱彝尊合刻一稿，名《朱陳村詞》，流播至禁中，蒙賜問，時以爲榮。逾五十，始舉鴻博，授檢討，修《明史》，在館四年，病卒。維崧清臞多鬚，海內稱"陳髯"。平生無疾言遽色，友愛諸弟甚。遊公卿間慎密，隨事匡正。故人樂近之，而卒莫之狎。著《湖海樓詩集》《迦陵文集》。時汪琬於同輩少許可者，獨推維崧駢體，謂自唐開寶後無與抗矣。詩雄麗沈鬱，詞至千八百首之多，尤前此未有也。

醉落魄

詠　鷹

【題解】　題爲"詠鷹"，實爲言志。

寒山幾堵，風低削碎中原路。秋空一碧無今古。醉袒貂裘，略記尋呼處。　　男兒身手和誰賭？老來猛氣還軒舉。人間多少閑狐兔？月黑沙黃，此際偏思汝。

上海書店版《清名家詞·湖海樓詞》

水龍吟

秋　感

【題解】　感嘆流年，暗寓家國之恨。

夜來幾陣西風，匆匆偷換人間世。淒涼不爲，秦宮漢殿，被伊吹去。祇恨人生，些些往事，也成流水。想桃花露井，桐英永巷，青驄馬，曾經繫。　　光景如新宛記，記瑤臺、相逢姝麗。微煙淡月，回廊複館，許多情事。今日重遊，野花亂蝶，迷濛而已。願天公還我，那年一帶，玉樓銀砌。

上海書店版《清名家詞·湖海樓詞》

賀新郎
贈蘇崑生

【題解】 蘇崑生爲著名崑曲歌唱家，曾與說書藝人柳敬亭同客明鎮守武昌兵馬大元帥左良玉幕下。左良玉舉兵東下，討伐馬士英，病歿九江舟中，崑生痛哭削髮入九華山，後入吳中。作者淪落半生，聽崑生一曲悲歌，雖有同病相憐的感慨，更多的卻是滄桑之感、故國之思。

吳苑春如繡。笑野老、花顛酒惱，百無不有。淪落半生知己少，除卻吹簫屠狗。算此外，誰歟吾友？忽聽一聲《何滿子》，也非關、淚濕青衫透。是鵑血，凝羅袖。　　武昌萬疊戈船吼。記當日、征帆一片，亂遮樊口。隱隱舵樓歌吹響，月下六軍搔首。正烏鵲、南飛時候。今日華清風景換，剩淒涼、鶴髮開元叟。我亦是，中年後。

上海書店版《清名家詞·湖海樓詞》

○《何滿子》：古曲名。張祜《宮詞》："故國三千里，深宮二十年。一聲《何滿子》，雙淚落君前。"○淚濕青衫：白居易《琵琶行》："座中泣下誰最多，江州司馬青衫濕。"○鵑血：李山甫《聞子規啼》："斷腸思故國，啼血濺芳枝。"○烏鵲南飛：曹操《短歌行》："月明星稀，烏鵲南飛。繞樹三匝，何枝可依？"○華清：宮名，在臨潼驪山，爲唐玄宗、楊貴妃遊宴之地。○鶴髮開元叟：李洞《繡嶺宮》："繡嶺宮前鶴髮翁，猶唱開元太平曲。"

賀新郎

贈何生鐵

【題解】 作者對淪落不遇的朋友表示同情和惋惜。此詞原注："鐵，小字阿黑，鎮江人，流寓泰州，精詩畫，工篆刻。"陳廷焯《白雨齋詞話》："飛揚跋扈，不可羈縛，一味橫霸，亦足雄跨一時。"

鐵汝前來者！曷不學、雀刀龍笛，騰空而化？底事六州都鑄錯，孤負陰陽爐冶？氣上燭、斗牛分野。小字又聞呼阿黑，詎王家處仲卿其亞？休放誕，人笞罵。　　蕭疏粉墨營丘畫。更雕鐫、漸臺威斗，鄴宮銅瓦。不值一錢疇惜汝？醉倚江樓獨夜。月照到、寄奴山下。故國十年歸不得，舊田園總被寒潮打。思鄉淚，浩盈把。

上海書店版《清名家詞·湖海樓詞》

○雀刀：即龍雀刀。《晉書·載記》："（赫連勃勃）又造百煉鋼刀，為龍雀大環，號曰'大夏龍雀'。銘其背曰：'古之利器，吳楚湛盧；大夏龍雀，名冠神都。'"龍笛：笛名，以笛聲似水中龍鳴，故名。○騰空而化：用豐城古劍化為龍的典故。見《晉書·張華傳》。○六州都鑄錯：《資治通鑑·唐昭宗三年紀》：羅紹威悔曰："合六州四十三縣鐵，不能為此錯也。"胡三省注："羅以殺牙兵之誤，取鑄錯為喻。"○王處仲：名敦，東晉貴族。王敦小名阿黑，見《世說新語》。○蕭疏粉墨：杜甫《畫鶻行》："粉墨且蕭瑟。"○營丘：宋畫家字。《居易錄》："畫家有兩李營邱，北宋李成，人皆知之。南宋李永，亦稱營邱，知之者殊少。太原王穉登云：'李營邱以山水擅名，為宋畫院第一，謂永也。'"○漸臺：漢宮太液池中所建臺名。威斗：《漢書·王莽傳》："莽親之南郊，鑄作威斗。威斗者，以五石銅為之，若北斗，長二尺五寸，欲以厭勝眾兵。"○鄴宮：魏鄴都宮殿。○寄奴山：泛指鎮江諸山。寄奴，南朝宋武帝劉裕，小字寄奴。

輯　錄

陳廷焯《詞壇叢話》：陳其年詞，縱橫博大，海走山飛，其源亦出蘇辛，而力量更大，氣魄更勝，骨韻更高，有吞天地走風雷之勢，前無古，後無今。又，《白雨齋詞話》：迦陵詞氣魄絕大，骨力絕遒，填詞之富，古今無兩。只是一發無餘，不及稼軒之渾厚沈鬱。然在國初諸老中，不得不推爲大手筆。

譚獻《篋中詞》：錫鬯、其年出，而本朝詞派始成。顧朱傷於碎，陳厭其率，流弊亦百年而漸變。錫鬯情深，其年筆重，固後人所難到。嘉慶以前，爲二家牢籠者十居七八。

朱彝尊（1629—1709）

傳略見"清代文學"第一章第三節。

桂殿秋

【題解】作者回憶與意中人在一起的情景。冒廣生《小三吾亭詞話》："世傳竹垞《風懷》二百韻爲其妻妹作，其實《靜志居琴趣》一卷，皆《風懷》注腳也。"詞論家謂："共眠一舸聽秋雨，小簟輕衾各自寒"二句，抵得上《風懷》二百韻。

思往事，渡江干，青蛾低映越山看。共眠一舸聽秋雨，小簟輕衾各自寒。

上海書店版《清名家詞·曝書亭詞》

賣花聲

雨花臺

【題解】雨花臺所在地南京，不僅是六朝故都，也是明朝開國時的都城。作者登臨雨花臺，弔古傷今，不禁有滄桑興亡之感。譚獻《篋中詞》

評曰："聲可裂竹。"

衰柳白門灣，潮打城還。小長干接大長干。歌板酒旗零落盡，剩有漁竿。　　秋草六朝寒，花雨空壇。更無人處一憑欄。燕子斜陽來又去，如此江山！

上海書店版《清名家詞·曝書亭詞》

解珮令
自題詞集

【題解】　這首詞抒寫作者壯志不遂的遺恨。前人曾評此詞"幻影空花，《離騷》變相"，似疑其別有深意。作者早年曾參與抗清活動，與魏耕、屈大均等人相結納，此詞發端三句，可能就是指的這一段經歷。

十年磨劍，五陵結客，把平生涕淚都飄盡。老去填詞，一半是、空中傳恨。幾曾圍、燕釵蟬鬢？　　不師秦七，不師黃九，倚新聲、玉田差近。落拓江湖，且分付、歌筵紅粉。料封侯、白頭無分！

上海書店版《清名家詞·曝書亭詞》

○十年磨劍：賈島《劍客》："十年磨一劍，霜刃未曾試。今日把示君，誰有不平事。"○五陵：西漢五位皇帝的陵墓。漢時經營皇陵，將富家豪族和外戚遷至陵墓附近居住，故五陵多豪俠少年。○燕釵蟬鬢：燕釵本為首飾，蟬鬢本為髮式，這裏代指美麗少女。○秦七、黃九：北宋詞人秦觀和黃庭堅。○玉田：南宋詞人張炎。○落拓江湖：杜牧《遣懷》："落拓江湖載酒行，楚腰纖細掌中輕。"作者所題詞集名《江湖載酒集》。

水龍吟

謁張子房祠

【題解】 這首弔古之詞，後人疑其有弦外之音。譚獻《篋中詞》曰："何堪使洪、吳輩聞之！"

當年博浪金椎，惜乎不中秦皇帝！咸陽大索，下邳亡命，全身非易。縱漢當興，使韓成在，肯臣劉季？算論功三傑，封留萬戶，都未是，平生意。

遺廟彭城舊里，有蒼苔、斷碑橫地。千盤驛路，滿山楓葉，一灣河水。滄海人歸，圯橋石杳，古牆空閉。悵蕭蕭白髮，經過攬涕，向斜陽裏。

上海書店版《清名家詞·曝書亭詞》

○博浪金椎：《史記·留侯世家》："（張良）得力士，爲鐵椎重百二十斤。秦皇帝東遊，良與客狙擊秦皇帝博浪沙中，誤中副車。秦皇帝大怒，大索天下。……良乃更名姓，亡匿下邳。"○韓成：韓諸公子，秦末被項梁立爲韓王，後爲項羽所殺。○論功三傑：《史記·高祖本紀》："高祖曰：'夫運籌策帷帳之中，決勝千里之外，吾不如子房；鎮國家，撫百姓，給饋饟，不絕糧道，吾不如蕭何；連百萬之軍，戰必勝，攻必取，吾不如韓信。此三者，皆人傑也，吾能用之，此吾所以取天下也。'"○滄海人歸：指張良辭世。古神話中有海島名滄海。《留侯世家》："留侯乃稱：'……願棄人間事，欲從赤松子遊耳。'乃學辟穀，導引輕身。"○圯橋：即沂水橋。相傳黃石公授張良《太公兵法》於此橋上。

長亭怨慢

雁

【題解】 這是一首別有"寄托"的詠物詞。陳廷焯《白雨齋詞話》

云："感慨身世，以淒切之情，發哀婉之調，既悲涼，又忠厚，是竹垞直逼玉田之作。"

結多少、悲秋儔侶，特地年年，北風吹度。紫塞門孤，金河月冷，恨誰訴？回汀枉渚，也只戀江南住。隨意落平沙，巧排作、參差箏柱。

別浦，慣驚移莫定，應怯敗荷疏雨。一繩雲杪，看字字懸針垂露。漸欹斜，無力低飄，正目送、碧羅天暮。寫不了相思，又蘸涼波飛去。

上海書店版《清名家詞·曝書亭詞》

〇一繩雲杪："一繩"謂雁陣如直繩，"雲杪"即雲端。〇懸針垂露：書體。《宣和書譜》二："一古文，二大篆，三八分，四小篆，五飛白，六薤葉，七垂針，八鳥書，九垂露，十連珠。"王應麟《小學紺珠》"垂針"作"懸針"。這裏以懸針垂露來形容雁陣。

| 輯　錄 |

陳廷焯《詞壇叢話》：朱竹垞詞，艷而不浮，疏而不流，工麗芊綿中而筆墨飛舞。其源亦自白石，而絕不相似。蓋白石之妙，正如大江無風，波濤自湧；竹垞之妙，其詠物之作，則杯水可以作波濤，一簣可以成泰山。其感懷弔古諸作，意之所到，筆即隨之，筆之所到，信手拈來，都成異彩。是又泰山不辭土壤，河海不擇細流也。與白石並峙千古，豈有愧與！

文廷式《雲起軒詞鈔·序》：詞者，遠繼風騷，近沿樂府，豈小道歟？自朱竹垞以玉田爲宗，所選《詞綜》，意旨枯寂。後人繼之，尤爲冗漫。以二窗爲祖禰，視辛、劉若仇讎。家法若斯，庸非巨謬？二百年來，不爲籠絆者，蓋亦僅矣。

況周頤《詞學講義》：金風亭長《江湖載酒》一集，雖距宋賢堂奧稍遠，而氣體尚近沈著。就清初時代論詞，不得不推爲上駟。其《歷朝詞綜》一書，以輕清婉麗爲主旨，遂開浙派之先河。

吳梅《詞學通論》：余嘗謂竹垞自比玉田，故詞多瀏亮。惟秦七與黃九不可相提並論。秦之工處，北宋殆無與抗，非黃九所能望其肩背。竹垞不學秦，而學玉田，蓋獨標南宋之幟耳。然而竹垞詞托體不能高，即坐此病。

厲　鶚（1692—1752）

《清史稿・文苑傳》：厲鶚，字太鴻，錢塘人，家貧，性孤峭，不苟合。始爲詩即得佳句。於學無所不窺，一發之於詩。康熙五十九年，李紱典試浙江，得鶚卷，閱其謝表曰："此必詩人也。"亟錄之。計偕入都，尤以詩見賞湯右曾。再試禮部不第，乾隆元年舉鴻博，誤寫論置詩前，又報罷。其後赴都銓，行次天津，留友人查爲仁水西莊，觴詠數月，不就選歸。卒年六十一。鶚搜奇嗜博，爲《宋詩紀事》一百卷，又《南宋畫院錄》《遼史拾遺》《東城雜記》諸書，皆博洽詳贍。詩刻煉，尤工五言，有自得之趣。詩餘亦擅南宋諸家之長。先世本慈溪，徙居錢塘，故仍以四明山樊榭名其集云。

百字令

【題解】 原序："月夜過七里灘，光景奇絕。歌此調，幾令衆山皆響。"七里灘是富春江的一段，其終端即嚴子陵釣臺。作者在幽清的山光水色之中，想起當年隱居此地的嚴光、謝翱，不禁心馳神往。

秋光今夜，向桐江，爲寫當年高躅。風露皆非人世有，自坐船頭吹竹。萬籟生山，一星在水，鶴夢疑重續。挐音遙去，西巖漁父初宿。　　心憶汐社沈埋，清狂不見，使我形容獨。寂寂冷螢三四點，穿過前灣茅屋。林淨藏煙，峰危限月，帆影搖空綠。隨風飄蕩，白雲還臥深谷。

上海書店版《清名家詞・樊榭山房詞》

○高躅：高人足跡。這裏指東漢嚴光。○西巖漁父：柳宗元《漁翁》："漁翁夜傍西巖宿。"○汐社：南宋遺民謝翱，避地浙東，度釣臺南地爲文塚，名會友之所曰汐社，期晚而信。後翱葬於釣臺，從初志也。見厲鶚《宋詩紀事》。

憶舊遊

【題解】 原序："辛丑九月既望，風日清霽，喚艇自西堰橋，沿秦亭、法華，灣洄以達於河渚。時秋蘆作花，遠近縞目。回望諸峰，蒼然如出晴雪之上。庵以'秋雪'名，不虛也。乃假僧榻，偃仰終日，唯聞棹聲掠波往來，使人絕去世俗營競所在。向晚宿西溪田舍，以長短句紀之。"詞中寫深秋時節西溪之遊的感受，將秋思與秋雪（蘆花）融成一片，創造出一種飄逸淡遠的境界。

溯溪流雲去，樹約風來，山剪秋眉。一片尋秋意，是涼花載雪，人在蘆碕。楚天舊愁多少，飄作鬢邊絲。正浦溆蒼茫，閑隨野色，行到禪扉。

忘機。悄無語，坐雁底焚香，蛩外絃詩。又送蕭蕭響，盡平沙霜信，吹上僧衣。憑高一聲彈指，天地入斜暉。已隔斷塵喧，門前弄月漁艇歸。

上海書店版《清名家詞·樊榭山房詞》

| 輯　錄 |

陳廷焯《白雨齋詞話》：厲樊榭詞，幽香冷艷，如萬花谷中，雜以芳蘭，在國朝詞人中，可謂超然獨絕者矣。論者謂其沐浴於白石、梅溪，此亦皮相之見。大抵其年、錫鬯、太鴻三人，負其才力，皆欲於宋賢外別開天地，而不知宋賢範圍必不可越，陳、朱固非正聲，樊榭亦屬別調。又：樊榭詞拔幟於陳、朱之外，窈曲幽深，自是高境。然其幽深處在貌而不在骨，絕非從楚騷來，故色澤甚饒，而沈厚之味終不足也。又：樊榭措詞最雅，學者循是以求深厚，則去姜（夔）、史（達祖）不遠矣。

參考書目

《湖海樓詞》，陳維崧著，上海書店版《清名家詞》。

《曝書亭詞》，朱彝尊著，上海書店版《清名家詞》。
《樊榭山房詞》，厲鶚著，上海書店版《清名家詞》。

思考題

1. 浙西詞派推尊南宋姜夔、張炎，標榜"清空""醇雅"的詞風。結合姜、張以及朱彝尊、厲鶚的詞作，談談你對這種詞風的看法。

2. 背誦陳維崧《醉落魄·詠鷹》、朱彝尊《解珮令·自題詞集》《長亭怨慢·雁》與厲鶚的《百字令》。

第二節　納蘭性德、項鴻祚與蔣春霖

納蘭性德（1655—1685）

《清史稿·文苑傳》：性德，納喇氏，初名成德，以避皇太子允礽嫌名改，字容若。滿洲正黃旗人，明珠子也。數歲即習騎射，稍長工文翰。康熙十四年成進士，年十六。聖祖以其世家子，授三等侍衛，再遷至一等。卒年三十一。性德鄉試出徐乾學門，與從研討學術，嘗裒刻宋、元人說經諸書，以自撰《禮記陳氏集說補正》附焉，合為《通志堂經解》。性德善詩，尤長倚聲，徧涉南唐、北宋諸家，窮極要眇。所著《飲水》《側帽》二集，清新秀雋，自然超逸。嘗讀趙松雪《自寫照詩》有感，即繪小像，仿其衣冠，坐客期許過當，弗應也。乾學謂之曰："爾何似王逸少！"則大喜。好賓禮士大夫，與嚴繩孫、顧貞觀、陳維崧、姜宸英諸人遊。清世工詞者，往往以詩文兼擅，獨性德為專長，譚獻嘗謂為"詞人之詞"。性德後，又得項鴻祚、蔣春霖三家鼎立。

長相思

【題解】 作者離京出關，風雪夜中，思鄉之情油然而生。

山一程，水一程，身向榆關那畔行，夜深千帳燈。　　風一更，雪一更，聒碎鄉心夢不成，故園無此聲。

上海書店版《清名家詞·通志堂詞》

蝶戀花

【題解】 這是一首情詞，也可能是悼亡詞。

辛苦最憐天上月，一昔如環，昔昔都成玦。若似月輪終皎潔，不辭冰雪爲卿熱。　　無那塵緣容易絕，燕子依然，軟踏簾鉤說。唱罷秋墳愁未歇，春叢認取雙棲蝶。

上海書店版《清名家詞·通志堂詞》

○不辭冰雪句：《世說新語·惑溺》："荀奉倩與婦至篤，冬月婦病熱，乃出中庭自取冷，還以身熨之。" ○秋墳：李賀詩："秋墳鬼唱鮑家詩。" ○雙棲蝶：用梁祝死後化爲雙飛蝴蝶的傳說。

金縷曲
贈梁汾

【題解】 梁汾，顧貞觀號，江蘇無錫人。曾館納蘭相國家，與性德交契。性德此詞，直抒襟懷，酣暢淋漓，豪放如蘇辛，與生平"哀感頑艷"的詞風頗不相同。

德也狂生耳！偶然間、緇塵京國，烏衣門第。有酒惟澆趙州土，誰會成生此意？不信道、遂成知己。青眼高歌俱未老，向尊前、拭盡英雄淚。

君不見，月如水。　　共君此夜須沈醉。且由他、蛾眉謠諑，古今同忌。身世悠悠何足問，冷笑置之而已！尋思起、從頭翻悔。一日心期千劫在，後身緣恐結他生裏。然諾重，君須記。

上海書店版《清名家詞・通志堂詞》

○有酒惟澆趙州土：李賀《浩歌》："買絲繡作平原君，有酒惟澆趙州土。"○蛾眉謠諑：屈原《離騷》："衆女嫉余之蛾眉兮，謠諑謂余以善淫。"○青眼：用阮籍能爲青白眼故事。杜甫詩："青眼高歌望吾子，眼中之人吾老矣。"

附：顧貞觀（1637—1714）

《清史稿・文苑傳》：顧貞觀，字梁汾，無錫人。康熙十一年舉人，官內閣中書。工詩。其友吳兆騫以坐科場獄戍寧古塔，貞觀賦《金縷曲》二篇寄焉。納蘭性德讀之，嘆曰："山陽思舊，都尉河梁，並此而三矣。"貞觀因力請爲兆騫謀，得釋還。

金縷曲

寄吳漢槎寧古塔，以詞代書，丙辰冬寓京師千佛寺冰雪中作。

季子平安否？便歸來，平生萬事，那堪回首？行路悠悠誰慰藉？母老家貧子幼。記不起，從前杯酒。魑魅搏人應見慣，總輸他覆雨翻雲手。冰與雪，周旋久。　　淚痕莫滴牛衣透。數天涯、依然骨肉，幾家能夠？比似紅顏多薄命，更不如今還有。只絕塞、苦寒難受。廿載包胥承一諾，盼烏頭馬角終相救。置此劄，君懷袖。

又

　　我亦飄零久。十年來，深恩負盡，死生師友。夙昔齊名非忝竊，試看杜陵消瘦，曾不減、夜郎僝僽。薄命長辭知己別，問人生、到此淒涼否？千萬恨，爲兄剖。　　兄生辛未吾丁丑。共些時、冰霜摧折，早衰蒲柳。詞賦從今須少作，留取心魂相守。但願得、河清人壽。歸日急翻行戍稿，把空名料理傳身後。言不盡，觀頓首。

　　二詞容若見之，爲泣下數行，曰："河梁生別之詩，山陽死友之傳，得此而三。此事三千六百日中，弟當以身任之，不俟兄再囑也。"余曰："人壽幾何？請以五載爲期。"懇之太傅，亦蒙見許，而漢槎果以辛酉入關矣。附書志感，兼志痛云。

|輯　錄|

　　陳維崧《詞評》：飲水詞哀感頑艷，得南唐二主之遺。

　　況周頤《蕙風詞話》：寒酸語不可作，即愁苦之音亦以華貴出之。飲水詞人所以爲重光（李煜）後身也。

　　王國維《人間詞話》：納蘭容若以自然之眼觀物，以自然之舌言情，此由初入中原，未染漢人風氣，故能真切如此，北宋以來，一人而已。

　　夏承燾《詞人納蘭容若手簡·前言》：納蘭先代葉赫那拉之祖先金台吉與愛新覺羅族構怨，爲愛新覺羅所滅，幾殄其族，存者殆以俘其女爲后故，留少數人編入旗下。他們因此疑納蘭對清朝有隱憾。後與諸優秀漢人習，灌輸濡染，因此生民族思想。此說也許有人不會很相信。但是，我們也可以猜想得到：成德在一夥世仇的統治者手下當機密侍從，而父親又是一個"植黨營私、市恩通賄"的當權執宰，當他父親將要覆敗的三五年前，這位淡於宦情的少年公子，目擊權門鉤心鬥角的情勢，能不產生一種微察憂危、警於滿盈的消極思想嗎？他的《花間》風格詞，正是他"甚慕魏公子飲醇酒近婦人"的心情。

項鴻祚（1798—1835）

《清史稿·文苑傳》：項鴻祚，字蓮生，錢塘人。道光十二年舉人。善詞，上溯溫、韋，下逮周密、吳文英，擷精棄滓，以自名其家。屢應禮部試，不第，卒年三十八。自序《憶雲詞》曰："不爲無益之事，何以遣有涯之生？"學者誦而悲之。

百字令
將遊鴛湖作此留別

【題解】 鴛湖即南湖，在浙江嘉興。

啼鶯催去，便輕帆東下，居然遊子。我似春風無管束，何必揚舲千里？官柳初垂，野棠未落，纔近清明耳。歸期自問，也應芍藥開矣。　　且去范蠡橋邊，試盟鷗鷺，領略江湖味。須信西泠難夢到，相隔幾重煙水。翦燭窗前，吹簫樓上，明日思量起。津亭回望，夕陽紅在船尾。

上海書店版《清名家詞·憶雲詞》

水龍吟
秋　聲

【題解】 秋聲悽楚，給寂寞的行旅頻添一種苦味。然無秋聲，遊子心中會更加悽苦。

西風已是難聽，如何又著芭蕉雨？泠泠暗起，淅淅漸緊，蕭蕭忽住。候館疏砧，高城斷鼓，和成悽楚。想亭皋木落，洞庭波遠，渾不見，愁來處。

此際頻驚倦旅，夜初長、歸程夢阻。砌蛩自嘆，邊鴻自唳，剪燈誰語？莫更傷心，可憐秋到，無聲更苦。滿寒江賸有，黃蘆萬頃，卷離魂去。

上海書店版《清名家詞·憶雲詞》

○候館：《周禮·地官》："市有候館。"鄭注："候館，樓可觀望者也。"○亭皋木落：《南史·柳惲傳》："惲少工篇什，爲詩云：'亭皋木葉落，隴首秋雲飛。'琅琊王融見而嗟賞，因書齋壁及所執白團扇。"○洞庭波遠：《九歌·湘夫人》："嫋嫋兮秋風，洞庭波兮木葉下。"

| 輯　錄 |

譚獻《篋中詞》：蓮生，古之傷心人也。蕩氣回腸，一波三折，有白石之幽澀而去其俗，有玉田之秀折而無其率，有夢窗之深細而化其滯。殆欲前無古人。以成容若之貴，項蓮生之富，而填詞皆幽艷哀斷，異曲同工，所謂別有懷抱者也。

蔣春霖（1818—1868）

《清史稿·文苑傳》：蔣春霖，字鹿潭，江陰人。寄籍大興，咸豐中官東台場鹽大使。工詞，時方亂離，彷徨沈鬱，高者直逼姜夔。困於卑官，孤介忤時，益佗傺，舟經吳江，一夕暴卒。春霖慕性德《飲水》、鴻祚《憶雲》，自署"水雲樓"，即以名其詞。

卜算子

【題解】　飄零之感。陳廷焯《白雨齋詞話》："鹿潭窮愁潦倒，抑鬱以終，悲憤慷慨，一發於詞，如《卜算子》云云，何其淒苦若此！"

燕子不曾來，小院陰陰雨。一角闌干聚落花，此是春歸處。　　彈淚別東風，把酒澆飛絮。化了浮萍也是愁，莫向天涯去。

上海書店版《清名家詞·水雲樓詞》

○浮萍：《本草》："浮萍季春始生，或云楊花所生。"唐時昇詩："雨餘柳絮化爲萍。"

372

木蘭花慢

【題解】 自序："甲寅四月，客有自金陵來者，感賦此闋。"甲寅爲咸豐四年。上年，太平軍攻佔南京，改稱天京。

破驚濤一葉，看千里，陣圖開。正鐵鎖橫江，長旗樹壘，半壁塵埃。秦淮幾星磷火，錯驚疑、燈影舊樓臺。落日征帆黯黯，沈江戍鼓哀哀。

安排，多少清才。弓挂樹，字磨崖。甚繞鵲寒枝，聞鷄曉色，歲月無涯。雲埋蔣山自碧，打空城、只有夜潮來。誰倚莫愁艇子，一川煙雨徘徊。

上海書店版《清名家詞·水雲樓詞》

| 輯　錄 |

譚獻《篋中詞》：文字無大小，必有正變，必有家數。《水雲樓詞》固清商變徵之聲，而流別甚正，家數頗大，與成容若、項蓮生，二百年中，分鼎三足。咸豐兵事，天挺此才，爲倚聲家杜老，而晚唐兩宋一唱三嘆之意則已微矣。阮亭（王士禎）、葆酚（錢芳標）一流，爲才人之詞；宛鄰（張琦）、止庵（周濟）一派，爲學人之詞；惟三家是詞人之詞，與朱（彝尊）、厲（鶚）同工異曲。

吳梅《詞學通論》：嘉慶以前，詞家大抵爲其年（陳維崧）、竹垞（朱彝尊）所牢籠。皋文（張惠言）、保緒（周濟）標寄托爲幟，不僅僅摹南宋之壘，隱隱與樊榭相敵。此清朝詞派之大概也。至鹿潭而盡掃葛藤，不傍門戶，獨以風雅爲宗，蓋托體更較皋文、保緒高雅矣。詞中有鹿潭，可謂止境。又：鹿潭律度之細，既無與倫；文筆之佳，更爲出類；而又雍容大雅，無搖頭弄筆之態。有清一代，以《水雲》爲冠，亦無愧色焉。

唐圭璋《蔣鹿潭評傳》：他的詞確是沈鬱悲深，雄渾精警，而清空之氣，流走其間，格外覺得搖曳頓挫；有時揭響入雲，有時咽不成聲，有時像滿天風雨，飄然而至，有時像一院遊絲，蕩漾碧空，讀了使人百感交集，哀樂不能自主。又：他作詞目無南唐兩宋，更不屑局促於浙派和常州派的藩籬。他只知獨抒性靈，上探風騷的遺意，寫真情，寫真境，和血和淚，噴薄而出。論其詞格，精緻像清真，峭拔像白石。

參考書目

《飲水詞》，納蘭性德著，上海書店版《清名家詞》。

《憶雲詞》，項鴻祚著，上海書店版《清名家詞》。

《水雲樓詞》，蔣春霖著，上海書店版《清名家詞》。

思考題

1. 譚獻將清詞分爲"才人之詞"、"學人之詞"與"詞人之詞"，而謂納蘭性德、項鴻祚與蔣春霖三家爲"詞人之詞"。應該作何理解？

2. 背誦納兰性德《長相思》與《蝶戀花》、蔣春霖《卜算子》。

3. 查閱有關文獻，注釋顧貞觀《金縷曲》二首。

第三節　常州詞派

張惠言（1761—1802）

傳略見"清代文學"第二章第四節。

木蘭花慢

楊　花

【題解】借楊花寄托身世之感。

儘飄零盡了，何人解當花看？正風避重簾，雨回深幕，雲護輕幡。尋他一春伴侶，只斷紅相識夕陽間。未忍無聲委地，將低重又飛還。

疏狂情性，算淒涼耐得到春闌。便月地和梅，花天伴雪，合稱清寒。收將十分春恨，做一天愁影繞雲山。看取青青池畔，淚痕點點凝斑。

上海書店版《清名家詞·茗柯詞》

木蘭花慢

遊　絲

【題解】　隨風飄遊的蛛絲，惹起敏感的詞人聯翩的思緒。

是春魂一縷，銷不盡，又輕飛。看曲曲回腸，愁儂未了，又待憐伊。東風幾回暗剪，儘纏綿、未忍斷相思。除有沈煙細嫋，閒來情緒還知。

家山何處？爲春工、容易到天涯。但牽得春來，何曾系住？依舊春歸。殘紅更無消息，便從今、休要上花枝。待祝梁間燕子，銜他深度簾絲。

上海古籍版《茗柯詞》

〇愁儂：愁我。〇憐伊：憐他，他指遊絲。〇沈煙：沈香之煙。〇春工：指生物得春而發育滋長。元好問《賦瓶中雜花詩》："一樹百枝千萬結，更應熏染費春工。"

水調歌頭

春日賦示楊生子掞

【題解】　這組《水調歌頭》共五首，歷來爲詞家稱道。陳廷焯《白雨齋詞話》："皋文《水調歌頭》五章，既沈鬱，又疏快，最是高境。……熱腸鬱思，若斷仍連，全自風騷變出。"此爲第四首，感嘆春光易逝，歲月難留。

375

今日非昨日，明日復何如？揭來真悔何事，不讀十年書。爲問東風吹老，幾度楓江蘭徑，千里轉平蕪。寂寞斜陽外，渺渺正愁予。　　千古意，君知否？只斯須。名山料理身後，也算古人愚。一夜庭前綠遍，三月雨中紅透，天地入吾廬。容易衆芳歇，莫聽子規呼。

上海古籍版《茗柯詞》

|輯　錄|

張惠言《詞選·序》：詞者，蓋出於唐之詩人，采樂府之音以制新律，因繫其詞，故曰詞。傳曰："意內而言外謂之詞。"其緣情造端，興於微言，以相感動，極命風謠。里巷男女，哀樂以道。賢人君子幽約怨悱不能自言之情，低徊要眇以喻其致。蓋詩之比興，變風之義，騷人之歌，則近之矣。

周濟《味雋齋詞·自序》：吾郡自皋文（張惠言）、子居（張琦）兩先生開闢榛莽，以《國風》《離騷》之旨趣，鑄溫（庭筠）、韋（莊）、周（邦彥）、辛（棄疾）之面目。

龍楡生《論常州詞派》：言清代詞學者，必以浙、常二派爲大宗。常州派繼浙派而興，倡導於武進張惠言、張琦兄弟，發揚於荊溪周濟氏，而極其致於清季臨桂王鵬運、歸安朱孝臧諸先生。其間作者，未必籍隸常州，而常籍作家，又未必同爲一派。亦猶宋代江西詩派，以黃庭堅爲祖，而宗派圖中，佔籍他省者不一其人，蓋以宗法師承言，不以地域限也。

周　濟（1781—1839）

《清史稿·文苑傳》：周濟，字保緒，荊溪人。好讀史，喜觀古將帥兵略，騎射擊刺藝絕精。嘉慶十年進士。或謂之曰："對策幸無過激。"濟曰："始進，敢欺君乎？"及廷對，縱言天下大事，字逾恒格，以三甲歸班，選知縣，改就淮安府教授。與知府王轂有隙，遂引疾歸。是秋冒賑事發，自轂以下吏皆得罪，濟以先去免。淮南北鹽梟充斥，總督孫玉庭知濟能，以防撫事屬之，濟集營弁，勒以兵法，奸民皆斂跡。已而嘆曰："鹽務不理其本，徒緝私，私不可勝緝也。"因謝去。濟與李兆洛、張琦、包世臣訂交，當是時，數吳中士有裨世用者，必首及世臣、濟兩人。濟雖以才自喜，一日盡屏豪習，閉門撰述。晚復任淮安教授，遴秀童，教以樂舞，禮成，觀者盈千。卒年五十九。

渡江雲

楊 花

【題解】 詠楊花，是詞中常見的題目。前人多感嘆飄零，而此詞偏以豪壯語出之。譚獻《篋中詞》："怨斷之中，豪宕不減。"

春風真解事，等閑吹遍，無數短長亭。一星星是恨，直送春歸，替了落花聲。憑闌極目，蕩春波、萬種春情。應笑人春糧幾許，便要數征程。

冥冥。車輪落日，散綺餘霞，漸都迷幻景。問收向、紅窗畫篋，可算飄零？相逢只有浮雲好，奈蓬萊東指，弱水盈盈。休更惜，秋風吹老蒓羹。

上海書店版《清名家詞·味雋齋詞》

○春糧：搗米《莊子·逍遙遊》："適百里者宿舂糧，適千里者三月聚糧。" ○蓬萊：古代仙話中的神山。《山海經·海內北經》："蓬萊山在海中。" ○弱水：古之言弱水者甚多，一般指絕遠之地的水。○蒓羹：用張翰辭官歸家故事。見《晉書·張翰傳》。

蝶戀花

【題解】 此詞寫秋感。

絡緯啼秋啼不已。一種秋聲，萬種秋心裏。殘月似嫌人未起，斜光直透羅幃底。　　喚起閒庭看露洗。薄翠疏紅，畢竟能餘幾？記得春花真似綺，誰將片片隨流水？

上海書店版《清名家詞·味雋齋詞》

參考書目

《茗柯詞》，張惠言著，上海古籍版《茗柯集》。

《詞選》，張惠言編，四部備要本。

《宋四家詞選》，周濟編，四部備要本。

《論常州詞派》，龍榆生著，上海古籍版《龍榆生詞學論文集》。

思考題

1. 試述常州詞派的理論及其影響。

2. 如何理解張惠言所謂"以《國風》《離騷》之情趣，鑄溫韋周辛之面目"？

3. 背誦張惠言《木蘭花慢·楊花》、周濟《蝶戀花》。

第四節　晚清詞人

王鵬運（1849—1904）

龍榆生《近三百年名家詞選·王鵬運傳》：王鵬運，字幼遐，自號半塘老人，晚號鶩翁，廣西臨桂人，原籍浙江山陰。同治庚午舉人，歷官內閣侍讀、監察御史、禮科給事中。庚子八國聯軍侵入北京，鵬運與朱祖謀、劉福姚集宣武門外教場頭條胡同寓宅，相約填詞，成《庚子秋詞》二卷。光緒二十八年南歸，主揚州儀董學堂。三十年六月，卒於蘇州，年五十六。

鵬運內性淳篤，接物和易，能爲晉人清談、東方滑稽，往往一言雋永，令人三日思不能置。嘗彙刻《花間集》以迄宋元諸家詞爲《四印齋所刻詞》。其詞學承常州詞派之餘緒而發揚光大之，以開清季諸家之盛。自刻所作詞曰《袖墨》《蟲秋》《味梨》《蜩知》等集，以乙、丙、丁、戊題稿，缺甲稿，以生平未登甲科爲憾也。其後刪訂爲《半塘定稿》，附賸稿，祖謀爲刻於廣州。

浪淘沙
自題《庚子秋詞》後

【題解】 庚子（1900）之秋，八國聯軍侵佔北京，作者與朱孝臧等人避難家中，相約填詞，成《庚子秋詞》二卷。此詞即描寫彼時的心境。

華髮對山青，客夢零星，歲寒濡呴慰勞生。斷盡愁腸誰會得？哀雁聲聲。　　心事共疏檠，歌斷誰聽？墨痕和淚漬清冰。留得悲秋殘影在，分付旗亭。

上海書店版《清名家詞·半塘定稿》

○濡呴：《莊子·天運》："泉涸，魚相與處於陸，相以呴濕，相濡以沫。"○悲秋：《九辯》："悲哉，秋之爲氣也。"○旗亭：酒樓。《集異記》："唐王昌齡、高適、王之渙同飲旗亭，有伶官並妓數輩續至。昌齡等私約，視諸伶所謳，若爲己詩者，各畫壁記之。俄而高適得一，昌齡得二，獨遺之渙。之渙指諸妓中最佳者一人曰：'如唱非我詩，即不敢與諸君爭衡。'此妓果唱'黃河遠上白雲間'，正之渙得意之作也，因大諧笑。"

滿江紅
朱仙鎮謁岳鄂王祠敬賦

【題解】 朱仙鎮距汴京四十五里，乃岳飛當年被迫班師之地。作者憑弔朱仙鎮岳飛祠，感慨古今。

風帽塵衫，重拜倒、朱仙祠下。尚彷彿、英靈接處，神遊如乍。往事低徊風雨疾，新愁黯淡江河下。更何堪、雪涕讀題詩，殘碑打！　　黄龍指，金牌亞。旌旆影，滄桑話。對蒼煙落日，似聞悲吒。氣鬱蛟鼉瀾欲挽，悲生笳鼓民猶社。撫長松鬱律認南枝，寒濤瀉。

上海書店版《清名家詞·半塘定稿》

○黄龍：金朝初年的國都，故城在今吉林龍安縣。《宋史·岳飛傳》："飛大喜，語其下曰：'直抵黄龍府，與諸君痛飲爾！'"○金牌亞：亞通壓。《宋史·岳飛傳》："檜知飛志銳不可回，乃先請張俊、楊沂中等歸，而後言飛孤軍不可久留，乞令班師，一日奉十二金字牌。飛憤惋泣下，東向再拜曰：'十年之力，廢於一旦！'"○笳鼓：軍樂。社：祭土地神。這裏指祭岳廟。○寒濤瀉：作者自注："道光季年，河決開封，舉鎮惟岳祠無恙。"

鄭文焯（1856—1918）

龍榆生《近三百年名家詞選·鄭文焯小傳》：鄭文焯，字小坡，一字叔問。號大鶴山人，又號冷紅詞客，奉天鐵嶺人，隸漢軍旗。其自稱高密鄭氏者，詭托於康成之後也。父官陝西巡撫。一門鼎盛，兄弟十人，裘馬麗都，惟文焯被服儒雅。中光緒乙亥舉人，官内閣中書。旅食蘇州，爲巡撫幕客四十餘年。善詼諧，工尺牘，兼長書畫。雅慕姜夔之爲人，又精音律，深明管絃聲數之異同，上以考古燕樂之舊譜。白石自製曲，其字旁所記音拍,皆能以意通之。民國七年卒。所著詞有《瘦碧》《冷紅》《比竹餘音》《苕雅餘集》,後刪存爲《樵風樂府》九卷。

謁金門

【題解】 江山故國之思。葉公綽《廣篋中詞》評曰:"沈痛。"

行不得!鬆地衰楊愁折。霜裂馬聲寒特特,雁飛關月黑。目斷浮雲西北,不忍思君顏色。昨日主人今日客,青山非故國。

留不得!腸斷故宮秋色。瑤殿瓊樓波影直,夕陽人獨立。見說長安如弈,不忍問君蹤跡。水驛山郵都未識,夢回何處覓?

歸不得!一夜林烏頭白。落月關山何處笛?馬嘶還向北。魚雁沈沈江國。不忍聞君消息。恨不奮飛生六翼,亂雲愁似冪。

上海書店版《清名家詞・樵風樂府》

朱孝臧(1857—1931)

龍榆生《近三百年名家詞選・朱孝臧小傳》:朱孝臧,一名祖謀,字古微,號漚尹,又號彊邨,浙江歸安人。舉光緒壬午鄉試,明年成二甲一名進士,改庶吉士,授編修,屢擢至侍講學士、禮部侍郎。出爲廣東學政,與總督齟齬,引疾去。回翔江海之間,攬名勝,結儒彥自遣。民國二十年卒於上海,年七十五。孝臧始以能詩名,及官京師,交王鵬運,棄而專爲詞,勤探孤造,抗古邁絕,海內歸宗匠焉。晚處海濱,身世所遭,與屈子澤畔行吟爲類。故其詞獨幽憂怨悱,沈抑綿邈,莫可端倪。嘗校刻唐宋金元人詞百六十餘家爲《彊邨叢書》,學者奉爲寶典。其自爲詞,經晚歲刪定爲《彊邨語業》二卷。

烏夜啼

同瞻園登戒壇千佛閣

【題解】 這首詞以寫景名。戒壇在北京西郊門頭溝。

春雲深宿虛壇，磬初殘，步繞松陰雙引出朱闌。　　吹不斷，黃一線，是桑乾。又是夕陽無語下蒼山。

上海書店版《清名家詞·彊邨語業》

聲聲慢

【題解】 此詞作於八國聯軍入侵北京的次年。原序："辛丑十一月十九日，味聃賦《落葉詞》見示，感和。"此詞題詠落葉，實有所指。龍榆生《彊邨本事詞》："此爲德宗還宮後恤珍妃作。"

鳴螿頹城，吹蝶空枝，飄蓬人意相憐。一片離魂，斜陽搖夢成煙。香溝舊題紅處，拚禁花、憔悴年年。寒信急，又神宮淒奏，分付哀蟬。

終古巢鸞無分，正飛霜金井，拋斷纏綿。起舞回風，纔知恩怨無端。天陰洞庭波闊，夜沈沈、流恨湘絃。搖落事，向空山、休問杜鵑。

上海書店版《清名家詞·彊邨語業》

○香溝舊題紅：范攄《雲溪友議》："唐宣宗時，盧渥赴京應舉，偶臨御溝，拾得紅葉，葉上題一絕曰：'流水何太急，深宮盡日閒。殷勤語紅葉，好去到人間。'後宣宗放出部分宮女，許從百官司吏，渥得一人，即題詩紅葉上者。○禁花：宮中之花，喻珍妃。○神宮：《雅樂歌》："神宮肅肅，天儀穆穆。"此處代指光緒。○分付哀蟬：《拾遺記》："漢武帝思李夫人，因賦落葉哀蟬之曲。"○巢鸞：巢居之鸞。《禽經》："鳳鶱鸞擧，百鳥從之。"因以鳳鸞喻后妃。○金井：此處指珍妃井。曹鄴《金井怨》："西風吹急景，美人照金井。不見面上花，卻恨井中影。"○洞庭波闊：《九歌·湘夫人》："帝子降兮北渚，目渺渺兮愁予。嫋嫋兮秋風，洞庭波兮木葉下。"

| 輯　錄 |

　　王國維《人間詞話》：近人詞如復堂（譚獻）詞之深婉，彊邨詞之隱秀，皆在半塘老人（王鵬運）上。彊邨學夢窗，而情味較夢窗反勝，蓋有臨川、廬陵之高華，而濟以白石之疏越者，學人之詞，斯爲極則。然古人自然神妙處，尚未見及。

　　葉恭綽《廣篋中詞》：彊邨翁詞，集清季詞學之大成，公論僉然，無待揚榷。余意詞之境界，前此已開拓殆盡，今此欲求於聲家特開領域，非別尋途徑不可。故彊邨翁或且爲此學之一大結穴，開來啓後，應有繼起而負其責者。

況周頤（1859—1926）

　　龍榆生《近三百年名家詞選·況周頤小傳》：況周頤，原名周儀，字夔笙，號蕙風，廣西臨桂人，原籍湖南寶慶。以優貢生中式光緒五年鄉試，官內閣中書。嗜倚聲，與同里王鵬運共晨夕，於所作多所規誡，自是寢饋其間者五年。南歸後，兩江總督張之洞、端方先後延之入幕。晚居上海，以鬻文爲活。民國十五年卒，年六十八。有詞九種，合刊爲《第一生修梅花館詞》，後又刪定爲《蕙風詞》一卷。周頤以詞爲專業，致力五十年，特精品評。所爲詞話，朱祖謀推爲絕作云。

蘇武慢
寒夜聞角

　　【題解】　此詞寫寒夜聞角的淒涼感。王國維《人間詞話》："境似清真，集中他作，不能過之。"

愁入雲遙，寒禁霜重，紅燭淚深人倦。情高轉抑，思往難回，淒咽不成清變。風際斷時，迢遞天涯，但聞更點。枉教人回首，少年絲竹，玉容歌管。　　憑作出、百緒淒涼，淒涼惟有，花冷月閒庭院。珠簾繡幕，可有人聽？聽也可曾腸斷？除卻塞鴻，遮莫城烏，替人驚慣。料南枝明月，應減紅香一半。

上海書店版《清名家詞·蕙風詞》

摸魚兒

詠　蟲

【題解】　秋日黃昏，亂蟲爭鳴，其間隱含諷喻。趙尊嶽《蕙風詞史》："甲午事亟，主和主戰者兩不相能，馴至敗績。其於和戰紛哄之際，先生詠蟲以喻之，作《摸魚兒》。"

古牆陰、夕陽西下，亂蟲蕭颯如雨。西風身世前因在，儘意哀吟何苦？誰念汝？向月滿花香，底用淒涼語？清商細譜。奈金井空寒，紅樓自遠，不入玉箏柱。　　閒庭院，清絕卻無塵土，料量長共秋住。也知玉砌雕闌好，無奈心期先誤！愁謾訴，只落葉空階，未是消魂處。寒催堠鼓。料馬邑龍堆，黃沙白草，聽汝更酸楚。

上海書店版《清名家詞·蕙風詞》

○馬邑龍堆：泛指邊塞。馬邑，古縣名，漢屬雁門郡。龍堆即白龍堆。《後漢書·班超傳贊》："咫尺龍沙。"李賢注："白龍堆，沙漠也。"趙尊嶽《蕙風詞史》："其結拍云：'料馬邑龍堆，黃沙白草，聽汝更酸楚。'則其指戰事之敗可知。"

| 輯　錄 |

況周頤《蕙風詞話》：作詞有三要，曰重、拙、大。南渡諸賢不可及處在是。

又：真字是詞骨。情真，景真，所作必佳。又：吾聽風雨，吾覽江山，常覺風雨江山外有萬不得已在者。此萬不得已者，詞心也。而能以吾言寫吾心，即吾詞也。

參考書目

《蕙風詞話》，況周頤著，人民文學出版社 **1960** 年版。

《清季四大詞人》，龍榆生著，上海古籍版《龍榆生詞學論文集》**1997** 年版。

思考題

背誦王鵬運《滿江紅·朱仙鎮謁岳鄂王祠》、朱孝臧《烏夜啼·同瞻園登戒壇千佛閣》。

第四章

清　曲

概　說

　　清詞勝過明詞，清曲卻遜於明曲。一則因清人多用力於詩詞，曲乃餘事；再則因清人崇雅，而曲重本色，一求典雅工麗，即失去其精神。即如散曲，清人作者不可謂之少，然本色當行的佳作卻不多。朱彝尊、厲鶚等以詞名家，所作散曲多以詞筆爲之，只可謂"詞人之曲"，而非"曲人之曲"。另有吳錫麒、趙慶熺等，以曲名家，或喜南腔，或好北調，不失本色，但影響不大。

　　雜劇在清初即已蛻變爲案頭文學。清人崇雅，曲詞務求文采工麗，重閱讀效果，而不太重舞臺演唱效果。作家多以雜劇抒寫情感、感嘆人生甚至表達觀念，如吳偉業的《通天台》（寫南朝遺民故國之思）、尤侗的《讀離騷》（寫屈原生平）與《桃花源》（寫陶潛歸隱）、楊潮觀的《吟風閣雜劇》（共收單折短劇三十二種）等，或文采斐然，或寓意深遠，或刻畫工妍，但都不大注重戲劇性，舞臺效果大都不佳。可讀性增強，觀賞性減弱，作爲舞臺藝術的雜劇也就走上了末路。

　　以崑曲演唱的傳奇，上承明季餘波，在清初曾一度繁榮，出現了李玉、李漁、洪昇、孔尚任等優秀作家。李玉曾以"一笠庵四種曲"（《一捧雪》

《人獸關》《永團圓》《占花魁》）知名於明末劇壇，入清後又有《清忠譜》《千鍾祿》等新作問世。李玉的傳奇，內容大多比較嚴肅，如以明末東林黨人與閹黨鬥爭爲題材的《清忠譜》，就與當時流行的浪漫傳奇風格大異其趣。同時期的李漁，則是娛樂派的代表。所作《笠翁傳奇十種》，如《風箏誤》《奈何天》《比目魚》等，大多爲喜劇或滑稽劇，劇情離奇，結構巧妙，詼諧中不乏機趣，戲劇性很強，舞臺效果甚佳，故當日頗爲流行，至有傳至日本與歐洲者。李漁不但深諳音律，而且有豐富的演出實踐，故其論戲曲的結構、詞采、音律、賓白、科諢、格局等，多經驗之談與真知灼見，在古典戲曲理論方面有獨到的貢獻。

　　清代最優秀的傳奇作家應推洪昇與孔尚任。兩人並世齊名，時稱"南洪北孔"。洪昇《長生殿》演繹唐明皇與楊貴妃故事，基本上沿用白居易《長恨歌》的情感基調，用優美婉柔的崑曲與清麗流暢的曲詞，抒情而浪漫地表現了李楊之間的情感世界與悲歡離合。戲曲演繹唐明皇與楊貴妃故事，元有白樸《梧桐雨》，明有吳世美《驚鴻記》，《長生殿》之所以能後來居上，首先歸功於其優美動人的音樂與曲詞，再則也與劇中對李楊故事的"淨化"與"昇華"有關。《長生殿》屏棄了元明戲曲小說中種種"涉穢"的情節，以"釵盒情緣"爲主線，著重表現李楊之間的"純情"。作者在全劇開場時即聲明："借太真外傳譜新詞，情而已。"有人甚至稱其爲"一部鬧熱《牡丹亭》"。帝王與貴妃的生死恩愛，一變而爲才子佳人式的浪漫傳奇，再用柔美婉轉的崑曲演唱，故能推陳出新，後來居上。孔尚任《桃花扇》演繹南明弘光朝廷的覆亡，是一部震撼人心的歷史悲劇。但也採用了"才子佳人"戲的形式，以侯方域與李香君的悲歡離合爲貫穿全劇的主線，即"借離合之情，寫興亡之感"。《桃花扇》是嚴格意義上的歷史劇，劇中人物和情節甚至許多細節，都有史實依據，並非子虛烏有。《桃花扇》在結構上也別具匠心，儘管其場面宏大，人物衆多，劇情複雜，但卻有條不紊，不枝不蔓，尤其是以"桃花扇"作爲關目，更加強了其戲劇性。其悲劇性的結局，打破了"大團圓"的傳統模式，這在古典戲曲中是前無古人的。

　　明末清初以來，流行近百年的崑曲已漸呈衰落之勢。一則因古今觀衆共有的喜新厭舊的心理，再則因其本身的弱點。以崑曲演唱的傳奇本屬高雅一途，發展到後來，雅化的傾向日趨嚴重，文詞艱深，唱腔婉轉，難與其他更清新活潑的聲腔爭勝。崑曲當時被稱爲"雅部"，而其他地方聲腔如京腔、秦腔、弋陽腔、梆子腔、羅羅腔、二簧調等則被稱爲"花部"，統謂之"亂彈"。乾隆時代，花部各腔開始流行，逐漸與崑曲分庭抗禮。乾隆末年，活躍於北京舞臺的安徽戲班，以其所唱二簧調爲主，同時吸收崑曲、秦腔等聲腔曲調，風行一時。至道光年間，二簧調再次與來自湖北的西皮調結合，形成一種新的徽劇，即皮黃劇，後改稱"京劇"，並最後取代崑曲，成爲流行全國的劇種。

|輯　錄|

　　吳梅《中國戲曲概論》：清人戲曲，遜於明代，推原其故，約有數端。開國之初，沿明季餘習，雅尚詞章，其時人士，皆用力於詩文，而曲非所習，一也。乾嘉以還，經術昌明，名物訓詁，研鑽深造，曲家末藝，等諸自鄶，一也。又自康雍後，家伶日少，臺閣巨公，不喜聲樂，歌場奏藝，僅習舊詞，間及新著，輒謝不敏，文人操翰，寧復爲此？一也。又光宣之季，黃岡俗謳，風靡天下，內廷法曲，棄若土苴，民間聲歌，亦尚亂彈，上下成風，如飲狂藥，才士按詞，幾成絕響，風會所趨，安論正始？此又其一也。光宣之際，則巴人下里，和者千人，益無益於文學之事矣。大抵順康之間，以駿公（吳偉業）、西堂（尤侗）、又陵（徐石麒）、紅友（萬樹）爲能，而最著者厥爲笠翁（李漁）。繼之者獨有雲亭（孔尚任）、昉思（洪昇）而已。南洪北孔，名震一時，而律以詞範，則稗畦（洪）能集大成，非東塘（孔）所及也。迨乾嘉間，則笠湖（楊潮觀）、心餘（蔣士銓）、悒齋（夏綸）、蝸寄、恒巖（董榕）耳。道咸間則韻珊（黃憲清）、立人、蓬海（楊恩壽）耳。同光間則南湖、午閣（徐鄂），已不足入作家之列矣。

參考書目

《中國戲曲概論》，吳梅著，中國戲劇出版社 1983 年版。

《中國戲劇通史》，周貽白著，中華書局 1953 年版。

第一節　雜　劇

楊潮觀（1710—1788）

嘉慶《無錫金匱縣志》：楊潮觀，字宏度，號笠湖。乾隆元年舉人，除桂縣知縣，移固始。性和易，而爲政廉敏有聲，人稱爲"楊固始"。擢邛州知州，調簡州、瀘州，告歸。潮觀幼擅才華，兼工書法。平生雅好著述，以餘技爲《吟風閣傳奇》，錢塘袁枚演之金陵隨園，一座傾倒。

翠微亭卸甲閑遊

【題解】　此劇演南宋名將韓世忠夫婦事。韓世忠，字良臣，宋延安人。金兀朮南犯，韓大破之于黃天蕩。秦檜秉政，奪韓兵權，罷爲醴泉觀使。從此口不言兵，攜酒跨驢，優遊西湖之上。《清一統志》："翠微亭，在錢塘縣靈隱山飛來峯畔，宋紹興十三年韓世忠建，即跨驢行遊處。是岳飛死，岳曾有《登池州翠微亭》詩，故名此亭以憶岳也。"

（生便服，丑扮童兒隨上）莫怪朝參懶，應耽野趣長。雨抛金鎖甲，苔卧綠沈槍。我韓世忠，自從辭去兵權，日日在西湖閑玩，遊目騁懷，信爲可樂。今日天朗氣清，風和日暢，要與夫人梁氏，前去同遊。只等他梳妝完畢，好趁早偕行也。

【北越調】【鬭鵪鶉】百戰歸休，湖山舊偶。顧盼逍遙，精神抖擻。野水一篙，長堤萬柳。今日遊，明日遊。（向内介）請問夫人，所藏斗酒。

【紫花兒序】（旦上，貼扮侍女隨上）我這裏藏之已久，不時需無待他求。好相將與子同遊。飄然一棹，菡萏芳洲。回頭，想枹鼓親援駕海舟，裙釵甲冑，一笑歸來，盼咐東流。

相公，酒肴已備，就此偕行。（生）如此甚好！（行介）

【天淨沙】獨遊更此同遊，我有獻酬風月扁舟，你有灑掃湖山敞幂，如賓如友，到綠陰深處勾留。

好一陣荷風！來此已是翠微亭了，可到亭子上飲一杯者！

（旦）使得。

【調笑令】颸颸，一亭幽，看四面千章萬個稠。翠濤如幄蟬聲漱，這不是故將軍營旁細柳。恰宜就此飲一斗，請開懷對酒當謳。

（生）我家聲妓，已經散遣，無可為歡。（旦）這個何難。你這小廝，就算歌童；我這小鬟，就算舞女。叫他們胡謅一回，有何不可？丫頭，你過來先唱。我和你者！

【小桃紅】（旦、貼）吳儂水調歌頭，船到三叉口。獨木橋邊看人走，替人愁。放船自到中心溜，帆兒快收，舵兒穩守，邊岸放心頭。

（生）唱得好！小廝過來，我同你唱一隻兒。

【鬼三臺】（生、丑）漁船上，漁翁瘦，漁婆醜，卻雙雙到頭，晝曬網，夜眠鷗，享水清山秀。趁斜風細雨垂釣鉤，看朝炊晚煙擁舵樓。這一個補綻縫裳，那一個上崖沽酒。

（旦）你越發唱得好！可同飲一杯。（末扮園丁、淨扮將官上）啟上老爺，有舊將呼延通，聞得老爺在此，叩安求見。（生）我久已杜門，那舊時將佐，從不見面。（旦）那呼延小將，不比別人，你擒方臘報捷，斬苗傅擒王，黃天蕩之戰，捉龍虎大王，他都身在行間，先登陷陣，於你我分上不同，何妨一見？（生）禁聲！不如一概謝絕的好。

【禿廝兒】俺宮觀使青山白頭，他背嵬軍雨散星流。中興將佐那時門下走。今日裏，種瓜侯，全休，丟手！

可好好回他，說我同夫人，湖上閒遊去了罷。（末）曉得。

（搖手下）（生）酒興被他打斷。我們真個湖上閒行去罷，省得被人知道，再來纏繞。（旦）使得。可上船到放鶴亭去。（丑操舟作到介）

【聖藥王】（旦）風自流，水自流，浩歌流到小亭休。梅也幽，鶴也幽，梅妻鶴子共虛舟，澹蕩是吾儔。

（生）此間有遊人來了，不要妨他。我們可到冷泉亭去。

（旦）我正想，湖上逍遙，不如山間清淨。（生）可即擺船上岸。（行，作到介）

【東原樂】青山瘦，淨土幽。一角飛來自靈鷲，我怪他冷泉源，卻向熱處流。歌舞地，忘回首，問誰個把法華參透？

（外扮僧人持茶上）攜將一滴曹溪水，點醒三生石上魂。檀越獻茶。（生）生受了。（旦）我曾在大士前，許下願心，後日聖誕，我們當一同再來。（外）難得善緣勝會，恭候早降拈香。（下）（旦）相公，從來英雄到末路時，也要各尋個回鄉哩！

【綿搭絮】你綸巾瀟灑，舍卻談笑封侯。俺繡旗招展，拋卻帷幄持籌。西子同歸范蠡舟，對水月觀音海一漚。皈依處，待繡個寶蓋長幡，夫妻在上頭。

（生）正合吾意。我們且到那日再來罷。

【收尾】（合）休辜負春三秋九，則今日白萍紅藕。甚麼的事業半天雲，樂得個夫妻一樽酒。

上海古籍版《吟風閣雜劇》

參考書目

《吟風閣雜劇》，楊潮觀著，胡士瑩校注，上海古籍出版社 **1983** 年版。

第二節　傳　奇

洪　昇（1645—1704）

《清史列傳·文苑》：洪昇，字昉思，浙江錢塘人。國子生，遊京師時，始受業於王士禛，後復得詩法於施閏章。其詩論引繩切墨，不順時趨，與士禛意見亦多不合，朝貴輕之，鮮與往還。見趙執信詩，驚異，遂相友善。所作高超閑淡，不落凡境，兼工樂府，宮商五音，不差唇吻。旗亭畫壁，往往歌之。以所作《長生殿》傳奇，國恤中演於查樓，執信罷官，昇亦斥革。年五十餘，備極坎壈，道經吳興潯溪，墮水死。著有《稗村集》。

長生殿（第二十五齣）

【題解】 據《長生殿·例言》：此劇始名《沈香亭》，蓋感李白之遇而作；繼以排場近熟，因去李白，入李泌輔肅宗中興，更名《舞霓裳》；後又念情之所鍾，在帝王家罕有，馬嵬之變，勢非得已，而唐人有玉妃歸蓬萊仙院、明皇遊月宮之說，因合用之，專寫"釵盒情緣"，題名《長生殿》。前後蓋十餘年，三易其稿而始成。全劇共五十齣，所選爲第二十五齣《埋玉》。

【南呂過曲】【金錢花】（末扮陳元禮引軍士上）擁旄仗鉞前驅，前驅，羽林擁衛鑾輿，鑾輿。匆匆避賊就征途。人跋涉，路崎嶇。知何日，到成都。

下官右龍武將軍陳元禮是也。因祿山造反，破了潼關，聖上避兵幸蜀，命俺統領禁軍扈駕。行了一程，早到馬嵬驛了。（內鼓噪介）（末）衆軍爲何吶喊？（內）祿山造反，聖駕播遷，都是楊國忠弄權，激成變亂。若不斬此賊臣，我等死不扈駕。（末）衆軍不必鼓噪，暫且安營。待我奏過聖上，自有定奪。（內應介）（末引軍重唱"人跋涉"四句下）（生同旦騎馬，引老旦、貼、丑行上）

【中呂過曲】【粉孩兒】匆匆的棄宮闈珠淚灑，嘆清清冷冷半張鑾駕，望成都直在天一涯。漸行來漸遠京華，五六搭剩水殘山，兩三間空舍崩瓦。

（丑）來此已是馬嵬驛了，請萬歲爺暫住鑾駕。（生、旦下馬，作進坐介）（生）寡人不道，誤寵逆臣，致此播遷，悔之無及。妃子，只是累你勞頓，如之奈何！（旦）臣妾自應隨駕，焉敢辭勞。只願早日破賊，大駕還都便好。（內又喊介）楊國忠專權誤國，今又交通吐蕃，我等誓不與此賊俱生。要殺楊國忠的，快隨我等前去。（雜扮四軍提刀趕副淨上，繞場奔介）（軍作殺副淨，吶喊下）（生驚介）高力士，外面爲何喧嚷？快宣陳元禮進來。（丑）領旨。（宣介）（末上見介）臣陳元禮見駕。（生）衆軍爲何吶喊？（末）臣啓陛下：楊國忠專權召亂，又與吐蕃私通。激怒六軍，竟將楊國忠殺死了。（生作驚介）呀，有這等事？（旦作背掩淚介）（生沈吟介）這也罷了，傳旨起駕。（末出傳旨介）聖旨道來，赦汝等擅殺之罪。作速起行。（內又喊介）國忠雖誅，貴妃尚在。不殺貴妃，誓不扈駕！（末見生介）衆軍道，國忠雖誅，貴妃尚在，不肯起行。望陛下割恩正法。（生作大驚介）哎呀，這話如何說起！（旦慌牽生衣介）（生）將軍，

【紅芍藥】國忠縱有罪當加，現如今已被刮殺。妃子在深宮自隨駕，有何干六軍疑訝？（末）聖諭極明，只是軍心已變，如之奈何！（生）卿家，作速曉諭他，恁狂言沒些高下。（內又喊介）（末）陛下呵，聽軍中恁地喧嘩，教微臣怎生彈壓？

（旦哭介）陛下呵，

【耍孩兒】事出非常堪驚詫。已痛兄遭戮，奈臣妾又受波查。是前生事已定，薄命應折罰。望吾皇急切拋奴罷，只一句傷心話……

（生）妃子且自消停。（內又喊介）不殺貴妃，死不扈駕！（末）臣啓陛下：貴妃雖則無罪，國忠實其親兄，今在陛下左右，軍心不安。若軍心安，則陛下安矣。願乞三思。（生沈吟介）

【會河陽】無語沈吟，意如亂麻。（旦牽生衣哭介）痛生生怎地舍官家！（合）可憐一對鴛鴦，風吹浪打，直恁地遭強霸！（內又喊介）（旦哭介）衆軍逼得我心驚唬，（生作呆想，忽抱旦哭介）貴妃，好教我難禁架！

（衆軍吶喊上，繞場、圍驛下）（丑）萬歲爺，外廂軍士已把驛亭圍了。若再遲延，恐有他變，怎麼處？（生）陳元禮你快去安撫三軍，朕自有道理！（末）領旨。（下）（生、旦抱哭介）（旦）

【縷縷金】魂飛顫，淚交加。（生）堂堂天子貴，不及莫愁家。（合哭介）難道把恩和義，霎時拋下！（旦跪介）臣妾受皇上深恩，殺身難報。今事勢危急，望賜自盡，以定軍心。陛下得安穩至蜀，妾雖死猶生也。算將來無計解軍嘩，殘生

願甘罷，殘生願甘罷！

（哭倒生懷介）（生）妃子說那裏話！你若捐生，朕雖有九重之尊，四海之富，要他則甚！寧可國破家亡，決不肯拋捨你也！

【攤破地錦花】任嘩嘩，我一謎妝聾啞，總是朕差。現放著一朵嬌花，怎忍見風雨摧殘，斷送天涯。若是再禁加，拚代你隕黃沙。

（旦）陛下雖則恩深，但事已至此，無路求生。若再留戀，倘玉石俱焚，益增妾罪。望陛下捨妾之身，以保宗社。（丑作掩淚，跪介）娘娘既慷慨捐生，望萬歲爺以社稷爲重，勉強割恩罷。（內又喊介）（生頓足哭介）罷罷，妃子既執意如此，朕也做不得主了。高力士，只得但、但憑娘娘罷！（作哽咽，掩面哭下）（旦朝上拜介）萬歲！（作哭倒介）（丑向內介）衆軍聽著，萬歲爺已有旨，賜娘娘自盡了。（衆內呼介）萬歲，萬歲，萬萬歲！（丑扶旦起介）娘娘，請到後邊去。（扶旦行介）（旦哭介）

【哭相思】百年離別在須臾，一代紅顏爲君盡！

（轉作到介）（丑）這裏有座佛堂在此。（旦作進介）且住，待我禮拜佛爺。（拜介）佛爺，佛爺！念楊玉環呵。

【越恁好】罪孽深重，罪孽深重，望我佛度脫咱。

（丑拜介）願娘娘好處生天。（旦起哭介）（丑跪哭介）娘娘，有甚話兒，分付奴婢幾句。（旦）高力士，聖上春秋已高，我死之後，只有你是舊人，能體聖意，須索小心奉侍。再爲我轉奏聖上，今後休要念我了。（丑哭應介）奴婢曉得。（旦）高力士，我還有一言。（作除釵、出盒介）這金釵一對，鈿盒一枚，是聖上定情所賜。你可將來與我殉葬，萬萬不可遺忘。（丑接釵盒介）奴婢曉得。（旦哭介）斷腸痛殺，說不盡恨如麻。（末領軍擁上）楊妃既奉旨賜死，何得停留，稽遲聖駕。（軍吶喊介）（丑向前攔介）衆軍士不得近前，楊娘娘即刻歸天了。（旦）唉，陳元禮，陳元禮，你兵威不向逆寇加，逼奴自殺。（軍又喊介）（丑）不好了，軍士每擁進來了！（旦看介）唉，罷罷，這一株梨樹，是我楊玉環結果之處了。（作腰間解出白練，拜介）臣妾楊玉環，叩謝聖恩，從今再不得相見了。（丑泣介）（旦作哭縊介）我那聖上呵，我一命兒便死在黃泉下，一靈兒只傍著黃旗下。

（作縊死下）（末）楊妃已死，衆軍速退。（衆應同下）（丑哭介）我那娘娘呵！

（下）（生上）"六軍不發無奈何，宛轉蛾眉馬前死。"（丑持白練上，見生介）啓萬歲爺，楊娘娘歸天了。（生作呆不應介）（丑又啓介）楊娘娘歸天了，自縊的白練在此。（生看大哭介）哎喲，妃子，妃子，兀的不痛殺寡人也！（倒介）（丑扶介）（生哭介）

【紅繡鞋】當年貌比桃花，桃花；（丑）今朝命絕梨花，梨花。（出釵盒介）這金釵、鈿盒，是娘娘分付殉葬的。（生看釵盒哭介）這釵和盒，是禍根芽。長生殿，怎歡洽，馬嵬驛，怎收煞！

（丑）倉卒之間，怎生整備棺槨？（生）也罷，權將錦褥包裹。須要埋好記明，以待日後改葬。這釵盒就繫娘娘衣上罷。（丑）領旨。（下）（生哭介）

【尾聲】溫香艷玉須臾化，今世今生怎見他！（末上跪介）請陛下起駕。（生頓足恨介）咳，我便不去西川也值甚麼！（內吶喊、掌號，眾軍上）

【仙呂入雙調過曲】【朝元令】（丑暗上，引生上馬行介）（合）長空霧粘，旌旆寒風颭。長征路淹，隊仗黃塵染。誰料君臣，共嘗危險。恨賊寇橫興逆焰，烽火相兼，何時得將豺虎殲。遙望蜀山尖，回將鳳闕瞻，浮雲數點，咫尺把長安遮掩，長安遮掩。

翠華西拂蜀雲飛，天地塵昏九鼎危。

蟬鬢不隨鑾駕去，空驚鴛鴦忽相隨。

人民文學版《長生殿》

輯 錄

洪昇《長生殿·自序》：余覽白樂天《長恨歌》及元人《秋雨梧桐》劇，輒作數日惡。南曲《驚鴻》一記，未免涉穢。從來傳奇家非言情之文，不能擅場；而近乃子虛烏有，動寫情詞贈答，數見不鮮，兼乖典則。因斷章取義，借天寶遺事，綴成此劇。凡史家穢語，概削不書，非曰匿瑕，亦要諸詩人忠厚之旨云爾。

吳梅《中國戲曲概論》：《桃花扇》《長生殿》二書，僅論文字，似孔勝於洪，不知排場佈置、宮調分配，洪遠駕孔之上。《桃花扇》耐唱之曲，實不多見；《長生殿》則集古今耐唱耐做之曲於一傳中，不獨生旦諸曲，出出可聽，即淨丑過脈各小曲，亦絲絲入扣，恰如分際。余嘗謂《桃花扇》有佳詞而無佳調，深惜雲亭（孔尚任）不諳度聲，二百年來詞場不祧者，獨有稗畦（洪昇）而已。

劇情梗概：宮女楊玉環以姿容艷麗，爲唐玄宗所愛，被冊爲貴妃。冊立之夕，玄宗賜之金釵鈿盒。楊妃兄楊國忠拜爲右相，三姊盡封夫人，一門榮耀。三月三日，玄宗與楊妃遊幸曲江，命三姊陪遊。楊妃因玄宗對虢國夫人格外垂青，心生嫉妒，賭氣獨自回宮。玄宗龍顏大怒，遣之出宮，命高力士將其送往其兄楊國忠家。楊妃悔恨不已，剪髮一縷，托高力士獻之玄宗，以表思念之情。玄宗亦轉而思念楊妃，於是赦歸宮中。其先，唐邊將安祿山兵敗獲罪，因賄賂楊國忠得赦，且以其武藝超群，故起用之，拜爲東平郡王。楊妃重歸宮中後，更受寵愛，一日夢遊月宮，聽仙女舞《霓裳羽衣曲》，翌日即將所聞仙樂制譜，受到玄宗激賞，隨即宣付梨園，命其演習。楊妃生日至，玄宗設宴於驪山長生殿，適涪州和海南進貢鮮荔枝，楊妃興致倍增，乃親舞《霓裳羽衣曲》。又於七月七日在長生殿對牽牛織女二星立誓，願世世生生，共爲夫婦，永不分離。時安祿山恃君寵，漸至與楊國忠爭勢力，玄宗憂將相不和，遣祿山外出爲節度使。既而安祿山叛唐，起兵攻打長安，玄宗帶楊妃倉惶出都，西幸蜀中。至馬嵬坡，軍士以禍起楊國忠，憤而殺之，並要求賜楊妃死。玄宗無可奈何，楊妃亦自知末日已至，乃以白練自縊而死，權埋地中。玄宗思念楊妃不已，至成都後，繪楊妃像，親送入廟供養之，懷念往事，痛哭像前。而楊妃之魂，自馬嵬坡彷徨而出，以煙霧遮前，追鳳輦不及，因之一道怨氣衝天。天孫織女乃以玉液金漿授楊妃魂，令滴屍上，屍忽生動，既而魂與屍合，上天而去。肅宗即位靈武，任郭子儀爲朔方節度使，平定叛亂，克復長安，請二帝還京。玄宗過馬嵬坡，至楊妃墳前，將改葬之，卻無形骸，唯留香囊而已。玄宗還京後，居南內，一夜雨中寂寥，朦朧睡去，夢楊妃自馬嵬坡遣內侍迎己。醒後欲仿漢武帝召李夫人魂故事，乃命臨邛道士通幽覓魂。通幽設法臺，以術搜諸處，茫然不得消息，遂至天孫織女處問之，知其在海外仙山蓬萊。通幽至蓬萊遇楊妃，楊妃乃擘金釵一股，分鈿盒一扇，托其轉致玄宗，又約八月十五夜導玄宗至月宮。通幽歸復命，至期向月宮搭仙橋，使玄宗獨行至天上，果然在月宮與楊妃重逢，各出金釵鈿盒半片合之。織女忽傳來玉帝法旨，命兩人居忉利天宮永爲夫婦。

孔尚任（1648—1718）

乾隆《曲阜縣志》：孔尚任，字聘之。康熙三十二年，聖祖仁皇帝幸魯，行釋奠禮，御詩禮堂，尚任以監生同舉人尚鉉充講書官。尚任進講《大學》，尚鉉進講《易·繫辭》。上甚喜，對大學士明珠、王熙曰："孔尚任等陳書講說，克副朕懷，著不拘例議用。"又命尚任、尚鉉同衍聖公敏圻等導駕，遍覽先聖遺跡。回鑾，授尚任等國子監博士，命從刑部侍郎孫在豐浚黃河海口，後以部議停止，還朝，遷部主事，陞員外郎，以事休致。尚任博學，有文名，通音律，諳祖庭典故，嘗患闕里舊志未備，廣收博采，別撰新志二十四卷。又著《岸塘文集》《湖海集》《會心錄》《節序同風錄》《桃花扇》《小忽雷》等。

桃花扇（第七齣）

【題解】 此劇以復社名士侯方域與秦淮名妓李香君的愛情故事爲主線，演繹南明弘光王朝的興亡史，因劇中關目爲一"桃花扇"，故名。全劇共四十齣，所選爲第七齣《卻奩》。

（雜扮保兒掇馬桶上）龜尿龜尿，撒出小龜；鼈血鼈血，變成小鼈。龜尿鼈血，看不分別；鼈血龜尿，說不清白。看不分別，混了親爹；說不清白，混了親伯。（笑介）胡鬧，胡鬧！昨日香姐上頭，亂了半夜；今日早起，又要刷馬桶，倒溺壺，忙個不了。那些孤老、表子，還不知搜到幾時哩。

【夜行船】（末）人宿平康深柳巷，驚好夢門外花郎。繡戶未開，簾鈎纔響，春阻十層紗帳。

下官楊文驄，早來與侯兄道喜。你看院門深閉，侍婢無聲，想是高眠未起。（喚介）保兒，你到新人窗外，說我早來道喜。（雜）昨夜睡遲了，今日未必起來哩。老爺請回，明日再來罷。（末笑介）胡說！快快去問。（小旦內問介）保兒，來的是那一個？（雜）是楊老爺道喜來了。（小旦忙上）倚枕春宵短，敲門好事多。（見介）多謝老爺，成了孩兒一世姻緣。（末）好說。（問介）新人起來不曾？（小旦）昨晚睡遲，都還未起哩。（請坐介）老爺請坐，待我去催他。（末）不必，不必。（小旦下）

【步步嬌】（末）兒女濃情如花釀，美滿無他想，黑甜共一鄉。可也虧了俺幫襯，珠翠輝煌，羅綺飄蕩，件件助新妝，懸出風流榜。

（小旦上）好笑，好笑！兩個在那裏交扣丁香，並照菱花，梳洗纔完，穿戴未畢。請老爺同到洞房，喚他出來，好飲扶頭卯酒。驚卻好夢，得罪不淺。（同下）（生、旦艷妝上）

【沈醉東風】（生、旦）這雲情接著雨況，剛搔了心窩奇癢，誰攪起睡鴛鴦。被翻紅浪，喜匆匆滿懷歡暢。枕上餘香，帕上餘香，銷魂滋味，纔從夢裏嘗。

（末、小旦上）（末）果然起來了，恭喜，恭喜！（一揖，坐介）（末）昨晚催妝拙句，可還說得入情麼？（生揖介）多謝！（笑介）妙是妙極了，只有一件。（末）那一件？（生）香君雖小，還該藏之金屋。（看袖介）小生衫袖，如何著得下？（俱笑介）（末）夜來定情，必有佳作。（生）草草塞責，不敢請教。（末）詩在那裏？（旦）詩在扇頭。（旦向袖中取出扇介）（末接看介）是一柄白紗宮扇。（嗅介）香的有趣。（吟詩介）妙，妙！只有香君不愧此詩。（付旦介）還收好了。（旦收扇介）

【園林好】（末）正芬芳桃香李香，都題在宮紗扇上；怕遇著狂風吹蕩，須緊緊袖中藏，須緊緊袖中藏。

（末看旦介）你看香君上頭之後，更覺艷麗了。（向生介）世兄有福，消此尤物。（生）香君天姿國色，今日插了幾朵珠翠，穿了一套綺羅，十分花貌，又添二分，果然可愛。（小旦）這都虧了楊老爺幫襯哩。

【江兒水】送到纏頭錦，百寶箱，珠圍翠繞流蘇帳，銀燭籠紗通宵亮，金杯勸酒合席唱。今日又早早來看，恰似親生自養，賠了妝奩，又早敲門來望。

（旦）俺看楊老爺，雖是馬督撫至親，卻也拮据作客，爲何輕擲金錢，來填煙花之窟？在奴家受之有愧，在老爺施之無名；今日問個明白，以便圖報。（生）香君問得有理，小弟與楊兄萍水相交，昨日承情太厚，也覺不安。（末）既蒙問及，小弟只得實告了。這些妝奩酒席,約費二百餘金,皆出懷寧之手。(生)那個懷寧?(末)曾做過光祿的阮圓海。(生)是那皖人阮大鋮麼?(末)正是。(生)他爲何這樣周旋?(末)不過欲納交足下之意。

【五供養】(末)羨你風流雅望,東洛才名,西漢文章。逢迎隨處有,爭看坐車郎。秦淮妙處,暫尋個佳人相傍,也要些鴛鴦被、芙蓉妝;你道是誰的,是那南鄰大阮,嫁衣全忙。

(生)阮圓老原是敝年伯,小弟鄙其爲人,絕之已久。他今日無故用情,令人不解。(末)圓老有一段苦衷,欲見白於足下。(生)請教。(末)圓老當日曾遊趙夢白之門,原是吾輩。後來結交魏黨,只爲救護東林,不料魏黨一敗,東林反與之水火。今日復社諸生,倡論攻擊,大肆毆辱,豈非操同室之戈乎?圓老故交雖多,因其行跡可疑,亦無人代爲分辯。每日向天大哭,說道:"同類相殘,傷心慘目,非河南侯君,不能救我。"所以今日諄諄納交。(生)原來如此,俺看圓海情辭迫切,亦覺可憐。就便真是魏黨,悔過來歸,亦不可絕之太甚,況罪有可原乎?定生、次尾,皆我至交,明日相見,即爲分解。(末)果然如此,吾黨之幸也。(旦怒介)官人是何說話?阮大鋮趨附權奸,廉恥喪盡;婦人女子,無不唾罵。他人攻之,官人救之,官人自處於何等也?

【川撥棹】不思想,把話兒輕易講。要與他消釋災殃,要與他消釋災殃,也提防旁人短長。官人之意,不過因他助俺妝奩,便要徇私廢公;那知道這幾件釵釧衣裙,原放不到我香君眼裏。(拔簪脫衣介)脫裙衫,窮不妨;布荆人,名自香。

(末)啊呀!香君氣性,忒也剛烈。(小旦)把好好東西,都丟一地,可惜,可惜!(拾介)(生)好,好,好!這等見識,我倒不如,真乃侯生畏友也。(向末介)老兄休怪,弟非不領教,但恐爲女子所笑耳。

【前腔】(生)平康巷,他能將名節講;偏是咱學校朝堂,偏是咱學校朝堂,混賢奸不問青黃。那些社友平日重俺侯生者,也只爲這點義氣;我若依附奸邪,那時群起來攻,自救不暇,焉能救人乎?節和名,非泛常;重和輕,須審詳。

(末)圓老一段好意,也還不可激烈。(生)我雖至愚,亦不肯從井救人。(末)既

399

然如此，小弟告辭了。（生）這些箱籠，原是阮家之物，香君不用，留之無益，還求取去罷。（末）正是"多情反被無情惱，承興而來興盡還"。（下）（旦惱介）（生看旦介）俺看香君天姿國色，摘了幾朵珠翠，脫去一套綺羅，十分容貌，又添十分，更覺可愛。（小旦）雖如此說，舍了許多東西，到底可惜。

【尾聲】金珠到手輕輕放，慣成了嬌癡模樣，辜負俺辛勤做老娘。

（生）些須東西，何足挂念，小生照樣賠來。（小旦）這等纔好。

（小旦）花錢粉鈔費商量，（旦）裙布荊釵也不妨。

（生）只有湘君能解佩，（旦）風標不學世時妝。

人民文學版《桃花扇》

輯　錄

孔尚任《桃花扇·小引》：《桃花扇》一劇，皆南朝新事，父老猶有存者。場上歌舞，局外指點，知三百年之基業，隳於何人？敗於何事？消於何年？歇於何地？不獨令觀者感慨涕零，亦可懲創人心，爲末世之一救矣。

劇情梗概：侯方域，字朝宗，戶部尚書侯恂之子，崇禎末年赴南京參加應天府鄉試，下第，僑寓莫愁湖，與復社文友陳貞慧、吳應箕等相遊。南京秦淮有名妓李貞麗者，有假女曰李香君，年方二八，色藝雙絕，方從老曲師蘇崑生學《牡丹亭》。適有罷職縣令楊文驄，素與貞麗相識，一日來訪，見香君美而慧，因侯公子正求佳麗，意欲以香君配之，謀之貞麗，貞麗喜而托之。時有閹黨阮大鋮者，屏居南京，伺機再起，爲陳貞慧、吳應箕等復社名士排斥，蝸居家中，以排演傳奇自遣。楊文驄爲阮大鋮盟弟，教其一計，稱侯生與陳、吳爲文酒至交，言無不聽；今侯生閑居無聊，欲物色一秦淮佳麗，大鋮若能出梳櫳之資，買其歡心，然後托其斡旋其間，定可緩和陳、吳之忌斥。大鋮從之，以三百金付楊文驄。侯生自文驄處獲聞香君絕色，然此時旅囊蕭索，難成好事。文驄從中撮合，侯生乃與香君定情，並題詩宮扇贈香君。翌日，文驄再至，傳阮大鋮意，侯生諒之，答應在陳、吳間代爲分解。香君在側聞之大怒，立拔簪脫衣擲於地，侯生受其激勵，遂謝絕焉。既而駐扎武昌之總兵左良玉，以兵糧缺乏爲由，傳令將移食南京，南京謠言四起，人心惶惶。南京兵部尚書熊明遇得知侯生之父侯恂曾有恩於左良玉，乃托楊文驄請侯生以其父名義修書一封，勸左良玉不要率兵東下。事平之後，阮大鋮卻向南京當道者進讒言，謂侯生與左良玉暗地有勾結，將逮捕之。楊文驄知之，急告侯生，侯生避至淮安其父門生史可法處。未幾，李自成陷北京、崇禎帝縊死煤山之報，傳至南京，馬士英、阮大鋮等擁立福王於南京，改元弘光。馬士英任兵部尚書，阮大鋮任光祿寺卿，楊文驄亦受爲禮部主事。馬士英親戚田仰，起用爲漕撫，赴任時，欲購一妾，托之文驄，文驄因欲使香君從之，香君心繫侯生，堅拒不從。馬士英欲爲田仰強取香君，遣家奴強奪之，文驄亦親自前來說項，香君死拒，以頭撞地，血濺宮扇。文驄見香君終不可屈，便讓貞麗代作香君而去。他日，楊文驄與蘇崑生共訪香君，見血染之宮扇，乃摘盆花，扭取鮮汁，權當顏色點染之，遂成一幀折枝桃花圖，因道："真乃桃花扇也！"香君托崑生將此扇轉交侯生。崑生在黃河堤上遇亂兵，被推落水，幸爲李貞麗所乘之舟救起。蓋貞麗嫁田仰後，遭正夫人嫉妒，竟令改嫁一老兵，零落在此。適侯生乘船南歸，崑生與之相遇，以扇授之。阮大鋮東山再起後，千方百計取悅福王，以所作《燕子箋》進呈，並挑選歌妓入宮搬演，香君亦在選中。侯生回到南京，尋訪到陳貞慧、吳應箕，阮大鋮偵之，捕三人下獄。既而清兵南下，陷南京，福王出奔，獄中人皆遁出。侯生避難棲霞山，香君亦逃出宮中，與蘇崑生，相攜避兵此山中。山中有白雲庵，主持張道士於七月十五日大建經壇，爲先帝及殉難文武諸臣修齋追薦。會衆中侯生與香君無意間相遇，兩人驚喜萬分，出桃花扇互訴舊情。張道士見之，喝道："當此地覆天翻，還戀情根欲種，豈不可笑！兩個癡蟲，你看國在哪里，家在哪里，君在哪里，父在哪里？偏是這點花月情根，割他不斷麼？"兩人頓時大悟，雙雙入道爲弟子。

參考書目

《長生殿》，洪昇著，徐朔方校注，人民文學出版社1983年版。
《桃花扇》，孔尚任著，王季思等注，人民文學出版社1959年版。
《洪昇年譜》，章培恒著，上海古籍出版社1979年版。
《孔尚任年譜》，袁世碩著，山東人民出版社1962年版。

思考題

1. 試比較元雜劇《梧桐雨》與《長生殿》之異同。
2. 怎樣理解《長生殿》是"一部鬧熱《牡丹亭》"?
3. 《桃花扇》的主題是什麼?侯、李愛情在劇中起什麼作用?

第五章

小　說

概　說

　　清代小說種類繁夥，變化複雜。魯迅概括其主流有四：一擬古派，二人情派，三諷刺派，四俠義派。擬古派指擬六朝志怪或唐代傳奇，爲文言小說，其中最著名者推清初蒲松齡《聊齋志異》。《聊齋志異》近五百篇，內容駁雜，或簡或詳，其中最具魅力的是神鬼、狐妖、花木精靈的奇異故事。這些故事多爲異聞傳說，並非全出作者一人之想象虛構。中國讀者好奇喜異，文言小說自古就有志怪的傳統，《聊齋志異》正是繼承了這一傳統。但蒲松齡的本領，在以變幻委曲之筆敍述怪異離奇之事，即以唐傳奇之筆法寫志怪小說，開創文言小說的一種新風格與新境界。清代中期，受《聊齋志異》的影響，文言小說中談狐說鬼成爲一時風氣，但大都平庸無奇。紀昀則反其道而行之，以簡潔淡雅之筆作《閱微草堂筆記》，雖然其敍事尚質黜華，不事虛構，殊少文學意味，但其知識性與趣味性卻頗能投合舊時文人的閱讀趣味，故在士林中也頗爲流行。

　　白話小說在清代繼續發展，講史小說雖有作者，如褚人獲《隋唐演義》、陳忱《水滸後傳》、錢彩《說岳全傳》以及無名氏《說唐演義全傳》等，但藝術水平都較差。世情小說卻後來居上。世情小說描寫世態人情，以寫實取勝。《金瓶梅》開創了中國寫實小說的傳統，描摹世情維妙維肖，入骨三分。然《金瓶梅》之俗濫，難登大雅之堂，爲士君子所不齒，故有反其道而行者，力求高雅，寫男女之情而不陷於淫邪，如《平山冷燕》《好逑傳》《玉嬌梨》等。這就是所謂"才子佳人"小說。"才子佳人"小說是當時流行的愛情小說，男主角大多是暫時不遇的落難才子，女主角則多是獨具慧眼的名門閨秀，男女一見鍾情，經過種種曲折，最後有情人終成眷屬。這其實就是元稹《鶯鶯傳》、王實甫《西廂記》、湯顯祖《牡丹亭》、阮大鋮《燕子箋》等小說戲曲反復表現的題材。在傳統的"文人政治"與科舉制度的背景下，"才子佳人"成爲大衆話題，本無足怪。然"才子佳人"小說的作者，多是三家村秀才，既無高雅的情趣，又無深刻的思想，而且千人一面，千部一腔，文詞鄙陋，不足言文。打破這種格局的是曹雪芹的不朽巨著《紅樓夢》。從形式上看，《紅樓夢》也是"才子佳人"小說，但作者通過男女主人公的悲劇命運所表達的對社會人生的認識與感慨，具有震撼人心的力量。《紅樓夢》既是寫實的，又是魔幻的；既是戲劇的，又是歷史的。其將小說由俗變雅，由消閑文學變爲嚴肅文學，具有劃時代的意義。《紅樓夢》是中國文學的一個"謎"，破譯"紅樓"之謎，形成專門之學即所謂"紅學"，這也是中國古典小說研究中的一個獨特現象。

諷刺小說也描寫世態人情，但其表現手法卻以諷刺或暴露爲主。清代最優秀的諷刺小說是吳敬梓的《儒林外史》。這部小說雖然假托明代，實則是作者同時代江南科場與文壇的真實寫照。書中描繪社會各色人等面對富貴功名的態度，尤以刻畫斗方名士與八股之士的醜態最爲精彩傳神。《儒林外史》是一部完全寫實的作品，既不語怪力亂神，也不談浪漫風情，這在傳統小說中絕無僅有。《儒林外史》的結構與一般長篇小說不同，沒有貫穿全書的主角或情節線索，而是由若干相對獨立的片段或短篇連綴而成。《儒林外史》雖以純熟的白話寫成，且工於人物刻畫，但其筆致深婉、趣味文雅之處，非有相當修養與生活閱歷，不能體會其妙，故其讀者及影響主要在士林。近代作者模仿《儒林外史》者甚衆，尤其是以社會問題爲題材者，如李寶嘉《官場現形記》、吳沃堯《二十年目睹之怪現狀》、劉鶚《老殘遊記》、曾樸《孽海花》等。這些小說多以官場爲話題，"揭發伏藏，顯其弊惡，而於時政，嚴加糾彈，或更擴充，並及風俗"，然"辭氣浮露，筆無藏鋒"，諷刺意味少而暴露色彩重，甚至不惜漫畫誇張，魯迅稱其爲"譴責小說"，以別於所謂諷刺小說。作爲諷刺小說流變的譴責小說，藝術上固不足以與《儒林外史》相比，但在當時卻非常流行。

俠儀小說以故事情節的驚險曲折取勝。自《水滸傳》問世以來，俠義就成爲通俗小說的熱門題材，而至近代蔚爲奇觀。文康的《兒女英雄傳》、俞萬春的《蕩寇志》（又名《結水滸傳》）、石玉崑的《三俠五義》（俞樾改名爲《七俠五義》）等，是其中著名者。江湖俠義不是造反起義的英雄，而是扶弱濟困、伸張正義的好漢，是廣大民衆心目中的精神偶像。清官也是民衆崇拜的偶像，故在近代，俠義小說與描寫清官斷案故事的公案小說合流，形成所謂公案俠義小說，如《三俠五義》《施公案》《彭公案》等。這類小說所表現的價值觀念，一般爲傳統社會流行的思想，如"忠義""仁義""孝義"等，故極易爲一般民衆所接受。

狹邪小說也是近代小說的主要流派，是明末清初才子佳人小說的末流，不過才子佳人變成了狎客妓女，狎客爲懷才不遇的浪漫文人，妓女則爲多情多義的風流才女，實則是潦倒文人顧影自憐的幻想。狹邪小說同時也反映了近代都市生活的一個側面，可以從中瞭解當時的世態風俗。其主要作品有陳森《品花寶鑒》（寫同性戀）、魏子安《花月痕》、俞達《青樓夢》、韓邦慶《海上花列傳》、張春帆《九尾龜》等。

世紀之交，通俗小說日益受到重視，小說創作空前繁榮。《繡像小說》《新小說》《月月小說》《小說林》等小說期刊應運而生，一些報紙與期刊也登載通俗小說，以吸引讀者。梁啓超等人提倡"小說界革命"，甚至聲稱"欲新一國之民，不可不先新一國之小說"，強調小說轉移人心、改造社會的實用功能。晚清社會小說之多，就是這種背景的產物。值得一提的是，從《三國演義》創造章回體的形式以來，直至晚清，長篇小說幾乎無一例外地沿襲了這一形式。

參考書目

《中國小說史略》，魯迅著，人民文學出版社 **1976** 年版。

《晚清小說史》，阿英著，人民文學出版社 **1980** 年版。

《明清小說資料彙編》，朱一玄編，上海古籍出版社 **1992** 年版。

第一節　文言小說

蒲松齡（1640—1715）

乾隆《淄川縣志》：蒲松齡，字留仙，號柳泉。辛卯歲貢，以文章風節著一時。弱冠應童子試，即受知於施愚山先生，文名藉甚。乃決然捨去，一肆力於古文，悲憤感慨，自成一家言。性樸厚，篤交遊，重名義。與同邑李希梅、張歷友諸名士，結爲詩社，以風雅道義相切劘。新城王漁洋先生素奇其才，謂非尋常流輩所及也。家所藏撰著頗富，而《聊齋志異》一書，尤膾炙人口云。

聊齋志異（節選）

【題解】《聊齋志異》十二卷四百餘篇，文言短篇小說。書中記錄神仙狐鬼精魅故事及各類異聞，未必盡設幻語，與純虛構之小說異趣。敘事或詳盡，近於唐人傳奇之筆；或簡潔，又與六朝志怪同科。

畫　壁

　　江西孟龍潭，與朱孝廉客都中。偶涉一蘭若，殿宇禪舍，俱不甚弘敞，惟一老僧挂褡其中。見客入，肅衣出迓，導與隨喜。殿中塑誌公像，兩壁畫繪精妙，人物如生。東壁畫散花天女，內一垂髫者，拈花微笑，櫻唇欲動，眼波將流。朱注目久，不覺神搖意奪，恍然凝思。身忽飄飄如駕雲霧，已到壁上。見殿閣重重，非復人世。一老僧說法座上，偏袒繞視者甚衆，朱亦雜立其中。少間，似有人暗牽其裾。回顧，則垂髫兒，冁然竟去。履即從之。過曲欄，入一小舍，朱次且不敢前。女回首，搖手中花，遙遙作招狀，乃趨之。舍內寂無人，遽擁之，亦不甚拒，遂與狎好。既而閉戶去，囑勿咳。夜乃復至。如此二日，女伴共覺之，共搜得生，戲謂女曰："腹內小郎已許大，尚髮蓬蓬學處子耶？"共捧簪珥促令上鬟。女含羞不語。一女曰："妹妹姊姊，吾等勿久住，恐人不歡。"羣笑而去。生視女，髻雲高簇，鬟鳳低垂，比垂髫時尤艷絕也。四顧無人，漸入猥褻，蘭麝熏心，樂方未艾。忽聞吉莫靴鏗鏗甚厲，縲鎖鏘然，旋有紛囂騰辨之聲。女驚起，與朱竊窺，則見一金甲使者，黑面如漆，綰鎖挈槌，衆女環繞之。使者曰："全未？"答言："已全。"使者曰："如有藏匿下界人，即共出首，勿貽伊戚。"又同聲言："無。"使者反身鶚顧，似將搜匿。女大懼，面如死灰，張皇謂朱曰："可急匿榻下。"乃啓壁上小扉，猝遁去。朱伏，不敢少息。俄聞靴聲至房內，復出。未幾，煩喧漸遠，心稍安；然戶外輒有往來語論者。朱局蹐既久，覺耳際蟬鳴，目中火出，景狀殆不可忍，惟靜聽以待女歸，竟不復憶身之何自來也。時孟龍潭在殿中，轉瞬不見朱，疑以問僧。僧笑曰："往聽說法去矣。"問："何處？"曰："不遠。"少時以指彈壁而呼曰："朱檀越！何久遊不歸？"旋見壁間畫有朱像，傾耳佇立，若有聽察。僧又呼曰："遊侶久待矣！"遂飄忽自壁而下，灰心木立，目瞪足軟。孟大駭，從容問之。蓋方伏榻下，聞叩聲如雷，故出房窺聽也。共視拈花人，螺髻翹然，不復垂髫矣。朱驚拜老僧而問其故。僧笑曰："幻由人生，貧道何能解！"朱氣結而不揚，孟心駭嘆而無主。即起，歷階而出。

異史氏曰："'幻由人生'，此言類有道者。人有淫心，是生褻境；人有褻心，是生怖境。菩薩點化愚蒙，千幻並作，皆人心所自動耳。老婆心切，惜不聞其言下大悟，披髮入山也。"

促　織

宣德間，宮中尚促織之戲，歲征民間。此物故非西產。有華陰令欲媚上官，以一頭進，試使鬥而才，因責常供。令以責之里正。市中遊俠兒，得佳者籠養之，昂其直，居為奇貨。里胥猾黠，假此科斂丁口，每責一頭，輒傾數家之產。

邑有成名者，操童子業，久不售。為人迂訥，遂為猾胥報充里正役，百計營謀不能脫。不終歲，薄產累盡。會征促織，成不敢斂戶口，而又無所賠償，憂悶欲死。妻曰："死何益？不如自行搜覓，冀有萬一之得。"成然之。早出暮歸，提竹筒銅絲籠，於敗堵叢草處探石發穴，靡計不施，迄無濟。即捕三兩頭，又劣弱，不中於款。宰嚴限追比，旬餘，杖至百，兩股間膿血流離，並蟲不能行捉矣。轉側床頭，惟思自盡。時村中來一駝背巫，能以神卜。成妻具資詣問，見紅女白婆，填塞門戶。入其室，則密室垂簾，簾外設香几。問者爇香於鼎，再拜。巫從傍望空代祝，唇吻翕辟，不知何詞，各各竦立以聽。少間，簾內擲一紙出，即道人意中事，無毫髮爽。成妻納錢案上，焚香以拜。食頃，簾動，片紙拋落。拾視之，非字而畫：中繪殿閣，類蘭若，後小山下，怪石亂臥，針針叢棘，青麻頭伏焉；旁一蟆，若將跳舞。展玩不可曉。然睹促織，隱中胸懷，折藏之，歸以示成。成反復自念："得無教我獵蟲所耶？"細瞻景狀，與村東大佛閣真逼似。乃強起扶杖，執圖詣寺後，有古陵蔚起。循陵而走，見蹲石鱗鱗，儼然類畫。遂於蒿萊中側聽徐行，似尋針芥，而心目耳力俱窮，絕無蹤響。冥搜未已，一癩頭蟆猝然躍去。成益愕，急逐之。蟆入草間，躡跡披求，見有蟲伏棘根，遽撲之，入石穴中。掭以尖草，不出；以筒水灌之，始出。狀極俊健，逐而得之。審視，巨身修尾，青項金翅。大喜，籠歸，舉家慶賀，雖連城拱璧不啻也。上於盆而養之，蟹白栗黃，備極護愛。留待限期，以塞官責。

成有子九歲，窺父不在，竊發盆，蟲躍躑徑出，迅不可捉。及撲入手，已股落腹裂，斯須就斃。兒懼，啼告母。母聞之，面色灰死，大罵曰："業根，死期至矣！翁歸，自與汝復算耳！"兒涕而出。未幾，成入，聞妻言，如被冰雪。怒索兒，兒渺然不知所往；既而，得其屍於井。因而化怒爲悲，搶呼欲絕。夫妻向隅，茅舍無煙，相對默然，不復聊賴。

日將暮，取兒槁葬，近撫之，氣息惙然。喜置榻上，半夜復蘇，夫妻心稍慰。但兒神氣癡木，奄奄思睡。成顧蟋蟀籠虛，則氣斷聲吞，亦不復以兒爲念，自昏達曙，目不交睫。東曦既駕，僵臥長愁。忽聞門外蟲鳴，驚起覘視，蟲宛然尚在，喜而捕之。一鳴輒躍去，行且速。覆之以掌，虛若無物；手裁舉，則又超忽而躍。急趁之，折過牆隅，迷其所往。徘徊四顧，見蟲伏壁上。審諦之，短小，黑赤色，頓非前物。成以其小，劣之；惟彷徨瞻顧，尋所逐者。壁上小蟲，忽躍落衿袖間，視之，形若土狗，梅花翅，方首長脛，意似良。喜而收之。將獻公堂，惴惴恐不當意，思試之鬥以覘之。

村中少年好事者，馴養一蟲，自名"蟹殼青"，日與子弟角，無不勝。欲居之以爲利，而高其直，亦無售者。徑造廬訪成。視成所蓄，掩口胡盧而笑。因出己蟲，納比籠中。成視之，龐然修偉，自增慚怍，不敢與較。少年固強之。顧念蓄劣物終無所用，不如拼博一笑。因合納鬥盆。小蟲伏不動，蠢若木雞。少年又大笑。試以豬鬣毛撩撥蟲鬚，仍不動。少年又笑。屢撩之，蟲暴怒，直奔，遂相騰擊，振奮作聲。俄見小蟲躍起，張尾伸鬚，直齕敵領。少年大駭，解令休止。蟲翹然矜鳴，似報主知。成大喜。方共瞻玩，一鷄瞥來，徑進一啄。成駭立愕呼。幸啄不中，蟲躍去尺有咫。鷄健進，逐逼之，蟲已在爪下矣。成倉猝莫知所救，頓足失色。旋見鷄伸頸擺撲；臨視，則蟲集冠上，力叮不釋。成益驚喜，掇置籠中。

翼日進宰。宰見其小，怒訶成。成述其異，宰不信。試與他蟲鬭，蟲盡靡；又試之鷄，果如成言。乃賞成，獻諸撫軍。撫軍大悅，以金籠進上，細疏其能。既入宮中，舉天下所貢蝴蝶、螳螂、油利撻、青絲額……一切異狀，遍試之，無出其右者。每聞琴瑟之聲，則應節而舞，益奇之。上大嘉悅，詔賜撫臣名馬衣緞。撫軍不忘所自，無何，宰以"卓異"聞。宰悅，免成役；又囑學使，俾入邑庠。後歲餘，成子精神復舊，自言："身化促織，輕捷善鬭，今始蘇耳。"撫軍亦厚賫成。不數歲，田百頃，樓閣萬椽，牛羊蹄躈各千計。一出門，裘馬過世家焉。

異史氏曰："天子偶用一物，未必不過此已忘；而奉行者即為定例。加以官貪吏虐，民日貼婦賣兒，更無休止。故天子一跬步皆關民命，不可忽也。第成氏子以蠹貧，以促織富，裘馬揚揚。當其為里正受撲責時，豈意其至此哉！天將以酬長厚者，遂使撫臣、令尹並受促織恩蔭。聞之：一人飛陞，仙及鷄犬。信夫！"

翩　翩

羅子浮，邠人。父母俱早逝。八九歲，依叔大業。業為國子左廂，富有金繒而無子，愛子浮若己出。十四歲為匪人誘去，作狹邪遊，會有金陵娼僑寓郡中，生悅而惑之。娼返金陵，生竊從遁去。居娼家半年，床頭金盡，大為姊妹行齒冷，然猶未遽絕之。無何，廣瘡潰臭，沾染床席，逐而出。丐於市，市人見輒遙避。自恐死異域，乞食西行，日三四十里，漸至邠界。又念敗絮膿穢，無顏入里門，尚越趄近邑間。

日就暮，欲趨山寺宿，遇一女子，容貌若仙，近問："何適？"生以實告。女曰："我出家人，居有山洞，可以下榻，頗不畏虎狼。"生喜從去。

入深山中，見一洞府，入則門橫溪水，石梁駕之。又數武，有石室二，光明徹照，無須燈燭。命生解懸鶉，浴於溪流，曰："濯之，瘡當愈。"又開幛拂褥促寢，曰："請即眠，當爲郎作褲。"乃取大葉類芭蕉，剪綴作衣，生臥視之。製無幾時，折叠床頭，曰："曉取著之。"乃與對榻寢。生浴後，覺瘡痬無苦，既醒摸之，則痂厚結矣。詰旦將興，心疑蕉葉不可著，取而審視，則綠錦滑絕。少間具餐，女取山葉呼作餅，食之菓餅；又剪作鷄、魚烹之，皆如真者。室隅一罌貯佳醞，輒復取飲，少減，則以溪水灌益之。數日，瘡痂盡脫，就女求宿。女曰："輕薄兒！甫能安身，便生妄想！"生云："聊以報德。"遂同臥處，大相歡愛。

一日，有少婦笑入曰："翩翩小鬼頭快活死！薛姑子好夢幾時做得？"女迎笑曰："花城娘子，貴趾久弗涉，今日西南風緊，吹送也！小哥子抱得未？"曰："又一小婢子。"女笑曰："花娘子瓦窰哉！那弗將來？"曰："方鳴之，睡卻矣。"於是坐以款飲。又顧生曰："小郎君焚好香也。"生視之，年二十有三四，綽有餘妍，心好之。剝菓誤落案下，俯地假拾菓，陰捻翹鳳。花城他顧而笑，若不知者。生方恍然神奪，頓覺袍褲無溫，自顧所服悉成秋葉，幾駭絕。危坐移時，漸變如故。竊幸二女之弗見也。少頃，酬酢間，又以指搔纖掌。花城坦然笑譃，殊不覺知。突突怔忡間，衣已化葉，移時始復變。由是漸顏息慮，不敢妄想。花城笑曰："而家小郎子，大不端好！若弗是醋葫蘆娘子，恐跳跡入雲霄去。"女亦哂曰："薄幸兒，便值得寒凍殺！"相與鼓掌。花城離席曰："小婢醒，恐啼腸斷矣。"女亦起曰："貪引他家男兒，不憶得小江城啼絕矣。"花城既去，懼貽誚責，女卒晤對如平時。

居無何，秋老風寒，霜零木脫，女乃收落葉，蓄旨禦冬。顧生肅縮，乃持樸掇拾洞口白雲爲絮複衣，著之溫暖如襦，且輕鬆常如新綿。逾年，生一子，極惠美，日在洞中弄兒爲樂。然每念故里，乞與同歸。女曰："妾不能從。不然，君自去。"因循二三年，兒漸長，遂與花城訂爲姻好。生每以叔老爲念。女曰："阿叔臘故大高，幸復強健，無勞懸耿。待保兒婚後，去住由君。"女在洞中，輒取葉寫書，教兒讀，兒過目即了。女曰："此兒福相，放教入塵寰，無憂至臺閣。"未幾，兒年十四，花城親詣送女，女華妝至，容光照人。夫妻大悅。舉家宴集。翩翩扣釵而歌曰："我有佳兒，不羨貴官。我有佳婦，不羨綺紈。今夕聚首，皆當喜歡。爲君行酒，勸君加餐。"既而，花城去，與兒夫婦對室居。新婦孝，依依膝下，宛如所生。生又言歸，女曰："子有俗骨，終非仙品。兒亦富貴中人可攜去，我不誤兒生平。"新婦思別其母，花城已至。兒女戀戀，涕各滿眶。兩母慰之曰："暫去，可復來。"翩翩乃剪葉爲驢，令三人跨之以歸。

大業已歸老林下，意侄已死，忽攜佳孫美婦歸，喜如獲寶。入門，各視所衣悉蕉葉，破之，絮蒸蒸騰去，乃並易之。後生思翩翩，偕兒往探之，則黃葉滿徑，洞口路迷，零涕而返。

異史氏曰："翩翩、花城，殆仙者耶？餐葉衣雲何其怪也！然幃幄誹謔，狎寢生雛，亦復何殊於人世？山中十五載，雖無人民城郭之異，而雲迷洞口，無跡可尋，睹其景況，真劉、阮返棹時矣。"

青　鳳

太原耿氏，故大家，第宅弘闊。後凌夷，樓舍連亙，半曠廢之，因生怪異，堂門輒自開掩，家人恒中夜駭嘩。耿患之，移居別墅，留一老翁門焉。由此荒落益甚，或聞笑語歌吹聲。耿有從子去病，狂放不羈，囑翁有所聞見，奔告之。至夜，見樓上燈光明滅，走報生。生欲入覘其異，止之不聽。門戶素所習識，竟撥蒿蓬，曲折而入。登樓，初無少異。穿樓而過，聞人語切切。潛窺之，見巨燭雙燒，其明如晝。一叟儒冠，南面坐，一媼相對，俱年四十餘。東向一少年，可二十許。右一女郎，纔及笄耳。酒胾滿案，圍坐笑語。生突入，笑呼曰："有不速之客一人來！"群驚奔匿。獨叟詫問："誰何入人閨闥？"生曰："此我家也，君佔之。旨酒自飲，不邀主人，毋乃太吝？"叟審諦之，曰："非主人也。"生曰："我狂生耿去病，主人之從子耳。"叟致敬曰："久仰山斗！"乃揖生入，便呼家人易饌，生止之。叟乃酌客。生曰："吾輩通家，座客無庸見避，還祈招飲。"叟呼："孝兒！"俄少年自外入。叟曰："此豚兒也。"揖而坐，略審門閥。叟自言："義君姓胡。"生素豪，談論風生，孝兒亦倜儻，傾吐間，雅相愛悅。生二十一，長孝兒二歲，因弟之。叟曰："聞君祖纂《塗山外傳》，知之乎？"答曰："知之。"叟曰："我塗山氏之苗裔也。唐以後，譜系猶能憶之；五代而上無傳焉。幸公子一垂教也。"生略述塗山女佐禹之功，粉飾多詞，妙緒泉湧。叟大喜，謂子曰："今幸得聞所未聞。公子亦非他人，可請阿母及青鳳來共聽之，亦令知我祖德也。"孝兒入幃中。少時媼偕女郎出，審顧之，弱態生嬌，秋波流慧，人間無其麗也。叟指媼曰："此爲老荊。"又指女郎："此青鳳，鄙人之猶女也。頗慧，所聞見輒記不忘，故喚令聽之。"生談竟而飲，瞻顧女郎，停睇不轉。女覺之，俯其首。生隱躡蓮鉤，女急斂足，亦無慍怒。生神志飛揚，不能自主，拍案曰："得婦如此，南面王不易也！"媼見生漸醉益狂，與女俱去。生失望，乃辭叟出。而心縈縈，不能忘情於青鳳也。至夜復往，則蘭麝猶芳，凝待終宵，寂無聲咳。

歸與妻謀，欲攜家而居之，冀得一遇。妻不從。生乃自往，讀於樓下。夜方憑几，一鬼披髮入，面黑如漆，張目視生。生笑，拈指研墨自塗，灼灼然相與對視，鬼慚而去。次夜更深，滅燭欲寢，聞樓後發扃，辟之閛然。急起窺覘，則扉半啓。俄聞履聲細碎，有燭光自房中出。視之，則青鳳也。驟見生，駭而卻退，遽闔雙扉。生長跪而致詞曰："小生不避險惡，實以卿故。幸無他人，得一握手爲笑，死不憾耳。"女遙語曰："惓惓深情，妾豈不知？但吾叔閨訓嚴謹，不敢奉命。"生固哀之，曰："亦不敢望肌膚之親，但一見顏色足矣。"女似肯可，啓關出，捉其臂而曳之。生狂喜，相將入樓下，擁而加諸膝。女曰："幸有夙分，過此一夕，即相思無益矣。"問："何故？"曰："阿叔畏君狂，故化厲鬼以相嚇，而君不動也。今已卜居他所，一家皆移什物赴新居，而妾留守，明日即發矣。"言已欲去，云："恐叔歸。"生強止之，欲與為歡。方持論間，叟掩入。女羞懼無以自容，挽手依床，拈帶不語。叟怒曰："賤輩辱我門戶！不速去，鞭撻且從其後！"女低頭急去，叟亦出。生尾而聽之，訶詬萬端，聞青鳳嚶嚶啜泣。生心意如割，大聲曰："罪在小生，與青鳳何與！倘宥青鳳，刀鋸鈇鉞，願身受之！"良久寂然，乃歸寢。自此第內絕不復聲息矣。生叔聞而奇之，願售以居，不較直。生喜，攜家口而遷焉。居逾年甚適，而未嘗須臾忘青鳳也。

會清明上墓歸，見小狐二，為犬逼逐。其一投荒竄去；一則皇急道上，望見生，依依哀啼，奄耳輯首，似乞其援。生憐之，啟裳衿提抱以歸。閉門，置床上，則青鳳也。大喜，慰問。女曰："適與婢子戲，遘此大厄。脫非郎君，必葬犬腹。望無以非類見憎。"生曰："日切懷思，系於魂夢。見卿如得異寶，何憎之云！"女曰："此天數也，不因顛覆，何得相從？然幸矣，婢子必言妾已死，可與君堅永約耳。"生喜，另舍居之。

積二年餘，生方夜讀，孝兒忽入。生輟讀，訝詰所來，孝兒伏地，愴然曰："家君有橫難，非君莫救。將自詣懇，恐不見納，故以某來。"問："何事？"曰："公子識莫三郎否？"曰："此吾年家子也。"孝兒曰："明日將過，倘攜有獵狐，望君留之也。"生曰："樓下之羞，耿耿在念，他事不敢預聞。必欲僕效綿薄，非青鳳來不可！"孝兒零涕曰："鳳妹已野死三年矣。"生拂衣曰："既爾，則恨滋深耳！"執卷高吟，殊不顧瞻。孝兒起，哭失聲，掩面而去。生如青鳳所，告以故。女失色曰："果救之否？"曰："救則救之。適不之諾者，亦聊以報前橫耳。"女乃喜曰："妾少孤，依叔成立。昔雖獲罪，乃家範應爾。"生曰："誠然，但使人不能無介介耳。卿果死，定不相援。"女笑曰："忍哉！"次日，莫三郎果至，鏤膺虎韔，僕從甚赫。生門逆之。見獲禽甚多，中一黑狐，血殷毛革。撫之皮肉猶溫。便托裘敝，乞得綴補。莫慨然解贈，生即付青鳳，乃與客飲。客既去，女抱狐於懷，三日而蘇，展轉復化為叟。舉目見鳳，疑非人間。女歷言其情。

叟乃下拜，慚謝前愆，喜顧女曰："我固謂汝不死，今果然矣。"女謂生曰："君如念妾，還祈以樓宅相假，使妾得以申返哺之私。"生諾之。叟赧然謝別而去，入夜果舉家來，由此如家人父子，無復猜忌矣。生齋居，孝兒時共談宴。生嫡出子漸長，遂使傅之，蓋循循善教，有師範焉。

狐　夢

余友畢怡庵，倜儻不群，豪縱自喜，貌豐肥，多髭。士林知名。嘗以故至叔刺史公之別業，休憩樓上。傳言樓中故多狐。畢每讀《青鳳傳》，心輒向往，恨不一遇。因於樓上攝想凝思，既而歸齋，日已寖暮。

時暑月燠熱，當戶而寢。睡中有人搖之，醒而卻視，則一婦人，年逾四十，而風韻猶存。畢驚起，問為誰，笑曰："我狐也。蒙君注念，心竊感納。"畢聞而喜，投以嘲謔。婦笑曰："妾齒加長矣，縱人不見惡，先自漸沮。有小女及笄，可侍巾櫛。明宵，無寓人於室，當即來。"言已而去。至夜，焚香坐伺，婦果攜女至。態度嫻婉，曠世無匹。婦謂女曰："畢郎與有夙緣，即須留止。明旦早歸，勿貪睡也。"畢乃握手入幃，款曲備至。事已，笑曰："肥郎癡重，使人不堪。"未明即去。既夕自來，曰："姊妹輩將為我賀新郎，明日即屈同去。"問："何所？"曰："大姊作筵主，此去不遠也。"畢果候之。良久不至，身漸倦惰。纔伏案頭，女忽入曰："勞君久伺矣。"乃握手而行。奄至一處有大院落，直上中堂，則見燈燭熒熒，燦若星點。俄而主人出，年近二旬，淡妝絕美。斂衽稱賀已，將踐席，婢入曰："二娘子至。"見一女子入，年可十八九，笑向女曰："妹子已破瓜矣。新郎頗如意否？"女以扇擊背，白眼視之。二娘曰："記兒時與妹相撲為戲，妹畏人數脅骨，遙呵手指，即笑不可耐。便怒我，謂我當嫁焦僥國小王子。我謂婢子他日嫁多髭郎，刺破小吻，今果然矣。"大娘笑曰："無怪三娘子怒詛也！新郎在側，直爾憨跳！"頃之，合尊促坐，宴笑甚歡。

忽一少女抱一貓至，年可十二三，雛髮未燥，而艷媚入骨。大娘曰：

"四妹妹亦要見姊丈耶？此無坐處。"因提抱膝頭，取肴菓餌之。移時，轉置二娘懷中，曰："壓我脛股酸痛！"二姊曰："婢子許大，身如百鈞重，我脆弱不堪；既欲見姊丈，姊丈故壯偉，肥膝耐坐。"乃捉置畢懷。入懷香軟，輕若無人。畢抱與同杯飲，大娘曰："小婢勿過飲，醉失儀容，恐姊丈所笑。"少女孜孜展笑，以手弄貓，貓戛然鳴。大娘曰："尚不抛卻，抱走蚤虱矣！"二娘曰："請以狸奴爲令，執箸交傳，鳴處則飲。"衆如其教。至畢輒鳴。畢故豪飲，連舉數觥，乃知小女子故捉令鳴也，因大喧笑。二姊曰："小妹子歸休！壓煞郎君，恐三姊怨人。"小女郎乃抱貓去。

大姊見畢善飲，乃摘髻子貯酒以勸。視髻僅容升許，然飲之覺有數斗之多。比乾視之，則荷蓋也。二娘亦欲相酬，畢辭不勝酒。二娘出一口脂合子，大於彈丸，酌曰："既不勝酒，聊以示意。"畢視之，一吸可盡，接吸百口，更無乾時。女在旁以小蓮杯易合子去，曰："勿爲奸人所算。"置合案上，則一巨缽。二娘曰："何預汝事！三日郎君，便如許親愛耶！"畢持杯向口立盡。把之，膩軟；審之，非杯，乃羅襪一鈎，襯飾工絕。二娘奪罵曰："猾婢！何時盜人履子去，怪足冰冷也！"遂起，入室易舄。

女約畢離席告別，女送出村，使畢自歸。瞥然醒寤，竟是夢景，而鼻口醺醺，酒氣猶濃，異之。至暮，女來曰："昨宵未醉死耶？"畢言："方疑是夢。"女曰："姊妹怖君狂噪，故托之夢，實非夢也。"女每與畢弈，畢輒負。女笑曰："君日嗜此，我謂必大高著。今視之，只平平耳。"畢求指誨，女曰："弈之爲術，在人自悟，我何能益君？朝夕漸染，或當有異。"居數月，畢覺稍進。女試之，笑曰："尚未，尚未。"畢出，與所嘗共弈者遊，則人覺其異，稍咸奇之。

畢爲人坦直，胸無宿物，微泄之。女已知，責曰："無惑乎同道者不交狂生也！屢囑甚密，何尚爾爾？"佛然欲去。畢謝過不遑，女乃稍解，然由此來寢疏矣。積年餘，一夕來，兀坐相向。與之弈，不弈；與之寢，不寢。悵然良久，曰："君視我孰如青鳳？"曰："殆過之。"曰："我自慚弗如。

然聊齋與君文字交,請煩作小傳,未必千載下無愛憶如君者。"曰:"夙有此志。曩遵舊囑,故秘之。"女曰:"向爲是囑,今已將別,復何諱?"問:"何往?"曰:"妾與四妹妹爲西王母征作花鳥使,不復得來矣。曩有姊行,與君家叔兄,臨別已產二女,今尚未醮;妾與君幸無所累。"畢求贈言,曰:"盛氣平,過自寡。"遂起,捉手曰:"君送我行。"至里許,灑涕分手,曰:"役此有志,未必無會期也。"乃去。

康熙二十一年臘月十九日,畢子與余抵足綽然堂,細述其異。余曰:"有狐若此,則聊齋筆墨有光榮矣。"遂志之。

上海古籍版《聊齋志異會校會注會評本》

輯 錄

倪鴻《桐陰清話》:國朝小說家談狐說鬼之書,以淄川蒲留仙《聊齋志異》爲第一。聞其書初成,就正於王漁洋,王欲以百千市其稿,蒲堅不與,因加評騭而還之,並書後一絕云:"姑妄言之姑聽之,豆棚瓜架雨如絲。料應厭作人間語,愛聽秋墳鬼唱時。"余謂得狐爲妻,得鬼爲友,亦事之韻者也。

鄒弢《三借廬筆談》:蒲留仙先生《聊齋志異》,用筆精簡,寓意處全無跡相,蓋脫胎於諸子,非僅抗手於左史、龍門也。相傳先生居鄉里,落拓無偶,性尤怪僻,爲村中童子師,食貧自給,不求於人。作此書時,每臨晨,攜一大瓷罌,中貯苦茗,具淡巴菰一包,置行人大道旁;下陳蘆襯,坐於上,煙茗置身畔。見行道者過,必強執與語,搜奇說異,隨人所知,渴則飲以茗,或奉以煙,必令暢談乃已。偶聞一事,歸而粉飾之。如是二十餘寒暑,此書方告蕆,故筆法超絕。王阮亭聞其名,特訪之,避不見,三訪皆然。先生嘗曰:"此人雖風雅,終有貴家氣,田夫不慣作緣也。"其高致如此。既而漁洋欲以三千金售其稿,代刊之,執不可。又托數人請,先生鑒其誠,令急足持稿往,阮亭一夜讀竟,略加數評,使者仍持歸。時人服先生之高,品爲落落難合云。

盛時彥《姑妄聽之跋》:先生(紀昀)嘗曰:《聊齋志異》盛行一時,然才子之筆也。虞初以下，干寶以上，古書多佚矣。其可見完帙者，劉敬叔《異苑》、陶潛《續搜神記》，小説類也。《飛燕外傳》《會真記》，傳記類也。《太平廣記》事以類聚，故可並收。今一書而兼二體，所未解也。小説既述見聞，即屬敍事，不比劇場關目，隨意裝點。伶玄之傳，得諸樊嬺，故猥瑣具詳；元稹之記，出於自述，故約略梗概。今燕昵之詞，媟狎之態，細微曲折，摹繪如生，使出自言，似無此理；使出作者代言，則何從而聞見之？

參考書目

《聊齋志異會校會注會評本》，蒲松齡著，張友鶴輯校，上海古籍出版社1978年版。

《聊齋志異選》，蒲松齡著，張友鶴選注，人民文學出版社1956年版。

《蒲松齡年譜》，路大荒著，齊魯書社1980年版。

思考題

1. 《聊齋志異》以唐傳奇筆法寫志怪小説，如何理解？

2. 試以所讀篇目爲例，分析《聊齋志異》的語言特色。

3. 參閲林語堂《中國傳奇》和汪曾祺《聊齋新義》，然後以現代敍事手法寫一篇"聊齋故事"。

第二節　世情小説

曹雪芹（約1715或1721—約1764）

魯迅《中國小説史略》：曹雪芹，名霑，字芹溪，一字芹圃，正白旗漢軍。祖寅，字子清，號楝亭，康熙中爲江寧織造。清聖祖南巡時，五次以織造署爲行宮，後四次皆寅在任。然頗嗜風雅，嘗刻古書十餘種，爲時所稱；亦能文，所著有《楝亭詩鈔》五卷、《詞鈔》一卷（《四庫書目》），傳奇二種（《在園雜誌》）。寅子頫，即雪芹父，亦爲江寧織造，故雪芹生於南京。時蓋康熙末。雍正六年，頫卸任，雪芹亦歸北京，時約十歲。然不知何因，是後曹氏似遭巨變，家頓落，雪芹至中年，乃至貧居西郊，啜饘粥，但猶傲兀，時復縱酒賦詩，而作《石頭記》蓋亦此際。乾隆二十七年，子殤，雪芹傷感成疾，至除夕，卒年四十餘。其《石頭記》尚未就，今所傳者止八十回。

紅樓夢（存目）

輯　錄

關於《紅樓夢》版本

《紅樓夢》的版本有兩大系統：一是僅流傳八十回的脂評抄本系統；一是程偉元、高鶚整理補綴，不知何人續寫後四十回的一百二十回印本系統。脂評抄本系統原名大多爲《脂硯齋重評石頭記》或《石頭記》，八十回。今傳乾隆時期的脂評抄本尚有十一種之多，計有：甲戌本、己卯本、庚辰本、《紅樓夢稿》本（夢稿本）、蒙古王府本（蒙府本）、戚蓼生序本（戚序本）、南京圖書館藏本（脂寧本）、夢覺主人藏本（甲辰本）、舒元煒序本（舒序本）、鄭振鐸藏本（鄭藏本）、蘇聯列寧格勒亞洲圖書館藏本（脂亞本）等。其中，以己卯、庚辰、甲戌的底本爲較早。甲戌本的底本的年代是公元一七五四年，即乾隆十九年甲戌，但現在所傳甲戌本的抄成年代，則是比較晚的。此本僅存十六回，由胡適從舊書肆購得。己卯本的底本年代是公元一七五九年，即乾隆二十四年己卯，已確知爲怡親王府鈔本，怡親王弘曉與曹雪芹是同時代人，其父允祥即第一代怡親王，是康熙的第十三子，與曹家關係甚好。故此本的底本很可能直接來自曹家或脂硯齋之手。現存四十一回又兩個半回。

庚辰本的底本年代是公元一七六〇年，即乾隆二十五年庚辰，抄定年代約在公元一七六一年即乾隆二十六年後，其時曹雪芹尚在。此本中缺六十四、六十七兩回，是脂評抄本系統中抄定較早而又比較完整的一部。人民文學出版社出版的《紅樓夢》校注本（中國藝術研究院《紅樓夢》研究所校注），前八十回即以庚辰本爲底本。

程高印本系統大多題爲《紅樓夢》，一百二十回。今傳最早的是乾隆五十六年辛亥（一七九一）萃文書屋活字排印本，題爲《新鐫全部繡像紅樓夢》。首程偉元序，次高鶚序，一般稱爲程甲本。次年，即乾隆五十七年壬子，此書經過一些改動修訂後，再次翻印，一般稱爲程乙本。人民文學出版社老版的《紅樓夢》校注本（啓功校注），即以程乙本爲底本。

關於《紅樓夢》續書

魯迅《中國小說史略》：言後四十回爲高鶚作者，俞樾《小浮梅閑話》云："《船山詩草》有《贈高蘭墅鶚同年》一首云：'艷情人自說《紅樓》。'注云：'《紅樓夢》八十回以後，俱蘭墅所補。'然則此書非出一手。按鄉會試增五言八韻詩，始乾隆朝，而書中敘科場事已有詩，則其爲高君所補可證矣。"鶚即字蘭墅，鑲黃旗漢軍，乾隆戊申舉人，乙卯進士，旋入翰林，官侍讀，又嘗爲嘉慶辛酉順天鄉試同考官。其補《紅樓夢》當在乾隆辛亥時，未成進士，"閑且憊矣"，故於雪芹蕭條之感，偶或相通。然心志未灰，則與所謂"暮年之人，貧病交攻，漸漸的露出那下世光景來"者又絕異。是以續書雖亦悲涼，而賈氏終於"蘭桂齊芳"，家業復起，殊不類茫茫白地，真正乾淨者矣。續《紅樓夢》八十回者，尚不止高鶚。俞平伯從戚蓼生所序之八十回本舊評中抉剔，知先有續書三十回，似敘賈氏子孫流散，寶玉貧寒不堪，"懸崖撒手"，終於爲僧。或謂"戴君誠夫見一舊時真本，八十回之後，皆與今本不同。荣寧籍沒後，皆極蕭條；寶釵亦早卒，寶玉無以作家，至淪於擊柝之流。史湘雲則爲乞丐，後乃與寶玉仍成夫婦。"（蔣瑞藻《小說考證》引《續閱微草堂筆記》）此又一本，蓋亦續書。此他續作，紛紜尚多，如《後紅樓夢》《紅樓後夢》《續紅樓夢》《紅樓復夢》《紅樓夢補》《紅樓補夢》《紅樓重夢》《紅樓再夢》《紅樓幻夢》《紅樓圓夢》《增補紅樓》《鬼紅樓》《紅樓夢影》等。大率承高鶚續書而更補其缺陷，結以"團圓"。

胡適《紅樓夢考證》：高鶚補的四十回，雖然比不上前八十回，也確然有不可埋沒的好處。他寫司棋之死，寫鴛鴦之死，寫妙玉的遭劫，寫鳳姐的死，寫襲人的嫁，都是很精彩的小品文字。最可注意的是這些人都寫作悲劇的下場，還有那最重要的"木石前盟"一件公案，高鶚居然忍心害理地叫黛玉病死，教寶玉出家，作一個大悲劇的結束，打破中國小說的團圓迷信。這一點悲劇的眼光，不能不令人佩服。

古今人論《紅樓夢》

陳康祺《郎潛紀聞》：小說《紅樓夢》一書，即記故相明珠家事，金釵十二，皆納蘭侍御所奉爲上客者也。寶釵影高澹人，妙玉即影西溟先生。妙爲少女，姜亦婦人之美稱，如玉如英，義可通假。

孫靜庵《棲霞閣野乘》：此書所隱，必係國朝第一大事，而非徒紀載私家故實。謂必明珠家事者，此一孔之見耳。觀賈政之父名代善，而代善實禮烈親王名，可以知其確非明珠矣。今略舉所臆見諸條於後：林、薛二人之爭寶玉，當是康熙末允禵諸人奪嫡事。寶玉非人，寓言玉璽耳，著者故明言一塊頑石矣。黛玉之名，取黛字下半之黑字，與玉字相合，而去其四點，明明代理二字。代理者，代理親王之名詞也。寶釵之影子爲襲人，而襲人兩字拆之，固儼然龍衣人三字。此爲書中第一大事。此書所包者廣，不僅此一事。蓋順、康兩朝八十年之歷史，皆在其中。海外女子，明指延平王之據臺灣。焦大蓋指洪承疇。妙玉必係吳梅村，走魔遇劫，即記其家居被迫，不得已而出仕之事。梅村吳人，妙玉亦吳人，居大觀園中，而自稱檻外，明寓不臣之意。王熙鳳當即指宛平相國王文靖熙。康熙一朝，漢大臣之有權衡者，以文靖爲第一，書中固明言王熙鳳爲一男子也。

王夢阮、沈瓶庵《紅樓夢索隱》：是書全爲清世祖與董鄂妃而作，兼及當時諸名王奇女也。相傳世祖臨宇十八年，實未崩殂，因所眷董鄂妃卒，悼傷過甚，遁跡五台不返，卒以成佛。情僧之說，有由來矣。至於董鄂妃，實以漢人冒滿姓，因漢人無入選之例，故僞稱內大臣鄂碩女，姓董鄂氏，若妃之爲滿人也者，實則人人皆知爲秦淮名妓董小宛也。

蔡元培《石頭記索隱》：《石頭記》者，清康熙朝政治小說也。作者持民族主義甚摯，書中本事在弔明之亡，揭清之失，而尤於漢族名士仕清者寓痛惜之意。當時既慮觸文網，又欲別開生面，特於本事以上加以數層障幕，使讀者有橫看成嶺側成峰之狀況。書中紅字多影朱字。朱者，明也，漢也。寶玉有愛紅之癖，言以滿人而愛漢族文化也；好吃人口上胭脂，言拾漢人唾餘也。寶玉在大觀園中所居曰怡紅院，即愛紅之義。所謂曹雪芹於悼紅軒中增刪此書，則弔明之義也。書中敍事托爲石頭所記，故名《石頭記》，其實因金陵亦曰石頭城而名之。又曰《情僧錄》及《風月寶鑒》者，或就表面命名，或以情字影清字，又以古人有清風明月語，以風月影明清，亦未可知。《石頭記》敍事自明亡始。第一回所云："這一日三月十五日，葫蘆廟起火，燒了一夜，甄氏燒成瓦礫場。"即指甲申三月間明愍帝殉國，北京失守之事也。士隱注解《好了歌》，備述滄海桑田之變態，亡國之痛昭然若揭，而士隱所隨之道人跛足麻履鶉衣，或即影愍帝自縊時之狀。甄士本影政事，甄士隱隨跛足道人而去，言明之政事隨愍帝之死而消滅也。作者深信正統之說，而斥清室爲僞統，所謂賈府即僞朝也。其人名如賈代化、賈代善，謂僞朝之所謂化，僞朝之所謂善也。賈政者，僞朝之吏部也。賈敷、賈敬，僞朝之教育也。（《書》曰："敬敷五教。"）賈赦，僞朝之刑部也，故其妻氏邢（音同刑），子婦尤（罪尤）。賈璉爲戶部，戶部在六部位居次，故稱璉二爺，其所掌則財政也。李紈爲禮部（李禮同音），康熙朝禮制已仍漢舊，故李紈雖曾嫁賈珠而已爲寡婦；其所居曰"稻香村"，稻與道同音，其初名以杏花村，又有杏簾在望之名，影孔子之杏壇也。書中女子多指漢人，男子多指滿人，不獨"女子是水作的骨肉，男子是泥作的骨肉"，與漢字、滿字有關也。我國古代哲學，以陰陽二字說明一切對待之事物。《易》坤卦象傳曰："地道也，妻道也，臣道也。"是以夫妻君臣分配於陰陽也。《石頭記》即用其義。清制：對於君主，滿人自稱奴才，漢人自稱臣。臣與奴才，並無二義。以民族之對待言之，征服者爲主，被征服者爲奴。本書以男女影滿漢，以此。賈寶玉，言僞朝之帝系也。寶玉者，傳國璽之義也，即指胤礽。林黛玉，影朱竹垞也，絳珠影其氏也。居瀟湘館，影其竹垞之號也。薛寶釵，高江村也。薛者，雪也。林和靖《詠梅》有曰："雪滿山中高士臥，月明林下美人來。"用雪字以影江村之姓名也（高士奇）。史湘雲，陳其年也，其年又號迦陵。史湘雲佩金麒麟，當是其字、陵字之借音。氏以史者，其年嘗以翰林院檢討纂修《明史》也。妙玉，姜西溟也。姜爲少女,以妙代之。《詩》曰:"美如玉,美如英。"玉字所以影英字也。

胡適《紅樓夢考證》:《紅樓夢》只是老老實實的描寫這一個"坐吃山空""樹倒猢猻散"的自然趨勢。因爲如此,所以《紅樓夢》是一部自然主義的傑作。那班猜謎的紅學大家不曉得《紅樓夢》的真正價值正在這平淡無奇的自然主義上面,所以他們偏要絞盡心血去猜那想入非非的笨謎,所以他們偏要用盡心思去替《紅樓夢》加上一層極不自然的解釋。《紅樓夢》是一部隱去真事的自敍,裏面的甄賈寶玉,即是曹雪芹自己的化身;甄賈兩府即是當日曹家的影子。(故賈府在"長安"都中,而甄府始終在江南。)

魯迅《中國小說的歷史的變遷》:至於說到《紅樓夢》的價值,可是在中國底小說中實在是不可多得的。其要點在於敢如實描寫,並無諱飾,和從前的小說敍好人完全是好,壞人完全是壞的,大不相同,所以其中所敍的人物,都是真的人物。總之,自有《紅樓夢》出來以後,傳統的思想和寫法都打破了。又,《絳花洞主小引》:《紅樓夢》……單是命意,就因讀者的眼光而有種種:經學家看見《易》,道學家看見淫,才子看見纏綿,革命家看見排滿,流言家看見宮闈秘事……

俞平伯《紅樓夢辨》:《紅樓夢》是感嘆自己身世的;《紅樓夢》是情場懺悔而作的;《紅樓夢》是爲十二釵作本傳的。又:平心看來,《紅樓夢》在世界文學中底位置是不很高的。這一類小說,和中國底文學——詩、詞、曲,在一個平面上。這類文學底特色,至多不過是個人身世性格底反映。《紅樓夢》底態度雖有上說的三層,但總不過是身世之感,牢愁之語。即後來底懺悔了悟,以我從楔子裏推想,亦並不能脫去東方思想底窠臼;不過因爲舊歡難拾,身世飄零,悔恨無從,付諸一哭,於是發而爲文章,以自怨自解。其用亦不過破悶醒目,避世消愁而已。故《紅樓夢》性質亦與中國式的閑書相似,不得入於近代文學之林。即以全書體裁而論,亦微嫌其繁複冗長,有矛盾疏漏之處,較之精粹無疵的短篇小說自有區別。《紅樓夢》在世界文學中,我雖以爲應列第二等,但曹雪芹卻不失爲第一等的天才。又:《紅樓夢》是怎樣一種風格呢?大概說來,是"怨而不怒"。"怨而不怒"的風格,在舊小說中爲《紅樓夢》所獨有。又,《讀紅樓夢隨筆》:《紅樓夢》以"才子佳人"做書中主角,受《西廂》的影響很深。《金瓶梅》跟《紅樓夢》的關連尤其密切。它給本書以直接的影響。如《紅樓夢》的主要觀念"色""空"（這色字讀如色欲之色，並非佛家五蘊的"色"），明從《金瓶梅》來。又秦可卿棺殮一節，幾全襲用《金瓶梅》記李瓶兒之死的文字。脂硯齋本評所謂"深得《金瓶》壼奥"是也。又，《紅樓夢簡論》：（《紅樓夢》）文字的表面和它的內涵、聯想、暗示等等便有若干的距離，這就造成了《紅樓夢》的所謂"筆法"。用作者自己的話，即"真事隱去""假語村言"。他用甄士隱、賈雨村這兩個諧聲的姓名來代表這觀念。……表面上看，《紅樓夢》既意在寫實，偏又多理想；對這封建家庭既不滿意，又多留戀，好像不可解。若用上述作者所說的看法，便可加以分析，大約有三種成分：現實的；理想的；批判的。這些成分每互相糾纏著，卻在基本的觀念下統一起來。雖虛，並非空中樓閣；雖實，亦不可認爲本傳年表。雖褒，他幾時當真歌頌；雖貶，他何嘗無情暴露。像這樣的寫法，在中國文學裏可謂史無先例，除非拿它來比孔子的《春秋經》。在本書第四二回說過："用《春秋》的法子，將市俗的粗話，撮其要，刪其繁，再加潤色，比方出來一句是一句。"正是所謂"夫子自道"了。不過《春秋》像"斷爛朝報"，誰也不想讀的，《紅樓夢》卻用最圓美流暢的白話寫出迷人的故事。

李希凡、藍翎《關於〈紅樓夢簡論〉及其他》：《紅樓夢》真實地、深刻地反映了封建社會腐朽透頂的生活面貌。作者以其對真實的追求和深邃的美的追求，描繪了現實人生的悲劇，時代的、社會的、階級的、人的悲劇。賈寶玉、林黛玉完整的悲劇性格，也在一定程度上體現了人民的反封建的鬥爭精神，體現了酷愛自由的民主主義理想，深刻揭示出"百足之蟲，死而不僵"的封建社會必然崩潰的徵兆。

何其芳《論紅樓夢》：同中國的和世界的許多著名典型一樣，賈寶玉這個名字一直流行在生活中，成爲一個共名。但人們是怎樣用這個共名呢？人們叫那種爲許多女孩子所喜歡，而且他也多情地喜歡許多女孩子的人爲賈寶玉。這種理解雖然是簡單的，不完全的，或者說比較表面的，但並不是沒有根據。這正是賈寶玉這個典型的最突出的特點在發生作用。賈寶玉的性格的這種特點也是打上了他的時代和階級的烙印的。然而少年男女和青年男女的互相吸引，互相愛悅，卻不是一個時代一個階級的現象。因此，雖然他的時代和階級都已經過去了，賈寶玉這個共名卻仍然在生活中存在着。至於林黛玉的性格的特點，如果只用籠統的叛逆者來說明，那就未免更過於簡單了。我們還是看在生活中，人們是怎樣用林黛玉這樣一個共名吧。人們叫那種身體瘦弱、多愁善感、容易流淚的女孩子爲林黛玉。林黛玉這個性格的特點，比較賈寶玉是更爲具有強烈的時代和階級的色彩的。隨着婦女的解放，這個典型將要日益在生活中縮小它的流行範圍。然而，即使將來我們在生活中不再需要用這個共名，這個人物仍然會激起我們的同情，仍然會在一些深沈地而又溫柔地愛着的少女身上看到和她相似的面影。

　　毛澤東論《紅樓夢》：《紅樓夢》我至少讀了五遍。我是把它當歷史讀的。開始當故事讀，後來當歷史讀。什麼人都不注意《紅樓夢》的第四回，那是個總綱，還有《冷子興演說榮國府》《好了歌》和注。第四回《葫蘆僧亂判葫蘆案》，講護官符，提到四大家族："賈不假，白玉爲堂金作馬；阿房宮，三百里，住不下金陵一個史。東海缺少白玉床，龍王來請金陵王；豐年好大雪，珍珠如土金如鐵。"《紅樓夢》寫四大家族，階級鬥爭激烈，幾十條人命。統治者二十幾人（有人算了說是三十三人），其他都是奴隸，三百多個，鴛鴦、司棋、尤二姐、尤三姐等等。講歷史不拿階級鬥爭觀點講，就講不通。《紅樓夢》寫出來有二百多年了，研究紅學的到現在還沒有搞清楚，可見問題之難。又：《金瓶梅》是《紅樓夢》的祖宗，沒有《金瓶梅》就寫不出《紅樓夢》。但是《金瓶梅》的作者不尊重女性，《紅樓夢》《聊齋志異》是尊重女性的。又：《紅樓夢》不是愛情小說，而是政治小說，寫愛情是爲了掩蓋政治。（龔育之等《毛澤東的讀書生活》）

參考書目

　　《紅樓夢》，曹雪芹、高鶚著，中國藝術研究院紅樓夢研究所校注，人民文學出版社 1982 年版。

　　《紅樓研究小史》，郭豫適著，上海文藝出版社 1981 年版。

　　《紅樓研究小史續編》，郭豫適著，上海文藝出版社 1984 年版。

　　《紅樓夢研究文選》，郭豫適編，華東師範大學出版社 1987 年版。

思考題

1. 魯迅說:"自從《紅樓夢》出來後,傳統的思想和寫法都打破了。"何謂"傳統的思想和寫法"?

2. 《紅樓夢》的傳統性和獨創性體現在哪些地方?

3. 關於《紅樓夢》的主題,歷來眾說紛紜。魯迅說:"經學家看見《易》,道學家看見淫,才子看見纏綿,革命家看見排滿,流言家看見宮闈秘事。"今人或以為"自敘傳",或以為"情場懺悔",或以為"封建社會的挽歌",或以為"表現封建貴族必然走向沒落和崩潰歷史命運",或以為"反映階級鬥爭"等。試從接受美學的角度,對這一現象加以闡釋。

4. 以淺近文言寫一篇《紅樓夢》人物傳。

第三節　俠義小說

文　康（生卒年不詳）

恩華《八旗文經》:文康,字鐵仙,勒保孫,歷官理藩院員外郎,安徽徽州府知府,駐藏大臣。

馬從善《兒女英雄傳·序》:《兒女英雄傳》一書,文鐵仙先生康所作也。先生為故大學士勒文襄公保次孫,以貲為理藩院郎中,出為郡守,薦擢觀察,丁憂旋里,特起為駐藏大臣,以疾不果行,遂卒於家。先生少襲家世餘蔭,門第之盛,無有倫比。晚年諸子不肖,家道中落,先時遺物,斥賣略盡。先生塊處一室,筆墨之外無長物,故著此書以自遣。其書雖托於稗官家言,而國家典故,先世舊聞,往往而在。且先生一身親歷乎盛衰陞降之際,故於世運之變遷,人情之反復,三致意焉。先生殆悔其已往之過,而抒其未遂之志歟?

兒女英雄傳（節選）

【題解】《兒女英雄傳》原書五十三回，現存四十回，文康著。小說敘述漢軍世族舊家安學海被誣下獄，其子安驥前往營救，途中遇險，得俠女"十三妹"相助，化險爲夷。十三妹原名何玉鳳，其父爲權臣紀獻唐（影年羹堯）所害，遂奉母避居山林，結交豪傑，習武練拳，伺機復讎。後紀獻唐伏誅，安學海亦出獄，訪知十三妹乃通家世交的遺孤，十三妹遂嫁安驥爲妻，助夫讀書科考。最後安驥探花及第，位極人臣。此書寫英雄志也寫兒女情，云："有了英雄至性，纔成就得兒女心腸；有了兒女真情，纔作得出英雄事業。"故名《兒女英雄傳》，在俠義小說中別開生面。本書所選爲第六回《雷轟電掣彈斃凶僧，冷月昏燈刀殲餘寇》，叙述十三妹能仁寺廝殺一段。

這回書緊接上回，不消多餘交代。上回書表得是那兇僧把安公子綁在廳柱上，剝開衣服，手執牛耳尖刀，分心就刺。只聽得噗的一聲，咕咚倒了一個。這話聽書的列公再沒有聽不出來的，只怕有等不管書裏節目妄替古人擔憂的，聽到這裏，先哭眼抹淚起來，說書的罪過可也不小！請放心，倒的不是安公子。怎見得不是安公子呢？他在廳柱上綁着，請想，怎的會咕咚一聲倒了呢？然則這倒的是誰？是和尚。和尚倒了，就直捷痛快的說和尚倒了，就完了事了，何必鬧這許多累贅呢？這可就是說書的一點兒鼓噪。

閑話休提。卻說那兇僧手執尖刀，望定了安公子的心窩兒纔要下手，只見斜刺裏一道白光兒，閃爍爍從半空裏撲了來，他一見，就知道有了暗器了。且住，一道白光兒怎曉得就是有了暗器？書裏交代過的，這和尚原是個滾了馬的大強盜，大凡作個強盜，也得有強盜的本領。強盜的本領，講得是眼觀六路，耳聽八方，慢講白晝對面相持，那怕夜間腦後有人暗算，

427

不必等聽出腳步兒來，未從那兵器來到跟前，早覺得出個兆頭來，轉身就要招架個着。何況這和尚動手的時節，正是月色東升，照的如同白晝。這白光兒正迎着月光而來，有甚麼照顧不到的？

他一見，連忙的就把刀子往回來一掣。待要躲閃，怎奈右手裏便是窗戶，左手裏又站着一個三兒，端着一鏇子涼水在那裏等着接公子的心肝五臟，再沒說反倒往前迎上去的理。往後，料想一時倒退不及。他便起了個賊智，把身子往下一蹲，心裏想着且躲開了頸嗓咽喉，讓那白光兒從頭頂上撲空了過去，然後騰出身子來再作道理。誰想他的身子蹲得快，那白光兒來得更快，噗的一聲，一個鐵彈子正着在左眼上。那東西進了眼睛，敢是不住要站，一直的奔了後腦杓子的腦瓜骨，咯噔的一聲，這纔站住了。那凶僧雖然兇橫，他也是個肉人。這肉人的眼珠子上要着上這等一件東西，大概比揉進一個沙子去利害，只疼得他"哎喲"一聲，咕咚往後便倒。噹啷啷，手裏的刀子也扔了。

那時三兒在旁邊正呆呆的望着公子的胸脯子，要看這回刀尖出彩，只聽咕咚一聲，他師傅跌倒了，嚇了一跳，說："你老人家怎麼了？這准是使猛了勁，岔了氣了。等我騰出手來扶起你老人家來啵。"纔一轉身，毛着腰要把那銅鏇子放在地下，好去攙他師傅。這個當兒，又是照前噗的一聲，一個彈子從他左耳朵眼兒裏打進去，打了個過膛兒，從右耳朵眼兒裏鑽出來，一直打到東邊那個廳柱上，吧噠的一聲，打了一寸來深進去，嵌在木頭裏邊。那三兒只叫得一聲："我的媽呀！"鐺，把個銅鏇子扔了；咕咭，也窩在那裏了。那銅鏇子裏的水潑了一臺階子，那鏇子唏啷嘩啷一陣亂響，便滾下臺階去了。

卻說那安公子此時已是魂飛魄散，背了過去，昏不知人，只剩得悠悠的一絲氣兒在喉間流連。那大小兩個和尚怎的一聲就雙雙的肉體成聖，他全不得知。及至聽得銅鏇子掉在石頭上，鐺的一聲響亮，倒驚得蘇醒過來。你道這銅鏇子怎的就能治昏迷不省呢？果然這樣，那點蘇合丸、聞通關散、熏草紙、打醋炭這些方法都用不着，倘然遇着個背了氣的人，只敲打一陣銅鏃子就好了。

　　列公，不是這等講。人生在世，不過仗着"氣""血"兩個字。五臟各有所司，心生血，肝藏血，脾統血。大凡人受了驚恐，膽先受傷；肝膽相連，膽一不安，肝葉子就張開了，便藏不住血；血不歸經，一定的奔了心去；心是件空靈的東西，見了渾血，豈有不模糊的理？心一模糊，氣血都滯住了，可就背過去了。安公子此時就是這個道理。及至猛然間聽得那銅鏃子鏘啷啷的一聲響亮，心中吃那一嚇，心系兒一定是往上一提，心一離血，血依然隨氣歸經，心裏自然就清楚了。這是個至理，不是說書的造謠言。

　　如今卻說安公子蘇醒過來，一睜眼，見自己依然綁在柱上，兩個和尚反倒橫躺豎臥血流滿面的倒在地下，喪了殘生。他口裏連稱："怪事！"說，"我安驥此刻還是活着呢，還是死了？這地方還是陽世啊，還是陰司？我這眼前見的光景，還是人境啊，還是……"他口裏"還是鬼境"的這句話還不曾說完，只見半空裏一片紅光，唰，好似一朵彩霞一般，噗，一直的飛到面前。公子口裏說聲："不好！"重又定睛一看，那裏是甚麼彩霞，原來是一個人！只見那人頭上罩一方大紅縐綢包頭，從腦後燕窩邊兜向前來，撐成雙股兒，在額上紮一個蝴蝶扣兒。上身穿一件大紅縐綢箭袖小襖，腰間繫一條大紅縐綢重穗子汗巾；下面穿一件大紅縐綢甩襠中衣，腳下的褲腿兒看不清楚，原故是登着一雙大紅香羊皮挖雲實納的平底小靴子。左肩上挂着一張彈弓，背上斜背着一個黃布包袱，一頭搭在右肩上，那一頭兒卻向左脅下掏過來，繫在胸前。那包袱裏面是甚麼東西，卻看不出來。只見他芙蓉面上挂一層威凜凜的嚴霜，楊柳腰間帶一團冷森森的殺氣。雄赳赳氣昂昂的，一言不發，闖進房去，先打了一照，回身出來，就攢腿吧的一腳，把那小和尚的屍首踢在那拐角牆邊，然後用一隻手捉住那大和尚的領門兒，一隻手揪住腰胯，提起來祇一扔，合那小和尚扔在一處。他把腳下分撥得清楚，便蹲身下去，把那把刀子搶在手裏，直奔了安公子來。

安公子此時嚇得眼花繚亂，不敢出聲，忽見他手執尖刀奔向前來，說："我安驥這番性命休矣！"說話間，那女子已走到面前，一伸手，先用四指搭住安公子胸前橫綁的那一股兒大繩，向自己懷裏一帶，安公子"哼"了一聲，他也不睬，便用手中尖刀穿到繩套兒裏，咮溜的只一挑，那繩子就齊齊的斷了。這一股兒一斷，那上身綁的繩子便一段一段的鬆了下來。安公子這纔明白："他敢是救我來了。但是，我在店裏碰見了一女子，害得我到這步田地，怎的此地又遇見一個女子？好不作怪！"

卻說那女子看了看公子那下半截的繩子，卻是擰成雙股挽了結子，一層層繞在腿上的。他覺得不便去解，他把那尖刀背兒朝上，刃兒朝下，按定了分中，一刀到底的只一割，那繩子早一根變作兩根，兩根變作四根，四根變作八根，紛紛的落在腳下，堆了一地。他順手便把刀子喀嚓一聲插在窗邊金柱上，這纔向安公子答話。這句話只得一個字，說道是："走！"安公子此時鬆了綁，渾身麻木過了，纔覺出酸疼來。疼的他只是攢眉閉目，搖頭不語。那女子挺胸揚眉的又高聲說了一句道："快走！"安公子這才睜眼望着他，說："你，你，你，你這人叫我走到那裏去？"那女子指着屋門說："走到屋裏去！"安公子說："哪，哪，我的手還捆在這裏，怎的個走法？"不錯，前回書原交代的，捆手另是一條繩子，這話要不虧安公子提補，不但這位姑娘不得知道，連說書的還漏一個大縫子呢！

閑話休提。卻說那女子聽了安公子這話，轉在柱子後面一看，果然有條小繩子捆了手，繫着一個豬蹄扣兒。他便尋着繩頭解開，向公子道："這可走罷！"公子鬆開兩手，慢慢的拳將過來，放在嘴邊"咈咈"的吹着，說道："痛煞我也！"說着，順着柱子把身子往下一溜，便坐在地下。那女子焦躁道："叫你走，怎的倒坐下來了呢？"安公子望着他，淚流滿面的道："我是一步也走不動了！"那女子聽了，纔要伸手去攙，一想"男女授受不親"，到底不便，他就把左肩的那張彈弓褪了下來，弓背向地，弓弦朝天，一手托住弓靶,一手按住弓梢,向公子道:"你兩手攀住這弓,就起來了。"公子說:"我這樣大的一個人,這小小弓兒如何擎得住?"那女子說:"你不要管,且試試看。"公子果然用手攀住了那弓面子,只見那女子左手把弓靶一托,右手將弓梢一按,釣魚兒的一般輕輕的就把個安公子釣了起來。從旁看着,倒像樹枝兒上站着個纔出窩的小山喜鵲兒,前仰後合的站不住;又像明杖兒拉着個瞎子,兩隻腳就地兒靸拉。

卻說那公子立起身來,站穩了,便把兩隻手倒轉來,扶定那弓面子,跟了女子一步步的踱進房來。進門行了兩步,那女子意思要把他扶到靠排插的這張春凳上歇下。還不曾到那裏,他便雙膝跪倒,向着那女子道:"不敢動問:你可是過往神靈?不然,你定是這廟裏的菩薩,來解我這場大難,救了殘生,望你說個明白。我安驥果然不死,父子相見,那時一定重修廟宇,再塑金身!"那女子聽了這話,笑了一聲,道:"你這人,越發難說話了!你方纔同我在悅來店對面談了那半天,又不隔了十年八年,千里萬里,怎的此時會不認得了,鬧到甚麼神靈、菩薩起來!"安公子聽了這話,再留神一看,可不是店裏遇見的那人麼!他便跪在塵埃,說道:"原來就是店中相遇的那位姑娘!姑娘,不是我不相認,一則是燈前月下;二則姑娘你這番裝束與店裏見的時節大不相同;三則我也是嚇昏了;四則斷不料姑娘你就肯這等遠路深更趕來救我這條性命。你真真是我的重生父母,再養……"說到這裏咽住,一想:"不像話!人家纔不過二十以內的個女孩兒,自己也是十七八歲的人了,怎生的說他是我父母爹娘,還要叫他重生再養?"一時生怕惹惱了那位女子,又急得紫漲了面皮,說不出一字來。誰想那女子不但不在這些閒話上留心,就連公子在那裏磕頭禮拜,他也不曾在意。只見他忙忙的把那張彈弓掛在北牆一個釘兒上,便回手解下那黃布包袱來,兩手從脖子後頭繞着往前一轉,一手提了往炕上一擲,只聽噗通一聲,那聲音覺得像是沉重。又見他轉過臉去,兩隻手往短襖底下一抄,公子只道他是要整理衣裳,忽聽得喀吧一聲,就從衣襟底下忒楞楞跳出一把背兒厚、刃兒薄、尖兒長、靶兒短、削鐵無聲、吹毛過刃、殺人不沾血的纏鋼折鐵雁翎倭刀來。那刀跳將出來，映着那月色燈光，明閃閃、顫巍巍，冷氣逼人，神光繞眼。公子一見，又"阿曖"了一聲，那女子道："你這人怎生的這等糊塗？我如果要殺你，方纔趁你綁在柱子上，現成的那把牛耳尖刀，殺着豈不省事些？"公子連連答說："是，是。只是如今和尚已死，姑娘你還拿出這刀來何用呢？"那女子道："此時不是你我閒談的時候。"因指定了炕上那黃布包袱，向他說道："我這包袱萬分的要緊，如今交給你，你紥掙起來上炕去，給我緊緊的守着他。少刻這院子裏定有一場的大鬧。你要愛看熱鬧兒，窗戶上通個小窟窿，巴着瞧瞧使得，可不許出聲兒！萬一你出了聲兒，招出事來，弄的我兩頭兒照顧不來，你可沒有兩條命！小心！"說道，噗的一口先把燈吹滅了，隨手便把房門掩上。公子一見，又急了，說："這是作甚麼呀？"那女子說："不許說話，上炕看着那包袱要緊！"公子只得步步的蹭上炕去，也想要把那包袱提起來，提了提，沒提動，便兩隻手拉到炕裏邊，一屁股坐在上頭，謹遵台命，一聲兒不哼、穩風兒不動的聽他怎生個作用。

却說那女子吹滅了燈，掩上了門，他却倚在門旁，不作一聲的聽那外邊的動靜。約莫也有半盞茶時，只聽得遠遠的兩個人說說笑笑、唱唱咧咧的從牆外走來。唱道是：

八月十五月兒照樓，兩個鴉虎子去走籌。

一根燈草嫌不亮，兩根燈草又嫌費油。

有心買上一枝羊油蠟，倒沒我這腦袋光溜溜！

一個笑着說道："你是甚麼頭口，有這麼打自得兒沒的？"一個答道："這就叫'禿子當和尚——將就材料兒'，又叫'和尚跟着月亮走——也借他點光兒'。"那女子聽了，心裏說道："這一定是兩個不成材料的和尚！"他便吮破窗櫺，望窗外一看，果見兩個和尚嘻嘻哈哈醉眼模糊的走進院門。只見一個是個瘦子，一個是個禿子。他兩個纔拐過那座拐角牆，就說道：

"咦！師傅今日怎麼這麼早就吹了燈兒睡了？"那瘦子說："想是了了事了罷咧！"那禿子說："了了事，再沒不知會咱們扛架椿的。不要是那事兒說合了蓋兒了，老頭子顧不得這個了罷？"那瘦子道："不能，就算說合了蓋兒了，難道連尋宿兒的那一個也蓋在裏頭不成？"二人你一言我一語的只顧口裏說話，不防腳底下鐺的一聲，踢在一件東西上，倒嚇了一跳。低頭一看，原來是個銅鏇子。那禿子便說道："誰把這東西扔在這兒咧？這准是三兒幹的，咱們給他帶到廚房裏去。"說着，毛下腰去揀那鏇子。

起來一擡頭，月光之下，只見拐角牆後躺着一個人，禿子說："你瞧，那不是架椿？可不了了事了嗎！"那瘦子走到跟前一看，道："怎麼倆呀！"彎腰再一看，他就嚷將起來，說："敢則是師傅！你瞧，三兒也幹了！這是怎麼說？"禿子連忙扔下鏇子，趕過去看了，也詫異道："這可是邪的，難道那小子有這麼大神煞不成？但是他又那兒去了呢？"禿子說："別管那些，咱們踹開門進去瞧瞧。"說着，纔要向前走，只聽房門響處，嗖，早躥出一個人來，站在當院子裏。二人冷不防嚇了一跳，一看，見是個女子，便不在意。那瘦子先說道："怪咧！怎麼他又出來了？這不又像說合了蓋兒了嗎！既合了蓋兒，怎麼師傅倒幹了呢？"禿子說："你別鬧！你細瞧，這不是那一個。這倒得盤他一盤。"因向前問道："你是誰？"那女子答道："我是我。"禿子道："是你，就問你咧，我們這屋裏那個人呢？"女子道："這屋裏那個人，你交給我了嗎？"那瘦子道："先別講那個，我師傅這是怎麼了？"女子道："你師傅這大概算死了罷。"瘦子道："知道是死了，誰弄死他的？"女子道："我呀！"瘦子道："你講甚麼情理弄死他？"女子道："准他弄死人，就准我弄死他，就是這麼個情理。"瘦子聽了這話說的野，伸手就奔了那女子去。只見那女子不慌不忙，把右手從下往上一翻，用了個"葉底藏花"的架式，吧，只一個反巴掌，早打在他腕子上，撥了開去。那瘦子一見，說："怎麼着，手裏有活？這打了我的叫兒了！你等等兒，咱們爺兒倆較量較量！你大概也不知道你小大師傅的少林拳有多麼霸道！可別跑!"女子說:"有跑的不來了,等着請教。"那瘦子說着,甩了外面的僧衣,交給秃子,說:"你閃開!看我打他個敗火的紅姑娘兒模樣兒!"那女子也不合他鬪口,便站在臺階前看他怎生個下腳法。只見那瘦子緊了緊腰,轉向南邊,向着那女子吐了個門戶,把左手攏住右拳頭,往上一拱,說了聲:"請!"且住!難道兩個人打起來了,還鬧許多儀注不成?

列公,打拳的這家武藝,卻與廝殺械鬪不同,有個家數,有個規矩,有個架式。講家數,為頭數武當拳、少林拳兩家。武當拳是明太祖洪武爺留下的,叫作內家;少林拳是姚廣孝姚少師留下的,叫作外家。大凡和尚學的都是少林拳。講那打拳的規矩:各自站了地步,必是彼此把手一拱,先道一個"請"字,招呼一聲。那拱手的時節,左手攏着右手,是讓人先打進來;右手攏着左手,是自己要先打出去。那架式,拳打腳踢,拿法破法,各有不同。若論這瘦和尚的少林拳,卻頗頗的有些拿手,三五十人等閒近不得他。只因他不守僧規,各廟裏存身不住,纔跟了這個胖大強盜和尚,在此作些不公不法的事。如今他見這女子方纔的一個反巴掌有些家數,不覺得技癢起來;又欺他是個女子,故此把左手攏着右拳,讓他先打進來,自己再破出去。

那女子見他一拱手,也丟個門戶,一個進步,便到了那和尚跟前。舉起雙拳,先在他面門前一晃,這叫作"開門見山",卻是個花着兒。破這個架式,是用右胳膊橫着一搪,封住面門,順著用右手往下一抹,拿住他的手腕子,一擰,將他身子擰轉過來,卻用右手從他脖子右邊反插將去,把下巴一掐,叫作"黃鶯掯腿"。那瘦和尚見那女子的雙拳到來,就照式樣一搪,不想他把拳頭虛幌了一幌,趔回身去就走。那瘦子哈哈大笑,說:"原來是個頑女筋斗的,不怎麼樣!"說著,一個進步跟下去,舉拳向那女子的後心就要下手,這一着叫作"黑虎偷心"。他拳頭已經打出去了,一眼看見那女子背上明晃晃直蠱蠱的披着把刀,他就把拳頭往上偏左一提,照左哈肋巴打去,明看着是着上了。只見那女子左肩膀往前一扭,早打了個空。

434

他自覺身子往前一撲，趕緊的拿了拿樁站住。只這拿樁的這個當兒，那女子就把身子一扭，甩開左腳，一回身，噔的一聲，正踢在那和尚右肋上。和尚"哼"了一聲，纔待還手，那女子收回左腳，把腳跟向地下一碾，輪起右腿甩了一個"旋風腳"，把那和尚左太陽上早着了一腳，站腳不住，咕咚向後便倒。這一着叫作"連環進步鴛鴦拐"，是這姑娘的一樁看家的本領，真實的藝業！

卻說那禿子看見，罵了聲："小撒糞的，這不反了嗎！"一氣跑到廚房，拿出一把三尺來長鐵火剪來，輪得風車兒般向那女子頭上打來。那女子也不去搪他，連忙把身子閃在一旁，拔出刀來，單臂掄開，從上往下只一蓋，聽得嚓的一聲，把那火剪齊齊的從中腰裏砍作兩段。那禿和尚手裏只剩得一尺來長兩根大鑷頭釘子似的東西，怎的個鬥法？他說聲"不好"，丟下回頭就跑。那女子趕上一步，喝道："狗男女，那裏走！"在背後舉起刀來，照他的右肩膀一刀，喀嚓，從左肋裏砍將過來，把個和尚弄成了"黃瓜醃蔥"——剩了個斜岔兒了。他回手又把那瘦和尚頭梟將下來，用刀指着兩個屍首道："賊禿驢！諒你這兩個東西，也不值得勞你姑娘的手段，只是你兩個滿口嗆的是些甚麼！"

正說着，只見一個老和尚用大袖子捂著脖子，從廚房裏跑出來，溜了出去。那女子也不追趕，向他道："不必跑，饒你的殘生！諒你也不過是出去送信，再叫兩個人來。索性讓我一不作二不休，見一個殺一個，見兩個殺一雙，殺個爽快！"說著，把那兩個屍首踢開，先清楚了腳下。只聽得外面果然鬧鬧吵吵的一轟進來一群四五個七長八短的和尚，手拿鍬鑊棍棒，擁將上來。女子見這般人渾頭渾腦，都是些刀巴，心裏想道："這倒不好和他交手，且打倒兩個再說！"他就把刀尖虛按一按，托地一跳，跳上房去，揭了兩片瓦，朝下打來。一瓦正打中拿棗木杠子的一個大漢的額角，噗的一聲倒了，把杠子撂在一邊。那女子一見，重新跳將下來，將那杠子搶到手裏，披上倭刀，一手掄開杠子，指東打西，指南打北，打了個落花流水，東倒西歪，一個個都打倒在東牆角跟前，翻着白眼撥氣兒。那女子冷笑道："這等不禁插打，也值的來送死！我且問你：你們廟裏照這等沒用的東西還有多少？"

言還未了，只聽腦背後暴雷也似價一聲道："不多，還有一個！"那聲音像是從半空裏飛將下來。緊接着就見一條純鋼龍尾禪杖撒花蓋頂的從腰後直奔頂門。那女子眼明手快，連忙丟下杠子，拿出那把刀來，往上一架，棍沈刀軟，將將的抵一個住。他單臂一攢勁，用力挑開了那棍，回轉身來，只見一個虎面行者，前髮齊眉，後髮蓋頸，頭上束一條日月滲金箍，渾身上穿一件元青緞排扣子滾身短襖，下穿一條元青緞兜襠雞腿褲，腰繫雙股鸞帶，足登薄底快靴，好一似蒲東寺不抹臉的憨惠明，還疑是五臺山沒吃醉的花和尚！那女子見他來勢兇惡，先就單刀直入取那和尚，那和尚也舉棍相迎。他兩個：一個使雁翎寶刀，一個使龍尾禪杖。一個棍起處似泰山壓頂，打下來舉手無情；一個刀擺處如大海揚波，觸着他撞頭便死。刀光棍勢，撒開萬點寒星；棍豎刀橫，聚作一團殺氣。一個莽和尚，一個俏佳人；一個穿紅，一個穿黑；彼此在那冷月昏燈之下，來來往往，吆吆喝喝。這場惡鬥，鬥得來十分好看！

那女子鬥到難解難分之處，心中犯想，說："這個和尚倒來得恁的了得！若合他這等油鬥，鬥到幾時？"說着，虛晃一刀，故意的讓出一個空子來。那和尚一見，舉棍便向他頂門打來。女子把身子只一閃，閃在一旁，那棍早打了個空。和尚見上路打他不着，掣回棍，便從下路掃着他踝子骨打來。棍到處，只見那女子兩隻小腳兒拳回去，踢躂一跳，便跳過那棍去。那和尚見兩棍打他不着，大吼一聲，雙手攢勁，輪開了棍，便取他中路，向左肋打來。那女子這番不閃了，他把柳腰一擺，平身向右一折，那棍便擦着左肋奔了脅下去；他卻揚起左胳膊，從那棍的上面向外一綽，往裏一裹，早把棍綽在手裏。和尚見他的兵器被人吃住了，咬着牙，撒着腰，往後一拽。那女子便把棍略鬆了一鬆，和尚險些兒不曾坐個倒蹲兒，連忙的插住兩腳，挺起腰來往前一挣。那女子趁勢兒把棍往懷裏只一帶，那和尚便跟過來。女子舉刀向他面前一閃，和尚只顧躲那刀，不妨那女子擡起右腿，用腳跟向胸脯上一登，噯，他立腳不穩，不由的撒了那純鋼禪杖，仰面朝天倒了。那女子笑道："原來也不過如此！"那和尚在地下還待紥掙，只聽那女子說道："不敢起動，我就把你這蒜錘子砸你這頭蒜！"說着，掖起那把刀來，手起一棍，打得他腦漿迸裂，霎時間青的、紅的、白的、黑的都流了出來，嗚呼哀哉，敢是死了。

那女子回過頭來，見東牆邊那五個死了三個，兩個紥掙起來，在那裏把頭碰的山響，口中不住討饒。那女子道："委屈你們幾個，算填了餡了；只得饒你不得！"隨手一棍一個，也結果了性命。那女子片刻之間，彈打了一個當家的和尚，一個三兒；刀劈了一個瘦和尚，一個禿和尚；打倒了五個作工的僧人；結果了一個虎面行者：一共整十個人。他這纔擡頭望著那一輪冷森森的月兒，長嘯了一聲，說："這纔殺得爽快！只不知屋裏這位小爺嚇得是死是活？"說着，提了那禪杖走到窗前，只見那窗根兒上果然的通了一個小窟窿。他把着往裏一望，原來安公子還方寸不離坐在那個地方，兩個大拇指堵住了耳門，那八個指頭捂着眼睛，在那裏藏貓兒呢！

那女子叫道："公子，如今廟裏的這般強盜都被我斷送了。你可好生的看着那包袱，等我把這門戶給你關好，向各處打一照再來。"公子說："姑娘，你別走！"那女子也不答言，走到房門跟前，看了看，那門上並無鎖鑰屈戌，只釘着兩個大鐵環子。他便把手裏那純鋼禪杖用手彎了轉來，彎成兩股，把兩頭插在鐵環子裏，只一擰，擰了個麻花兒，把那門關好。重新拔出刀來，先到了廚房。只見三間正房，兩間作廚房，屋裏西北另有個小門，靠禪堂一間堆些柴炭。那廚房裏牆上挂著一盞油燈，案上雞鴨魚肉以至米麪俱全。他也無心細看，趐身就穿過那月光門，出了院門，奔了大殿而來。只見那大殿並沒些香燈供養，連佛像也是暴土塵灰。順路到了西配殿，一望，寂靜無人。再往南便是那座馬圈的柵欄門。進門一看，原來是正北三間正房，正西一帶灰棚，正南三間馬棚。那馬棚裏卸着一輛糙席篷子大車。一頭黃牛，一匹蔥白叫驢，都在空槽邊拴着。院子裏四個騾子守着個草簾子在那裏啃。一帶灰棚裏不見些燈火，大約是那些做工的和尚住的。南頭一間，堆着一地喂牲口的草，草堆裏臥着兩個人。從窗戶映着月光一看，只見那倆人身上止剩得兩條褲子，上身剝得精光，胸前都是血跡模糊碗大的一個窟窿，心肝五臟都掏去了。細認了認，卻是在岔道口看見的那兩個騾夫。那女子看了，點頭道："這還有些天理！"說着，趓身奔了正房。那正房裏面燈燭點得正亮，兩扇房門虛掩。推門進去，只見方纔溜了的那個老和尚，守着一堆炭火，旁邊放着一把酒壺、一盅酒，正在那裏燒兩個騾夫的"狼心""狗肺"吃呢。他一見女子進來，嚇的纔待要嚷，那女子連忙用手把他的頭往下一按說："不准高聲！我有話問你，說的明白，饒你性命。"不想這一按，手重了些，按錯了筍子，把個脖子按進腔子裏去，"哼"的一聲，也交代了。那女子笑了一聲，說："怎的這等不禁按！"他隨把桌子上的燈拿起來，裏外屋裏一照，只見不過是些破箱破籠衣服鋪蓋之流。又見那炕上堆着兩個騾夫的衣裳行李，行李堆上放着一封信，拿起那信來一看，上寫着"褚宅家信"。那女子自語道："原來這封信在這裏。"回手揣在懷裏。邁步出門，嗖的一聲，縱上房去，又一縱，便上了那座大殿。站在殿脊上四邊一望，只見前是高山，後是曠野，左無村落，右無鄉鄰，止那天上一輪冷月，眼前一派寒煙。這地方好不冷靜！又向廟裏一望，四邊寂靜，萬籟無聲，再也望不見個人影兒。"端的是都被我殺盡了！"看畢，順着大殿房脊，回到那禪堂東院，從房上跳將下來。

纔待上臺階兒，覺得心裏一動，耳邊一熱，臉上一紅，不由得一陣四肢無力，連忙用那把刀拄在地上，說："不好，我大錯了！我千不合萬不合，方纔不合結果了那老和尚纔是。如今正是深更半夜，況又在這古廟荒山，我這一進屋子，見了他，正有萬語千言，旁邊要沒個證明的人，幼女孤男，未免覺得……"想到這裏，渾身益發搖搖無主起來。呆了半晌，他忽然把眉兒一揚，胸脯兒一挺，拿那把刀上下一指，說道："瘋丫頭！你看，這上面是甚麼？下面是甚麼？便是明裏無人，豈得暗中無神？縱說暗中無神，難道他不是人不成？我不是人不成？何妨！"說着，他就先到廚房，向竈邊尋了一根秫稭，在燈盞裏蘸了些油，點着出來。到了那禪堂門首，一隻手扭開那鎖門的禪杖，進房先點上了燈。

那公子見他回來，說道："姑娘，你可回來了！方纔你走後，險些兒不曾把我嚇死！"那女子忙問道："難道又有甚麼響動不成？"公子說："豈止響動，直進屋裏來了。"女子說："不信門關得這樣牢靠，他會進來？"公子道："他何嘗用從門裏走？從窗戶裏就進來了。"女子忙問："進來便怎麼樣？"公子指天畫地的說道："進來他就跳上桌子，把那桌子上的菜舔了個乾淨。我這裏拍着窗戶吆喝了兩聲，他纔夾着尾巴跑了。"女子道："這倒底是個甚麼東西？"公子道："是個挺大的大狸花貓。"女子含怒道："你這人怎的這等沒要緊！如今大事已完，我有萬言相告，此時纔該你我閑談的時候了。"只見他靠了桌兒坐下，一隻手按了那把倭刀，言無數句，話不一夕，纔待開口還未開口，側耳一聽，只聽得一片哭聲，哭道是："皇天菩薩！救命呀！"那哭聲哭得來十分悲慘！正是：

好似錢塘潮汐水，一波纔退一波來。

要知那哭聲是怎的個原由，那女子聽了如何，下回書交代。

上海古籍版《兒女英雄傳》

輯　錄

　　蔣瑞藻《花朝生筆記》：滿人小說，《兒女英雄傳》最有名，結構新奇，文筆瑰麗，不愧爲一時傑作。惜自何玉鳳歸安氏後，意義漸趨平衍，讀者病之。

　　胡適《兒女英雄傳·序》：《兒女英雄傳》是一部評話小說，他有評話小說的長處，也有評話小說的短處。短處在思想的淺陋，長處在口齒的犀利，語言的漂亮。又：中國小說之中，只有幾部用方言土語做談話的小說能夠在談話的方面特別見長。《金瓶梅》用山東方言，《紅樓夢》用北京話，《海上花列傳》用蘇州話：這些都是最有成績的例。《兒女英雄傳》也用北京話，但《兒女英雄傳》出世在《紅樓夢》之後一百二三十年，風氣更開了，凡曹雪芹時代不敢採用的土語，於今都敢用了。所以《兒女英雄傳》裏的談話有許多地方比《紅樓夢》還更生動。總之，《兒女英雄傳》的最大長處在於說話的生動與風趣。又：文康極力讚頌科舉，而我們讀了只覺得科舉流毒的格外可怕；他誠心誠意地描寫科第的可歆羨，而我們在今日讀了只覺得他給我們留下了一大篇科舉制度之下崇拜富貴利祿的心理的絕好供狀。所以我們說：《兒女英雄傳》的作者自己正是《儒林外史》要刻畫形容的人物，而《兒女英雄傳》的大部分真可叫做一部不自覺的《儒林外史》。一部《兒女英雄傳》裏的思想見解都應該作如是觀：都只是一個迂腐的八旗老官僚在那窮愁之中作的如意夢。

石玉崑（生卒年不詳）

孔另境《中國小說史料》：石玉崑，字振之，天津人。因爲他久在北京賣唱，所以有人誤爲是北京人。咸豐、同治時候嘗以唱單弦轟動一時。他嘗在一個關閉多年的雜耍館裏唱《包公案》，聽衆每過千人。他大約死在同治末年，到了光緒初年，假託他名字的書，就先後出版了。石玉崑的《龍圖公案》，全是文字笨拙的，所以後來聽他說書的人，依他說的事跡，另作一書，名爲《龍圖耳錄》。石氏唱本原是帶說帶唱的，《龍圖耳錄》就改成章回小說了。後來有署名問竹主人者，又改《龍圖耳錄》爲《三俠五義》。

三俠五義（存目）

| 輯　錄 |

黃摩西《小說小話》：《三俠五義》一書，曲園俞氏（樾）就石玉崑本序行，

易其名爲《七俠五義》。書中三俠，謂南俠、北俠、雙俠也。曲園因其人數爲四，疑有錯誤，遂湊入智化等，又改小義士艾虎爲小俠，而稱七俠。此書人物地址稱謂，多寓遊戲，作者亦無一定宗旨。然豪情壯采，可集《劍俠傳》之大成，排《水滸傳》之壁壘。而又有一大特色，爲二書（指《水滸傳》與《龍圖公案》）所不及者，則自始至終百餘萬言，除夢兆冤魂以外，絕無神怪妖妄之談。而摹寫人情冷暖，世途險惡，亦曲盡其妙，不獨爲俠義添煩毫也。

魯迅《中國小說史略》：《三俠五義》爲市井細民寫心，乃似較有《水滸》餘韻，然亦僅其外貌，而非精神。又：其構設事端，頗傷稚弱，而獨於寫草野豪傑，輒奕奕有神，間或襯以世態，雜以詼諧，亦每令莽夫分外生色。值世間方飽於妖異之說，脂粉之談，而此遂以粗豪脫略見長。

胡適《三俠五義·序》：《三俠五義》原名《忠烈俠義傳》，是從《龍圖公案》中變出來的。《三俠五義》是一部新的《龍圖公案》，後來纔放手做去，撇開了包公，專講各位俠義。包公的部分因襲的居多，俠義的部分創造居多。石玉崑"翻舊出新"，把一篇志怪之書變成了一部寫俠義行爲的傳奇，而近百回的大文章裏竟沒有一點神話的蹤跡，這真可算是完全的"人話化"。

參考書目

《清之俠義小說及公案》，載《中國小說史略》，魯迅著，人民文學出版社 1973 年版。

《兒女英雄傳》，文康著，上海古籍出版社 1981 年版。

《三俠五義》，石玉崑著，上海古籍出版社 1980 年版。

思考題

1. 試述《水滸傳》對俠義小說的影響。
2. 爲什麼說《三俠五義》是俠義小說與公案小說的合流？
3. 比較現代新派武俠小說與傳統武俠小說的異同。

第四節　諷刺小說與譴責小說

吳敬梓（1701—1754）

程晉芳《文木先生傳》：吳敬梓，字敏軒，一字文木，全椒人。世望族，科第仕宦多顯者。先生生而穎異，讀書纔過目，輒能背誦。稍長，補學官弟子員。襲祖父業，有二萬金；素不習治生，性復豪爽，遇貧即施，偕文士輩往還，飲酒歌呼窮日夜，不數年而產盡矣。安徽巡撫趙公國麟聞其名，以博學鴻詞薦，竟不赴廷試，亦自此不應鄉舉，而家益以貧。乃移居江寧城東之大中橋，環堵蕭然，擁故書數十冊，日夕自娛。窘極，則以書易米。生平見才士，汲引如不及；獨嫉時文士如仇，其尤工者，則尤嫉之。緣此，所遇益窮。先生晚年好治經，曰："此人生立命處也。"卒於揚州，享年五十有四。所著有《文木山房集》《詩說》若干卷；又仿唐人小說爲《儒林外史》五十卷，窮極文士情態，人爭傳寫之。

儒林外史（節選）

【題解】《儒林外史》五十五回，假托明朝故事，實則反映清朝士林現實生存狀態。小說真實而深刻地揭露被體制異化的中國知識分子的根性與人性的弱點，諷刺對像包括八股之士、斗方名士，以及社會眾生。所選爲第十一回《魯小姐制義難新郎，楊司訓相府薦賢士》，敘蘧公孫入贅魯編修家後遭遇的尷尬，以及與假名士楊執中的交往。

話說蘧公孫招贅魯府，見小姐十分美貌，已是醉心，還不知小姐又是個才女，且他這個才女，又比尋常的才女不同。魯編修因無公子，就把女兒當作兒子，五六歲上請先生開蒙，就讀的是"四書""五經"；十一二歲就講書、讀文章，先把一部王守溪的稿子讀的滾瓜爛熟。教他做"破題""破承""起講""題比""中比"成篇。送先生的束脩。那先生督課，同男子一樣。這小姐資性又高，記心又好，到此時，王、唐、瞿、薛，以及諸大家之文，歷科程墨，各省宗師考卷，肚里記得三千餘篇。自己作出來的文章又理真法老，花團錦簇。魯編修每常嘆道："假若是個兒子，幾十個進士、狀元都中來了！"閑居無事，便和女兒談說："八股文章若做的好，隨你做甚麼東西，要詩就詩，要賦就賦，都是一鞭一條痕，一摑一掌血。若是八股文章欠講究，任你做出甚麼來，都是野狐禪、邪魔外道！"小姐聽了父親的教訓，曉妝臺畔，刺繡床前，擺滿了一部一部的文章，每日丹黃爛然，蠅頭細批。人家送來的詩詞歌賦，正眼兒也不看他。家裏雖有幾本甚麼《千家詩》《解學士詩》，東坡、小妹詩話之類，倒把與伴讀的侍女采蘋、雙紅們看；閑暇也教他制幾句詩，以為笑話。此番招贅進蘧公孫來，門戶又相稱，才貌又相當，真個是"才子佳人，一雙兩好"。料想公孫舉業已成，不日就是個少年進士。但贅進門來十多日，香房裏滿架都是文章，公孫卻全不在意。小姐心裏道："這些自然都是他爛熟於胸中的了。"又疑道："他因新婚燕爾，正貪歡笑，還理論不到這事上。"

又過了幾日，見公孫赴宴回房，袖裏籠了一本詩來燈下吟哦，也拉着小姐並坐同看。小姐此時還害羞，不好問他，只得強勉看了一個時辰，彼此睡下。到次日，小姐忍不住了，知道公孫坐在前邊書房里，即取紅紙一條，寫下一行題目，是"身修而後家齊"，叫采蘋過來，說到："你去送與姑爺，說是老爺要請教一篇文字的。"公孫接了，付之一笑，回說道："我於此事不甚在行。況到尊府未經滿月，要做兩件雅事，這樣俗事，還不耐煩做哩！"公孫心里只道說，向才女說這樣話是極雅的了，不想正犯着忌諱。

當晚，養娘走進房來看小姐，只見愁眉淚眼，長吁短嘆。養娘道："小姐，你纔恭喜，招贅了這樣好姑爺，有何心事，做出這等模樣？"小姐把日裏的事告訴了一遍，說道："我只道他舉業已成，不日就是舉人、進士，誰想如此光景，豈不誤我終身？"養娘勸了一回。公孫進來，待他詞色就有些不善，公孫自知慚愧，彼此也不便明言。從此啾啾唧唧，小姐心裏納悶，但說到舉業上，公孫總不招攬；勸的緊了，反說小姐俗氣。小姐越發悶上加悶，整日眉頭不展。

夫人知道，走來勸女兒道："我兒，你不要恁般呆氣，我看新姑爺人物已是十分了，況你爹原愛他是個少年名士。"小姐道："母親，自古及今，幾曾看見不會中進士的人可以叫做個名士的？"說着，越要惱怒起來。夫人和養娘道："這個是你終身大事，不要如此。況且現放着兩家鼎盛，就算姑爺不中進士、做官，難道這一生還少了你用的？"小姐道："'好男不吃分家飯，好女不穿嫁時衣。'依孩兒的意思，總是自掙的功名好，靠着祖、父，只算做不成器！"夫人道："是如此，也只好慢慢勸他。這是急不得的。"養娘道："當真姑爺不得中，你將來生出小公子來，自小依你的教訓，不要學他父親，家裏放着你恁個好先生，怕教不出個狀元來就替你爭口氣？你這封誥是穩的。"說着，和夫人一齊笑起來。小姐嘆了一口氣，也就罷了。落後魯編修聽見這些話，也出了兩個題請教公孫，公孫勉強成篇。編修公看了，都是些詩詞上的話，又有兩句象《離騷》，又有兩句"子書"，不是正經文字，因此心裏也悶，說不出來。卻全虧夫人疼愛這女婿，如同心頭一塊肉。

看看過了殘冬。新年正月，公孫回家拜祖父、母親的年回來。正月十二日，婁府兩公子請吃春酒。公孫到了，兩公子接在書房裏坐，問了蘧太守在家的安。說道："今日也並無外客，因是令節，約賢侄到來，家宴三杯。"剛纔坐下，看門人進來稟："看墳的鄒吉甫來了。"兩公子自從歲內為蘧公孫畢姻之事忙了月餘，又亂着度歲，把那楊執中的話已丟在九霄雲外。今見鄒吉甫來，又忽然想起，叫請進來。

兩公子同蘧公孫都走出廳上，見他頭上戴着新氈帽，身穿一件青布厚棉道袍，腳下踏着暖鞋。他兒子小二，手里拿着個布口袋，裝了許多炒米、豆腐干，進來放下。兩公子和他施禮，說道："吉甫，你自恁空身來走走罷了，為甚麼帶將禮來？我們又不好不收你的。"鄒吉甫道："二位少老爺說這笑話，可不把我羞死了！鄉下物件，帶來與老爺賞人。"兩公子吩咐將禮收進去，鄒二哥請在外邊坐，將鄒吉甫讓進書房來。吉甫問了，知道是蘧小公子，又問蘧姑老爺的安，因說道："還是那年我家太老爺下葬，會着姑老爺的，整整二十七年了，叫我們怎的不老！姑老爺鬍子也全白了麼？"公孫道："全白了三四年了。"鄒吉甫不肯僭公孫的坐，三公子道："他是我們表侄，你老人家年尊，老實坐罷。"吉甫遵命坐下，先吃過飯，重新擺下碟子，斟上酒來。兩公子說起兩番訪楊執中的話，從頭至尾，說了一遍。鄒吉甫道："他自然不曉得。這個卻因我這幾個月住在東莊，不曾去到新市鎮，所以這些話沒人向楊先生說。楊先生是個忠厚不過的人，難道會裝身分故意躲着不見？他又是個極肯相與人的，聽得二位少老爺訪他，他巴不得連夜來會哩！明日我回去向他說了，同他來見二位少老爺。"四公子道："你且住過了燈節，到十五日那日，同我這表侄往街坊上去看看燈，索性到十七八間，我們叫一隻船，同你到楊先生家。還是先去拜他纔是。"吉甫道："這更好了。"當夜吃完了酒，送蘧公孫回魯宅去，就留鄒吉甫在書房歇宿。

次日乃試燈之期，婁府正廳上懸拴一對大珠燈，乃是武英殿之物，憲宗皇帝御賜的，那燈是內府製造，十分精巧。鄒吉甫叫他的兒子鄒二來看，也給他見見廣大，到十四日，先打發他下鄉去，說道："我過了燈節，要同老爺們到新市鎮，順便到你姐姐家，要到二十外纔家里去。你先去罷。"鄒二應諾去了。

到十五晚上，蘧公孫正在魯宅同夫人、小姐家宴。宴罷，婁府請來吃酒，同在街上遊玩。湖州府太守衙前紮着一座鼇山燈。其餘各廟，社火扮會，鑼鼓喧天，人家士女都出來看燈踏月，真乃金吾不禁，鬧了半夜。次早鄒吉甫向兩公子說，要先到新市鎮女兒家去，約定兩公子十八日下鄉，同到楊家。兩公子依了，送他出門。搭了個便船到新市鎮。女兒接著，新年磕了老子的頭，收拾酒飯吃了。

到十八日，鄒吉甫要先到楊家去候兩公子。自心裏想：楊先生是個窮極的人，公子們到，卻將甚麼管待？因問女兒要了一隻鷄，數錢去鎮上打了三斤一方肉，又沽了一瓶酒，和些蔬菜之類，向鄰居家借了一隻小船，把這酒和鷄、肉都放在船艙里，自己棹着，來到楊家門口，將船泊在岸傍，上去敲開了門。楊執中出來，手里捧着一個爐，拿一方帕子，在那里用力的擦。見是鄒吉甫，丟下爐唱諾。彼此見過節，鄒吉甫把那些東西搬了進來。楊執中看見，嚇了一跳，道："哎喲！鄒老爹，你爲甚麼帶這些酒肉來？我從前破費你的還少哩！你怎的又這樣多情！"鄒吉甫道："老先生，你且收了進去，我今日雖是這些須村俗東西，卻不是爲你；要在你這裏等兩位貴人。你且把這鷄和肉向你太太說，整治好了，我好同你說這兩個人。"

楊執中把兩手袖着，笑道："鄒老爹，卻是告訴不得你。我自從去年在縣裏出來，家下一無所有，常日只好吃一餐粥。直到除夕那晚，我這鎮上開小押的汪家店裏，想着我這座心愛的爐，出二十四兩銀子，分明是算定我節下沒有些柴米，要來討這巧。我說：'要我這個爐，須是三百兩現銀子，少一厘也成不的。就是當在那裏過半年，也要一百兩。象你這幾兩銀子，還不夠我燒爐買炭的錢哩！'那人將銀子拿了回去。這一晚到底沒有柴米，我和老妻兩個，點了一枝蠟燭，把這爐摩弄了一夜，就過了年。"因將爐取在手內，指與鄒吉甫看，道："你看這上面包漿好顏色！今日又恰好沒有早飯米，所以方纔在此摩弄這爐，消遣日子，不想遇着你來。這些酒和菜都有了，只是不得有飯。"鄒吉甫道："原來如此，這便怎麼樣？"在腰間打開鈔袋一尋，尋出二錢多銀子，遞與楊執中道："先生，你且快叫人去買幾升米來,纔好坐了說話。"楊執中將這銀子,喚出老嫗,拿個傢伙到鎮上糴米。不多時,老嫗糴米回來,往廚下燒飯去了。

楊執中關了門來,坐下問道:"你說是今日那兩個什麼貴人來?"鄒吉甫道:"老先生,你爲鹽店裏的事累在縣裏,卻是怎樣得出來的?"楊執中道:"正是,我也不知。那日縣父母忽然把我放了出來,我在縣門口問,說是個姓晉的具保狀保我出來。我自己細想,不曾認得這位姓晉的。老爹,你到底在那裏知道些影子的?"鄒吉甫道:"那里是甚麼姓晉的!這人叫做晉爵,就是婁太師府里三少老爺的管家。少老爺弟兄兩位因在我這裏聽見你老先生的大名,回家就將自己銀子兌出七百兩上了庫,叫家人晉爵具保狀。這些事,先生回家之後,兩位少老爺親自到府上訪了兩次,先生難道不知道麼?"楊執中恍然醒悟道:"是了,是了,這事被我這個老嫗所誤!我頭一次看打魚回來,老嫗向我說'城裏有一個姓柳的',我疑惑是前日那個姓柳的原差,就有些怕會他。後一次又是晚上回家,他說'那姓柳的今日又來,是我回他去了'。說着,也就罷了。如今想來,柳者,婁也,我那裏猜的到是婁府?只疑惑是縣裏原差。"鄒吉甫道:"你老人家因打這年把官司,常言道得好:'三年前被毒蛇咬了,如今夢見一條繩子也是害怕。'只是心中疑惑是差人。這也罷了。因前日十二,我在婁府叩節,兩位少老爺說到這話,約我今日同到尊府,我恐怕先生一時沒有備辦,所以帶這點東西來替你做個主人,好麼?"楊執中道:"既是兩公錯愛,我便該先到城裏去會他,何以又勞他來?"鄒吉甫道:"既已說來,不消先去,候他來會便了。"

坐了一會,楊執中烹出茶來吃了。聽得叩門聲,鄒吉甫道:"是少老爺來了,快去開門。"纔開了門,只見一個稀醉的醉漢闖將進來,進門就跌了一交,扒起來,摸一摸頭,向內裏直跑。楊執中定睛看時,便是他第二個兒子楊老六,在鎮上賭輸了,又噇了幾杯燒酒,噇的爛醉,想着來家問母親要錢再去賭,一直往裏跑。楊執中道:"畜生!那裏去?還不過來見了鄒老爹的禮！"那老六跌跌撞撞，作了個揖，就到廚下去了。看見鍋裏煮的雞和肉噴鼻香，又悶着一鍋好飯，房裏又放着一瓶酒，不知是那裏來的，不由分說，揭開鍋就要撈了吃。他娘劈手把鍋蓋蓋了。楊執中罵道："你又不害饞勞病！這是別人拿來的東西，還要等着請客！"他那裏肯依，醉的東倒西歪，只是搶了吃。楊執中罵他，他還睜着醉眼混回嘴。楊執中急了，拿火叉趕着，一直打了出來。鄒老爹且扯勸了一回，說道："酒菜是侯婁府兩位少爺的。"那楊老六雖是蠢，又是酒後，但聽見婁府，也就不敢胡鬧了，他娘見他酒略醒些，撕了一隻雞腿，盛了一大碗飯，泡上些湯，瞞着老子遞與他吃。吃罷，扒上床，挺覺去了。

兩公子直至日暮方到，蘧公孫也同了來。鄒吉甫、楊執中迎了出去。兩公子同蘧公孫進來，見是一間客座，兩邊放着六張舊竹椅子，中間一張書案，壁上懸的畫是楷書朱子《治家格言》，兩邊一幅箋紙的聯，上寫着："三間東倒西歪屋，一個南腔北調人。"上面貼了一個報帖，上寫："捷報貴府老爺楊諱允，欽選應天淮安府沭陽縣儒學正堂。京報……"不曾看完，楊執中上來行禮奉坐，自己進去取盤子捧出茶來，獻與各位。

茶罷，彼此說了些聞聲相思的話。三公子指着報帖問道，"這榮選是近來的信麼？"楊執中道："是三年前小弟不曾被禍的時候有此事，只為當初無意中補得一個廩，鄉試過十六七次，並不能掛名榜末。垂老得這一個教官，又要去遞手本，行庭參，自覺得腰胯硬了，做不來這樣的事。當初力辭了患病不去，又要經地方官驗病出結，費了許多周折。那知辭官未久，被了這一場橫禍，受小人駔儈之欺！那時懊惱不如竟到沭陽，也免得與獄吏為伍。若非三先生、四先生相賞于風塵之外，以大力垂手相援，則小弟這幾根老骨頭，只好瘐死囹圄之中矣！此恩此德何日得報！"三公子道："些須小事，何必掛懷！今聽先生辭官一節，更足仰品高德重。"四公子道："朋友原有通財之義，何足掛齒。小弟們還恨得知此事已遲，未能早為先生洗脫，心切不安。"楊執中聽了這番話，更加欽敬，又和蘧公孫寒暄了幾句。鄒吉甫道："二位少老爺和蘧少爺來路遠，想是饑了。"楊執中道："腐飯已經停當，請到後面坐。"

當下請在一間草屋內，是楊執中修葺的一個小小的書屋，面着一方小天井，有幾樹梅花，這幾日天暖，開了兩三枝。書房內滿壁詩畫，中間一幅箋紙聯，上寫道："嗅窗前寒梅數點，且任我俯仰以嬉；攀月中仙桂一枝，久讓人婆娑而舞。"兩公子看了，不勝嘆息，此身飄飄如遊仙境。楊執中捧出雞肉酒飯，當下吃了幾杯酒，用過飯，不吃了，撤了過去，烹茗清談。談到兩次相訪，被聾老嫗誤傳的話，彼此大笑。兩公子要邀楊執中到家盤桓幾日，楊執中說："新年略有俗務，三四月後，自當敬造高齋，爲平原十日之飲。"談到起更時候，一庭月色，照滿書窗，梅花一枝枝如畫在上面相似，兩公子留連不忍相別。楊執中道："本該留三先生、四先生草榻，奈鄉下蝸居，二位先生恐不甚便。"於是執手踏着月影，把兩公子同蘧公孫送到船上，自同鄒吉甫回去了。

兩公子同蘧公孫纔到家，看門的稟道："魯大老爺有要緊事，請蘧少爺回去，來過三次人了。"蘧公孫慌回去，見了魯夫人。夫人告訴說，編修公因女婿不肯做舉業，心裏着氣，商量要娶一個如君，早養出一個兒子來教他讀書，接進士的書香。夫人說年紀大了，勸他不必，他就着了重氣，昨晚跌了一交，半身麻木，口眼有些歪斜。小姐在傍淚眼汪汪，只是嘆氣。公孫也無奈何，忙走到書房去問候，陳和甫正在那裏切脈。切了脈，陳和甫道："老先生這脈息，右寸略見弦滑，肺爲氣之主，滑乃痰之徵。總是老先生身在江湖，心懸魏闕，故爾憂怒抑鬱，現出此症。治法當先以順氣祛痰爲主，晚生每見近日醫家嫌半夏燥，一逼痰症就改用貝母，不知用貝母療濕痰，反爲不美。老先生此症，當用四君子，加入二陳，飯前溫服。只消兩三劑，使其腎氣常和，虛火不致妄動，這病就退了。"於是寫立藥方。一連吃了四五劑，口不歪了，只是舌根還有些強，陳和甫又看過了脈，改用一個丸劑的方子，加入幾味祛風的藥，漸漸見效。

蘧公孫一連陪伴了十多日，並不得閒。那日值編修公午睡，偷空走到婁府，進了書房門，聽見楊執中在內咕咕而談，知道是他已來了，進去作揖，同坐下。楊執中接着說道：「我方纔說的，二位先生這樣禮賢好士，如小弟何足道！我有個朋友，在蕭山縣山裏住，這人真有經天緯地之才，空古絕今之學，真乃'處則不失爲真儒，出則可以爲王佐'。三先生、四先生如何不要結識他？」兩公子驚問：「那裏有這樣一位高人？」楊執中疊着指頭，說出這個人來。只因這一番，有分教：相府延賓，又聚幾多英傑；名邦勝會，能消無限壯心。不知楊執中說出甚麼人來，且聽下回分解。

人民文學版《儒林外史》

|輯　錄|

閒齋老人《儒林外史·序》：夫曰"外史"，原不自居正史之列也；曰"儒林"，迥異元虛荒渺之談也。其書以功名富貴爲一篇之骨：有心豔功名富貴而媚人下人者；有倚仗功名富貴而驕人傲人者；有假托無意功名富貴自以爲高，被人看破恥笑者。終乃以辭卻功名富貴，品地最上一層，爲中流砥柱。

惺園退士《儒林外史·序》：《儒林外史》一書，摹繪世故人情，真如鑄鼎象物，魑魅魍魎，畢現尺幅，而復以數賢人砥柱中流，振興世教。其寫君子也，如睹道貌，如聞格言；其寫小人也，窺其肺肝，描其聲態，畫圖所不能到者，筆乃足以達之。評語尤爲曲盡情僞，一歸於正。其云："慎勿讀《儒林外史》，讀之乃覺身世酬應之間，無往而非《儒林外史》。"斯語可謂是書的評矣。

陳獨秀《儒林外史·序》：中國文學有一層短處，就是：尚主觀的"無病呻吟"的多，知客觀的"刻畫人情"的少。《儒林外史》之所以難能可貴，就在他不是主觀的，理想的，——是客觀的，寫實的。這是中國文學書裏很難得的一部書。

魯迅《中國小說史略》：迨吳敬梓《儒林外史》出，乃秉持公心，指摘時弊，機鋒所向，尤在士林；其文又戚而能諧，婉而多諷：於是說部中乃始有足稱諷刺之書者。

胡適《吳敬梓傳》：《儒林外史》這部書所以能不朽，全在他的見識高超，技術高明。這書的"楔子"一回，借王冕的口氣，批評明朝的科舉用八股文的制度道："將來讀書人既有此一條榮陞之路，把那文行出處都看得輕了。"這是全書的主旨。

李寶嘉（1867—1906）

吳沃堯《李伯元傳》：李寶嘉，字伯元，一稱南亭亭長，江蘇武進人。夙抱大志，俯仰不凡，懷匡救之才，而恥於趨附，故當世無知者。遂以痛哭流涕之筆，寫嬉笑怒罵之文，創爲《遊戲報》，爲我國報界辟一別裁。踵起而效顰者，無慮十數家，均望塵不及也。君笑曰："一何步趨而不知變哉！"又別爲一格，創爲《繁華報》。光緒辛丑，朝廷開特科，徵經濟之士，湘鄉曾慕濤侍郎以君薦，君謝曰："使余而欲仕，不及今日矣。"辭不赴。會臺諫中有忌君者，竟以列諸彈章。君笑曰："是乃真知我者。"自是肆力於小說，而以開智譎諫爲宗旨。憂夫婦孺之夢夢不知時事也，撰爲《庚子國變彈詞》；惡夫仕途之鬼蜮百出也，撰爲《官場現形記》；慨夫社會之同流合污不知進化也，撰爲《中國現在記》及《文明小史》《活地獄》等書。每一脫稿，莫不受世人之歡迎，坊賈甚有以他人所撰之小說，假君名以出版者，其見重於社會可想矣。使天假之年，其著作又何止於等身也，乃以憤世嫉俗之故，年僅四十，即鬱鬱以終。

官場現形記（節選）

【題解】《官場現形記》六十回，一九〇三年連載於《世界繁華報》。小說揭露晚清官場的種種醜態，上至老佛爺（慈禧太后）、王爺、軍機大臣、總督、巡撫，下至州府縣官以及未入流的佐雜，堪稱晚清百官群醜圖。所選爲第二十九回《傻道台訪艷秦淮河，闊統領宴賓番菜館》，敘江南候補道佘小觀由天津而南京的應酬交際，揭露晚清官場吃喝嫖賭腐敗墮落的風氣。

正是光陰似箭，日月如梭。時筱仁又在京城裏面鬼混了半個多月，等把各式事情料理清楚，然後坐了火車出京。他老先生到了天津，又去稟見直隸制臺。這位制臺是在旗，很講究玩耍的。因爲他是別省的官，而且又有世誼，便不同他客氣。等他見過出去之後，當天就叫差官拿片子到他棧房裏去謝步，並且約他次日吃飯。他本想第二天趁了招商局安平輪船往上海去的，因此只得耽擱下來。

到了第二天，席面上同座的有兩個京官：一個是主考，請假期滿；一個是都老爺，丁艱起服，都由原籍進京過天津的。還有兩個：一個客官，是纔放出來的鎮臺，剛從北京下來；一個也是江南記名道，前去到省的。連時筱仁賓主共六個人。未曾入座，制臺已替那位記名道通過姓名，時筱仁於是曉得他叫佘小觀。一時酒罷三巡，菜上六道。制臺便脫略形跡，問起北京情形。在制臺的意思不過問問北京現在鬧熱不鬧熱，有什麼新鮮事情。時筱仁尚未開口，不料佘小觀錯會了宗旨，又吃了兩杯酒，忘其所以，竟暢談起國事來，連連說道："不瞞大帥說，現在的時勢，實在是江河日下了！"制臺聽了詫異，楞住不響，聽他往底下講。他又說道："不要說別的，外頭一位華中堂，裏頭一位黑總管，這他兩個人無錢不要，只要有錢就是好人。有這兩個人，國事還可以問嗎！"這位制臺從前能夠實授這個缺，以及做了幾多年一直太平無事，全虧華、黑二人之力居多，現在聽見佘小觀罵他，心上老大不高興。停了一會，慢慢的問道："老兄在京裏可曾見過他二位？"佘小觀趁著酒興，正說得得意，聽了這問，不禁嘆一口氣道："'在他簷下走，怎敢不低頭！'大帥連這句俗語還不知道嗎？上頭縱容他們，他們纔敢如此，還有甚麼說的！"制臺是旗人，另有一副忠君愛國的心腸，一見佘小觀說出這犯上的話來，連連插話打斷他的話頭，怕他再說出些不中聽的來，被旁人灌在耳朵裏，傳了進去，連自己都落不是的。

一霎時酒闌人散。時筱仁回到客棧，曉得這佘小觀是自己同省同寅，而且直隸制臺請他吃飯，諒來根基不淺，便想同他結識，一路同行，以便到省有得照應。誰料見面問起，佘小觀還要在天津盤桓幾日，戀着侯家後一個相好，名字叫花小紅的，不肯就走。時筱仁卻因放給黃胖姑的十萬頭在京城裏只取得一半，連過班連拜門早已用得乾乾淨淨，下餘五萬，胖姑給他一張匯票，叫他到南京去取。他所以急於到省，不及候佘小觀了。

單說佘小觀道臺在天津一連盤桓了幾日。直隸制臺那裏雖然早已稟辭，卻只是戀着相好，不肯就走。他今天請客，明天打牌，竟其把窰子當作了公館。後來耽擱了時候太長久了。朋友們都來相勸，說："小翁既然歡喜小紅，何妨就娶了他做個姨太太呢？"那知這佘道臺的正太太非凡之凶，那裏能容他納妾，佘道臺也只是有懷莫遂，抱恨終天而已。又過了兩日，捱不過了，方與花小紅揮淚而別。花小紅又親自送到塘沽上火輪船，做出一副難分難舍的樣子，害的佘道臺格外難過。

等到輪船開出了口，就碰着了大風，霎時顛播起來，坐立不穩。在船的人，十成之中倒有九成是嘔吐的。佘道臺脾虛胃弱，撐持不住，早躺下了，睡又睡不着，吃又吃不進。幸虧有花小紅送的水菓拿來潤口。好容易熬了三天三夜，進了吳淞口，風浪漸息，他老人家掙扎起來。又掙了一會，船攏碼頭，住了長發棧。當天歇息了一夜，沒有出門。次日坐車拜了一天客。當天就有人請他吃館子，吃大菜，吃花酒，聽戲。他一概辭謝。後來被朋友親自來拖了出去。到了席面上，叫他帶局，他又不肯，面子上說"恐怕不便"，其實心上戀着天津的相好，說："他待我如此之厚，我不便辜負他！"所以迸住不叫別人。

過了兩天，就坐了江裕輪船一直往南京而去。第三天大早，輪船到了下關，預先有朋友替他寫信招呼，曉得他是本省的觀察，下船之後，就有一爿甚麼局派來四名親兵，替他搬運行李。他是湖南人，因爲未帶家眷，暫時先借會館住下，隨後再尋公館。一連幾天，上衙門拜客，接着同寅接風，請吃飯，整整忙了一個月方纔停當。

列位看官：要曉得江南地方雖經當年"洪逆"蹂躪，幸喜克復已久，

453

六朝金粉，不減昔日繁華。又因江南地大物博，差使很多，大非別省可比。加以從前克復金陵立功的人，盡有在這裏置立房産，購買田地，以作久遠之計。目下老成雖已凋謝，而一班勳舊子弟，承祖父餘蔭，文不能拈筆，武不能拉弓，嬌生慣養，無事可爲，幸遇朝廷捐例大開，上代有得元寶，只要攛了出去上兑，除掉督、撫、藩、臬例不能捐，所以一個個都捐到道臺爲止。倘若舍不得出錢捐，好在他們親戚故舊各省都有，一個保舉總得好幾百人，只要附個名字在內，官小不要，起碼亦是一位觀察。至於繈褓孩提，預先捐個官放在那裏，等候將來長大去做，卻也不計其數。此外還有因爲同鄉、親戚做總督奏調來的；亦在羨慕江南好地方，差使多，指省來的：有此數層，所以這江南道臺竟愈聚愈衆。

閑話少敍。卻說佘小觀佘道臺，他父親卻也是個有名的人，曾經做過一任提督。他自己中過一個舉人，本來是個候選知府，老太爺過世，朝廷眷念功勳，就賞了他個道台，已經是"特旨道"。畢竟他是孝廉出身，比衆不同，平時看了幾本新書，胸中老大有點學問，歡喜談論談論時務。有些胸無墨汁的督、撫，見他如此，便以天人相待。就有一省督、撫保舉人材，把他的名字附了進去，送部引見，又交軍機處記名。若論他的資格，早可以放實缺了，無奈他老人家雖是官居提督，死下來卻沒有什麼錢。無錢化費，如何便能得缺。齊巧此時做兩江總督的這一位是他同鄉，同他父親也有交情，便叫他指分江南，到省候補。

他自從到省之後，同寅當中不多幾日已經很結識得幾個人：不是世誼，便是鄉誼，就是一無瓜葛的人，到了此時，一經拉攏，彼此亦就要好起來。所謂"臭味相投"，正是這個道理。卻說他結識的幾個候補道：一個姓余，號藎臣，雲南人氏，現當牙厘局總辦。一個姓孫，號國英，是直隸人，現充學堂總辦。這兩個都是甲班出身。一個姓藩，號金士，是安徽人，現當洋務局會辦。一個姓唐，號六軒，是個漢軍旗人，現充保甲局會辦。還有旗人叫烏額拉布，差使頂多，上頭亦頂紅。這五個人，連着佘小觀，一共六位候補道，是常常在一起的。六個人每日下午，或從局裏，或從衙門裏，辦完公事下來，一定要會在一處。

江南此時麻雀牌盛行，各位大人閑空無事，總借此爲消遣之計。有了六個人，不論誰來湊上兩個，便成兩局。他們的麻雀，除掉上衙門辦公事，是整日整夜打的。六人之中算余藎臣公館頂大，又有家眷，飲食一切，無一不便，因此大衆都在這余公館會齊的時候頂多。他們打起麻雀來，至少五百塊一底起碼。後來他們打麻雀的名聲出來了，連着上頭制臺都知道。有天要傳見唐六軒，制臺便說：「你們要找唐某人，不必到他自己公館裏去，只要到余藎臣那裏，包你一找就到。」制臺年紀大了，有些事情不能煩心，生平最相信的是「養氣修道」，每日總得打坐三點鐘，這三點鐘裏頭，無論誰來是不見的。空了下來，簽押房後面有一間黑房，供着呂洞賓，設着乩壇，遇有疑難的事，他就要扶鸞。等到壇上判斷下來，他一定要依着仙人所指示的去辦。倘若沒有要緊事情，他一天也要到壇好幾次，與仙人談詩爲樂。一年三百六十日，日日如此，倒也樂此不疲。所以朝廷雖以三省地方叫他總制，他竟其行所無事，如同臥治的一般。所屬的官員們見他如此，也樂得逍遙自在。橫豎照例公事不錯，餘下工夫，不是要錢便是玩女人，樂得自便私圖，能夠顧顧大局的有幾個呢？

佘小觀又有三件脾氣是一世改不掉的。頭一件打麻雀。自到江南，結識了余藎臣，投其所好，自然沒有一天肯不打。而且他賭品甚高，輸得越多心越定，臉上神色絲毫不動。又歡喜做「清一色」。所以同賭的人更拿他當財神看待。第二件講時務。起先講的不過是如何變法，如何改良。大人先生見他說話之間總帶着些維新習氣，就不免有點討厭他。他自己已經爲人所厭尚不曉得，而又沒有錢內外打點，自然人家更不喜歡他了。他這個道臺雖然是特旨，是記名，在京裏一等等了兩年多沒有得缺，心上一氣，於是又變爲滿腹牢騷，平時同人談天，不是罵軍機，就是罵督、撫。大衆聽了，都說他是「痰迷心竅」。因此格外不合時宜。第三件是嫖婆娘。他爲人最深於情，只要同這個姑娘要好了，連自己的心都肯掏出來給人家。在京的時候，北班子裏有個叫金桂的，他倆弄上了，銀子用了二千多，自己沒有錢，又拉了一千多銀子虧空。一個要嫁，一個要娶，賽如從盤古到如今，世界上一男一女，沒有好過他倆的。誰知後來金桂又結識了一個闊人，銀子又多，臉蛋兒又好，又有勢力。佘道臺抵他不過，於是賭氣不去，並且發下重誓，說："從今以後，再不來上當了！"在京又守了好幾個月，分發出京，碰着一位老世伯幫了他一千銀子。到了天津，手裏有了錢，心思就活動了。人家請他吃花酒，又相與個花小紅，幾乎把銀子用完。被朋友催不過，方纔硬硬心腸同小紅分手的。路過上海，因爲感念小紅的情義，所以沒有去嫖。到了南京之後，住了兩個月，寄過兩件織現成花頭的緞子送給小紅作衣服穿。後來同寅當中亦很有人請他在秦淮河船上吃過幾台花酒，他只是進着不肯帶局。後來時候久了，同秦淮河釣魚巷的女人漸漸熟了，不免就把思念小紅的心腸淡了下來。

一天余藎臣請他在六八子家吃酒。臺面上唐六軒帶了一個局，佘小觀見面之後，不禁陡吃一驚。原來這唐六軒唐觀察爲人極其和藹可親，見了人總是笑嘻嘻的，說起話來，一張嘴比蜜糖還甜，真正叫人聽了又喜又愛。因此南京官場中就送他一個表號，叫他"糖葫蘆"。這糖葫蘆到省之後，一直就相與了三和堂一個姑娘，名字叫王小四子的。這王小四子原籍揚州人氏，瘦括括的一張臉，兩條彎溜溜的細眉毛，一個直鼻梁，一張小嘴，高高的人材，小小的一雙腳。近來南京打扮已漸漸的仿照蘇州款式，梳的是圓頭，前面亦一寸多長的前劉海。此時初秋天氣，身上穿着件大袖子三尺八寸長的淺藍竹布衫，拖拖拉拉，底下已遮過膝蓋，緊與褲腳管上沿條相連，亦瞧不出穿的褲子是甚麼顏色了。佘道臺因見他面貌很像天津的花小紅，所以心上欸地一動。

當下王小四子走到臺面上，往糖葫蘆身後一坐。糖葫蘆只顧低著頭吃菜，未曾曉得。對面坐的是孫國英孫觀察，綽號叫孫大鬍子的，見了王小四子，拿手指指糖葫蘆，又拿手擺了兩擺。王小四子誤會了意，齊巧這兩天糖葫蘆又沒有去，王小四子便打情罵俏起來，伸手把糖葫蘆小辮一拖，把個糖葫蘆的腦袋掀到自己懷裏，舉起粉嫩的手打他的嘴巴。此時糖葫蘆嘴裏正銜着一塊荷葉卷子，一片燒鴨，嘴唇皮上油晃晃的，回頭一看，見是相好來拖他，亦就撒嬌撒癡，趁勢把腦袋困在王小四子懷裏，任憑打罵。只聽得王小四子說道："你這兩天死到那裏去了？我那裏一趟不來！叫你打的東西怎麼樣了？到底還有沒有？"糖葫蘆嘻皮涎臉的答道："我不到你那裏去，我到我相好的家裏去！"他說的是玩話，誰知王小四子倒認以為真，立刻眉毛一豎，面孔一板，說道："我早曉得我仰攀你大人不上！那個姑娘不比我長的俊！你要同別人'結線頭'，你又何必再來帶我呢！"一頭說話，那副神形就要掉下淚來，慌忙又拿手帕子去擦。糖葫蘆只是仰着臉朝着他笑。王小四子瞧着格外生氣，掄起拳頭，照準了頭，又是兩下子。打的他不由的喊"啊唷"。孫大鬍子哈哈大笑道："打不得了！再打兩下子，糖葫蘆就要變成'扁山查'了！"王小四子聽了這話，忽然撲嗤的一笑，又趕緊合攏了嘴，做出一副怒容。佘道臺見了這副神氣，更覺得同花小紅一式一樣，毫無二致。因為他是糖葫蘆帶的人，不便問他芳名、住處，只得暗底下拉孫大鬍子一把，想要問他。孫大鬍子又只顧同糖葫蘆、王小四子說話，沒有聽見，佘道臺只得罷休。

　　此時王小四子、糖葫蘆正扭在一處。孫大鬍子見王小四子認了真，恐怕鬧出笑話來，連忙勸王小四子放手："不要打了，凡百事情有我。你要怎麼罰他，告訴了我，我替你作主。你倘若把他的臉打腫了，怎麼叫他明天上衙門呢？這豈不是你害了他麼？"王小四子道："我現在不問他別的，他許我的金鐲子，有頭兩個月了，問問還沒有打好。我曉得的，一定送給別個相好了！"糖葫蘆道："真正冤枉！我為着南京的樣子不好，特地寫信到上海托朋友替我打一付。前個月有信來，說是打的八兩三錢七分重。後首等等不來，我又寫信去問，還沒有接到回信。昨兒來了一個上海朋友，說起這付鐲子，那個朋友已經自己留下送給相好了，現在替我重打，包管一禮拜准定寄來。如果沒有，加倍罰我！"王小四子道："孫大人，請你做個證見。一禮拜沒有，加倍罰他！前頭打的是八兩三錢七分重，加一倍，要十六兩七錢四了。"

孫大鬍子正要回言，不提防他的鬍子又長又多，他的相好雙喜坐在旁邊無事，嫌他鬍子不好看，卻替他把左邊的一半分爲三綹，辮成一條辮子。孫大鬍子的鬍子是一向被相好玩慣的，起初並不在意，後來因爲要站起來去拉糖葫蘆，不料被雙喜拉住不放，低頭一看，纔曉得變成一條辮子。把他氣的開不出口。歇了一回，說道："真正你們這些人會淘氣！沒有東西玩了，玩我的鬍子！"雙喜道："一團毛圍在嘴上，像個刺蝟似的，真正難看，所以替你辮起來，讓你清爽清爽，還不好？"孫大鬍子道："你嫌我不好看！你不曉得我這個大鬍子是上過東洋新聞紙，天下聞名的，沒有人嫌我不好。你嫌我不好，真正豈有此理！"

說着，有人來招呼王小四子、雙喜到劉河廳去出局，於是二人匆匆告假而去。余藎臣便問："劉河廳是誰請客？"人回："羊統領羊大人請客，請的是湖北來的章統領章大人。因爲章統領初到南京，沒有相好，所以今天羊大人請他在劉河廳吃飯，把釣魚巷所有的姑娘都叫了去看。"其時潘金士潘觀察亦在座，聽了接口道："不錯，章豹臣剛剛從武昌來，聽說老帥要在兩江安置他一個事情。羊紫辰恐怕佔了他的位子，所以竭力的拉攏他，同他拜把子。聽說還托人做媒，要拿他第二位小姐許給章豹臣的大少君。明天請章豹臣在金林春吃番菜。今兒兄弟出門出的晚，齊巧他的知單送了來，諸位都是陪客，單是沒有佘小翁。想是小翁初到省，彼此還沒有會過？"佘小觀答應了一聲"是"。其實他此時一心只戀着王小四子一個人，默默的暗想："怎麼他同花小紅賽如一塊印板印出來的？可惜此人已爲唐六軒所帶，不然，我倒要叫叫他哩。現在且不要管他，等到散過席，拉着六軒去打茶圍再講。"

說話之間，席面上的局已經來齊，又喊先生來唱過曲子。漸漸的把菜上完，大家吃過稀飯。佘小觀便把前意通知了唐六軒。這幾天糖葫蘆也因為公私交迫，沒有到王小四子家續舊，以致臺面上受了他一番埋怨，心中正抱不安，現在又趁着酒興，一聽佘小觀之言，立刻應允。等到抹過了臉，除主人余藎臣還要小坐不去外，其餘的各位大人，一齊相辭。走出大門，只見一並排擺着十幾頂轎子，綠呢、藍呢都有。親兵們一齊穿着號褂，手裏拿着官銜洋紗燈，還夾着些火把，點的通明透亮，好不威武！其間孫大鬍子因為太太閫令森嚴，不敢遲歸，首先上轎，由親兵們簇擁而去。此外也有兩個先回家的，也有兩個自去看相好的。只有佘小觀無家無室，又無相知，便跟了糖葫蘆去到王小四子家打茶圍。一進了三和堂，幾個男班子一齊認得唐大人的，統通站起來招呼，領到王小四子屋裏。

其時王小四子出局未歸，等了一回，姑娘回來了，跨進房門見了糖葫蘆，一屁股就坐在他的懷裏，又着實拿他打罵了一頓，一直等到糖葫蘆討了饒方纔住手。王小四子因為他好幾天沒有來，把他脫下的長衫、馬褂一齊藏起，以示不准他走的意思。又敲他明日七月初七是"乞巧日"，一定要他吃酒。糖葫蘆也答應了，又面約佘小觀明夜八點鐘到這裏來吃酒。

佘小觀自從走進了房，一直呆呆地坐着，不言不語。王小四子自從進門問過了"貴姓"，敬過瓜子，轉身便同糖葫蘆瞎吵着玩，亦沒有理會他。後來聽見自鳴鐘當當的敲了兩聲。糖葫蘆急摸出表來一看，說聲"不早了，明天還有公事，我們去罷"。王小四子把眉毛一豎，眼睛一斜，道："不准走！"糖葫蘆只得嘻皮笑臉的仍舊坐下。說話間，佘小觀卻早把長衫、馬褂穿好。王小四子一直沒理他，坐着沒趣，所以要走。今忽見他挽留，不覺信以為真，連忙又從身上把馬褂脫了，重新坐下。這一日又坐了一個鐘頭，害得糖葫蘆同王小四子兩個人只好陪他坐着，不得安睡。起先彼此還談些閑話，到得後來，糖葫蘆、王小四子恨他不叠，那個還高興理他。佘小觀坐着無趣，於是又要穿馬褂先走。偏偏有個不懂事的老婆子，見他要走，連忙攔住，說道："天已快亮了，只怕轎夫已經回去了，大人何不坐一回，等到天亮了再走？"佘小觀起身朝窗戶外頭一看，說了聲"果然不早了"。糖葫蘆、王小四子二人只是不理他。老婆子只是挽留，氣得糖葫蘆、王小四子暗底下罵："老東西，真正可惡！"因爲當着佘小觀的面，又不便拿他怎樣。

歇了一歇，糖葫蘆在煙榻上裝做睏着。王小四子故意說道："煙鋪上睡着冷，不要著了涼！"於是硬把他拉起來，扶到大床上睡下。糖葫蘆裝作不知，任他擺佈。等到扶上大床，王小四子便亦沒有下來。佘小觀一人覺得乏味，而又瞌銃上來，便在糖葫蘆所躺的地方睡下了。畢竟夜深人倦，不多時便已鼻息如雷。直先挽留他的那個老婆子還說："現在已經交秋，寒氣是受不得的；受了寒氣，秋天要打瘧疾的。"一頭說，一頭想去找條毯子給他蓋。誰知王小四子在大床上還沒有睡着，罵老婆子道："他病他的，管你甚麼事！他又不是你那一門子的親人，要你顧戀他做什麼！"老婆子捱了一頓罵，便躡手躡腳的出去，自去睡覺了。卻說屋裏三個人一直睡到第二天七點鐘。頭一個佘小觀先醒，睜眼一看，看見太陽已經曬在身上，不能再睡，便一骨碌爬起，披好馬褂，竟獨自拔關而去。此時男女班子亦有幾個起來的，留他洗臉吃點心，一概搖頭，只見他匆匆出門，喚了輛東洋車，一直回公館去了。這裏糖葫蘆不久亦即起身。因爲現在這位制臺大人相信修道，近來又添了功課，每日清晨定要在呂祖面前跪了一枝香方纔出來會客，所以各位司、道以及所屬官員挨到九點鐘上院，還不算晚。當下糖葫蘆轎班、跟人到來，也不及回公館，就在三和堂換了衣帽，一直坐了轎子上院。走到官廳上，會見了各位司、道大人。昨兒同席的幾個統通到齊，佘小觀也早來了。

此時還穿着紗袍褂，是不戴領子的。有幾個同寅望着他好笑。大家奇怪。及至問及所以，那位同寅便把糖葫蘆的汗衫領子一提，卻原來袍子襯衣裏面穿的乃是一件粉紅汗衫，也不知是幾時同相好換錯的。大家俱哈哈一笑。糖葫蘆不以爲奇，反覺得意。正鬧着，齊巧余藎臣出去解手，走進來鬆去扣帶，提起衣裳，兩隻手重行在那裏紮褲腰帶。孫大鬍子眼尖，忙問：「余藎翁，你腰裏是條甚麼帶子？怎麼花花綠綠的？」大衆又趕上前去一看，誰知竟是一條女人家結的汗巾，大約亦是同相好換錯的。余藎臣自己瞧着亦覺好笑。等把褲子紮好，巡捕已經出來招呼。幾個有差使的紅道臺跟了藩司，鹽、糧二道一齊上去稟見，照例談了幾句公事。

制臺發話道：「兄弟昨兒晚上很蒙老祖獎盛，說兄弟居官清正，修道誠心，已把兄弟收在弟子之列。老祖的意思還要托兄弟替他再找兩位仙童，以便朝晚在壇伺候。有一位是在下關開雜貨鋪的，這人很孝順父母，老祖曉得他的名字，就在壇上批了下來，吩咐兄弟立刻去把這人喚到；兄弟今天五更頭就叫戈什按照老祖所指示的方向，居然一找攏着。如今已在壇前，蒙老祖封他爲『淨水仙童』。什麼叫做淨水仙童呢？只因老祖跟前一向有兩個童子是不離左右的，一個手捧花瓶，一個手拿拂帚。拿花瓶的，瓶內滿貯清水，設遇天乾不雨，只要老祖把瓶裏的水滴上一滴，這江南一省就統通有了雨了。佛經上說的『楊枝一滴，灑遍大千』，正是這個道理。」制臺說到這裏，有一位候補道插嘴道：「這個職道曉得的，是觀音大士的故典。」制臺道：「你別管他是觀音是呂祖，成仙成佛都是一樣。佛爺、仙爺修成了都在天上，他倆的道行看來是差不多的。但是現在捧花瓶的一位有了，還差一位拿拂帚的。這位仙單倒很不好找呢！」說到這裏，舉眼把各位司、道大人周圍一個個的看過來，看到孫大鬍子，便道：「孫大哥，兄弟看你這一嘴好鬍子，飄飄有神仙之概，又合了古人『童顏鶴髮』的一句話，我看你倒着實有點根基。等我到老祖面前保舉你一下子，等他封你爲『拂塵仙童』，也不用候補了。我們天天在一塊兒跟着老祖學道，學成了一同陞天。你道可好？」

孫大鬍子是天天打麻雀，嫖姑娘，玩慣了的，而且公館裏太太又凶，不能一天不回去，如何能當這苦差！聽了制臺的吩咐，想了一會，吞吞吐吐的回道："實不瞞大帥說：職道雖然上了年紀，但是根基淺薄，塵根未斷，恐怕不能勝任這個差使，還求大帥另簡賢能罷。"制台聽了，似有不悅之意，也楞了一會，說道："你有了這們一把鬍子，還說塵根未斷，你叫我委那一個呢？"說罷，甚覺躊躇。再仔細觀看別位候補道，不是煙氣沖天，就是色欲過度，又實實在在無人可委。只得端茶送客。走出大堂，孫大鬍子把頭上的汗一摸，道："險呀！今天若是答應了他，還能夠去擾羊紫辰的金林春嗎！"說罷，各自上轎，也不及回公館脫衣服，徑奔金林春而來。其時主人羊紫辰同特客章豹臣，還有幾位陪客，一齊在那裏了。

羊紫辰本來說是這天晚上請吃番菜的。因爲這天是"乞巧日"，南京釣魚巷規矩，到了這一天，個個姑娘屋裏都得有酒，有了酒，纔算有面子。章豹臣昨天晚上在劉河廳選中了一個姑娘，是韓起發家的，名字叫小金紅，當夜就到他家去"結線頭"。章統領是闊人，少了拿不出手。羊統領替他代付了一百二十塊洋錢。第二天統領吩咐預備一桌滿、漢酒席，又叫了戴老四的洋派船：一來應酬相好，二來謝媒人，三來請朋友。戴老四的船已經有人預先定去，因爲章統領一定指名要，羊統領只得叫他回復前途。戴老四不願意。羊統領發脾氣，要叫縣裏封他的船，還要送他到縣裏辦他。戴老四無奈允了。

是日各位候補道大人，凡是與釣魚巷姑娘有相好的，一齊都有臺面，就是羊統領自己也要應酬相好，所以特地把金林春一局改早，以便騰出工夫好做別事。當下主客到齊，一共也有十來位。主人叫細崽讓各位大人點菜。合席只有孫大鬍子吃量頂好，一點點了十二三樣。席間各人又把自己的相好叫了來。這天不比往日，凡有來的局，大約只坐一坐就告假走了。羊統領見章豹臣的新相知小金紅也要走，便朝着他努努嘴，叫他再多坐一會兒。小金紅果然末了一個去的。章豹臣非凡得意，大衆都朝他恭喜。

說話間，各人點的菜都已上齊。問問孫大鬍子，纔吃得一小半，還有六七樣沒有來。於是叫細崽去催菜，細崽答應着去了。席面上，烏額拉布烏道台曉得這爿番菜館是羊統領的大老闆，孫大鬍子及余藎臣一干人亦都有股分在內，便說笑話道："國翁，你少吃些：多吃了羊大人要心疼的。"羊統領道："你讓他吃罷，橫豎是'蜻蜓吃尾巴'，多吃了他自己也有分的。"章豹臣道："原來這爿番菜館就是諸位的主人，生意是一定發財的了？"羊紫辰道："也不過玩玩罷，那裏就能夠靠着這個發財呢。"

正說着，窗戶外頭河下一隻"七板子"，坐着一位小姑娘，聽見裏面熱鬧，便把船緊靠欄干，用手把着欄干朝裏一望，一見羊大人坐了主位在那裏請客，便提高嗓子叫了一聲"乾爺"。羊紫辰亦逼緊喉嚨答應了一聲"噯"。大家一齊笑起來。章豹臣道："我倒不曉得羊大人有這們一位好令愛，早曉得你有這們一位好令愛，我情願做你的女婿了。"糖葫蘆也接口道："不但章大人願意，就是我們誰不願意做羊大人女婿呢。"羊紫辰道："我的女兒有了你們這些好女婿，真要把我樂死了！"說着，那個小姑娘已經在他身旁坐下了。大家又鬼混了一陣。孫大鬍子點的菜亦已吃完。只因今日應酬多，大家不敢耽誤。差官們進來請示："還是坐轎去坐船去？"其時戴老四的船已經撐到金林春窗外，章豹臣便讓衆位大人上船。正鬧着，章豹臣新結的線頭小金紅亦回來了。當天章豹臣在席面上又賞識了一個姑娘，名字叫做大喬。這大喬見章豹臣揮霍甚豪，曉得他一定是個闊老，便用盡心機，拿他十二分巴結。章豹臣亦非常之喜。小金紅坐在一旁，瞧着甚不高興。這一席酒定價是五十塊，加開銷三十塊；戴老四的船價一天是十塊，章豹臣還要另外賞犒：一齊有一百多塊。章豹臣的席面散後，接着孫大鬍子、余藎臣、糖葫蘆、羊紫辰、烏額拉布統通有酒。雖說一處處都是草草了事，然從兩點鐘吃起，吃了六七台，等到吃完，已是半夜裏三點鐘了。孫大鬍子怕太太，仍舊頭一個回去。

章豹臣賞識了大喬，吃到三點鐘，便假裝吃醉，說了聲"失陪"，一直到大喬家去了，這夜大喬異常之忙，等到第二天大天白亮纔回來。章豹臣會着，自然異常恩愛，問長問短。大喬就把自己的身世統通告訴了他。到底做統領的人，銀錢來的容易，第二天就托羊紫辰同鴇兒說："章大人要替大喬贖身。"鴇兒聽得人說，也曉得章大人的來歷非同小可，況且又是羊統領的吩咐，敢道得一個"不"字！當天定議，共總一千塊錢。章豹臣自己挖腰包付給了他。大喬自然分外感激章大人不盡。

又混了兩天，章豹臣奉到上頭公事，派他到別處出差，約摸時不得回來。動身的頭一天，叫差官拿着洋錢一家家去開銷。他叫的局本來多，連他自己還記不清楚。差官一家家去問。誰知問到東，東家說："章大人的局包，羊大人已經開銷了。"問到西，西家說："章大人的帳，羊大人已經代惠了。"後來接連問了幾處，都是如此，連小金紅"結線頭"的錢亦是羊大人的東道。差官無奈，只得回家據情稟知章豹臣。章豹臣道："別的錢他替我付我可以不同他客氣，怎麼好叫他替我出嫖帳呢？這個錢都要他出，豈不是我玩了他家的人嗎？"說罷，哈哈大笑。後來章豹臣要拿這錢算還羊紫辰。羊紫辰執定不肯收，說道："這幾個錢算什麼，連這一點點還不賞臉，便是瞧不起兄弟了。"章豹臣聽他如此說法，只得罷手。只因這一鬧，直鬧得南京城裏聲名洋溢，沒有一個不曉得的。要知後事如何，且聽下回分解。

人民文學版《官場現形記》

| 輯　錄 |

張冥飛《古今小說評林》：《官場現形記》，距今十年前，爲膾炙人口之書。然以比較的眼光看，實有詞多意少之弊，且趣味殊淡薄。蓋官場中人之鑽營奔競，擠排傾軋，其手術大略相同，惟施用微異而已。寫之不已，花樣必然簡單，事實必然重復，閱之乃索然興盡。至作者之筆墨，固極善於形容，而有時亦嫌形容太過，不留餘地，使閱者無有餘不盡之思。

魯迅《中國小說史略》：凡所敍述，皆迎合，鑽營，朦混，羅掘，傾軋等故事，兼及士人之熱心於作吏，及官吏閨中之隱情。頭緒既繁，腳色復夥，其記事遂率與一人俱起，亦即與其人俱訖，若斷若續，與《儒林外史》略同。然臆說頗多，難云實錄,無自序所謂"含蓄蘊釀"之實,殊不足望文木老人後塵。況所搜羅,又僅成"話柄",聯綴此等,以成類書;官場伎倆,本小異大同,彙爲長編,即千篇一律。特緣時勢要求,得此爲快,故《官場現形記》乃享大名;而襲用"現形"名目,描寫他事,如商界、學界、女界者亦接踵也。

魯迅《中國小說史略》:光緒庚子後,譴責小說之出特盛。蓋嘉慶以來,雖屢平內亂(白蓮敎,太平天國,捻,回),亦屢挫於外敵(英,法,日本),細民暗昧,尚啜茗聽平逆武功,有識者則已翻然思改革,憑敵愾之心,呼維新與愛國,而於"富強"尤致意焉。戊戌變政既不成,越二年即庚子歲而有義和團之變,群乃知政府不足與圖治,頓有掊擊之意矣。其在小說,則揭發伏藏,顯其弊惡,而於時政,嚴加糾彈,或更擴充,並及風俗。雖命意在於匡世,似與諷刺小說同倫,而辭氣浮露,筆無藏鋒,甚且過甚其辭,以合時人嗜好,則其度量技術之相去亦遠矣。故別謂之譴責小說。

胡適《官場現形記·序》:諷刺小說之降爲譴責小說,固是文學史上大不幸的事。但當時中國屢敗之後,政制社會的積弊都暴露出來了,有心的人都漸漸肯拋棄向來誇大狂的態度,漸漸肯回頭來譴責中國本身的制度不良,政治腐敗,社會齷齪。故譴責小說雖有淺薄、顯露、溢惡種種短處,然他們確能表示當日社會的反省的態度。

吳沃堯(1866—1910)

阿英《清末四大小說家》:吳沃堯,字小允,又字繭人,一作趼人,廣東南海人。因生長於佛山鎭,又以我佛山人自號。性倜儻豪放,不可羈勒。年二十餘,至上海,爲日報撰文。後又客居山東,遠遊日本。梁啓超刊《新小說》,趼人始作長篇,爲其幹部作家,同時發表《二十年目睹之怪現狀》《痛史》《電術奇談》三種。又在李伯元主編的《繡像小說》上寫稿。光緒三十年,與周桂笙創辦《月月小說》於上海,凡行二十四期。又一年,主辦廣志小學,盡力學務,所作遂不多。宣統二年九月卒。

二十年目睹之怪現狀（節選）

【題解】《二十年目睹之怪現狀》一百零八回，以"九死一生"第一人稱的自叙爲經，廣泛描寫官場、商場、洋場的怪現狀以及社會衆生相，生動反映了中國近代社會風氣與價值觀念的變遷。所選爲第六回《徹底尋根表明騙子，窮形極相畫出旗人》，叙旗人苟才茶館擺窮架子的滑稽表演。

吃過晚飯，繼之到上房裏去，我便寫了兩封信。恰好封好了，繼之也出來了，當下我就將信交給他。他接過了，說明天就加封寄去。我兩個人又閑談起來。我一心只牽記着那苟觀察送客的事，又問起來。繼之道："你這個人好笨！今日吃中飯的時候你問我，我叫你寫賈太守的信，這明明是叫你不要問了，你還不會意，要問第二句。其實我那時候未嘗不好說，不過那些同桌吃飯的人，雖說是同事，然而都是甚麼藩臺咧、首府咧、督署幕友咧——這班人薦的，知道他們是甚麼路數。這件事雖是人人曉得的，然而我犯不着傳出去，說我講制臺的醜話。我同你呢，又不知是甚麼緣法，很要好的，隨便同你談句天，也是處處要想——教導呢，我是不敢說；不過處處都想提點你，好等你知道些世情。我到底比你癡長幾年，出門比你又早。"

我道："這是我日夕感激的。"繼之道："若說感激，你感激不了許多呢。你記得麼？你讀的"四書"，一大半是我教的。小時候要看閑書，又不敢叫先生曉得，有不懂的地方，都是來問我。我還記得你讀《孟子·盡心章》：'不得於言，勿求於心；不得於心，勿求於氣'那幾句，讀了一天不得上口，急的要哭出來了，還是我逐句代你講解了，你纔記得呢。我又不是先生，沒有受你的束脩，這便怎樣呢？"此時我想起小時候讀書，多半是繼之教我的。雖說是從先生，然而那先生只知每日教兩遍書，記不得只會打，哪裏有甚麼好教法。若不是繼之，我至今還是只字不通呢。此刻他又是這等招呼我，處處提點我。這等人，我今生今世要覓第二個，只怕是難的了！想到這裏，心裏感激得不知怎樣纔好，幾乎流下淚來。因說道："這個非但我一個人感激，就是先君、家母，也是感激的了不得的。"此時我把苟觀察的事，早已忘了，一心只感激繼之，說話之中，聲音也咽住了。繼之看見忙道："兄弟且莫說這些話，你聽苟觀察的故事罷。那苟觀察單名一個才字，人家都叫他狗才——"我聽到這裏，不禁撲嗤一聲，笑將出來。繼之接着道："那苟才前兩年上了一個條陳給制臺，是講理財的政法。這個條陳與藩臺很有礙的，叫藩臺知道了，很過不去，因在制臺跟前，很很的說了他些壞話，就此黑了。後來那藩臺升任去了，換了此刻這位藩臺，因爲他上過那個條陳，也不肯招呼他，因此接連兩三年沒有差使，窮的吃盡當光了。"

我說道："這句話，只怕大哥說錯了。我今天日裏看見他送客的時候，莫說穿的是嶄新衣服，底下人也四五個，哪裏至於吃盡當光。吃盡當光，只怕不能夠這麼樣了。"繼之笑道："兄弟，你處世日子淺，哪裏知道得許多。那旗人是最會擺架子的，任是窮到怎麼樣，還是要擺着窮架子。有一個笑話，還是我用的底下人告訴我的，我告訴了這個笑話給你聽，你就知道了。這底下人我此刻還用着呢，就是那個高升。這高升是京城裏的人，我那年進京會試的時候，就用了他。他有一天對我說一件事：說是從前未投着主人的時候，天天早起，到茶館裏去泡一碗茶，坐過半天。京城裏小茶館泡茶，只要兩個京錢，合着外省的四文。要是自己帶了茶葉去呢，只要一個京錢就夠了。有一天，高升到了茶館裏，看見一個旗人進來泡茶，卻是自己帶的茶葉，打開了紙包，把茶葉盡情放在碗裏。那堂上的人道：'茶葉怕少了罷？'那旗人哼了一聲道：'你哪里懂得！我這個是大西洋紅毛法蘭西來的上好龍井茶，只要這麼三四片就夠了。要是多泡了幾片，要鬧到成年不想喝茶呢。'堂上的人，只好同他泡上了。高升聽了，以爲奇怪，走過去看看，他那茶碗裏間，飄着三四片茶葉，就是平常吃的香片茶。

那一碗泡茶的水，莫說沒有紅色，連黃也不曾黃一黃，竟是一碗白冷冷的開水。高升心中，已是暗暗好笑。後來又看見他在腰裏掏出兩個京錢來，買了一個燒餅，在那裏撕着吃，細細咀嚼，象很有味的光景。吃了一個多時辰，方纔吃完。忽然又伸出一個指頭兒，蘸些唾沫，在桌上寫字，蘸一口，寫一筆。高升心中很以爲奇，暗想這個人何以用功到如此，在茶館裏還背臨古帖呢！細細留心去看他寫甚麼字。原來他那裏是寫字，只因他吃燒餅時，雖然吃的十分小心，那餅上的芝麻，總不免有些掉在桌上，他要拿舌頭舐了，拿手掃來吃了，恐怕叫人家看見不好看，失了架子，所以在那裏假裝着寫字蘸來吃。看他寫了半天字，桌上的芝麻一顆也沒有了。他又忽然在那裏出神，象想甚麼似的。想了一會，忽然又象醒悟過來似的，把桌子狠狠的一拍，又蘸了唾沫去寫字。你道爲甚麼呢？原來他吃燒餅的時候，有兩顆芝麻掉在桌子縫裏，任憑他怎樣蘸唾沫寫字，總寫他不到嘴裏，所以他故意做成忘記的樣子，又故意做成忽然醒悟的樣子，把桌子拍一拍，那芝麻自然震了出來，他再做成寫字的樣子，自然就到了嘴了。"我聽了這話，不覺笑了。說道："這個只怕是有心形容他罷，哪里有這等事！"繼之道："形容不形容，我可不知道，只是還有下文呢。他燒餅吃完了，字也寫完了，又坐了半天，還不肯去。天已晌午了，忽然一個小孩子走進來，對着他道：'爸爸快回去罷，媽要起來了。'那旗人道：'媽要起來就起來，要我回去做甚麼？'那孩子道：'爸爸穿了媽的褲子出來，媽在那裏急着沒有褲子穿呢。'那旗人喝道：'胡說！媽的褲子，不在皮箱子裏嗎？'說着，丟了一個眼色，要使那孩子快去的光景。那孩子不會意，還在那裏說道：'爸爸只怕忘了，皮箱子早就賣了，那條褲子，是前天當了買米的。媽還叫我說：屋裏的米只剩了一把，喂雞兒也喂不飽的了，叫爸爸快去買半升米來，纔夠做中飯呢。'那旗人大喝一聲道：'滾你的罷！這裏又沒有誰給我借錢，要你來裝這些窮話做甚麼！'那孩子嚇的垂下了手，答應了幾個'是'字，倒退了幾步，方纔出去。那旗人還自言自語道：'可恨那些人，天天來給我借錢，我哪裏有許多錢應酬他，只得裝着窮，說兩句窮話。這些孩子們聽慣了，不管有人沒人，開口就說窮話；其實在這茶館裏，哪裏用得着呢。老實說，咱們吃的是皇上家的糧，哪裏就窮到這個份兒呢。'說着，立起來要走。那堂上的人，向他要錢。他笑道：'我叫這孩子氣昏了，開水錢也忘了開發。'說罷，伸手在腰裏亂掏，掏了半天，連半根錢毛也掏不出來。嘴裏說：'欠着你的，明日還你罷。'那個堂上不肯。爭奈他身邊認真的半文都沒有，任憑你扭着他，他只說明日送來，等一會送來；又說那堂上的人不生眼睛，'你大爺可是欠人家錢的麼？'那堂上說：'我只要你一個錢開水錢，不管你甚麼大爺二爺。你還了一文錢，就認你是好漢；還不出一文錢，任憑你是大爺二爺，也得要留下個東西來做抵押。你要知道我不能爲了一文錢，到你府上去收帳。'那旗人急了，只得在身邊掏出一塊手帕來抵押。那堂上抖開來一看，是一塊方方的藍洋布，上頭齷齪的了不得，看上去大約有半年沒有下水洗過的了。因冷笑道：'也罷，你不來取，好歹可以留着擦桌子。'那旗人方得脫身去了。你說這不是旗人擺架子的憑據麼？"我聽了這一番言語，笑說道："大哥，你不要只管形容旗人了，告訴了我狗才那樁事罷。"繼之不慌不忙說將出來。

正是：盡多怪狀供談笑，尚有奇聞說出來。要知繼之說出甚麼情節來，且待下回再記。

人民文學版《二十年目睹之怪現狀》

劉　鶚（1857—1909）

阿英《清末四大小說家》：劉鶚，字鐵雲，江蘇丹徒人。精數學，長於治河。頗放曠不守繩墨，而不廢讀書。曾行醫經商，都不得意。光緒戊子，河決鄭州，往投效於吳大澂，短衣匹馬，與徒役雜作，河得治，但他並不居功。後遊北京，默察國勢，認爲扶衰振弊，當從興造鐵路始，路成則實業可興，實業興而國富，國富然後庶政可得而理。乃上書請築鐵路。又請開山西鐵礦，與歐人合作，期定三年，然後礦歸我，竟被目爲"漢奸"。庚子事變，聯軍入都，兩宮西幸，都人苦饑，道饉相望，鐵雲往京謀救濟。時俄軍佔太倉，不食米，鐵雲以賤價盡得之，賑濟饑民。事定，柄臣某以私售倉粟爲罪名劾鐵雲，流充新疆，死於其地。

老殘遊記（節選）

【題解】《老殘遊記》二十回，一九〇三年先連載於《繡像小說》，後續載於《天津日日新聞》。小說以江湖郎中鐵英（別號補殘）遊歷山東的見聞爲主線，在描繪風土人情之外，着力揭露清官之惡，而所寫清官如呂諫堂、玉賢、剛弼之流，皆所影射。作者意在"補正史之缺"，"事須徵諸實在"，非向壁虛構之作。所選爲第二回《歷山山下古帝遺蹤，明湖湖邊美人絕調》，敘老殘遊覽濟南山水名勝，聽黑妞、白妞姊妹說書事。其描寫藝術，向來爲人稱道。

話說老殘在漁船上被衆人砸得沈下海去，自知萬無生理，只好閉著眼睛，聽他怎樣。覺得身體如落葉一般，飄飄蕩蕩，頃刻工夫沈了底了。只聽耳邊有人叫道："先生，起來罷！先生，起來罷！天已黑了，飯廳上飯已擺好多時了。"老殘慌忙睜開眼睛，楞了一楞道："呀！原來是一夢！"

自從那日起，又過了幾天，老殘向管事的道："現在天氣漸寒，貴居停的病也不會再發，明年如有委用之處，再來效勞。目下鄙人要往濟南府去看看大明湖的風景。"管事的再三挽留不住，只好當晚設酒餞行；封了一千兩銀子奉給老殘，算是醫生的酬勞。老殘略道一聲"謝謝"，也就收入箱籠，告辭動身上車去了。一路秋山紅葉，老圃黃花，頗不寂寞。到了濟南府，進得城來，家家泉水，戶戶垂楊，比那江南風景，覺得更爲有趣。到了小布政司街，覓了一家客店，名叫高升店，將行李卸下，開發了車價酒錢，胡亂吃點晚飯，也就睡了。

次日清晨起來，吃點兒點心，便搖著串鈴滿街蜇了一趟，虛應一應故事。午後便步行至鵲華橋邊，雇了一隻小船，蕩起雙槳，朝北不遠，便到歷下亭前。止船進去，入了大門，便是一個亭子，油漆已大半剝蝕。亭子上懸了一副對聯，寫的是"歷下此亭古，濟南名士多"，上寫着"杜工部句"，下寫着"道州何紹基書"。亭子旁邊雖有幾間房屋，也沒有甚麼意思。復行下船，向西蕩去，不甚遠，又到了鐵公祠畔。你道鐵公是誰？就是明初與燕王爲難的那個鐵鉉。後人敬他的忠義，所以至今春秋時節，土人尚不斷的來此進香。

到了鐵公祠前，朝南一望，只見對面千佛山上，梵宇僧樓，與那蒼松翠柏，高下相間，紅的火紅，白的雪白，青的靛青，綠的碧綠，更有那一株半株的丹楓夾在裏面，仿佛宋人趙千里的一幅大畫，做了一架數十里長的屏風。正在嘆賞不絕，忽聽一聲漁唱，低頭看去，誰知那明湖業已澄淨的同鏡子一般。那千佛山的倒影映在湖裏，顯得明明白白，那樓臺樹木，格外光彩，覺得比上頭的一個千佛山還要好看，還要清楚。這湖的南岸，上去便是街市，卻有一層蘆葦，密密遮住。現在正是開花的時候，一片白花映着帶水氣的斜陽，好似一條粉紅絨毯，做了上下兩個山的墊子，實在奇絕。

老殘心裏想道："如此佳景，爲何沒有甚麼遊人？"看了一會兒，回轉身來，看那大門裏面楹柱上有副對聯，寫的是"四面荷花三面柳，一城山色半城湖"，暗暗點頭道："真正不錯！"進了大門，正面便是鐵公享堂，朝東便是一個荷池。繞着曲折的回廊，到了荷池東面，就是個圓門。圓門東邊有三間舊房，有個破匾，上題"古水仙祠"四個字。祠前一副破舊對聯，寫的是"一盞寒泉薦秋菊，三更畫船穿藕花"。過了水仙祠，仍舊上了船，蕩到歷下亭的後面。兩邊荷葉荷花將船夾住，那荷葉初枯，擦的船嗤嗤價響；那水鳥被人驚起，格格價飛；那已老的蓮蓬，不斷的繃到船窗裏面來。老殘隨手摘了幾個蓮蓬，一面吃着，一面船已到了鵲華橋畔了。

到了鵲華橋，纔覺得人煙稠密，也有挑擔子的，也有推小車子的，也有坐二人擡小藍呢轎子的。轎子後面，一個跟班的戴個紅纓帽子，膀子底下夾個護書，拚命價奔，一面用手巾擦汗，一面低着頭跑。街上五六歲的孩子不知避人，被那轎夫無意踢倒一個，他便哇哇的哭起。他的母親趕忙跑來問："誰碰倒你的？誰碰倒你的？"那個孩子只是哇哇的哭，並不說話。問了半天，纔帶哭說了一句道："擡矯子的！"他母親擡頭看時，轎子早已跑的有二里多遠了。那婦人牽了孩子，嘴裏不住咕咕咕咕的罵着，就回去了。

　　老殘從鵲華橋往南，緩緩向小布政司街走去。一擡頭，見那牆上貼了一張黃紙，有一尺長，七八寸寬的光景。居中寫着"說鼓書"三個大字；旁邊一行小字是"二十四日明湖居"。那紙還未十分乾，心知是方纔貼的，只不知道這是甚麼事情，別處也沒有見過這樣招子。一路走着，一路盤算，只聽得耳邊有兩個挑擔子的說道："明兒白妞說書，我們可以不必做生意，來聽書罷。"又走到街上、聽舖子裏櫃臺上有人說道："前次白妞說書是你告假的，明兒的書，應該我告假了。"一路行來，街談巷議，大半都是這話，心裏詫異道："白妞是何許人？說的是何等樣書，爲甚一紙招貼，浸舉國若狂如此？"信步走來，不知不覺已到高升店口。

　　進得店去，茶房便來回道："客人，用什麼夜膳？"老殘一一說過，就順便問道："你們此地說鼓書是個甚麼頑意兒，何以驚動這麼許多的人？"茶房說："客人，你不知道。這說鼓書本是山東鄉下的土調，用一面鼓，兩片梨花簡，名叫'梨花大鼓'，演說些前人的故事，本也沒甚稀奇。自從王家出了這個白妞、黑妞妹妹兩個，這白妞名字叫做王小玉，此人是天生的怪物！他十二三歲時就學會了這說書的本事。他卻嫌這鄉下的調兒沒甚麼出奇，他就常到戲園裏看戲，所有甚麼西皮、二簧、梆子腔等唱，一聽就會；甚麼余三勝、程長庚、張二奎等人的調子，他一聽也就會唱。仗着他的喉嚨，要多高有多高；他的中氣，要多長有多長。他又把那南方的甚麼崑腔、小曲，種種的腔調，他都拿來裝在這大鼓書的調兒裏面。不過二三年工夫，創出這個調兒，竟至無論南北高下的人，聽了他唱書，無不神魂顛倒。現在已有招子，明兒就唱。你不信，去聽一聽就知道了。只是要聽還要早去，他雖是一點鐘開唱，若到十點鐘去，便沒有坐位的。"老殘聽了，也不甚相信。

次日六點鐘起，先到南門內看了舜井。又出南門，到歷山腳下，看看相傳大舜昔日耕田的地方。及至回店，已有九點鐘的光景，趕忙吃了飯，走到明湖居，纔不過十點鐘時候。那明湖居本是個大戲園子，戲臺前有一百多張桌子。那知進了園門，園子裏面已經坐的滿滿的了，只有中間七八張桌子還無人坐，桌子卻都貼着"撫院定""學院定"等類紅紙條兒。老殘看了半天，無處落腳，只好袖子裏送了看坐兒的二百個錢，纔弄了一張短板凳，在人縫裏坐下。看那戲臺上，只擺了一張半桌，桌子上放了一面板鼓，鼓上放了兩個鐵片兒，心裏知道這就是所謂梨花簡了，旁邊放了一個三絃子，半桌後面放了兩張椅子，並無一個人在臺上。偌大的個戲臺，空空洞洞，別無他物，看了不覺有些好笑。園子裏面，頂着籃子賣燒餅油條的有一二十個，都是爲那不吃飯來的人買了充饑的。

到了十一點鐘，只見門口轎子漸漸擁擠，許多官員都着了便衣，帶着家人，陸續進來。不到十二點鐘，前面幾張空桌俱已滿了，不斷還有人來，看坐兒的也只是搬張短凳，在夾縫中安插。這一群人來了，彼此招呼，有打千兒的，有作揖的，大半打千兒的多。高談闊論，說笑自如。這十幾張桌子外，看來都是做生意的人；又有些像是本地讀書人的樣子，大家都喊喊喳喳的在那裏說閑話。因爲人太多了，所以說的甚麼話都聽不清楚，也不去管他。

到了十二點半鐘，看那臺上，從後臺簾子裏面，出來一個男人：穿了一件藍布長衫，長長的臉兒，一臉疙瘩，仿佛風乾福橘皮似的，甚爲醜陋，但覺得那人氣味到還沈靜。出得臺來，並無一語，就往半桌後面左手一張椅子上坐下。慢慢的將三絃子取來，隨便和了和絃，彈了一兩個小調，人也不甚留神去聽。後來彈了一枝大調，也不知道叫什麼牌子。只是到後來，全用輪指，那抑揚頓挫，入耳動心，恍若有幾十根絃，幾百個指頭，在那裏彈似的。這時臺下叫好的聲音不絕於耳，卻也壓不下那絃子去，這曲彈罷，就歇了手，旁邊有人送上茶來。

停了數分鐘時，簾子裏面出來一個姑娘，約有十六七歲，長長鴨蛋臉兒，梳了一個抓髻，戴了一副銀耳環，穿了一件藍布外褂兒，一條藍布褲子，都是黑布鑲滾的。雖是粗布衣裳，到十分潔淨。來到半桌後面右手椅子上坐下。那彈絃子的便取了絃子，錚錚鏦鏦彈起。這姑娘便立起身來，左手取了梨花簡，夾在指頭縫裏，便丁丁當當的敲，與那絃子聲音相應；右手持了鼓搥子，凝神聽那絃子的節奏。忽羯鼓一聲，歌喉遽發，字字清脆，聲聲宛轉，如新鶯出谷，乳燕歸巢，每句七字，每段數十句，或緩或急，忽高忽低；其中轉腔換調之處，百變不窮，覺一切歌曲腔調俱出其下，以為觀止矣。

旁坐有兩人，其一人低聲問那人道："此想必是白妞了罷？"其一人道："不是。這人叫黑妞，是白妞的妹子。他的調門兒都是白妞教的，若比白妞，還不曉得差多遠呢！他的好處人說得出，白妞的好處人說不出；他的好處人學的到，白妞的好處人學不到。你想，這幾年來，好頑耍的誰不學他們的調兒呢？就是窰子裏的姑娘，也人人都學，只是頂多有一兩句到黑妞的地步。若白妞的好處，從沒有一個人能及他十分裏的一分的。"說着的時候，黑妞早唱完，後面去了。這時滿園子裏的人，談心的談心，說笑的說笑。賣瓜子、落花生、山裏紅、核桃仁的，高聲喊叫着賣，滿園子裏聽來都是人聲。

正在熱鬧哄哄的時節，只見那後臺裏，又出來了一位姑娘，年紀約十八九歲，裝束與前一個毫無分別，瓜子臉兒，白淨面皮，相貌不過中人以上之姿，只覺得秀而不媚，清而不寒，半低着頭出來，立在半桌後面，把梨花簡了當了幾聲,煞是奇怪:只是兩片頑鐵,到他手裏,便有了五音十二律以的。又將鼓捶子輕輕的點了兩下,方擡起頭來,向臺下一盼。那雙眼睛,如秋水,如寒星,如寶珠,如白水銀裏頭養着兩丸黑水銀,左右一顧一看,連那坐在遠遠牆角子裏的人,都覺得王小玉看見我了;那坐得近的,更不必說。就這一眼,滿園子裏便鴉雀無聲,比皇帝出來還要靜悄得多呢,連一根針跌在地下都聽得見響!

王小玉便啓朱唇,發皓齒,唱了幾句書兒。聲音初不甚大,只覺入耳有說不出來的妙境:五臟六腑裏,像熨斗熨過,無一處不伏貼;三萬六千個毛孔,像吃了人參菓,無一個毛孔不暢快。唱了十數句之後,漸漸的越唱越高,忽然拔了一個尖兒,像一線鋼絲拋入天際,不禁暗暗叫絕。那知他於那極高的地方,尚能迴環轉折。幾囀之後,又高一層,接連有三四疊,節節高起。恍如由傲來峰西面攀登泰山的景象:初看傲來峰削壁千仞,以爲上與天通;及至翻到傲來峰頂,纔見扇子崖更在傲來峰上;及至翻到扇子崖,又見南天門更在扇子崖上:愈翻愈險,愈險愈奇。那王小玉唱到極高的三四疊後,陡然一落,又極力騁其千迴百折的精神,如一條飛蛇在黃山三十六峰半中腰裏盤旋穿插。頃刻之間,周匝數遍。從此以後,愈唱愈低,愈低愈細,那聲音漸漸的就聽不見了。滿園子的人都屛氣凝神,不敢少動。約有兩三分鐘之久,仿佛有一點聲音從地底下發出。這一出之後,忽又揚起,像放那東洋煙火,一個彈子上天,遂化作千百道五色火光,縱橫散亂。這一聲飛起,即有無限聲音俱來並發。那彈絃子的亦全用輪指,忽大忽小,同他那聲音相和相合,有如花塢春曉,好鳥亂鳴。耳朵忙不過來,不曉得聽那一聲的爲是。正在撩亂之際,忽聽霍然一聲,人絃俱寂。這時臺下叫好之聲,轟然雷動。

停了一會,鬧聲稍定,只聽那臺下正座上,有一個少年人,不到三十歲光景,是湖南口音,說道:"當年讀書,見古人形容歌聲的好處,有那'餘音繞梁,三日不絕'的話,我總不懂。空中設想,餘音怎樣會得繞梁呢？又怎會三日不絕呢？及至聽了小玉先生說書，纔知古人措辭之妙。每次聽他說書之後，總有好幾天耳朵裏無非都是他的書，無論做什麼事，總不入神，反覺得'三日不絕'，這'三日'二字下得太少，還是孔子'三月不知肉味'，'三月'二字形容得透徹些！"旁邊人都說道："夢湘先生論得透闢極了！'于我心有戚戚焉'！"

說着，那黑妞又上來說了一段，底下便又是白妞上場。這一段，聞旁邊人說，叫做"黑驢段"。聽了去，不過是一個士子見一美人，騎了一個黑驢走過去的故事。將形容那美人，先形容那黑驢怎樣怎樣好法，待鋪敘到美人的好處，不過數語，這段書也就完了。其音節全是快板，越說越快。白香山詩云："大珠小珠落玉盤。"可以盡之。其妙處，在說得極快的時候，聽的人仿佛都趕不上聽，他卻字字清楚，無一字不送到人耳輪深處。這是他的獨到，然比着前一段卻未免遜了一籌了。

這時不過五點鐘光景，算計王小玉應該還有一段。不知那一段又是怎樣好法，究竟如何，且聽下回分解。

人民文學版《老殘遊記》

| 輯　錄 |

劉鶚《老殘遊記·自敘》：《離騷》爲屈大夫之哭泣，《莊子》爲蒙叟之哭泣，《史記》爲太史公之哭泣，《草堂詩集》爲杜工部之哭泣；李後主以詞哭，八大山人以畫哭；王實甫寄哭泣於《西廂》，曹雪芹寄哭泣於《紅樓夢》。王之言曰："別恨離愁，滿肺腑難陶泄。除紙筆代喉舌，我千種相思向誰說？"曹之言曰："滿紙荒唐言，一把辛酸淚；都云作者癡，誰解其中意？"名其茶曰"千芳一窟"，名其酒曰"萬艷同悲"者：千芳一哭，萬艷同悲也。吾人生今之時，有身世之感情，有家國之感情，有社會之感情，有種教之感情。其感情愈深者，其哭泣愈痛：此鴻都百煉生所以有《老殘遊記》之作也。

劉鶚《老殘遊記》第十六回評語：贓官可恨，人人知之。清官尤可恨，人多不知。蓋贓官自知其病，不敢公然爲非，清官則自以爲不要錢，何所不可？剛愎自用，小則殺人，大則誤國，吾人親目所見，不知凡幾。歷來小說皆揭贓官之惡，有揭清官之惡者，自《老殘遊記》始。

胡適：《老殘遊記》最擅長的是描寫的技術；無論寫人寫景，作者都不肯用套語爛調，總想鎔鑄新詞，作實地的描寫，在這一點上，這部書可以算是前無古人了。

曾　樸（1871—1935）

阿英《清末四大小說家》：曾樸，字孟樸，江蘇常熟人。前清舉人。在當時小說家中，思想最爲進步。創小說林社於上海，提倡翻譯小說，爲新出版物的中心。又撰《孽海花》一種，原定六十回，成二十四回。後涉官途。一九二七年，復創真善美書店於上海，主編雜誌《真善美》，繼續翻譯法國文學，成囂俄名著多種。又續《孽海花》六回，足三卷，並刪改舊作，重新排印。一九三五年六月卒。

孽海花（節選）

【題解】《孽海花》三十五回，以傅彩雲與金雯青（影射賽金花與洪鈞）的風流韻事爲線索，描寫晚清政界、外交界及學界的各色人等。書中所敘多以真人真事爲本，可視爲近代中國政治史之演繹。所選爲第十五回《瓦德西將軍私來大好日，斯拉夫民族死爭自由天》，敘傅彩雲在俄羅斯與德軍中尉瓦德西相識事。

話說彩雲只顧看人堆裏擠出那個少年，探頭出去，冷不防頭上插的一對白金底兒八寶攢珠鑽石蓮蓬簪，無心地滑脫出來，直向人堆裏落去，叫聲：“啊呀，阿福你瞧，我頭上掉了什麽？”阿福丟了風琴，湊近彩雲椅背，端相道：“沒少什麽。嗄，新買的鑽石簪少了一支，快讓我下去找來！”說罷，一扭身往樓下跑。剛走到樓下夾弄，不提防一個老家人手裏托着個洋紙金邊封兒，正往辦事房而來，低着頭往前走，卻被阿福撞個滿懷，一手拉住阿福喝道："慌慌張張幹什麼來？眼珠子都不生，撞你老子！"阿福擡頭見是雯青的老家人金升，就一撒手道："快別拉我，太太叫我有事呢！"金升馬上瞪著眼道："撞了人，還是你有理！小雜種，誰是太太？有什麼說得響的事兒，你們打量我不知道嗎？一天到晚，粘股糖似的，不分上下，攢在一塊兒坐馬車、看夜戲、遊花園。玩兒也不揀個地方兒，也不論個時候兒，青天白日，仗着老爺不管事，在樓上什麼花樣不幹出來！這會兒爽性唱起來了，引得閒人擠了滿街，中國人的臉給你們丟完了！"嘴裏咕嘟個不了。阿福只裝個不聽見，箭也似地往外跑。跑到門口，只見街上看的人都散了，街心裏立個巡捕，臺階上三四個小麼兒在那裏摟着玩呢。看見阿福出來，一哄兒都上來，一個說："阿福哥，你許我的小表練兒，怎麼樣了？"一個說："不差。我要的蜜蠟煙嘴兒，快拿來！"又有一個大一點兒的笑道："別給他要，你們不想想，他敢賴我們東西嗎！"阿福把他們一推，幾步跨下臺階兒道："誰賴你們！太太丟了根鑽石簪兒在這兒，快幫我來找，找着了，一併有賞。"幾個小麼兒聽了，忙着下來，說在哪兒呢？阿福道："總不離這塊地方。"於是分頭滿街的找，東櫂櫂，西摸摸；阿福也四下裏留心的看，哪兒有簪的影兒！正在沒法時，街東頭兒，匡次芳和塔翻譯兩個人說着話，慢慢兒地走回來，問什麼事。阿福說明丟了簪兒。次芳笑了笑道："我們出去的時候滿擠了一街的人，誰揀了去了？趕快去尋找！"塔翻譯道："東西值錢不值錢呢？"阿福道："新買的呢，一對兒要一千兩哩，怎麼不值錢！"次芳向塔翻譯伸伸五指頭，笑著道："就是這話兒了！"塔翻譯也笑了道："快報捕呀！"阿福道："到哪兒去報呢？"塔翻譯指着那巡捕道："那不是嗎？"次芳笑道："他不會外國話，你給他報一下吧！"於是塔翻譯就走過去，給那巡捕咕唎咕嚕說了半天方回來，說巡捕答應給查了，可是要看樣兒呢。阿福道："有，有，我去拿！"就飛身上樓了。

這裏次芳和塔翻譯就一逕進了使館門，過了夾弄，東首第一個門進去就是辦事房。好幾個隨員在那裏寫字，見兩人進來，就說大人有事，在書房等兩位去商量呢。兩人同路出了辦事房，望西面行來。過了客廳，裏間正是雯青常坐的書室。塔翻譯先掀簾進去，只見雯青靜悄悄的，正在那裏把施特拉《蒙古史》校《元史・太祖本紀》哩，見兩人連忙站起道："今兒俄禮部送來一角公文，不知是什麼事？"說着，把那個金邊白封兒遞給塔翻譯。塔翻譯拆開看了一回，點頭道："不差。今天是華曆二月初三，恰是俄曆二月初七。從初七到十一，是耶穌遭難復生之期，俄國叫做大好日，家家結彩懸旗，唱歌酣飲。俄皇借此佳節，擇俄曆初九日，在溫宮開大跳舞會，請各國公使夫婦同去赴會。這分就是禮部備的請帖，屆時禮部大臣還要自己來請呢！"次芳道："好了，我們又要開眼了！"雯青道："剛纔倒嚇我一跳，當是什麼交涉的難題目來了。前天英國使臣告訴我，俄國鐵路已接至海參崴，其意專在朝鮮及東三省，預定將來進兵之路，勸我們設法抵抗。我想此時有什麼法子呢？只好由他罷了。"次芳道："現在中、俄邦交很好，且德相俾思麥正欲挑俄、奧開釁，俄、奧齟齬，必無暇及我。英使怕俄人想他的印度，所以恐嚇我們，別上他當！"塔翻譯道："次芳的話不差。昨日報上說，俄鐵路將渡暗木河，進窺印度，英人甚恐。就是這話了。"兩人又說了些外面熱鬧的話，卻不敢提丟釵的事，見雯青無話，只得辭了出來。這裏雯青還是筆不停披地校他的《元史》，直到吃晚飯時方上樓來，把俄皇請赴跳舞會的事告訴彩雲，原想叫她歡喜。哪知彩雲正爲失了寶簪心中不自在，推說這兩日身上不好，不高興去。雯青只得罷了。不在話下。

　　單說這日，到了俄曆二月初九日，正是華曆二月初五日，晴曦高湧，積雪乍消，淡雲融融，和風拂拂，仿佛天公解意，助人高興的樣子，真個九逵無禁，錦彩交飛，萬戶初開，歌鐘互答，說不盡的男歡女悅，巷舞衢謠。各國使館無不升旗懸彩，共賀嘉辰。那時候，吉爾斯街中國使館門口，左右挂着五爪金龍的紅色大旗，樓前橫插雙頭猛鶩的五彩繡旗，樓上樓下挂滿了山水人物的細巧絹燈，花團錦簇，不及細表。街上卻靜悄悄地人來人往，有兩個帶刀的馬上巡兵，街東走到街西，在那裏彈壓閒人，不許聲鬧。不一會，忽見街西面來了五對高帽烏衣的馬隊，如風的卷到使館門口，勒住馬韁，整整齊齊，分列兩旁。接著就是十名步行衛兵，一色金邊大紅長袍、金邊餃形黑絨帽，威風凜凜，一步一步掌着軍樂而來，挨著馬隊站住了。隨後來了兩輛平頂箱式四輪四馬車，四馬車後隨著一輛朱輪華轂，四面玻璃、百道金穗的彩車，駕着六匹阿剌伯大馬，身披纓絡，尾結花球。兩個御夫戴着金帶烏絨帽，雄赳赳，氣昂昂，揚鞭直馳到使館門口停住了。只見館中出來兩個紅纓帽、青色褂的家人，把車門開了，說聲"請"，車中走出身軀偉岸、髭鬚蓬鬆的俄國禮部大臣來，身上穿着滿繡金花的青氎褂，胸前橫着獅頭嵌寶的寶星，光耀耀款步進去。約摸進去了一點鐘光景，忽聽大門開處，嘻嘻哈哈一陣人聲，禮部大臣披着雯青朝衣朝帽，錦繡飛揚；次芳等也朝珠補褂，衣冠濟楚，一陣風地哄出門來。雯青與禮部大臣對坐了六馬宮車，車後帶了阿福等四個俊童；次芳、塔翻譯等各坐了四馬車。護衛的馬步各兵吹起軍樂，按隊前驅，輪蹄交錯，雲煙繚繞，緩緩地向中央大道馳去。

　　此時使館中悄無人聲，只剩彩雲沒有同去，卻穿着一身極燦爛的西裝，一人靠在陽臺上，眼看雯青等去遠了，心中悶悶不樂。原來彩雲今日不去赴會，一則為了查考失簪，巡捕約着今日回音；二則趁館中人走空，好與阿福恣情取樂。這是她的一點私心。誰知不做美的雯青，偏生點名兒，派着阿福跟去。彩雲又不好怎樣，此時倒落得孤零零看着人家風光熱鬧，又悔又恨。靠着欄上看了一回來往的車馬，覺得沒意思，一會罵丫頭瞎眼，裝煙煙嘴兒碰了牙了；一會又罵老媽兒都死絕了，一個個趕騷去。有一個小丫頭想討好兒，巴巴地倒碗茶來。彩雲就手啞一口，急了，燙着唇，伸手一巴掌道："該死的，燙你娘！"那丫頭倒退了幾步，一滑手，那杯茶全個兒淋淋漓漓，都潑在彩雲新衣上了。彩雲也不抖摟衣上的水，端坐着，笑嘻嘻地道："你走近點兒，我不吃你的呀！"那丫頭剛走一步，彩雲下死勁一拉，順手頭上拔下一個金耳挖，照準她手背上亂戳，鮮血直冒。彩雲還不消氣，正要找尋東西再打，瞥見房門外一個人影一閃。彩雲忙喊道："誰？鬼鬼祟祟的嚇人！"那人就走進來，手裏拿着一封書子道："不知誰給誰一封外國信，巴巴兒打發人送來，說給你瞧，你自會知道。"彩雲擡頭見是金昇，就道："你放下吧！"回頭對那小丫頭道："你不去拿，難道還要下帖子請嗎？"那小丫頭哭着，一步一蹺，拿過來遞給彩雲。金昇也咕嚕着下樓去了。彩雲正摸不着頭腦，不敢就拆，等金昇去遠了，連忙拆開一看，原來並不是正經信劄，一張白紙歪歪斜斜寫著一行道："俄羅斯大好日，日爾曼拾簪人，將於午後一刻鐘，持簪訪遺簪人于支那公使館，願遺簪人勿出。此約！"

　　彩雲看完，又驚又喜。喜的是寶簪有了着落；驚的是如此貴重東西，拾着了不藏起，或賣了，發一注財，倒肯送還，還要自己當面交還，不知安着什麼主意！又不知拾着的是何等人物？回來真的來了，見他好，不見他好？正獨自盤算個不了，只聽餐室裏的大鐘鐺鐺地敲起來，細數恰是十二下，見一個老媽上來問道："午飯還是開在大餐間嗎？"彩雲道："這還用問嗎？"那老媽去了一回，又來請吃飯。彩雲把那信插入衣袋裏，嫋嫋婷婷，走進大餐間，就坐在常日坐的一張鏡面香楠洋式的小圓桌上，桌上鋪着白綿提花毯子，列着六樣精致家常菜，都盛着金花雪地的小碗。兩邊老媽丫環，輪流伺候。不一會，彩雲吃完飯，左邊兩個老媽遞手巾，右邊兩個丫環送漱盂。漱盥已畢，又有丫環送上一杯咖啡茶。彩雲一手執着玻璃杯，就慢慢立起來，仍想走到陽臺上去。忽聽樓下街上一片叫嚷的聲音。彩雲三腳兩步跨到欄干邊，朝下一望，不知爲什麼，街心裏圍着一大堆人。再看時，只見兩個巡捕拉住一個體面少年，一個握了手，一個揪住衣服要搜。那少年只把手一揚，肩一揪，兩個巡捕一個東、一個西，兩邊兒拋球似地直滾去。只見少年仰着臉，豎着眉，喝道："好，好，不生眼的東西！

敢把我當賊拿？叫你認得德國人不是好欺負的！來呀，走了不是人！"彩雲此時方看清那少年，就是在締爾園遇見、前天樓下聽唱的那個俊人兒，不覺心頭突突地跳，想道："難道那簪兒倒是他拾了？"忽聽那跌倒的巡捕，氣吁吁地爬起趕來，嘴裏喊道："你還想賴嗎？幾天兒在這裏穿梭似地來往，我就犯疑。這會兒鬼使神差，活該敗露！爽性明公正氣的把簪兒拿出手來，還虧你一頭走，一頭子細看呢！怕我看不見了真賊！這會兒給我捉住了，倒賴着打人，我偏要捉了你走！"說着，狠命撲去。那少年不慌不忙，只用一隻手，趁他撲進，就在肩上一抓，好似老鷹抓小雞似地提了起來，往人堆外一擲，早是一個朝天餛飩，手足亂劃起來。看的人喝聲采。那一個巡捕見來勢厲害，于于的吹起叫子來。四面巡捕聽見了，都找上來，足有十來個人。彩雲看得呆了，忽想這麼些人，那少年如何吃得了！怕他吃虧，須得我去排解才好。不知不覺放下了玻璃杯，飛也似地跑下樓來，走到門口。眾多家人小廝，見她慌慌張張地往外跑，不解緣故，又不敢問，都悄悄地在後跟着。彩雲回頭喝道："你們別來，你們不會說外國話，不中用！"說着，就推門出去。只見十幾個巡捕，還是遠遠地打圈兒，圍着那少年，卻不敢近。那少年立在中間，手裏舉着晶光奕奕的東西，喊道："東西在這裏，可是不給你們，你們不怕死的就來！哼，也沒見不分青紅皂白，就把人當賊！"剛說這話，擡頭忽見彩雲，臉上倒一紅，就把簪兒指着彩雲道："簪主來認了，你們問問，看我偷了沒有？"那被打的巡捕原是常在使館門口承值的，認得公使夫人，就搶上來指着少年，告訴彩雲："簪兒是他拾的。剛纔明明拿在手裏走，被我見了，他倒打起人來。"彩雲就笑道："這事都是我不好，怨不得各位鬧差了。"說着，笑指那少年道："那簪兒倒是我這位認得的朋友拾的，他早有信給我，我一時糊塗，忘了招呼你們。這會子倒教各位辛苦了，又幾乎傷了和氣。"彩雲一頭說，就手在口袋裏掏出十來個盧布，遞給巡捕道："這不算什麼，請各位喝一杯淡酒吧！"那些巡捕見失主不理論，又有了錢，就謝了各歸地段去了，看的人也漸漸散了。

原來那少年一見彩雲出來，就喜出望外，此時見衆人散盡，就嘻嘻笑着，向彩雲走來，嘴裏咕嚕道："好笑這班賤奴，得了錢，就沒了氣了，倒活象個支那人！不枉稱做鄰國！"話一脫口，忽想現對着支那人，如何就說他不好，真平常說慣了，倒不好意思起來，連忙向彩雲脫帽致禮，笑道："今天要不是太太，可吃大虧了！真是小子的緣分不淺！"彩雲聽他道着中國不好，倒也有點生氣，低了頭，淡淡地答道："說什麼話來！就怕我也脫不了支那氣味，倒汙了先生清操！"那少年倒局促起來道："小子該死！小子說的是下等支那人，太太別多心。"彩雲嫣然一笑道："別胡扯，你說人家，干我什麼！請裏邊坐吧！這裏不是說話的地方。"說着，就讓少年進客廳。一路走來，彩雲覺得意亂心迷，不知所爲。要說什麼，又說不出什麼，只是怔看那少年，見少年穿着深灰色細氈大襖，水墨色大呢背褂，乳貂爪泥的衣領，金鵝絨頭的手套，金鈕璀璨，硬領雪清，越顯得氣雄而秀，神清而腴。一進門，兩手只向衣袋裏掏。彩雲當是要取出寶簪來還她，等到取出來一看，倒是張金邊白地的名刺，恭恭敬敬遞來道："小子冒昧，敢給太太換個名刺。"彩雲聽了，由不得就接了，只見刺上寫着"德意志大帝國陸軍中尉瓦德西"。彩雲反復看了幾遍，笑道："原來是瓦德西將軍，倒失敬了！我們連今天已經見了三次面了，從來不知道誰是誰？不想靠了一支寶簪，倒拜識了大名，這還不是奇遇嗎？"瓦德西也笑道："太太倒還記得敝國締爾園的事嗎？小可就從那一天見了太太的面兒，就曉得了太太的名兒，偏生緣淺，太太就離了敝國到俄國來了。好容易小可在敝國皇上那裏討了個遊歷的差使，趕到這裏，又不敢冒昧來見。巧了這支簪兒，好象知道小可的心似的。那一天，正聽太太的妙音，它就不偏不倚掉在小可手掌之中。今兒又眼見公使赴會去了，太太倒在家，所以小可就放膽來了。這不但是奇遇，真要算奇緣了！"彩雲笑道："我不管別的，我只問我的寶簪在哪兒呢？這會兒也該見賜了。"瓦德西哈哈道："好性急的太太！人家老遠地跑了來，一句話沒說，你倒忍心就說這話！"彩雲忍不住嗤地一笑道：

"你不還寶簪,幹什麼來?"瓦德西忙道:"是,不差,來還寶簪。別忙,寶簪在這裏。"一頭說,一頭就在裏衣袋裏掏出一隻陸離光采的小手箱來,放在桌上,就推到彩雲身邊道:"原物奉還,請收好吧!"彩雲吃一嚇。只見那手箱雖不過一寸來高、七八分厚,赤金底兒,四面嵌滿的都是貓兒眼、祖母綠、七星線的寶石,蓋上雕刻着一個帶刀的將軍,騎着匹高頭大馬,雄武氣概,那相貌活脫一個瓦德西。彩雲一面賞玩,愛不忍釋,一面就道:"這是哪裏說起!倒費……"剛說到此,彩雲的手忽然觸動匣上一個金星紐的活機,那匣豁然自開了。彩雲只覺眼前一亮,哪裏有什麼鑽石簪,倒是一對精光四射的鑽石戒指,那鑽石足有五六克勒,似天上曉星般大。彩雲看了,目不能視,口不能言。瓦德西卻坐在彩雲對面,嘻着嘴,只是笑,也不開口。彩雲正不得主意,忽聽街上蹄聲得得,輪聲隆隆,好象有許多車來,到門就不響了。接着就聽見門口叫嚷。彩雲這一驚不小,連忙奪了寶石箱,向懷裏藏道:"不好了,我們老爺回來了。"瓦德西倒淡然地道:"不妨,說我是拾簪的來還簪就完了。"彩雲終不放心,放輕腳步,掀幔出來一張,劈頭就見金昇領了個外國人往裏跑。彩雲縮身不及,忽聽那外國人喊道:"太太,我來報一件奇聞,令業師夏雅麗姑娘謀刺俄皇不成被捕了。"彩雲方擡頭,認得是畢葉,聽了不禁駭然道:"畢葉先生,你說什麼!"畢葉正欲回答,幔子裏瓦德西忽地也鑽出來道:"什麼夏雅麗被捕呀?畢葉先生快說!"彩雲不防瓦德西出來,十分吃嚇。只聽畢葉道:"咦,瓦德西先生怎麼也在這裏!"瓦德西忙道:"你別問這個,快告訴我夏姑娘的事要緊!"畢葉笑道:"我們到裏邊再說!"彩雲只得領了兩人進來,大家坐定。畢葉剛要開談,不料外邊又嚷起來。畢葉道:"大約金公使回來了。"彩雲側耳一聽,果然門外無數的靴聲橐橐,中有雯青的腳聲,不覺心裏七上八下,再捺不住,只望着瓦德西發怔。忽然得了一計,就拉着畢葉低聲道:"先生,我求你一件事,回來老爺進來問起瓦將軍,你只說是你的朋友。"畢葉笑了一笑。說時遲,那時快,只見雯青已領着參贊、隨員、翻譯等翎頂輝煌的陸續進來，一見畢葉，就趕忙上來握手道："想不到先生在這裏。"一回頭，見着瓦德西，呆了呆，問畢葉道："這位是誰？"畢葉笑道："這位是敝友德國瓦德西中尉，久慕大人清望，同來瞻仰的。"說着，就領見了。雯青也握了握手，就招呼在靠東首一張長桌上坐了。黑壓壓團團坐了一桌子的人。雯青、彩雲也對面坐在兩頭。彩雲偷眼，瞥見阿福站在雯青背後，一眼注定了瓦德西，又溜着彩雲。彩雲一個沒意思，搭訕着問雯青："老爺怎麼老早就回來了？不是說開夜宴嗎？"雯青道："怎麼你們還不知道？事情鬧大了，開得成夜宴倒好了！今天俄皇險些兒送了性命哩！"回頭就向畢葉及瓦德西道："兩位總該知道些影響了？"畢葉道："不詳細。"雯青又向着彩雲道："最奇怪的倒是個女子。剛纔俄皇正赴跳舞會，已經出宮，半路上忽然自己身邊跳出個侍女，一手緊緊拉住了御袖，一手拿着個爆炸彈，要俄皇立刻答應一句話，不然就把炸藥炸死俄皇。後來虧了幾個近衛兵有本事，死命把炸彈奪了下來，纔把她捉住。如今發到裁判所訊問去了。你們想險不險？俄皇受此大驚，哪裏能再赴會呢！所以大家也散了。"畢葉道："大人知道這女子是誰？就是夏雅麗！"雯青吃驚道："原來是她？"說着，覷着彩雲道："怪道我們一年多不見她，原來混進宮去了。到底不是好貨，怎麼想殺起皇帝來！這也太無理了！到底逃不了天誅，免不了國法，真何苦來！"畢葉聽罷，就向瓦德西道："我們何妨趕到裁判所去聽聽，看政府怎麼樣辦法？"瓦德西正想脫身，就道："很好！我坐你車去。"兩人就起來向雯青告辭。雯青虛留了一句，也就起身相送；彩雲也跟了出來，直看送出雯青大門。彩雲方欲回身，忽聽外頭嚷道："夏雅麗來了！"

　　正是：苦向異洲挑司馬，忽從女界見荊卿。不知來者果是夏雅麗？且聽下回分解。

上海古籍版《孽海花》

| 輯　錄 |

林紓《紅礁畫槳錄譯餘賸語》：《孽海花》非小說也，鼓蕩國民英氣之書也。

魯迅《中國小說史略》：書於洪、傅特多惡謔，並寫當時達官名士模樣，亦極淋漓，而時復張大其詞，如凡譴責小說通病；惟結構工巧，文采斐然，則其所長也。

參考書目

《儒林外史》，吳敬梓著，人民文學出版社1958年版。

《吳敬梓年譜》，胡適著，《胡適文存》二集，亞東書局版。

《官場現形記》，李寶嘉著，人民文學出版社1959年版。

《二十年目睹之怪現狀》，吳沃堯著，人民文學出版社1959年版。

《老殘遊記》，劉鶚著，人民文學出版社1982年版。

《孽海花》，曾樸著，上海古籍出版社1980年版。

思考題

1. 《儒林外史》在結構上有何特點？

2. 《儒林外史》的主題是什麼？

3. 魯迅將《官場現形記》等晚清暴露小說稱爲"譴責小說"，這些小說在表現手法上，與《儒林外史》有何異同？

第六章
翻譯文學

概　說

　　中國歷史上曾出現兩次翻譯高潮，第一次是南北朝隋唐時代的佛經翻譯，其對中國文化與文學的影響是深刻而又深遠的。第二次翻譯高潮發生在近代，翻譯的範圍非常廣泛，主要對象則是西方的宗教、哲學、文學、政治學、經濟學、科學等，其結果是促成中國文化向現代轉型，如西方詩歌、散文、小說、戲劇的翻譯，不僅使中國文學的觀念發生深刻變化，更使中國文學的類型與形式逐漸脫胎換骨。翻譯文學理應屬外國文學，但近代的翻譯則有所不同，那就是許多翻譯採用中國古典文學的形式，如詩用四言、五言或七言古體，甚至騷體或詞曲體，而小說或用章回體。大多翻譯名家如林紓、嚴復、蘇曼殊等，都採用典雅的文言，而且盡可能以固有的辭彙來對譯。這類中國化的翻譯文學，大多不忠實原著，卻構成中國近代文學的一大奇觀。

　　近代最早的外國譯詩，據錢鍾書考證，是同治年間由英國駐華公使威妥瑪與中國人董恂合作翻譯的美國詩人朗費羅的《人生頌》等詩。最著名的翻譯家則是蘇曼殊，譯有英國詩人拜倫、雪萊、彭斯等人的作品。蘇曼殊的譯文，都曾經章太炎潤色，文詞古雅甚至古奧，如讀唐以前詩。辜鴻銘用五言古體譯英國詩人科伯《癡漢騎馬歌》，頗具漢樂府民歌的韻味。胡適、魯迅是白話文學的主將，但其早期所譯海涅詩，卻仍是古風。直至五四前夕，胡適、劉半農等人纔自覺地用白話"嘗試"翻譯外國詩歌。

在中國傳統文學中，散文或古文，是與駢文相對的文體，這與西方作爲文學類型的散文概念有所不同。但近代翻譯家對此並不十分自覺，故將許多散文作品當作"說部"來譯。近代影響最大的散文翻譯，是嚴復所譯西方學術散文。嚴譯《天演論》等西方學術名著，雖然不是文學散文，但其文筆之典雅，足以與古文媲美，"駸駸與晚周諸子相上下"。嚴氏在《天演論·譯例言》中提出"信、達、雅"三原則，所謂"雅"即"雅馴"，不但指文風典雅，也指文詞古雅。當時士林以文言爲"雅言"，故嚴譯很受高層讀者歡迎。

小說翻譯以林紓最著名。林氏以"冷紅生"的筆名所譯小仲馬《巴黎茶花女遺事》，是歐洲文學名著輸入中國的第一部，令讀慣"才子佳人"小說的中國讀者耳目一新。據阿英《晚清小說史》統計，林氏共譯外國小說約一百六十餘種，包括英、美、法、德、俄、西、日等國的作品，是近代首屈一指的翻譯大家。林譯小說讓中國讀者眼界大開，促成了近代小說觀念的演變。有趣的是，林紓本人卻不解外語，他翻譯小說，都是先由別人據原著口述，而後自己筆錄成文。林氏是古文家，文筆流暢雅潔而不失生動，其以古文筆法翻譯外國小說，雖然大多不忠實於原著，卻非常投合士林讀者的閱讀趣味，故能風行一時。周氏兄弟也以古文譯外國短篇小說，他們精通外文，譯文盡可能保留原文的章節格式與風格，但由於與當時讀者的閱讀趣味不合，故他們所編譯的外國短篇小說集《域外小說集》並不流行。

第一節　詩　歌

蘇曼殊（1884—1918）

傳略見"清代文學"第一章第九節。

題《沙恭達羅》

【題解】　此詩原作者爲德國詩人歌德。

　　　　春華瑰麗，亦揚其芬；
　　　　秋實盈衍，亦蘊其珍。
　　　　悠悠天隅，恢恢地輪；
　　　　彼美一人，沙恭達羅。

臺灣文海版《曼殊大師詩文集》

原詩：

SAKONTALA

Willst du die Blüthe des frühen, die Früchte des spätreu Jahres,

Willst du, was reizt und entzückt, Willst du was sättigt und nährt,

Willst du den Himmel, die Erde, mit einem Namen begreifen,

Nenn' ich Sakontala, dich, und so ist alles gesagt.

星耶峰耶俱無生

【題解】　此詩原作者爲英國詩人拜倫（George Gordon Byron，1788—1824）。

星耶峰耶俱無生，浪撼沙灘巖滴淚。
圍範茫茫寧有情，我將化泥溟海出。

臺灣文海版《曼殊大師詩文集》

原詩：

LIVE NOT THE STARS AND THE MOUNTAINS

Live not the stars and the mountains? Are the waves
Without a spirit? are the dropping caves
Without a feeling in their silent tears?
No, no;—they woo and clasp us to their spheres,
Dissolve this clod and clod of clay before
Its hour, and merge our soul in the great shore.

去　燕

【題解】　此詩原作者爲英國詩人豪易特（William Howitt，1792—1879）。

燕子歸何處，無人與別離。
女行蔓誰見，誰爲感差池。

女行未分明，躞蹀復何爲？

春聲無與和，尼南欲語誰？

遊魂亦如是，蛻形共驅馳。
將翱復將翔，隨女天之涯。

翻飛何所至，塵寰總未知。
女行諒自適，獨我棄如遺。

臺灣文海版《曼殊大師詩文集》

原詩：

DEPARTURE OF THE SWALLOW

And is the swallow gone?

Who beheld it?

Which way sailed it?

Farewell bade it none?

Nor mortal saw it go: —

But who doth hear

Its summer cheer

As it fliteth to and fro?

So the freed spirit flies!

From its surrounding clay

It steals away

Like the swallow from the skies.

Wither? wherefore doth it go?

'Tis all unknown;

We feel alone

What a void is left below.

熲熲赤牆靡

【題解】 此詩原作者爲蘇格蘭詩人彭斯（Robert Burns，1759—1796）。

熲熲赤牆靡，首夏初發苞。

惻惻清商曲，眇音何遠姚。

予美諒夭紹，幽情申自持。

倉海會流枯，相愛無絕期。

倉海會流枯，頑石爛炎熹。

微命屬如縷，相愛無絕期。

摻袪別予美，離隔在須臾。

阿陽早日歸，萬里莫踟躕！

臺灣文海版《曼殊大師詩文集》

原詩：

A RED, RED ROSE

O my Luve's like a red, red rose

That's newly sprung in June;
O my Luve's like the melodie
That's sweetly play'd in tune.

As fair art thou, my bonnie lass,
So deep in luve am I;
And I will luve thee still, my dear,
Till a' the seas gang dry.

Till a' the seas gang dry, my dear,
And the rocks melt wi' the sun;
And I will luve thee still, my dear,
While the sands o' life shall run.

And fare thee weel, my only Luve!
And fare thee weel a while!
And I will come again, my Luve,
Tho' it were ten thousand mile!

冬 日

【題解】 此詩原作者爲英國詩人雪萊（Percy Bysshe Shelley，1792—1822）。

孤鳥棲寒枝，悲鳴爲其曹。
池水初結冰，冷風何蕭蕭！

荒林無宿葉，瘠土無卉苗。

萬籟盡寥寂,唯聞喧挈泉。

臺灣文海版《曼殊大師詩文集》

原詩:

A SONG

A widow bird sate mourning for her love

Upon a wintry bough;

The frozen wind crept on above,

The freezing stream below.

There was no leaf upon the forest bare,

No flower upon the ground,

And little motion in the air

Except the mill-wheel's sound.

梁啓超(1873—1929)

傳略見"清代文學"第二章第五節。

端志安

【題解】 端志安即 Don Juan 的譯音,今譯"唐璜"。梁氏所譯,即英國詩人拜倫所作長詩《唐璜》中《哀希臘》第一和第三節,發表於一九〇三年《新小說》第三期。此詩漢譯有蘇曼殊五言古體、馬君武七言古體等,梁氏譯以元曲體,別有一種韻味。譯者案:"翻譯本屬至難之業,翻譯詩歌尤屬難中之難。本篇以中國調譯外國意,填譜選韻,在在窒礙,萬不能盡如原意。刻畫無鹽，唐突西子，自知罪過不小，讀者但看西文原本，方知其妙。"

沈醉東風

咳！希臘啊，希臘啊！
你本是平和時代的愛驕，
你本是戰爭時代的天驕。
撒芷波歌聲高，
女詩人熱情好，
更有那德羅士，菲波士榮光常照。
此地是藝文舊壘，技術中潮，
即今在否？
算除卻太陽光線，
萬般沒了！

原詩：

The isles of Greece! The isles of Greece
Where burning Sappho loved and sung,
Where grew the arts of war and peace,
Where Delos rose, and Phoebus sprung!
Eternal summer gilds them yet,
But all, except their sun, is set.

如夢憶桃源

瑪拉頓後啊，山容縹緲，

瑪拉頓前啊，海門環繞。

如此好河山，

也應有自由回照！

我向那波斯軍墓門憑眺，

難道我爲奴爲隸，今生便了？

不信我爲奴爲隸，今生便了！

上海書店版《中國近代文學大系・翻譯文學集》

原詩：

The mountains look on Marathon—

And Marathon looks on the sea;

And musing there an hour alone,

I dream'd that Greece might still be free;

For standing on the Persians' grave,

I could not deem myself a slave.

魯　迅（1881—1936）

海涅詩二首

【題解】　二詩均譯自海涅《詩歌集・抒情插曲》。

一

余淚泛瀾兮繁花，余聲俳亹兮鶯歌。

少女子兮，使君心其愛余，余將捧繁花而獻之。

流鶯鳴其嚶嚶兮，旁吾歡之罘罳。

二

眸子青地丁，輔頰紅薔薇，百合皎潔兮君柔荑。

吁嗟芳馨兮故如昨，奈君心兮早搖落。

上海書店版《中國近代文學大系‧翻譯文學集》

原詩：

1

Aus meinen Tränen sprieβen

Viel' blühende Blumen hervor

Und meine Seufzer werden

Ein Nachtigallenchor.

Und wenn du mich lieb hast, Kindchen,

Schenk' ich dir Blummen all',

Und vor deinem Fenster soll' klingen

Das Lied der Nachtigall.

2

Die blauen Veilchen der Augelein,

Die roten Rosen der Wangelein,

Die weiβen Lilien der Handchen klein,

Die blühen und blühen noch immerfort,

Und nur das Herzchen ist verdorrt.

胡　適（1891—1962）

海涅詩一首

【題解】 此詩譯自海涅《詩歌集‧抒情插曲》，發表於一九一三年出版的《留美學生年報》第二期。譯者序稱:"其詩亦敦厚,亦悱惻,感人最深。即如此詩,相思之詞也。高松苦寒,詩人自況;南國芭蕉,以喻所思;冰雪火雲,以喻險阻,頗類吾國比興之旨,而其一種溫柔忠厚之情,自然流露紙上。"

> 高松岑寂羌無歡,獨立塞北之寒山。
> 冰雪蔽體光漫漫,相思之夢來無端。
> 夢中東國之芭蕉,火雲千里石欲焦。
> 脈脈無言影寂寥,欲往從之道路遙。

上海書店版《中國近代文學大系・翻譯文學集》

原詩:

> Ein Fichtenbaum steht einsam
> Im Norden auf kahler Höh.
> Ihn schläfert; mit weiβer Decke
> Umhüllen ihn Eis und Schnee.
> Er träumt von einer Palme,
> Die fern im Morgenland
> Einsam und schweigend trauert
> Auf brennender Felsenwand.

第二節 散 文

林 紓（1852—1924）

《清史稿・文苑傳》:林紓,字琴南,號畏廬,閩縣人。光緒八年舉人。少孤,事母至孝。幼嗜讀,家貧不能藏書,嘗得《史》《漢》殘本,窮日夕讀之，因悟文法，後遂以文名。壯渡海遊臺灣，歸客杭州，主東城講舍。入京，就五城學堂聘，復主國學。生平任俠，尚氣節，見聞有不平，輒憤起，忠懇之誠發於至性。爲文宗韓柳，論文主意境、識度、氣勢、神韻，而忌率襲庸怪。尤善敍悲，音吐淒梗，令人不忍卒讀。論者謂以血性爲文章，不關學問也。所傳譯歐西說部至百數十種，然紓故不習歐文，皆待人口達而筆述之。尤善畫山水，冶南北於一爐，時皆寶之。紓講學不分門戶，嘗謂清代學術之盛，超越今古，義理、考據合而爲一，而精博過之，實於漢學、宋學以外別創清學一派。時有請立清學會者，紓撫掌稱善，力贊其成。甲子秋卒，年七十有三。有《畏廬文集》《詩集》等。

記惠斯敏司德大寺

【題解】 此文原名 *Westinster Abbey*，選自美國十九世紀作家華盛頓·歐文（Washington Irving，1783—1859）之 Sketch *BooK of Geoffrey Crayon, Gent*。由魏易口述、林紓筆譯。

一日爲蕭晨，百卉俱靡，秋人寡歡之時，余在惠斯敏司德寺遊憩可數點鐘。當此荒寒寥瑟之境，益以陰沈欲雨之秋天，可云兩美合矣！余一入寺門，已似托身于古昔，與地下鬼雄款語。門內列甬道至修廣，上蓋古瓦，陰森如履地洞；修塴之上，作圓竇通漏光。是中隱隱見一僧，衣黑衣，徐行若魅。余一人既入是中，決所見必皆厲栗之狀，即亦無怖。牆壁年久，莓苔斑駁，泥土亦漸削落；壁上碑版，隱隱亦悉爲苔紋所封；而鐫刻之物，觚棱漸挫，但模糊留其形式而已。黃日布地，四圍仍陰悄動人，高塴修直，仰望蔚藍，直類井底觀天；而本寺塔尖直上，半在雲表。

余循行廢殿之上，遙想當日之經營，至此已榛蕪滿目。更讀殘碑，半傾側於地，或即成爲砌石，履跡所經，字畫均漫漶不可讀。尚有一碑，列三巨公名，仿佛可辨，其事跡則久已磨平，無可求索。三公者，均本寺主持,爲十一二世紀時人。余癡立久不能語,以爲人死留碑,即碑亦不足深恃;可知人欲圖名,欲身後令人思慕,其事滋難恃也,若更數年者,將並此而沒矣!當日營謀,刊石立像,謂可不朽,不知石亦有時而漫滅也!

徘徊中,寺鐘已動,回音若抱柱而鏗,余立身叢塚之中,似此鐘聲詔人,今日光陰又匆匆逝矣!余在聲浪之中,搖搖似爲此聲催吾入諸奄歹,可悲也哉!

已而徐步入廣殿中,既入,而壯麗之奇構,令人震越失次;盤花大柱林林可數百株,藻井直上,高厲不見其極。余自視若在殿礎之下,蠕蠕直如蟲豸。以此殿之高且廣,寂寥無人,履之心悸,足不敢前。每一窺足,而回音輒發於壁間,覺一舉一動皆生奇響。余肅然,知處吾旁者,均先代賢哲英雄之骨,不能不加敬恭。然不禁一笑者,笑彼功蓋宇宙,言成經典之人,至於今日,則殘骨數星,與沙土交雜,聚此漠然無人之區,外此其又何戀耶!生前舉手可以奄有江山;至於鐘漏歇時,欲與前勛爭此土壤,尚有吝惜不復相讓者,則又可憫矣!夫萬年之名,人人所歆,而銘誄陳陳,觀者又復幾人?矧此石苦澌,復不足深恃耶!

余此時迤邐至古詩人墳碣之下,盤桓久之。詩人遺事,至簡而易讀。惟莎士比、愛叠森兩先生尚有小石像存焉,餘人則半像粗記姓名而已。嗟夫!詩人固無勳榮,而弔古人來,往往於詩人斷墳多增留戀。凡人之弔古英雄,但有駭嘆,若詩家遺像,則綿綿然情動於中,即亦不知其所以然。以詩人感人之深,雖異代有同風契。蓋著書者之神,往往合於讀書者,情絲蒙絡,款款深深。餘人則但憑歷史爲准,而史殊不足恃。詩人印人以心,每誦其詩,輒如新發諸硎,不斥爲陳人屏之也。須知詩人爲人多而爲己少,以詩人生平去歡樂而即幽邃,閉戶苦吟,取古人之心跡與今人粘合無間,而名譽又不從流血而來,一一本諸心思,以公道論之,後人宜有感戴之思。蓋詩人之留貽,非屬豐功偉烈,或徒托空名,直握其智珠,出其慧力,悉投諸後人,一無所吝也。

余既憑弔詩人，更進則古皇陵寢矣。又進，則名臣勇將及有名主教之屬。碑碣林林，顧乃無一聲響，大似《天方夜譚》中所言術士入城，城人皆化爲石偶者。偶讀墓碑，佳者亦夥，獨有一家，則碑誌中有二語云："兄弟勇，姊妹懿。"言詞至賅簡，而感人亦至深也。

　　余當萬念俱寂時，忽隱隱聞市聲及車馬之聲隨西風而至，此二境乃至不相侔。人世繁聲竟直至夜臺之上耶？余徘徊間，西日將匿，似遊人宜反，而暮鐘亦急。余見沙彌衣白衣，魚貫入殿。余獨立於亨利第七禮拜堂之前。門外階級重重，銅扉嚴闔。余仍入觀，堂中營造之工，一時無兩。壁端鐫刻垂滿，每刻均鐫先賢，而刻工之佳，幾於視堅石爲木綿，屋頂均密刻，仰觀竟纖細如蛛網。中立二石像，則帝、后御容也，旁立均勳戚大臣。每像之前，均玉石闌干旋繞，顧富麗至此，轉令人生無窮之悲，蓋經構此宇，非有大力烏能者？乃殘骨即居止廣殿崇堲之下矣！意必有一日，鳥巢其上，遊人憑弔壞殿之基。殿外尚有二陵：一爲英后伊里沙白，一爲蘇格蘭后馬利亞。二人，仇讎也，今乃相距一丘，則所謂仇讎者，亦不外如此耳！方今力持公論，何人不爲馬利亞鳴其冤抑？以大勢論之，二人生死當萬无相見之期，不圖埋骨成灰，乃同此濛濛之埃壒。

　　余倦極，困息於馬利亞石像之下，憐而弔之。時萬聲俱寂，並住僧梵唄之聲亦渺。天色沈沈，黑影漸生，石像亦漸模糊。晚鐘逐處皆動。余起立將出，遂拾級下。忽見愛德哇德聖王之墓，因復登臨。墳外環立多像。爲勢稍高，歷歷見諸塋兆。左近有加冕御座一，爲木制。余思加冕者，皇帝得意之秋也，今胡爲移此得意之御座置諸寢園？然則人世得意失意事，相去亦不數武耳！

　　天色已晚，僧將閉門，余遵舊路而出。余既出殿門，寺門即闔，回音尚隱隱然。余既出門，思欲默識今日所見，乃腦筋棼如亂絲。自念剛出此門，胡爲遺忘如是之迅？然則智、名、勇、功，乃可令人久憶耶？彼所謂大名千古不朽者，亦僞言耳，駒光之隙，時推陳而出新，須知前此文字固

501

佳，然翻閱已至末葉矣！今日名人，即推倒舊時之老宿者，不知後來之秀，久磨礪以待汝矣。故歷史陳陳，後人聞者，每疑信爲荒唐之説。實跡偏成疑案，因之聚訟紛紛，而紀功之碑，亦不待人力推陷，皆倦極而思睡於地，所鐫古書，亦漸漸爲空氣所蝕，成爲平面。無論華表、穹門、金字塔，後此均一堆沙石耳！縱使墳臺堅固，亦復何濟？而亞力山大之屍灰已揚歸烏有，僅留空槨，置諸博物院中。埃及之"木默"，固長歷人世之光陰，即波斯之坎白西司，亦未嘗加以淩踐。今嗜利之人，乃竊取而鬻之。埃及佛羅之木默，今已搗碎爲醫傷之藥屑矣。夫以金字塔中之物，尚屑以爲藥，矧此區區之殿宇耶？今日尚有吾輩爲文章以稱美此寺，安知異日非風吼鷗鳴之廢地，而斷瓦殘磚，均爲野藤山花所蒙絡？夫人身死耳，死而留名于史，即史亦奚足恃？雖碑版亦但成遺跡而已，他又何論耶！

上海辞書版《林紓譯著經典·拊掌錄》

嚴　復（1853—1921）

《清史稿·文苑傳》：嚴復，字又陵，又字幾道，侯官人。早慧，嗜爲文，閩督沈保楨初創船政，招試英俊，儲海軍將才，得復文，奇之，用冠其曹。既卒業，從軍艦練習，周歷南洋、黄海。光緒二年，派赴英國海軍學校肄戰術及炮臺建築諸學。學成歸，北洋大臣李鴻章方大治海軍，以復總學堂。二十四年，詔求人才，復被薦，召對稱旨，未及用而政局猝變。越二年，南歸。宣統元年，海軍部立，特授協都統，尋賜文科進士，充學部名詞館總纂，授海軍一等參謀官。復殫心著述，於學無所不窺，精歐西文字，所譯書以瑰辭達奧旨。世謂紓出中文溝通西文，復以西文溝通中文，並稱"林嚴"。譯有《天演論》《原富》《群學肄言》《穆勒名學》《法意》《群己權界論》《社會通詮》等。

天演論（節選）

【題解】 此爲《天演論》第一篇《察變》。《天演論》原名《進化論與倫理學》，爲十九世紀英國學者赫胥黎所著。嚴復以先秦諸子語言迻譯西學名著，追求"信達雅"，而所謂"雅"，指文筆典雅，與桐城古文之"雅潔"同義。

赫胥黎獨處一室之中，在英倫之南，背山而面野，檻外諸境，歷歷如在几下。乃懸想二千年前，當羅馬大將愷徹未到時，此間有何景物，計惟有天造草昧，人功未施。其藉徵人境者，不過幾處荒墳，散見陂陀起伏間。而灌木叢林，蒙茸山麓，未經删治如今者，則無疑也。

怒生之草，交加之藤，勢如爭長相雄，各據一抔壤土，夏與畏日爭，冬與嚴霜爭。四時之內，飄風怒吹，或西發西洋，或東起北海，旁午交扇，無時而息。上有鳥獸之踐啄，下有蟻蝝之齧傷；憔悴孤虛，旋生旋滅，菀枯頃刻，莫可究詳。是離離者亦各盡天能，以自存種族而已。數畝之內，戰事熾然，強者後亡，弱者先絕。年年歲歲，偏有留遺，未知始自何年，更不知止於何代。苟人事不施於其間，則莽莽榛榛，長此互相吞併，混逐蔓延而已。而詰之者誰耶？

今者英之南野，黃芩之種爲多，此自未有紀載以前，革衣石斧之民，所採擷踐踏者，茲之所見，其苗裔耳。計當遼古之前，坤樞未轉，英倫諸島，乃屬冰天雪窖之區，此物能寒，法當較今尤茂。噫！此區區一小草耳。若跡其祖始，遠及洪荒，則三古以還年代方之，猶瀼渴之水，比諸大江，不啻小支而已。故事有決無可疑者，則天道變化，不主故常是已。特自皇古迄今，爲變蓋漸，淺人不察，遂有天地不變之言。實則今茲所見，乃自不可窮詰之變動而來。京垓年歲之中，每每員輿正不知幾移幾換而成此最後之奇。且繼今以往，陵谷變遷，又屬可知之事，此地學不刊之說也。假其驚怖斯言，則索證正不在遠。試向立足處所，掘地深逾尋丈，將逢蜃灰。以是蜃灰，知其地之古必爲海。蓋蜃灰爲物，乃贏蚌脫殼積壘而成。若用顯鏡察之，其掩旋尚多完具者。使是地不前爲海，此恒河沙數贏蚌者胡從來乎？滄海揚塵，非誕說矣。且地學之家，歷驗各種殭石，知動植庶品，率皆遞有變遷。特爲變至微，其遷極漸，即假吾人彭聃之壽，而亦由暫觀久，潛移弗知。是猶蟪蛄不識春秋，朝菌不知晦朔，遽以不變名之，眞瞽說也。

故知不變一言，決非天運，而悠久成物之理，轉在變動不居之中。是當前之所見，經廿年卅年而革焉可也，更二萬年三萬年而革亦可也。特據前事推將來，爲變方長，未知所及而已。雖然天運變矣，而有不變者行乎其中，不變惟何？是名天演。以天演爲體，而其用有二：曰物競，曰天擇。此萬物莫不然，而於有生之類爲尤著。物競者，物爭自存也。以一物以與物物爭，或存或亡，而其效則歸於天擇。天擇者，物爭焉而獨存。則其存也，必有其所以存，必其所得於天之分。自致一己之能，與其所相謀相劑者焉，夫而後獨免於亡，而足以自立也。而自其效觀之，若是物特爲天之所厚而擇焉以存者也，夫是之謂天擇。天擇者，擇於自然，雖擇而莫之擇，猶物競之無所爭，而實天下之至爭也。斯賓塞爾曰："天擇者，存其最宜者也。"夫物既爭存矣，而天又從其爭之後而擇之。一爭一擇，而變化之事出矣。

科學出版社版《天演論》

參考書目

《近代文學大系·翻譯文學》，施蟄存主編，上海書店 **1990** 年版。
《林紓譯著經典》，林紓譯，上海辭書出版社 **2013** 年版。

思考題

1. 試述近代翻譯文學對中國文學的影響。
2. 林譯小說的特點是什麼？
3. 試將蘇曼殊譯文與原詩對讀，指出其譯文的特點。